S0-BTR-248

JULIO CORTÁZAR

Cuentos completos/2

punto de lectura

Beazley 3860, (1437) Ciudad de Buenos Aires

ISBN: 987-1106-59-9
Hecho el depósito que indica la ley 11.723

Impreso en la Argentina. *Printed in Argentina*
Primera edición: marzo de 2004

Diseño de colección: Ignacio Ballesteros

Impreso por Kalifón S.A., Ramón L. Falcón 4307, (C1407GSU)
Ciudad de Buenos Aires, República Argentina.

JULIO CORTÁZAR

Cuentos completos/2
Cortázar

Índice

HISTORIAS DE CRONOPIOS Y DE FAMAS

MANUAL DE INSTRUCCIONES

La tarea de ablandar el ladrillo todos los días, la tarea de abrirse paso en la masa pegajosa que se proclama mundo, cada mañana topar con el paralelepípedo de nombre repugnante, con la satisfacción perruna de que todo esté en su sitio, la misma mujer al lado, los mismos zapatos, el mismo sabor de la misma pasta dentífrica, la misma tristeza de las casas de enfrente, del sucio tablero de ventanas de tiempo con su letrero «Hotel de Belgique».

Meter la cabeza como un toro desganado contra la masa transparente en cuyo centro tomamos café con leche y abrimos el diario para saber lo que ocurrió en cualquiera de los rincones del ladrillo de cristal. Negarse a que el acto delicado de girar el picaporte, ese acto por el cual todo podría transformarse, se cumpla con la fría eficacia de un reflejo cotidiano. Hasta luego, querida. Que te vaya bien.

Apretar una cucharita entre los dedos y sentir su latido de metal, su advertencia sospechosa. Cómo duele negar una cucharita, negar una puerta, negar todo lo que el hábito lame hasta darle suavidad satisfactoria.

Tanto más simple aceptar la fácil solicitud de la cuchara, emplearla para revolver el café.

Y no que esté mal si las cosas nos encuentran otra vez cada día y son las mismas. Que a nuestro lado haya la misma mujer, el mismo reloj, y que la novela abierta sobre la mesa eche a andar otra vez en la bicicleta de nuestros anteojos, ¿por qué estaría mal? Pero como un toro triste hay que agachar la cabeza, del centro del ladrillo de cristal empujar hacia afuera, hacia lo otro tan cerca de nosotros, inasible como el picador tan cerca del toro. Castigarse los ojos mirando eso que anda por el cielo y acepta taimadamente su nombre de nube, su réplica catalogada en la memoria. No creas que el teléfono va a darte los números que buscas. ¿Por qué te los daría? Solamente vendrá lo que tienes preparado y resuelto, el triste reflejo de tu esperanza, ese mono que se rasca sobre una mesa y tiembla de frío. Rómpele la cabeza a ese mono, corre desde el centro de la pared y ábrete paso. ¡Oh, cómo cantan en el piso de arriba! Hay un piso de arriba en esta casa, con otras gentes. Hay un piso de arriba donde vive gente que no sospecha su piso de abajo, y estamos todos en el ladrillo de cristal. Y si de pronto una polilla se para al borde de un lápiz y late como un fuego ceniciento, mírala, yo la estoy mirando, estoy palpando su corazón pequeñísimo, y la oigo, esa polilla resuena en la pasta de cristal congelado, no todo está perdido. Cuando abra la puerta y me asome a la escalera, sabré que abajo empieza la calle; no el molde ya aceptado, no las casas ya sabidas, no el hotel de enfrente; la calle, la viva floresta donde cada instante puede arrojarse sobre mí como una magnolia, donde las caras van a nacer cuando las mire, cuando avance un poco más, cuando con los codos y las pestañas y las uñas me rompa minuciosamente contra la pasta del ladrillo de cristal, y juegue mi vida mientras avanzo paso a paso para ir a comprar el diario a la esquina.

Instrucciones para llorar

Dejando de lado los motivos, atengámonos a la manera correcta de llorar, entendiendo por esto un llanto que no ingrese en el escándalo, ni que insulte a la sonrisa con su paralela y torpe semejanza. El llanto medio u ordinario consiste en una contracción general del rostro y un sonido espasmódico acompañado de lágrimas y mocos, estos últimos al final, pues el llanto se acaba en el momento en que uno se suena enérgicamente.

Para llorar, dirija la imaginación hacia usted mismo, y si esto le resulta imposible por haber contraído el hábito de creer en el mundo exterior, piense en un pato cubierto de hormigas o en esos golfos del estrecho de Magallanes *en los que no entra nadie, nunca.*

Llegado el llanto, se tapará con decoro el rostro usando ambas manos con la palma hacia dentro. Los niños llorarán con la manga del saco contra la cara, y de preferencia en un rincón del cuarto. Duración media del llanto, tres minutos.

Instrucciones-ejemplos sobre la forma de tener miedo

En un pueblo de Escocia venden libros con una página en blanco perdida en algún lugar del volumen. Si un lector desemboca en esa página al dar las tres de la tarde, muere.

En la plaza del Quirinal, en Roma, hay un punto que conocían los iniciados hasta el siglo XIX, y desde el cual, con luna llena, se ven moverse lentamente las estatuas de los Dióscuros que luchan con sus caballos encabritados.

En Amalfi, al terminar la zona costanera, hay un malecón que entra en el mar y la noche. Se oye ladrar a un perro más allá de la última farola.

Un señor está extendiendo pasta dentífrica en el cepillo. De pronto ve, acostada de espaldas, una diminuta imagen de mujer, de coral o quizá de miga de pan pintada.

Al abrir el ropero para sacar una camisa, cae un viejo almanaque que se deshace, se deshoja, cubre la ropa blanca con miles de sucias mariposas de papel.

Se sabe de un viajante de comercio a quien le empezó a doler la muñeca izquierda, justamente debajo del reloj pulsera. Al arrancarse el reloj, saltó la sangre: la herida mostraba la huella de unos dientes muy finos.

El médico termina de examinarnos y nos tranquiliza. Su voz grave y cordial precede los medicamentos cuya receta escribe ahora, sentado ante su mesa. De cuando en cuando alza la cabeza y sonríe, alentándonos. No es de cuidado, en una semana estaremos bien. Nos arrellanamos en nuestro sillón, felices, y miramos distraídamente en torno. De pronto, en la penumbra debajo de la mesa vemos las piernas del médico. Se ha subido los pantalones hasta los muslos, y tiene medias de mujer.

Instrucciones para entender tres pinturas famosas

El amor sagrado y el amor profano, por TIZIANO

Esta detestable pintura representa un velorio a orillas del Jordán. Pocas veces la torpeza de un pintor pudo aludir con más abyección a las esperanzas del mundo en un Mesías que *brilla por su ausencia;* ausente del cuadro que es el mundo, brilla horriblemente en el obsceno bostezo del sarcófago de mármol, mientras el ángel encargado de proclamar la resurrección de su carne patibularia espera inobjetable que se cumplan los signos. No será necesario explicar que el ángel es la figura desnuda, prostituyéndose en su gordura maravillosa, y que se ha disfrazado de Magdalena, irrisión de irrisiones a la hora en que la verdadera Magdalena avanza por el camino (donde en cambio crece la venenosa blasfemia de dos conejos).

El niño que mete la mano en el sarcófago es Lutero, o sea, el diablo. De la figura vestida se ha dicho que representa la Gloria en el momento de anunciar que todas las ambiciones humanas caben en una jofaina; pero está mal pintada y mueve a pensar en un artificio de jazmines o un relámpago de sémola.

La dama del unicornio, por Rafael

Saint-Simon creyó ver en este retrato una confesión herética. El unicornio, el narval, la obscena perla del medallón que pretende ser una pera, y la mirada de Maddalena Strozzi fija terriblemente en un punto donde habría fustigamientos o posturas lascivas: Rafael Sanzio mintió aquí su más terrible verdad.

El intenso color verde de la cara del personaje se atribuyó mucho tiempo a la gangrena o al *solsticio de primavera*. El unicornio, animal fálico, la habría contaminado: en su cuerpo duermen los pecados del mundo. Después se vio que bastaba levantar las falsas capas de pintura puestas por los tres enconados enemigos de Rafael: Carlos Hog, Vincent Grosjean, llamado «Mármol», y Rubens el Viejo. La primera capa era verde, la segunda verde, la tercera blanca. No es difícil atisbar aquí el triple símbolo de la falena letal, que a su cuerpo cadavérico une las alas que la confunden con las hojas de la rosa. Cuántas veces Maddalena Strozzi cortó una rosa blanca y la sintió gemir entre sus dedos, retorcerse y gemir débilmente como una pequeña mandrágora o uno de esos lagartos que cantan como las liras cuando se les muestra un espejo. Y ya era tarde y la falena la habría picado: Rafael lo supo y la sintió morirse. Para pintarla con verdad agregó el unicornio, símbolo de castidad, cordero y narval a la vez, que bebe de la mano de una virgen. Pero pintaba a la falena en su imagen, y este unicornio mata a su dueña, penetra en su seno majestuoso con el cuerno labrado de impudicia, repite la operación de todos los principios. Lo que esta mujer sostiene en sus manos es la copa misteriosa de la que hemos bebido sin saber, la sed que hemos calmado por otras bocas, el vino rojo y lechoso de donde salen las estrellas, los gusanos y las estaciones ferroviarias.

Retrato de Enrique VIII de Inglaterra, por HOLBEIN

Se ha querido ver en este cuadro una cacería de elefantes, un mapa de Rusia, la constelación de la Lira, el retrato de un papa disfrazado de Enrique VIII, una tormenta en el mar de los Sargazos, o ese pólipo dorado que crece en las latitudes de Java y que bajo la influencia del limón estornuda levemente y sucumbe con un pequeño soplido.

Cada una de estas interpretaciones es exacta atendiendo a la configuración general de la pintura, tanto si se la mira en el orden en que está colgada como cabeza abajo o de costado. Las diferencias son reductibles a detalles; queda el centro que es ORO, el número SIETE, la OSTRA observable en las partes sombrero-cordón, con la PERLA-cabeza (centro irradiante de las perlas del traje o país central) y el GRITO general absolutamente verde que brota del conjunto.

Hágase la sencilla experiencia de ir a Roma y apoyar la mano sobre el corazón del rey, y se comprenderá la génesis del mar. Menos difícil aún es acercarle una vela encendida a la altura de los ojos; entonces se verá que *eso no es una cara* y que la luna, enceguecida de simultaneidad, corre por un fondo de ruedecillas y cojinetes transparentes, decapitada en el recuerdo de las hagiografías. No yerra aquel que ve en esta petrificación tempestuosa un combate de leopardos. Pero también hay lentas dagas de marfil, pajes que se consumen de tedio en largas galerías, y un diálogo sinuoso entre la lepra y las alabardas. El reino del hombre es una página de historial, pero él no lo sabe y juega displicente con guantes y cervatillos. Este hombre que te mira vuelve del infierno; aléjate del cuadro y lo verás sonreír poco a poco, porque *está hueco*, está relleno de aire, atrás lo sostienen unas manos secas, como una figura de barajas cuando se empieza a levantar el castillo y todo tiembla. Y su moraleja es así: «No hay tercera dimensión, la tierra es plana, el hombre repta. ¡Aleluya!». Quizá sea el diablo quien dice estas cosas, y quizá tú las crees porque te las dice un rey.

Instrucciones para matar hormigas en Roma

Las hormigas se comerán a Roma, está dicho. Entre las lajas andan; loba, ¿qué carrera de piedras preciosas te secciona la garganta? Por algún lado salen las aguas de las fuentes, las pizarras vivas, los camafeos temblorosos que en plena noche mascullan la historia, las dinastías y las conmemoraciones. Habría que encontrar el corazón que hace latir las fuentes para precaverlo de las hormigas, y organizar en esta ciudad de sangre crecida, de cornucopias erizadas como manos de ciego, un rito de salvación para que el futuro se lime los dientes en los montes, se arrastre manso y sin fuerza, completamente sin hormigas.

Primero buscaremos la orientación de las fuentes, lo cual es fácil porque en los mapas de colores, en las plantas monumentales, las fuentes tienen también surtidores y cascadas color celeste, solamente hay que buscarlas bien y envolverlas en un recinto de lápiz azul, no de rojo, pues un buen mapa de Roma es rojo como Roma. Sobre el rojo de Roma el lápiz azul marcará un recinto violeta alrededor de cada fuente, y ahora estamos seguros de que las tenemos a todas y que conocemos el follaje de las aguas.

Más difícil, más recogido y sigiloso es el menester de horadar la piedra opaca bajo la cual serpentean las venas de mercurio, entender a fuerza de paciencia la cifra de cada fuente, guardar en noches de luna penetrante una vigilia enamorada junto a los vasos imperiales, hasta que de tanto susurro verde, de tanto gorgotear como de flores, vayan naciendo las direcciones, las confluencias, *las otras calles*, las vivas. Y sin dormir seguirlas, con varas de avellano en forma de horqueta, de triángulo, con dos varillas en cada mano, con una sola sostenida entre los dedos flojos, pero todo esto invisible a los carabineros y a la población amablemente recelosa, andar por el Quirinal, subir al Campidoglio, correr a gritos por el Pincio, aterrar con una aparición inmóvil como un globo de fuego el orden de la Piazza della Essedra, y así extraer de los sordos metales del suelo la nomenclatura de los ríos subterráneos. Y no pedir ayuda a nadie, nunca.

Después se irá viendo cómo en esta mano de mármol desollado las venas vagan armoniosas, por placer de aguas, por artificio de juego, hasta poco a poco acercarse, confluir, enlazarse, crecer a arterias, derramarse duras en la plaza central donde palpita el tambor de vidrio líquido, la raíz de copas pálidas, el caballo profundo. Y ya sabremos dónde está, en qué napa de bóvedas calcáreas, entre menudos esqueletos de lémur, bate su tiempo el corazón del agua.

Costará saberlo, pero se sabrá. Entonces mataremos las hormigas que codician las fuentes, calcinaremos las galerías que esos mineros horribles tejen para acercarse a la vida secreta de Roma. Mataremos las hormigas con sólo llegar antes a la fuente central. Y nos iremos en un tren nocturno huyendo de lamias vengadoras, oscuramente felices, confundidos con soldados y con monjas.

Instrucciones para subir una escalera

Nadie habrá dejado de observar que con frecuencia el suelo se pliega de manera tal que una parte sube en ángulo recto con el plano del suelo, y luego la parte siguiente se coloca paralela a este plano, para dar paso a una nueva perpendicular, conducta que se repite en espiral o en línea quebrada hasta alturas sumamente variables. Agachándose y poniendo la mano izquierda en una de las partes verticales, y la derecha en la horizontal correspondiente, se está en posesión momentánea de un peldaño o escalón. Cada uno de estos peldaños, formados como se ve por dos elementos, se sitúa un tanto más arriba y adelante que el anterior, principio que da sentido a la escalera, ya que cualquier otra combinación producirá formas quizá más bellas o pintorescas, pero incapaces de trasladar de una planta baja a un primer piso.

Las escaleras se suben de frente, pues hacia atrás o de costado resultan particularmente incómodas. La actitud natural consiste en mantenerse de pie, los brazos colgando sin esfuerzo, la cabeza erguida aunque no tanto que los ojos dejen de ver los peldaños inmediatamente superiores al que se pisa, y respirando lenta y regularmente. Para subir una escalera se comienza por levantar esa parte del cuerpo situada a la derecha abajo, envuelta casi siempre en cuero o gamuza, y que salvo excepciones cabe exactamente en el escalón. Puesta en el primer peldaño dicha parte, que para abreviar llamaremos pie, se recoge la parte equivalente de la izquierda (también llamada pie, pero que no ha de confundirse con el pie antes citado), y llevándola a la altura del pie, se le hace seguir hasta colocarla en el segundo peldaño, con lo cual en éste descansará el pie, y en el primero descansará el pie. (Los primeros peldaños son siempre los más difíciles, hasta adquirir la coordinación necesaria. La coincidencia de nombre entre el pie y el pie hace difícil la explicación. Cuídese especialmente de no levantar al mismo tiempo el pie y el pie).

Llegado en esta forma al segundo peldaño, basta repetir alternadamente los movimientos hasta encontrarse con el final de la escalera. Se sale de ella fácilmente, con un ligero golpe de talón que la fija en su sitio, del que no se moverá hasta el momento del descenso.

Preámbulo a las instrucciones para dar cuerda al reloj

Piensa en esto: cuando te regalan un reloj te regalan un pequeño infierno florido, una cadena de rosas, un calabozo de aire. No te dan solamente el reloj, que los cumplas muy felices y esperamos que te dure porque es de buena marca, suizo con áncora de rubíes; no te regalan solamente ese menudo picapedrero que te atarás a la muñeca y pasearás contigo. Te regalan —no lo saben, lo terrible es que no lo saben—, te regalan un nuevo pedazo frágil y precario de ti mismo, algo que es tuyo pero no es tu cuerpo, que hay que atar a tu cuerpo con su correa como un bracito desesperado colgándose de tu muñeca. Te regalan la necesidad de darle cuerda todos los días, la obligación de darle cuerda para que siga siendo un reloj; te regalan la obsesión de atender a la hora exacta en las vitrinas de las joyerías, en el anuncio por la radio, en el servicio telefónico. Te regalan el miedo de perderlo, de que te lo roben, de que se te caiga al suelo y se rompa. Te regalan su marca, y la seguridad de que es una marca mejor que las otras, te regalan la tendencia a comparar tu reloj con los demás relojes. No te regalan un reloj, tú eres el regalado, a ti te ofrecen para el cumpleaños del reloj.

Instrucciones para dar cuerda al reloj

Allá en el fondo está la muerte, pero no tenga miedo. Sujete el reloj con una mano, tome con dos dedos la llave de la cuerda, remóntela suavemente. Ahora se abre otro plazo, los árboles despliegan sus hojas, las barcas corren regatas, el tiempo como un abanico se va llenando de sí mismo y de él brotan el aire, las brisas de la tierra, la sombra de una mujer, el perfume del pan.

¿Qué más quiere, qué más quiere? Átelo pronto a su muñeca, déjelo latir en libertad, imítelo anhelante. El miedo herrumbra las áncoras, cada cosa que pudo alcanzarse y fue olvidada va corroyendo las venas del reloj, gangrenando la fría sangre de sus pequeños rubíes. Y allá en el fondo está la muerte si no corremos y llegamos antes y comprendemos que ya no importa.

OCUPACIONES RARAS

Simulacros

Somos una familia rara. En este país donde las cosas se hacen por obligación o fanfarronería, nos gustan las ocupaciones libres, las tareas porque sí, los simulacros que no sirven para nada.

Tenemos un defecto: nos falta originalidad. Casi todo lo que decidimos hacer está inspirado —digamos francamente, copiado— de modelos célebres. Si alguna novedad aportamos es siempre inevitable: los anacronismos o las sorpresas, los escándalos. Mi tío el mayor dice que somos como las copias en papel carbónico, idénticas al original salvo que otro color, otro papel, otra finalidad. Mi hermana la tercera se compara con el ruiseñor mecánico de Andersen; su romanticismo llega a la náusea.

Somos muchos y vivimos en la calle Humboldt.

Hacemos cosas, pero contarlo es difícil porque falta lo más importante, la ansiedad y la expectativa de estar haciendo las cosas, las sorpresas tanto más importantes que los resultados, los fracasos en que toda la familia cae al suelo como un castillo de naipes y durante días enteros no se oyen más que deploraciones y carcajadas. Contar lo que hacemos es apenas una manera de rellenar los huecos inevitables, porque a veces estamos pobres o presos o enfermos, a veces se muere alguno o (me duele mencionarlo) alguno traiciona, renuncia, o entra en la Dirección Impositiva. Pero no hay que deducir de esto que nos va mal o que somos melancólicos. Vivimos en el barrio de Pacífico, y hacemos cosas cada vez que podemos. Somos muchos que tienen ideas y ganas de llevarlas a la práctica. Por ejemplo, el patíbulo, hasta hoy nadie se ha puesto de acuerdo sobre el origen de la idea, mi hermana la quinta afirma que fue de uno de mis primos carnales, que son muy filósofos, pero mi tío el mayor sostiene que se le ocurrió a él después de leer una novela de capa y espada. En el fondo nos importa poco, lo único que vale es hacer cosas, y por eso las cuento casi sin ganas, nada más que para no sentir tan de cerca la lluvia de esta tarde vacía.

La casa tiene jardín delantero, cosa rara en la calle Humboldt. No es más grande que un patio, pero está tres escalones más alto que la vereda, lo que le da un vistoso aspecto de plataforma, emplazamiento ideal para un patíbulo. Como la verja es de mampostería y de fierro, se puede trabajar sin que los transeúntes estén por así decirlo metidos en casa; pueden apostarse en la verja y quedarse horas, pero eso no nos molesta. «Empezaremos con la luna llena», mandó mi padre. De día íbamos a buscar maderas y fierros a los corralones de la avenida Juan B. Justo, pero mis hermanas se quedaban en la sala practicando el aullido de los lobos, después que mi tía la menor sostuvo que los patíbulos atraen a los lobos y los incitan a aullar a la luna. Por cuenta de mis primos corría la provisión de clavos y herramientas; mi tío el mayor dibujaba los planos, discutía con mi madre y mi tío segundo la variedad y calidad de los instrumentos de suplicio. Recuerdo el final de la discusión: se decidieron adustamente por una plataforma bastante alta, sobre la cual se alzarían una horca y una rueda, con un espacio libre destinado a dar tormento o decapitar según los casos. A mi tío el mayor le parecía mucho más pobre y mezquino que su idea original, pero las dimensiones del jardín delantero y el costo de los materiales restringen siempre las ambiciones de la familia.

Empezamos la construcción un domingo por la tarde, después de los ravioles. Aunque nunca nos ha preocupado lo que puedan pensar los vecinos, era evidente que los pocos mirones suponían que íbamos a levantar una o dos piezas para agrandar la casa. El primero en sorprenderse fue don Cresta, el viejito de enfrente, y vino a preguntar para qué instalábamos semejante plataforma. Mis hermanas se reunieron en un rincón del jardín y soltaron algunos aullidos de lobo. Se amontonó bastante gente, pero nosotros seguimos trabajando hasta la noche y dejamos terminada la plataforma y las dos escalerillas (para el sacerdote y el condenado, que no deben subir juntos). El lunes una parte de la familia se fue a sus respectivos empleos y ocupaciones, ya que de algo hay que morir, y los demás empezamos a levantar la horca mientras mi tío el mayor consultaba dibujos antiguos para la rueda. Su idea consistía en colocar la rueda lo más alto posible sobre una pértiga ligeramente irregular, por ejemplo un tronco de álamo bien desbastado. Para complacerlo, mi hermano el segundo y mis primos carnales se fueron con la camioneta a buscar un álamo; entretanto mi tío el mayor y mi madre encajaban los rayos de la rueda en el cubo, y yo preparaba un suncho de fierro. En esos momentos nos divertíamos enormemente porque se oía martillear en todas partes, mis hermanas aullaban en la sala, los vecinos se amontonaban en la verja cambiando impresiones, y entre el solferino y el malva del atardecer ascendía el perfil de la horca y se veía a mi tío el menor a caballo en el travesaño para fijar el gancho y preparar el nudo corredizo.

A esta altura de las cosas la gente de la calle no podía dejar de darse cuenta de lo que estábamos haciendo, y un coro de protestas y amenazas nos alentó agradablemente a rematar la jornada con la erección de la rueda. Algunos desaforados habían pretendido impedir que mi hermano el segundo y mis primos entraran en casa el magnífico tronco de álamo que traían en la camioneta. Un conato de cinchada fue ganado de punta a punta por la familia en pleno que, tirando disciplinadamente del tronco, lo metió en el jardín junto con una criatura de corta edad prendida de las raíces. Mi padre en persona devolvió la criatura a sus exasperados padres, pasándola cortésmente por la verja, y mientras la atención se concentraba en estas alternativas sentimentales, mi tío el mayor, ayudado por mis primos carnales, calzaba la rueda en un extremo del tronco y procedía a erigirla. La policía llegó en momentos en que la familia, reunida en la plataforma, comentaba favorablemente el buen aspecto del patíbulo. Sólo mi hermana la tercera permanecía cerca de la puerta, y le tocó dialogar con el subcomisario en persona; no le fue difícil convencerlo de que trabajábamos dentro de nuestra propiedad, en una obra que sólo el uso podía revestir de un carácter anticonstitucional, y que las murmuraciones del vecindario eran hijas del odio y fruto de la envidia. La caída de la noche nos salvó de otras pérdidas de tiempo.

A la luz de una lámpara de carburo cenamos en la plataforma, espiados por un centenar de vecinos rencorosos; jamás el lechón adobado nos pareció más exquisito, y más negro y dulce el nebiolo. Una brisa del norte balanceaba suavemente la cuerda de la horca; una o dos veces chirrió la rueda, como si ya los cuervos se hubieran posado para comer. Los mirones empezaron a irse, mascullando vagas amenazas; aferrados a la verja quedaron veinte o treinta que parecían esperar alguna cosa. Después del café apagamos la lámpara para dar paso a la luna que subía por los balaústres de la terraza, mis hermanas aullaron y mis primos y tíos recorrieron lentamente la plataforma, haciendo temblar los fundamentos con sus pasos. En el silencio que siguió, la luna vino a ponerse a la altura del nudo corredizo, y en la rueda pareció tenderse una nube de bordes plateados. Las mirábamos, tan felices que era un gusto, pero los vecinos murmuraban en la verja, como al borde de una decepción. Encendieron cigarrillos y se fueron yendo, unos en piyama y otros más despacio. Quedó la calle, una pitada de vigilante a lo lejos, y el colectivo 108 que pasaba cada tanto; nosotros ya nos habíamos ido a dormir y soñábamos con fiestas, elefantes y vestidos de seda.

Etiquetas y prelaciones

Siempre me ha parecido que el rasgo distintivo de nuestra familia es el recato. Llevamos el pudor a extremos increíbles, tanto en nuestra manera de vestirnos y de comer como en la forma de expresarnos y de subir a los tranvías. Los sobrenombres, por ejemplo, que se adjudican tan desaprensivamente en el barrio de Pacífico, son para nosotros motivo de cuidado, de reflexión y hasta de inquietud. Nos parece que no se puede atribuir un apodo cualquiera a alguien que deberá absorberlo y sufrirlo como un atributo durante toda su vida. Las señoras de la calle Humboldt llaman Toto, Coco o Cacho a sus hijos, y Negra o Beba a las chicas, pero en nuestra familia ese tipo corriente de sobrenombre no existe, y mucho menos otros rebuscados y espamentosos como Chirola, Cachuzo o Matagatos, que abundan por el lado de Paraguay y Godoy Cruz. Como ejemplo del cuidado que tenemos en estas cosas bastará citar el caso de mi tía segunda. Visiblemente dotada de un trasero de imponentes dimensiones, jamás nos hubiéramos permitido ceder a la fácil tentación de los sobrenombres habituales; así, en vez de darle el apodo brutal de Ánfora Etrusca, estuvimos de acuerdo en el más decente y familiar de la Culona. Siempre procedemos con el mismo tacto, aunque nos ocurre tener que luchar con los vecinos y amigos que insisten en los motes tradicionales. A mi primo segundo el menor, marcadamente cabezón, le rehusamos siempre el sobrenombre de Atlas que le habían puesto en la parrilla de la esquina, y preferimos el infinitamente más delicado de Cucuzza. Y así siempre.

Quisiera aclarar que estas cosas no las hacemos por diferenciarnos del resto del barrio. Tan sólo desearíamos modificar, gradualmente y sin vejar los sentimientos de nadie, las rutinas y las tradiciones. No nos gusta la vulgaridad en ninguna de sus formas, y basta que alguno de nosotros oiga en la cantina frases como «Fue un partido de trámite violento», o: «Los remates de Faggioli se caracterizaron por un notable trabajo de infiltración preliminar del eje medio», para que inmediatamente dejemos constancia de las formas más castizas y aconsejables en la emergencia, es decir: «Hubo una de patadas que te la debo», o: «Primero los arrollamos y después fue la goleada». La gente nos mira con sorpresa, pero nunca falta alguno que recoja la lección escondida en estas frases delicadas. Mi tío el mayor, que lee a los escritores argentinos, dice que con muchos de ellos se podría hacer algo parecido, pero nunca nos ha explicado en detalle. Una lástima.

Correos y Telecomunicaciones

Una vez que un pariente de lo más lejano llegó a ministro, nos arreglamos para que nombrase a buena parte de la familia en la sucursal de Correos de la calle Serrano. Duró poco, eso sí. De los tres días que estuvimos, dos los pasamos atendiendo al público con una celeridad extraordinaria que nos valió la sorprendida visita de un inspector del Correo Central y un suelto laudatorio en *La Razón*. Al tercer día estábamos seguros de nuestra popularidad, pues la gente ya venía de otros barrios a despachar su correspondencia y a hacer giros a Purmamarca y a otros lugares igualmente absurdos. Entonces mi tío el mayor dio piedra libre, y la familia empezó a atender con arreglo a sus principios y predilecciones. En la ventanilla de franqueo, mi hermana la segunda obsequiaba un globo de colores a cada comprador de estampillas. La primera en recibir su globo fue una señora gorda que se quedó como clavada, con el globo en la mano y la estampilla de un peso ya humedecida que se le iba enroscando poco a poco en el dedo. Un joven melenudo se negó de plano a recibir su globo, y mi hermana lo amonestó severamente mientras en la cola de la ventanilla empezaban a suscitarse opiniones encontradas. Al lado, varios provincianos empeñados en girar insensatamente parte de sus salarios a los familiares lejanos, recibían con algún asombro vasitos de grapa y de cuando en cuando una empanada de carne, todo esto a cargo de mi padre que además les recitaba a gritos los mejores consejos del viejo Vizcacha. Entre tanto mis hermanos, a cargo de la ventanilla de encomiendas, las untaban con alquitrán y las metían en un balde lleno de plumas. Luego las presentaban al estupefacto expedidor y le hacían notar con cuánta alegría serían recibidos los paquetes así mejorados. «Sin piolín a la vista», decían. «Sin el lacre tan vulgar, y con el nombre del destinatario que parece que va metido debajo del ala de un cisne, fíjese». No todos se mostraban encantados, hay que ser sincero.

Cuando los mirones y la policía invadieron el local, mi madre cerró el acto de la manera más hermosa, haciendo volar sobre el público una multitud de flechitas de colores fabricadas con los formularios de los telegramas, giros y cartas certificadas. Cantamos el himno nacional y nos retiramos en buen orden; vi llorar a una nena que había quedado tercera en la cola de franqueo y sabía que ya era tarde para que le dieran un globo.

Pérdida y recuperación del pelo

Para luchar contra el pragmatismo y la horrible tendencia a la consecución de fines útiles, mi primo el mayor propugna el procedimiento de sacarse un buen pelo de la cabeza, hacerle un nudo en el medio y dejarlo caer suavemente por el agujero del lavabo. Si este pelo se engancha en la rejilla que suele cundir en dichos agujeros, bastará abrir un poco la canilla para que se pierda de vista.

Sin malgastar un instante, hay que iniciar la tarea de recuperación del pelo. La primera operación se reduce a desmontar el sifón del lavabo para ver si el pelo se ha enganchado en alguna de las rugosidades del caño. Si no se lo encuentra, hay que poner en descubierto el tramo de caño que va del sifón a la cañería de desagüe principal. Es seguro que en esta parte aparecerán muchos pelos, y habrá que contar con la ayuda del resto de la familia para examinarlos uno a uno en busca del nudo. Si no aparece, se planteará el interesante problema de romper la cañería hasta la planta baja, pero esto significa un esfuerzo mayor, pues durante ocho o diez años habrá que trabajar en algún ministerio o casa de comercio para reunir el dinero que permita comprar los cuatro departamentos situados debajo del de mi primo el mayor, todo ello con la desventaja extraordinaria de que mientras se trabaja durante esos ocho o diez años no se podrá evitar la penosa sensación de que el pelo ya no está en la cañería y que sólo por una remota casualidad permanece enganchado en alguna saliente herrumbrada del caño.

Llegará el día en que podamos romper los caños de todos los departamentos, y durante meses viviremos rodeados de palanganas y otros recipientes llenos de pelos mojados, así como de asistentes y mendigos a los que pagaremos generosamente para que busquen, separen, clasifiquen y nos traigan los pelos posibles a fin de alcanzar la deseada certidumbre. Si el pelo no aparece, entraremos en una etapa mucho más vaga y complicada, porque el tramo siguiente nos lleva a las cloacas mayores de la ciudad. Luego de comprar un traje especial, aprenderemos a deslizarnos por las alcantarillas a altas horas de la noche, armados de una linterna poderosa y una máscara de oxígeno, y exploraremos las galerías menores y mayores, ayudados si es posible por individuos del hampa, con quienes habremos trabado relación y a los que tendremos que dar gran parte del dinero que de día ganamos en un ministerio o una casa de comercio.

Con mucha frecuencia tendremos la impresión de haber llegado al término de la tarea, porque encontraremos (o nos traerán) pelos semejantes al que buscamos; pero como no se sabe de ningún caso en que un pelo tenga un nudo en el medio sin intervención de mano humana, acabaremos casi siempre por comprobar que el nudo en cuestión es un simple engrosamiento del calibre del pelo (aunque tampoco sabemos de ningún caso parecido) o un depósito de algún silicato u óxido cualquiera producido por una larga permanencia contra una superficie húmeda. Es probable que avancemos así por diversos tramos de cañerías menores y mayores, hasta llegar a ese sitio donde ya nadie se decidirá a penetrar: el caño maestro enfilado en dirección al río, la reunión torrentosa de los detritos en la que ningún dinero, ninguna barca, ningún soborno nos permitirán continuar la búsqueda.

Pero antes de eso, y quizá mucho antes, por ejemplo a pocos centímetros de la boca del lavabo, a la altura del departamento del segundo piso, o en la primera cañería subterránea, puede suceder que encontremos el pelo. Basta pensar en la alegría que eso nos produciría, en el asombrado cálculo de los esfuerzos ahorrados por pura buena suerte, para escoger, para exigir prácticamente una tarea semejante, que todo maestro consciente debería aconsejar a sus alumnos desde la más tierna infancia, en vez de secarles el alma con la regla de tres compuesta o las tristezas de Cancha Rayada.

Tía en dificultades

¿Por qué tendremos una tía tan temerosa de caerse de espaldas? Hace años que la familia lucha para curarla de su obsesión, pero ha llegado la hora de confesar nuestro fracaso. Por más que hagamos, tía tiene miedo de caerse de espaldas; y su inocente manía nos afecta a todos, empezando por mi padre, que fraternalmente la acompaña a cualquier parte y va mirando el piso para que tía pueda caminar sin preocupaciones, mientras mi madre se esmera en barrer el patio varias veces al día, mis hermanas recogen las pelotas de tenis con que se divierten inocentemente en la terraza y mis primos borran toda huella imputable a los perros, gatos, tortugas y gallinas que proliferan en casa. Pero no sirve de nada, tía sólo se resuelve a cruzar las habitaciones después de un largo titubeo, interminables observaciones oculares y palabras destempladas a todo chico que ande por ahí en ese momento. Después se pone en marcha, apoyando primero un pie y moviéndolo como un boxeador en el cajón de resina, después el otro, trasladando el cuerpo en un desplazamiento que en nuestra infancia nos parecía majestuoso, y tardando varios minutos para ir de una puerta a otra. Es algo horrible.

Varias veces la familia ha procurado que mi tía explicara con alguna coherencia su temor a caerse de espaldas. En una ocasión fue recibida con un silencio que se hubiera podido cortar con guadaña; pero una noche, después de un vasito de hesperidina, tía condescendió a insinuar que si se caía de espaldas no podría volver a levantarse. A la elemental observación de que treinta y dos miembros de la familia estaban dispuestos a acudir en su auxilio, respondió con una mirada lánguida y dos palabras: «Lo mismo». Días después mi hermano el mayor me llamó por la noche a la cocina y me mostró una cucaracha caída de espaldas debajo de la pileta. Sin decirnos nada asistimos a su vana y larga lucha por enderezarse, mientras otras cucarachas, venciendo la intimidación de la luz, circulaban por el piso y pasaban rozando a la que yacía en posición decúbito dorsal. Nos fuimos a la cama con una marcada melancolía, y por una razón u otra nadie volvió a interrogar a tía; nos limitamos a aliviar en lo posible su miedo, acompañarla a todas partes, darle el brazo y comprarle cantidad de zapatos con suelas antideslizantes y otros dispositivos estabilizadores. La vida siguió así, y no era peor que otras vidas.

Tía explicada o no

Quien más quien menos, mis cuatro primos carnales se dedican a la filosofía. Leen libros, discuten entre ellos y son admirados a distancia por el resto de la familia, fiel al principio de no meterse en las preferencias ajenas e incluso favorecerlas en la medida de lo posible. Estos muchachos, que me merecen gran respeto, se plantearon más de una vez el problema del miedo de mi tía, llegando a conclusiones oscuras pero tal vez atendibles. Como suele ocurrir en casos parecidos, mi tía era la menos enterada de estos cabildeos, pero desde esa época la deferencia de la familia se acentuó todavía más. Durante años hemos acompañado a tía en sus titubeantes expediciones de la sala al antepatio, del dormitorio al cuarto de baño, de la cocina a la alacena. Nunca nos pareció fuera de lugar que se acostara de lado, y que durante la noche observara la inmovilidad más absoluta, los días pares del lado derecho y los impares del izquierdo. En las sillas del comedor y del patio, tía se instala muy erguida; por nada aceptaría la comodidad de una mecedora o de un sillón Morris. La noche del *Sputnik* la familia se tiró al suelo en el patio para observar el satélite, pero tía permaneció sentada y al día siguiente tuvo una tortícolis horrenda. Poco a poco nos fuimos convenciendo, y hoy estamos resignados. Nos ayudan nuestros primos carnales, que aluden a la cuestión con miradas de inteligencia y dicen cosas tales como: «Tiene razón». ¿Pero por qué? No lo sabemos, y ellos no quieren explicarnos. Para mí, por ejemplo, estar de espaldas me parece comodísimo. Todo el cuerpo se apoya en el colchón o en las baldosas del patio, uno siente los talones, las pantorrillas, los muslos, las nalgas, el lomo, las paletas, los brazos y la nuca que se reparten el peso del cuerpo y lo difunden, por decir así, en el suelo, lo acercan tan bien y tan naturalmente a esa superficie que nos atrae vorazmente y parecería querer tragarnos. Es curioso que a mí estar de espaldas me resulte la posición más natural, y a veces sospecho que mi tía le tiene horror por eso. Yo la encuentro perfecta, y creo que en el fondo es la más cómoda. Sí, he dicho bien: en el fondo, bien en el fondo, de espaldas. Hasta me da un poco de miedo, algo que no consigo explicar. Cómo me gustaría ser como ella, y cómo no puedo.

Los posatigres

Mucho antes de llevar nuestra idea a la práctica sabíamos que el posado de los tigres planteaba un doble problema, sentimental y moral. El primero no se refería tanto al posado como al tigre mismo, en la medida en que a estos felinos no les agrada que los posen y acuden a todas sus energías, que son enormes, para resistirse. ¿Cabía en esas circunstancias arrostrar la idiosincrasia de dichos animales? Pero la pregunta nos trasladaba al plano moral, donde toda acción puede ser causa o efecto de esplendor o de infamia. De noche, en nuestra casita de la calle Humboldt, meditábamos frente a los tazones de arroz con leche, olvidados de rociarlos con canela y azúcar. No estábamos verdaderamente seguros de poder posar un tigre, y nos dolía.

Se decidió por último que posaríamos uno, al solo efecto de ver jugar el mecanismo en toda su complejidad, y que más tarde evaluaríamos los resultados. No hablaré aquí de la obtención del primer tigre: fue un trabajo sutil y penoso, un correr por consulados y droguerías, una complicada urdimbre de billetes, cartas por avión y trabajo de diccionario. Una noche mis primos llegaron cubiertos de tintura de yodo: era el éxito. Bebimos tanto nebiolo que mi hermana la menor acabó destendiendo la mesa con el rastrillo. En esa época éramos más jóvenes.

Ahora que el experimento ha dado los resultados que conocemos, puedo facilitar detalles del posado. Quizá lo más difícil sea todo lo que se refiere al ambiente, pues se requiere una habitación con el mínimo de muebles, cosa rara en la calle Humboldt. En el centro se coloca el dispositivo: dos tablones cruzados, un juego de varillas elásticas y algunas jarras de barro con leche y agua. Posar el tigre no es demasiado difícil, aunque puede ocurrir que la operación fracase y haya que repetirla; la verdadera dificultad empieza en el momento en que ya posado, el tigre recobra la libertad y opta —de múltiples maneras posibles— por ejercitarla. En esta etapa, que llamaré intermedia, las reacciones de mi familia son fundamentales; todo depende de cómo se conduzcan mis hermanas, de la habilidad con que mi padre vuelva a posar el tigre, utilizándolo al máximo como un alfarero su arcilla. La menor falla sería la catástrofe, los fusibles quemados, la leche por el suelo, el horror de unos ojos fosforescentes rayando las tinieblas, los chorros tibios a cada zarpazo; me resisto a imaginarlo siquiera, puesto que hasta ahora hemos posado el tigre sin consecuencias peligrosas. Tanto el dispositivo como las diferentes funciones que debemos desempeñar todos, desde el tigre hasta mis primos segundos, parecen eficaces y se articulan armoniosamente. Para nosotros el hecho en sí de posar el tigre no es importante, sino que la ceremonia se cumpla hasta el final sin transgresión. Es preciso que el tigre acepte ser posado, o que lo sea de manera tal que su aceptación o su rechazo carezcan de importancia. En los instantes que uno sentiría la tentación de llamar cruciales —quizá por los dos tablones, quizá por mero lugar común—, la familia se siente poseída de una exaltación extraordinaria; mi madre no disimula las lágrimas y mis primas carnales tejen y destejen convulsivamente los dedos. Posar el tigre tiene algo de total encuentro, de alineación frente a un absoluto; el equilibrio depende de tan poco y lo pagamos a un precio tan alto, que los breves instantes que siguen al posado y que deciden de su perfección nos arrebatan como de nosotros mismos, arrasan con la tigredad y la humanidad en un solo movimiento inmóvil que es vértigo, pausa y arribo. No hay tigre, no hay familia, no hay posado. Imposible saber lo que hay: un temblor que no es de esta carne, un tiempo central, una columna de contacto. Y después salimos todos al patio cubierto, y nuestras tías traen la sopa como si algo cantara, como si fuéramos a un bautismo.

Conducta en los velorios

No vamos por el anís, ni porque hay que ir. Ya se habrá sospechado: vamos porque no podemos soportar las formas más solapadas de la hipocresía. Mi prima segunda la mayor se encarga de cerciorarse de la índole del duelo, y si es de verdad, si se llora porque llorar es lo único que les queda a esos hombres y a esas mujeres entre el olor a nardos y a café, entonces nos quedamos en casa y los acompañamos desde lejos. A lo sumo mi madre va un rato y saluda en nombre de la familia; no nos gusta interponer insolentemente nuestra vida ajena a ese diálogo con la sombra. Pero si de la pausada investigación de mi prima surge la sospecha de que en un patio cubierto o en la sala se han armado los trípodes del camelo, entonces la familia se pone sus mejores trajes, espera a que el velorio esté a punto, y se va presentando de a poco pero implacablemente.

En Pacífico las cosas ocurren casi siempre en un patio con macetas y música de radio. Para estas ocasiones los vecinos condescienden a apagar las radios, y quedan solamente los jazmines y los parientes, alternándose contra las paredes. Llegamos de a uno o de a dos, saludamos a los deudos, a quienes se reconoce fácilmente porque lloran apenas ven entrar a alguien, y vamos a inclinarnos ante el difunto, escoltados por algún pariente cercano. Una o dos horas después toda la familia está en la casa mortuoria, pero aunque los vecinos nos conocen bien, procedemos como si cada uno hubiera venido por su cuenta y apenas hablamos entre nosotros. Un método preciso ordena nuestros actos, escoge los interlocutores con quienes se departe en la cocina, bajo el naranjo, en los dormitorios, en el zaguán, y de cuando en cuando se sale a fumar al patio o a la calle, o se da una vuelta a la manzana para ventilar opiniones políticas y deportivas. No nos lleva demasiado tiempo sondear los sentimientos de los deudos más inmediatos, los vasitos de caña, el mate dulce y los Particulares livianos son el puente confidencial; antes de medianoche estamos seguros, podemos actuar sin remordimientos. Por lo común mi hermana la menor se encarga de la primera escaramuza; diestramente ubicada a los pies del ataúd, se tapa los ojos con un pañuelo violeta y empieza a llorar, primero en silencio, empapando el pañuelo a un punto increíble, después con hipos y jadeos, y finalmente le acomete un ataque terrible de llanto que obliga a las vecinas a llevarla a la cama preparada para esas emergencias, darle a oler agua de azahar y consolarla, mientras otras vecinas se ocupan de los parientes cercanos bruscamente contagiados por la crisis. Durante un rato hay un amontonamiento de gente en la puerta de la capilla ardiente, preguntas y noticias en voz baja, encogimientos de hombros por parte de los vecinos. Agotados por un esfuerzo en que han debido emplearse a fondo, los deudos amenguan en sus manifestaciones, y en ese mismo momento mis tres primas segundas se largan a llorar sin afectación, sin gritos, pero tan conmovedoramente que los parientes y vecinos sienten la emulación, comprenden que no es posible quedarse así descansando mientras extraños de la otra cuadra se afligen de tal manera, y otra vez se suman a la deploración general, otra vez hay que hacer sitio en las camas, apantallar a señoras ancianas, aflojar el cinturón a viejitos convulsionados. Mis hermanos y yo esperamos por lo regular este momento para entrar en la sala mortuorio y ubicarnos junto al ataúd. Por extraño que parezca estamos realmente afligidos, jamás podemos oír llorar a nuestras hermanas sin que una congoja infinita nos llene el pecho y nos recuerde cosas de la infancia, unos campos cerca de Villa Albertina, un tranvía que chirriaba al tomar la curva en la calle General Rodríguez, en Bánfield, cosas así, siempre tan tristes. Nos basta ver las manos cruzadas del difunto para que el llanto nos arrase de golpe, nos obligue a taparnos la cara avergonzados, y somos cinco hombres que lloran de verdad en el velorio, mientras los deudos juntan desesperadamente el aliento para igualarnos, sintiendo que cueste lo que cueste deben demostrar que el velorio es el de ellos, que solamente ellos tienen derecho a llorar así en esa casa. Pero son pocos, y mienten (eso lo sabemos por mi prima segunda la mayor, y nos da fuerzas). En vano acumulan los hipos y los desmayos, inútilmente los vecinos más solidarios los apoyan con sus consuelos y sus reflexiones, llevándolos y trayéndolos para que descansen y se reincorporen a la lucha. Mis padres y mi tío el mayor nos reemplazan ahora, hay algo que impone respeto en el dolor de estos ancianos que han venido desde la calle Humboldt, cinco cuadras contando desde la esquina, para velar al finado. Los vecinos más coherentes empiezan a perder pie, dejan caer a los deudos, se van a la cocina a beber grapa y a comentar; algunos parientes, extenuados por una hora y media de llanto sostenido, duermen estertorosamente. Nosotros nos relevamos en orden, aunque sin dar la impresión de nada preparado; antes de las seis de la mañana somos los dueños indiscutidos del velorio, la mayoría de los vecinos se han ido a dormir a sus casas, los parientes yacen en diferentes posturas y grados de abotagamiento, el alba nace en el patio. A esa hora mis tías organizan enérgicos refrigerios en la cocina, bebemos café hirviendo, nos miramos brillantemente al cruzarnos en el zaguán o los dormitorios; tenemos algo de hormigas yendo y viniendo, frotándose las antenas al pasar. Cuando llega el coche fúnebre las disposiciones están tomadas, mis hermanas llevan a los parientes a despedirse del finado antes del cierre del ataúd, los sostienen y confortan mientras mis primas y mis hermanos se van adelantando hasta desalojarlos, abreviar el último adiós y quedarse solos junto al muerto. Rendidos, extraviados, comprendiendo vagamente pero incapaces de reaccionar, los deudos se dejan llevar y traer, beben cualquier cosa que se les acerca a los labios y responden con vagas protestas inconsistentes a las cariñosas solicitudes de mis primas y mis hermanas. Cuando es hora de partir y la casa está llena de parientes y amigos, una organización invisible pero sin brechas decide cada movimiento, el director de la funeraria acata las órdenes de mi padre, la remoción del ataúd se hace de acuerdo con las indicaciones de mi tío el mayor. Alguna que otra vez los parientes llegados a último momento adelantan una reivindicación destemplada; los vecinos, convencidos ya de que todo es como debe ser, los miran escandalizados y los obligan a callarse. En el coche de duelo se instalan mis padres y mis tíos, mis hermanos suben al segundo y mis primas condescienden a aceptar a alguno de los deudos en el tercero, donde se ubican envueltas en grandes pañoletas negras y moradas. El resto sube donde puede, y hay parientes que se ven precisados a llamar un taxi. Y si algunos, refrescados por el aire matinal y el largo trayecto, traman una reconquista en la necrópolis, amargo es su desengaño. Apenas llega el cajón al peristilo, mis hermanos rodean al orador designado por la familia o los amigos del difunto, y fácilmente reconocible por su cara de circunstancias y el rollito que le abulta el bolsillo del saco. Estrechándole las manos, le empapan las solapas con sus lágrimas, lo palmean con un blando sonido de tapioca y el orador no puede impedir que mi tío el menor suba a la tribuna y abra los discursos con una oración que es siempre un modelo de verdad y discreción. Dura tres minutos, se refiere exclusivamente al difunto, acota sus virtudes y da cuenta de sus defectos, sin quitar humanidad a nada de lo que se dice; está profundamente emocionado, y a veces le cuesta terminar. Apenas ha bajado, mi hermano el mayor ocupa la tribuna y se encarga del panegírico en nombre del vecindario, mientras el vecino designado a tal efecto trata de abrirse paso entre mis primas y hermanas, que lloran colgadas de su chaleco. Un gesto afable pero imperioso de mi padre moviliza al personal de la funeraria; dulcemente empieza a rodar el catafalco, y los oradores oficiales se quedan al pie de la tribuna, mirándose y estrujando los discursos con sus manos húmedas. Por lo regular no nos molestamos en acompañar al difunto hasta la bóveda o sepultura, sino que damos media vuelta y salimos todos juntos, comentando las incidencias del velorio. Desde lejos vemos cómo los parientes corren desesperadamente para agarrar alguno de los cordones del ataúd y se pelean con los vecinos que entretanto se han posesionado de los cordones y prefieren llevarlos ellos a que los lleven los parientes.

MATERIAL PLÁSTICO

Instrucciones para cantar

Empiece por romper los espejos de su casa, deje caer los brazos, mire vagamente la pared, *olvídese*. Cante una sola nota, escuche por dentro. Si oye (pero esto ocurrirá mucho después) algo como un paisaje sumido en el miedo, con hogueras entre las piedras, con siluetas semidesnudas en cuclillas, creo que estará bien encaminado, y lo mismo si oye un río por donde bajan barcas pintadas de amarillo y negro, si oye un sabor de pan, un tacto de dedos, una sombra de caballo.

Después compre solfeos y un frac, y por favor no cante por la nariz y deje en paz a Schumann.

Trabajos de oficina

Mi fiel secretaria es de las que toman su función al-pie-de-la-letra, y ya se sabe que eso significa pasarse al otro lado, invadir territorios, meter los cinco dedos en el vaso de leche para sacar un pobre pelito.

Mi fiel secretaria se ocupa o querría ocuparse de todo en mi oficina. Nos pasamos el día librando una cordial batalla de jurisdicciones, un sonriente intercambio de minas y contraminas, de salidas y retiradas, de prisiones y rescates. Pero ella tiene tiempo para todo, no sólo busca adueñarse de la oficina, sino que cumple escrupulosa sus funciones. Las palabras, por ejemplo, no hay día en que no las lustre, las cepille, las ponga en su justo estante, las prepare y acicale para sus obligaciones cotidianas. Si se me viene a la boca un adjetivo prescindible —porque todos ellos nacen fuera de la órbita de mi secretaria, y en cierto modo de mí mismo—, ya está ella lápiz en mano atrapándolo y matándolo sin darle tiempo a soldarse al resto de la frase y sobrevivir por descuido o costumbre. Si la dejara, si en este mismo instante la dejara, tiraría estas hojas al canasto, enfurecida. Está tan resuelta a que yo viva una vida ordenada, que cualquier movimiento imprevisto la mueve a enderezarse, toda orejas, toda rabo parado, temblando como un alambre al viento. Tengo que disimular, y so pretexto de que estoy redactando un informe, llenar algunas hojitas de papel rosa o verde con las palabras que me gustan, con sus juegos y sus brincos y sus rabiosas querellas. Mi fiel secretaria arregla entretanto la oficina, distraída en apariencia pero pronta al salto. A mitad de un verso que nacía tan contento, el pobre, la oigo que inicia su horrible chillido de censura, y entonces mi lápiz vuelve al galope hacia las palabras vedadas, las tacha presuroso, ordena el desorden, fija, limpia y da esplendor, y lo que queda está probablemente muy bien, pero esta tristeza, este gusto a traición en la lengua, esta cara de jefe con su secretaria.

Maravillosas ocupaciones

Qué maravillosa ocupación cortarle una pata a una araña, ponerla en un sobre, escribir Señor Ministro de Relaciones Exteriores, agregar la dirección, bajar a saltos la escalera, despachar la carta en el correo de la esquina.

Qué maravillosa ocupación ir andando por el bulevar Arago contando los árboles, y cada cinco castaños detenerse un momento sobre un solo pie y esperar que alguien mire, y entonces soltar un grito seco y breve, y girar como una peonza, con los brazos bien abiertos, idéntico al ave cakuy que se duele en los árboles del norte argentino.

Qué maravillosa ocupación entrar en un café y pedir azúcar, otra vez azúcar, tres o cuatro veces azúcar, e ir formando un montón en el centro de la mesa, mientras crece la ira en los mostradores y debajo de los delantales blancos, y exactamente en medio del montón de azúcar escupir suavemente, y seguir el descenso del pequeño glaciar de saliva, oír el ruido de piedras rotas que lo acompaña y que nace en las gargantas contraídas de cinco parroquianos y del patrón, hombre honesto a sus horas.

Qué maravillosa ocupación tomar el ómnibus, bajarse delante del Ministerio, abrirse paso a golpes de sobres con sellos, dejar atrás al último secretario y entrar, firme y serio, en el gran despacho de espejos, exactamente en el momento en que un ujier vestido de azul entrega al Ministro una carta, y verlo abrir el sobre con una plegadera de origen histórico, meter dos dedos delicados y retirar la pata de araña, quedarse mirándola, y entonces imitar el zumbido de una mosca y ver cómo el Ministro palidece, quiere tirar la pata pero no puede, está atrapado por la pata, y darle la espalda y salir, silbando, anunciar en los pasillos la renuncia del Ministro, y saber que al día siguiente entrarán las tropas enemigas y todo se irá al diablo y será un jueves de un mes impar de un año bisiesto.

Vietato introdurre biciclette

En los bancos y casas de comercio de este mundo a nadie le importa un pito que alguien entre con un repollo bajo el brazo, o con un tucán, o soltando de la boca como un piolincito las canciones que me enseñó mi madre, o llevando de la mano un chimpancé con tricota a rayas. Pero apenas una persona entra con una bicicleta se produce un revuelo excesivo, y el vehículo es expulsado con violencia a la calle mientras su propietario recibe admoniciones vehementes de los empleados de la casa.

Para una bicicleta, ente dócil y de conducta modesta, constituye una humillación y una befa la presencia de carteles que la detienen altaneros delante de las bellas puertas de cristales de la ciudad. Se sabe que las bicicletas han tratado por todos los medios de remediar su triste condición social. Pero en absolutamente todos los países de la tierra *está prohibido entrar con bicicletas*. Algunos agregan: «y perros», lo cual duplica en las bicicletas y en los canes su complejo de inferioridad. Un gato, una liebre, una tortuga, pueden en principio entrar en Bunge & Born o en los estudios de los abogados de la calle San Martín sin ocasionar más que sorpresa, gran encanto entre telefonistas ansiosas o, a lo sumo, una orden al portero para que arroje a los susodichos animales a la calle. Esto último puede suceder pero no es humillante, primero, porque sólo constituye una probabilidad entre muchas, y luego porque nace como efecto de una causa y no de una fría maquinación preestablecida, horrendamente impresa en chapas de bronce o de esmalte, tablas de la ley inexorable que aplastan la sencilla espontaneidad de las bicicletas, seres inocentes.

De todas maneras, ¡cuidado, gerentes! También las rosas son ingenuas y dulces, pero quizá sepáis que en una guerra de dos rosas murieron príncipes que eran como rayos negros, cegados por pétalos de sangre. No ocurra que las bicicletas amanezcan un día cubiertas de espinas; que las astas de sus manubrios crezcan y embistan, que acorazadas de furor arremetan en legión contra los cristales de las compañías de seguros y que el día luctuoso se cierre con baja general de acciones, con luto en veinticuatro horas, con duelos despedidos por tarjeta.

Conducta de los espejos en la isla de Pascua

Cuando se pone un espejo al oeste de la isla de Pascua, atrasa. Cuando se pone un espejo al este de la isla de Pascua, adelanta. Con delicadas mediciones puede encontrarse el punto en que ese espejo estará en hora, pero el punto que sirve para ese espejo no es garantía de que sirva para otro, pues los espejos adolecen de distintos materiales y reaccionan según les da la real gana. Así Salomón Lemos, el antropólogo becado por la Fundación Guggenheim, se vio a sí mismo muerto de tifus al mirar su espejo de afeitarse, todo ello al este de la isla. Y al mismo tiempo un espejito que había olvidado al oeste de la isla de Pascua reflejaba para nadie (estaba tirado entre las piedras) a Salomón Lemos de pantalón corto yendo a la escuela; después, a Salomón Lemos desnudo en una bañadera, jabonado entusiastamente por su papá y su mamá; después, a Salomón Lemos diciendo ajó para emoción de su tía Remeditos en una estancia del partido de Trenque Lauquen.

Posibilidades de la abstracción

Trabajo desde hace años en la Unesco y otros organismos internacionales, pese a lo cual conservo algún sentido del humor y especialmente una notable capacidad de abstracción, es decir, que si no me gusta un tipo lo borro del mapa con sólo decidirlo, y mientras él habla y habla yo me paso a Melville y el pobre cree que lo estoy escuchando. De la misma manera si me gusta una chica puedo abstraerle la ropa apenas entra en mi campo visual, y mientras me habla de lo fría que está la mañana yo me paso largos minutos admirándole el ombliguito. A veces es casi malsana esta facilidad que tengo.

El lunes pasado fueron las orejas. A la hora de entrada era extraordinario el número de orejas que se desplazaban en la galería de entrada. En mi oficina encontré seis orejas; en la cantina, a mediodía, había más de quinientas, simétricamente ordenadas en dobles filas. Era divertido ver de cuando en cuando dos orejas que remontaban, salían de la fila y se alejaban. Parecían alas.

El martes elegí algo que creía menos frecuente: los relojes de pulsera. Me engañé, porque a la hora del almuerzo pude ver cerca de doscientos que sobrevolaban las mesas con un movimiento hacia atrás y adelante, que recordaba particularmente la acción de seccionar un bife. El miércoles preferí (con cierto embarazo) algo más fundamental, y elegí los botones. ¡Oh espectáculo! El aire de la galería lleno de cardúmenes de ojos opacos que se desplazaban horizontalmente, mientras a los lados de cada pequeño batallón horizontal se balanceaban pendularmente dos, tres o cuatro botones. En el ascensor la saturación era indescriptible: centenares de botones inmóviles, o moviéndose apenas, en un asombroso cubo cristalográfico. Recuerdo especialmente una ventana (era por la tarde) contra el cielo azul. Ocho botones rojos dibujaban una delicada vertical, y aquí y allá se movían suavemente unos pequeños discos nacarados y secretos. Esa mujer debía ser tan hermosa.

El miércoles era de ceniza, día en que los procesos digestivos me parecieron ilustración adecuada a la circunstancia, por lo cual a las nueve y media fui mohino espectador de la llegada de centenares de bolsas llenas de una papilla grisácea, resultante de la mezcla de corn-flakes, café con leche y medialunas. En la cantina vi cómo una naranja se dividía en prolijos gajos, que en un momento dado perdían su forma y bajaban uno tras otro hasta formar a cierta altura un depósito blanquecino. En ese estado la naranja recorrió el pasillo, bajó cuatro pisos y, luego de entrar en una oficina, fue a inmovilizarse en un punto situado entre los dos brazos de un sillón. Algo más lejos se veían en análogo reposo un cuarto de litro de té cargado. Como curioso paréntesis (mi facultad de abstracción suele ejercerse arbitrariamente) podía ver además una bocanada de humo que se entubaba verticalmente, se dividía en dos translúcidas vejigas, subía otra vez por el tubo y luego de una graciosa voluta se dispersaba en barrocos resultados. Más tarde (yo estaba en otra oficina) encontré un pretexto para volver a visitar la naranja, el té y el humo. Pero el humo había desaparecido, y en vez de la naranja y el té había dos desagradables tubos retorcidos. Hasta la abstracción tiene su lado penoso; saludé a los tubos y me volví a mi despacho. Mi secretaria lloraba, leyendo el decreto por el cual me dejaban cesante. Para consolarme decidí abstraer sus lágrimas, y por un rato me deleité con esas diminutas fuentes cristalinas que nacían en el aire y se aplastaban en los biblioratos, el secante y el boletín oficial. La vida está llena de hermosuras así.

El diario a diario

Un señor toma el tranvía después de comprar el diario y ponérselo bajo el brazo. Media hora más tarde desciende con el mismo diario bajo el mismo brazo.

Pero ya no es el mismo diario, ahora es un montón de hojas impresas que el señor abandona en un banco de plaza.

Apenas queda solo en el banco, el montón de hojas impresas se convierte otra vez en un diario, hasta que un muchacho lo ve, lo lee y lo deja convertido en un montón de hojas impresas.

Apenas queda solo en el banco, el montón de hojas impresas se convierte otra vez en un diario, hasta que una anciana lo encuentra, lo lee y lo deja convertido en un montón de hojas impresas. Luego se lo lleva a su casa y en el camino lo usa para empaquetar medio kilo de acelgas, que es para lo que sirven los diarios después de estas excitantes metamorfosis.

Pequeña historia tendente a ilustrar lo precario de la estabilidad dentro de la cual creemos existir, o sea que las leyes podrían ceder terreno a las excepciones, azares o improbabilidades, y ahí te quiero ver

Informe confidencial CVN/475 a/W del Secretario de la OCLUSIOM al Secretario de la VERPERTUIT.

...confusión horrible. Todo marchaba perfectamente y nunca hubo dificultades con los reglamentos. Ahora, de pronto, se decide reunir al Comité Ejecutivo en sesión extraordinaria y empiezan las dificultades, ya va a ver usted qué clase de líos inesperados. Desconcierto absoluto en las filas. Incertidumbre en cuanto al futuro. Pasa que el Comité se reúne y procede a elegir a los nuevos miembros del cuerpo, en reemplazo de los seis titulares fallecidos en trágicas circunstancias al precipitarse al agua el helicóptero en el cual sobrevolaban el paisaje, pereciendo todos ellos en el hospital de la región por haberse equivocado la enfermera y aplicádoles inyecciones de sulfamida en dosis inaceptables por el organismo humano. Reunido el Comité, compuesto del único titular sobreviviente (retenido en su domicilio el día de la catástrofe por causa de resfrío) y de seis miembros suplentes, procédese a votar los candidatos propuestos por los diferentes estados asociados de la OCLUSIOM. Se elige por unanimidad al señor Félix Voll. (Aplausos). Se elige por unanimidad al señor Félix Romero. (Aplausos). Se practica una nueva votación, y resulta elegido por unanimidad el señor Félix Lupescu. (Desconcierto). El Presidente interino toma la palabra y hace una observación jocosa sobre la coincidencia de los nombres de pila. Pide la palabra el delegado de Grecia y declara que, aunque le parece ligeramente estrambótico, tiene encargo de su gobierno de proponer como candidato al señor Félix Paparemólogos. Se vota, y resulta elegido por mayoría. Se pasa a la votación siguiente, y triunfa el candidato por Pakistán, señor Félix Abib. A esta altura hay gran confusión en el Comité, el cual se apresura a celebrar la votación final, resultando elegido el candidato por la Argentina, señor Félix Camusso. Entre los aplausos acentuadamente incómodos de los presentes, el titular decano del Comité da la bienvenida a los seis nuevos miembros, a quienes califica cordialmente de Cotocayos. (Estupefacción). Se lee la composición del Comité, el cual queda integrado en la siguiente forma: Presidente y miembro más antiguo sobreviviente del siniestro, Sr. Félix Smith. Miembros, Sres. Félix Voll, Félix Romero, Félix Lupescu, Félix Paparemólogos, Félix Abib y Félix Camusso.

Ahora bien, las consecuencias de esta elección son cada vez más comprometedoras para la OCLUSIOM. Los diarios de la tarde reproducen con comentarios jocosos e impertinentes la composición del Comité Ejecutivo. El Ministro del Interior habló esta mañana por teléfono con el Director General. Éste, a falta de mejor cosa, ha hecho preparar una nota informativa que contiene el *currículum vitae* de los nuevos miembros del Comité, todos ellos eminentes personalidades en el campo de las ciencias económicas.

El Comité debe celebrar su primera sesión el próximo jueves, pero se murmura que los Sres. Félix Camusso, Félix Voll y Félix Lupescu elevarán su renuncia en las últimas horas de esta tarde. El Sr. Camusso ha solicitado instrucciones sobre la redacción de su renuncia; en efecto, no tiene ningún motivo valedero para retirarse del Comité y sólo lo guía, al igual que a los Sres. Voll y Lupescu, el deseo de que el Comité se integre con personas que no respondan al nombre de Félix. Probablemente las renuncias aducirán razones de salud y serán aceptadas por el Director General.

Fin del mundo del fin

Como los escribas continuarán, los pocos lectores que en el mundo había van a cambiar de oficio y se pondrán también de escribas. Cada vez más los países serán de escribas y de fábricas de papel y tinta, los escribas de día y las máquinas de noche para imprimir el trabajo de los escribas. Primero las bibliotecas desbordarán de las casas; entonces las municipalidades deciden (ya estamos en la cosa) sacrificar los terrenos de juegos infantiles para ampliar las bibliotecas. Después ceden los teatros, las maternidades, los mataderos, las cantinas, los hospitales. Los pobres aprovechan los libros como ladrillos, los pegan con cemento y hacen paredes de libros y viven en cabañas de libros. Entonces pasa que los libros rebasan las ciudades y entran en los campos, van aplastando los trigales y los campos de girasol, apenas si la dirección de vialidad consigue que las rutas queden despejadas entre dos altísimas paredes de libros. A veces una pared cede y hay espantosas catástrofes automovilísticas. Los escribas trabajan sin tregua porque la humanidad respeta las vocaciones y los impresos llegan ya a orillas del mar. El presidente de la República habla por teléfono con los presidentes de las repúblicas, y propone inteligentemente precipitar al mar el sobrante de libros, lo cual se cumple al mismo tiempo en todas las costas del mundo. Así los escribas siberianos ven sus impresos precipitados al mar glacial, y los escribas indonesios, etcétera. Esto permite a los escribas aumentar su producción, porque en la tierra vuelve a haber espacio para almacenar sus libros. No piensan que el mar tiene fondo y que en el fondo del mar empiezan a amontonarse los impresos, primero en forma de pasta aglutinante, después en forma de pasta consolidante, y por fin como un piso resistente, aunque viscoso, que sube diariamente algunos metros y que terminará por llegar a la superficie. Entonces muchas aguas invaden muchas tierras, se produce una nueva distribución de continentes y océanos, y presidentes de diversas repúblicas son sustituidos por lagos y penínsulas, presidentes de otras repúblicas ven abrirse inmensos territorios a sus ambiciones, etcétera. El agua marina, puesta con tanta violencia a expandirse, se evapora más que antes, o busca reposo mezclándose con los impresos para formar la pasta aglutinante, al punto que un día los capitanes de los barcos de las grandes rutas advierten que los barcos avanzan lentamente, de treinta nudos bajan a veinte, a quince, y los motores jadean y las hélices se deforman. Por fin todos los barcos se detienen en distintos puntos de los mares, atrapados por la pasta, y los escribas del mundo entero escriben millares de impresos explicando el fenómeno y llenos de una gran alegría. Los presidentes y los capitanes deciden convertir los barcos en islas y casinos, el público va a pie sobre los mares de cartón a las islas y casinos, donde orquestas típicas y características amenizan el ambiente climatizado y se baila hasta avanzadas horas de la madrugada. Nuevos impresos se amontonan a orillas del mar, pero es imposible meterlos en la pasta, y así crecen murallas de impresos y nacen montañas a orillas de los antiguos mares. Los escribas comprenden que las fábricas de papel y tinta van a quebrar, y escriben con letra cada vez más menuda, aprovechando hasta los rincones más imperceptibles de cada papel. Cuando se termina la tinta escriben con lápiz, etcétera; al terminarse el papel escriben en tablas y baldosas, etcétera. Empieza a difundirse la costumbre de intercalar un texto en otro para aprovechar las entrelíneas, o se borra con hojas de afeitar las letras impresas para usar de nuevo el papel. Los escribas trabajan lentamente, pero su número es tan inmenso que los impresos separan ya por completo las tierras de los lechos de los antiguos mares. En la tierra vive precariamente la raza de los escribas, condenada a extinguirse, y en el mar están las islas y los casinos, o sea los transatlánticos, donde se han refugiado los presidentes de las repúblicas y donde se celebran grandes fiestas y se cambian mensajes de isla a isla, de presidente a presidente y de capitán a capitán.

Acefalía

A un señor le cortaron la cabeza, pero como después estalló una huelga y no pudieron enterrarlo, este señor tuvo que seguir viviendo sin cabeza y arreglárselas bien o mal.

En seguida notó que cuatro de los cinco sentidos se le habían ido con la cabeza. Dotado solamente de tacto, pero lleno de buena voluntad, el señor se sentó en un banco de la plaza Lavalle y tocaba las hojas de los árboles una por una, tratando de distinguirlas y nombrarlas. Así, al cabo de varios días pudo tener la certeza de que había juntado sobre sus rodillas una hoja de eucalipto, una de plátano, una de magnolia foscata y una piedrita verde.

Cuando el señor advirtió que esto último era una piedra verde, pasó un par de días muy perplejo. Piedra era correcto y posible, pero no verde. Para probar imaginó que la piedra era roja, y en el mismo momento sintió como una profunda repulsión, un rechazo de esa mentira flagrante, de una piedra roja absolutamente falsa, ya que la piedra era por completo verde y en forma de disco, muy dulce al tacto.

Cuando se dio cuenta de que además la piedra era dulce, el señor pasó cierto tiempo atacado de gran sorpresa. Después optó por la alegría, lo que siempre es preferible, pues se veía que, a semejanza de ciertos insectos que regeneran sus partes cortadas, era capaz de sentir diversamente. Estimulado por el hecho abandonó el banco de la plaza y bajó por la calle Libertad hasta la avenida de Mayo, donde como es sabido proliferan las frituras originadas en los restaurantes españoles. Enterado de este detalle que le restituía un nuevo sentido, el señor se encaminó vagamente hacia el este o hacia el oeste, pues de eso no estaba seguro, y anduvo infatigable, esperando de un momento a otro oír alguna cosa, ya que el oído era lo único que le faltaba. En efecto, veía un cielo pálido como de amanecer, tocaba sus propias manos con dedos húmedos y uñas que se hincaban en la piel, olía como a sudor y en la boca tenía gusto a metal y a coñac. Sólo le faltaba oír, y justamente entonces oyó, y fue como un recuerdo, porque lo que oía era otra vez las palabras del capellán de la cárcel, palabras de consuelo y esperanza muy hermosas en sí, lástima que con cierto aire de usadas, de dichas muchas veces, de gastadas a fuerza de sonar y sonar.

Esbozo de un sueño

Bruscamente siente gran deseo de ver a su tío y se apresura por callejuelas retorcidas y empinadas, que parecen esforzarse por alejarlo de la vieja casa solariega. Después de largo andar (pero es como si tuviera los zapatos pegados al suelo) ve el portal y oye vagamente ladrar un perro, si eso es un perro. En el momento de subir los cuatro gastados peldaños, y cuando alarga la mano hacia el llamador, que es otra mano que aprieta una esfera de bronce, los dedos del llamador se mueven, primero el meñique y poco a poco los otros, que van soltando interminablemente la bola de bronce. La bola cae como si fuera de plumas, rebota sin ruido en el umbral y le salta hasta el pecho, pero ahora es una gorda araña negra. La rechaza con un manotón desesperado, y en ese instante se abre la puerta: el tío está de pie, sonriendo detrás de la puerta cerrada. Cambian algunas frases que parecen preparadas, un ajedrez elástico. «Ahora yo tengo que contestar...». «Ahora él va a decir...». Y todo ocurre exactamente así. Ya están en una habitación brillantemente iluminada; el tío saca cigarros envueltos en papel plateado y le ofrece uno. Largo rato busca los fósforos, pero en toda la casa no hay fósforos ni fuego de ninguna especie; no pueden encender los cigarros, el tío parece ansioso de que la visita termine, y por fin hay una confusa despedida en un pasillo lleno de cajones a medio abrir y donde apenas queda lugar para moverse.

Al salir de la casa sabe que no debe mirar hacia atrás, *porque...* No sabe más que eso, pero lo sabe, y se retira rápidamente, con los ojos fijos en el fondo de la calle. Poco a poco se va sintiendo más aliviado. Cuando llega a su casa está tan rendido que se acuesta en seguida, casi sin desvestirse. Entonces sueña que está en el «Tigre» y que pasa todo el día remando con su novia y comiendo chorizos en el recreo *Nuevo Toro*.

¿Qué tal, López?

Un señor encuentra a un amigo y lo saluda, dándole la mano e inclinando un poco la cabeza.

Así es como cree que lo saluda, pero el saludo ya está inventado y este buen señor no hace más que calzar en el saludo.

Llueve. Un señor se refugia bajo una arcada. Casi nunca estos señores saben que acaban de resbalar por un tobogán prefabricado desde la primera lluvia y la primera arcada. Un húmedo tobogán de hojas marchitas.

Y los gestos del amor, ese dulce museo, esa galería de figuras de humo. Consuélese tu vanidad: la mano de Antonio buscó lo que busca tu mano, y ni aquélla ni la tuya buscaban nada que ya no hubiera sido encontrado desde la eternidad. Pero las cosas invisibles necesitan encarnarse, las ideas caen a la tierra como palomas muertas.

Lo verdaderamente nuevo da miedo o maravilla. Estas dos sensaciones igualmente cerca del estómago acompañan siempre la presencia de Prometeo; el resto es la comodidad, lo que siempre sale más o menos bien; los verbos activos contienen el repertorio completo.

Hamlet no duda: busca la solución auténtica y no las puertas de la casa o los caminos ya hechos, por más atajos y encrucijadas que propongan. Quiere la tangente que triza el misterio, la quinta hoja del trébol. Entre sí y no, qué infinita rosa de los vientos. Los príncipes de Dinamarca, esos halcones que eligen morirse de hambre antes de comer carne muerta.

Cuando los zapatos aprietan, buena señal. Algo cambia ahí, algo que nos muestra, que sordamente nos pone, nos plantea. Por eso los monstruos son tan populares y los diarios se extasían con los terneros bicéfalos. ¡Qué oportunidades, qué esbozo de un gran salto hacia lo otro!

Ahí viene López.

—¿Qué tal, López?

—¿Qué tal, che?

Y así es como creen que se saludan.

Geografías

Probado que las hormigas son las verdaderas reinas de la creación (el lector puede tomarlo como una hipótesis o una fantasía; de todas maneras le hará bien un poco de antropofuguismo), he aquí una página de su geografía:

(P. 84 del libro; se señalan entre paréntesis los posibles equivalentes de ciertas expresiones, según la clásica interpretación de Gastón Loeb).

«... mares paralelos (¿ríos?). El agua infinita (¿un mar?) crece en ciertos momentos como una hiedra-hiedra-hiedra (¿idea de una pared muy alta, que expresaría la marea?). Si se va-va-va-va (noción análoga aplicada a la distancia) se llega a la Gran Sombra Verde (¿un campo sembrado, un soto, un bosque?) donde el Gran Dios alza el granero continuo para sus Mejores Obreras. En esta región abundan los Horribles Inmensos Seres (¿hombres?) que destrozan nuestros senderos. Al otro lado de la Gran Sombra Verde empieza el Cielo Duro (¿una montaña?). Y todo es nuestro, pero con amenazas».

Esta geografía ha sido objeto de otra interpretación (Dick Fry y Niels Peterson Jr.). El pasaje correspondería topográficamente a un pequeño jardín de la calle Laprida, 628, Buenos Aires. Los mares paralelos son dos canaletas de desagüe; el agua infinita, un bañadero de patos; la Gran Sombra Verde, un almácigo de lechuga. Los Horribles Inmensos Seres insinuarían patos o gallinas, aunque no debe descartarse la posibilidad de que realmente se trate de los hombres. Sobre el Cielo Duro se cierne ya una polémica que no terminará pronto. A la opinión de Fry y Peterson, que ven en él una medianera de ladrillos, se opone la de Guillermo Sofovich, que presume un bidé abandonado entre las lechugas.

Progreso y retroceso

Inventaron un cristal que dejaba pasar las moscas. La mosca venía, empujaba un poco con la cabeza y, pop, ya estaba del otro lado. Alegría enormísima de la mosca.

Todo lo arruinó un sabio húngaro al descubrir que la mosca podía entrar pero no salir, o viceversa a causa de no se sabe qué macana en la flexibilidad de las fibras de este cristal, que era muy fibroso. En seguida inventaron el cazamoscas con un terrón de azúcar dentro, y muchas moscas morían desesperadas. Así acabó toda posible confraternidad con estos animales dignos de mejor suerte.

Historia verídica

A un señor se le caen al suelo los anteojos, que hacen un ruido terrible al chocar con las baldosas. El señor se agacha afligidísimo porque los cristales de anteojos cuestan muy caro, pero descubre con asombro que por milagro no se le han roto.

Ahora este señor se siente profundamente agradecido y comprende que lo ocurrido vale por una advertencia amistosa, de modo que se encamina a una casa de óptica y adquiere en seguida un estuche de cuero almohadillado doble protección, a fin de curarse en salud. Una hora más tarde se le cae el estuche, y al agacharse sin mayor inquietud descubre que los anteojos se han hecho polvo. A este señor le lleva un rato comprender que los designios de la Providencia son inescrutables y que en realidad el milagro ha ocurrido ahora.

Historia con un oso blando

Mira tú esa bola de coaltar que rezuma estirándose y creciendo por la juntura ventana de dos árboles. Más allá de los árboles hay un calvero y es ahí donde el coaltar medita y proyecta su ingreso a la forma bola, a la forma bola y patas, a la forma coaltar pelos patas que después el diccionario OSO.

Ahora el coaltar bola emerge húmedo y blando sacudiéndose hormigas infinitas y redondas, las va tirando en cada huella que se ordena armoniosa a medida que camina. Es decir que el coaltar proyecta una pata oso sobre las agujas de pino, hiende la tierra lisa y al soltarse marca una pantufla hecha jirones adelante y deja naciente un hormiguero múltiple y redondo, fragante de coaltar. Así a cada lado del camino, fundador de imperios simétricos, va la forma pelos patas aplicando una construcción para hormigas redondas que se sacude húmedo.

Por fin sale el sol y el oso blando alza una cara transitada y pueril hacia el gongo de miel que vanamente ansía. El coaltar se pone a oler con vehemencia, la bola crece al nivel del día, pelos y patas solamente coaltar, pelos patas coaltar que musita un ruego y atisba la respuesta, la profunda resonancia del gongo arriba, la miel del cielo en su lengua hocico, en su alegría pelos patas.

Tema para un tapiz

El general tiene sólo ochenta hombres, y el enemigo, cinco mil. En su tienda el general blasfema y llora. Entonces escribe una proclama inspirada, que palomas mensajeras derraman sobre el campamento enemigo. Doscientos infantes se pasan al general. Sigue una escaramuza, que el general gana fácilmente, y dos regimientos se pasan a su bando. Tres días después el enemigo tiene sólo ochenta hombres y el general cinco mil. Entonces el general escribe otra proclama, y setenta y nueve hombres se pasan a su bando. Sólo queda un enemigo, rodeado por el ejército del general, que espera en silencio. Transcurre la noche y el enemigo no se ha pasado a su bando. El general blasfema y llora en su tienda. Al alba el enemigo desenvaina lentamente la espada y avanza hacia la tienda del general. Entra y lo mira. El ejército del general se desbanda. Sale el sol.

Propiedades de un sillón

En casa del Jacinto hay un sillón para morirse.

Cuando la gente se pone vieja, un día la invitan a sentarse en el sillón que es un sillón como todos pero con una estrellita plateada en el centro del respaldo. La persona invitada suspira, mueve un poco las manos como si quisiera alejar la invitación y después va a sentarse en el sillón y se muere.

Los chicos, siempre traviesos, se divierten en engañar a las visitas en ausencia de la madre, y las invitan a sentarse en el sillón. Como las visitas están enteradas pero saben que de eso no se debe hablar, miran a los chicos con gran confusión y se excusan con palabras que nunca se emplean cuando se habla con los chicos, cosa que a éstos los regocija extraordinariamente. Al final las visitas se valen de cualquier pretexto para no sentarse, pero más tarde la madre se da cuenta de lo sucedido y a la hora de acostarse hay palizas terribles. No por eso escarmientan, de cuando en cuando consiguen engañar a alguna visita cándida y la hacen sentarse en el sillón. En esos casos los padres disimulan, pues temen que los vecinos lleguen a enterarse de las propiedades del sillón y vengan a pedirlo prestado para hacer sentar a una u otra persona de su familia o amistad. Entretanto los chicos van creciendo y llega un día en que sin saber por qué dejan de interesarse por el sillón y las visitas. Más bien evitan entrar en la sala, hacen un rodeo por el patio, y los padres, que ya están muy viejos, cierran con llave la puerta de la sala y miran atentamente a sus hijos como queriendo leer-su-pensamiento. Los hijos desvían la mirada y dicen que ya es hora de comer o de acostarse. Por las mañanas el padre se levanta el primero y va siempre a mirar si la puerta de la sala sigue cerrada con llave, o si alguno de los hijos no ha abierto la puerta para que se vea el sillón desde el comedor, porque la estrellita de plata brilla hasta en la oscuridad y se la ve perfectamente desde cualquier parte del comedor.

Sabio con agujero en la memoria

Sabio eminente, historia romana en veintitrés tomos, candidato seguro Premio Nobel, gran entusiasmo en su país. Súbita consternación: rata de biblioteca a full-time lanza grosero panfleto denunciando omisión Caracalla. Relativamente poco importante, de todas maneras omisión. Admiradores estupefactos consultan Pax Romana qué artista pierde el mundo Varo devuélveme mis legiones hombre de todas las mujeres y mujer de todos los hombres (cuídate de los Idus de marzo) el dinero no tiene olor con este signo vencerás. Ausencia incontrovertible de Caracalla, consternación, teléfono desconectado, sabio no puede atender al Rey Gustavo de Suecia pero ese rey ni piensa en llamarlo, más bien otro que disca y disca vanamente el número maldiciendo en una lengua muerta.

Plan para un poema

Que sea Roma la que Faustina, que el viento aguce los lápices de plomo del escriba sentado, o atrás de enredaderas centenarias aparezca escrita una mañana esta frase convincente: No hay enredaderas centenarias, la botánica es una ciencia, al diablo los inventores de imágenes presuntas. Y Marat en su bañadera.

También veo la persecución de un grillo por una bandeja de plata, con la señora Delia que suavemente acerca una mano semejante a un sustantivo y cuando va a atraparlo el grillo está en la sal (entonces cruzaron a pie enjuto, y Faraón los maldecía en la ribera) o salta al delicado mecanismo que de la flor del trigo extrae la mano seca de la tostada. Señora Delia, señora Delia, deje a ese grillo andar por platos playos. Un día cantará con tan terrible venganza que sus relojes de péndulo se ahorcarán en sus ataúdes parados, o la doncella para la ropa blanca dará a luz un monograma vivo, que correrá por la casa repitiendo sus iniciales como un tamborilero. Señora Delia, los invitados se impacientan porque hace frío. Y Marat en su bañadera.

Por fin que sea Buenos Aires en un día salido y rehilado, con trapos al sol y todas las radios de la cuadra vociferando al mismo tiempo la cotización del mercado libre de girasoles. Por un girasol sobrenatural se pagó en Liniers ochenta y ocho pesos, y el girasol hizo manifestaciones oprobiosas al repórter Esso, un poco por cansancio luego del recuento de sus granos, en parte porque su destino ulterior no figuraba en la boleta de venta. Al atardecer habrá una concentración de fuerzas vivas en la plaza de Mayo. Las fuerzas irán por distintas calles hasta equilibrarse en la pirámide, y se verá que viven gracias a un sistema de reflejos instalado por la municipalidad. Nadie duda de que los actos se cumplirán con la máxima brillantez, lo que ha provocado como es de suponer una extraordinaria expectativa. Se han vendido palcos, irán el señor cardenal, las palomas, los presos políticos, los tranviarios, los relojeros, las dádivas, las gruesas señoras. Y Marat en su bañadera.

Camello declarado indeseable

Aceptan todas las solicitudes de paso de frontera, pero Guk, camello, inesperadamente declarado indeseable. Acude Guk a la central de policía donde le dicen nada que hacer, vuélvete al oasis, declarado indeseable inútil tramitar solicitud. Tristeza de Guk, retorno a las tierras de infancia. Y los camellos de familia, y los amigos, rodeándolo y qué te pasa, y no es posible, por qué precisamente tú. Entonces una delegación al Ministerio de Tránsito a apelar por Guk, con escándalo de funcionarios de carrera: esto no se ha visto jamás, ustedes se vuelven inmediatamente al oasis, se hará un sumario.

Guk en el oasis come pasto un día, pasto otro día. Todos los camellos han pasado la frontera, Guk sigue esperando. Así se van el verano, el otoño. Luego Guk de vuelta a la ciudad, parado en una plaza vacía. Muy fotografiado por turistas, contestando reportajes. Vago prestigio de Guk en la plaza. Aprovechando busca salir, en la puerta todo cambia: declarado indeseable. Guk baja la cabeza, busca los ralos pastitos de la plaza. Un día lo llaman por el altavoz y entra feliz en la central. Allí es declarado indeseable. Guk vuelve al oasis y se acuesta. Come un poco de pasto, y después apoya el hocico en la arena. Va cerrando los ojos mientras se pone el sol. De su nariz brota una burbuja que dura un segundo más que él.

Discurso del oso

Soy el oso de los caños de la casa, subo por los caños en las horas de silencio, los tubos de agua caliente, de la calefacción, del aire fresco, voy por los tubos de departamento en departamento y soy el oso que va por los caños.

Creo que me estiman porque mi pelo mantiene limpios los conductos, incesantemente corro por los tubos y nada me gusta más que pasar de piso en piso resbalando por los caños. A veces saco una pata por la canilla y la muchacha del tercero grita que se ha quemado, o gruño a la altura del horno del segundo y la cocinera Guillermina se queja de que el aire tira mal. De noche ando callado y es cuando más ligero ando, me asomo al techo por la chimenea para ver si la luna baila arriba, y me dejo resbalar como el viento hasta las calderas del sótano. Y en verano nado de noche en la cisterna picoteada de estrellas, me lavo la cara primero con una mano, después con la otra, después con las dos juntas, y eso me produce una grandísima alegría.

Entonces resbalo por todos los caños de la casa, gruñendo contento, y los matrimonios se agitan en sus camas y deploran la instalación de las tuberías. Algunos encienden la luz y escriben un papelito para acordarse de protestar cuando vean al portero. Yo busco la canilla que siempre queda abierta en algún piso; por allí saco la nariz y miro la oscuridad de las habitaciones donde viven esos seres que no pueden andar por los caños, y les tengo algo de lástima al verlos tan torpes y grandes, al oír cómo roncan y sueñan en voz alta, y están tan solos. Cuando de mañana se lavan la cara, les acaricio las mejillas, les lamo la nariz y me voy, vagamente seguro de haber hecho bien.

Retrato del casoar

La primera cosa que hace el casoar es mirarlo a uno con altanería desconfiada. Se limita a mirar sin moverse, a mirar de una manera tan dura y continua que es casi como si nos estuviera inventando, como si gracias a un terrible esfuerzo nos sacara de la nada que es el mundo de los casoares y nos pusiera delante de él, en el acto inexplicable de estarlo contemplando.

De esta doble contemplación, que acaso sólo es una y quizá en el fondo ninguna, nacemos el casoar y yo, nos situamos, aprendemos a desconocernos. No sé si el casoar me recorta y me inscribe en su simple mundo; por mi parte sólo puedo describirlo, aplicar a su presencia un capítulo de gustos y disgustos. Sobre todo de disgustos porque el casoar es antipático y repulsivo. Imagínese un avestruz con una cubretetera de cuerno en la cabeza, una bicicleta aplastada entre dos autos y que se amontona en sí misma, una calcomanía mal sacada y donde predominan un violeta sucio y una especie de crepitación. Ahora el casoar da un paso adelante y adopta un aire más seco; es como un par de anteojos cabalgando una pedantería infinita. Vive en Australia el casoar; es cobarde y temible a la vez; los guardianes entran en su jaula con altas botas de cuero y un lanzallamas. Cuando el casoar cesa de correr despavorido alrededor de la cazuela de afrecho que le ponen, y se precipita con saltos de camello sobre el guardián, no queda otro recurso que abrir el lanzallamas. Entonces se ve esto: el río de fuego lo envuelve y el casoar, con todas las plumas ardiendo, avanza sus últimos pasos mientras prorrumpe en un chillido abominable. Pero su cuerpo no se quema: la seca materia escamosa, que es su orgullo y su desprecio, entra en fusión fría, se enciende en un azul prodigioso, en un escarlata que semeja un puño desollado, y por fin cuaja en el verde más transparente, en la esmeralda, piedra de la sombra y la esperanza. El casoar se deshoja, rápida nube de ceniza, y el guardián corre ávido a posesionarse de la gema recién nacida. El director del zoológico aprovecha siempre ese instante para iniciarle proceso por maltrato a las bestias y despedirlo.

¿Qué más diremos del casoar después de esta doble desgracia?

Aplastamiento de las gotas

Yo no sé, mira, es terrible cómo llueve. Llueve todo el tiempo, afuera tupido y gris, aquí contra el balcón con goterones cuajados y duros, que hacen plaf y se aplastan como bofetadas uno detrás de otro, qué hastío. Ahora aparece una gotita en lo alto del marco de la ventana; se queda temblequeando contra el cielo que la triza en mil brillos apagados, va creciendo y se tambalea, ya va a caer y no se cae, todavía no se cae. Está prendida con todas las uñas, no quiere caerse y se la ve que se agarra con los dientes mientras le crece la barriga; ya es una gotaza que cuelga majestuosa, y de pronto zup, ahí va, plaf, deshecha, nada, una viscosidad en el mármol.

Pero las hay que se suicidan y se entregan enseguida, brotan en el marco y ahí mismo se tiran; me parece ver la vibración del salto, sus piernitas desprendiéndose y el grito que las emborracha en esa nada del caer y aniquilarse. Tristes gotas, redondas inocentes gotas. Adiós gotas. Adiós.

Cuento sin moraleja

Un hombre vendía gritos y palabras, y le iba bien, aunque encontraba mucha gente que discutía los precios y solicitaba descuentos. El hombre accedía casi siempre, y así pudo vender muchos gritos de vendedores callejeros, algunos suspiros que le compraban señoras rentistas, y palabras para consignas, eslóganes, membretes y falsas ocurrencias.

Por fin el hombre supo que había llegado la hora y pidió audiencia al tiranuelo del país, que se parecía a todos sus colegas y lo recibió rodeado de generales, secretarios y tazas de café.

—Vengo a venderle sus últimas palabras —dijo el hombre—. Son muy importantes porque a usted nunca le van a salir bien en el momento, y en cambio le conviene decirlas en el duro trance para configurar fácilmente un destino histórico retrospectivo.

—Traducí lo que dice —mandó el tiranuelo a su intérprete.

—Habla en argentino, Excelencia.

—¿En argentino? ¿Y por qué no entiendo nada?

—Usted ha entendido muy bien —dijo el hombre—. Repito que vengo a venderle sus últimas palabras.

El tiranuelo se puso en pie como es de práctica en estas circunstancias, y reprimiendo un temblor mandó que arrestaran al hombre y lo metieran en los calabozos especiales que siempre existen en esos ambientes gubernativos.

—Es lástima —dijo el hombre mientras se lo llevaban—. En realidad usted querrá decir sus últimas palabras cuando llegue el momento, y necesitará decirlas para configurar fácilmente un destino histórico retrospectivo. Lo que yo iba a venderle es lo que usted querrá decir, de modo que no hay engaño. Pero como no acepta el negocio, como no va a aprender por adelantado esas palabras, cuando llegue el momento en que quieran brotar por primera vez y naturalmente usted no podrá decirlas.

—¿Por qué no podré decirlas, si son las que he de querer decir? —preguntó el tiranuelo, ya frente a otra taza de café.

—Porque el miedo no lo dejará —dijo tristemente el hombre—. Como estará con una soga al cuello, en camisa y temblando de terror y de frío, los dientes se le entrechocarán y no podrá articular palabra. El verdugo y los asistentes, entre los cuales habrá algunos de estos señores, esperarán por decoro un par de minutos, pero cuando de su boca brote solamente un gemido entrecortado por hipos y súplicas de perdón (porque eso sí lo articulará sin esfuerzo) se impacientarán y lo ahorcarán.

Muy indignados, los asistentes y en especial los generales, rodearon al tiranuelo para pedirle que hiciera fusilar inmediatamente al hombre. Pero el tiranuelo, que estaba-pálido-como-la-muerte, los echó a empellones y se encerró con el hombre para comprarle sus últimas palabras.

Entretanto, los generales y secretarios, humilladísimos por el trato recibido, prepararon un levantamiento y a la mañana siguiente prendieron al tiranuelo mientras comía uvas en su glorieta preferida. Para que no pudiera decir sus últimas palabras lo mataron en el acto pegándole un tiro. Después se pusieron a buscar al hombre, que había desaparecido de la casa de gobierno, y no tardaron en encontrarlo, pues se paseaba por el mercado vendiendo pregones a los saltimbanquis. Metiéndolo en un coche celular lo llevaron a la fortaleza y lo torturaron para que revelase cuáles hubieran podido ser las últimas palabras del tiranuelo. Como no pudieron arrancarle la confesión, lo mataron a puntapiés.

Los vendedores callejeros que le habían comprado gritos siguieron gritándolos en las esquinas, y uno de esos gritos sirvió más adelante como santo y seña de la contrarrevolución que acabó con los generales y los secretarios. Algunos, antes de morir, pensaron confusamente que en realidad todo aquello había sido una torpe cadena de confusiones y que las palabras y los gritos eran cosa que en rigor pueden venderse pero no comprarse, aunque parezca absurdo.

Y se fueron pudriendo todos, el tiranuelo, el hombre y los generales y secretarios, pero los gritos resonaban de cuando en cuando en las esquinas.

Las líneas de la mano

De una carta tirada sobre la mesa sale una línea que corre por la plancha de pino y baja por una pata. Basta mirar bien para descubrir que la línea continúa por el piso de parqué, remonta el muro, entra en una lámina que reproduce un cuadro de Boucher, dibuja la espalda de una mujer reclinada en un diván y por fin escapa de la habitación por el techo y desciende en la cadena del pararrayos hasta la calle. Ahí es difícil seguirla a causa del tránsito, pero con atención se la verá subir por la rueda del autobús estacionado en la esquina y que lleva al puerto. Allí baja por la media de nilón cristal de la pasajera más rubia, entra en el territorio hostil de las aduanas, rampa y repta y zigzaguea hasta el muelle mayor y allí (pero es difícil verla, sólo las ratas la siguen para trepar a bordo) sube al barco de turbinas sonoras, corre por las planchas de la cubierta de primera clase, salva con dificultad la escotilla mayor y en una cabina, donde un hombre triste bebe coñac y escucha la sirena de partida, remonta por la costura del pantalón, por el chaleco de punto, se desliza hasta el codo y con un último esfuerzo se guarece en la palma de la mano derecha, que en ese instante empieza a cerrarse sobre la culata de una pistola.

HISTORIAS DE CRONOPIOS Y DE FAMAS

I. Primera y aún incierta aparición de los cronopios, famas y esperanzas. Fase mitológica

Costumbres de los famas

Sucedió que un fama bailaba tregua y bailaba catala delante de un almacén lleno de cronopios y esperanzas. Las más irritadas eran las esperanzas porque buscan siempre que los famas no bailen tregua ni catala sino espera, que es el baile que conocen los cronopios y las esperanzas.

Los famas se sitúan a propósito delante de los almacenes, y esta vez el fama bailaba tregua y bailaba catala para molestar a las esperanzas. Una de las esperanzas dejó en el suelo su pez de flauta —pues las esperanzas, como el Rey del Mar, están siempre asistidas de peces de flauta— y salió a imprecar al fama, diciéndole así:

—Fama, no bailes tregua ni catala delante de este almacén.

El fama seguía bailando y se reía.

La esperanza llamó a otras esperanzas, y los cronopios formaron corro para ver lo que pasaría.

—Fama —dijeron las esperanzas—. No bailes tregua ni catala delante de este almacén.

Pero el fama bailaba y se reía, para menoscabar a las esperanzas.

Entonces las esperanzas se arrojaron sobre el fama y lo lastimaron. Lo dejaron caído al lado de un palenque, y el fama se quejaba, envuelto en su sangre y su tristeza.

Los cronopios vinieron furtivamente, esos objetos verdes y húmedos. Rodeaban al fama y lo compadecían, diciéndole así:

—Cronopio cronopio cronopio.

Y el fama comprendía, y su soledad era menos amarga.

El baile de los famas

Los famas cantan alrededor
los famas cantan y se mueven

—CATALA TREGUA TREGUA ESPERA

Los famas bailan en el cuarto
con farolitos y cortinas
bailan y cantan de manera tal

—CATALA TREGUA ESPERA TREGUA

Guardianes de las plazas, ¿cómo dejan salir a los famas,
que anden sueltos cantando y bailando, los famas, cantando catala tregua tregua,
bailando tregua espera tregua,
cómo pueden?
Si todavía los cronopios (esos verdes, erizados, húmedos objetos)
anduvieran por las calles, se podría evitarlos
con un saludo: —Buenas salenas cronopios cronopios.
Pero los famas.

Alegría del cronopio

Encuentro de un cronopio y un fama en la liquidación de la tienda *La Mondiale*.

—Buenas tardes, fama. Tregua catala espera.

—¿Cronopio cronopio?

—Cronopio cronopio.

—¿Hilo?

—Dos, pero uno azul.

El fama considera al cronopio. Nunca hablará hasta no saber que sus palabras son las que convienen, temeroso de que las esperanzas siempre alertas no se deslicen en el aire, esos microbios relucientes, y por una palabra equivocada invadan el corazón bondadoso del cronopio.

—Afuera llueve —dice el cronopio—. Todo el cielo.

—No te preocupes —dice fama—. Iremos en mi automóvil. Para proteger los hilos.

Y mira el aire, pero no ve ninguna esperanza, y suspira satisfecho. Además, le gusta observar la conmovedora alegría del cronopio, que sostiene contra su pecho los dos hilos —uno azul— y espera ansioso que el fama lo invite a subir a su automóvil.

[illegible]

[illegible] en la [illegible]
Con [illegible]
—[illegible]
—¿Con [illegible]?
—[illegible]
—[illegible]
—Ya, pero ¿dónde?
El [illegible] que [illegible] que [illegible] en [illegible] y [illegible] del [illegible]
—[illegible]
[illegible]
[illegible]

Tristeza del cronopio

A la salida del Luna Park un cronopio advierte
que su reloj atrasa, que su reloj atrasa, que su reloj.
Tristeza del cronopio frente a una multitud de famas
que remonta Corrientes a las once y veinte
y él, objeto verde y húmedo, marcha a las once y cuarto.
Meditación del cronopio: «Es tarde, pero menos tarde para mí que para
los famas,
para los famas es cinco minutos más tarde,
llegarán a sus casas más tarde,
se acostarán más tarde.
Yo tengo un reloj con menos vida, con menos casa y menos acostarme,
yo soy un cronopio desdichado y húmedo».
Mientras toma café en el Richmond de Florida,
moja el cronopio una tostada con sus lágrimas naturales.

II. Historias de cronopios y de famas

Viajes

Cuando los famas salen de viaje, sus costumbres al pernoctar en una ciudad son las siguientes: Un fama va al hotel y averigua cautelosamente los precios, la calidad de las sábanas y el color de las alfombras. El segundo se traslada a la comisaría y labra un acta declarando los muebles e inmuebles de los tres, así como el inventario del contenido de sus valijas. El tercer fama va al hospital y copia las listas de los médicos de guardia y sus especialidades.

Terminadas estas diligencias, los viajeros se reúnen en la plaza mayor de la ciudad, se comunican sus observaciones, y entran en el café a beber un aperitivo. Pero antes se toman de las manos y danzan en ronda. Esta danza recibe el nombre de *Alegría de los famas.*

Cuando los cronopios van de viaje, encuentran los hoteles llenos, los trenes ya se han marchado, llueve a gritos, y los taxis no quieren llevarlos o les cobran precios altísimos. Los cronopios no se desaniman porque creen firmemente que estas cosas les ocurren a todos, y a la hora de dormir se dicen unos a otros: «La hermosa ciudad, la hermosísima ciudad». Y sueñan toda la noche que en la ciudad hay grandes fiestas y que ellos están invitados. Al otro día se levantan contentísimos, y así es como viajan los cronopios.

Las esperanzas, sedentarias, se dejan viajar por las cosas y los hombres, y son como las estatuas que hay que ir a ver porque ellas no se molestan.

Conservación de los recuerdos

Los famas para conservar sus recuerdos proceden a embalsamarlos en la siguiente forma: Luego de fijado el recuerdo con pelos y señales, lo envuelven de pies a cabeza en una sábana negra y lo colocan parado contra la pared de la sala, con un cartelito que dice: «Excursión a Quilmes», o: «Frank Sinatra».

Los cronopios, en cambio, esos seres desordenados y tibios, dejan los recuerdos sueltos por la casa, entre alegres gritos, y ellos andan por el medio y cuando pasa corriendo uno, lo acarician con suavidad y le dicen: «No vayas a lastimarte», y también: «Cuidado con los escalones». Es por eso que las casas de los famas son ordenadas y silenciosas, mientras en las de los cronopios hay gran bulla y puertas que golpean. Los vecinos se quejan siempre de los cronopios, y los famas mueven la cabeza comprensivamente y van a ver si las etiquetas están todas en su sitio.

Relojes

Un fama tenía un reloj de pared y todas las semanas le daba cuerda CON GRAN CUIDADO. Pasó un cronopio y al verlo se puso a reír, fue a su casa e inventó el reloj-alcachofa o alcaucil, que de una y otra manera puede y debe decirse.

El reloj alcaucil de este cronopio es un alcaucil de la gran especie, sujeto por el tallo a un agujero de la pared. Las innumerables hojas del alcaucil marcan la hora presente y además todas las horas, de modo que el cronopio no hace más que sacarle una hoja y ya sabe una hora. Como las va sacando de izquierda a derecha, siempre la hoja da la hora justa, y cada día el cronopio empieza a sacar una nueva vuelta de hojas. Al llegar al corazón el tiempo no puede ya medirse, y en la infinita rosa violeta del centro el cronopio encuentra un gran contento, entonces se la come con aceite, vinagre y sal, y pone otro reloj en el agujero.

El almuerzo

No sin trabajo un cronopio llegó a establecer un termómetro de vidas. Algo entre termómetro y topómetro, entre fichero y *currículum vitae.*

Por ejemplo, el cronopio en su casa recibía a un fama, una esperanza y un profesor de lenguas. Aplicando sus descubrimientos estableció que el fama era infra-vida, la esperanza para-vida, y el profesor de lenguas inter-vida. En cuanto al cronopio mismo, se consideraba ligeramente super-vida, pero más por poesía que por verdad.

A la hora del almuerzo este cronopio gozaba en oír hablar a sus contertulios, porque todos creían estar refiriéndose a las mismas cosas y no era así. La inter-vida manejaba abstracciones tales como espíritu y conciencia, que la para-vida escuchaba como quien oye llover —tarea delicada. Por supuesto, la infravida pedía a cada instante el queso rallado, y la supervida trinchaba el pollo en cuarenta y dos movimientos, método Stanley Fitzsimmons. A los postres las vidas se saludaban y se iban a sus ocupaciones, y en la mesa quedaban solamente pedacitos sueltos de la muerte.

[illegible] almacén

[illegible]

[illegible]

[illegible] verdad.

[illegible] del almacén [illegible]

[illegible] de la propiedad.

Pañuelos

Un fama es muy rico y tiene sirvienta. Este fama usa un pañuelo y lo tira al cesto de los papeles. Usa otro, y lo tira al cesto. Va tirando al cesto todos los pañuelos usados. Cuando se le acaban, compra otra caja.

La sirvienta recoge los pañuelos y los guarda para ella. Como está muy sorprendida por la conducta del fama, un día no puede contenerse y le pregunta si verdaderamente los pañuelos son para tirar.

—Gran idiota —dice el fama—, *no había que preguntar.* Desde ahora lavarás mis pañuelos y yo ahorraré dinero.

Comercio

Los famas habían puesto una fábrica de mangueras, y emplearon a numerosos cronopios para el enrollado y depósito. Apenas los cronopios estuvieron en el lugar del hecho, una grandísima alegría. Había mangueras verdes, rojas, azules, amarillas y violetas. Eran transparentes y al ensayarlas se veía correr el agua con todas sus burbujas y a veces un sorprendido insecto. Los cronopios empezaron a lanzar grandes gritos, y querían bailar tregua y bailar catala en vez de trabajar. Los famas se enfurecieron y aplicaron en seguida los artículos 21, 22 y 23 del reglamento interno. A fin de evitar la repetición de tales hechos.

Como los famas son muy descuidados, los cronopios esperaron *circunstancias favorables* y cargaron muchísimas mangueras en un camión. Cuando encontraban una niña, cortaban un pedazo de manguera azul y se la obsequiaban para que pudiese saltar a la manguera. Así, en todas las esquinas se vieron nacer bellísimas burbujas azules transparentes, con una niña adentro que parecía una ardilla en su jaula. Los padres de la niña aspiraban a quitarle la manguera para regar el jardín, pero se supo que los astutos cronopios las habían pinchado de modo que el agua se hacía pedazos en ellas y no servía para nada. Al final los padres se cansaban y la niña iba a la esquina y saltaba y saltaba.

Con las mangueras amarillas los cronopios adornaron diversos monumentos, y con las mangueras verdes tendieron trampas al modo africano en pleno rosedal, para ver cómo las esperanzas caían una a una. Alrededor de las esperanzas caídas los cronopios bailaban tregua y bailaban catala, y las esperanzas les reprochaban su acción diciendo así:

—Crueles cronopios cruentos. ¡Crueles!

Los cronopios, que no deseaban ningún mal a las esperanzas, las ayudaban a levantarse y les regalaban pedazos de manguera roja. Así las esperanzas pudieron ir a sus casas y cumplir el más intenso de sus anhelos: regar los jardines verdes con mangueras rojas.

Los famas cerraron la fábrica y dieron un banquete lleno de discursos fúnebres y camareros que servían el pescado en medio de grandes suspiros. Y no invitaron a ningún cronopio, y solamente a las esperanzas que no habían caído en las trampas del rosedal, porque las otras se habían quedado con pedazos de manguera y los famas estaban enojados con esas esperanzas.

Filantropía

Los famas son capaces de gestos de una gran generosidad, como por ejemplo cuando este fama encuentra a una pobre esperanza caída al pie de un cocotero, y alzándola en su automóvil la lleva a su casa y se ocupa de nutrirla y ofrecerle esparcimiento hasta que la esperanza tiene fuerza y se atreve a subir otra vez al cocotero. El fama se siente muy bueno después de este gesto, y en realidad es muy bueno, solamente que no se le ocurre pensar que dentro de pocos días la esperanza va a caerse otra vez del cocotero. Entonces mientras la esperanza está de nuevo caída al pie del cocotero, este fama en su club se siente muy bueno y piensa en la forma en que ayudó a la pobre esperanza cuando la encontró caída.

Los cronopios no son generosos por principio. Pasan al lado de las cosas más conmovedoras, como ser una pobre esperanza que no sabe atarse el zapato y gime, sentada en el cordón de la vereda. Estos cronopios ni miran a la esperanza, ocupadísimos en seguir con la vista una baba del diablo. Con seres así no se puede practicar coherentemente la beneficencia, por eso en las sociedades filantrópicas las autoridades son todas famas, y la bibliotecaria es una esperanza. Desde sus puestos los famas ayudan muchísimo a los cronopios, que se ne fregan.

El canto de los cronopios

Cuando los cronopios cantan sus canciones preferidas, se entusiasman de tal manera que con frecuencia se dejan atropellar por camiones y ciclistas, se caen por la ventana, y pierden lo que llevaban en los bolsillos y hasta la cuenta de los días.

Cuando un cronopio canta, las esperanzas y los famas acuden a escucharlo aunque no comprenden mucho su arrebato y en general se muestran algo escandalizados. En medio del corro el cronopio levanta sus bracitos como si sostuviera el sol, como si el cielo fuera una bandeja y el sol la cabeza del Bautista, de modo que la canción del cronopio es Salomé desnuda danzando para los famas y las esperanzas que están ahí boquiabiertos y preguntándose si el señor cura, si las conveniencias. Pero como en el fondo son buenos (los famas son buenos y las esperanzas bobas), acaban aplaudiendo al cronopio, que se recobra sobresaltado, mira en torno y se pone también a aplaudir, pobrecito.

Cuando los [illegible] protec-
[illegible] que con frecuencia se
[illegible] por caminos y [illegible]
[illegible] a perder lo que [illegible]
la [illegible].

Cuando un [illegible], [illegible] para las
[illegible] con un [illegible]
[illegible] y en general [illegible]
[illegible] del [illegible] el [illegible]
[illegible]
una [illegible] y al de la cabeza del [illegible] que
la [illegible] del [illegible] es [illegible] de [illegible]
[illegible] las [illegible] que [illegible]
[illegible] si las [illegible]
[illegible] en el [illegible]
[illegible] y las esperanzas [illegible]
el [illegible] que [illegible]
se [illegible] particular [illegible].

Historia

Un cronopio pequeñito buscaba la llave de la puerta de calle en la mesa de luz, la mesa de luz en el dormitorio, el dormitorio en la casa, la casa en la calle. Aquí se detenía el cronopio, pues para salir a la calle precisaba la llave de la puerta.

La cucharada estrecha

Un fama descubrió que la virtud era un microbio redondo y lleno de patas. Instantáneamente dio a beber una gran cucharada de virtud a su suegra. El resultado fue horrible: esta señora renunció a sus comentarios mordaces, fundó un club para la protección de alpinistas extraviados, y en menos de dos meses se condujo de manera tan ejemplar que los defectos de su hija, hasta entonces inadvertidos, pasaron a primer plano con gran sobresalto y estupefacción del fama. No le quedó más remedio que dar una cucharada de virtud a su mujer, la cual lo abandonó esa misma noche por encontrarlo grosero, insignificante, y en un todo diferente de los arquetipos morales que flotaban rutilando ante sus ojos.

El fama lo pensó largamente, y al final se tomó un frasco de virtud. Pero lo mismo sigue viviendo solo y triste. Cuando se cruza en la calle con su suegra o su mujer, ambos se saludan respetuosamente y desde lejos. No se atreven ni siquiera a hablarse, tanta es su respectiva perfección y el miedo que tienen de contaminarse.

Un tanto desdichado que la [illegible] era un [illegible] [illegible] de [illegible] [illegible] [illegible] una gran [illegible] a su [illegible] que [illegible] esta [illegible]

El [illegible] [illegible] [illegible] [illegible] [illegible] [illegible] [illegible] [illegible] [illegible] [illegible] [illegible] [illegible] [illegible] [illegible] [illegible] [illegible]

La foto salió movida

Un cronopio va a abrir la puerta de calle, y al meter la mano en el bolsillo para sacar la llave lo que saca es una caja de fósforos, entonces este cronopio se aflige mucho y empieza a pensar que si en vez de la llave encuentra los fósforos, sería horrible que el mundo se hubiera desplazado de golpe, y a lo mejor si los fósforos están donde la llave, puede suceder que encuentre la billetera llena de fósforos, y la azucarera llena de dinero, y el piano lleno de azúcar, y la guía del teléfono llena de música, y el ropero lleno de abonados, y la cama llena de trajes, y los floreros llenos de sábanas, y los tranvías llenos de rosas, y los campos llenos de tranvías. Así es que este cronopio se aflige horriblemente y corre a mirarse al espejo, pero como el espejo está algo ladeado lo que ve es el paragüero del zaguán, y sus presunciones se confirman y estalla en sollozos, cae de rodillas y junta sus manecitas no sabe para qué. Los famas vecinos acuden a consolarlo, y también las esperanzas, pero pasan horas antes de que el cronopio salga de su desesperación y acepte una taza de té, que mira y examina mucho antes de beber, no vaya a pasar que en vez de una taza de té sea un hormiguero o un libro de Samuel Smiles.

Eugenesia

Pasa que los cronopios no quieren tener hijos, porque lo primero que hace un cronopio recién nacido es insultar groseramente a su padre, en quien oscuramente ve la acumulación de desdichas que un día serán las suyas.

Dadas estas razones, los cronopios acuden a los famas para que fecunden a sus mujeres, cosa que los famas están siempre dispuestos a hacer por tratarse de seres libidinosos. Creen además que en esta forma irán minando la superioridad moral de los cronopios, pero se equivocan torpemente pues los cronopios educan a sus hijos a su manera, y en pocas semanas les quitan toda semejanza con los famas.

Su fe en las ciencias

Una esperanza creía en los tipos fisonómicos, tales como los ñatos, los de cara de pescado, los de gran toma de aire, los cetrinos y los cejudos, los de cara intelectual, los de estilo peluquero, etcétera. Dispuesta a clasificar definitivamente estos grupos, empezó por hacer grandes listas de conocidos y los dividió en los grupos citados más arriba. Tomó entonces el primer grupo, formado por ocho ñatos, y vio con sorpresa que en realidad estos muchachos se subdividían en tres grupos, a saber: los ñatos bigotudos, los ñatos tipo boxeador y los ñatos estilo ordenanza de ministerio, compuestos respectivamente por 3, 3 y 2 ñatos. Apenas los separó en sus nuevos grupos (en el Paulista de San Martín, donde los había reunido con gran trabajo y no poco mazagrán bien frappé) se dio cuenta de que el primer subgrupo no era parejo, porque dos de los ñatos bigotudos pertenecían al tipo carpincho, mientras el restante era con toda seguridad un ñato de corte japonés. Haciéndolo a un lado con ayuda de un buen sándwich de anchoa y huevo duro, organizó el subgrupo de los dos carpinchos, y se disponía a inscribirlo en su libreta de trabajos científicos cuando uno de los carpinchos miró para un lado y el otro carpincho miró hacia el lado opuesto, a consecuencia de lo cual la esperanza y los demás concurrentes pudieron percatarse de que mientras el primero de los carpinchos era evidentemente un ñato braquicéfalo, el otro ñato producía un cráneo mucho más apropiado para colgar un sombrero que para encasquetárselo. Así fue como se le disolvió el subgrupo, y del resto no hablemos porque los demás sujetos habían pasado del mazagrán a la caña quemada, y en lo único que se parecían a esa altura de las cosas era en su firme voluntad de seguir bebiendo a expensas de la esperanza.

Inconvenientes en los servicios públicos

Vea lo que pasa cuando se confía en los cronopios. Apenas lo habían nombrado Director General de Radiodifusión, este cronopio llamó a unos traductores de la calle San Martín y les hizo traducir todos los textos, avisos y canciones al rumano, lengua no muy popular en la Argentina.

A las ocho de la mañana los famas empezaron a encender sus receptores, deseosos de escuchar los boletines así como los anuncios del Geniol y del Aceite Cocinero que es de todos el primero.

Y los escucharon, pero en rumano, de modo que solamente entendían la marca del producto. Profundamente asombrados, los famas sacudían los receptores pero todo seguía en rumano, hasta el tango *Esta noche me emborracho*, y el teléfono de la Dirección General de Radiodifusión estaba atendido por una señorita que contestaba en rumano a las clamorosas reclamaciones, con lo cual se fomentaba una confusión padre.

Enterado de esto el Superior Gobierno mandó fusilar al cronopio que así mancillaba las tradiciones de la patria. Por desgracia el pelotón estaba formado por cronopios conscriptos, que en vez de tirar sobre el ex Director General lo hicieron sobre la muchedumbre congregada en la plaza de Mayo, con tan buena puntería que bajaron a seis oficiales de marina y a un farmacéutico. Acudió un pelotón de famas, el cronopio fue debidamente fusilado, y en su reemplazo se designó a un distinguido autor de canciones folklóricas y de un ensayo sobre la materia gris. Este fama restableció el idioma nacional en la radiotelefonía, pero pasó que los famas habían perdido la confianza y casi no encendían los receptores. Muchos famas, pesimistas por naturaleza, habían comprado diccionarios y manuales de rumano, así como vidas del rey Carol y de la señora Lupescu. El rumano se puso de moda a pesar de la cólera del Superior Gobierno, y a la tumba del cronopio iban furtivamente delegaciones que dejaban caer sus lágrimas y sus tarjetas donde proliferaban nombres conocidos en Bucarest, ciudad de filatelistas y atentados.

Haga como si estuviera en su casa

Una esperanza se hizo una casa y le puso una baldosa que decía: *Bienvenidos los que llegan a este hogar.*

Un fama se hizo una casa y no le puso mayormente baldosas.

Un cronopio se hizo una casa y siguiendo la costumbre puso en el porche diversas baldosas que compró o hizo fabricar. Las baldosas estaban colocadas de manera que se las pudiera leer en orden. La primera decía: *Bienvenidos los que llegan a este hogar.* La segunda decía: *La casa es chica, pero el corazón es grande.* La tercera decía: *La presencia del huésped es suave como el césped.* La cuarta decía: *Somos pobres de verdad, pero no de voluntad.* La quinta decía: *Este cartel anula todos los anteriores. Rajá, perro.*

Terapias

Un cronopio se recibe de médico y abre un consultorio en la calle Santiago del Estero. Enseguida viene un enfermo y le cuenta cómo hay cosas que le duelen y cómo de noche no duerme y de día no come.

—Compre un gran ramo de rosas —dice el cronopio.

El enfermo se retira sorprendido, pero compra el ramo y se cura instantáneamente. Lleno de gratitud acude al cronopio, y además de pagarle le obsequia, fino testimonio, un hermoso ramo de rosas. Apenas se ha ido, el cronopio cae enfermo, le duele por todos lados, de noche no duerme y de día no come.

Lo particular y lo universal

Un cronopio iba a lavarse los dientes junto a su balcón, y poseído de una grandísima alegría al ver el sol de la mañana y las hermosas nubes que corrían por el cielo, apretó enormemente el tubo de pasta dentífrica y la pasta empezó a salir en una larga cinta rosa. Después de cubrir su cepillo con una verdadera montaña de pasta, el cronopio se encontró con que le sobraba todavía una cantidad, entonces empezó a sacudir el tubo en la ventana y los pedazos de pasta rosa caían por el balcón a la calle donde varios famas se habían reunido a comentar las novedades municipales. Los pedazos de pasta rosa caían sobre los sombreros de los famas, mientras arriba el cronopio cantaba y se frotaba los dientes lleno de contento. Los famas se indignaron ante esta increíble inconsciencia del cronopio, y decidieron nombrar una delegación para que lo imprecara inmediatamente, con lo cual la delegación formada por tres famas subió a la casa del cronopio y lo increpó, diciéndole así:

—Cronopio, has estropeado nuestros sombreros, por lo cual tendrás que pagar.

Y después, con mucha más fuerza:

—¡Cronopio, no deberías derrochar así la pasta dentífrica!

Los exploradores

Tres cronopios y un fama se asocian espeleológicamente para descubrir las fuentes subterráneas de un manantial. Llegados a la boca de la caverna, un cronopio desciende sostenido por los otros, llevando a la espalda un paquete con sus sándwiches preferidos (de queso). Los dos cronopios-cabrestante lo dejan bajar poco a poco, y el fama escribe en un gran cuaderno los detalles de la expedición. Pronto llega un primer mensaje del cronopio: furioso porque se han equivocado y le han puesto sándwiches de jamón. Agita la cuerda y exige que lo suban. Los cronopios-cabrestante se consultan afligidos, y el fama se yergue en toda su terrible estatura y dice: NO, con tal violencia que los cronopios sueltan la soga y acuden a calmarlo. Están en eso cuando llega otro mensaje, porque el cronopio ha caído justamente sobre las fuentes del manantial, y desde ahí comunica que todo va mal, entre injurias y lágrimas informa que los sándwiches son todos de jamón, que por más que mira y mira, entre los sándwiches de jamón no hay ni uno solo de queso.

Educación de príncipe

Los cronopios no tienen casi nunca hijos, pero si los tienen pierden la cabeza y ocurren cosas extraordinarias. Por ejemplo, un cronopio tiene un hijo, y enseguida lo invade la maravilla y está seguro de que su hijo es el pararrayos de la hermosura y que por su venas corre la química completa con aquí y allá islas llenas de bellas artes y poesía y urbanismo. Entonces este cronopio no puede ver a su hijo sin inclinarse profundamente ante él y decirle palabras de respetuoso homenaje.

El hijo, como es natural, lo odia minuciosamente. Cuando entra en la edad escolar, su padre lo inscribe en primero inferior y el niño está contento entre otros pequeños cronopios, famas y esperanzas. Pero se va desmejorando a medida que se acerca el mediodía, porque sabe que a la salida lo estará esperando su padre, quien al verlo levantará las manos y dirá diversas cosas, a saber:

—¡Buenas salenas cronopio cronopio, el más bueno y más crecido y más arrebolado, el más prolijo y más respetuoso y más aplicado de los hijos!

Con lo cual los famas y las esperanzas júnior se retuercen de risa en el cordón de la vereda, y el pequeño cronopio odia empecinadamente a su padre y acabará siempre por hacerle una mala jugada entre la primera comunión y el servicio militar. Pero los cronopios no sufren demasiado con eso, porque también ellos odiaban a sus padres, y hasta parecería que ese odio es otro nombre de la libertad o del vasto mundo.

Pegue la estampilla en el ángulo superior derecho del sobre

Un fama y un cronopio son muy amigos y van juntos al correo a despachar unas cartas a sus esposas que viajan por Noruega gracias a la diligencia de Thos. Cook & Son. El fama pega sus estampillas con prolijidad, dándoles golpecitos para que se fijen bien, pero el cronopio lanza un grito terrible sobresaltando a los empleados, y con inmensa cólera declara que las imágenes de los sellos son repugnantes de mal gusto y que jamás podrán obligarlo a prostituir sus cartas de amor conyugal con semejantes tristezas. El fama se siente muy incómodo porque ya ha pegado sus estampillas, pero como es muy amigo del cronopio, quisiera solidarizarse y aventura que en efecto la vista de la estampilla de veinte centavos es más bien vulgar y *repetida*, pero que la de un peso tiene un color borra de vino sentador. Nada de esto calma al cronopio, que agita su carta y apostrofa a los empleados que lo contemplan estupefactos. Acude el jefe de correos, y apenas veinte segundos más tarde el cronopio está en la calle, con la carta en la mano y una gran pesadumbre. El fama, que furtivamente ha puesto la suya en el buzón, acude a consolarlo y le dice:

—Por suerte nuestras esposas viajan juntas, y en mi carta anuncié que estabas bien, de modo que tu señora se enterará por la mía.

Telegramas

Una esperanza cambió con su hermana los siguientes telegramas, de Ramos Mejía a Viedma:

OLVIDASTE SEPIA CANARIO. ESTÚPIDA. INÉS.
ESTÚPIDA VOS. TENGO REPUESTO. EMMA.

Tres telegramas de cronopios:

INESPERADAMENTE EQUIVOCADO DE TREN EN LUGAR 7.21 TOMÉ 8.24 ESTOY EN SITIO RARO. HOMBRES SINIESTROS CUENTAN ESTAMPILLAS. LUGAR ALTAMENTE LÚGUBRE. NO CREO APRUEBEN TELEGRAMA. PROBABLEMENTE CAERÉ ENFERMO. TE DIJE QUE DEBÍA TRAER BOLSA AGUA CALIENTE. MUY DEPRIMIDO SIÉNTOME ESCALÓN ESPERAR TREN VUELTA. ARTURO.

NO. CUATRO PESOS SESENTA O NADA. SI TE LAS DEJAN A MENOS, COMPRA DOS PARES, UNO LISO Y OTRO A RAYAS.

Encontré tía Esther llorando, tortuga enferma. Raíz venenosa, parece, o queso malas condiciones. Tortugas animales delicados. Algo tontos, no distinguen. Una lástima.

Sus historias naturales

León y cronopio

Un cronopio que anda por el desierto se encuentra con un león, y tiene lugar el diálogo siguiente:

León.—Te como.

Cronopio (afligidísimo pero con dignidad).—Y bueno.

León.—Ah, eso no. Nada de mártires conmigo. Échate a llorar, o lucha, una de dos. Así no te puedo comer. Vamos, estoy esperando. ¿No dices nada?

El cronopio no dice nada, y el león está perplejo, hasta que le viene una idea.

León.—Menos mal que tengo una espina en la mano izquierda que me fastidia mucho. Sácamela y te perdonaré.

El cronopio le saca la espina y el león se va, gruñendo de mala gana:

—Gracias, Androcles.

Cóndor y cronopio

Un cóndor cae como un rayo sobre un cronopio que pasa por Tinogasta, lo acorrala contra una pared de granito, y dice con gran petulancia, a saber:

Cóndor.—Atrévete a afirmar que no soy hermoso.

Cronopio.—Usted es el pájaro más hermoso que he visto nunca.

Cóndor.—Más todavía.

Cronopio.—Usted es más hermoso que el ave del paraíso.

Cóndor.—Atrévete a decir que no vuelo alto.

Cronopio.—Usted vuela a alturas vertiginosas, y es por completo supersónico y estratosférico.

Cóndor.—Atrévete a decir que huelo mal.

Cronopio.—Usted huele mejor que un litro entero de colonia Jean-Marie Farina.

Cóndor.—Mierda de tipo. No deja ni un claro donde sacudirle un picotazo.

Flor y cronopio

Un cronopio encuentra una flor solitaria en medio de los campos. Primero la va a arrancar,

pero piensa que es una crueldad inútil

y se pone de rodillas a su lado y juega alegremente con la flor, a saber: le acaricia los pétalos, la sopla para que baile, zumba como una abeja, huele su perfume, y finalmente se acuesta debajo de la flor y se duerme envuelto en una gran paz.

La flor piensa: «Es como una flor».

Fama y eucalipto

Un fama anda por el bosque y aunque no necesita leña mira codiciosamente los árboles. Los árboles tienen un miedo terrible porque conocen las costumbres de los famas y temen lo peor. En medio de todos está un eucalipto hermoso, y el fama al verlo da un grito de alegría y baila tregua y baila catala en torno del perturbado eucalipto, diciendo así:

—Hojas antisépticas, invierno con salud, gran higiene.

Saca un hacha y golpea al eucalipto en el estómago, sin importársele nada. El eucalipto gime, herido de muerte, y los otros árboles oyen que dice entre suspiros:

—Pensar que este imbécil no tenía más que comprarse unas pastillas Valda.

Tortugas y cronopios

Ahora pasa que las tortugas son grandes admiradoras de la velocidad, como es natural.

Las esperanzas lo saben, y no se preocupan.

Los famas lo saben, y se burlan.

Los cronopios lo saben, y cada vez que encuentran una tortuga, sacan la caja de tizas de colores y sobre la redonda pizarra de la tortuga dibujan una golondrina.

TODOS LOS FUEGOS EL FUEGO

A Francisco Porrúa

La autopista del sur

Gli automobilisti accaldati sembrano non avere storia... Come realtà, un ingorgo automobilistico impressiona ma non ci dice gran che.

ARRIGO BENEDETTI, L'Espresso,
Roma, 21/6/1964.

Al principio la muchacha del Dauphine había insistido en llevar la cuenta del tiempo, aunque al ingeniero del Peugeot 404 le daba ya lo mismo. Cualquiera podía mirar su reloj pero era como si ese tiempo atado a la muñeca derecha o el *bip bip* de la radio midieran otra cosa, fuera el tiempo de los que no han hecho la estupidez de querer regresar a París por la autopista del sur un domingo de tarde y, apenas salidos de Fontainebleau, han tenido que ponerse al paso, detenerse, seis filas a cada lado (ya se sabe que los domingos la autopista está íntegramente reservada a los que regresan a la capital), poner en marcha el motor, avanzar tres metros, detenerse, charlar con las dos monjas del 2HP a la derecha, con la muchacha del Dauphine a la izquierda, mirar por el retrovisor al hombre pálido que conduce un Caravelle, envidiar irónicamente la felicidad avícola del matrimonio del Peugeot 203 (detrás del Dauphine de la muchacha) que juega con su niñita y hace bromas y come queso, o sufrir a ratos los desbordes exasperados de los dos jovencitos del Simca que precede al Peugeot 404, y hasta bajarse de los altos y explorar sin alejarse mucho (porque nunca se sabe en qué momento los autos de más adelante reanudarán la marcha y habrá que correr para que los de atrás no inicien la guerra de las bocinas y los insultos), y así llegar a la altura de un Taunus delante del Dauphine de la muchacha que mira a cada momento la hora, y cambiar unas frases descorazonadas o burlonas con los dos hombres que viajan con el niño rubio cuya inmensa diversión en esas precisas circunstancias consiste en hacer correr libremente su autito de juguete sobre los asientos y el reborde posterior del Taunus, o atreverse y avanzar todavía un poco más, puesto que no parece que los autos de adelante vayan a reanudar la marcha, y contemplar con alguna lástima al matrimonio de ancianos en el ID Citroën que parece una gigantesca bañadera violeta donde sobrenadan los dos viejitos, él descansando los antebrazos en el volante con un aire de paciente fatiga, ella mordisqueando una manzana con más aplicación que ganas.

A la cuarta vez de encontrarse con todo eso, de hacer todo eso, el ingeniero había decidido no salir más de su coche, a la espera de que la policía disolviese de alguna manera el embotellamiento. El calor de agosto se sumaba a ese tiempo a ras de neumáticos para que la inmovilidad fuese cada vez más enervante. Todo era olor a gasolina, gritos destemplados de los jovencitos del Simca, brillo del sol rebotando en los cristales y en los bordes cromados, y para colmo la sensación contradictoria del encierro en plena selva de máquinas pensadas para correr. El 404 del ingeniero ocupaba el segundo lugar de la pista de la derecha contando desde la franja divisoria de las dos pistas, con lo cual tenía otros cuatro autos a su derecha y siete a su izquierda, aunque de hecho sólo pudiera ver distintamente los ocho coches que lo rodeaban y sus ocupantes, que ya había detallado hasta cansarse. Había charlado con todos, salvo con los muchachos del Simca que le caían antipáticos; entre trecho y trecho se había discutido la situación en sus menores detalles, y la impresión general era que hasta Corbeil-Essonnes se avanzaría al paso o poco menos, pero que entre Corbeil y Juvisy el ritmo iría acelerándose una vez que los helicópteros y los motociclistas lograran quebrar lo peor del embotellamiento. A nadie le cabía duda de que algún accidente muy grave debía haberse producido en la zona, única explicación de una lentitud tan increíble. Y con eso el gobierno, el calor, los impuestos, la vialidad, un tópico tras otro, tres metros, otro lugar común, cinco metros, una frase sentenciosa o una maldición contenida.

A las dos monjitas del 2HP les hubiera convenido tanto llegar a Milly-la-Fôret antes de las ocho, pues llevaban una cesta de hortalizas para la cocinera. Al matrimonio del Peugeot 203 le importaba sobre todo no perder los juegos televisados de las nueve y media, la muchacha del Dauphine le había dicho al ingeniero que le daba lo mismo llegar más tarde a París pero que se quejaba por principio, porque le parecía un atropello someter a millares de personas a un régimen de caravana de camellos. En esas últimas horas (debían ser casi las cinco pero el calor los hostigaba insoportablemente) habían avanzado unos cincuenta metros a juicio del ingeniero, aunque uno de los hombres del Taunus, que se había acercado a charlar llevando de la mano al niño con su autito, mostró irónicamente la copa de un plátano solitario y la muchacha del Dauphine recordó que ese plátano (si no era un castaño) había estado en la misma línea que su auto durante tanto tiempo que ya ni valía la pena mirar el reloj pulsera para perderse en cálculos inútiles.

No atardecía nunca, la vibración del sol sobre la pista y las carrocerías dilataba el vértigo hasta la náusea. Los anteojos negros, los pañuelos con agua de colonia en la cabeza, los recursos improvisados para protegerse, para evitar un reflejo chirriante o las bocanadas de los caños de escape a cada avance, se organizaban y perfeccionaban, eran objeto de comunicación y comentario. El ingeniero bajó otra vez para estirar las piernas, cambió unas palabras con la pareja de aire campesino del Ariane que precedía al 2HP de las monjas. Detrás del 2HP había un Volkswagen con un soldado y una muchacha que parecían recién casados. La tercera fila hacia el exterior dejaba de interesarle porque hubiera tenido que alejarse peligrosamente del 404; veía colores, formas, Mercedes Benz, ID, 4R, Lancia, Skoda, Morris Minor, el catálogo completo. A la izquierda, sobre la pista opuesta, se tendía otra maleza inalcanzable de Renault, Anglia, Peugeot, Porsche, Volvo; era tan monótono que al final, después de charlar con los dos hombres del Taunus y de intentar sin éxito un cambio de impresiones con el solitario conductor del Caravelle, no quedaba nada mejor que volver al 404 y reanudar la misma conversación sobre la hora, las distancias y el cine con la muchacha del Dauphine.

A veces llegaba un extranjero, alguien que se deslizaba entre los autos viniendo desde el otro lado de la pista o desde las filas exteriores de la derecha, y que traía alguna noticia probablemente falsa repetida de auto en auto a lo largo de calientes kilómetros. El extranjero saboreaba el éxito de sus novedades, los golpes de portezuelas cuando los pasajeros se precipitaban para comentar lo sucedido, pero al cabo de un rato se oía alguna bocina o el arranque de un motor, y el extranjero salía corriendo, se lo veía zigzaguear entre los autos para reintegrarse al suyo y no quedar expuesto a la justa cólera de los demás. A lo largo de la tarde se había sabido así del choque de un Floride contra un 2HP cerca de Corbeil, tres muertos y un niño herido, el doble choque de un Fiat 1500 contra un furgón Renault que había aplastado un Austin lleno de turistas ingleses, el vuelco de un autocar de Orly colmado de pasajeros procedentes del avión de Copenhague. El ingeniero estaba seguro de que todo o casi todo era falso, aunque algo grave debía haber ocurrido cerca de Corbeil e incluso en las proximidades de París para que la circulación se hubiera paralizado hasta ese punto. Los campesinos del Ariane, que tenían una granja del lado de Montereau y conocían bien la región, contaban de otro domingo en que el tránsito había estado detenido durante cinco horas, pero ese tiempo empezaba a parecer casi nimio ahora que el sol, acostándose hacia la izquierda de la ruta, volcaba en cada uno una última avalancha de jalea anaranjada que hacía hervir los metales y ofuscaba la vista, sin que jamás una copa de árbol desapareciera del todo a la espalda, sin que otra sombra apenas entrevista a la distancia se acercara como para poder sentir de verdad que la columna se estaba moviendo aunque fuera apenas, aunque hubiera que detenerse y arrancar y bruscamente clavar el freno y no salir nunca de la primera velocidad, del desencanto insultante de pasar una vez más de la primera al punto muerto, freno de pie, freno de mano, stop, y así otra vez y otra vez y otra.

En algún momento, harto de inacción, el ingeniero se había decidido a aprovechar un alto especialmente interminable para recorrer las filas de la izquierda, y dejando a su espalda el Dauphine había encontrado un DKW, otro 2HP, un Fiat 600, y se había detenido junto a un De Soto para cambiar impresiones con el azorado turista de Washington que no entendía casi el francés pero que tenía que estar a las ocho en la Place de l'Opéra sin falta *you understand, my wife will be awfully anxious, damn it*, y se hablaba un poco de todo cuando un hombre con aire de viajante de comercio salió del DKW para contarles que alguien había llegado un rato antes con la noticia de que un Piper Cub se había estrellado en plena autopista, varios muertos. Al americano el Piper Cub lo tenía profundamente sin cuidado, y también al ingeniero que oyó un coro de bocinas y se apresuró a regresar al 404, trasmitiendo de paso las novedades a los dos hombres del Taunus y al matrimonio del 203. Reservó una explicación más detallada para la muchacha del Dauphine mientras los coches avanzaban lentamente unos pocos metros (ahora el Dauphine estaba ligeramente retrasado con relación al 404, y más tarde sería al revés, pero de hecho las doce filas se movían prácticamente en bloque, como si un gendarme invisible en el fondo de la autopista ordenara el avance simultáneo sin que nadie pudiese obtener ventajas). Piper Cub, señorita, es un pequeño avión de paseo. Ah. Y la mala idea de estrellarse en plena autopista un domingo por la tarde. Esas cosas. Si por lo menos hiciera menos calor en los condenados autos, si esos árboles de la derecha quedaran por fin a la espalda, si la última cifra del cuentakilómetros acabara de caer en su agujerito negro en vez de seguir suspendida por la cola, interminablemente.

En algún momento (suavemente empezaba a anochecer, el horizonte de techos de automóviles se teñía de lila) una gran mariposa blanca se posó en el parabrisas del Dauphine, y la muchacha y el ingeniero admiraron sus alas en la breve y perfecta suspensión de su reposo; la vieron alejarse con una exasperada nostalgia, sobrevolar el Taunus, el ID violeta de los ancianos, ir hacia el Fiat 600 ya invisible desde el 404, regresar hacia el Simca donde una mano cazadora trató inútilmente de atraparla, aletear amablemente sobre el Ariane de los campesinos que parecían estar comiendo alguna cosa, y perderse después hacia la derecha. Al anochecer la columna hizo un primer avance importante, de casi cuarenta metros; cuando el ingeniero miró distraídamente el cuentakilómetros, la mitad del 6 había desaparecido y un asomo de 7 empezaba a descolgarse de lo alto. Casi todo el mundo escuchaba sus radios, los del Simca la habían puesto a todo trapo y coreaban un twist con sacudidas que hacían vibrar la carrocería; las monjas pasaban las cuentas de sus rosarios, el niño del Taunus se había dormido con la cara pegada a un cristal, sin soltar el auto de juguete. En algún momento (ya era noche cerrada) llegaron extranjeros con más noticias, tan contradictorias como las otras ya olvidadas. No había sido un Piper Cub sino un planeador piloteado por la hija de un general. Era exacto que un furgón Renault había aplastado un Austin, pero no en Juvisy sino casi en las puertas de París; uno de los extranjeros explicó al matrimonio del 203 que el macadam de la autopista había cedido a la altura de Igny y que cinco autos habían volcado al meter las ruedas delanteras en la grieta. La idea de una catástrofe natural se propagó hasta el ingeniero, que se encogió de hombros sin hacer comentarios. Más tarde, pensando en esas primeras horas de oscuridad en que habían respirado un poco más libremente, recordó que en algún momento había sacado el brazo por la ventanilla para tamborilear en la carrocería del Dauphine y despertar a la muchacha que se había dormido reclinada sobre el volante, sin preocuparse de un nuevo avance. Quizá ya era medianoche cuando una de las monjas le ofreció tímidamente un sándwich de jamón, suponiendo que tendría hambre. El ingeniero lo aceptó por cortesía (en realidad sentía náuseas) y pidió permiso para dividirlo con la muchacha del Dauphine, que acepto y comió golosamente el sándwich y la tableta de chocolate que le había pasado el viajante del DKW, su vecino de la izquierda. Mucha gente había salido de los autos recalentados, porque otra vez llevaban horas sin avanzar; se empezaba a sentir sed, ya agotadas las botellas de limonada, la coca-cola y hasta los vinos de a bordo. La primera en quejarse fue la niña del 203, y el soldado y el ingeniero abandonaron los autos junto con el padre de la niña para buscar agua. Delante del Simca, donde la radio parecía suficiente alimento, el ingeniero encontró un Beaulieu ocupado por una mujer madura de ojos inquietos. No, no tenía agua pero podía darle unos caramelos para la niña. El matrimonio del ID se consultó un momento antes de que la anciana metiera la mano en un bolso y sacara una pequeña lata de jugo de frutas. El ingeniero agradeció y quiso saber si tenían hambre y si podía serles útil; el viejo movió negativamente la cabeza, pero la mujer pareció asentir sin palabras. Más tarde la muchacha del Dauphine y el ingeniero exploraron juntos las filas de la izquierda, sin alejarse demasiado; volvieron con algunos bizcochos y los llevaron a la anciana del ID, con el tiempo justo para regresar corriendo a sus autos bajo una lluvia de bocinas.

Aparte de esas mínimas salidas, era tan poco lo que podía hacerse que las horas acababan por superponerse, por ser siempre la misma en el recuerdo; en algún momento el ingeniero pensó en tachar ese día en su agenda y contuvo una risotada, pero más adelante, cuando empezaron los cálculos contradictorios de las monjas, los hombres del Taunus y la muchacha del Dauphine, se vio que hubiera convenido llevar mejor la cuenta. Las radios locales habían suspendido las emisiones, y sólo el viajante del DKW tenía un aparato de ondas cortas que se empeñaba en transmitir noticias bursátiles. Hacia las tres de la madrugada pareció llegarse a un acuerdo tácito para descansar, y hasta el amanecer la columna no se movió. Los muchachos del Simca sacaron unas camas neumáticas y se tendieron al lado del auto; el ingeniero bajó el respaldo de los asientos delanteros del 404 y ofreció las cuchetas a las monjas, que rehusaron; antes de acostarse un rato, el ingeniero pensó en la muchacha del Dauphine, muy quieta contra el volante, y como sin darle importancia le propuso que cambiaran de autos hasta el amanecer; ella se negó, alegando que podía dormir muy bien de cualquier manera. Durante un rato se oyó llorar al niño del Taunus, acostado en el asiento trasero donde debía tener demasiado calor. Las monjas rezaban todavía cuando el ingeniero se dejó caer en la cucheta y se fue quedando dormido, pero su sueño seguía demasiado cerca de la vigilia y acabó por despertarse sudoroso e inquieto, sin comprender en un primer momento dónde estaba; enderezándose, empezó a percibir los confusos movimientos del exterior, un deslizarse de sombras entre los autos, y vio un bulto que se alejaba hacia el borde de la autopista; adivinó las razones, y más tarde también él salió del auto sin hacer ruido y fue a aliviarse al borde de la ruta; no había setos ni árboles, solamente el campo negro y sin estrellas, algo que parecía un muro abstracto limitando la cinta blanca del macadam con su río inmóvil de vehículos. Casi tropezó con el campesino del Ariane, que balbuceó una frase ininteligible; al olor de la gasolina, persistente en la autopista recalentada, se sumaba ahora la presencia más ácida del hombre, y el ingeniero volvió lo antes posible a su auto. La chica del Dauphine dormía apoyada sobre el volante, un mechón de pelo contra los ojos; antes de subir al 404, el ingeniero se divirtió explorando en la sombra su perfil, adivinando la curva de los labios que soplaban suavemente. Del otro lado, el hombre del DKW miraba también dormir a la muchacha, fumando en silencio.

Por la mañana se avanzó muy poco pero lo bastante como para darles la esperanza de que esa tarde se abriría la ruta hacia París. A las nueve llegó un extranjero con buenas noticias: habían rellenado las grietas y pronto se podría circular normalmente. Los muchachos del Simca encendieron la radio y uno de ellos trepó al techo del auto y gritó y cantó. El ingeniero se dijo que la noticia era tan dudosa como las de la víspera, y que el extranjero había aprovechado la alegría del grupo para pedir y obtener una naranja que le dio el matrimonio del

Ariane. Más tarde llegó otro extranjero con la misma treta, pero nadie quiso darle nada. El calor empezaba a subir y la gente prefería quedarse en los autos a la espera de que se concretaran las buenas noticias. A mediodía la niña del 203 empezó a llorar otra vez, y la muchacha del Dauphine fue a jugar con ella y se hizo amiga del matrimonio. Los del 203 no tenían suerte: a su derecha estaba el hombre silencioso del Caravelle, ajeno a todo lo que ocurría en torno, y a su izquierda tenían que aguantar la verbosa indignación del conductor de un Floride, para quien el embotellamiento era una afrenta exclusivamente personal. Cuando la niña volvió a quejarse de sed, al ingeniero se le ocurrió ir a hablar con los campesinos del Ariane, seguro de que en ese auto había cantidad de provisiones. Para su sorpresa los campesinos se mostraron muy amables; comprendían que en una situación semejante era necesario ayudarse, y pensaban que si alguien se encargaba de dirigir el grupo (la mujer hacía un gesto circular con la mano, abarcando la docena de autos que los rodeaba) no se pasarían apreturas hasta llegar a París. Al ingeniero le molestaba la idea de erigirse en organizador, y prefirió llamar a los hombres del Taunus para conferenciar con ellos y con el matrimonio del Ariane. Un rato después consultaron sucesivamente a todos los del grupo. El joven soldado del Volkswagen estuvo inmediatamente de acuerdo, y el matrimonio del 203 ofreció las pocas provisiones que les quedaban (la muchacha del Dauphine había conseguido un vaso de granadina con agua para la niña, que reía y jugaba). Uno de los hombres del Taunus, que había ido a consultar a los muchachos del Simca, obtuvo un asentimiento burlón; el hombre pálido del Caravelle se encogió de hombros y dijo que le daba lo mismo, que hicieran lo que les pareciese mejor. Los ancianos del ID y la señora del Beaulieu se mostraron visiblemente contentos, como si se sintieran más protegidos. Los pilotos del Floride y del DKW no hicieron observaciones, y el americano del De Soto los miró asombrado y dijo algo sobre la voluntad de Dios. Al ingeniero le resultó fácil proponer que uno de los ocupantes del Taunus, en el que tenía una confianza instintiva, se encargara de coordinar las actividades. A nadie le faltaría de comer por el momento, pero era necesario conseguir agua; el jefe, al que los muchachos del Simca llamaban Taunus a secas para divertirse, pidió al ingeniero, al soldado y a uno de los muchachos que exploraran la zona circundante de la autopista y ofrecieran alimentos a cambio de bebidas. Taunus, que evidentemente sabía mandar, había calculado que deberían cubrirse las necesidades de un día y medio como máximo, poniéndose en la posición menos optimista. En el 2HP de las monjas y en el Ariane de los campesinos había provisiones suficientes para ese tiempo, y si los exploradores volvían con agua el problema quedaría resuelto. Pero solamente el soldado regresó con una cantimplora llena, cuyo dueño exigía en cambio comida para dos personas. El ingeniero no encontró a nadie que pudiera ofrecer agua, pero el viaje le sirvió para advertir que más allá de su grupo se estaban constituyendo otras células con problemas semejantes; en un momento dado el ocupante de un Alfa Romeo se negó a hablar con él del asunto, y le dijo que se dirigiera al representante de su grupo, cinco autos más atrás en la misma fila. Más tarde vieron volver al muchacho del Simca que no había podido conseguir agua, pero Taunus calculó que ya tenían bastante para los dos niños, la anciana del ID y el resto de las mujeres. El ingeniero le estaba contando a la muchacha del Dauphine su circuito por la periferia (era la una de la tarde, y el sol los acorralaba en los autos) cuando ella lo interrumpió con un gesto y le señaló el Simca. En dos saltos el ingeniero llegó hasta el auto y sujetó por el codo a uno de los muchachos, que se repantigaba en su asiento para beber a grandes tragos de la cantimplora que había traído escondida en la chaqueta. A su gesto iracundo, el ingeniero respondió aumentando la presión en el brazo; el otro muchacho bajó del auto y se tiró sobre el ingeniero, que dio dos pasos atrás y lo esperó casi con lástima. El soldado ya venía corriendo, y los gritos de las monjas alertaron a Taunus y a su compañero; Taunus escuchó lo sucedido, se acercó al muchacho de la botella y le dio un par de bofetadas. El muchacho gritó y protestó, lloriqueando, mientras el otro rezongaba sin atreverse a intervenir. El ingeniero le quitó la botella y se la alcanzó a Taunus. Empezaban a sonar bocinas y cada cual regresó a su auto, por lo demás inútilmente puesto que la columna avanzó apenas cinco metros.

A la hora de la siesta, bajo un sol todavía más duro que la víspera, una de las monjas se quitó la toca y su compañera le mojó las sienes con agua de colonia. Las mujeres improvisaban de a poco sus actividades samaritanas, yendo de un auto a otro, ocupándose de los niños para que los hombres estuvieran más libres; nadie se quejaba pero el buen humor era forzado, se basaba siempre en los mismos juegos de palabras, en un escepticismo de buen tono. Para el ingeniero y la muchacha del Dauphine, sentirse sudorosos y sucios era la vejación más grande; los enternecía casi la rotunda indiferencia del matrimonio de campesinos al olor que les brotaba de las axilas cada vez que venían a charlar con ellos o a repetir alguna noticia de último momento. Hacia el atardecer el ingeniero miró casualmente por el retrovisor y encontró como siempre la cara pálida y de rasgos tensos del hombre del Caravelle, que al igual que el gordo piloto del Floride se había mantenido ajeno a todas las actividades. Le pareció que sus facciones se habían afilado todavía más, y se preguntó si no estaría enfermo. Pero después, cuando al ir a charlar con el soldado y su mujer tuvo ocasión de mirarlo desde más cerca, se dijo que ese hombre no estaba enfermo; era otra cosa, una separación, por darle algún nombre. El soldado del Volkswagen le contó más tarde que a su mujer le daba miedo ese hombre silencioso que no se apartaba jamás del volante y que parecía dormir despierto. Nacían hipótesis, se creaba un folklore para luchar contra la inacción. Los niños del Taunus y el 203 se habían hecho amigos y se habían peleado y luego se habían reconciliado; sus padres se visitaban, y la muchacha del Dauphine iba cada tanto a ver cómo se sentían la anciana del ID y la señora del Beaulieu. Cuando al atardecer soplaron bruscamente unas ráfagas tormentosas y el sol se perdió entre las nubes que se alzaban al oeste, la gente se alegró pensando que iba a refrescar. Cayeron algunas gotas, coincidiendo con un avance extraordinario de casi cien metros; a lo lejos brilló un relámpago y el calor subió todavía más. Había tanta electricidad en la atmósfera que Taunus, con un instinto que el ingeniero admiró sin comentarios, dejó al grupo en paz hasta la noche, como si temiera los efectos del cansancio y el calor. A las ocho las mujeres se encargaron de distribuir las provisiones; se había decidido que el Ariane de los campesinos sería el almacén general, y que el 2HP de las monjas serviría de depósito suplementario. Taunus había ido en persona a hablar con los jefes de los cuatro o cinco grupos vecinos; después, con ayuda del soldado y el hombre del 203, llevó una cantidad de alimentos a los otros grupos, regresando con más agua y un poco de vino. Se decidió que los muchachos del Simca cederían sus colchones neumáticos a la anciana del ID y la señora del Beaulieu; la muchacha del Dauphine les llevó dos mantas escocesas y el ingeniero ofreció su coche, que llamaba burlonamente el wagon-lit, a quienes lo necesitaran. Para su sorpresa, la muchacha del Dauphine aceptó el ofrecimiento y esa noche compartió las cuchetas del 404 con una de las monjas; la otra fue a dormir al 203 junto a la niña y su madre, mientras el marido pasaba la noche sobre el macadam, envuelto en una frazada. El ingeniero no tenía sueño y jugó a los dados con Taunus y su amigo; en algún momento se les agregó el campesino del Ariane y hablaron de política bebiendo unos tragos del aguardiente que el campesino había entregado a Taunus esa mañana. La noche no fue mala; había refrescado y brillaban algunas estrellas entre las nubes.

Hacia el amanecer los ganó el sueño, esa necesidad de estar a cubierto que nacía con la grisalla del alba. Mientras Taunus dormía junto al niño en el asiento trasero, su amigo y el ingeniero descansaron un rato en la delantera. Entre dos imágenes de sueño, el ingeniero creyó oír gritos a la distancia y vio un resplandor indistinto; el jefe de otro grupo vino a decirles que treinta autos más adelante había habido un principio de incendio en un Estafette, provocado por alguien que había querido hervir clandestinamente unas legumbres. Taunus bromeó sobre lo sucedido mientras iba de auto en auto para ver cómo habían pasado todos la noche, pero a nadie se le escapó lo que quería decir. Esa mañana la columna empezó a moverse muy temprano y hubo que correr y agitarse para recuperar los colchones y las mantas, pero como en todas partes debía estar sucediendo lo mismo casi nadie se impacientaba ni hacía sonar las bocinas. A mediodía habían avanzado más de cincuenta metros, y empezaba a divisarse la sombra de un bosque a la derecha de la ruta. Se envidiaba la suerte de los que en ese momento podían ir hasta la banquina y aprovechar la frescura de la sombra; quizá había un arroyo, o un grifo de agua potable. La muchacha del Dauphine cerró los ojos y pensó en una ducha cayéndole por el pecho y la espalda, corriéndole por las piernas; el ingeniero, que la miraba de reojo, vio dos lágrimas que le resbalaban por las mejillas.

Taunus, que acababa de adelantarse hasta el ID, vino a buscar a las mujeres más jóvenes para que atendieran a la anciana que no se sentía bien. El jefe del tercer grupo a retaguardia contaba con un médico entre sus hombres, y el soldado corrió a buscarlo. El ingeniero, que había seguido con irónica benevolencia los esfuerzos de los muchachitos del Simca para hacerse perdonar su travesura, entendió que era el momento de darles su oportunidad. Con los elementos de una tienda de campaña los muchachos cubrieron las ventanillas del 404, y el *wagon-lit* se transformó en ambulancia para que la anciana descansara en una oscuridad relativa. Su marido se tendió a su lado, teniéndole la mano, y los dejaron solos con el médico. Después las monjas se ocuparon de la anciana, que se sentía mejor, y el ingeniero pasó la tarde como pudo, visitando otros autos y descansando en el de Taunus cuando el sol castigaba demasiado; sólo tres veces le tocó correr hasta su auto, donde los viejitos parecían morir, para hacerlo avanzar junto con la columna hasta el alto siguiente. Los ganó la noche sin que hubiesen llegado a la altura del bosque.

Hacia las dos de la madrugada bajó la temperatura, y los que tenían mantas se alegraron de poder envolverse en ellas. Como la columna no se movería hasta el alba (era algo que se sentía en el aire, que venía desde el horizonte de autos inmóviles en la noche) el ingeniero y Taunus se sentaron a fumar y a charlar con el campesino del Ariane y el soldado. Los cálculos de Taunus no correspondían ya a la realidad, y lo dijo francamente; por la mañana habría que hacer algo para conseguir más provisiones y bebidas. El soldado fue a buscar a los jefes de los grupos vecinos, que tampoco dormían, y se discutió el problema en voz baja para no despertar a las mujeres. Los jefes habían hablado con los responsables de los grupos más alejados, en un radio de ochenta o cien automóviles, y tenían la seguridad de que la situación era análoga en todas partes. El campesino conocía bien la región y propuso que dos o tres hombres de cada grupo salieran al alba para comprar provisiones en las granjas cercanas, mientras Taunus se ocupaba de designar pilotos para los autos que quedaran sin dueño durante la expedición. La idea era buena y no resultó difícil reunir dinero entre los asistentes; se decidió que el campesino, el soldado y el amigo de Taunus irían juntos y llevarían todas las bolsas, redes y cantimploras disponibles. Los jefes de los otros grupos volvieron a sus unidades para organizar expediciones similares, y al amanecer se explicó la situación a las mujeres y se hizo lo necesario para que la columna pudiera seguir avanzando. La muchacha del Dauphine le dijo al ingeniero que la anciana ya estaba mejor y que insistía en volver a su ID; a las ocho llegó el médico, que no vio inconveniente en que el matrimonio regresara a su auto. De todos modos, Taunus decidió que el 404 quedaría habilitado permanentemente como ambulancia; los muchachos, para divertirse, fabricaron un banderín con una cruz roja y lo fijaron en la antena del auto. Hacía ya rato que la gente prefería salir lo menos posible de sus coches; la temperatura seguía bajando y a mediodía empezaron los chaparrones y se vieron relámpagos a la distancia. La mujer del campesino se apresuró a recoger agua con un embudo y una jarra de plástico, para especial regocijo de los muchachos del Simca. Mirando todo eso, inclinado sobre el volante donde había un libro abierto que no le interesaba demasiado, el ingeniero se preguntó por qué los expedicionarios tardaban tanto en regresar; más tarde Taunus lo llamó discretamente a su auto y cuando estuvieron dentro le dijo que habían fracasado. El amigo de Taunus dio detalles: las granjas estaban abandonadas o la gente se negaba a venderles nada, aduciendo las reglamentaciones sobre ventas a particulares y sospechando que podían ser inspectores que se valían de las circunstancias para ponerlos a prueba. A pesar de todo habían podido traer una pequeña cantidad de agua y algunas provisiones, quizá robadas por el soldado que sonreía sin entrar en detalles. Desde luego ya no podía pasar mucho tiempo sin que cesara el embotellamiento, pero los alimentos de que se disponía no eran los más adecuados para los dos niños y la anciana. El médico, que vino hacia las cuatro y media para ver a la enferma, hizo un gesto de exasperación y cansancio y dijo a Taunus que en su grupo y en todos los grupos vecinos pasaba lo mismo. Por la radio se había hablado de una operación de emergencia para despejar la autopista, pero aparte de un helicóptero que apareció brevemente al anochecer no se vieron otros aprestos. De todas maneras hacía cada vez menos calor, y la gente parecía esperar la llegada de la noche para taparse con las mantas y abolir en el sueño algunas horas más de espera. Desde su auto el ingeniero escuchaba la charla de la muchacha del Dauphine con el viajante del DKW, que le contaba cuentos y la hacía reír sin ganas. Los sorprendió ver a la señora del Beaulieu que casi nunca abandonaba su auto, y bajó para saber si necesitaba alguna cosa, pero la señora buscaba solamente las últimas noticias y se puso a hablar con las monjas. Un hastío sin nombre pesaba sobre ellos al anochecer; se esperaba más del sueño que de las noticias siempre contradictorias o desmentidas. El amigo de Taunus llegó discretamente a buscar al ingeniero, al soldado y al hombre del 203. Taunus les anunció que el tripulante del Floride acababa de desertar; uno de los muchachos del Simca había visto el coche vacío, y después de un rato se había puesto a buscar a su dueño para matar el tedio. Nadie conocía mucho al hombre gordo del Floride, que tanto había protestado el primer día aunque después acabara por quedarse tan callado como el piloto del Caravelle. Cuando a las cinco de la mañana no quedó la menor duda de que Floride, como se divertían en llamarlo los chicos del Simca, había desertado llevándose una valija de mano y abandonando otra llena de camisas y ropa interior, Taunus decidió que uno de los muchachos se haría cargo del auto abandonado para no inmovilizar la columna. A todos los había fastidiado vagamente esa deserción en la oscuridad, y se preguntaban hasta dónde habría podido llegar Floride en su fuga a través de los campos. Por lo demás parecía ser la noche de las grandes decisiones: tendido en su cucheta del 404, al ingeniero le pareció oír un quejido, pero pensó que el soldado y su mujer serían responsables de algo que, después de todo, resultaba comprensible en plena noche y en esas circunstancias. Después lo pensó mejor y levantó la lona que cubría la ventanilla trasera; a la luz de unas pocas estrellas vio a un metro y medio el eterno parabrisas del Caravelle y detrás, como pegada al vidrio y un poco ladeada, la cara convulsa del hombre. Sin hacer ruido salió por el lado izquierdo para no despertar a las monjas, y se acercó al Caravelle. Después buscó a Taunus, y el soldado corrió a prevenir al médico. Desde luego el hombre se había suicidado tomando algún veneno; las líneas a lápiz en la agenda bastaban, y la carta dirigida a una tal Yvette, alguien que lo había abandonado en Vierzon. Por suerte la costumbre de dormir en los autos estaba bien establecida (las noches eran ya tan frías que a nadie se le hubiera ocurrido quedarse fuera) y a pocos les preocupaba que otros anduvieran entre los coches y se deslizaran hacia los bordes de la autopista para aliviarse. Taunus llamó a un consejo de guerra, y el médico estuvo de acuerdo con su propuesta. Dejar el cadáver al borde de la autopista significaba someter a los que venían más atrás a una sorpresa por lo menos penosa; llevarlo más lejos, en pleno campo, podía provocar la violenta repulsa de los lugareños, que la noche anterior habían amenazado y golpeado a un muchacho de otro grupo que buscaba de comer. El campesino del Ariane y el viajante del DKW tenían lo necesario para cerrar herméticamente el portaequipajes del Caravelle. Cuando empezaban su trabajo se les agregó la muchacha del Dauphine, que se colgó temblando del brazo del ingeniero. Él le explicó en voz baja lo que acababa de ocurrir y la devolvió a su auto, ya más tranquila. Taunus y sus hombres habían metido el cuerpo en el portaequipajes, y el viajante trabajó con scotch tape y tubos de cola líquida a la luz de la linterna del soldado. Como la mujer del 203 sabía conducir, Taunus resolvió que su marido se haría cargo del Caravelle que quedaba a la derecha del 203; así, por la mañana, la niña del 203 descubrió que su papá tenía otro auto, y jugó horas y horas a pasar de uno a otro y a instalar parte de sus juguetes en el Caravelle.

Por primera vez el frío se hacía sentir en pleno día, y nadie pensaba en quitarse las chaquetas. La muchacha del Dauphine y las monjas hicieron el inventario de los abrigos disponibles en el grupo. Había unos pocos pullovers que aparecían por casualidad en los autos o en alguna valija, mantas, alguna gabardina o abrigo ligero. Se estableció una lista de prioridades, se distribuyeron los abrigos. Otra vez volvía a faltar el agua, y Taunus envió a tres de sus hombres, entre ellos el ingeniero, para que trataran de establecer contacto con los lugareños. Sin que pudiera saberse por qué, la resistencia exterior era total; bastaba salir del límite de la autopista para que desde cualquier sitio llovieran piedras. En plena noche alguien tiró una guadaña que golpeó sobre el techo del DKW y cayó al lado del Dauphine. El viajante se puso muy pálido y no se movió de su auto, pero el americano del De Soto (que no formaba parte del grupo de Taunus pero que todos apreciaban por su buen humor y sus risotadas) vino a la carrera y después de revolear la guadaña la devolvió campo afuera con todas sus fuerzas, maldiciendo a gritos. Sin embargo, Taunus no creía que conviniera ahondar la hostilidad; quizá fuese todavía posible hacer una salida en busca de agua.

Ya nadie llevaba la cuenta de lo que se había avanzado ese día o esos días; la muchacha del Dauphine creía que entre ochenta y doscientos metros; el ingeniero era menos optimista pero se divertía en prolongar y complicar los cálculos con su vecina, interesado a ratos en quitarle la compañía del viajante del DKW que le hacía la corte a su manera profesional. Esa misma tarde el muchacho encargado del Floride corrió a avisar a Taunus que un Ford Mercury ofrecía agua a buen precio. Taunus se negó, pero al anochecer una de las monjas le pidió al ingeniero un sorbo de agua para la anciana del ID que sufría sin quejarse, siempre tomada de la mano de su marido y atendida alternativamente por las monjas y la muchacha del Dauphine. Quedaba medio litro de agua, y las mujeres lo destinaron a la anciana señora del Beaulieu. Esa misma noche Taunus pagó de su bolsillo dos litros de agua; el Ford Mercury prometió conseguir más para el día siguiente, al doble del precio.

Era difícil reunirse para discutir, porque hacía tanto frío que nadie abandonaba los autos como no fuera por un motivo imperioso. Las baterías empezaban a descargarse y no se podía hacer funcionar todo el tiempo la calefacción; Taunus decidió que los dos coches mejor equipados se reservarían llegado el caso para los enfermos. Envueltos en mantas (los muchachos del Simca habían arrancado el tapizado de su auto para fabricarse chalecos y gorros, y otros empezaban a imitarlos), cada uno trataba de abrir lo menos posible las portezuelas para conservar el calor. En alguna de esas noches heladas el ingeniero oyó llorar ahogadamente a la muchacha del Dauphine. Sin hacer ruido, abrió poco a poco la portezuela y tanteó en la sombra hasta rozar una mejilla mojada. Casi sin resistencia la chica se dejó atraer al 404; el ingeniero la ayudó a tenderse en la cucheta, la abrigó con la única manta y le echó encima una gabardina. La oscuridad era más densa en el coche ambulancia, con sus ventanillas tapadas por las lonas de la tienda. En algún momento el ingeniero bajó los dos parasoles y colgó de ellos su camisa y un pull-over para aislar completamente el auto. Hacia el amanecer ella le dijo al oído que antes de empezar a llorar había creído ver a lo lejos, sobre la derecha, las luces de una ciudad.

Quizá fuera una ciudad pero las nieblas de la mañana no dejaban ver ni a veinte metros. Curiosamente ese día la columna avanzó bastante más, quizá doscientos o trescientos metros. Coincidió con nuevos anuncios de la radio (que casi nadie escuchaba, salvo Taunus que se sentía obligado a mantenerse al corriente); los locutores hablaban enfáticamente de medidas de excepción que liberarían la autopista, y se hacían referencias al agotador trabajo de las cuadrillas camineras y de las fuerzas policiales. Bruscamente, una de las monjas deliró. Mientras su compañera la contemplaba aterrada y la muchacha del Dauphine le humedecía las sienes con un resto de perfume, la monja habló de Armagedón, del noveno día, de la cadena de cinabrio. El médico vino mucho después, abriéndose paso entre la nieve que caía desde el mediodía y amurallaba poco a poco los autos. Deploró la carencia de una inyección calmante y aconsejó que llevaran a la monja a un auto con buena calefacción. Taunus la instaló en su coche, y el niño pasó al Caravelle donde también estaba su amiguita del 203; jugaban con sus autos y se divertían mucho porque eran los únicos que no pasaban hambre. Todo ese día y los siguientes nevó casi de continuo, y cuando la columna avanzaba unos metros había que despejar con medios improvisados las masas de nieve amontonadas entre los autos.

A nadie se le hubiera ocurrido asombrarse por la forma en que se obtenían las provisiones y el agua. Lo único que podía hacer Taunus era administrar los fondos comunes y tratar de sacar el mejor partido posible de algunos trueques. El Ford Mercury y un Porsche venían cada noche a traficar con las vituallas; Taunus y el ingeniero se encargaban de distribuirlas de acuerdo con el estado físico de cada uno. Increíblemente la anciana del ID sobrevivía, perdida en un sopor que las mujeres se cuidaban de disipar. La señora del Beaulieu que unos días antes había sufrido de náuseas y vahídos, se había repuesto con el frío y era de las que más ayudaban a la monja a cuidar a su compañera siempre débil y un poco extraviada. La mujer del soldado y la del 203 se encargaban de los dos niños, el viajante del DKW, quizá para consolarse de que la ocupante del Dauphine hubiera preferido al ingeniero pasaba horas contándoles cuentos a los niños. En la noche los grupos ingresaban en otra vida sigilosa y privada; las portezuelas se abrían silenciosamente para dejar entrar o salir alguna silueta aterida; nadie miraba a los demás, los ojos estaban tan ciegos como la sombra misma. Bajo mantas sucias, con manos de uñas crecidas, oliendo a encierro y a ropa sin cambiar, algo de felicidad duraba aquí y allá. La muchacha del Dauphine no se había equivocado: a lo lejos brillaba una ciudad, y poco a poco se irían acercando. Por las tardes el chico del Simca se trepaba al techo de su coche, vigía incorregible envuelto en pedazos de tapizado y estopa verde. Cansado de explorar el horizonte inútil, miraba por milésima vez los autos que lo rodeaban; con alguna envidia descubría a Dauphine en el auto del 404, una mano acariciando un cuello, el final de un beso. Por pura broma, ahora que había reconquistado la amistad del 404, les gritaba que la columna iba a moverse; entonces Dauphine tenía que abandonar al 404 y entrar en su auto, pero al rato volvía a pasarse en busca de calor, y al muchacho del Simca le hubiera gustado tanto poder traer a su coche a alguna chica de otro grupo, pero no era ni para pensarlo con ese frío y esa hambre, sin contar que el grupo de más adelante estaba en franco tren de hostilidad con el de Taunus por una historia de un tubo de leche condensada, y salvo las transacciones oficiales con Ford Mercury y con Porsche no había relación posible con los otros grupos. Entonces el muchacho del Simca suspiraba descontento y volvía a hacer de vigía hasta que la nieve y el frío lo obligaban a meterse tiritando en su auto.

Pero el frío empezó a ceder, y después de un periodo de lluvias y vientos que enervaron los ánimos y aumentaron las dificultades de aprovisionamiento, siguieron días frescos y soleados en que ya era posible salir de los autos, visitarse, reanudar relaciones con los grupos vecinos. Los jefes habían discutido la situación, y finalmente se logró hacer la paz con el grupo de más adelante. De la brusca desaparición de Ford Mercury se habló mucho tiempo sin que nadie supiera lo que había podido ocurrirle, pero Porsche siguió viniendo y controlando el mercado negro. Nunca faltaban del todo el agua o las conservas, aunque los fondos del grupo disminuían y Taunus y el ingeniero se preguntaban qué ocurriría el día en que no hubiera más dinero para Porsche. Se habló de un golpe de mano, de hacerlo prisionero y exigirle que revelara la fuente de los suministros, pero en esos días la columna había avanzado un buen trecho y los jefes prefirieron seguir esperando y evitar el riesgo de echarlo todo a perder por una decisión violenta. Al ingeniero, que había acabado por ceder a una indiferencia casi agradable, lo sobresaltó por un momento el tímido anuncio de la muchacha del Dauphine, pero después comprendió que no se podía hacer nada para evitarlo y la idea de tener un hijo de ella acabó por parecerle tan natural como el reparto nocturno de las provisiones o los viajes furtivos hasta el borde de la autopista. Tampoco la muerte de la anciana del ID podía sorprender a nadie. Hubo que trabajar otra vez en plena noche, acompañar y consolar al marido que no se resignaba a entender. Entre dos de los grupos de vanguardia estalló una pelea y Taunus tuvo que oficiar de árbitro y resolver precariamente la diferencia. Todo sucedía en cualquier momento, sin horarios previsibles; lo más importante empezó cuando ya nadie lo esperaba, y al menos responsable le tocó darse cuenta el primero. Trepado en el techo del Simca, el alegre vigía tuvo la impresión de que el horizonte había cambiado (era al atardecer, un sol amarillento deslizaba su luz rasante y mezquina) y que algo inconcebible estaba ocurriendo a quinientos metros, a trescientos, a doscientos cincuenta. Se lo gritó al 404 y el 404 le dijo algo a Dauphine que se pasó rápidamente a su auto cuando ya Taunus, el soldado y el campesino venían corriendo y desde el techo del Simca el muchacho señalaba hacia adelante y repetía interminablemente el anuncio como si quisiera convencerse de que lo que estaba viendo era verdad; entonces oyeron la conmoción, algo como un pesado pero incontenible movimiento migratorio que despertaba de un interminable sopor y ensayaba sus fuerzas. Taunus les ordenó a gritos que volvieran a sus coches; el Beaulieu, el ID, el Fiat 600 y el De Soto arrancaron con un mismo impulso. Ahora el 2HP, el Taunus, el Simca y el Ariane empezaban a moverse, y el muchacho del Simca, orgulloso de algo que era como su triunfo, se volvía hacia el 404 y agitaba el brazo mientras el 404, el Dauphine, el 2HP de las monjas y el DKW se ponían a su vez en marcha. Pero todo estaba en saber cuánto iba a durar eso; el 404 se lo preguntó casi por rutina mientras se mantenía a la par de Dauphine y le sonreía para darle ánimo. Detrás, el Volkswagen, el Caravelle, el 203 y el Floride arrancaban a su vez lentamente, un trecho en primera velocidad, después la segunda, interminablemente la segunda pero ya sin desembragar como tantas veces, con el pie firme en el acelerador, esperando poder pasar a tercera. Estirando el brazo izquierdo el 404 buscó la mano de Dauphine, rozó apenas la punta de sus dedos, vio en su cara una sonrisa de incrédula esperanza y pensó que iban a llegar a París y que se bañarían, que irían juntos a cualquier lado, a su casa o a la de ella a bañarse, a comer, a bañarse interminablemente y a comer y beber, y que después habría muebles, habría un dormitorio con muebles y un cuarto de baño con espuma de jabón para afeitarse de verdad, y retretes, comidas y retretes y sábanas, París era un retrete y dos sábanas y el agua caliente por el pecho y las piernas, y una tijera de uñas, y vino blanco, beberían vino blanco antes de besarse y sentirse oler a lavanda y a colonia, antes de conocerse de verdad a plena luz, entre sábanas limpias, y volver a bañarse por juego, amarse y bañarse y beber y entrar en la peluquería, entrar en el baño, acariciar las sábanas y acariciarse entre las sábanas y amarse entre la espuma y la lavanda y los cepillos antes de empezar a pensar en lo que iban a hacer, en el hijo y los problemas y el futuro, y todo eso siempre que no se detuvieran, que la columna continuara aunque todavía no se pudiese subir a la tercera velocidad, seguir así en segunda, pero seguir. Con los paragolpes rozando el Simca, el 404 se echó atrás en el asiento, sintió aumentar la velocidad, sintió que podía acelerar sin peligro de irse contra el Simca, y que el Simca aceleraba sin peligro de chocar contra el Beaulieu, y que detrás venía el Caravelle y que todos aceleraban más y más, y que ya se podía pasar a tercera sin que el motor penara, y la palanca calzó increíblemente en la tercera y la marcha se hizo suave y se aceleró todavía más, y el 404 miró enternecido y deslumbrado a su izquierda buscando los ojos de Dauphine. Era natural que con tanta aceleración las filas ya no se mantuvieran paralelas, Dauphine se había adelantado casi un metro y el 404 le veía la nuca y apenas el perfil, justamente cuando ella se volvía para mirarlo y hacía un gesto de sorpresa al ver que el 404 se retrasaba todavía más. Tranquilizándola con una sonrisa el 404 aceleró bruscamente, pero casi en seguida tuvo que frenar porque estaba a punto de rozar el Simca; le tocó secamente la bocina y el muchacho del Simca lo miró por el retrovisor y le hizo un gesto de impotencia, mostrándole con la mano izquierda el Beaulieu pegado a su auto. El Dauphine iba tres metros más adelante, a la altura del Simca, y la niña del 203, al nivel del 404, agitaba los brazos y le mostraba su muñeca. Una mancha roja a la derecha desconcertó al 404; en vez del 2HP de las monjas o del Volkswagen del soldado vio un Chevrolet desconocido, y casi en seguida el Chevrolet se adelantó seguido por un Lancia y por un Renault 8. A su izquierda se le apareaba un ID que empezaba a sacarle ventaja metro a metro, pero antes de que fuera sustituido por un 403, el 404 alcanzó a distinguir todavía en la delantera el 203 que ocultaba ya a Dauphine. El grupo se dislocaba, ya no existía, Taunus debía de estar a más de veinte metros adelante, seguido de Dauphine; al mismo tiempo la tercera fila de la izquierda se atrasaba porque en vez del DKW del viajante, el 404 alcanzaba a ver la parte trasera de un viejo furgón negro, quizá un Citroën o un Peugeot. Los autos corrían en tercera, adelantándose o perdiendo terreno según el ritmo de su fila, y a los lados de la autopista se veían huir los árboles, algunas casas entre las masas de niebla y el anochecer. Después fueron las luces rojas que todos encendían siguiendo el ejemplo de los que iban adelante, la noche que se cerraba bruscamente. De cuando en cuando sonaban bocinas, las agujas de los velocímetros subían cada vez más, algunas filas corrían a setenta kilómetros, otras a sesenta y cinco, algunas a sesenta. El 404 había esperado todavía que el avance y el retroceso de las filas le permitiera alcanzar otra vez a Dauphine, pero cada minuto lo iba convenciendo de que era inútil, que el grupo se había disuelto irrevocablemente, que ya no volverían a repetirse los encuentros rutinarios, los mínimos rituales, los consejos de guerra en el auto de Taunus, las caricias de Dauphine en la paz de la madrugada, las risas de los niños jugando con sus autos, la imagen de la monja pasando las cuentas del rosario. Cuando se encendieron las luces de los frenos del Simca, el 404 redujo la marcha con un absurdo sentimiento de esperanza, y apenas puesto el freno de mano saltó del auto y corrió hacia adelante. Fuera del Simca y el Beaulieu (más atrás estaría el Caravelle, pero poco le importaba) no reconoció ningún auto; a través de cristales diferentes lo miraban con sorpresa y quizás escándalo otros rostros que no había visto nunca. Sonaban las bocinas, y el 404 tuvo que volver a su auto; el chico del Simca le hizo un gesto amistoso, como si comprendiera, y señaló alentadoramente en dirección de París. La columna volvía a ponerse en marcha, lentamente durante unos minutos y luego como si la autopista estuviera definitivamente libre. A la izquierda del 404 corría un Taunus, y por un segundo al 404 le pareció que el grupo se recomponía, que todo entraba en el orden, que se podría seguir adelante sin destruir nada. Pero era un Taunus verde, y en el volante había una mujer con anteojos ahumados que miraba fijamente hacia adelante. No se podía hacer otra cosa que abandonarse a la marcha, adaptarse mecánicamente a la velocidad de los autos que lo rodeaban, no pensar. En el Volkswagen del soldado debía estar su chaqueta de cuero. Taunus tenía la novela que él había leído en los primeros días. Un frasco de lavanda casi vacío en el 2HP de las monjas. Y él tenía ahí, tocándolo a veces con la mano derecha, el osito de felpa que Dauphine le había regalado como mascota. Absurdamente se aferró a la idea de que a las nueve y media se distribuirían los alimentos, habría que visitar a los enfermos, examinar la situación con Taunus y el campesino del Ariane; después sería la noche, sería Dauphine subiendo sigilosamente a su auto, las estrellas o las nubes, la vida. Sí, tenía que ser así, no era posible que eso hubiera terminado para siempre. Tal vez el soldado consiguiera una ración de agua, que había escaseado en las últimas horas; de todos modos se podía contar con Porsche, siempre que se le pagara el precio que pedía. Y en la antena de la radio flotaba locamente la bandera con la cruz roja, y se corría a ochenta kilómetros por hora hacia las luces que crecían poco a poco, sin que ya se supiera bien por qué tanto apuro, por qué esa carrera en la noche entre autos desconocidos donde nadie sabía nada de los otros, donde todo el mundo miraba fijamente hacia adelante, exclusivamente hacia adelante.

La salud de los enfermos

Cuando inesperadamente tía Clelia se sintió mal en la familia hubo un momento de pánico y por varias horas nadie fue capaz de reaccionar y discutir un plan de acción, ni siquiera tío Roque que encontraba siempre la salida más atinada. A Carlos lo llamaron por teléfono a la oficina, Rosa y Pepe despidieron a los alumnos de piano y solfeo, y hasta tía Clelia se preocupó más por mamá que por ella misma. Estaba segura de que lo que sentía no era grave, pero a mamá no se le podían dar noticias inquietantes con su presión y su azúcar, de sobra sabían todos que el doctor Bonifaz había sido el primero en comprender y aprobar que le ocultaran a mamá lo de Alejandro. Si tía Clelia tenía que guardar cama era necesario encontrar alguna manera de que mamá no sospechara que estaba enferma, pero ya lo de Alejandro se había vuelto tan difícil y ahora se agregaba esto; la menor equivocación, y acabaría por saber la verdad. Aunque la casa era grande, había que tener en cuenta el oído tan afinado de mamá y su inquietante capacidad para adivinar dónde estaba cada uno. Pepa, que había llamado al doctor Bonifaz desde el teléfono de arriba, avisó a sus hermanos que el médico vendría lo antes posible y que dejaran entornada la puerta cancel para que entrase sin llamar. Mientras Rosa y tío Roque atendían a tía Clelia que había tenido dos desmayos y se quejaba de un insoportable dolor de cabeza, Carlos se quedó con mamá para contarle las novedades del conflicto diplomático con el Brasil y leerle las últimas noticias. Mamá estaba de buen humor esa tarde y no le dolía la cintura como casi siempre a la hora de la siesta. A todos les fue preguntando qué les pasaba que parecían tan nerviosos, y en la casa se habló de la baja presión y de los efectos nefastos de los mejoradores en el pan. A la hora del té vino tío Roque a charlar con mamá, y Carlos pudo darse un baño y quedarse a la espera del médico. Tía Clelia seguía mejor, pero le costaba moverse en la cama y ya casi no se interesaba por lo que tanto la había preocupado al salir del primer vahído. Pepa y Rosa se turnaron junto a ella, ofreciéndole té y agua sin que les contestara; la casa se apaciguó con el atardecer y los hermanos se dijeron que tal vez lo de tía Clelia no era grave, y que a la tarde siguiente volvería a entrar en el dormitorio de mamá como si no le hubiese pasado nada.

Con Alejandro las cosas habían sido mucho peores, porque Alejandro se había matado en un accidente de auto a poco de llegar a Montevideo donde lo esperaban en casa de un ingeniero amigo. Ya hacía casi un año de eso, pero siempre seguía siendo el primer día para los hermanos y los tíos, para todos menos para mamá, ya que para mamá Alejandro estaba en el Brasil donde una firma de Recife le había encargado la instalación de una fábrica de cemento. La idea de preparar a mamá, de insinuarle que Alejandro había tenido un accidente y que estaba levemente herido, no se les había ocurrido siquiera después de las prevenciones del doctor Bonifaz. Hasta María Laura, más allá de toda comprensión en esas primeras horas, había admitido que no era posible darle la noticia a mamá. Carlos y el padre de María Laura viajaron al Uruguay para traer el cuerpo de Alejandro, mientras la familia cuidaba como siempre de mamá que ese día estaba dolorida y difícil. El club de ingeniería aceptó que el velorio se hiciera en su sede y Pepa, la más ocupada con mamá, ni siquiera alcanzó a ver el ataúd de Alejandro mientras los otros se turnaban de hora en hora y acompañaban a la pobre María Laura perdida en un horror sin lágrimas. Como casi siempre, a tío Roque le tocó pensar. Habló de madrugada con Carlos, que lloraba silenciosamente a su hermano con la cabeza apoyada en la carpeta verde de la mesa del comedor donde tantas veces habían jugado a las cartas. Después se les agregó tía Clelia, porque mamá dormía toda la noche y no había que preocuparse por ella. Con el acuerdo tácito de Rosa y de Pepa, decidieron las primeras medidas, empezando por el secuestro de *La Nación* —a veces mamá se animaba a leer el diario unos minutos— y todos estuvieron de acuerdo con lo que había pensado el tío Roque. Fue así como una empresa brasileña contrató a Alejandro para que pasara un año en Recife, y Alejandro tuvo que renunciar en pocas horas a sus breves vacaciones en casa del ingeniero amigo, hacer su valija y saltar al primer avión. Mamá tenía que comprender que eran nuevos tiempos, que los industriales no entendían de sentimientos, pero Alejandro ya encontraría la manera de tomarse una semana de vacaciones a mitad de año y bajar a Buenos Aires. A mamá le pareció muy bien todo eso, aunque lloró un poco y hubo que darle a respirar sus sales. Carlos, que sabía hacerla reír, le dijo que era una vergüenza que llorara por el primer éxito del benjamín de la familia, y que a Alejandro no le hubiera gustado enterarse de que recibían así la noticia de su contrato. Entonces mamá se tranquilizó y dijo que bebería un dedo de málaga a la salud de Alejandro. Carlos salió bruscamente a buscar el vino, pero fue Rosa quien lo trajo y quien brindó con mamá.

La vida de mamá era bien penosa, y aunque poco se quejaba había que hacer todo lo posible por acompañarla y distraerla. Cuando al día siguiente del entierro de Alejandro se extrañó de que María Laura no hubiese venido a visitarla como todos los jueves, Pepa fue por la tarde a casa de los Novalli para hablar con María Laura. A esa hora tío Roque estaba en el estudio de un abogado amigo, explicándole la situación; el abogado prometió escribir inmediatamente a su hermano que trabajaba en Recife (las ciudades no se elegían al azar en casa de mamá) y organizar lo de la correspondencia. El doctor Bonifaz ya había visitado como por casualidad a mamá, y después de examinarle la vista la encontró bastante mejor pero le pidió que por unos días se abstuviera de leer los diarios. Tía Clelia se encargó de comentarle las noticias más interesantes; por suerte a mamá no le gustaban los noticieros radiales porque eran vulgares y a cada rato había avisos de remedios nada seguros que la gente tomaba contra viento y marea y así les iba.

María Laura vino el viernes por la tarde y habló de lo mucho que tenía que estudiar para los exámenes de arquitectura.

—Sí, mi hijita —dijo mamá, mirándola con afecto—. Tenés los ojos colorados de leer, y eso es malo. Ponete unas compresas con hamamelis, que es lo mejor que hay.

Rosa y Pepa estaban ahí para intervenir a cada momento en la conversación, y María Laura pudo resistir y hasta sonrió cuando mamá se puso a hablar de ese pícaro de novio que se iba tan lejos y casi sin avisar. La juventud moderna era así, el mundo se había vuelto loco y todos andaban apurados y sin tiempo para nada. Después mamá se perdió en las ya sabidas anécdotas de padres y abuelos, y vino el café y después entró Carlos con bromas y cuentos, y en algún momento tío Roque se paró en la puerta del dormitorio y los miró con su aire bonachón, y todo pasó como tenía que pasar hasta la hora del descanso de mamá.

La familia se fue habituando, a María Laura le costó más pero en cambio sólo tenía que ver a mamá los jueves; un día llegó la primera carta de Alejandro (mamá se había extrañado ya dos veces de su silencio) y Carlos se la leyó al pie de la cama. A Alejandro le había encantado Recife, hablaba del puerto, de los vendedores de papagayos y del sabor de los refrescos, a la familia se le hacía agua la boca cuando se enteraba de que los ananás no costaban nada, y que el café era de verdad y con una fragancia... Mamá pidió que le mostraran el sobre, y dijo que habría que darle la estampilla al chico de los Marolda que era filatelista, aunque a ella no le gustaba nada que los chicos anduvieran con las estampillas porque después no se lavaban las manos y las estampillas habían rodado por todo el mundo.

—Les pasan la lengua para pegarlas —decía siempre mamá— y los microbios quedan ahí y se incuban, es sabido. Pero dásela lo mismo, total ya tiene tantas que una más...

Al otro día mamá llamó a Rosa y le dictó una carta para Alejandro, preguntándole cuándo iba a poder tomarse vacaciones y si el viaje no le costaría demasiado. Le explicó cómo se sentía y le habló del ascenso que acababan de darle a Carlos y del premio que había sacado uno de los alumnos de piano de Pepa. También le dijo que María Laura la visitaba sin faltar ni un solo jueves, pero que estudiaba demasiado y que eso era malo para la vista. Cuando la carta estuvo escrita, mamá la firmó al pie con un lápiz, y besó suavemente el papel. Pepa se levantó con el pretexto de ir a buscar un sobre, y tía Clelia vino con las pastillas de las cinco y unas flores para el jarrón de la cómoda.

Nada era fácil, porque en esa época la presión de mamá subió todavía más y la familia llegó a preguntarse si no habría alguna influencia inconsciente, algo que desbordaba del comportamiento de todos ellos, una inquietud y un desánimo que hacían daño a mamá a pesar de las precauciones y la falsa alegría. Pero no podía ser, porque a fuerza de fingir las risas todos habían acabado por reírse de veras con mamá, y a veces se hacían bromas y se tiraban manotazos aunque no estuvieran con ella, y después se miraban como si se despertaran bruscamente, y Pepa se ponía muy colorada y Carlos encendía un cigarrillo con la cabeza gacha. Lo único importante en el fondo era que pasara el tiempo y que mamá no se diese cuenta de nada. Tío Roque había hablado con el doctor Bonifaz, y todos estaban de acuerdo en que había que continuar indefinidamente la comedia piadosa, como la calificaba tía Clelia. El único problema eran las visitas de María Laura porque mamá insistía naturalmente en hablar de Alejandro, quería saber si se casarían apenas él volviera de Recife o si ese loco de hijo iba a aceptar otro contrato lejos y por tanto tiempo. No quedaba más remedio que entrar a cada momento en el dormitorio y distraer a mamá, quitarle a María Laura que se mantenía muy quieta en su silla, con las manos apretadas hasta hacerse daño, pero un día mamá le preguntó a tía Clelia por qué todos se precipitaban en esa forma cuando María Laura venía a verla, como si fuera la única ocasión que tenían de estar con ella. Tía Clelia se echó a reír y le dijo que todos veían un poco a Alejandro en María Laura, y que por eso les gustaba estar con ella cuando venía.

—Tenés razón, María Laura es tan buena —dijo mamá—. El bandido de mi hijo no se la merece, creeme.

—Mirá quién habla —dijo tía Clelia—. Si se te cae la baba cuando nombrás a tu hijo.

Mamá también se puso a reír, y se acordó de que en esos días iba a llegar carta de Alejandro. La carta llegó y tío Roque la trajo junto con el té de las cinco. Esa vez mamá quiso leer la carta y pidió sus anteojos de ver cerca. Leyó aplicadamente, como si cada frase fuera un bocado que había que dar vueltas y vueltas paladeándolo.

—Los muchachos de ahora no tienen respeto —dijo sin darle demasiada importancia—. Está bien que en mi tiempo no se usaban esas máquinas, pero yo no me hubiera atrevido jamás a escribir así a mi padre, ni vos tampoco.

—Claro que no —dijo tío Roque—. Con el genio que tenía el viejo.

—A vos no se te cae nunca eso del viejo, Roque. Sabés que no me gusta oírtelo decir, pero te da igual. Acordate cómo se ponía mamá.

—Bueno, está bien. Lo de viejo es una manera de decir, no tiene nada que ver con el respeto.

—Es muy raro —dijo mamá, quitándose los anteojos y mirando las molduras del cielo raso—. Ya van cinco o seis cartas de Alejandro, y en ninguna me llama... Ah, pero es un secreto entre los dos. Es raro sabés. ¿Por qué no me ha llamado así ni una sola vez?

—A lo mejor al muchacho le parece tonto escribírtelo. Una cosa es que te diga... ¿cómo te dice...?

—Es un secreto —dijo mamá—. Un secreto entre mi hijito y yo.

Ni Pepa ni Rosa sabían de ese nombre, y Carlos se encogió de hombros cuando le preguntamos.

—¿Qué querés, tío? Lo más que puedo hacer es falsificarle la firma. Yo creo que mamá se va a olvidar de eso, no te lo tomes tan a pecho.

A los cuatro o cinco meses, después de una carta de Aleandro en la que explicaba lo mucho que tenía que hacer (aunque estaba contento porque era una gran oportunidad para un ingeniero joven), mamá insistió en que ya era tiempo de que se tomara unas vacaciones y bajara a Buenos Aires. A Rosa, que escribía la respuesta de mamá, le pareció que dictaba más lentamente, como si hubiera estado pensando mucho cada frase.

—Vaya a saber si el pobre podrá venir —comentó Rosa como al descuido—. Sería una lástima que se malquiste con la empresa justamente ahora que le va tan bien y está tan contento.

Mamá siguió dictando como si no hubiera oído. Su salud dejaba mucho que desear y le hubiera gustado ver a Alejandro, aunque sólo fuese por unos días. Alejandro tenía que pensar también en María Laura, no porque ella creyese que descuidaba a su novia, pero un cariño no vive de palabras bonitas y promesas a la distancia. En fin, esperaba que Alejandro le escribiera pronto con buenas noticias. Rosa se fijó que mamá no besaba el papel después de firmar, pero que miraba fijamente la carta como si quisiera grabársela en la memoria. «Pobre Alejandro», pensó Rosa, y después se santiguó bruscamente sin que mamá la viera.

—Mirá —le dijo tío Roque a Carlos cuando esa noche se quedaron solos para su partida de dominó—, yo creo que esto se va a poner feo. Habrá que inventar alguna cosa plausible, o al final se dará cuenta.

—Qué sé yo, tío. Lo mejor será que Alejandro conteste de una manera que la deje contenta por un tiempo más. La pobre está tan delicada, no se puede ni pensar en...

—Nadie habló de eso, muchacho. Pero yo te digo que tu madre es de las que no aflojan. Está en la familia, che.

Mamá leyó sin hacer comentarios la respuesta evasiva de Alejandro, que trataría de conseguir vacaciones apenas entregara el primer sector instalado de la fábrica. Cuando esa tarde llegó María Laura, le pidió que intercediera para que Alejandro viniese aunque no fuera más que una semana a Buenos Aires. María Laura le dijo después a Rosa que mamá se lo había pedido en el único momento en que nadie más podía escucharla. Tío Roque fue el primero en sugerir lo que todos habían pensado ya tantas veces sin animarse a decirlo por lo claro, y cuando mamá le dictó a Rosa otra carta para Alejandro, insistiendo en que viniera, se decidió que no quedaba más remedio que hacer la tentativa y ver si mamá estaba en condiciones de recibir una primera noticia desagradable. Carlos consultó al doctor Bonifaz, que aconsejó prudencia y unas gotas. Dejaron pasar el tiempo necesario, y una tarde tío Roque vino a sentarse a los pies de la cama de mamá, mientras Rosa cebaba un mate y miraba por la ventana del balcón, al lado de la cómoda de los remedios.

—Fijate que ahora empiezo a entender un poco por qué este diablo de sobrino no se decide a venir a vernos —dijo tío Roque—. Lo que pasa es que no te ha querido afligir, sabiendo que todavía no estás bien.

Mamá lo miró como si no comprendiera.

—Hoy telefonearon los Novalli, parece que María Laura recibió noticias de Alejandro. Está bien, pero no va a poder viajar por unos meses.

—¿Por qué no va a poder viajar? —preguntó mamá.

—Porque tiene algo en un pie, parece. En el tobillo, creo. Hay que preguntarle a María Laura para que diga lo que pasa. El viejo Novalli habló de una fractura o algo así.

—¿Fractura de tobillo? —dijo mamá.

Antes de que tío Roque pudiera contestar, ya Rosa estaba con el frasco de sales. El doctor Bonifaz vino en seguida, y todo pasó en unas horas, pero fueron horas largas y el doctor Bonifaz no se separó de la familia hasta entrada la noche. Recién dos días después mamá se sintió lo bastante repuesta como para pedirle a Pepa que le escribiera a Alejandro. Cuando Pepa, que no había entendido bien, vino como siempre con el bloc y la lapicera, mamá cerró los ojos y negó con la cabeza.

—Escribile vos, nomás. Decile que se cuide.

Pepa obedeció, sin saber por qué escribía una frase tras otra puesto que mamá no iba a leer la carta. Esa noche le dijo a Carlos que todo el tiempo, mientras escribía al lado de la cama de mamá, había tenido la absoluta seguridad de que mamá no iba a leer ni a firmar esa carta. Seguía con los ojos cerrados y no los abrió hasta la hora de la tisana; parecía haberse olvidado, estar pensando en otras cosas.

Alejandro contestó con el tono más natural del mundo, explicando que no había querido contar lo de la fractura para no afligirla. Al principio se habían equivocado y le habían puesto un yeso que hubo que cambiar, pero ya estaba mejor y en unas semanas podría empezar a caminar. En total tenía para unos dos meses, aunque lo malo era que su trabajo se había retrasado una barbaridad en el peor momento, y...

Carlos, que leía la carta en voz alta, tuvo la impresión de que mamá no lo escuchaba como otras veces. De cuando en cuando miraba el reloj, lo que en ella era signo de impaciencia. A las siete Rosa tenía que traerle el caldo con las gotas del doctor Bonifaz, y eran las siete y cinco.

—Bueno —dijo Carlos, doblando la carta—. Ya ves que todo va bien, al pibe no le ha pasado nada serio.

—Claro —dijo mamá—. Mirá, decile a Rosa que se apure, querés.

A María Laura, mamá le escuchó atentamente las explicaciones sobre la fractura de Alejandro, y hasta le dijo que le recomendara unas fricciones que tanto bien le habían hecho a su padre cuando la caída del caballo en Matanzas. Casi en seguida, como si formara parte de la misma frase, preguntó si no le podían dar unas gotas de agua de azahar, que siempre le aclaraban la cabeza.

La primera en hablar fue María Laura, esa misma tarde. Se lo dijo a Rosa en la sala, antes de irse, y Rosa se quedó mirándola como si no pudiera creer lo que había oído.

—Por favor —dijo Rosa—. ¿Cómo podés imaginarte una cosa así?

—No me la imagino, es la verdad —dijo María Laura—. Y yo no vuelvo más, Rosa, pídanme lo que quieran, pero yo no vuelvo a entrar en esa pieza.

En el fondo a nadie le pareció demasiado absurda la fantasía de María Laura. Pero Clelia resumió el sentimiento de todos cuando dijo que en una casa como la de ellos un deber era un deber. A Rosa le tocó ir a lo de los Novalli, pero María Laura tuvo un ataque de llanto tan histérico que no quedó más remedio que acatar su decisión; Pepa y Rosa empezaron esa misma tarde a hacer comentarios sobre lo mucho que tenía que estudiar la pobre chica y lo cansada que estaba. Mamá no dijo nada, y cuando llegó el jueves no preguntó por María Laura. Ese jueves se cumplían diez meses de la partida de Alejandro al Brasil. La empresa estaba tan satisfecha de sus servicios, que unas semanas después le propusieron una renovación del contrato por otro año, siempre que aceptara irse de inmediato a Belén para instalar otra fábrica. A tío Roque le parecía eso formidable, un gran triunfo para un muchacho de tan pocos años.

—Alejandro fue siempre el más inteligente —explicó mamá—. Así como Carlos es el más tesonero.

—Tenés razón —dijo tío Roque, preguntándose de pronto qué mosca le habría picado aquel día a María Laura—. La verdad es que te han salido unos hijos que valen la pena, hermana.

—Oh, sí, no me puedo quejar. A su padre le hubiera gustado verlos ya grandes. Las chicas, tan buenas, y el pobre Carlos, tan de su casa.

—Y Alejandro, con tanto porvenir.

—Ah, sí —dijo mamá.

—Fijate nomás en ese nuevo contrato que le ofrecen... En fin, cuando estés con ánimo le contestarás a tu hijo; debe andar con la cola entre las piernas pensando que la noticia de la renovación no te va a gustar.

—Ah, sí —repitió mamá, mirando al cielo raso—. Decile a Pepa que le escriba, ella ya sabe.

Pepa escribió, sin estar muy segura de lo que debía decirle a Alejandro, pero convencida de que siempre era mejor tener un texto completo para evitar contradicciones en las respuestas. Alejandro, por su parte, se alegró mucho de que mamá comprendiera la oportunidad que se le presentaba. Lo del tobillo iba muy bien, apenas pudiera pediría vacaciones para venirse a estar con ellos una quincena. Mamá asintió con un leve gesto, y preguntó si ya había llegado *La Razón* para que Carlos le leyera los telegramas. En la casa todo se había ordenado sin esfuerzo, ahora que parecían haber terminado los sobresaltos y la salud de mamá se mantenía estacionaria. Los hijos se turnaban para acompañarla; tío Roque y tía Clelia entraban y salían en cualquier momento. Carlos le leía el diario a mamá por la noche, y Pepa por la mañana. Rosa y tía Clelia se ocupaban de los medicamentos y los baños; tío Roque tomaba mate en su cuarto dos o tres veces al día. Mamá no estaba nunca sola, no preguntaba nunca por María Laura; cada tres semanas recibía sin comentarios las noticias de Alejandro; le decía a Pepa que contestara y hablaba de otra cosa, siempre inteligente y atenta y alejada.

Fue en esa época cuando tío Roque empezó a leerle las noticias de la tensión con el Brasil. Las primeras las había escrito en los bordes del diario, pero mamá no se preocupaba por la perfección de la lectura y después de unos días tío Roque se acostumbró a inventar en el momento. Al principio acompañaba los inquietantes telegramas con algún comentario sobre los problemas que eso podría traerle a Alejandro y a los demás argentinos en el Brasil, pero como mamá no parecía preocuparse dejó de insistir aunque cada tantos días agravaba un poco la situación. En las cartas de Alejandro se mencionaba la posibilidad de una ruptura de relaciones, aunque el muchacho era el optimista de siempre y estaba convencido de que los cancilleres arreglarían el litigio.

Mamá no hacía comentarios, tal vez porque aún faltaba mucho para que Alejandro pudiera pedir licencia, pero una noche le preguntó bruscamente al doctor Bonifaz si la situación con el Brasil era tan grave como decían los diarios.

—¿Con el Brasil? Bueno, sí, las cosas no andan muy bien —dijo el médico—. Esperemos que el buen sentido de los estadistas...

Mamá lo miraba como sorprendida de que le hubiese respondido sin vacilar. Suspiró levemente, y cambió la conversación. Esa noche estuvo más animada que otras veces, y el doctor Bonifaz se retiró satisfecho. Al otro día se enfermó tía Clelia; los desmayos parecían cosa pasajera, pero el doctor Bonifaz habló con tío Roque y aconsejó que internaran a tía Clelia en un sanatorio. A mamá, que en ese momento escuchaba las noticias del Brasil que le traía Carlos con el diario de la noche, le dijeron que tía Clelia estaba con una jaqueca que no la dejaba moverse de la cama. Tuvieron toda la noche para pensar en lo que harían, pero tío Roque estaba como anonadado después de hablar con el doctor Bonifaz, y a Carlos y a las chicas les tocó decidir. A Rosa se le ocurrió lo de la quinta de Manolita Valle y el aire puro; al segundo día de la jaqueca de tía Clelia, Carlos llevó la conversación con tanta habilidad que fue como si mamá en persona hubiera aconsejado una temporada en la quinta de Manolita que tanto bien le haría a Clelia. Un compañero de oficina de Carlos se ofreció para llevarla en su auto, ya que el tren era fatigoso con esa jaqueca. Tía Clelia fue la primera en querer despedirse de mamá para que mamá le recomendase que no tomara frío en esos autos de ahora y que se acordara del laxante de frutas cada noche.

—Clelia estaba muy congestionada —le dijo mamá a Pepa por la tarde—. Me hizo mala impresión, sabés.

—Oh, con unos días en la quinta se va a reponer lo más bien. Estaba un poco cansada estos meses; me acuerdo de que Manolita le había dicho que fuera a acompañarla a la quinta.

—¿Sí? Es raro, nunca me lo dijo.

—Por no afligirte, supongo.

—¿Y cuánto tiempo se va a quedar, hijita?

Pepa no sabía, pero ya le preguntarían al doctor Bonifaz que era el que había aconsejado el cambio de aire. Mamá no volvió a hablar del asunto hasta algunos días después (tía Clelia acababa de tener un síncope en el sanatorio, y Rosa se turnaba con tío Roque para acompañarla).

—Me pregunto cuándo va a volver Clelia —dijo mamá.

—Vamos, por una vez que la pobre se decide a dejarte y a cambiar un poco de aire...

—Sí, pero lo que tenía no era nada, dijeron ustedes.

—Claro que no es nada. Ahora se estará quedando por gusto, o por acompañar a Manolita; ya sabés cómo son de amigas.

—Telefoneá a la quinta y averiguá cuándo va a volver —dijo mamá.

Rosa telefoneó a la quinta, y le dijeron que tía Clelia estaba mejor, pero que todavía se sentía un poco débil, de manera que iba a aprovechar para quedarse. El tiempo estaba espléndido en Olavarría.

—No me gusta nada eso —dijo mamá—. Clelia ya tendría que haber vuelto.

—Por favor, mamá, no te preocupés tanto. ¿Por qué no te mejorás vos lo antes posible, y te vas con Clelia y Manolita a tomar sol a la quinta?

—¿Yo? —dijo mamá, mirando a Carlos con algo que se parecía al asombro, al escándalo, al insulto. Carlos se echó a reír para disimular lo que sentía (tía Clelia estaba gravísima, Pepa acababa de telefonear) y la besó en la mejilla como a una niña traviesa.

—Mamita tonta —dijo, tratando de no pensar en nada.

Esa noche mamá durmió mal y desde el amanecer preguntó por Clelia, como si a esa hora se pudieran tener noticias de la quinta (tía Clelia acababa de morir y habían decidido velarla en la funeraria). A las ocho llamaron a la quinta desde el teléfono de la sala, para que mamá pudiera escuchar la conversación, y por suerte tía Clelia había pasado bastante buena noche aunque el médico de Manolita aconsejaba que se quedase mientras siguiera el buen tiempo. Carlos estaba muy contento con el cierre de la oficina por inventario y balance, y vino en piyama a tomar mate al pie de la cama de mamá y a darle conversación.

—Mirá —dijo mamá—, yo creo que habría que escribirle a Alejandro que venga a ver a su tía. Siempre fue el preferido de Clelia, y es justo que venga.

—Pero si tía Clelia no tiene nada, mamá. Si Alejandro no ha podido venir a verte a vos, imaginate...

—Allá él —dijo mamá—. Vos escribile y decile que Clelia está enferma y que debería venir a verla.

—¿Pero cuántas veces te vamos a repetir que lo de tía Clelia no es grave?

—Si no es grave, mejor. Pero no te cuesta nada escribirle.

Le escribieron esa misma tarde y le leyeron la carta a mamá. En los días en que debía llegar la respuesta de Alejandro (tía Clelia seguía bien, pero el médico de Manolita insistía en que aprovechara el buen aire de la quinta), la situación diplomática con el Brasil se agravó todavía más y Carlos le dijo a mamá que no sería raro que las cartas de Alejandro se demoraran.

—Parecería a propósito —dijo mamá—. Ya vas a ver que tampoco podrá venir él.

Ninguno de ellos se decidía a leerle la carta de Alejandro. Reunidos en el comedor, miraban al lugar vacío de tía Clelia, se miraban entre ellos, vacilando.

—Es absurdo —dijo Carlos—. Ya estamos tan acostumbrados a esta comedia, que una escena más o menos.

—Entonces llevásela vos —dijo Pepa, mientras se le llenaban los ojos de lágrimas y se los secaba una vez más con la servilleta.

—Qué querés, hay algo que no anda. Ahora cada vez que entro en su cuarto estoy como esperando una sorpresa, una trampa, casi.

—La culpa la tiene María Laura —dijo Rosa—. Ella nos metió la idea en la cabeza y ya no podemos actuar con naturalidad. Y para colmo tía Clelia...

—Mirá, ahora que lo decís se me ocurre que convendría hablar con María Laura —dijo tío Roque—. Lo más lógico sería que viniera después de sus exámenes y le diera a tu madre la noticia de que Alejandro no va a poder viajar.

—¿Pero a vos no te hiela la sangre que mamá no pregunte más por María Laura, aunque Alejandro la nombra en todas sus cartas?

—No se trata de la temperatura de mi sangre —dijo tío Roque—. Las cosas se hacen o no se hacen, y se acabó.

A Rosa le llevó dos horas convencer a María Laura, pero era su mejor amiga y María Laura los quería mucho, hasta a mamá aunque le diera miedo. Hubo que preparar una nueva carta, que María Laura trajo junto con un ramo de flores y las pastillas de mandarina que le gustaban a mamá. Sí, por suerte ya habían terminado los exámenes peores, y podría irse unas semanas a descansar a San Vicente.

—El aire del campo te hará bien —dijo mamá—. En cambio a Clelia... ¿Hoy llamaste a la quinta, Pepa? Ah, sí, recuerdo que me dijiste... Bueno, ya hace tres semanas que se fue Clelia, y mirá vos...

María Laura y Rosa hicieron los comentarios del caso, vino la bandeja del té, y María Laura le leyó a mamá unos párrafos de la carta de Alejandro con la noticia de la internación provisional de todos los técnicos extranjeros, y la gracia que le hacía estar alojado en un espléndido hotel por cuenta del gobierno, a la espera de que los cancilleres arreglaran el conflicto. Mamá no hizo ninguna reflexión, bebió su taza de tilo y se fue adormeciendo. Las muchachas siguieron charlando en la sala, más aliviadas. María Laura estaba por irse cuando se le ocurrió lo del teléfono y se lo dijo a Rosa. A Rosa le parecía que también Carlos había pensado en eso, y más tarde le habló a tío Roque, que se encogió de hombros. Frente a cosas así no quedaba más remedio que hacer un gesto y seguir leyendo el diario. Pero Rosa y Pepa se lo dijeron también a Carlos, que renunció a encontrarle explicación a menos de aceptar lo que nadie quería aceptar.

—Ya veremos —dijo Carlos—. Todavía puede ser que se le ocurra y nos lo pida. En ese caso...

Pero mamá no pidió nunca que le llevaran el teléfono para hablar personalmente con tía Clelia. Cada mañana preguntaba si había noticias de la quinta, y después se volvía a su silencio donde el tiempo parecía contarse por dosis de remedios y tazas de tisana. No le desagradaba que tío Roque viniera con *La Razón* para leerle las últimas noticias del conflicto con el Brasil, aunque tampoco parecía preocuparse si el diariero llegaba tarde o tío Roque se entretenía más que de costumbre con un problema de ajedrez. Rosa y Pepa llegaron a convencerse de que a mamá la tenía sin cuidado que le leyeran las noticias, o telefonearan a la quinta, o trajeran una carta de Alejandro. Pero no se podía estar seguro porque a veces mamá levantaba la cabeza y las miraba con la mirada profunda de siempre, en la que no había ningún cambio, ninguna aceptación. La rutina los abarcaba a todos, y para Rosa telefonear a un agujero negro en el extremo del hilo era simple y cotidiano como para tío Roque seguir leyendo falsos telegramas sobre un fondo de anuncios de remates o noticias de fútbol, o para Carlos entrar con las anécdotas de su visita a la quinta de Olavarría y los paquetes de frutas que les mandaban Manolita y tía Clelia. Ni siquiera durante los últimos meses de mamá cambiaron las costumbres, aunque poca importancia tuviera ya. El doctor Bonifaz les dijo que por suerte mamá no sufriría nada y que se apagaría sin sentirlo. Pero mamá se mantuvo lúcida hasta el fin, cuando ya los hijos la rodeaban sin poder fingir lo que sentían.

—Qué buenos fueron todos conmigo —dijo mamá con ternura—. Todo ese trabajo que se tomaron para que no sufriera.

Tío Roque estaba sentado junto a ella y le acarició jovialmente la mano, tratándola de tonta. Pepa y Rosa, fingiendo buscar algo en la cómoda, sabían ya que María Laura había tenido razón; sabían lo que de alguna manera habían sabido siempre.

—Tanto cuidarme... —dijo mamá, y Pepa apretó la mano de Rosa, porque al fin y al cabo esas dos palabras volvían a poner todo en orden, restablecían la larga comedia necesaria. Pero Carlos, a los pies de la cama, miraba a mamá como si supiera que iba a decir algo más.

—Ahora podrán descansar —dijo mamá—. Ya no les daremos más trabajo.

Tío Roque iba a protestar, a decir algo, pero Carlos se le acercó y le apretó violentamente el hombro. Mamá se perdía poco a poco en una modorra, y era mejor no molestarla.

Tres días después del entierro llegó la última carta de Alejandro, donde como siempre preguntaba por la salud de mamá y de tía Clelia. Rosa, que la había recibido, la abrió y empezó a leerla sin pensar, y cuando levantó la vista porque de golpe las lágrimas la cegaban, se dio cuenta de que mientras la leía había estado pensando en cómo habría que darle a Alejandro la noticia de la muerte de mamá.

Reunión

> Recordé un viejo cuento de Jack London,
> donde el protagonista, apoyado
> en un tronco de árbol, se dispone a acabar
> con dignidad su vida.
>
> ERNESTO «CHE» GUEVARA,
> en *La sierra y el llano*, La Habana, 1961.

Nada podía andar peor, pero al menos ya no estábamos en la maldita lancha, entre vómitos y golpes de mar y pedazos de galleta mojada, entre ametralladoras y babas, hechos un asco, consolándonos cuando podíamos con el poco tabaco que se conservaba seco porque Luis (que no se llamaba Luis, pero habíamos jurado no acordarnos de nuestros nombres hasta que llegara el día) había tenido la buena idea de meterlo en una caja de lata que abríamos con más cuidado que si estuviera llena de escorpiones. Pero qué tabaco ni tragos de ron en esa condenada lancha, bamboleándose cinco días como una tortuga borracha, haciéndole frente a un norte que la cacheteaba sin lástima, y ola va y ola viene, los baldes despellejándonos las manos, yo con un asma del demonio y medio mundo enfermo, doblándose para vomitar como si fueran a partirse por la mitad. Hasta Luis, la segunda noche, una bilis verde que le sacó las ganas de reírse, entre eso y el norte que no nos dejaba ver el faro de Cabo Cruz, un desastre que nadie se había imaginado; y llamarle a eso una expedición de desembarco era como para seguir vomitando pero de pura tristeza. En fin, cualquier cosa con tal de dejar atrás la lancha, cualquier cosa aunque fuera lo que nos esperaba en tierra —pero sabíamos que nos estaba esperando y por eso no importaba tanto—, el tiempo que se compone justamente en el peor momento y zas la avioneta de reconocimiento, nada que hacerle, a vadear la ciénaga o lo que fuera con el agua hasta las costillas buscando el abrigo de los sucios pastizales, de los mangles, y yo como un idiota con mi pulverizador de adrenalina para poder seguir adelante, con Roberto que me llevaba el Springfield para ayudarme a vadear mejor la ciénaga (si era una ciénaga, porque a muchos ya se nos había ocurrido que a lo mejor habíamos errado el rumbo y que en vez de tierra firme habíamos hecho la estupidez de largarnos en algún cayo fangoso dentro del mar, a veinte millas de la isla...); y todo así, mal pensado y peor dicho, en una continua confusión de actos y nociones, una mezcla de alegría inexplicable y de rabia contra la maldita vida que nos estaban dando los aviones y lo que nos esperaba del lado de la carretera si llegábamos alguna vez, si estábamos en una ciénaga de la costa y no dando vueltas como alelados en un circo de barro y de total fracaso para diversión del babuino en su Palacio.

Ya nadie se acuerda cuánto duró, el tiempo lo medíamos por los claros entre los pastizales, los tramos donde podían ametrallarnos en picada, el alarido que escuché a mi izquierda, lejos, y creo fue de Roque (a él le puedo dar su nombre, a su pobre esqueleto entre las lianas y los sapos), porque de los planes ya no quedaba más que la meta final, llegar a la Sierra y reunirnos con Luis si también él conseguía llegar; el resto se había hecho trizas con el norte, el desembarco improvisado, los pantanos. Pero seamos justos: algo se cumplía sincronizadamente, el ataque de los aviones enemigos. Había sido previsto y provocado: no falló. Y por eso, aunque todavía me doliera en la cara el aullido de Roque, mi maligna manera de entender el mundo me ayudaba a reírme por lo bajo (y me ahogaba todavía más, y Roberto me llevaba el Springfield para que yo pudiese inhalar adrenalina con la nariz casi al borde del agua, tragando más barro que otra cosa), porque si los aviones estaban ahí entonces no podía ser que hubiéramos equivocado la playa, a lo sumo nos habíamos desviado algunas millas, pero la carretera estaría detrás de los pastizales, y después el llano abierto y en el norte las primeras colinas. Tenía su gracia que el enemigo nos estuviera certificando desde el aire la bondad del desembarco.

Duró vaya a saber cuánto, y después fue de noche y éramos seis debajo de unos flacos árboles, por primera vez en terreno casi seco, mascando tabaco húmedo y unas pobres galletas. De Luis, de Pablo, de Lucas, ninguna noticia; desperdigados, probablemente muertos, en todo caso tan perdidos y mojados como nosotros. Pero me gustaba sentir cómo con el fin de esa jornada de batracio se me empezaban a ordenar las ideas, y cómo la muerte, más probable que nunca, no sería ya un balazo al azar en plena ciénaga, sino una operación dialéctica en seco, perfectamente orquestada por las partes en juego. El ejército debía controlar la carretera, cercando los pantanos a la espera de que apareciéramos de a dos o de a tres, liquidados por el barro y las alimañas y el hambre. Ahora todo se veía clarísimo, tenía otra vez los puntos cardinales en el bolsillo, me hacía reír sentirme tan vivo y tan despierto al borde del epílogo. Nada podía resultarme más gracioso que hacer rabiar a Roberto recitándole al oído unos versos del viejo Pancho que le parecían abominables. «Si por lo menos nos pudiéramos sacar el barro», se quejaba el Teniente. «O fumar de verdad» (alguien, más a la izquierda, ya no sé quién, alguien que se perdió al alba). Organización de la agonía: centinelas, dormir por turnos, mascar tabaco, chupar galletas infladas como esponjas. Nadie mencionaba a Luis, el temor de que lo hubieran matado era el único enemigo real, porque su confirmación nos anularía mucho más que el acoso, la falta de armas o las llagas en los pies. Sé que dormí un rato mientras Roberto velaba, pero antes estuve pensando que todo lo que habíamos hecho en esos días era demasiado insensato para admitir así de golpe la posibilidad de que hubieran matado a Luis. De alguna manera la insensatez tendría que continuar hasta el final, que quizá fuera la victoria, y en ese juego absurdo donde se había llegado hasta el escándalo de prevenir al enemigo que desembarcaríamos, no entraba la posibilidad de perder a Luis. Creo que también pensé que si triunfábamos, que si conseguíamos reunirnos otra vez con Luis, sólo entonces empezaría el juego en serio, el rescate de tanto romanticismo necesario y desenfrenado y peligroso. Antes de dormirme tuve como una visión: Luis junto a un árbol, rodeado por todos nosotros, se llevaba lentamente la mano a la cara y se la quitaba como si fuese una máscara. Con la cara en la mano se acercaba a su hermano Pablo, a mí, al Teniente, a Roque, pidiéndonos con un gesto que la aceptáramos, que nos la pusiéramos. Pero todos se iban negando uno a uno, y yo también me negué, sonriendo hasta las lágrimas, y entonces Luis volvió a ponerse la cara y le vi un cansancio infinito mientras se encogía de hombros y sacaba un cigarro del bolsillo de la guayabera. Profesionalmente hablando, una alucinación de la duermevela y la fiebre, fácilmente interpretable. Pero si realmente habían matado a Luis durante el desembarco, ¿quién subiría ahora a la Sierra con su cara? Todos trataríamos de subir pero nadie con la cara de Luis, nadie que pudiera o quisiera asumir la cara de Luis. «Los diadocos», pensé ya entredormido, «Pero todo se fue al diablo con los diadocos, es sabido».

Aunque esto que cuento pasó hace rato, quedan pedazos y momentos tan recortados en la memoria que sólo se pueden decir en presente, como estar tirado otra vez boca arriba en el pastizal, junto al árbol que nos protege del cielo abierto. Es la tercera noche, pero al amanecer de ese día franqueamos la carretera a pesar de los jeeps y la metralla. Ahora hay que esperar otro amanecer porque nos han matado al baqueano y seguimos perdidos, habrá que dar con algún paisano que nos lleve adonde se pueda comprar algo de comer, y cuando digo comprar casi me da risa y me ahogo de nuevo, pero en eso como en lo demás a nadie se le ocurriría desobedecer a Luis, y la comida hay que pagarla y explicarle antes a la gente quiénes somos y por qué andamos en lo que andamos. La cara de Roberto en la choza abandonada de la loma, dejando cinco pesos debajo de un plato a cambio de la poca cosa que encontramos y que sabía a cielo, a comida en el Ritz si es que ahí se come bien. Tengo tanta fiebre que se me va pasando el asma, no hay mal que por bien no venga, pero pienso de nuevo en la cara de Roberto dejando los cinco pesos en la choza vacía, y me da un tal ataque de risa que vuelvo a ahogarme y me maldigo. Habría que dormir, Tinti monta la guardia, los muchachos descansan unos contra otros, yo me he ido un poco más lejos porque tengo la impresión de que los fastidio con la tos y los silbidos del pecho, y además hago una cosa que no debería hacer, y es que dos o tres veces en la noche fabrico una pantalla de hojas y meto la cara por debajo y enciendo despacito el cigarro para reconciliarme un poco con la vida.

En el fondo lo único bueno del día ha sido no tener noticias de Luis, el resto es un desastre, de los ochenta nos han matado por lo menos a cincuenta o sesenta; Javier cayó entre los primeros, el Peruano perdió un ojo y agonizó tres horas sin que yo pudiera hacer nada, ni siquiera rematarlo cuando los otros no miraban. Todo el día temimos que algún enlace (hubo tres con un riesgo increíble, en las mismas narices del ejército) nos trajera la noticia de la muerte de Luis. Al final es mejor no saber nada, imaginarlo vivo, poder esperar todavía. Fríamente peso las posibilidades y concluyo que lo han matado, todos sabemos cómo es, de qué manera el gran condenado es capaz de salir al descubierto con una pistola en la mano, y el que venga atrás que arree. No, pero López lo habrá cuidado, no hay como él para engañarlo a veces, casi como a un chico, convencerlo de que tiene que hacer lo contrario de lo que le da la gana en ese momento. Pero y si López... Inútil quemarse la sangre, no hay elementos para la menor hipótesis, y además es rara esta calma, este bienestar boca arriba como si todo estuviera bien así, como si todo se estuviera cumpliendo (casi pensé: «consumando», hubiera sido idiota) de conformidad con los planes. Será la fiebre o el cansancio, será que nos van a liquidar a todos como a sapos antes de que salga el sol. Pero ahora vale la pena aprovechar de este respiro absurdo, dejarse ir mirando el dibujo que hacen las ramas del árbol contra el cielo más claro, con algunas estrellas, siguiendo con ojos entornados ese dibujo casual de las ramas y las hojas, esos ritmos que se encuentran, se cabalgan y se separan, y a veces cambian suavemente cuando una bocanada de aire hirviendo pasa por encima de las copas, viniendo de las ciénagas. Pienso en mi hijo pero está lejos, a miles de kilómetros, en un país donde todavía se duerme en la cama, y su imagen me parece irreal, se me adelgaza y pierde entre las hojas del árbol, y en cambio me hace tanto bien recordar un tema de Mozart que me ha acompañado desde siempre, el movimiento inicial del cuarteto *La caza*, la evocación del alalí en la mansa voz de los violines, esa trasposición de una ceremonia salvaje a un claro goce pensativo. Lo pienso, lo repito, lo canturreo en la memoria, y siento al mismo tiempo cómo la melodía y el dibujo de la copa del árbol contra el cielo se van acercando, traban amistad, se tantean una y otra vez hasta que el dibujo se ordena de pronto en la presencia visible de la melodía, un ritmo que sale de una rama baja, casi a la altura de mi cabeza, remonta hasta cierta altura y se abre como un abanico de tallos, mientras el segundo violín es esa rama más delgada que se yuxtapone para confundir sus hojas en un punto situado a la derecha, hacia el final de la frase, y dejarla terminar para que el ojo descienda por el tronco y pueda, si quiere, repetir la melodía. Y todo eso es también nuestra rebelión, es lo que estamos haciendo aunque Mozart y el árbol no puedan saberlo, también nosotros a nuestra manera hemos querido trasponer una torpe guerra a un orden que le dé sentido, la justifique y en último término la lleve a una victoria que sea como la restitución de una melodía después de tantos años de roncos cuernos de caza, que sea ese allegro final que sucede al adagio como un encuentro con la luz. Lo que se divertiría Luis si supiera que en este momento lo estoy comparando con Mozart, viéndolo ordenar poco a poco esta insensatez, alzarla hasta su razón primordial que aniquila con su evidencia y su desmesura todas las prudentes razones temporales. Pero qué amarga, qué desesperada tarea la de ser un músico de hombres, por encima del barro y la metralla y el desaliento urdir ese canto que creíamos imposible, el canto que trabará amistad con la copa de los árboles, con la tierra de vuelta a sus hijos. Sí, es la fiebre. Y cómo se reiría Luis aunque también a él le guste Mozart, me consta.

Y así al final me quedaré dormido, pero antes alcanzaré a preguntarme si algún día sabremos pasar del movimiento donde todavía suena el alalí del cazador, a la conquistada plenitud del adagio y de ahí al allegro final que me canturreo con un hilo de voz, si seremos capaces de alcanzar la reconciliación con todo lo que haya quedado vivo frente a nosotros. Tendríamos que ser como Luis, no ya seguirlo, sino ser como él, dejar atrás inapelablemente el odio y la venganza, mirar al enemigo como lo mira Luis, con una implacable magnanimidad que tantas veces ha suscitado en mi memoria (pero esto, ¿cómo decírselo a nadie?) una imagen de pantocrátor, un juez que empieza por ser el acusado y el testigo y que no juzga, que simplemente separa las tierras de las aguas para que al fin, alguna vez, nazca una patria de hombres en un amanecer tembloroso, a orillas de un tiempo más limpio.

Pero otra que adagio, si con la primera luz se nos vinieron encima por todas partes, y hubo que renunciar a seguir hacia el noreste y meterse en una zona mal conocida, gastando las últimas municiones mientras el Teniente con un compañero se hacía fuerte en una loma y desde ahí les paraba un rato las patas, dándonos tiempo a Roberto y a mí para llevarnos a Tinti herido en un muslo y buscar otra altura más protegida donde resistir hasta la noche. De noche ellos no atacaban nunca, aunque tuvieran bengalas y equipos eléctricos, les entraba como un pavor de sentirse menos protegidos por el número y el derroche de armas; pero para la noche faltaba casi todo el día, y éramos apenas cinco contra esos muchachos tan valientes que nos hostigaban para quedar bien con el babuino, sin contar los aviones que a cada rato picaban en los claros del monte y estropeaban cantidad de palmas con sus ráfagas.

A la media hora el Teniente cesó el fuego y pudo reunirse con nosotros, que apenas adelantábamos camino. Como nadie pensaba en abandonar a Tinti, porque conocíamos de sobra el destino de los prisioneros, pensamos que ahí, en esa ladera y en esos matorrales íbamos a quemar los últimos cartuchos. Fue divertido descubrir que los regulares atacaban en cambio una loma bastante más al este, engañados por un error de la aviación, y ahí nomás nos largamos cerro arriba por un sendero infernal, hasta llegar en dos horas a una loma casi pelada donde un compañero tuvo el ojo de descubrir una cueva tapada por las hierbas, y nos plantamos resollando después de calcular una posible retirada directamente hacia el norte, de peñasco en peñasco, peligrosa, pero hacia el norte, hacia la Sierra donde a lo mejor ya habría llegado Luis.

Mientras yo curaba a Tinti desmayado, el Teniente me dijo que poco antes del ataque de los regulares al amanecer había oído un fuego de armas automáticas y de pistolas hacia el poniente. Podía ser Pablo con sus muchachos, o a lo mejor el mismo Luis. Teníamos la razonable convicción de que los sobrevivientes estábamos divididos en tres grupos, y quizá el de Pablo no anduviera tan lejos. El Teniente me preguntó si no valdría la pena intentar un enlace al caer la noche.

—Si vos me preguntás eso es porque te estás ofreciendo para ir —le dije. Habíamos acostado a Tinti en una cama de hierbas secas, en la parte más fresca de la cueva, y fumábamos descansando. Los otros dos compañeros montaban guardia afuera.

—Te figuras —dijo el Teniente, mirándome divertido—. A mí estos paseos me encantan, chico.

Así seguimos un rato, cambiando bromas con Tinti que empezaba a delirar, y cuando el Teniente estaba por irse entró Roberto con un serrano y un cuarto de chivito asado. No lo podíamos creer, comimos como quien se come a un fantasma, hasta Tinti mordisqueó un pedazo que se le fue a las dos horas junto con la vida. El serrano nos traía la noticia de la muerte de Luis; no dejamos de comer por eso, pero era mucha sal para tan poca carne, él no lo había visto aunque su hijo mayor, que también se nos había pegado con una vieja escopeta de caza, formaba parte del grupo que había ayudado a Luis y a cinco compañeros a vadear un río bajo la metralla, y estaba seguro de que Luis había sido herido casi al salir del agua y antes de que pudiera ganar las primeras matas. Los serranos habían trepado al monte que conocían como nadie, y con ellos dos hombres del grupo de Luis, que llegarían por la noche con las armas sobrantes y un poco de parque.

El Teniente encendió otro cigarro y salió a organizar el campamento y a conocer mejor a los nuevos; yo me quedé al lado de Tinti que se derrumbaba lentamente, casi sin dolor. Es decir que Luis había muerto, que el chivito estaba para chuparse los dedos, que esa noche seríamos nueve o diez hombres y que tendríamos municiones para seguir peleando. Vaya novedades. Era como una especie de locura fría que por un lado reforzaba al presente con hombres y alimentos, pero todo eso para borrar de un manotazo el futuro, la razón de esa insensatez que acababa de culminar con una noticia y un gusto a chivito asado. En la oscuridad de la cueva, haciendo durar largo mi cigarro, sentí que en ese momento no podía permitirme el lujo de aceptar la muerte de Luis, que solamente podía manejarla como un dato más dentro del plan de campaña, porque si también Pablo había muerto el jefe era yo por voluntad de Luis, y eso lo sabían el Teniente y todos los compañeros, y no se podía hacer otra cosa que tomar el mando y llegar a la Sierra y seguir adelante como si no hubiera pasado nada. Creo que cerré los ojos, y el recuerdo de mi visión fue otra vez la visión misma, y por un segundo me pareció que Luis se separaba de su cara y me la tendía, y yo defendí mi cara con las dos manos diciendo: «No, no, por favor no, Luis», y cuando abrí los ojos el Teniente estaba de vuelta mirando a Tinti que respiraba resollando, y le oí decir que acababan de agregársenos dos muchachos del monte, una buena noticia tras otra, parque y boniatos fritos, un botiquín, los regulares perdidos en las colinas del este, un manantial estupendo a cincuenta metros. Pero no me miraba en los ojos, mascaba el cigarro y parecía esperar que yo dijera algo, que fuera yo el primero en volver a mencionar a Luis.

Después hay como un hueco confuso, la sangre se fue de Tinti y él de nosotros, los serranos se ofrecieron para enterrarlo, yo me quedé en la cueva descansando aunque olía a vómito y a sudor frío, y curiosamente me dio por pensar en mi mejor amigo de otros tiempos, de antes de esa cesura en mi vida que me había arrancado a mi país para lanzarme a miles de kilómetros, a Luis, al desembarco en la isla, a esa cueva. Calculando la diferencia de hora imaginé que en ese momento, miércoles, estaría llegando a su consultorio, colgando el sombrero en la percha, echando una ojeada al correo. No era una alucinación, me bastaba pensar en esos años en que habíamos vivido tan cerca uno de otro en la ciudad, compartiendo la política, las mujeres y los libros, encontrándonos diariamente en el hospital; cada uno de sus gestos me era tan familiar, y esos gestos no eran solamente los suyos sino que abarcan todo mi mundo de entonces, a mí mismo, a mi mujer, a mi padre, abarcaban mi periódico con sus editoriales inflados, mi café a mediodía con los médicos de guardia, mis lecturas y mis películas y mis ideales. Me pregunté qué estaría pensando mi amigo de todo esto, de Luis o de mí, y fue como si viera dibujarse la respuesta en su cara (pero entonces era la fiebre, habría que tomar quinina), una cara pagada de sí misma, empastada por la buena vida y las buenas ediciones y la eficacia del bisturí acreditado. Ni siquiera hacía falta que abriera la boca para decirme yo pienso que tu revolución no es más que... No era en absoluto necesario, tenía que ser así, esas gentes no podían aceptar una mutación que ponía en descubierto las verdaderas razones de su misericordia fácil y a horario, de su caridad reglamentada y a escote, de su bonhomía entre iguales, de su antirracismo de salón pero cómo la nena se va a casar con ese mulato, che, de su catolicismo con dividendo anual y efemérides en las plazas embanderadas, de su literatura de tapioca, de su folklorismo en ejemplares numerados y mate con virola de plata, de sus reuniones de cancilleres genuflexos, de su estúpida agonía inevitable a corto o largo plazo (quinina, quinina, y de nuevo el asma). Pobre amigo, me daba lástima imaginarlo defendiendo como un idiota precisamente los falsos valores que iban a acabar con él o en el mejor de los casos con sus hijos; defendiendo el derecho feudal a la propiedad y a la riqueza ilimitadas, él que no tenía más que su consultorio y una casa bien puesta, defendiendo los principios de la Iglesia cuando el catolicismo burgués de su mujer no había servido más que para obligarlo a buscar consuelo en las amantes, defendiendo una supuesta libertad individual cuando la policía cerraba las universidades y censuraba las publicaciones, y defendiendo por miedo, por el horror al cambio, por el escepticismo y la desconfianza que eran los únicos dioses vivos en su pobre país perdido. Y en eso estaba cuando entró el Teniente a la carrera y me gritó que Luis vivía, que acababan de cerrar un enlace con el norte, que Luis estaba más vivo que la madre de la chingada, que había llegado a lo alto de la Sierra con cincuenta guajiros y todas las armas que les habían sacado a un batallón de regulares copado en una hondonada, y nos abrazamos como idiotas y dijimos esas cosas que después, por largo rato, dan rabia y vergüenza y perfume, porque eso y comer chivito asado y echar para adelante era lo único que tenía sentido, lo único que contaba y crecía mientras no nos animábamos a mirarnos en los ojos y encendíamos cigarros con el mismo tizón, con los ojos clavados atentamente en el tizón y secándonos las lágrimas que el humo nos arrancaba de acuerdo con sus conocidas propiedades lacrimógenas.

Ya no hay mucho que contar, al amanecer uno de nuestros serranos llevó al Teniente y a Roberto hasta donde estaban Pablo y tres compañeros, y el Teniente subió a Pablo en brazos porque tenía los pies destrozados por las ciénagas. Ya éramos veinte, me acuerdo de Pablo abrazándome con su manera rápida y expeditiva, y diciéndome sin sacarse el cigarrillo de la boca: «Si Luis está vivo, todavía podemos vencer», y yo vendándole los pies que era una belleza, y los muchachos tomándole el pelo porque parecía que estrenaba zapatos blancos y diciéndole que su hermano lo iba a regañar por ese lujo intempestivo. «Que me regañe», bromeaba Pablo fumando como un loco, «para regañar a alguien hay que estar vivo, compañero, y ya oíste que está vivo, vivito, está más vivo que un caimán, y vamos arriba ya mismo, mira que me has puesto vendas, vaya lujo...» Pero no podía durar, con el sol vino el plomo de arriba y abajo, ahí me tocó un balazo en la oreja que si acierta dos centímetros más cerca, vos, hijo, que a lo mejor leés todo esto, te quedás sin saber en las que anduvo tu viejo. Con la sangre y el dolor y el susto las cosas se me pusieron estereoscópicas, cada imagen seca y en relieve, con unos colores que debían ser mis ganas de vivir y además no me pasaba nada, un pañuelo bien atado y a seguir subiendo; pero atrás se quedaron dos serranos, y el segundo de Pablo con la cara hecha un embudo por una bala cuarenta y cinco. En esos momentos hay tonterías que se fijan para siempre; me acuerdo de un gordo, creo que también del grupo de Pablo, que en lo peor de la pelea quería refugiarse detrás de una caña, se ponía de perfil, se arrodillaba detrás de la caña, y sobre todo me acuerdo de ése que se puso a gritar que había que rendirse, y de la voz que le contestó entre dos ráfagas de Thompson, la voz del Teniente, un bramido por encima de los tiros, un: «¡Aquí no se rinde nadie, carajo!», hasta que el más chico de los serranos, tan callado y tímido hasta entonces, me avisó que había una senda a cien metros de ahí, torciendo hacia arriba y a la izquierda, y yo se lo grité al Teniente y me puse a hacer punta con los serranos siguiéndome y tirando como demonios, en pleno bautismo de fuego y saboreándolo que era un gusto verlos, y al final nos fuimos juntando al pie de la seiba donde nacía el sendero y el serranito trepó y nosotros atrás, yo con un asma que no me dejaba andar y el pescuezo con más sangre que un chancho degollado, pero seguro de que también ese día íbamos a escapar y no sé por qué, pero era evidente como un teorema que esa misma noche nos reuniríamos con Luis.

Uno nunca se explica cómo deja atrás a sus perseguidores, poco a poco ralea el fuego, hay las consabidas maldiciones y «cobardes, se rajan en vez de pelear», entonces de golpe es el silencio, los árboles que vuelven a aparecer como cosas vivas y amigas, los accidentes del terreno, los heridos que hay que cuidar, la cantimplora de agua con un poco de ron que corre de boca en boca, los suspiros, alguna queja, el descanso y el cigarro, seguir adelante, trepar siempre aunque se me salgan los pulmones por las orejas, y Pablo diciéndome oye, me los hiciste del cuarenta y dos y yo calzo del cuarenta y tres, compadre, y la risa, lo alto de la loma, el ranchito donde un paisano tenía un poco de yuca con mojo y agua muy fresca, y Roberto, tesonero y concienzudo, sacando sus cuatro pesos para pagar el gasto y todo el mundo, empezando por el paisano, riéndose hasta herniarse, y el mediodía invitando a esa siesta que había que rechazar como si dejáramos irse a una muchacha preciosa mirándole las piernas hasta lo último.

Al caer la noche el sendero se empinó y se puso más que difícil, pero nos relamíamos pensando en la posición que había elegido Luis para esperarnos, por ahí no iba a subir ni un gamo. «Vamos a estar como en la iglesia», decía Pablo a mi lado, «hasta tenemos el armonio», y me miraba zumbón mientras yo jadeaba una especie de pasacaglia que solamente a él le hacía gracia.

No me acuerdo muy bien de esas horas, anochecía cuando llegamos al último centinela y pasamos uno tras otro, dándonos a conocer y respondiendo por los serranos, hasta salir por fin al claro entre los árboles donde estaba Luis apoyado en un tronco, naturalmente con su gorra de interminable visera y el cigarro en la boca. Me costó el alma quedarme atrás, dejarlo a Pablo que corriera y se abrazara con su hermano, y entonces esperé que el Teniente y los otros fueran también y lo abrazaran, y después puse en el suelo el botiquín y el Springfield y con las manos en los bolsillos me acerqué y me quedé mirándolo, sabiendo lo que iba a decirme, la broma de siempre:

—Mira que usar esos anteojos —dijo Luis.

—Y vos esos espejuelos —le contesté, y nos doblamos de risa, y su quijada contra mi cara me hizo doler el balazo como el demonio, pero era un dolor que yo hubiera querido prolongar más allá de la vida.

—Así que llegaste, che —dijo Luis.

Naturalmente, decía «che» muy mal.

—¿Qué tú crees? —le contesté, igualmente mal. Y volvimos a doblarnos como idiotas, y medio mundo se reía sin saber por qué. Trajeron agua y las noticias, hicimos la rueda mirando a Luis, y sólo entonces nos dimos cuenta de cómo había enflaquecido y cómo le brillaban los ojos detrás de los jodidos espejuelos.

Más abajo volvían a pelear, pero el campamento estaba momentáneamente a cubierto. Se pudo curar a los heridos, bañarse en el manantial, dormir, sobre todo dormir, hasta Pablo que tanto quería hablar con su hermano. Pero como el asma es mi amante y me ha enseñado a aprovechar la noche, me quedé con Luis apoyado en el tronco de un árbol, fumando y mirando los dibujos de las hojas contra el cielo, y nos contamos de a ratos lo que nos había pasado desde el desembarco, pero sobre todo hablamos del futuro, de lo que iba a empezar cuando llegara el día en que tuviéramos que pasar del fusil al despacho con teléfonos, de la sierra a la ciudad, y yo me acordé de los cuernos de caza y estuve a punto de decirle a Luis lo que había pensado aquella noche, nada más que para hacerlo reír. Al final no le dije nada, pero sentía que estábamos entrando en el adagio del cuarteto, en una precaria plenitud de pocas horas que sin embargo era una certidumbre, un signo que no olvidaríamos. Cuántos cuernos de caza esperaban todavía, cuántos de nosotros dejaríamos los huesos como Roque, como Tinti, como el Peruano. Pero bastaba mirar la copa del árbol para sentir que la voluntad ordenaba otra vez su caos, le imponía el dibujo del adagio que alguna vez ingresaría en el allegro final, accedería a una realidad digna de ese nombre. Y mientras Luis me iba poniendo al tanto de las noticias internacionales y de lo que pasaba en la capital y en las provincias, yo veía cómo las hojas y las ramas se plegaban poco a poco a mi deseo, eran mi melodía, la melodía de Luis que seguía hablando ajeno a mi fantaseo, y después vi inscribirse una estrella en el centro del dibujo, y era una estrella pequeña y muy azul, y aunque no sé nada de astronomía y no hubiera podido decir si era una estrella o un planeta, en cambio me sentí seguro de que no era Marte ni Mercurio, brillaba demasiado en el centro del adagio, demasiado en el centro de las palabras de Luis como para que alguien pudiera confundirla con Marte o con Mercurio.

La señorita Cora

We'll send your love to college, all for
a year or two
And then perhaps in time the boy will
do for you.
The trees that grow so high.
(Canción folklórica inglesa).

No entiendo por qué no me dejan pasar la noche en la clínica con el nene, al fin y al cabo soy su madre y el doctor De Luisi nos recomendó personalmente al director. Podrían traer un sofá cama y yo lo acompañaría para que se vaya acostumbrando, entró tan pálido el pobrecito como si fueran a operarlo enseguida, yo creo que es ese olor de las clínicas, su padre también estaba nervioso y no veía la hora de irse, pero yo estaba segura de que me dejarían con el nene. Después de todo tiene apenas quince años y nadie se los daría, siempre pegado a mí aunque ahora con los pantalones largos quiere disimular y hacerse el hombre grande. La impresión que le habrá hecho cuando se dio cuenta de que no me dejaban quedarme, menos mal que su padre le dio charla, le hizo poner el piyama y meterse en la cama. Y todo por esa mocosa de enfermera, yo me pregunto si verdaderamente tiene órdenes de los médicos o si lo hace por pura maldad. Pero bien que se lo dije, bien que le pregunté si estaba segura de que tenía que irme. No hay más que mirarla para darse cuenta de quién es, con esos aires de vampiresa y ese delantal ajustado, una chiquilina de porquería, que se cree la directora de la clínica. Pero eso sí, no se la llevó de arriba, le dije lo que pensaba y eso que el nene no sabía dónde meterse de vergüenza y su padre se hacía el desentendido y de paso seguro que le miraba las piernas como de costumbre. Lo único que me consuela es que el ambiente es bueno, se nota que es una clínica para personas pudientes; el nene tiene un velador de lo más lindo para leer sus revistas, y por suerte su padre se acordó de traerle caramelos de menta que son los que más le gustan. Pero mañana por la mañana, eso sí, lo primero que hago es hablar con el doctor De Luisi para que la ponga en su lugar a esa mocosa presumida. Habrá que ver si la frazada lo abriga bien al nene, voy a pedir que por las dudas le dejen otra a mano. Pero sí, claro que me abriga, menos mal que se fueron de una vez, mamá cree que soy un chico y me hace hacer cada papelón. Seguro que la enfermera va a pensar que no soy capaz de pedir lo que necesito, me miró de una manera cuando mamá le estaba protestando... Está bien, si no la dejaban quedarse qué le vamos a hacer, ya soy bastante grande para dormir solo de noche, me parece. Y en esta cama se dormirá bien, a esta hora ya no se oye ningún ruido, a veces de lejos el zumbido del ascensor que me hace acordar a esa película de miedo que también pasaba en una clínica, cuando a medianoche se abría poco a poco la puerta y la mujer paralítica en la cama veía entrar al hombre de la máscara blanca...

La enfermera es bastante simpática, volvió a las seis y media con unos papeles y me empezó a preguntar mi nombre completo, la edad y esas cosas. Yo guardé la revista enseguida porque hubiera quedado mejor estar leyendo un libro de veras y no una fotonovela, y creo que ella se dio cuenta pero no dijo nada, seguro que todavía estaba enojada por lo que le había dicho mamá y pensaba que yo era igual que ella y que le iba a dar órdenes o algo así. Me preguntó si me dolía el apéndice, y le dije que no, que esa noche estaba muy bien. «A ver el pulso», me dijo, y después de tomármelo anotó algo más en la planilla y la colgó a los pies de la cama. «¿Tenés hambre?», me preguntó, y yo creo que me puse colorado porque me tomó de sorpresa que me tuteara, es tan joven que me hizo impresión. Le dije que no, aunque era mentira porque a esa hora siempre tengo hambre. «Esta noche vas a cenar muy liviano», dijo ella, y cuando quise darme cuenta ya me había quitado el paquete de caramelos de menta y se iba. No sé si empecé a decirle algo, creo que no. Me daba una rabia que me hiciera eso como a un chico, bien podía haberme dicho que no tenía que comer caramelos, pero llevárselos... Seguro que estaba furiosa por lo de mamá y se desquitaba conmigo, de puro resentida; qué sé yo, después que se fue se me pasó de golpe el fastidio, quería seguir enojado con ella pero no podía. Qué joven es, clavado que no tiene ni diecinueve años, debe haberse recibido de enfermera hace muy poco. A lo mejor viene para traerme la cena; le voy a preguntar cómo se llama, si va a ser mi enfermera tengo que darle un nombre. Pero en cambio vino otra, una señora muy amable vestida de azul que me trajo un caldo y bizcochos y me hizo tomar unas pastillas verdes. También ella me preguntó cómo me llamaba y si me sentía bien, y me dijo que en esta pieza dormiría tranquilo porque era una de las mejores de la clínica, y es verdad porque dormí hasta casi las ocho en que me despertó una enfermera chiquita y arrugada como un mono pero muy amable, que me dijo que podía levantarme y lavarme pero antes me dio un termómetro y me dijo que me lo pusiera como se hace en estas clínicas, y yo no entendí porque en casa se pone debajo del brazo, y entonces me explicó y se fue. Al rato vino mamá y qué alegría verlo tan bien, yo que me temía que hubiera pasado la noche en blanco el pobre querido, pero los chicos son así, en la casa tanto trabajo y después duermen a pierna suelta aunque estén lejos de su mamá que no ha cerrado los ojos la pobre. El doctor De Luisi entró para revisar al nene y yo me fui un momento afuera porque ya está grandecito, y me hubiera gustado encontrármela a la enfermera de ayer para verle bien la cara y ponerla en su sitio nada más que mirándola de arriba abajo, pero no había nadie en el pasillo. Casi enseguida salió el doctor De Luisi y me dijo que al nene iban a operarlo a la mañana siguiente, que estaba muy bien y en las mejores condiciones para la operación, a su edad una apendicitis es una tontería. Le agradecí mucho y aproveché para decirle que me había llamado la atención la impertinencia de la enfermera de la tarde, se lo decía porque no era cosa de que a mi hijo fuera a faltarle la atención necesaria. Después entré en la pieza para acompañar al nene que estaba leyendo sus revistas y ya sabía que lo iban a operar al otro día. Como si fuera el fin del mundo, me mira de un modo la pobre, pero si no me voy a morir, mamá, haceme un poco el favor. Al Cacho le sacaron el apéndice en el hospital y a los seis días ya estaba queriendo jugar al fútbol. Andate tranquila que estoy muy bien y no me falta nada. Sí, mamá, sí, diez minutos queriendo saber si me duele aquí o más allá, menos mal que se tiene que ocupar de mi hermana en casa, al final se fue y yo pude terminar la fotonovela que había empezado anoche.

La enfermera de la tarde se llama la señorita Cora, se lo pregunté a la enfermera chiquita cuando me trajo el almuerzo; me dieron muy poco de comer y de nuevo pastillas verdes y unas gotas con gusto a menta; me parece que esas gotas hacen dormir porque se me caían las revistas de la mano y de golpe estaba soñando con el colegio y que íbamos a un picnic con las chicas del normal como el año pasado y bailábamos a la orilla de la pileta, era muy divertido. Me desperté a eso de las cuatro y media y empecé a pensar en la operación, no que tenga miedo, el doctor De Luisi dijo que no es nada, pero debe ser raro la anestesia y que te corten cuando estás dormido, el Cacho decía que lo peor es despertarse, que duele mucho y por ahí vomitás y tenés fiebre. El nene de mamá ya no está tan garifo como ayer, se le nota en la cara que tiene un poco de miedo, es tan chico que casi me da lástima. Se sentó de golpe en la cama cuando me vio entrar y escondió la revista debajo de la almohada. La pieza estaba un poco fría y fui a subir la calefacción, después traje el termómetro y se lo di. «¿Te lo sabés poner?», le pregunté, y las mejillas parecía que iban a reventársele de rojo que se puso. Dijo que sí con la cabeza y se estiró en la cama mientras yo bajaba las persianas y encendía el velador. Cuando me acerqué para que me diera el termómetro seguía tan ruborizado que estuve a punto de reírme, pero con los chicos de esa edad siempre pasa lo mismo, les cuesta acostumbrarse a esas cosas. Y para peor me mira en los ojos, por qué no le puedo aguantar esa mirada si al final no es más que una mujer, cuando saqué el termómetro de debajo de las frazadas y se lo alcancé, ella me miraba y yo creo que se sonreía un poco, se me debe notar tanto que me pongo colorado, es algo que no puedo evitar, es más fuerte que yo. Después anotó la temperatura en la hoja que está a los pies de la cama y se fue sin decir nada. Ya casi no me acuerdo de lo que hablé con papá y mamá cuando vinieron a verme a las seis. Se quedaron poco porque la señorita Cora les dijo que había que prepararme y que era mejor que estuviese tranquilo la noche antes. Pensé que mamá iba a soltarle alguna de las suyas pero la miró nomás de arriba abajo, y papá también pero al viejo le conozco las miradas, es algo muy diferente. Justo cuando se estaba yendo la oí a mamá que le decía a la señorita Cora: «Le agradeceré que lo atienda bien, es un niño que ha estado siempre muy rodeado por su familia», o alguna idiotez por el estilo, y me hubiera querido morir de rabia, ni siquiera escuché lo que le contestó la señorita Cora, pero estoy seguro de que no le gustó, a lo mejor piensa que me estuve quejando de ella o algo así.

Volvió a eso de las seis y media con una mesita de esas de ruedas llena de frascos y algodones, y no sé por qué de golpe me dio un poco de miedo, en realidad no era miedo pero empecé a mirar lo que había en la mesita, toda clase de frascos azules o rojos, tambores de gasa y también pinzas y tubos de goma, el pobre debía estar empezando a asustarse sin la mamá que parece un papagayo endomingado, le agradeceré que atienda bien al nene, mire que he hablado con el doctor De Luisi, pero sí, señora, se lo vamos a atender como a un príncipe. Es bonito su nene, señora, con esas mejillas que se le arrebolan apenas me ve entrar. Cuando le retiré las frazadas hizo un gesto como para volver a taparse, y creo que se dio cuenta de que me hacía gracia verlo tan pudoroso. «A ver, bajate el pantalón del piyama», le dije sin mirarlo en la cara. «¿El pantalón?», preguntó con una voz que se le quebró en un gallo. «Sí, claro, el pantalón», repetí, y empezó a soltar el cordón y a desabotonarse con unos dedos que no le obedecían. Le tuve que bajar yo misma el pantalón hasta la mitad de los muslos, y era como me lo había imaginado. «Ya sos un chico crecidito», le dije, preparando la brocha y el jabón aunque la verdad es que poco tenía para afeitar. «¿Cómo te llaman en tu casa?», le pregunté mientras lo enjabonaba. «Me llaman Pablo», me contestó con una voz que me dio lástima, tanta era la vergüenza. «Pero te darán algún sobrenombre», insistí, y fue todavía peor porque me pareció que se iba a poner a llorar mientras yo le afeitaba los pocos pelitos que andaban por ahí. «¿Así que no tenés ningún sobrenombre? Sos el nene solamente, claro». Terminé de afeitarlo y le hice una seña para que se tapara, pero él se adelantó y en un segundo estuvo cubierto hasta el pescuezo. «Pablo es un bonito nombre», le dije para consolarlo un poco; casi me daba pena verlo tan avergonzado, era la primera vez que me tocaba atender a un muchachito tan joven y tan tímido, pero me seguía fastidiando algo en él que a lo mejor le venía de la madre, algo más fuerte que su edad y que no me gustaba, y hasta me molestaba que fuera tan bonito y tan bien hecho para sus años, un mocoso que ya debía creerse un hombre y que a la primera de cambio sería capaz de soltarme un piropo.

Me quedé con los ojos cerrados, era la única manera de escapar un poco de todo eso, pero no servía de nada porque justamente en ese momento agregó: «¿Así que no tenés ningún sobrenombre? Sos el nene solamente, claro», y yo hubiera querido morirme, o agarrarla por la garganta y ahogarla, y cuando abrí los ojos le vi el pelo castaño casi pegado a mi cara porque se había agachado para sacarme un resto de jabón, y olía a champú de almendra como el que se pone la profesora de dibujo, o algún perfume de esos, y no supe qué decir y lo único que se me ocurrió fue preguntarle: «¿Usted se llama Cora, verdad?» Me miró con aire burlón, con esos ojos que ya me conocían y que me habían visto por todos lados, y dijo: «La señorita Cora». Lo dijo para castigarme, lo sé, igual que antes había dicho: «Ya sos un chico crecidito», nada más que para burlarse. Aunque me daba rabia tener la cara colorada, eso no lo puedo disimular nunca y es lo peor que me puede ocurrir, lo mismo me animé a decirle: «Usted es tan joven que... Bueno, Cora es un nombre muy lindo». No era eso, lo que yo había querido decirle era otra cosa y me parece que se dio cuenta y le molestó, ahora estoy seguro de que está resentida por culpa de mamá, yo solamente quería decirle que era tan joven que me hubiera gustado poder llamarla Cora a secas, pero cómo se lo iba a decir en ese momento cuando se había enojado y ya se iba con la mesita de ruedas y yo tenía unas ganas de llorar, ésa es otra cosa que no puedo impedir, de golpe se me quiebra la voz y veo todo nublado, justo cuando necesitaría estar más tranquilo para decir lo que pienso. Ella iba a salir pero al llegar a la puerta se quedó un momento como para ver si no se olvidaba de alguna cosa, y yo quería decirle lo que estaba pensando pero no encontraba las palabras y lo único que se me ocurrió fue mostrarle la taza con el jabón, se había sentado en la cama y después de aclararse la voz dijo: «Se le olvida la taza con el jabón», muy seriamente y con un tono de hombre grande. Volví a buscar la taza y un poco para que se calmara le pasé la mano por la mejilla. «No te aflijas, Pablito», le dije. «Todo irá bien, es una operación de nada». Cuando lo toqué echó la cabeza atrás como ofendido, y después resbaló hasta esconder la boca en el borde de las frazadas. Desde ahí, ahogadamente, dijo: «Puedo llamarla Cora, ¿verdad?» Soy demasiado buena, casi me dio lástima tanta vergüenza que buscaba desquitarse por otro lado, pero sabía que no era el caso de ceder porque después me resultaría difícil dominarlo, y a un enfermo hay que dominarlo o es lo de siempre, los líos de María Luisa en la pieza catorce o los retos del doctor De Luisi que tiene un olfato de perro para esas cosas. «Señorita Cora», me dijo tomando la taza y yéndose. Me dio una rabia, unas ganas de pegarle, de saltar de la cama y echarla a empujones, o de... Ni siquiera comprendo cómo pude decirle: «Si yo estuviera sano a lo mejor me trataría de otra manera». Se hizo la que no oía, ni siquiera dio vuelta la cabeza, y me quedé solo y sin ganas de leer, sin ganas de nada, en el fondo hubiera querido que me contestara enojada para poder pedirle disculpas porque en realidad no era lo que yo había pensado decirle, tenía la garganta tan cerrada que no sé cómo me habían salido las palabras, se lo había dicho de pura rabia pero no era eso, a lo mejor sí pero de otra manera.

Y sí, son siempre lo mismo, una los acaricia, les dice una frase amable, y ahí nomás asoma el machito, no quieren convencerse de que todavía son unos mocosos. Esto tengo que contárselo a Marcial, se va a divertir y cuando mañana lo vea en la mesa de operaciones le va a hacer todavía más gracia, tan tiernito el pobre con esa carucha arrebolada, maldito calor que me sube por la piel, cómo podría hacer para que no me pase eso, a lo mejor respirando hondo antes de hablar, qué sé yo. Se debe haber ido furiosa, estoy seguro de que escuchó perfectamente, no sé cómo le dije eso, yo creo que cuando le pregunté si podía llamarla Cora no se enojó, me dijo lo de señorita porque es su obligación pero no estaba enojada, la prueba es que vino y me acarició la cara; pero no, eso fue antes, primero me acarició y entonces yo le dije lo de Cora y lo eché todo a perder. Ahora estamos peor que antes y no voy a poder dormir aunque me den un tubo de pastillas. La barriga me duele de a ratos, es raro pasarse la mano y sentirse tan liso, lo malo es que me vuelvo a acordar de todo y del perfume de almendras, la voz de Cora, tiene una voz muy grave para una chica tan joven y linda, una voz como de cantante de boleros, algo que acaricia aunque esté enojada. Cuando oí pasos en el corredor me acosté del todo y cerré los ojos, no quería verla, no me importaba verla, mejor que me dejara en paz, sentí que entraba y que encendía la luz del cielo raso, se hacía el dormido como un angelito, con una mano tapándose la cara, y no abrió los ojos hasta que llegué al lado de la cama. Cuando vio lo que traía se puso tan colorado que me volvió a dar lástima y un poco de risa, era demasiado idiota realmente. «A ver, m'hijito, bájese el pantalón y dése vuelta para el otro lado», y el pobre a punto de patalear como haría con la mamá cuando tenía cinco años, me imagino, a decir que no y a llorar y a meterse debajo de las cobijas y a chillar, pero el pobre no podía hacer nada de eso ahora, solamente se había quedado mirando el irrigador y después a mí que esperaba, y de golpe se dio vuelta y empezó a mover las manos debajo de las frazadas pero no atinaba a nada mientras yo colgaba el irrigador en la cabecera, tuve que bajarle las frazadas y ordenarle que levantara un poco el trasero para correrle mejor el pantalón y deslizarle una toalla. «A ver, subí un poco las piernas, así está bien, echate más de boca, te digo que te eches más de boca, así». Tan callado que era casi como si gritara, por una parte me hacía gracia estarle viendo el culito a mi joven admirador, pero de nuevo me daba un poco de lástima por él, era realmente como si lo estuviera castigando por lo que me había dicho. «Avisá si está muy caliente», le previne, pero no contestó nada, debía estar mordiéndose un puño y yo no quería verle la cara y por eso me senté al borde de la cama y esperé a que dijera algo, pero aunque era mucho líquido lo aguantó sin una palabra hasta el final, y cuando terminó le dije, y eso sí se lo dije para cobrarme lo de antes: «Así me gusta, todo un hombrecito», y lo tapé mientras le recomendaba que aguantase lo más posible antes de ir al baño. «¿Querés que te apague la luz o te la dejo hasta que te levantes?», me preguntó desde la puerta. No sé cómo alcancé a decirle que era lo mismo, algo así, y escuché el ruido de la puerta al cerrarse y entonces me tapé la cabeza con las frazadas y qué le iba a hacer, a pesar de los cólicos me mordí las dos manos y lloré tanto que nadie, nadie puede imaginarse lo que lloré mientras la maldecía y la insultaba y le clavaba un cuchillo en el pecho cinco, diez, veinte veces, maldiciéndola cada vez y gozando de lo que sufría y de cómo me suplicaba que la perdonase por lo que me había hecho.

Es lo de siempre, che Suárez, uno corta y abre, y en una de esas la gran sorpresa. Claro que a la edad del pibe tiene todas las chances a su favor, pero lo mismo le voy hablar claro al padre, no sea cosa que en una de esas tengamos un lío. Lo más probable es que haya una buena reacción, pero ahí hay algo que falla, pensá en lo que pasó al comienzo de la anestesia: parece mentira en un pibe de esa edad. Lo fui a ver a las dos horas y lo encontré bastante bien si pensás en lo que duró la cosa. Cuando entró el doctor De Luisi yo estaba secándole la boca al pobre, no terminaba de vomitar y todavía le duraba la anestesia pero el doctor lo auscultó lo mismo y me pidió que no me moviera de su lado hasta que estuviera bien despierto. Los padres siguen en la otra pieza, la buena señora se ve que no está acostumbrada a estas cosas, de golpe se le acabaron las paradas, y el viejo parece un trapo. Vamos Pablito, vomitá si tenés ganas y quejate todo lo que quieras, yo estoy aquí, sí, claro que estoy aquí, el pobre sigue dormido pero me agarra como si se estuviera ahogando. Debe creer que soy la mamá, todos creen eso, es monótono. Vamos, Pablo, no te muevas así, quieto que te va a doler más, no, dejá las manos tranquilas, ahí no te podés tocar. Al pobre le cuesta salir de la anestesia, Marcial me dijo que la operación había sido muy larga. Es raro, habrán encontrado alguna complicación: a veces el apéndice no está tan a la vista, le voy a preguntar a Marcial esta noche. Pero sí, m'hijito, estoy aquí, quéjese todo lo que quiera pero no se mueva tanto, yo le voy a mojar los labios con este pedacito de hielo en una gasa, así se le va pasando la sed. Sí, querido, vomitá más, aliviate todo lo que quieras. Qué fuerza tenés en las manos, me vas a llenar de moretones, sí, sí, llorá si tenés ganas, llorá, Pablito, eso alivia, llorá y quejate, total estás tan dormido y creés que soy tu mamá. Sos bien bonito, sabés, con esa nariz un poco respingona y esas pestañas como cortinas, parecés mayor ahora que estás tan pálido. Ya no te pondrías colorado por nada, verdad, mi pobrecito. Me duele, mamá, me duele aquí, dejame que me saque ese peso que me han puesto, tengo algo en la barriga que pesa tanto y me duele, mamá, decile a la enfermera que me saque eso. Sí, m'hijito, ya se le va a pasar, quédese un poco quieto, por qué tendrás tanta fuerza, voy a tener que llamar a María Luisa para que me ayude. Vamos, Pablo, me enojo si no te estás quieto, te va a doler mucho más si seguís moviéndote tanto. Ah, parece que empezás a darte cuenta, me duele aquí, señorita Cora, me duele tanto aquí, hágame algo por favor, me duele tanto aquí, suélteme las manos, no puedo más, señorita Cora, no puedo más.

Menos mal que se ha dormido el pobre querido, la enfermera me vino a buscar a las dos y media y me dijo que me quedara un rato con él que ya estaba mejor, pero lo veo tan pálido, ha debido perder tanta sangre, menos mal que el doctor De Luisi dijo que todo había salido bien. La enfermera estaba cansada de luchar con él, yo no entiendo por qué no me hizo entrar antes, en esta clínica son demasiado severos. Ya es casi de noche y el nene ha dormido todo el tiempo, se ve que está agotado, pero me parece que tiene mejor cara, un poco de color. Todavía se queja de a ratos pero ya no quiere tocarse el vendaje y respira tranquilo, creo que pasará bastante buena noche. Como si yo no supiera lo que tengo que hacer, pero era inevitable; apenas se le pasó el primer susto a la buena señora le salieron otra vez los desplantes de patrona, por favor que al nene no le vaya a faltar nada por la noche, señorita. Decí que te tengo lástima, vieja estúpida, si no ya ibas a ver cómo te trataba. Las conozco a éstas, creen que con una buena propina el último día lo arreglan todo. Y a veces la propina ni siquiera es buena, pero para qué seguir pensando, ya se mandó mudar y todo está tranquilo. Marcial, quedate un poco, no ves que el chico duerme, contame lo que pasó esta mañana. Bueno, si estás apurado lo dejamos para después. No, mirá que puede entrar María Luisa, aquí no, Marcial. Claro, el señor se sale con la suya, ya te he dicho que no quiero que me beses cuando estoy trabajando, no está bien. Parecería que no tenemos toda la noche para besarnos, tonto. Andate. Váyase le digo, o me enojo. Bobo, pajarraco. Sí, querido, hasta luego. Claro que sí. Muchísimo.

Está muy oscuro pero es mejor, no tengo ni ganas de abrir los ojos. Casi no me duele, qué bueno estar así respirando despacio, sin esas náuseas. Todo está tan callado, ahora me acuerdo que vi a mamá, me dijo no sé qué, yo me sentía tan mal. Al viejo lo miré apenas, estaba a los pies de la cama y me guiñaba un ojo, el pobre siempre el mismo. Tengo un poco de frío, me gustaría otra frazada. Señorita Cora, me gustaría otra frazada. Pero si estaba ahí, apenas abrí los ojos la vi sentada al lado de la ventana leyendo una revista. Vino enseguida y me arropó, casi no tuve que decirle nada porque se dio cuenta en seguida. Ahora me acuerdo, yo creo que esta tarde la confundía con mamá y que ella me calmaba, o a lo mejor estuve soñando. ¿Estuve soñando, señorita Cora? Usted me sujetaba las manos, ¿verdad? Yo decía tantas pavadas, pero es que me dolía mucho, y las náuseas... Discúlpeme, no debe ser nada lindo ser enfermera. Sí, usted se ríe pero yo sé, a lo mejor la manché y todo. Bueno no hablaré más. Estoy tan bien así, ya no tengo frío. No, no me duele mucho, un poquito solamente. ¿Es tarde, señorita Cora? Sh, usted se queda calladito ahora, ya le he dicho que no puede hablar mucho, alégrese de que no le duela y quédese bien quieto. No, no es tarde, apenas las siete. Cierre los ojos y duerma. Así. Duérmase ahora.

Sí, yo querría pero no es tan fácil. Por momentos me parece que me voy a dormir, pero de golpe la herida me pega un tirón o todo me da vueltas en la cabeza, y tengo que abrir los ojos y mirarla, está sentada al lado de la ventana y ha puesto la pantalla para leer sin que me moleste la luz. ¿Por qué se quedará aquí todo el tiempo? Tiene un pelo precioso, le brilla cuando mueve la cabeza. Y es tan joven, pensar que hoy la confundí con mamá, es increíble. Vaya a saber qué cosas le dije, se debe haber reído otra vez de mí. Pero me pasaba hielo por la boca, eso me aliviaba tanto, ahora me acuerdo, me puso agua colonia en la frente y en el pelo, y me sujetaba las manos para que no me arrancara el vendaje. Ya no está enojada conmigo, a lo mejor mamá le pidió disculpas o algo así, me miraba de otra manera cuando me dijo: «Cierre los ojos y duérmase». Me gusta que me mire así, parece mentira lo del primer día cuando me quitó los caramelos. Me gustaría decirle que es tan linda, que no tengo nada contra ella, al contrario, que me gusta que sea ella la que me cuida de noche y no la enfermera chiquita. Me gustaría que me pusiera otra vez agua colonia en el pelo. Me gustaría que con una sonrisa me pidiera perdón, que me dijera que la puedo llamar Cora.

Se quedó dormido un buen rato, a las ocho calculé que el doctor De Luisi no tardaría y lo desperté para tomarle la temperatura. Tenía mejor cara y le había hecho bien dormir. Apenas vio el termómetro sacó una mano fuera de las cobijas, pero le dije que se estuviera quieto. No quería mirarlo en los ojos para que no sufriera pero lo mismo se puso colorado y empezó a decir que él podía muy bien solo. No le hice caso, claro, pero estaba tan tenso el pobre que no me quedó más remedio que decirle: «Vamos, Pablo, ya sos un hombrecito, no te vas a poner así cada vez, ¿verdad?» Es lo de siempre, con esa debilidad no pudo contener las lágrimas; haciéndome la que no me daba cuenta anoté la temperatura y me fui a prepararle la inyección. Cuando volvió yo me había secado los ojos con la sábana y tenía tanta rabia contra mí mismo que hubiera dado cualquier cosa por poder hablar, decirle que no me importaba, que en realidad no me importaba pero que no lo podía impedir. «Esto no duele nada», me dijo con la jeringa en la mano. «Es para que duermas bien toda la noche». Me destapó y otra vez sentí que me subía la sangre a la cara, pero ella se sonrió un poco y empezó a frotarme el muslo con un algodón mojado. «No duele nada», le dije porque algo tenía que decirle, no podía ser que me quedara así mientras ella me estaba mirando. «Ya ves», me dijo sacando la aguja y frotándome con el algodón. «Ya ves que no duele nada. Nada te tiene que doler, Pablito». Me tapó y me pasó la mano por la cara. Yo cerré los ojos y hubiera querido estar muerto, estar muerto y que ella me pasara la mano por la cara, llorando.

Nunca entendí mucho a Cora pero esta vez se fue a la otra banda. La verdad que no me importa si no entiendo a las mujeres. Lo único que vale la pena es que lo quieran a uno. Si están nerviosas, si se hacen problemas por cualquier macana, bueno nena, ya está, déme un beso y se acabó. Se ve que todavía es tiernita, va a pasar un buen rato antes de que aprenda a vivir en este oficio maldito, la pobre apareció esta noche con una cara rara y me costó media hora hacerle olvidar esas tonterías. Todavía no ha encontrado la manera de buscarle la vuelta a algunos enfermos, ya le pasó con la vieja del veintidós pero yo creía que desde entonces habría aprendido un poco, y ahora este pibe le vuelve a dar dolores de cabeza. Estuvimos tomando mate en mi cuarto a eso de las dos de la mañana, después fue a darle la inyección y cuando volvió estaba de mal humor, no quería saber nada conmigo. Le queda bien esa carucha de enojada, de tristona, de a poco se la fui cambiando, y al final se puso a reír y me contó, a esa hora me gusta tanto desvestirla y sentir que tiembla un poco como si tuviera frío. Debe ser muy tarde, Marcial. Ah, entonces puedo quedarme un rato todavía, la otra inyección le toca a las cinco y media, la galleguita no llega hasta las seis. Perdoname, Marcial, soy una boba, mirá que preocuparme tanto por ese mocoso, al fin y al cabo lo tengo dominado pero de a ratos me da lástima, a esa edad son tontos, tan orgullosos, si pudiera le pediría al doctor Suárez que me cambiara, hay dos operados en el segundo piso, gente grande, uno les pregunta tranquilamente si han ido de cuerpo, les alcanza la chata, los limpia si hace falta, todo eso charlando del tiempo o de la política, es un ir y venir de cosas naturales, cada uno está en lo suyo, Marcial, no como aquí, comprendés. Sí, claro que hay que hacerse a todo, cuántas veces me van a tocar chicos de esa edad, es una cuestión de técnica como decís vos. Sí, querido, claro. Pero es que todo empezó mal por culpa de la madre, eso no se ha borrado, sabés, desde el primer minuto hubo un malentendido, y el chico tiene su orgullo y le duele, sobre todo que al principio no se daba cuenta de todo lo que iba a venir y quiso hacerse el grande, mirarme como si fueras vos, como un hombre. Ahora ya ni le puedo preguntar si quiere hacer pis, lo malo es que sería capaz de aguantarse toda la noche si yo me quedara en la pieza. Me da risa cuando me acuerdo, quería decir que sí y no se animaba, entonces me fastidió tanta tontería y lo obligué para que aprendiera a hacer pis sin moverse, bien tendido de espaldas. Siempre cierra los ojos en esos momentos pero es casi peor, está a punto de llorar o de insultarme, está entre las dos cosas y no puede, es tan chico, Marcial, y esa buena señora que lo ha de haber criado como un tilinguito, el nene de aquí y el nene de allá, mucho sombrero y saco entallado pero en el fondo el bebé de siempre, el tesorito de mamá. Ah, y justamente le vengo a tocar yo, el alto voltaje como decís vos, cuando hubiera estado tan bien con María Luisa que es idéntica a su tía y que lo hubiera limpiado por todos lados sin que se le subieran los colores a la cara. No, la verdad, no tengo suerte, Marcial.

Estaba soñando con la clase de francés cuando encendió la luz del velador, lo primero que le veo es siempre el pelo, será porque se tiene que agachar para las inyecciones o lo que sea, el pelo cerca de mi cara, una vez me hizo cosquillas en la boca y huele tan bien, y siempre se sonríe un poco cuando me está frotando con el algodón, me frotó un rato largo antes de pincharme y yo le miraba la mano tan segura que iba apretando de a poco la jeringa, el líquido amarillo que entraba despacio, haciéndome doler. «No, no me duele nada». Nunca le podré decir: «No me duele nada, Cora». Y no le voy a decir señorita Cora, no se lo voy a decir nunca. Le hablaré lo menos que pueda y no la pienso llamar señorita Cora aunque me lo pida de rodillas. No, no me duele nada. No, gracias, me siento bien, voy a seguir durmiendo. Gracias.

Por suerte ya tiene de nuevo sus colores pero todavía está muy decaído, apenas si pudo darme un beso, y a tía Esther casi no la miró y eso que le había traído las revistas y una corbata preciosa para el día en que lo llevemos a casa. La enfermera de la mañana es un amor de mujer, tan humilde, con ella sí da gusto hablar, dice que el nene durmió hasta las ocho y que bebió un poco de leche, parece que ahora van a empezar a alimentarlo, tengo que decirle al doctor Suárez que el cacao le hace mal, o a lo mejor su padre ya se lo dijo porque estuvieron hablando un rato. Si quiere salir un momento, señora, vamos a ver cómo anda este hombre. Usted quédese, señor Morán, es que a la mamá le puede hacer impresión tanto vendaje. Vamos a ver un poco, compañero. ¿Ahí duele? Claro, es natural. Y ahí, decidme si ahí te duele o solamente está sensible. Bueno, vamos muy bien, amiguito. Y así cinco minutos, si me duele aquí, si estoy sensible más acá, y el viejo mirándome la barriga como si me la viera por primera vez. Es raro pero no me siento tranquilo hasta que se van, pobres viejos tan afligidos pero qué le voy a hacer, me molestan, dicen siempre lo que no hay que decir, sobre todo mamá, y menos mal que la enfermera chiquita parece sorda y le aguanta todo con esa cara de esperar propina que tiene la pobre. Mirá que venir a jorobar con lo del cacao, ni que yo fuese un niño de pecho. Me dan unas ganas de dormir cinco días seguidos sin ver a nadie, sobre todo sin ver a Cora, y despertarme justo cuando me vengan a buscar para ir a casa. A lo mejor habrá que esperar unos días más, señor Morán, ya sabrá por De Luisi que la operación fue más complicada de lo previsto, a veces hay pequeñas sorpresas. Claro que con la constitución de ese chico yo creo que no habrá problema, pero mejor dígale a su señora que no va a ser cosa de una semana como se pensó al principio. Ah, claro, bueno, de eso usted hablará con el administrador, son cosas internas. Ahora vos fijate si no es mala suerte, Marcial, anoche te lo anuncié, esto va a durar mucho más de lo que pensábamos. Sí, ya sé que no importa pero podrías ser un poco más comprensivo, sabés muy bien que no me hace feliz atender a ese chico, y a él todavía menos, pobrecito. No me mirés así, por qué no le voy a tener lástima. No me mirés así.

Nadie me prohibió que leyera pero se me caen las revistas de la mano, y eso que tengo dos episodios por terminar y todo lo que me trajo tía Esther. Me arde la cara, debo de tener fiebre o es que hace mucho calor en esta pieza, le voy a pedir a Cora que entorne un poco la ventana o que me saque una frazada. Quisiera dormir, es lo que más me gustaría, que ella estuviese allí sentada leyendo una revista y yo durmiendo sin verla, sin saber que está allí, pero ahora no se va a quedar más de noche, ya pasó lo peor y me dejarán solo. De tres a cuatro creo que dormí un rato, a las cinco justas vino con un remedio nuevo, unas gotas muy amargas. Siempre parece que se acaba de bañar y cambiar, está tan fresca y huele a talco perfumado, a lavanda. «Este remedio es muy feo, ya sé», me dijo, y se sonreía para animarme. «No, es un poco amargo, nada más», le dije. «¿Cómo pasaste el día?», me preguntó, sacudiendo el termómetro. Le dije que bien, que durmiendo, que el doctor Suárez me había encontrado mejor, que no me dolía mucho. «Bueno, entonces podés trabajar un poco», me dijo dándome el termómetro. Yo no supe qué contestarle y ella se fue a cerrar las persianas y arregló los frascos en la mesita mientras yo me tomaba la temperatura. Hasta tuve tiempo de echarle un vistazo al termómetro antes de que viniera a buscarlo. «Pero tengo muchísima fiebre», me dijo como asustado. Era fatal, siempre seré la misma estúpida, por evitarle el mal momento le doy el termómetro y naturalmente el muy chiquilín no pierde tiempo en enterarse de que está volando de fiebre. «Siempre es así los primeros cuatro días, y además nadie te mandó que miraras», le dije, más furiosa contra mí que contra él. Le pregunté si había movido el vientre y me dijo que no. Le sudaba la cara, se la sequé y le puse un poco de agua colonia; había cerrado los ojos antes de contestarme y no los abrió mientras yo lo peinaba un poco para que no le molestara el pelo en la frente. Treinta y nueve y nueve era mucha fiebre, realmente. «Tratá de dormir un rato», le dije, calculando a qué hora podría avisarle al doctor Suárez. Sin abrir los ojos hizo un gesto como de fastidio, y articulando cada palabra me dijo: «Usted es mala conmigo, Cora». No atiné a contestarle nada, me quedé a su lado hasta que abrió los ojos y me miró con toda su fiebre y toda su tristeza. Casi sin darme cuenta estiré la mano y quise hacerle una caricia en la frente, pero me rechazó de un manotón y algo debió tironearle en la herida porque se crispó de dolor. Antes de que pudiera reaccionar me dijo en voz muy baja: «Usted no sería así conmigo si me hubiera conocido en otra parte». Estuve al borde de soltar una carcajada, pero era tan ridículo que me dijera eso mientras se le llenaban los ojos de lágrimas que me pasó lo de siempre, me dio rabia y casi miedo, me sentí de golpe como desamparada delante de ese chiquilín pretencioso. Conseguí dominarme (eso se lo debo a Marcial, me ha enseñado a controlarme y cada vez lo hago mejor), y me enderecé como si no hubiera sucedido nada, puse la toalla en la percha y tapé el frasco de agua colonia. En fin, ahora sabíamos a qué atenernos, en el fondo era mucho mejor así. Enfermera, enfermo, y pare de contar. Que el agua colonia se la pusiera la madre, yo tenía otras cosas que hacerle y se las haría sin más contemplaciones. No sé por qué me quedé más de lo necesario. Marcial me dijo cuando se lo conté que había querido darle la oportunidad de disculparse, de pedir perdón. No sé, a lo mejor fue eso o algo distinto, a lo mejor me quedé para que siguiera insultándome, para ver hasta dónde era capaz de llegar. Pero seguía con los ojos cerrados y el sudor le empapaba la frente y las mejillas, era como si me hubieran metido en agua hirviendo, veía manchas violeta y rojas cuando apretaba los ojos para no mirarla sabiendo que todavía estaba allí, y hubiera dado cualquier cosa para que se agachara y volviera a secarme la frente como si yo no le hubiera dicho eso, pero ya era imposible, se iba a ir sin hacer nada, sin decirme nada, y yo abriría los ojos y encontraría la noche, el velador, la pieza vacía, un poco de perfume todavía, y me repetiría diez veces, cien veces, que había hecho bien en decirle lo que le había dicho, para que aprendiera, para que no me tratara como a un chico, para que me dejara en paz, para que no se fuera.

Empiezan siempre a la misma hora, entre seis y siete de la mañana, debe ser una pareja que anida en las cornisas del patio, un palomo que arrulla y la paloma que le contesta, al rato se cansan, se lo dije a la enfermera chiquita que viene a lavarme y a darme el desayuno, se encogió de hombros y dijo que ya otros enfermos se habían quejado de las palomas pero que el director no quería que las echaran. Ya ni sé cuánto hace que las oigo, las primeras mañanas estaba demasiado dormido o dolorido para fijarme, pero desde hace tres días escucho a las palomas y me entristecen, quisiera estar en casa oyendo ladrar a *Milord*, oyendo a la tía Esther que a esta hora se levanta para ir a misa. Maldita fiebre que no quiere bajar, me van a tener aquí hasta quién sabe cuándo, se lo voy a preguntar al doctor Suárez esta misma mañana, al fin y al cabo podría estar lo más bien en casa. Mire, señor Morán, quiero ser franco con usted, el cuadro no es nada sencillo. No, señorita Cora, prefiero que usted siga atendiendo a ese enfermo, y le voy a decir por qué. Pero entonces, Marcial... Vení, te voy a hacer un café bien fuerte, mirá que sos potrilla todavía, parece mentira. Escuchá, vieja, he estado hablando discretamente con el doctor Suárez, y parece que el pibe...

Por suerte después se callan, a lo mejor se van volando por ahí, por toda la ciudad, tienen suerte las palomas. Qué mañana interminable, me alegré cuando se fueron los viejos, ahora les da por venir más seguido desde que tengo tanta fiebre. Bueno, si me tengo que quedar cuatro o cinco días más aquí, qué importa. En casa sería mejor, claro, pero lo mismo tendría fiebre y me sentiría tan mal de a ratos. Pensar que no puedo ni mirar una revista, es una debilidad como si no me quedara sangre. Pero todo es por la fiebre, me lo dijo anoche el doctor De Luisi y el doctor Suárez me lo repitió esta mañana, ellos saben. Duermo mucho pero lo mismo es como si no pasara el tiempo, siempre es antes de las tres como si a mí me importaran las tres o las cinco. Al contrario, a las tres se va la enfermera chiquita y es una lástima porque con ella estoy tan bien. Si me pudiera dormir de un tirón hasta la medianoche sería mucho mejor. Pablo, soy yo, la señorita Cora. Tu enfermera de la noche que te hace doler con las inyecciones. Ya sé que no te duele, tonto, es una broma. Seguí durmiendo si querés, ya está. Me dijo: «Gracias» sin abrir los ojos, pero hubiera podido abrirlos, sé que con la galleguita estuvo charlando a mediodía aunque le han prohibido que hable mucho. Antes de salir me di vuelta de golpe y me estaba mirando, sentí que todo el tiempo me había estado mirando de espaldas. Volví y me senté al lado de la cama, le tomé el pulso, le arreglé las sábanas que arrugaba con sus manos de fiebre. Me miraba el pelo, después bajaba la vista y evitaba mis ojos. Fui a buscar lo necesario para prepararlo y me dejó hacer sin una palabra, con los ojos fijos en la ventana, ignorándome. Vendrían a buscarlo a las cinco y media en punto, todavía le quedaba un rato para dormir, los padres esperaban en la planta baja porque le hubiera hecho impresión verlos a esa hora. El doctor Suárez iba a venir un rato antes para explicarle que tenían que completar la operación, cualquier cosa que no lo inquietara demasiado. Pero en cambio mandaron a Marcial, me tomó de sorpresa verlo entrar así pero me hizo una seña para que no me moviera y se quedó a los pies de la cama leyendo la hoja de temperatura hasta que Pablo se acostumbrara a su presencia. Le empezó a hablar un poco en broma, armó la conversación como él sabe hacerlo, el frío en la calle, lo bien que se estaba en ese cuarto, y él lo miraba sin decir nada, como esperando, mientras yo me sentía tan rara, hubiera querido que Marcial se fuera y me dejara sola con él, yo hubiera podido decírselo mejor que nadie, aunque quizá no, probablemente no. Pero si ya lo sé, doctor, me van a operar de nuevo, usted es el que me dio la anestesia la otra vez, y bueno, mejor eso que seguir en esta cama y con esta fiebre. Yo sabía que al final tendrían que hacer algo, por qué me duele tanto desde ayer, un dolor diferente, desde más adentro. Y usted, ahí sentada, no ponga esa cara, no se sonría como si me viniera a invitar al cine. Váyase con él y béselo en el pasillo, tan dormido no estaba la otra tarde cuando usted se enojó con él porque le había besado aquí. Váyanse los dos, déjenme dormir, durmiendo no me duele tanto.

Y bueno, pibe, ahora vamos a liquidar este asunto de una vez por todas, hasta cuándo nos vas a estar ocupando una cama, che. Contá despacito, uno, dos, tres. Así va bien, vos seguí contando y dentro de una semana estás comiendo un bife jugoso en casa. Un cuarto de hora a gatas, nena, y vuelta a coser. Había que verle la cara a De Luisi, uno no se acostumbra nunca del todo a estas cosas. Mirá, aproveché para pedirle a Suárez que te relevaran como vos querías, le dije que estás muy cansada con un caso tan grave; a lo mejor te pasan al segundo piso si vos también le hablás. Está bien, hacé como quieras, tanto quejarte la otra noche y ahora te sale la samaritana. No te enojés conmigo, lo hice por vos. Sí, claro que lo hizo por mí pero perdió el tiempo, me voy a quedar con él esta noche y todas las noches. Empezó a despertarse a las ocho y media, los padres se fueron enseguida porque era mejor que no los viera con la cara que tenían los pobres, y cuando llegó el doctor Suárez me preguntó en voz baja si quería que me relevara María Luisa, pero le hice una seña de que me quedaba y se fue. María Luisa me acompañó un rato porque tuvimos que sujetarlo y calmarlo, después se tranquilizó de golpe y casi no tuvo vómitos; está tan débil que se volvió a dormir sin quejarse mucho hasta las diez. Son las palomas, vas a ver, mamá, ya están arrullando como todas las mañanas, no sé por qué no las echan, que se vuelen a otro árbol. Dame la mano, mamá, tengo tanto frío. Ah, entonces estuve soñando, me parecía que ya era de mañana y que estaban las palomas. Perdóneme, la confundí con mamá. Otra vez desviaba la mirada, se volvía a su encono, otra vez me echaba a mí toda la culpa. Lo atendí como si no me diera cuenta de que seguía enojado, me senté junto a él y le mojé los labios con hielo. Cuando me miró, después que le puse agua colonia en las manos y la frente, me acerqué más y le sonreí. «Llamame Cora», le dije. «Yo sé que no nos entendimos al principio, pero vamos a ser tan buenos amigos, Pablo». Me miraba callado. «Decime: Sí, Cora». Me miraba, siempre. «Señorita Cora», dijo después, y cerró los ojos. «No, Pablo, no», le pedí, besándolo en la mejilla, muy cerca de la boca. «Yo voy a ser Cora para vos, solamente para vos». Tuve que echarme atrás, pero lo mismo me salpicó la cara. Lo sequé, le sostuve la cabeza para que se enjuagara la boca, lo volví a besar hablándole al oído. «Discúlpeme», dijo con un hilo de voz, «no lo pude contener». Le dije que no fuera tonto, que para eso estaba yo cuidándolo, que vomitara todo lo que quisiera para aliviarse. «Me gustaría que viniera mamá», me dijo, mirando a otro lado con los ojos vacíos. Todavía le acaricié un poco el pelo, le arreglé las frazadas esperando que me dijera algo, pero estaba muy lejos y sentí que lo hacía sufrir todavía más si me quedaba. En la puerta me volví y esperé; tenía los ojos muy abiertos, fijos en el cielo raso. «Pablito», le dije. «Por favor, Pablito. Por favor, querido». Volví hasta la cama, me agaché para besarlo; olía a frío, detrás del agua colonia estaba el vómito, la anestesia. Si me quedo un segundo más me pongo a llorar delante de él, por él. Lo besé otra vez y salí corriendo, bajé a buscar a la madre y a María Luisa; no quería volver mientras la madre estuviera allí, por lo menos esa noche no quería volver y después sabía demasiado bien que no tendría ninguna necesidad de volver a ese cuarto, que Marcial y María Luisa se ocuparían de todo hasta que el cuarto quedara otra vez libre.

La isla a mediodía

La primera vez que vio la isla, Marini estaba cortésmente inclinado sobre los asientos de la izquierda, ajustando la mesa de plástico antes de instalar la bandeja del almuerzo. La pasajera lo había mirado varias veces mientras él iba y venía con revistas o vasos de whisky; Marini se demoraba ajustando la mesa, preguntándose aburridamente si valdría la pena responder a la mirada insistente de la pasajera, una americana de las muchas, cuando en el óvalo azul de la ventanilla entró el litoral de la isla, la franja dorada de la playa, las colinas que subían hacia la meseta desolada. Corrigiendo la posición defectuosa del vaso de cerveza, Marini sonrió a la pasajera. «Las islas griegas», dijo. «Oh, yes, Greece», repuso la americana con un falso interés. Sonaba brevemente un timbre y el steward se enderezó, sin que la sonrisa profesional se borrara de su boca de labios finos. Empezó a ocuparse de un matrimonio sirio que quería jugo de tomate, pero en la cola del avión se concedió unos segundos para mirar otra vez hacia abajo; la isla era pequeña y solitaria, y el Egeo la rodeaba con un intenso azul que exaltaba la orla de un blanco deslumbrante y como petrificado, que allá abajo sería espuma rompiendo en los arrecifes y las caletas. Marini vio que las playas desiertas corrían hacia el norte y el oeste, lo demás era la montaña entrando a pique en el mar. Una isla rocosa y desierta, aunque la mancha plomiza cerca de la playa del norte podía ser una casa, quizá un grupo de casas primitivas. Empezó a abrir la lata de jugo, y al enderezarse la isla se borró de la ventanilla; no quedó más que el mar, un verde horizonte interminable. Miró su reloj pulsera sin saber por qué; era exactamente mediodía.

A Marini le gustó que lo hubieran destinado a la línea Roma-Teherán, porque el pasaje era menos lúgubre que en las líneas del norte y las muchachas parecían siempre felices de ir a Oriente o de conocer Italia. Cuatro días después, mientras ayudaba a un niño que había perdido la cuchara y mostraba desconsolado el plato del postre, descubrió otra vez el borde de la isla. Había una diferencia de ocho minutos pero cuando se inclinó sobre una ventanilla de la cola no le quedaron dudas; la isla tenía una forma inconfundible, como una tortuga que sacara apenas las patas del agua. La miró hasta que lo llamaron, esta vez con la seguridad de que la mancha plomiza era un grupo de casas; alcanzó a distinguir el dibujo de unos pocos campos cultivados que llegaban hasta la playa. Durante la escala de Beirut miró el atlas de la stewardess, y se preguntó si la isla no sería Horos. El radiotelegrafista, un francés indiferente, se sorprendió de su interés. «Todas esas islas se parecen, hace dos años que hago la línea y me importan muy poco. Sí, muéstremela la próxima vez». No era Horos sino Xiros, una de las muchas islas al margen de los circuitos turísticos. «No durará ni cinco años», le dijo la stewardess mientras bebían una copa en Roma. «Apúrate si piensas ir, las hordas estarán allí en cualquier momento, Gengis Cook vela». Pero Marini siguió pensando en la isla, mirándola cuando se acordaba o había una ventanilla cerca, casi siempre encogiéndose de hombros al final. Nada de eso tenía sentido, volar tres veces por semana a mediodía sobre Xiros era tan irreal como soñar tres veces por semana que volaba a mediodía sobre Xiros. Todo estaba falseado en la visión inútil y recurrente; salvo, quizá, el deseo de repetirla, la consulta al reloj pulsera antes de mediodía, el breve, punzante contacto con la deslumbradora franja blanca al borde de un azul casi negro, y las casas donde los pescadores alzarían apenas los ojos para seguir el paso de esa otra irrealidad.

Ocho o nueve semanas después, cuando le propusieron la línea de Nueva York con todas sus ventajas, Marini se dijo que era la oportunidad de acabar con esa manía inocente y fastidiosa. Tenía en el bolsillo el libro donde un vago geógrafo de nombre levantino daba sobre Xiros más detalles que los habituales en las guías. Contestó negativamente, oyéndose como desde lejos, y después de sortear la sorpresa escandalizada de un jefe y dos secretarias se fue a comer a la cantina de la compañía donde lo esperaba Carla. La desconcertada decepción de Carla no lo inquietó; la costa sur de Xiros era inhabitable pero hacia el oeste quedaban huellas de una colonia lidia o quizá cretomicénica, y el profesor Goldmann había encontrado dos piedras talladas con jeroglíficos que los pescadores empleaban como pilotes del pequeño muelle. A Carla le dolía la cabeza y se marchó casi enseguida; los pulpos eran el recurso principal del puñado de habitantes, cada cinco días llegaba un barco para cargar la pesca y dejar algunas provisiones y géneros. En la agencia de viajes le dijeron que habría que fletar un barco especial desde Rynos, o quizá se pudiera viajar en la falúa que recogía los pulpos, pero esto último sólo lo sabría Marini en Rynos donde la agencia no tenía corresponsal. De todas maneras la idea de pasar unos días en la isla no era más que un plan para las vacaciones de junio; en las semanas que siguieron hubo que reemplazar a White en la línea de Túnez, y después empezó una huelga y Carla se volvió a casa de sus hermanas en Palermo. Marini fue a vivir a un hotel cerca de Piazza Navona, donde había librerías de viejo; se entretenía sin muchas ganas en buscar libros sobre Grecia, hojeaba de a ratos un manual de conversación. Le hizo gracia la palabra *kalimera* y la ensayó en un cabaret con una chica pelirroja, se acostó con ella, supo de su abuelo en Odos y de unos dolores de garganta inexplicables. En Roma empezó a llover, en Beirut lo esperaba siempre Tania, había otras historias, siempre parientes o dolores; un día fue otra vez la línea de Teherán, la isla a mediodía. Marini se quedó tanto tiempo pegado a la ventanilla que la nueva stewardess lo trató de mal compañero y le hizo la cuenta de las bandejas que llevaba servidas. Esa noche Marini invitó a la stewardess a comer en el Firouz y no le costó que le perdonaran la distracción de la mañana. Lucía le aconsejó que se hiciera cortar el pelo a la americana; él le habló un rato de Xiros, pero después comprendió que ella prefería el vodka-lime del Hilton. El tiempo se iba en cosas así, en infinitas bandejas de comida, cada una con la sonrisa a la que tenía derecho el pasajero. En los viajes de vuelta el avión sobrevolaba Xiros a las ocho de la mañana, el sol daba contra las ventanillas de babor y dejaba apenas entrever la tortuga dorada; Marini prefería esperar los mediodías del vuelo de ida, sabiendo que entonces podía quedarse un largo minuto contra la ventanilla mientras Lucía (y después Felisa) se ocupaba un poco irónicamente del trabajo. Una vez sacó una foto de Xiros pero le salió borrosa; ya sabía algunas cosas de la isla, había subrayado las raras menciones en un par de libros. Felisa le contó que los pilotos lo llamaban el loco de la isla, y no le molestó. Carla acababa de escribirle que había decidido no tener el niño, y Marini le envió dos sueldos y pensó que el resto no le alcanzaría para las vacaciones. Carla aceptó el dinero y le hizo saber por una amiga que probablemente se casaría con el dentista de Treviso. Todo tenía tan poca importancia a mediodía, los lunes y los jueves y los sábados (dos veces por mes, el domingo).

Con el tiempo fue dándose cuenta de que Felisa era la única que lo comprendía un poco; había un acuerdo tácito para que ella se ocupara del pasaje a mediodía, apenas él se instalaba junto a la ventanilla de la cola. La isla era visible unos pocos minutos, pero el aire estaba siempre tan limpio y el mar la recortaba con una crueldad tan minuciosa que los más pequeños detalles se iban ajustando implacables al recuerdo del pasaje anterior: la mancha verde del promontorio del norte, las casas plomizas, las redes secándose en la arena. Cuando faltaban las redes Marini lo sentía como un empobrecimiento, casi un insulto. Pensó en filmar el paso de la isla, para repetir la imagen en el hotel, pero prefirió ahorrar el dinero de la cámara ya que apenas le faltaba un mes para las vacaciones. No llevaba demasiado la cuenta de los días; a veces era Tania en Beirut, a veces Felisa en Teherán, casi siempre su hermano menor en Roma, todo un poco borroso, amablemente fácil y cordial y como reemplazando otra cosa, llenando las horas antes o después del vuelo, y en el vuelo todo era también borroso y fácil y estúpido hasta la hora de ir a inclinarse sobre la ventanilla de la cola, sentir el frío cristal como un límite del acuario donde lentamente se movía la tortuga dorada en el espeso azul.

Ese día las redes se dibujaban precisas en la arena, y Marini hubiera jurado que el punto negro a la izquierda, al borde del mar, era un pescador que debía estar mirando el avión. «Kalimera», pensó absurdamente. Ya no tenía sentido esperar más, Mario Merolis le prestaría el dinero que le faltaba para el viaje, en menos de tres días estaría en Xiros. Con los labios pegados al vidrio, sonrió pensando que treparía hasta la mancha verde, que entraría desnudo en el mar de las caletas del norte, que pescaría pulpos con los hombres, entendiéndose por señas y por risas. Nada era difícil una vez decidido, un tren nocturno, un primer barco, otro barco viejo y sucio, la escala en Rynos, la negociación interminable con el capitán de la falúa, la noche en el puente, pegado a las estrellas, el sabor del anís y del carnero, el amanecer entre las islas. Desembarcó con las primeras luces, y el capitán lo presentó a un viejo que debía ser el patriarca. Klaios le tomó la mano izquierda y habló lentamente, mirándolo en los ojos. Vinieron dos muchachos y Marini entendió que eran los hijos de Klaios. El capitán de la falúa agotaba su inglés: veinte habitantes, pulpos, pesca, cinco casas, italiano visitante pagaría alojamiento Klaios.

Los muchachos rieron cuando Klaios discutió dracmas; también Marini, ya amigo de los más jóvenes, mirando salir el sol sobre un mar menos oscuro que desde el aire, una habitación pobre y limpia, un jarro de agua, olor a salvia y a piel curtida.

Lo dejaron solo para irse a cargar la falúa, y después de quitarse a manotazos la ropa de viaje y ponerse un pantalón de baño y unas sandalias, echó a andar por la isla. Aún no se veía a nadie, el sol cobraba lentamente impulso y de los matorrales crecía un olor sutil, un poco ácido, mezclado con el yodo del viento. Debían ser las diez cuando llegó al promontorio del norte y reconoció la mayor de las caletas. Prefería estar solo aunque le hubiera gustado más bañarse en la playa de arena; la isla lo invadía y lo gozaba con una tal intimidad que no era capaz de pensar o de elegir. La piel le quemaba de sol y de viento cuando se desnudó para tirarse al mar desde una roca; el agua estaba fría y le hizo bien; se dejó llevar por corrientes insidiosas hasta la entrada de una gruta, volvió mar afuera, se abandonó de espaldas, lo aceptó todo en un solo acto de conciliación que era también un nombre para el futuro. Supo sin la menor duda que no se iría de la isla, que de alguna manera iba a quedarse para siempre en la isla. Alcanzó a imaginar a su hermano, a Felisa, sus caras cuando supieran que se había quedado a vivir de la pesca en un peñón solitario. Ya los había olvidado cuando giró sobre sí mismo para nadar hacia la orilla.

El sol le secó enseguida, bajó hacia las casas donde dos mujeres lo miraron asombradas antes de correr a encerrarse. Hizo un saludo en el vacío y bajó hacia las redes. Uno de los hijos de Klaios lo esperaba en la playa, y Marini le señaló el mar, invitándolo. El muchacho vaciló, mostrando sus pantalones de tela y su camisa roja. Después fue corriendo hacia una de las casas, y volvió casi desnudo; se tiraron juntos a un mar ya tibio, deslumbrante bajo el sol de las once.

Secándose en la arena, Ionas empezó a nombrar las cosas. «Kalimera», dijo Marini, y el muchacho rió hasta doblarse en dos. Después Marini repitió las frases nuevas, enseñó palabras italianas a Ionas. Casi en el horizonte, la falúa se iba empequeñeciendo; Marini sintió que ahora estaba realmente solo en la isla con Klaios y los suyos. Dejaría pasar unos días, pagaría su habitación y aprendería a pescar; alguna tarde, cuando ya lo conocieran bien, les hablaría de quedarse y de trabajar con ellos. Levantándose, tendió la mano a Ionas y echó a andar lentamente hacia la colina. La cuesta era escarpada y trepó saboreando cada alto, volviéndose una y otra vez para mirar las redes en la playa, las siluetas de las mujeres que hablaban animadamente con Ionas y con Klaios y lo miraban de reojo, riendo. Cuando llegó a la mancha verde entró en un mundo donde el olor del tomillo y de la salvia era una misma materia con el fuego del sol y la brisa del mar. Marini miró su reloj pulsera y después, con un gesto de impaciencia, lo arrancó de la muñeca y lo guardó en el bolsillo del pantalón de baño. No sería fácil matar al hombre viejo, pero allí en lo alto, tenso de sol y de espacio, sintió que la empresa era posible. Estaba en Xiros, estaba allí donde tantas veces había dudado que pudiera llegar alguna vez. Se dejó caer de espaldas entre las piedras calientes, resistió sus aristas y sus lomos encendidos, y miró verticalmente el cielo; lejanamente le llegó el zumbido de un motor.

Cerrando los ojos se dijo que no miraría el avión, que no se dejaría contaminar por lo peor de sí mismo, que una vez más iba a pasar sobre la isla. Pero en la penumbra de los párpados imaginó a Felisa con las bandejas, en ese mismo instante distribuyendo las bandejas, y su reemplazante, tal vez Giorgio o alguno nuevo de otra línea, alguien que también estaría sonriendo mientras alcanzaba las botellas de vino o el café. Incapaz de luchar contra tanto pasado abrió los ojos y se enderezó, y en el mismo momento vio el ala derecha del avión, casi sobre su cabeza, inclinándose inexplicablemente, el cambio de sonido de las turbinas, la caída casi vertical sobre el mar. Bajó a toda carrera por la colina, golpeándose en las rocas y desgarrándose un brazo entre las espinas. La isla le ocultaba el lugar de la caída, pero torció antes de llegar a la playa y por un atajo previsible franqueó la primera estribación de la colina y salió a la playa más pequeña. La cola del avión se hundía a unos cien metros, en un silencio total. Marini tomó impulso y se lanzó al agua, esperando todavía que el avión volviera a flotar; pero no se veía más que la blanda línea de las olas, una caja de cartón oscilando absurdamente cerca del lugar de la caída, y casi al final, cuando ya no tenía sentido seguir nadando, una mano fuera del agua, apenas un instante, el tiempo para que Marini cambiara de rumbo y se zambullera hasta atrapar por el pelo al hombre que luchó por aferrarse a él y tragó roncamente el aire que Marini le dejaba respirar sin acercarse demasiado. Remolcándolo poco a poco lo trajo hasta la orilla, tomó en brazos el cuerpo vestido de blanco, y tendiéndolo en la arena miró la cara llena de espuma donde la muerte estaba ya instalada, sangrando por una enorme herida en la garganta. De qué podía servir la respiración artificial si con cada convulsión la herida parecía abrirse un poco más y era como una boca repugnante que llamaba a Marini, lo arrancaba a su pequeña felicidad de tan pocas horas en la isla, le gritaba entre borbotones algo que él ya no era capaz de oír. A toda carrera venían los hijos de Klaios y más atrás las mujeres. Cuando llegó Klaios, los muchachos rodeaban el cuerpo tendido en la arena, sin comprender cómo había tenido fuerzas para nadar a la orilla y arrastrarse desangrándose hasta ahí. «Ciérrale los ojos», pidió llorando una de las mujeres. Klaios miró hacia el mar, buscando algún otro sobreviviente. Pero, como siempre, estaban solos en la isla y el cadáver de ojos abiertos era lo único nuevo entre ellos y el mar.

Instrucciones para John Howell

A Peter Brook

Pensándolo después —en la calle, en un tren, cruzando campos— todo eso hubiera parecido absurdo, pero un teatro no es más que un pacto con el absurdo, su ejercicio eficaz y lujoso. A Rice, que se aburría en un Londres otoñal de fin de semana y que había entrado al Aldwych sin mirar demasiado el programa, el primer acto de la pieza le pareció sobre todo mediocre; el absurdo empezó en el intervalo cuando el hombre de gris se acercó a su butaca y lo invitó cortésmente, con una voz casi inaudible, a que lo acompañara entre bastidores. Sin demasiada sorpresa pensó que la dirección del teatro debía estar haciendo una encuesta, alguna vaga investigación con fines publicitarios. «Si se trata de una opinión», dijo Rice, «el primer acto me parece flojo, y la iluminación, por ejemplo...». El hombre de gris asintió amablemente pero su mano seguía indicando una salida lateral, y Rice entendió que debía levantarse y acompañarlo sin hacerse rogar. «Hubiera preferido una taza de té», pensó mientras bajaba unos peldaños que daban a un pasillo lateral y se dejaba conducir entre distraído y molesto. Casi de golpe se encontró frente a un bastidor que representaba una biblioteca burguesa; dos hombres que parecían aburrirse lo saludaron como si su visita hubiera estado prevista e incluso descontada. «Desde luego usted se presta admirablemente», dijo el más alto de los dos. El otro hombre inclinó la cabeza, con un aire de mudo. «No tenemos mucho tiempo», dijo el hombre alto, «pero trataré de explicarle su papel en dos palabras». Hablaba mecánicamente, casi como si prescindiera de la presencia real de Rice y se limitara a cumplir una monótona consigna. «No entiendo», dijo Rice dando un paso atrás. «Casi es mejor», dijo el hombre alto. «En estos casos el análisis es más bien una desventaja; verá que apenas se acostumbre a los reflectores empezará a divertirse. Usted ya conoce el primer acto; ya sé, no le gustó. A nadie le gusta. Es a partir de ahora que la pieza puede ponerse mejor. Depende, claro». «Ojalá mejore», dijo Rice que creía haber entendido mal, «pero en todo caso ya es tiempo de que me vuelva a la sala». Como había dado otro paso atrás no lo sorprendió demasiado la blanda resistencia del hombre de gris, que murmuraba una excusa sin apartarse. «Parecería que no nos entendemos», dijo el hombre alto, «y es una lástima porque faltan apenas cuatro minutos para el segundo acto. Le ruego que me escuche atentamente. Usted es Howell, el marido de Eva. Ya ha visto que Eva engaña a Howell con Michael, y que probablemente Howell se ha dado cuenta aunque prefiere callar por razones que no están todavía claras. No se mueva, por favor, es simplemente una peluca». Pero la admonición parecía casi inútil porque el hombre de gris y el hombre mudo lo habían tomado de los brazos, y una muchacha alta y flaca que había aparecido bruscamente le estaba calzando algo tibio en la cabeza. «Ustedes no querrán que yo me ponga a gritar y arme un escándalo en el teatro», dijo Rice tratando de dominar el temblor de su voz. El hombre alto se encogió de hombros. «Usted no haría eso», dijo cansadamente. «Sería tan poco elegante... No, estoy seguro de que no haría eso. Además la peluca le queda perfectamente, usted tiene tipo de pelirrojo». Sabiendo que no debía decir eso, Rice dijo: «Pero yo no soy un actor». Todos, hasta la muchacha, sonrieron alentándolo. «Precisamente», dijo el hombre alto. «Usted se da muy bien cuenta de la diferencia. Usted no es un actor, usted es Howell. Cuando salga a escena, Eva estará en el salón escribiendo una carta a Michael. Usted fingirá no darse cuenta de que ella esconde el papel y disimula su turbación. A partir de ese momento haga lo que quiera. Los anteojos, Ruth». «¿Lo que quiera?», dijo Rice, tratando sordamente de liberar sus brazos mientras Ruth le ajustaba unos anteojos con montura de carey. «Sí, de eso se trata», dijo desganadamente el hombre alto, y Rice tuvo como una sospecha de que estaba harto de repetir las mismas cosas cada noche. Se oía la campanilla llamando al público, y Rice alcanzó a distinguir los movimientos de los tramoyistas en el escenario, unos cambios de luces; Ruth había desaparecido de golpe. Lo invadió una indignación más amarga que violenta, que de alguna manera parecía fuera de lugar. «Esto es una farsa estúpida», dijo tratando de zafarse, «y les prevengo que...». «Lo lamento», murmuró el hombre alto. «Francamente hubiera pensado otra cosa de usted. Pero ya que lo toma así...». No era exactamente una amenaza, aunque los tres hombres lo rodeaban de una manera que exigía la obediencia o la lucha abierta; a Rice le pareció que una cosa hubiera sido tan absurda o quizá tan falsa como la otra. «Howell entra ahora», dijo el hombre alto, mostrando el estrecho pasaje entre los bastidores. «Una vez allí haga lo que quiera, pero nosotros lamentaríamos que...». Lo decía amablemente, sin turbar el repentino silencio de la sala; el telón se alzó con un frotar de terciopelo, y los envolvió una ráfaga de aire tibio. «Yo que usted lo pensaría, sin embargo», agregó cansadamente el hombre alto. «Vaya, ahora». Empujándolo sin empujarlo, los tres lo acompañaron hasta la mitad de los bastidores. Una luz violeta enceguecíó a Rice; delante había una extensión que le pareció infinita, y a la izquierda adivinó la gran caverna, algo como una gigantesca respiración contenida, eso que después de todo era el verdadero mundo donde poco a poco empezaban a recortarse pecheras blancas y quizá sombreros o altos peinados. Dio un paso o dos, sintiendo que las piernas no le respondían, y estaba a punto de volverse y retroceder a la carrera cuando Eva, levantándose precipitadamente, se adelantó y le tendió una mano que parecía flotar en la luz violeta al término de un brazo muy blanco y largo. La mano estaba helada, y Rice tuvo la impresión de que se crispaba un poco en la suya. Dejándose llevar hasta el centro de la escena, escuchó confusamente las explicaciones de Eva sobre su dolor de cabeza, la preferencia por la penumbra y la tranquilidad de la biblioteca, esperando que callara para adelantarse al proscenio y decir, en dos palabras, que los estaban estafando. Pero Eva parecía esperar que él se sentara en el sofá de gusto tan dudoso como el argumento de la pieza y los decorados, y Rice comprendió que era imposible, casi grotesco, seguir de pie mientras ella, tendiéndole otra vez la mano, reiteraba la invitación con sonrisa cansada. Desde el sofá distinguió mejor las primeras filas de platea, apenas separadas de la escena por la luz que había ido virando del violeta a un naranja amarillento, pero curiosamente a Rice le fue más fácil volverse hacia Eva y sostener su mirada que de alguna manera lo ligaba todavía a esa insensatez, aplazando un instante más la única decisión posible a menos de acatar la locura y entregarse al simulacro. «Las tardes de este otoño son interminables», había dicho Eva buscando una caja de metal blanco perdida entre los libros y los papeles de la mesita baja, y ofreciéndole un cigarrillo. Mecánicamente Rice sacó su encendedor, sintiéndose cada vez más ridículo con la peluca y los anteojos; pero el menudo ritual de encender los cigarrillos y aspirar las primeras bocanadas era como una tregua, le permitía sentarse más cómodamente, aflojando la insoportable tensión del cuerpo que se sabía mirado por frías constelaciones invisibles. Oía sus respuestas a las frases de Eva, las palabras parecían suscitarse unas a otras con un mínimo esfuerzo, sin que se estuviera hablando de nada en concreto; un diálogo de castillo de naipes en el que Eva iba poniendo los muros del frágil edificio, y Rice sin esfuerzo intercalaba sus propias cartas y el castillo se alzaba bajo la luz anaranjada hasta que al terminar una prolija explicación que incluía el nombre de Michael («Ya ha visto que Eva engaña a Howell con Michael») y otros nombres y otros lugares, un té al que había asistido la madre de Michael (¿o era la madre de Eva?) y una justificación ansiosa y casi al borde de las lágrimas, con un movimiento de ansiosa esperanza Eva se inclinó hacia Rice como si quisiera abrazarlo o esperara que él la tomase en los brazos, y exactamente después de la última palabra dicha con una voz clarísima, junto a la oreja de Rice murmuró: «No dejes que me maten», y sin transición volvió a su voz profesional para quejarse de la soledad y del abandono. Golpeaban en la puerta del fondo y Eva se mordió los labios como si hubiera querido agregar algo más (pero eso se le ocurrió a Rice, demasiado confundido para reaccionar a tiempo), y se puso de pie para dar la bienvenida a Michael que llegaba con la fatua sonrisa que ya había enarbolado insoportablemente en el primer acto. Una dama vestida de rojo, un anciano; de pronto la escena se poblaba de gente que cambiaba saludos, flores y noticias. Rice estrechó las manos que le tendían y volvió a sentarse lo antes posible en el sofá, escudándose tras de otro cigarrillo; ahora la acción parecía prescindir de él y el público recibía con murmullos satisfechos una serie de brillantes juegos de palabras de Michael y de los actores de carácter, mientras Eva se ocupaba del té y daba instrucciones al criado. Quizá fuera el momento de acercarse a la boca del escenario, dejar caer el cigarrillo y aplastarlo con el pie, a tiempo para anunciar: «Respetable público...». Pero acaso fuera más elegante *(No dejes que me maten)* esperar la caída del telón y entonces, adelantándose rápidamente, revelar la superchería. En todo eso había como un lado ceremonial que no era penoso acatar; a la espera de su hora, Rice entró en el diálogo que le proponía el anciano caballero, aceptó la taza de té que Eva le ofrecía sin mirarlo de frente, como si se supiese observada por Michael y la dama de rojo. Todo estaba en resistir, en hacer frente a un tiempo interminablemente tenso, ser más fuerte que la torpe coalición que pretendía convertirlo en un pelele. Ya le resultaba fácil advertir cómo las frases que le dirigían (a veces Michael, a veces la dama de rojo, casi nunca Eva, ahora) llevaban implícita la respuesta; que el pelele contestara lo previsible, la pieza podía continuar. Rice pensó que de haber tenido un poco más de tiempo para dominar la situación, hubiera sido divertido contestar a contrapelo y poner en dificultades a los actores; pero no se lo consentirían, su falsa libertad de acción no permitía más que la rebelión desaforada, el escándalo. *No dejes que me maten*, había dicho Eva, de alguna manera, tan absurda como todo el resto, Rice seguía sintiendo que era mejor esperar. El telón cayó sobre una réplica sentenciosa y amarga de la dama de rojo, y los actores le parecieron a Rice como figuras que súbitamente bajaran un peldaño invisible: disminuidos, indiferentes (Michael se encogía de hombros, dando la espalda y yéndose por el foro), abandonaban la escena sin mirarse entre ellos, pero Rice notó que Eva giraba la cabeza hacia él mientras la dama de rojo y el anciano se la llevaban amablemente del brazo hacia los bastidores de la derecha. Pensó en seguirla, tuvo una vaga esperanza de camarín y conversación privada. «Magnífico», dijo el hombre alto, palmeándole el hombro. «Muy bien, realmente lo ha hecho usted muy bien». Señalaba hacia el telón que dejaba pasar los últimos aplausos. «Les ha gustado de veras. Vamos a tomar un trago». Los otros dos hombres estaban algo más lejos, sonriendo amablemente, y Rice desistió de seguir a Eva. El hombre alto abrió una puerta al final del primer pasillo y entraron en una sala pequeña donde había sillones desvencijados, un armario, una botella de whisky ya empezada y hermosísimos vasos de cristal tallado. «Lo ha hecho usted muy bien», insistió el hombre alto mientras se sentaban en torno a Rice. «Con un poco de hielo, ¿verdad? Desde luego, cualquiera tendría la garganta seca». El hombre de gris se adelantó a la negativa de Rice y le alcanzó un vaso casi lleno. «El tercer acto es más difícil pero a la vez más entretenido para Howell», dijo el hombre alto. «Ya ha visto cómo se van descubriendo los juegos». Empezó a explicar la trama, ágilmente y sin vacilar. «En cierto modo usted ha complicado las cosas», dijo. «Nunca me imaginé que procedería tan pasivamente con su mujer, yo hubiera reaccionado de otra manera». «¿Cómo?», preguntó secamente Rice. «Ah, querido amigo, no es justo preguntar eso. Mi opinión podría alterar sus propias decisiones, puesto que usted ha de tener ya un plan preconcebido. ¿O no?». Como Rice callaba, agregó: «Si le digo eso es precisamente porque no se trata de tener planes preconcebidos. Estamos todos demasiado satisfechos para arriesgarnos a malograr el resto». Rice bebió un largo trago de whisky. «Sin embargo, en el segundo acto usted me dijo que podía hacer lo que quisiera», observó. El hombre de gris se echó a reír, pero el hombre alto lo miró y el otro hizo un rápido gesto de excusa. «Hay un margen para la aventura o el azar, como usted quiera», dijo el hombre alto. «A partir de ahora le ruego que se atenga a lo que voy a indicarle, se entiende que dentro de la máxima libertad en los detalles». Abriendo la mano derecha con la palma hacia arriba, la miró fijamente mientras el índice de la otra mano iba a apoyarse en ella una y otra vez. Entre dos tragos (le habían llenado otra vez el vaso) Rice escuchó las instrucciones para John Howell. Sostenido por el alcohol y por algo que era como un lento volver hacia sí mismo que lo iba llenando de una fría cólera, descubrió sin esfuerzo el sentido de las instrucciones, la preparación de la trama que debía hacer crisis en el último acto. «Espero que esté claro», dijo el hombre alto, con un movimiento circular del dedo en la palma de la mano. «Está muy claro», dijo Rice levantándose, «pero además me gustaría saber si en el cuarto acto...». «Evitemos las confusiones, querido amigo», dijo el hombre alto. «En el próximo intervalo volveremos sobre el tema, pero ahora le sugiero que se concentre exclusivamente en el tercer acto. Ah, el traje de calle, por favor». Rice sintió que el hombre mudo le desabotonaba la chaqueta; el hombre de gris había sacado del armario un traje de tweed y unos guantes; mecánicamente Rice se cambió de ropa bajo las miradas aprobadoras de los tres. El hombre alto había abierto la puerta y esperaba; a lo lejos se oía la campanilla. «Esta maldita peluca me da calor», pensó Rice acabando el whisky de un solo trago. Casi enseguida se encontró entre nuevos bastidores, sin oponerse a la amable presión de una mano en el codo. «Todavía no», dijo el hombre alto, más atrás. «Recuerde que hace fresco en el parque. Quizá, si se subiera el cuello de la chaqueta... Vamos, es su entrada». Desde un banco al borde del sendero Michael se adelantó hacia él, saludándolo con una broma. Le tocaba responder pasivamente y discutir los méritos del otoño en Regent's Park, hasta la llegada de Eva y la dama de rojo que estarían dando de comer a los cisnes. Por primera vez —y a él lo sorprendió casi tanto como a los demás— Rice cargó el acento en una alusión que el público pareció apreciar y que obligó a Michael a ponerse a la defensiva, forzándolo a emplear los recursos más visibles del oficio para encontrar una salida; dándole bruscamente la espalda mientras encendía un cigarrillo, como si quisiera protegerse del viento, Rice miró por encima de los anteojos y vio a los tres hombres entre los bastidores, el brazo del hombre alto que le hacía un gesto conminatorio. Rió entre dientes (debía estar un poco borracho y además se divertía, el brazo agitándose le hacía una gracia extraordinaria) antes de volverse y apoyar una mano en el hombro de Michael. «Se ven cosas regocijantes en los parques», dijo Rice. «Realmente no entiendo que se pueda perder el tiempo con cisnes o amantes cuando se está en un parque londinense». El público rió más que Michael, excesivamente interesado por la llegada de Eva y la dama de rojo. Sin vacilar Rice siguió marchando contra la corriente, violando poco a poco las instrucciones en una esgrima feroz y absurda contra actores habilísimos que se esforzaban por hacerlo volver a su papel y a veces lo conseguían, pero él se les escapaba de nuevo para ayudar de alguna manera a Eva, sin saber bien por qué pero diciéndose (y le daba risa, y debía ser el whisky) que todo lo que cambiara en ese momento alteraría inevitablemente el último acto *(No dejes que me maten).* Y los otros se habían dado cuenta de su propósito porque bastaba mirar por sobre los anteojos hacia los bastidores de la izquierda para ver los gestos iracundos del hombre alto, fuera y dentro de la escena estaban luchando contra él y Eva, se interponían para que no pudieran comunicarse, para que ella no alcanzara a decirle nada, y ahora llegaba el caballero anciano seguido de un lúgubre chófer, había como un momento de calma (Rice recordaba las instrucciones: una pausa, luego la conversación sobre la compra de acciones, entonces la frase reveladora de la dama de rojo, y telón), y en ese intervalo en que obligadamente Michael y la dama de rojo debían apartarse para que el caballero hablara con Eva y Howell de la maniobra bursátil (realmente no faltaba nada en esa pieza), el placer de estropear un poco más la acción llenó a Rice de algo que se parecía a la felicidad. Con un gesto que dejaba bien claro el profundo desprecio que le inspiraban las especulaciones arriesgadas, tomó del brazo a Eva, sorteó la maniobra envolvente del enfurecido y sonriente caballero, y caminó con ella oyendo a sus espaldas un muro de palabras ingeniosas que no le concernían, exclusivamente inventadas para el público, y en cambio sí Eva, en cambio un aliento tibio apenas un segundo contra su mejilla, el leve murmullo de su voz verdadera diciendo: «Quédate conmigo hasta el final», quebrado por un movimiento instintivo, el hábito que la hacía responder a la interpelación de la dama de rojo, arrastrando a Howell para que recibiera en plena cara las palabras reveladoras. Sin pausa, sin el mínimo hueco que hubiera necesitado para poder cambiar el rumbo que esas palabras daban definitivamente a lo que habría de venir más tarde, Rice vio caer el telón. «Imbécil», dijo la dama de rojo. «Salga, Flora», ordenó el hombre alto, pegado a Rice que sonreía satisfecho. «Imbécil», repitió la dama de rojo, tomando del brazo a Eva que había agachado la cabeza y parecía como ausente. Un empujón mostró el camino a Rice que se sentía perfectamente feliz. «Imbécil», dijo a su vez el hombre alto. El tirón en la cabeza fue casi brutal, pero Rice se quitó él mismo los anteojos y los tendió al hombre alto. «El whisky no era malo», dijo. «Si quiere darme las instrucciones para el último acto...». Otro empellón estuvo a punto de tirarlo al suelo y cuando consiguió enderezarse, con una ligera náusea, ya estaba andando a tropezones por una galería mal iluminada; el hombre alto había desaparecido y los otros dos se estrechaban contra él, obligándolo a avanzar con la mera presión de los cuerpos. Había una puerta con una lamparilla naranja en lo alto. «Cámbiese», dijo el hombre de gris alcanzándole su traje. Casi sin darle tiempo de ponerse la chaqueta, abrieron la puerta de un puntapié; el empujón lo sacó trastabillando a la acera, al frío de un callejón que olía a basura. «Hijos de perra, me voy a pescar una pulmonía», pensó Rice, metiendo las manos en los bolsillos. Había luces en el extremo más alejado del callejón, desde donde venía el rumor del tráfico. En la primera esquina (no le habían quitado el dinero ni los papeles) Rice reconoció la entrada del teatro. Como nada impedía que asistiera desde su butaca al último acto, entró al calor del foyer, al humo y las charlas de la gente en el bar; le quedó tiempo para beber otro whisky, pero se sentía incapaz de pensar en nada. Un poco antes de que se alzara el telón alcanzó a preguntarse quién haría el papel de Howell en el último acto, y si algún otro pobre infeliz estaría pasando por amabilidades y amenazas y anteojos; pero la broma debía terminar cada noche de la misma manera porque enseguida reconoció al actor del primer acto, que leía una carta en su estudio y la alcanzaba en silencio a una Eva pálida y vestida de gris. «Es escandaloso», comentó Rice volviéndose hacia el espectador de la izquierda. «¿Cómo se tolera que cambien de actor en mitad de una pieza?» El espectador suspiró, fatigado. «Ya no se sabe con estos autores jóvenes», dijo. «Todo es símbolo, supongo». Rice se acomodó en la platea saboreando malignamente el murmullo de los espectadores que no parecían aceptar tan pasivamente como su vecino los cambios físicos de Howell; y sin embargo la ilusión teatral los dominó casi enseguida, el actor era excelente y la acción se precipitaba de una manera que sorprendió incluso a Rice, perdido en una agradable indiferencia. La carta era de Michael, que anunciaba su partida de Inglaterra; Eva la leyó y la devolvió en silencio; se sentía que estaba llorando contenidamente. *Quédate conmigo hasta el final*, había dicho Eva. *No dejes que me maten*, había dicho absurdamente Eva. Desde la seguridad de la platea era inconcebible que pudiera sucederle algo en ese escenario de pacotilla; todo había sido una continua estafa, una larga hora de pelucas y de árboles pintados. Desde luego la infaltable dama de rojo invadía la melancólica paz del estudio donde el perdón y quizá el amor de Howell se percibían en sus silencios, en su manera casi distraída de romper la carta y echarla al fuego. Parecía inevitable que la dama de rojo insinuara que la partida de Michael era una estratagema, y también que Howell le diera a entender un desprecio que no impediría una cortés invitación a tomar el té. A Rice lo divirtió vagamente la llegada del criado con la bandeja; el té parecía uno de los recursos mayores del comediógrafo, sobre todo ahora que la dama de rojo maniobraba en algún momento con una botellita de melodrama romántico mientras las luces iban bajando de una manera por completo inexplicable en el estudio de un abogado londinense. Hubo una llamada telefónica que Howell atendió con perfecta compostura (era previsible la caída de las acciones o cualquier otra crisis necesaria para el desenlace); las tazas pasaron de mano en mano con las sonrisas pertinentes, el buen tono previo a las catástrofes. A Rice le pareció casi inconveniente el gesto de Howell en el momento en que Eva acercaba los labios a la taza, su brusco movimiento y el té derramándose sobre el vestido gris. Eva estaba inmóvil, casi ridícula; en esa detención instantánea de las actitudes (Rice se había enderezado sin saber por qué, y alguien chistaba impaciente a sus espaldas), la exclamación escandalizada de la dama de rojo se superpuso al leve chasquido, a la mano de Howell que se alzaba para anunciar algo, a Eva que torcía la cabeza mirando al público como si no quisiera creer y después se deslizaba de lado hasta quedar casi tendida en el sofá, en una lenta reanudación del movimiento que Howell pareció recibir y continuar con su brusca carrera hacia los bastidores de la derecha, su fuga que Rice no vio porque él corría ya el pasillo central sin que ningún otro espectador se hubiera movido todavía.

Bajando a saltos la escalera, tuvo el tino de entregar su talón en el guardarropa y recobrar el abrigo; cuando llegaba a la puerta oyó los primeros rumores del final de la pieza, aplausos y voces en la sala; alguien del teatro corría escaleras arriba. Huyó hacia Kean Street y al pasar junto al callejón lateral le pareció ver un bulto que avanzaba pegado a la pared; la puerta por donde lo habían expulsado estaba entornada, pero Rice no había terminado de registrar esas imágenes cuando ya corría por la calle iluminada y en vez de alejarse de la zona del teatro bajaba otra vez por Kingsway, previendo que a nadie se le ocurriría buscarlo cerca del teatro. Entró en el Strand (se había subido el cuello del abrigo y andaba rápidamente, con las manos en los bolsillos) hasta perderse con un alivio que él mismo no se explicaba en la vaga región de callejuelas internas que nacían en Chancery Lane. Apoyándose contra una pared (jadeaba un poco y sentía que el sudor le pegaba la camisa a la piel) encendió un cigarrillo y por primera vez se preguntó explícitamente, empleando todas las palabras necesarias, por qué estaba huyendo. Los pasos que se acercaban se interpusieron entre él y la respuesta que buscaba, mientras corría pensó que si lograba cruzar el río (ya estaba cerca del puente de Blackfriars) se sentiría a salvo. Se refugió en un portal, lejos del farol que alumbraba la salida hacia Watergate. Algo le quemó la boca; se arrancó de un tirón la colilla que había olvidado, y sintió que le desgarraba los labios. En el silencio que lo envolvía trató de repetirse las preguntas no contestadas, pero irónicamente se le interponía la idea de que sólo estaría a salvo si alcanzaba a cruzar el río. Era ilógico, los pasos también podrían seguirlo por el puente, por cualquier callejuela de la otra orilla; y sin embargo eligió el puente, corrió a favor de un viento que lo ayudó a dejar atrás el río y perderse en un laberinto que no conocía hasta llegar a una zona mal alumbrada; el tercer alto de la noche en un profundo y angosto callejón sin salida lo puso por fin frente a la única pregunta importante, y Rice comprendió que era incapaz de encontrar la respuesta. *No dejes que me maten*, había dicho Eva, y él había hecho lo posible, torpe y miserablemente, pero lo mismo la habían matado, por lo menos en la pieza la habían matado y él tenía que huir porque no podía ser que la pieza terminara así, que la taza de té se volcara inofensivamente sobre el vestido de Eva y sin embargo Eva resbalara hasta quedar tendida en el sofá; había ocurrido otra cosa sin que él estuviera allí para impedirlo, *quédate conmigo hasta el final*, le había suplicado Eva, pero lo habían echado del teatro, lo habían apartado de eso que tenía que suceder y que él, estúpidamente instalado en su platea, había contemplado sin comprender o comprendiéndolo desde otra región de sí mismo donde había miedo y fuga y ahora, pegajoso como el sudor que le corría por el vientre, el asco de sí mismo. «Pero yo no tengo nada que ver», pensó. «Y no ha ocurrido nada; no es posible que cosas así ocurran». Se lo repitió aplicadamente: no podía ser que hubieran venido a buscarlo, a proponerle esa insensatez, a amenazarlo amablemente; los pasos que se acercaban tenían que ser los de cualquier vagabundo, unos pasos sin huellas. El hombre pelirrojo que se detuvo junto a él casi sin mirarlo, y que se quitó los anteojos con un gesto convulsivo para volver a ponérselos después de frotarlos contra la solapa de la chaqueta, era sencillamente alguien que se parecía a Howell y había volcado la taza de té sobre el vestido de Eva «Tire esa peluca», dijo Rice, «lo reconocerán en cualquier parte». «No es una peluca», dijo Howell (se llamaría Smith o Rogers, ya ni recordaba el nombre en el programa). «Qué tonto soy», dijo Rice. Era de imaginar que habían tenido preparada una copia exacta de los cabellos de Howell, así como los anteojos habían sido una réplica de los de Howell. «Usted hizo lo que pudo», dijo Rice, «yo estaba en la platea y lo vi; todo el mundo podrá declarar a su favor». Howell temblaba, apoyado en la pared. «No es eso», dijo. «Qué importa, si lo mismo se salieron con la suya». Rice agachó la cabeza; un cansancio invencible lo agobiaba. «Yo también traté de salvarla», dijo, «pero no me dejaron seguir». Howell lo miró rencorosamente. «Siempre ocurre lo mismo», dijo hablándose a sí mismo. «Es típico de los aficionados, creen que pueden hacerlo mejor que los otros, y al final no sirve de nada». Se subió el cuello de la chaqueta, metió las manos en los bolsillos. Rice hubiera querido preguntarle: «¿Por qué ocurre siempre lo mismo? Y si es así, ¿por qué estamos huyendo?» El silbato pareció engolfarse en el callejón, buscándolos. Corrieron largo rato a la par, hasta detenerse en algún rincón que olía a petróleo, a río estancado. Detrás de una pila de fardos descansaron un momento; Howell jadeaba como un perro y a Rice se le acalambraba una pantorrilla. Se la frotó, apoyándose en los fardos, manteniéndose con dificultad sobre un solo pie. «Pero quizá no sea tan grave», murmuró. «Usted dijo que siempre ocurría lo mismo». Howell le puso una mano en la boca; se oían alternadamente dos silbatos. «Cada uno por su lado», dijo Howell. «Tal vez uno de los dos pueda escapar». Rice comprendió que tenía razón pero hubiera querido que Howell le contestara primero. Lo tomó de un brazo, atrayéndolo con toda su fuerza. «No me deje ir así», suplicó. «No puedo seguir huyendo siempre, sin saber». Sintió el olor alquitranado de los fardos, su mano como hueca en el aire. Unos pasos corrían alejándose; Rice se agachó, tomando impulso, y partió en la dirección contraria. A la luz de un farol vio un nombre cualquiera: Rose Alley. Más allá estaba el río, algún puente. No faltaban puentes ni calles por donde correr.

Todos los fuegos el fuego

Así será algún día su estatua, piensa irónicamente el procónsul mientras alza el brazo, lo fija en el gesto del saludo, se deja petrificar por la ovación de un público que dos horas de circo y de calor no han fatigado. Es el momento de la sorpresa prometida, el procónsul baja el brazo, mira a su mujer que le devuelve la sonrisa inexpresiva de las fiestas. Irene no sabe lo que va a seguir y a la vez es como si lo supiera, hasta lo inesperado acaba en costumbre cuando se ha aprendido a soportar, con la indiferencia que detesta el procónsul, los caprichos del amo. Sin volverse siquiera hacia la arena prevé una suerte ya echada, una sucesión cruel y monótona. Licas el viñatero y su mujer Urania son los primeros en gritar un nombre que la muchedumbre recoge y repite. «Te reservaba esta sorpresa», dice el procónsul. «Me han asegurado que aprecias el estilo de ese gladiador». Centinela de su sonrisa, Irene inclina la cabeza para agradecer. «Puesto que nos haces el honor de acompañarnos aunque te hastían los juegos», agrega el procónsul, «es justo que procure ofrecerte lo que más te agrada». «¡Eres la sal del mundo!», grita Licas. «¡Haces bajar la sombra misma de Marte a nuestra pobre arena de provincia!». «No has visto más que la mitad», dice el procónsul, mojándose los labios en una copa de vino y ofreciéndola a su mujer. Irene bebe un largo sorbo, que parece llevarse con su leve perfume el olor espeso y persistente de la sangre y el estiércol. En un brusco silencio de expectativa que lo recorta con una precisión implacable, Marco avanza hacia el centro de la arena; su corta espada brilla al sol, allí donde el viejo velario deja pasar un rayo oblicuo, y el escudo de bronce cuelga negligente de la mano izquierda. «¿No irás a enfrentarlo con el vencedor de Smirnio?», pregunta excitadamente Licas. «Mejor que eso», dice el procónsul. «Quisiera que tu provincia me recuerde por estos juegos, y que mi mujer deje por una vez de aburrirse». Urania y Licas aplauden esperando la respuesta de Irene, pero ella devuelve en silencio la copa al esclavo, ajena al clamoreo que saluda la llegada del segundo gladiador. Inmóvil, Marco parece también indiferente a la ovación que recibe su adversario; con la punta de la espada toca ligeramente sus grebas doradas.

«Hola», dice Roland Renoir, eligiendo un cigarrillo como una continuación ineludible del gesto de descolgar el receptor. En la línea hay una crepitación de comunicaciones mezcladas, alguien que dicta cifras, de golpe un silencio todavía más oscuro en esa oscuridad que el teléfono vuelca en el ojo del oído. «Hola», repite Roland, apoyando el cigarrillo en el borde del cenicero y buscando los fósforos en el bolsillo de la bata. «Soy yo», dice la voz de Jeanne. Roland entorna los ojos, fatigado, y se estira en una posición más cómoda. «Soy yo», repite inútilmente Jeanne. Como Roland no contesta, agrega: «Sonia acaba de irse».

Su obligación es mirar el palco imperial, hacer el saludo de siempre. Sabe que debe hacerlo y que verá a la mujer del procónsul y al procónsul, y que quizá la mujer le sonreirá como en los últimos juegos. No necesita pensar, no sabe casi pensar, pero el instinto le dice que esa arena es mala, el enorme ojo de bronce donde los rastrillos y las hojas de palma han dibujado sus curvos senderos ensombrecidos por algún rastro de las luchas precedentes. Esa noche ha soñado con un pez, ha soñado en un camino solitario entre columnas rotas; mientras se armaba, alguien ha murmurado que el procónsul no le pagará con monedas de oro. Marco no se ha molestado en preguntar, y el otro se ha echado a reír malvadamente antes de alejarse sin darle la espalda; un tercero, después, le ha dicho que es un hermano del gladiador muerto por él en Massilia, pero ya lo empujaban hacia la galería, hacia los clamores de fuera. El calor es insoportable, le pesa el yelmo que devuelve los rayos del sol contra el velario y las gradas. Una vez, columnas rotas; sueños sin un sentido claro, con pozos de olvido en los momentos en que hubiera podido entender. Y el que lo armaba ha dicho que el procónsul no le pagará con monedas de oro; quizá la mujer del procónsul no le sonría esta tarde. Los clamores le dejan indiferente porque ahora están aplaudiendo al otro, lo aplauden menos que a él un momento antes, pero entre los aplausos se filtran gritos de asombro, y Marco levanta la cabeza, mira hacia el palco donde Irene se ha vuelto para hablar con Urania, donde el procónsul negligentemente hace una seña, y todo su cuerpo se contrae y su mano se aprieta en el puño de la espada. Le ha bastado volver los ojos hacia la galería opuesta; no es por allí que asoma su rival, se han alzado crujiendo las rejas del oscuro pasaje por donde se hace salir a las fieras, y Marco ve dibujarse la gigantesca silueta del reciario nubio, hasta entonces visible contra el fondo de piedra mohosa; ahora sí, más acá de toda razón, sabe que el procónsul no le pagará con monedas de oro, adivina el sentido del pez y las columnas rotas. Y a la vez poco le importa lo que va a suceder entre el reciario y él, eso es el oficio y los hados, pero su cuerpo sigue contraído como si tuviera miedo, algo en su carne se pregunta por qué el reciario ha salido por la galería de las fieras, y también se lo pregunta entre ovaciones el público, y Licas lo pregunta al procónsul que sonríe para apoyar sin palabras la sorpresa, y Licas protesta riendo y se cree obligado a apostar a favor de Marco; antes de oír las palabras que seguirán, Irene sabe que el procónsul doblará la apuesta a favor del nubio, y que después la mirará amablemente y ordenará que le sirvan vino helado. Y ella beberá el vino y comentará con Urania la estatura y la ferocidad del reciario nubio; cada movimiento está previsto aunque se lo ignore en sí mismo, aunque puedan faltar la copa de vino o el gesto de la boca de Urania mientras admira el torso del gigante. Entonces Licas, experto en incontables fastos de circo, les hará notar que el yelmo del nubio ha rozado las púas de la reja de las fieras, alzadas a dos metros del suelo, y alabará la soltura con que ordena sobre el brazo izquierdo las escamas de la red. Como siempre, como desde una ya lejana noche nupcial, Irene se repliega al límite más hondo de sí misma mientras por fuera condesciende y sonríe y hasta goza; en esa profundidad libre y estéril siente el signo de muerte que el procónsul ha disimulado en una alegre sorpresa pública, el signo que sólo ella y quizá Marco pueden comprender, pero Marco no comprenderá, torvo y silencioso y máquina, y su cuerpo que ella ha deseado en otra tarde de circo (y eso lo ha adivinado el procónsul, sin necesidad de sus magos lo ha adivinado como siempre, desde el primer instante) va a pagar el precio de la mera imaginación, de una doble mirada inútil sobre el cadáver de un tracio diestramente muerto de un tajo en la garganta.

Antes de marcar el número de Roland, la mano de Jeanne ha andado por las páginas de una revista de modas, un tubo de pastillas calmantes, el lomo del gato ovillado en el sofá. Después la voz de Roland ha dicho: «Hola», su voz un poco adormilada, y bruscamente Jeanne ha tenido una sensación de ridículo, de que va a decirle a Roland eso que exactamente la incorporará a la galería de las plañideras telefónicas con el único, irónico espectador fumando en un silencio condescendiente. «Soy yo», dice Jeanne, pero se lo ha dicho más a ella misma que a ese silencio opuesto en el que bailan, como en un telón de fondo, algunas chispas de sonido. Mira su mano que ha acariciado distraídamente al gato antes de marcar las cifras (¿y no se oyen otras cifras en el teléfono, no hay una voz distante que dicta números a alguien que no habla, que sólo está allí para copiar obediente?), negándose a creer que la mano que ha alzado y vuelto a dejar el tubo de pastillas es su mano, que la voz que acaba de repetir: «Soy yo», es su voz, al borde del límite. Por dignidad, callar, lentamente devolver el receptor a su horquilla, quedarse limpiamente sola. «Sonia acaba de irse», dice Jeanne, y el límite está franqueado, el ridículo empieza, el pequeño infierno confortable.

«Ah», dice Roland, frotando un fósforo. Jeanne oye distintamente el frote, es como si viera el rostro de Roland mientras aspira el humo, echándose un poco atrás con los ojos entornados. Un río de escamas brillantes parece saltar de las manos del gigante negro y Marco tiene el tiempo preciso para hurtar el cuerpo a la red. Otras veces —el procónsul lo sabe, y vuelve la cabeza para que solamente Irene lo vea sonreír— ha aprovechado de ese mínimo instante que es el punto débil de todo reciario para bloquear con el escudo la amenaza del largo tridente y tirarse a fondo, con un movimiento fulgurante, hacia el pecho descubierto. Pero Marco se mantiene fuera de distancia, encorvadas las piernas como a punto de saltar, mientras el nubio recoge velozmente la red y prepara el nuevo ataque. «Está perdido», piensa Irene sin mirar al procónsul que elige unos dulces de la bandeja que le ofrece Urania. «No es el que era», piensa Licas lamentando su apuesta. Marco se ha encorvado un poco, siguiendo el movimiento giratorio del nubio; es el único que aún no sabe lo que todos presienten, es apenas algo que agazapado espera otra ocasión, con el vago desconcierto de no haber hecho lo que la ciencia le mandaba. Necesitaría más tiempo, las horas tabernarias que siguen a los triunfos, para entender quizá la razón de que el procónsul no vaya a pagarle con monedas de oro. Hosco, espera otro momento propicio; acaso al final, con un pie sobre el cadáver del reciario, pueda encontrar otra vez la sonrisa de la mujer del procónsul; pero eso no lo está pensando él, y quien lo piensa no cree ya que el pie de Marco se hinque en el pecho de un nubio degollado.

«Decídete», dice Roland, «a menos que quieras tenerme toda la tarde escuchando a ese tipo que le dicta números a no sé quién. ¿Lo oyes?». «Sí», dice Jeanne, «se lo oye como desde muy lejos. Trescientos cincuenta y cuatro, doscientos cuarenta y dos». Por un momento no hay más que la voz distante y monótona. «En todo caso», dice Roland, «está utilizando el teléfono para algo práctico». La respuesta podría ser la previsible, la primera queja, pero Jeanne calla todavía unos segundos y repite: «Sonia acaba de irse». Vacila antes de agregar: «Probablemente estará llegando a tu casa». A Roland le sorprendería eso, Sonia no tenía por qué ir a su casa. «No mientas», dice Jeanne, y el gato huye de su mano, la mira ofendido. «No era una mentira», dice Roland. «Me refería a la hora, no al hecho de venir o no venir. Sonia sabe que me molestan las visitas y las llamadas a esta hora». Ochocientos cinco, dicta desde lejos la voz. Cuatrocientos dieciséis. Treinta y dos. Jeanne ha cerrado los ojos, esperando la primera pausa en esa voz anónima para decir lo único que queda por decir. Si Roland corta la comunicación le restará todavía esa voz en el fondo de la línea, podrá conservar el receptor en el oído, resbalando más y más en el sofá, acariciando al gato que ha vuelto a tenderse contra ella, jugando con el tubo de pastillas, escuchando las cifras hasta que también la otra voz se canse y ya no quede nada, absolutamente nada como no sea el receptor que empezará a pesar espantosamente entre sus dedos, una cosa muerta que habrá que rechazar sin mirarla. Ciento cuarenta y cinco, dice la voz. Y todavía más lejos, como un diminuto dibujo a lápiz, alguien que podría ser una mujer tímida pregunta entre dos chasquidos: «¿La estación del Norte?».

Por segunda vez alcanza a zafarse de la red, pero ha medido mal el salto hacia atrás y resbala en una mancha húmeda de la arena. Con un esfuerzo que levanta en vilo al público, Marco rechaza la red con un molinete de la espada mientras tiende el brazo izquierdo y recibe en el escudo el golpe resonante del tridente. El procónsul desdeña los excitados comentarios de Licas y vuelve la cabeza hacia Irene que no se ha movido. «Ahora o nunca», dice el procónsul. «Nunca», contesta Irene. «No es el que era», repite Licas, «y le va a costar caro, el nubio no le dará otra oportunidad, basta mirarlo». A distancia, casi inmóvil, Marco parece haberse dado cuenta del error; con el escudo en alto mira fijamente la red ya recogida, el tridente que oscila hipnóticamente a dos metros de sus ojos. «Tienes razón, no es el mismo», dice el procónsul. «¿Habías apostado por él, Irene?» Agazapado, pronto a saltar, Marco siente en la piel, en lo hondo del estómago, que la muchedumbre lo abandona. Si tuviera un momento de calma podría romper el nudo que lo paraliza, la cadena invisible que empieza muy atrás pero sin que él pueda saber dónde, y que en algún momento es la solicitud del procónsul, la promesa de una paga extraordinaria y también un sueño donde hay un pez y sentirse ahora, cuando ya no hay tiempo para nada, la imagen misma del sueño frente a la red que baila ante los ojos y parece atrapar cada rayo de sol que se filtra por las desgarraduras del velario. Todo es cadena, trampa; enderezándose con una violencia amenazante que el público aplaude mientras el reciario retrocede un paso por primera vez, Marco elige el único camino, la confusión y el sudor y el olor a sangre, la muerte frente a él que hay que aplastar; alguien lo piensa por él detrás de la máscara sonriente, alguien que lo ha deseado por sobre el cuerpo de un tracio agonizante. «El veneno», se dice Irene, «alguna vez encontraré el veneno, pero ahora acéptale la copa de vino, sé la más fuerte, espera tu hora». La pausa parece prolongarse como se prolonga la insidiosa galería negra donde vuelve intermitente la voz lejana que repite cifras. Jeanne ha creído siempre que los mensajes que verdaderamente cuentan están en algún momento más acá de toda palabra; quizá esas cifras digan más, sean más que cualquier discurso para el que las está escuchando atentamente, como para ella el perfume de Sonia, el roce de la palma de su mano en el hombro antes de marcharse han sido tanto más que las palabras de Sonia. Pero era natural que Sonia no se conformara con un mensaje cifrado, que quisiera decirlo con todas las letras, saboreándolo hasta lo último. «Comprendo que para ti será muy duro», ha repetido Sonia, «pero detesto el disimulo y prefiero decirte la verdad». Quinientos cuarenta y seis, seiscientos sesenta y dos, doscientos ochenta y nueve. «No me importa si va a tu casa o no», dice Jeanne, «ahora ya no me importa nada». En vez de otra cifra hay un largo silencio. «¿Estás ahí?», pregunta Jeanne. «Sí», dice Roland dejando la colilla en el cenicero y buscando sin apuro el frasco de coñac. «Lo que no puedo entender...», empieza Jeanne. «Por favor», dice Roland, «en estos casos nadie entiende gran cosa, querida, y además no se gana nada con entender. Lamento que Sonia se haya precipitado, no era a ella a quien le tocaba decírtelo. Maldita sea, ¿no va a terminar nunca con esos números?» La voz menuda, que hace pensar en un organizado mundo de hormigas, continúa su dictado minucioso por debajo de un silencio más cercano y más espeso. «Pero tú», dice absurdamente Jeanne, «entonces, tú...».

Roland bebe un trago de coñac. Siempre le ha gustado escoger sus palabras, evitar los diálogos superfluos. Jeanne repetirá dos, tres veces cada frase, acentuándolas de una manera diferente; que hable, que repita mientras él prepara el mínimo de respuestas sensatas que pongan orden en ese arrebato lamentable. Respirando con fuerza se endereza después de una finta y un avance lateral; algo le dice que esta vez el nubio va a cambiar el orden del ataque, que el tridente se adelantará al tiro de la red. «Fíjate bien», explica Licas a su mujer, «se lo he visto hacer en Apta Iulia, siempre los desconcierta». Mal defendido, desafiando el riesgo de entrar en el campo de la red, Marco se tira hacia adelante y sólo entonces alza el escudo para protegerse del río brillante que escapa como un rayo de la mano del nubio. Ataja el borde de la red pero el tridente golpea hacia abajo y la sangre salta del muslo de Marco, mientras la espada demasiado corta resuena inútilmente contra el asta. «Te lo había dicho», grita Licas. El procónsul mira atentamente el muslo lacerado, la sangre que se pierde en la greba dorada; piensa casi con lástima que a Irene le hubiera gustado acariciar ese muslo, buscar su presión y su calor, gimiendo como sabe gemir cuando él la estrecha para hacerle daño. Se lo dirá esa misma noche y será interesante estudiar el rostro de Irene buscando el punto débil de su máscara perfecta, que fingirá indiferencia hasta el final como ahora finge un interés civil en la lucha que hace aullar de entusiasmo a una plebe bruscamente excitada por la inminencia del fin. «La suerte lo ha abandonado», dice el procónsul a Irene. «Casi me siento culpable de haberlo traído a esta arena de provincia; algo de él se ha quedado en Roma, bien se ve». «Y el resto se quedará aquí, con el dinero que le aposté», ríe Licas. «Por favor, no te pongas así», dice Roland, «es absurdo seguir hablando por teléfono cuando podemos vernos esta misma noche. Te lo repito, Sonia se ha precipitado, yo quería evitarte ese golpe». La hormiga ha cesado de dictar sus números y las palabras de Jeanne se escuchan distintamente; no hay lágrimas en su voz y eso sorprende a Roland, que ha preparado sus frases previendo una avalancha de reproches. «¿Evitarme el golpe?», dice Jeanne. «Mintiendo, claro, engañándome una vez más». Roland suspira, desecha las respuestas que podrían alargar hasta el bostezo un diálogo tedioso. «Lo siento, pero si sigues así prefiero cortar», dice, y por primera vez hay un tono de afabilidad en su voz. «Mejor será que vaya a verte mañana, al fin y al cabo somos gente civilizada, qué diablos». Desde muy lejos la hormiga dicta: ochocientos ochenta y ocho. «No vengas», dice Jeanne, y es divertido oír las palabras mezclándose con las cifras, no ochocientos vengas ochenta y ocho, «no vengas nunca más, Roland». El drama, las probables amenazas de suicidio, el aburrimiento como cuando Marie Josée, como cuando todas las que lo toman a lo trágico. «No seas tonta», aconseja Roland, «mañana comprenderás mejor, es preferible para los dos». Jeanne calla, la hormiga dicta cifras redondas: cien, cuatrocientos, mil. «Bueno, hasta mañana», dice Roland admirando el vestido de calle de Sonia, que acaba de abrir la puerta y se ha detenido con un aire entre interrogativo y burlón. «No perdió tiempo en llamarte», dice Sonia dejando el bolso y una revista. «Hasta mañana, Jeanne», repite Roland. El silencio en la línea parece tenderse como un arco, hasta que lo corta secamente una cifra distante, novecientos cuatro. «¡Basta de dictar esos números idiotas!», grita Roland con todas sus fuerzas, y antes de alejar el receptor del oído alcanza a escuchar el clic en el otro extremo, el arco que suelta su flecha inofensiva. Paralizado, sabiéndose incapaz de evitar la red que no tardará en envolverlo, Marco hace frente al gigante nubio, la espada demasiado corta inmóvil en el extremo del brazo tendido. El nubio afloja la red una, dos veces, la recoge buscando la posición más favorable, la hace girar todavía como si quisiera prolongar los alaridos del público que lo incita a acabar con su rival, y baja el tridente mientras se echa de lado para dar más impulso al tiro. Marco va al encuentro de la red con el escudo en alto, y es una torre que se desmorona contra una masa negra, la espada se hunde en algo que más arriba aúlla; la arena le entra en la boca y en los ojos, la red cae inútilmente sobre el pez que se ahoga.

Acepta indiferente las caricias, incapaz de sentir que la mano de Jeanne tiembla un poco y empieza a enfriarse. Cuando los dedos resbalan por su piel y se detienen, hincándose en una crispación instantánea, el gato se queja petulante; después se tumba de espaldas y mueve las patas en la actitud de expectativa que hace reír siempre a Jeanne, pero ahora no, su mano sigue inmóvil junto al gato y apenas si un dedo busca todavía el calor de su piel, la recorre brevemente antes de detenerse otra vez entre el flanco tibio y el tubo de pastillas que ha rodado hasta ahí. Alcanzado en pleno estómago el nubio aúlla, echándose hacia atrás, y en ese último instante en que el dolor es como una llama de odio, toda la fuerza que huye de su cuerpo se agolpa en el brazo para hundir el tridente en la espalda de su rival boca abajo. Cae sobre el cuerpo de Marco, y las convulsiones lo hacen rodar de lado; Marco mueve lentamente un brazo, clavado en la arena como un enorme insecto brillante.

«No es frecuente», dice el procónsul volviéndose hacia Irene, «que dos gladiadores de ese mérito se maten mutuamente. Podemos felicitarnos de haber visto un raro espectáculo. Esta noche se lo escribiré a mi hermano para consolarlo de su tedioso matrimonio».

Irene ve moverse el brazo de Marco, un lento movimiento inútil como si quisiera arrancarse el tridente hundido en los riñones. Imagina al procónsul desnudo en la arena, con el mismo tridente clavado hasta el asta. Pero el procónsul no movería el brazo con esa dignidad última; chillaría pataleando como una liebre, pediría perdón a un público indignado. Aceptando la mano que le tiende su marido para ayudarla a levantarse, asiente una vez más; el brazo ha dejado de moverse, lo único que queda por hacer es sonreír, refugiarse en la inteligencia. Al gato no parece gustarle la inmovilidad de Jeanne, sigue tumbado de espaldas esperando una caricia; después, como si le molestara ese dedo contra la piel del flanco, maúlla destempladamente y da media vuelta para alejarse, ya olvidado y soñoliento.

«Perdóname por venir a esta hora», dice Sonia. «Vi tu auto en la puerta, era demasiada tentación. Te llamó, ¿verdad?». Roland busca un cigarrillo. «Hiciste mal», dice. «Se supone que esa tarea les toca a los hombres, al fin y al cabo he estado más de dos años con Jeanne y es una buena muchacha». «Ah, pero el placer», dice Sonia sirviéndose coñac. «Nunca le he podido perdonar que fuera tan inocente, no hay nada que me exaspere más. Si te digo que empezó por reírse, convencida de que le estaba haciendo una broma». Roland mira el teléfono, piensa en la hormiga. Ahora Jeanne llamará otra vez, y será incómodo porque Sonia se ha sentado junto a él y le acaricia el pelo mientras hojea una revista literaria como si buscara ilustraciones. «Hiciste mal», repite Roland atrayendo a Sonia. «¿En venir a esta hora?», ríe Sonia cediendo a las manos que buscan torpemente el primer cierre. El velo morado cubre los hombros de Irene que da la espalda al público, a la espera de que el procónsul salude por última vez. En las ovaciones se mezcla ya un rumor de multitud en movimiento, la carrera precipitada de los que buscan adelantarse a la salida y ganar las galerías inferiores. Irene sabe que los esclavos estarán arrastrando los cadáveres, y no se vuelve; le agrada pensar que el procónsul ha aceptado la invitación de Licas a cenar en su villa a orillas del lago, donde el aire de la noche la ayudará a olvidar el olor a la plebe, los últimos gritos, un brazo moviéndose lentamente como si acariciara la tierra. No le es difícil olvidar, aunque el procónsul la hostigue con la minuciosa evocación de tanto pasado que lo inquieta; un día Irene encontrará la manera de que también él olvide para siempre, y que la gente lo crea simplemente muerto. «Verás lo que ha inventado nuestro cocinero», está diciendo la mujer de Licas. «Le ha devuelto el apetito a mi marido, y de noche...». Licas ríe y saluda a sus amigos, esperando que el procónsul abra la marcha hacia la galería después de un último saludo que se hace esperar como si lo complaciera seguir mirando la arena donde enganchan y arrastran los cadáveres. «Soy tan feliz», dice Sonia apoyando la mejilla en el pecho de Roland adormilado. «No lo digas», murmura Roland, «uno siempre piensa que es una amabilidad». «¿No me crees?», ríe Sonia. «Sí, pero no lo digas ahora. Fumemos». Tantea en la mesa baja hasta encontrar cigarrillos, pone uno en los labios de Sonia, acerca el suyo, los enciende al mismo tiempo. Se miran apenas, soñolientos, y Roland agita el fósforo y lo posa en la mesa donde en alguna parte hay un cenicero. Sonia es la primera en adormecerse y él le quita muy despacio el cigarrillo de la boca, lo junta con el suyo y los abandona en la mesa, resbalando contra Sonia en un sueño pesado y sin imágenes. El pañuelo de gasa arde sin llama al borde del cenicero, chamuscándose lentamente, cae sobre la alfombra junto al montón de ropas y una copa de coñac. Parte del público vocifera y se amontona en las gradas inferiores; el procónsul ha saludado una vez más y hace una seña a su guardia para que le abran paso. Licas, el primero en comprender, le muestra el lienzo más distante del viejo velario que empieza a desgarrarse mientras una lluvia de chispas cae sobre el público que busca confusamente las salidas. Gritando una orden, el procónsul empuja a Irene siempre de espaldas e inmóvil. «¡Pronto, antes de que se amontonen en la galería baja!», grita Licas precipitándose delante de su mujer. Irene es la primera que huele el aceite hirviendo, el incendio de los depósitos subterráneos; atrás, el velario cae sobre las espaldas de los que pugnan por abrirse paso en una masa de cuerpos confundidos que obstruyen las galerías demasiado estrechas. Los hay que saltan a la arena por centenares, buscando otras salidas, pero el humo del aceite borra las imágenes, un jirón de tela flota en el extremo de las llamas y cae sobre el procónsul antes de que pueda guarecerse en el pasaje que lleva a la galería imperial. Irene se vuelve al oír su grito, le arranca la tela chamuscada tomándola con dos dedos, delicadamente. «No podremos salir», dice, «están amontonados ahí abajo como animales». Entonces Sonia grita, queriendo desatarse del abrazo ardiente que la envuelve desde el sueño, y su primer alarido se confunde con el de Roland que inútilmente quiere enderezarse, ahogado por el humo negro. Todavía gritan, cada vez más débilmente, cuando el carro de bomberos entra a toda máquina por la calle atestada de curiosos. «Es en el décimo piso», dice el teniente. «Va a ser duro, hay viento del norte. Vamos».

El otro cielo

Ces yeux ne t'appartiennent pas... où les as-tu pris?
..., *IV*, *5*.

Me ocurría a veces que todo se dejaba andar, se ablandaba y cedía terreno, aceptando sin resistencia que se pudiera ir así de una cosa a otra. Digo que me ocurría, aunque una estúpida esperanza quisiera creer que acaso ha de ocurrirme todavía. Y por eso, si echarse a caminar una y otra vez por la ciudad parece un escándalo cuando se tiene una familia y un trabajo, hay ratos en que vuelvo a decirme que ya sería tiempo de retornar a mi barrio preferido, olvidarme de mis ocupaciones (soy corredor de Bolsa) y con un poco de suerte encontrar a Josiane y quedarme con ella hasta la mañana siguiente.

Quién sabe cuánto hace que me repito todo esto, y es penoso porque hubo una época en que las cosas me sucedían cuando menos pensaba en ellas, empujando apenas con el hombro cualquier rincón del aire. En todo caso bastaba ingresar en la deriva placentera del ciudadano que se deja llevar por sus preferencias callejeras, y casi siempre mi paseo terminaba en el barrio de las galerías cubiertas, quizá porque los pasajes y las galerías han sido mi patria secreta desde siempre. Aquí, por ejemplo, el Pasaje Güemes, territorio ambiguo donde ya hace tanto tiempo fui a quitarme la infancia como un traje usado. Hacia el año veintiocho, el Pasaje Güemes era la caverna del tesoro en que deliciosamente se mezclaban la entrevisión del pecado y de las pastillas de menta, donde se voceaban las ediciones vespertinas con crímenes a toda página y ardían las luces de la sala del subsuelo donde pasaban inalcanzables películas realistas. Las Josiane de aquellos días debían mirarme con un gesto entre maternal y divertido, yo con unos miserables centavos en el bolsillo pero andando como un hombre, el chambergo requintado y las manos en los bolsillos, fumando un *Commander* precisamente porque mi padrastro me había profetizado que acabaría ciego por culpa del tabaco rubio. Recuerdo sobre todo olores y sonidos, algo como una expectativa y una ansiedad, el kiosco donde se podían comprar revistas con mujeres desnudas y anuncios de falsas manicuras, y ya entonces era sensible a ese falso cielo de estucos y claraboyas sucias, a esa noche artificial que ignoraba la estupidez del día y del sol ahí afuera. Me asomaba con falsa indiferencia a las puertas del pasaje donde empezaba el último misterio, los vagos ascensores que llevarían a los consultorios de enfermedades venéreas y también a los presuntos paraísos en lo más alto, con mujeres de la vida y amorales, como les llamaban en los diarios, con bebidas preferentemente verdes en copas biseladas, con batas de seda y kimonos violeta, y los departamentos tendrían el mismo perfume que salía de las tiendas que yo creía elegantes y que chisporroteaban sobre la penumbra del pasaje un bazar inalcanzable de frascos y cajas de cristal y cisnes rosa y polvos rachel y cepillos con mangos transparentes.

Todavía hoy me cuesta cruzar el Pasaje Güemes sin enternecerme irónicamente con el recuerdo de la adolescencia al borde de la caída; la antigua fascinación perdura siempre, y por eso me gustaba echar a andar sin rumbo fijo, sabiendo que en cualquier momento entraría en la zona de las galerías cubiertas, donde cualquier sórdida botica polvorienta me atraía más que los escaparates tendidos a la insolencia de las calles abiertas. La Galerie Vivienne, por ejemplo, o el Passage des Panoramas con sus ramificaciones, sus cortadas que rematan en una librería de viejo o una inexplicable agencia de viajes donde quizá nadie compró nunca un billete de ferrocarril, ese mundo que ha optado por un cielo más próximo, de vidrios sucios y estucos con figuras alegóricas que tienden las manos para ofrecer una guirnalda, esa Galerie Vivienne a un paso de la ignominia diurna de la rue Réaumur y de la Bolsa (yo trabajo en la Bolsa), cuánto ese barrio ha sido mío desde siempre, desde mucho antes de sospecharlo ya era mío cuando apostado en un rincón del Pasaje Güemes, contando mis pocas monedas de estudiante, debatía el problema de gastarlas en un bar automático o comprar una novela y un surtido de caramelos ácidos en su bolsa de papel transparente, con un cigarrillo que me nublaba los ojos y en el fondo del bolsillo, donde los dedos lo rozaban a veces, el sobrecito del preservativo comprado con falsa desenvoltura en una farmacia atendida solamente por hombres, y que no tendría la menor oportunidad de utilizar con tan poco dinero y tanta infancia en la cara.

Mi novia, Irma, encuentra inexplicable que me guste vagar de noche por el centro o por los barrios del sur, y si supiera de mi predilección por el Pasaje Güemes no dejaría de escandalizarse. Para ella, como para mi madre, no hay mejor actividad social que el sofá de la sala donde ocurre eso que llaman la conversación, el café y el anisado. Irma es la más buena y generosa de las mujeres, jamás se me ocurriría hablarle de lo que verdaderamente cuenta para mí, y en esa forma llegaré alguna vez a ser un buen marido y un padre cuyos hijos serán de paso los tan anhelados nietos de mi madre. Supongo que por cosas así acabé conociendo a Josiane, pero no solamente por eso ya que podría habérmela encontrado en el boulevard Poissonière o en la rue Notre-Dame-des-Victoires, y en cambio nos miramos por primera vez en lo más hondo de la Galerie Vivienne, bajo las figuras de yeso que el pico de gas llenaba de temblores (las guirnaldas iban y venían entre los dedos de las Musas polvorientas), y no tardé en saber que Josiane trabajaba en ese barrio y que no costaba mucho dar con ella si se era familiar de los cafés o amigo de los cocheros. Pudo ser coincidencia, pero haberla conocido allí, mientras llovía en el otro mundo, el del cielo alto y sin guirnaldas de la calle, me pareció un signo que iba más allá del encuentro trivial con cualquiera de las prostitutas del barrio. Después supe que en esos días Josiane no se alejaba de la galería porque era la época en que no se hablaba más que de los crímenes de Laurent y la pobre vivía aterrada. Algo de este terror se transformaba en gracia, en gestos casi esquivos, en puro deseo. Recuerdo su manera de mirarme entre codiciosa y desconfiada, sus preguntas que fingían indiferencia, mi casi incrédulo encanto al enterarme de que vivía en los altos de la galería, mi insistencia en subir a su bohardilla en vez de ir al hotel de la rue du Sentier (donde ella tenía amigos y se sentía protegida). Y su confianza más tarde, cómo nos reímos esa noche a la sola idea de que yo pudiera ser Laurent, y qué bonita y dulce era Josiane en su bohardilla de novela barata, con el miedo al estrangulador rondando por París y esa manera de apretarse más y más contra mí mientras pasábamos revista a los asesinatos de Laurent.

Mi madre sabe siempre si he dormido en casa, y aunque naturalmente no dice nada puesto que sería absurdo que lo dijera, durante uno o dos días me mira entre ofendida y temerosa. Sé muy bien que jamás se le ocurriría contárselo a Irma, pero lo mismo me fastidia la persistencia de un derecho materno que ya nada justifica, y sobre todo que sea yo el que al final se aparezca con una caja de bombones o una planta para el patio, y que el regalo represente de una manera muy precisa y sobrentendida la terminación de la ofensa, el retorno a la vida corriente del hijo que vive todavía en casa de su madre. Desde luego Josiane era feliz cuando le contaba esa clase de episodios, que una vez en el barrio de las galerías pasaban a formar parte de nuestro mundo con la misma llaneza que su protagonista. El sentimiento familiar de Josiane era muy vivo y estaba lleno de respeto por las instituciones y los parentescos; soy poco amigo de confidencias pero como de algo teníamos que hablar y lo que ella me había dejado saber de su vida ya estaba comentado, casi inevitablemente volvíamos a mis problemas de hombre soltero. Otra cosa nos acercó, y también en eso fui afortunado, porque a Josiane le gustaban las galerías cubiertas, quizá por vivir en una de ellas o porque la protegían del frío y la lluvia (la conocí a principios de un invierno, con nevadas prematuras que nuestras galerías y su mundo ignoraban alegremente). Nos habituamos a andar juntos cuando le sobraba el tiempo, cuando alguien —no le gustaba llamarlo por su nombre— estaba lo bastante satisfecho como para dejarla divertirse un rato con sus amigos. De ese alguien hablábamos poco, luego que yo hice las inevitables preguntas y ella me contestó las inevitables mentiras de toda relación mercenaria; se daba por supuesto que era el amo, pero tenía el buen gusto de no hacerse ver. Llegué a pensar que no le desagradaba que yo acompañara algunas noches a Josiane, porque la amenaza de Laurent pesaba más que nunca sobre el barrio después de su nuevo crimen en la rue d'Aboukir, y la pobre no se hubiera atrevido a alejarse de la Galerie Vivienne una vez caída la noche. Era como para sentirse agradecido a Laurent y al amo, el miedo ajeno me servía para recorrer con Josiane los pasajes y los cafés, descubriendo que podía llegar a ser un amigo de verdad de una muchacha a la que no me ataba ninguna relación profunda. De esa confiada amistad nos fuimos dando cuenta poco a poco, a través de silencios, de tonterías. Su habitación, por ejemplo, la bohardilla pequeña y limpia que para mí no había tenido otra realidad que la de formar parte de la galería. En un principio yo había subido por Josiane, y como no podía quedarme porque me faltaba el dinero para pagar una noche entera y alguien estaba esperando la rendición sin mácula de cuentas, casi no veía lo que me rodeaba y mucho más tarde, cuando estaba a punto de dormirme en mi pobre cuarto con su almanaque ilustrado y su mate de plata como únicos lujos, me preguntaba por la bohardilla y no alcanzaba a dibujármela, no veía más que a Josiane y me bastaba para entrar en el sueño como si todavía la guardara entre los brazos. Pero con la amistad vinieron las prerrogativas, quizá la aquiescencia del amo, y Josiane se las arreglaba muchas veces para pasar la noche conmigo, y su pieza empezó a llenarnos los huecos de un diálogo que no siempre era fácil; cada mañana, cada estampa, cada adorno fueron instalándose en mi memoria y ayudándome a vivir cuando era el tiempo de volver a mi cuarto o de conversar con mi madre o con Irma de la política nacional y de las enfermedades en las familias.

Más tarde hubo otras cosas, y entre ellas la vaga silueta de aquél que Josiane llamaba el sudamericano, pero en un principio todo parecía ordenarse en torno al gran terror del barrio, alimentado por lo que un periodista imaginativo había dado en llamar la saga de Laurent el estrangulador. Si en un momento dado me propongo la imagen de Josiane, es para verla entrar conmigo en el café de la rue des Jeuneurs, instalarse en la banqueta de felpa morada y cambiar saludos con las amigas y los parroquianos, frases sueltas que enseguida son Laurent, porque sólo de Laurent se habla en el barrio de la Bolsa, y yo que he trabajado sin parar todo el día y he soportado entre dos ruedas de cotizaciones los comentarios de colegas y clientes acerca del último crimen de Laurent, me pregunto si esa torpe pesadilla va a acabar algún día, si las cosas volverán a ser como imagino que eran antes de Laurent, o si deberemos sufrir sus macabras diversiones hasta el fin de los tiempos. Y lo más irritante (se lo digo a Josiane después de pedir el *grog* que tanta falta nos hace con ese frío y esa nieve) es que ni siquiera sabemos su nombre, el barrio lo llama Laurent porque una vidente de la barrera de Clichy ha visto en la bola de cristal cómo el asesino escribía su nombre con un dedo ensangrentado, y los gacetilleros se cuidan de no contrariar los instintos del público. Josiane no es tonta pero nadie la convencería de que el asesino no se llama Laurent, y es inútil luchar contra el ávido terror parpadeando en sus ojos azules que miran ahora distraídamente el paso de un hombre joven, muy alto y un poco encorvado, que acaba de entrar y se apoya en el mostrador sin saludar a nadie.

—Puede ser —dice Josiane, acatando alguna reflexión tranquilizadora que debo haber inventado sin siquiera pensarla—. Pero entretanto yo tengo que subir sola a mi cuarto, y si el viento me apaga la vela entre dos pisos... La sola idea de quedarme a oscuras en la escalera, y que quizá...

—Pocas veces subes sola —le digo riéndome.

—Tú te burlas pero hay malas noches, justamente cuando nieva o llueve y me toca volver a las dos de la madrugada...

Sigue la descripción de Laurent agazapado en un rellano, o todavía peor, esperándola en su propia habitación a la que ha entrado mediante una ganzúa infalible. En la mesa de al lado Kikí se estremece ostentosamente y suelta unos grititos que se multiplican en los espejos. Los hombres nos divertimos enormemente con esos espantos teatrales que nos ayudarán a proteger con más prestigio a nuestras compañeras. Da gusto fumar unas pipas en el café, a esa hora en que la fatiga del trabajo empieza a borrarse con el alcohol y el tabaco, y las mujeres comparan sus sombreros y sus botas o se ríen de nada; da gusto besar en la boca a Josiane que pensativa se ha puesto a mirar al hombre —casi un muchacho— que nos da la espalda y bebe su ajenjo a pequeños sorbos, apoyando un codo en el mostrador. Es curioso, ahora que lo pienso: a la primera imagen que se me ocurre de Josiane y que es siempre Josiane en la banqueta del café, una noche de nevada y Laurent, se agrega inevitablemente aquél que ella llamaba el sudamericano, bebiendo su ajenjo y dándonos la espalda. También yo le llamo el sudamericano porque Josiane me aseguró que lo era, y que lo sabía por la Rousse que se había acostado con él o poco menos, y todo eso había sucedido antes de que Josiane y la Rousse se pelearan por una cuestión de esquinas o de horarios y lo lamentaran ahora con medias palabras porque habían sido muy buenas amigas. Según la Rousse él le había dicho que era sudamericano aunque hablara sin el menor acento; se lo había dicho al ir a acostarse con ella, quizá para conversar de alguna cosa mientras acababa de soltarse las cintas de los zapatos.

—Ahí donde lo ves, casi un chico... ¿Verdad que parece un colegial que ha crecido de golpe? Bueno, tendrías que oír lo que cuenta la Rousse.

Josiane perseveraba en la costumbre de cruzar y separar los dedos cada vez que narraba algo apasionante. Me explicó el capricho del sudamericano, nada tan extraordinario después de todo, la negativa terminante de la Rousse, la partida ensimismada del cliente. Le pregunté si el sudamericano la había abordado alguna vez. Pues no, porque debía saber que la Rousse y ella eran amigas. Las conocía bien, vivía en el barrio, y cuando Josiane dijo eso yo miré con más atención y lo vi pagar su ajenjo echando una moneda en el platillo de peltre mientras dejaba resbalar sobre nosotros —y era como si cesáramos de estar allí por un segundo interminable— una expresión distante y a la vez curiosamente fija, la cara de alguien que se ha inmovilizado en un momento de sueño y rehúsa dar el paso que lo devolverá a la vigilia. Después de todo una expresión como ésa, aunque el muchacho fuese casi un adolescente y tuviera rasgos muy hermosos, podía llevar como de la mano a la pesadilla recurrente de Laurent. No perdí tiempo en proponérselo a Josiane.

—¿Laurent? ¡Estás loco! Pero si Laurent es...

Lo malo era que nadie sabía nada de Laurent, aunque Kikí y Albert nos ayudaran a seguir pesando las probabilidades para divertirnos. Toda la teoría se vino abajo cuando el patrón, que milagrosamente escuchaba cualquier diálogo en el café, nos recordó que por lo menos algo se sabía de Laurent: la fuerza que le permitía estrangular a sus víctimas con una sola mano. Y ese muchacho, vamos... Sí, y ya era tarde y convenía volver a casa; yo tan solo porque esa noche Josiane la pasaba con alguien que ya la estaría esperando en la bohardilla, alguien que tenía la llave por derecho propio, y entonces la acompañé hasta el primer rellano para que no se asustara si se le apagaba la vela en mitad del ascenso, y desde una gran fatiga repentina la miré subir, quizá contenta aunque me hubiera dicho lo contrario, y después salí a la calle nevada y glacial y me puse a andar sin rumbo, hasta que en algún momento encontré como siempre el camino que me devolvería a mi barrio, entre gente que leía la sexta edición de los diarios o miraba por las ventanillas del tranvía como si realmente hubiera alguna cosa que ver a esa hora y en esas calles.

No siempre era fácil llegar a la zona de las galerías y coincidir con un momento libre de Josiane; cuántas veces me tocaba andar solo por los pasajes, un poco decepcionado, hasta sentir poco a poco que la noche era también mi amante. A la hora en que se encendían los picos de gas la animación se despertaba en nuestro reino, los cafés eran la bolsa del ocio y del contento, y se bebía a largos tragos el fin de la jornada, los titulares de los periódicos, la política, los prusianos, Laurent, las carreras de caballos. Me gustaba saborear una copa aquí y otra más allá, atisbando sin apuro el momento en que descubriría la silueta de Josiane en algún codo de las galerías o en algún mostrador. Si ya estaba acompañada, una señal convenida me dejaba saber cuándo podía encontrarla sola; otras veces se limitaba a sonreír y a mí me quedaba el resto del tiempo para las galerías; eran las horas del explorador y así fui entrando en las zonas más remotas del barrio, en la Galerie Sainte-Foy, por ejemplo, y en los remotos Passages du Caire, pero aunque cualquiera de ellos me atrajera más que las calles abiertas (y había tantos, hoy era el Passage des Princes, otra vez el Passage Verdeau, así hasta el infinito), de todas maneras el término de una larga ronda que yo mismo no hubiera podido reconstruir me devolvía siempre a la Galerie Vivienne, no tanto por Josiane aunque también fuera por ella, sino por sus rejas protectoras, sus alegorías vetustas, sus sombras en el codo del Passage des Petits-Pères, ese mundo diferente donde no había que pensar en Irma y se podía vivir sin horarios fijos, al azar de los encuentros y de la suerte. Con tan pocos asideros no alcanzo a calcular el tiempo que pasó antes de que volviéramos a hablar casualmente del sudamericano; una vez me había parecido verlo salir de un portal de la rue Saint-Marc, envuelto en una de esas hopalandas negras que tanto se habían llevado cinco años atrás junto con sombreros de copa exageradamente alta, y estuve tentado de acercarme y preguntarle por su origen. Me lo impidió el pensar en la fría cólera con que yo habría recibido una interpelación de ese género, pero Josiane encontró luego que había sido una tontería de mi parte, quizá porque el sudamericano le interesaba a su manera, con algo de ofensa gremial y mucho de curiosidad. Se acordó de que unas noches atrás había creído reconocerlo de lejos en la Galerie Vivienne, que sin embargo él no parecía frecuentar.

—No me gusta esa manera que tiene de mirarnos —dijo Josiane—. Antes no me importaba, pero desde aquella vez que hablaste de Laurent...

—Josiane, cuando hice esa broma estábamos con Kikí y Albert. Albert es un soplón de la policía, supongo que lo sabes. ¿Crees que dejaría pasar la oportunidad si la idea le pareciera razonable? La cabeza de Laurent vale mucho dinero, querida.

—No me gustan sus ojos —se obstinó Josiane—. Y además que no te mira, la verdad es que te clava los ojos pero no te mira. Si un día me aborda salgo huyendo, te lo digo por esta cruz.

—Tienes miedo de un chico. ¿O todos los sudamericanos te parecemos unos orangutanes?

Ya se sabe cómo podían acabar esos diálogos. Íbamos a beber un *grog* al café de la rue des Jeuneurs, recorríamos las galerías, los teatros del bulevar, subíamos a la bohardilla, nos reíamos enormemente. Hubo algunas semanas —por fijar un término, es tan difícil ser justo con la felicidad— en que todo nos hacía reír, hasta las torpezas de Badinguet y el temor de la guerra nos divertían. Es casi ridículo admitir que algo tan desproporcionadamente inferior como Laurent pudiera acabar con nuestro contento, pero así fue. Laurent mató a otra mujer en la rue Beauregard —tan cerca, después de todo— y en el café nos quedamos como en misa y Marthe, que había entrado a la carrera para gritar la noticia, acabó en una explosión de llanto histérico que de algún modo nos ayudó a tragar la bola que teníamos en la garganta. Esa misma noche la policía nos pasó a todos por su peine más fino, de café en café y de hotel en hotel; Josiane buscó al amo y yo la dejé irse, comprendiendo que necesitaba la protección suprema que todo lo allanaba. Pero como en el fondo esas cosas me sumían en una vaga tristeza —las galerías no eran para eso, no debían ser para eso—, me puse a beber con Kikí y después con la Rousse que me buscaba como puente para reconciliarse con Josiane. Se bebía fuerte en nuestro café, y en esa niebla caliente de las voces y los tragos me pareció casi justo que a medianoche el sudamericano fuera a sentarse a una mesa del fondo y pidiera un ajenjo con la expresión de siempre, hermosa y ausente y alunada. Al preludio de confidencia de la Rousse contesté que ya lo sabía, y que después de todo el muchacho no era ciego y sus gustos no merecían tanto rencor, todavía nos reíamos de las falsas bofetadas de la Rousse cuando Kikí condescendió a decir que alguna vez había estado en su habitación. Antes de que la Rousse pudiera clavarle las diez uñas de una pregunta imaginable, quise saber cómo era ese cuarto. «Bah, qué importa el cuarto», decía desdeñosamente la Rousse, pero Kikí ya se metía de lleno en una bohardilla de la rue Notre-Dame-des-Victoires, sacando como un mal prestidigitador del barrio un gato gris, muchos papeles borroneados, un piano que ocupaba demasiado lugar, pero sobre todo papeles y al final otra vez el gato gris que en el fondo parecía ser el mejor recuerdo de Kikí.

Yo la dejaba hablar, mirando todo el tiempo hacia la mesa del fondo y diciéndome que al fin y al cabo hubiera sido tan natural que me acercara al sudamericano y le dijera un par de frases en español. Estuve a punto de hacerlo, y ahora no soy más que uno de los muchos que se preguntan por qué en algún momento no hicieron lo que habían pensado hacer. En cambio me quedé con la Rousse y Kikí, fumando una nueva pipa y pidiendo otra ronda de vino blanco; no me acuerdo bien de lo que sentía al renunciar a mi impulso, pero era algo como una veda, el sentimiento de que si la trasgredía iba a entrar en un territorio inseguro. Y sin embargo creo que hice mal, que estuve al borde de un acto que hubiera podido salvarme. Salvarme de qué me pregunto. Pero precisamente de eso: salvarme de que hoy no pueda hacer otra cosa que preguntármelo, y que no haya otra respuesta que el humo del tabaco y esa vaga esperanza inútil que me sigue por las calles como un perro sarnoso.

Où sont-ils passés, les becs de gaz?
Que sont-elles devenues, les vendeuses d'amour?
..., VI, 1.

Poco a poco tuve que convencerme de que habíamos entrado en malos tiempos y que mientras Laurent y las amenazas prusianas nos preocuparan de ese modo, la vida no volvería a ser lo que había sido en las galerías. Mi madre debió notarme desmejorado porque me aconsejó que tomara algún tónico, y los padres de Irma, que tenían un chalet en una isla del Paraná, me invitaron a pasar una temporada de descanso y de vida higiénica. Pedí quince días de vacaciones y me fui sin ganas a la isla, enemistado de antemano con el sol y los mosquitos. El primer sábado pretexté cualquier cosa y volví a la ciudad, anduve como a los tumbos por calles donde los tacos se hundían en el asfalto blando. De esa vagancia estúpida me queda un brusco recuerdo delicioso: al entrar una vez más en el Pasaje Güemes me envolvió de golpe el aroma del café, su violencia ya casi olvidada en las galerías donde el café era flojo y recocido. Bebí dos tazas, sin azúcar, saboreando y oliendo a la vez, quemándome y feliz. Todo lo que siguió hasta el fin de la tarde olió distinto, el aire húmedo del centro estaba lleno de pozos de fragancia (volví a pie hasta mi casa, creo que le había prometido a mi madre cenar con ella), y en cada pozo del aire los olores eran más crudos, más intensos, jabón amarillo, café, tabaco negro, tinta de imprenta, yerba mate, todo olía encarnizadamente, y también el sol y el cielo eran más duros y acuciados. Por unas horas olvidé casi rencorosamente el barrio de las galerías, pero cuando volví a cruzar el Pasaje Güemes (¿era realmente en la época de la isla? Acaso mezclo dos momentos de una misma temporada, y en realidad poco importa) fue en vano que invocara la alegre bofetada del café, su olor me pareció el de siempre y en cambio reconocí esa mezcla dulzona y repugnante del aserrín y la cerveza rancia que parece rezumar del piso de los bares del centro, pero quizá fuera porque de nuevo estaba deseando encontrar a Josiane y hasta confiaba en que el gran terror y las nevadas hubiesen llegado a su fin. Creo que en esos días empecé a sospechar que ya el deseo no bastaba como antes para que las cosas girasen acompasadamente y me propusieran alguna de las calles que llevaban a la Galerie Vivienne, pero también es posible que terminara por someterme mansamente al chalet de la isla para no entristecer a Irma, para que no sospechara que mi único reposo verdadero estaba en otra parte; hasta que no pude más y volví a la ciudad y caminé hasta agotarme, con la camisa pegada al cuerpo, sentándome en los bares para beber cerveza, esperando ya no sabía qué. Y cuando al salir del último bar vi que no tenía más que dar la vuelta a la esquina para internarme en mi barrio, la alegría se mezcló con la fatiga y una oscura conciencia de fracaso, porque bastaba mirar la cara de la gente para comprender que el gran terror estaba lejos de haber cesado, bastaba asomarse a los ojos de Josiane en su esquina de la rue d'Uzès y oírle decir quejumbrosa que el amo en persona había decidido protegerla de un posible ataque; recuerdo que entre dos besos alcancé a entrever su silueta en el hueco de un portal, defendiéndose de la cellisca envuelta en una larga capa gris.

Josiane no era de las que reprochan las ausencias, y me pregunto si en el fondo se daba cuenta del paso del tiempo. Volvimos del brazo a la Galerie Vivienne, subimos a la bohardilla, pero después comprendimos que no estábamos contentos como antes y lo atribuimos vagamente a todo lo que afligía al barrio; habría guerra, era fatal, los hombres tendrían que incorporarse a las filas (ella empleaba solemnemente esas palabras con un ignorante, delicioso respeto), la gente tenía miedo y rabia, la policía no había sido capaz de descubrir a Laurent. Se consolaban guillotinando a otros, como esa misma madrugada en que ejecutarían al envenenador del que tanto habíamos hablado en el café de la rue des Jeuneurs en los días del proceso; pero el terror seguía suelto en las galerías y en los pasajes, nada había cambiado desde mi último encuentro con Josiane, y ni siquiera había dejado de nevar.

Para consolarnos nos fuimos de paseo, desafiando el frío porque Josiane tenía un abrigo que debía ser admirado en una serie de esquinas y portales donde sus amigas esperaban a los clientes soplándose los dedos o hundiendo las manos en los manguitos de piel. Pocas veces habíamos andado tanto por los bulevares, y terminé sospechando que éramos sobre todo sensibles a la protección de los escaparates iluminados; entrar en cualquiera de las calles vecinas (porque también Liliane tenía que ver el abrigo, y más allá Francine) nos iba hundiendo poco a poco en el espanto, hasta que el abrigo quedó suficientemente exhibido y yo propuse nuestro café y corrimos por la rue du Croissant hasta dar la vuelta a la manzana y refugiarnos en el calor y los amigos. Por suerte para todos la idea de la guerra se iba adelgazando a esa hora en las memorias, a nadie se le ocurría repetir los estribillos obscenos contra los prusianos, se estaba tan bien con las copas llenas y el calor de la estufa, los clientes de paso se habían marchado y quedábamos solamente los amigos del patrón, el grupo de siempre y la buena noticia de que la Rousse había pedido perdón a Josiane y se habían reconciliado con besos y lágrimas y hasta regalos. Todo tenía algo de guirnalda (pero las guirnaldas pueden ser fúnebres, lo comprendí después) y por eso, como afuera estaban la nieve y Laurent, nos quedábamos lo más posible en el café y nos enterábamos a medianoche de que el patrón cumplía cincuenta años de trabajo detrás del mismo mostrador, y eso había que festejarlo, una flor se trenzaba con la siguiente, las botellas llenaban las mesas porque ahora las ofrecía el patrón y no se podía desairar tanta amistad y tanta dedicación al trabajo, y hacia las tres y media de la mañana Kikí completamente borracha terminaba de cantarnos los mejores aires de la opereta de moda mientras Josiane y la Rousse lloraban abrazadas de felicidad y ajenjo, y Albert, casi sin darle importancia, trenzaba otra flor en la guirnalda y proponía terminar la noche en la Roquette donde guillotinaban al envenenador exactamente a las seis, y el patrón descubría emocionado que ese final de fiesta era como la apoteosis de cincuenta años de trabajo honrado y se obligaba, abrazándonos a todos y hablándonos de su esposa muerta en el Languedoc, a alquilar dos fiacres para la expedición.

A eso siguió más vino, la evocación de diversas madres y episodios sobresalientes de la infancia, y una sopa de cebolla que Josiane y la Rousse llevaron a lo sublime en la cocina del café mientras Albert, el patrón y yo nos prometíamos amistad eterna y muerte a los prusianos. La sopa y los quesos debieron ahogar tanta vehemencia, porque estábamos casi callados y hasta incómodos cuando llegó la hora de cerrar el café con un ruido interminable de barras y cadenas, y subir a los fiacres donde todo el frío del mundo parecía estar esperándonos. Más nos hubiera valido viajar juntos para abrigarnos, pero el patrón tenía principios humanitarios en materia de caballos y montó en el primer fiacre con la Rousse y Albert mientras me confiaba a Kikí y a Josiane quienes, dijo, eran como sus hijas. Después de festejar adecuadamente la frase con los cocheros, el ánimo nos volvió al cuerpo mientras subíamos hacia Popincourt entre simulacros de carreras, voces de aliento y lluvias de falsos latigazos. El patrón insistió en que bajáramos a cierta distancia, aduciendo razones de discreción que no entendí, y tomados del brazo para no resbalar demasiado en la nieve congelada remontamos la rue de la Roquette vagamente iluminada por reverberos aislados, entre sombras movientes que de pronto se resolvían en sombreros de copa, fiacres al trote y grupos de embozados que acababan amontonándose frente a un ensanchamiento de la calle, bajo la otra sombra más alta y más negra de la cárcel. Un mundo clandestino se codeaba, se pasaba botellas de mano en mano, repetía una broma que corría entre carcajadas y chillidos sofocados, y también había bruscos silencios y rostros iluminados un instante por un yesquero mientras seguíamos avanzando dificultosamente y cuidábamos de no separarnos como si cada uno supiera que sólo la voluntad del grupo podía perdonar su presencia en ese sitio. La máquina estaba ahí sobre sus cinco bases de piedra, y todo el aparato de la justicia aguardaba inmóvil en el breve espacio entre ella y el cuadro de soldados con los fusiles apoyados en tierra y las bayonetas caladas. Josiane me hundía las uñas en el brazo y temblaba de tal manera que hablé de llevármela a un café, pero no había cafés a la vista y ella se empecinaba en quedarse. Colgada de mí y de Albert, saltaba de tanto en tanto para ver mejor la máquina, volvía a clavarme las uñas, y al final me obligó a agachar la cabeza hasta que sus labios encontraron mi boca, y me mordió histéricamente murmurando palabras que pocas veces le había oído y que colmaron mi orgullo como si por un momento hubiera sido el amo. Pero de todos nosotros el único aficionado apreciativo era Albert; fumando un cigarro mataba los minutos comparando ceremonias, imaginando el comportamiento final del condenado, las etapas que en ese mismo momento se cumplían en el interior de la prisión y que conocía en detalle por razones que se callaba. Al principio lo escuché con avidez para enterarme de cada nimia articulación de la liturgia, hasta que lentamente, como desde más allá de él y de Josiane y de la celebración del aniversario, me fue invadiendo algo que era como un abandono, el sentimiento indefinible de que eso no hubiera debido ocurrir en esa forma, que algo estaba amenazando en mí el mundo de las galerías y los pasajes, o todavía peor, que mi felicidad en ese mundo había sido un preludio engañoso, una trampa de flores como si una de las figuras de yeso me hubiera alcanzado una guirnalda mentida (y esa noche yo había pensado que las cosas se tejían como las flores en una guirnalda), para caer poco a poco en Laurent, para derivar de la embriaguez inocente de la Galerie Vivienne y de la bohardilla de Josiane, lentamente ir pasando al gran terror, a la nieve, a la guerra inevitable, a la apoteosis de los cincuenta años del patrón, a los fiacres ateridos del alba, al brazo rígido de Josiane que se prometía no mirar y buscaba ya en mi pecho dónde esconder la cara en el momento final. Me pareció (y en ese instante las rejas empezaban a abrirse y se oía la voz de mando del oficial de la guardia) que de alguna manera eso era un término, no sabía bien de qué porque al fin y al cabo yo seguiría viviendo, trabajando en la Bolsa y viendo de cuando en cuando a Josiane, a Albert y a Kikí que ahora se había puesto a golpearme histéricamente el hombro, y aunque no quería desviar los ojos de las rejas que terminaban de abrirse, tuve que prestarle atención por un instante y siguiendo su mirada entre sorprendida y burlona alcancé a distinguir casi al lado del patrón la silueta un poco agobiada del sudamericano envuelto en la hopalanda negra, y curiosamente pensé que también eso entraba en alguna manera en la guirnalda y que era un poco como si una mano acabara de trenzar en ella la flor que la cerraría antes del amanecer. Y ya no pensé más porque Josiane se apretó contra mí gimiendo, y en la sombra que los dos reverberos de la puerta agitaban sin ahuyentarla, la mancha blanca de una camisa surgió como flotando entre dos siluetas negras, apareciendo y desapareciendo cada vez que una tercera sombra voluminosa se inclinaba sobre ella con los gestos del que abraza o amonesta o dice algo al oído o da a besar alguna cosa, hasta que se hizo a un lado y la mancha blanca se definió más de cerca, encuadrada por un grupo de gentes con sombreros de copa y abrigos negros, y hubo como una prestidigitación acelerada, un rapto de la mancha blanca por las dos figuras que hasta ese momento habían parecido formar parte de la máquina, un gesto de arrancar de los hombros un abrigo ya innecesario, un movimiento presuroso hacia adelante, un clamor ahogado que podía ser de cualquiera, de Josiane convulsa contra mí, de la mancha blanca que parecía deslizarse bajo el armazón donde algo se desencadenaba con un chasquido y una conmoción casi simultáneos. Creí que Josiane iba a desmayarse, todo el peso de su cuerpo resbalaba a lo largo del mío como debía estar resbalando el otro cuerpo hacia la nada, y me incliné para sostenerla mientras un enorme nudo de gargantas se desataba en un final de misa con el órgano resonando en lo alto (pero era un caballo que relinchaba al oler la sangre) y el reflujo nos empujó entre gritos y órdenes militares. Por encima del sombrero de Josiane que se había puesto a llorar compasivamente contra mi estómago, alcancé a reconocer al patrón emocionado, a Albert en la gloria, y el perfil del sudamericano perdido en la contemplación imperfecta de la máquina que las espaldas de los soldados y el afanarse de los artesanos de la justicia le iban librando por manchas aisladas, por relámpagos de sombra entre gabanes y brazos y un afán general por moverse y partir en busca de vino caliente y de sueño, como nosotros amontonándonos más tarde en un fiacre para volver al barrio, comentando lo que cada uno había creído ver y que no era lo mismo, no era nunca lo mismo y por eso valía más porque entre la rue de la Roquette y el barrio de la Bolsa había tiempo para reconstruir la ceremonia, discutirla, sorprenderse en contradicciones, jactarse de una vista más aguda o de unos nervios más templados para admiración de última hora de nuestras tímidas compañeras.

Nada podía tener de extraño que en esa época mi madre me notara más desmejorado y se lamentara sin disimulo de una indiferencia inexplicable que hacía sufrir a mi pobre novia y terminaría por enajenarme la protección de los amigos de mi difunto padre gracias a los cuales me estaba abriendo paso en los medios bursátiles. A frases así no se podía contestar más que con el silencio, y aparecer algunos días después con una nueva planta de adorno o un vale para madejas de lana a precio rebajado. Irma era más comprensiva, debía confiar simplemente en que el matrimonio me devolvería alguna vez a la normalidad burocrática, y en esos últimos tiempos yo estaba al borde de darle la razón, pero me era imposible renunciar a la esperanza de que el gran terror llegara a su fin en el barrio de las galerías y que volver a mi casa no se pareciera ya a una escapatoria, a un ansia de protección que desaparecía tan pronto como mi madre empezaba a mirarme entre suspiros o Irma me tendía la taza de café con la sonrisa de las novias arañas. Estábamos por ese entonces en plena dictadura militar, una más en la interminable serie, pero la gente se apasionaba sobre todo por el desenlace inminente de la guerra mundial y casi todos los días se improvisaban manifestaciones en el centro para celebrar el avance aliado y la liberación de las capitales europeas, mientras la policía cargaba contra los estudiantes y las mujeres, los comercios bajaban presurosamente las cortinas metálicas y yo, incorporado por la fuerza de las cosas a algún grupo detenido frente a las pizarras de *La Prensa*, me preguntaba si sería capaz de seguir resistiendo mucho tiempo a la sonrisa consecuente de la pobre Irma y a la humedad que me empapaba la camisa entre rueda y rueda de cotizaciones. Empecé a sentir que el barrio de las galerías ya no era como antes el término de un deseo, cuando bastaba echar a andar por cualquier calle para que en alguna esquina todo girara blandamente y me allegara sin esfuerzo a la Place des Victoires donde era tan grato demorarse vagando por las callejuelas con sus tiendas y zaguanes polvorientos, y a la hora más propicia entrar en la Galerie Vivienne en busca de Josiane, a menos que caprichosamente prefiriera recorrer primero el Passage des Panoramas o el Passage des Princes y volver dando un rodeo un poco perverso por el lado de la Bolsa. Ahora, en cambio, sin siquiera tener el consuelo de reconocer como aquella mañana el aroma vehemente del café en el Pasaje Güemes (olía a aserrín, a lejía), empecé a admitir desde muy lejos que el barrio de las galerías no era ya el puerto de reposo, aunque todavía creyera en la posibilidad de liberarme de mi trabajo y de Irma, de encontrar sin esfuerzo la esquina de Josiane. A cada momento me ganaba el deseo de volver; frente a las pizarras de los diarios, con los amigos, en el patio de casa, sobre todo al anochecer, a la hora en que allá empezarían a encenderse los picos de gas. Pero algo me obligaba a demorarme junto a mi madre y a Irma, una oscura certidumbre de que en el barrio de las galerías ya no me esperarían como antes, de que el gran terror era el más fuerte. Entraba en los bancos y en las casas de comercio con un comportamiento de autómata, tolerando la cotidiana obligación de comprar y vender valores y escuchar los cascos de los caballos de la policía cargando contra el pueblo que festejaba los triunfos aliados, y tan poco creía ya que alcanzaría a liberarme una vez más de todo eso que cuando llegué al barrio de las galerías tuve casi miedo, me sentí extranjero y diferente como jamás me había ocurrido antes, me refugié en una puerta cochera y dejé pasar el tiempo y la gente, forzado por primera vez a aceptar poco a poco todo lo que antes me había parecido mío, las calles y los vehículos, la ropa y los guantes, la nieve en los patios y las voces en las tiendas. Hasta que otra vez fue el deslumbramiento, fue encontrar a Josiane en la Galerie Colbert y enterarme entre besos y brincos de que ya no había Laurent, que el barrio había festejado noche tras noche el fin de la pesadilla, y todo el mundo había preguntado por mí y menos mal que por fin Laurent, pero dónde me había metido que no me enteraba de nada, y tantas cosas y tantos besos. Nunca la había deseado más y nunca nos quisimos mejor bajo el techo de su cuarto que mi mano podía tocar desde la cama. Las caricias, los chismes, el delicioso recuento de los días mientras el anochecer iba ganando la bohardilla. ¿Laurent? Un marsellés de pelo crespo, un miserable cobarde que se había atrincherado en el desván de la casa donde acababa de matar a otra mujer, y había pedido gracia desesperadamente mientras la policía echaba abajo la puerta. Y se llamaba Paul, el monstruo, hasta eso, fijate, y acababa de matar a su novena víctima, y lo habían arrastrado al coche celular mientras todas las fuerzas del segundo distrito lo protegían sin ganas de una muchedumbre que lo hubiera destrozado. Josiane había tenido ya tiempo de habituarse, de enterrar a Laurent en su memoria que poco guardaba las imágenes, pero para mí era demasiado y no alcanzaba a creerlo del todo hasta que su alegría me persuadió de que verdaderamente ya no habría más Laurent, que otra vez podíamos vagar por los pasajes y las calles sin desconfiar de los portales. Fue necesario que saliéramos a festejar juntos la liberación, y como ya no nevaba Josiane quiso ir a la rotonda del Palais Royal que nunca habíamos frecuentado en los tiempos de Laurent. Me prometí, mientras bajábamos cantando por la rue des Petits Champs, que esa misma noche llevaría a Josiane a los cabarets de los bulevares, y que terminaríamos la velada en nuestro café donde a fuerza de vino blanco me haría perdonar tanta ingratitud y tanta ausencia.

Por unas pocas horas bebí hasta los bordes el tiempo feliz de las galerías, y llegué a convencerme de que el final del gran terror me devolvía sano y salvo a mi cielo de estucos y guirnaldas; bailando con Josiane en la rotonda me quité de encima la última opresión de ese interregno incierto, nací otra vez a mi mejor vida tan lejos de la sala de Irma, del patio de casa, del menguado consuelo del Pasaje Güemes. Ni siquiera cuando más tarde, charlando de tanta cosa alegre con Kikí y Josiane y el patrón, me enteré del final del sudamericano, ni siquiera entonces sospeché que estaba viviendo un aplazamiento, una última gracia; por lo demás ellos hablaban del sudamericano con una indiferencia burlona, como de cualquiera de los extravagantes del barrio que alcanzan a llenar un hueco en una conversación donde pronto nacerán temas más apasionantes, y que el sudamericano acabara de morirse en una pieza de hotel era apenas algo más que una información al pasar y Kikí discurría ya sobre las fiestas que se preparaban en un molino de la Butte, y me costó interrumpirla, pedirle algún detalle sin saber demasiado por qué se lo pedía. Por Kikí acabé sabiendo algunas cosas mínimas, el nombre del sudamericano que al fin y al cabo era un nombre francés y que olvidé enseguida, su enfermedad repentina en la rue du Faubourg Montmartre donde Kikí tenía un amigo que le había contado, la soledad, el miserable cirio ardiendo sobre la consola atestada de libros y papeles, el gato gris que su amigo había recogido, la cólera del hotelero a quien le hacían eso precisamente cuando esperaba la visita de sus padres políticos, el entierro anónimo, el olvido, las fiestas en el molino de la Butte, el arresto de Paul el marsellés, la insolencia de los prusianos a los que ya era tiempo de darles la lección que se merecían. Y de todo eso yo iba separando, como quien arranca dos flores secas de una guirnalda, las dos muertes que de alguna manera se me antojaban simétricas, la del sudamericano y la de Laurent, el uno en su pieza de hotel, el otro disolviéndose en la nada para ceder su lugar a Paul el marsellés, y eran casi una misma muerte, algo que se borraba para siempre en la memoria del barrio. Todavía esa noche pude creer que todo seguiría como antes del gran terror, y Josiane fue otra vez mía en su bohardilla y al despedirnos nos prometimos fiestas y excursiones cuando llegara el verano. Pero helaba en las calles, y las noticias de la guerra exigían mi presencia en la Bolsa a las nueve de la mañana; con un esfuerzo que entonces creí meritorio me negué a pensar en mi reconquistado cielo, y después de trabajar hasta la náusea almorcé con mi madre y le agradecí que me encontrara más repuesto. Esa semana la pasé en plena lucha bursátil, sin tiempo para nada, corriendo a casa para darme una ducha y cambiar una camisa empapada por otra que al rato estaba peor. La bomba cayó sobre Hiroshima y todo fue confusión entre mis clientes, hubo que librar una larga batalla para salvar los valores más comprometidos y encontrar un rumbo aconsejable en ese mundo donde cada día era una nueva derrota nazi y una enconada, inútil reacción de la dictadura contra lo irreparable. Cuando los alemanes se rindieron y el pueblo se echó a la calle en Buenos Aires, pensé que podría tomarme un descanso, pero cada mañana me esperaban nuevos problemas, en esas semanas me casé con Irma después que mi padre estuvo al borde de un ataque cardíaco y toda la familia me lo atribuyó quizá justamente. Una y otra vez me pregunté por qué, si el gran terror había cesado en el barrio de las galerías, no me llegaba la hora de encontrarme con Josiane para volver a pasear bajo nuestro cielo de yeso. Supongo que el trabajo y las obligaciones familiares contribuían a impedírmelo, y sólo sé que de a ratos perdidos me iba a caminar como consuelo por el Pasaje Güemes, mirando vagamente hacia arriba, tomando café y pensando cada vez con menos convicción en las tardes en que me había bastado vagar un rato sin rumbo fijo para llegar a mi barrio y dar con Josiane en alguna esquina del atardecer. Nunca he querido admitir que la guirnalda estuviera definitivamente cerrada y que no volvería a encontrarme con Josiane en los pasajes o los bulevares. Algunos días me da por pensar en el sudamericano, y en esa rumia desganada llego a inventar como un consuelo, como si él nos hubiera matado a Laurent y a mí con su propia muerte; razonablemente me digo que no, que exagero, que cualquier día volveré a entrar en el barrio de las galerías y encontraré a Josiane sorprendida por mi larga ausencia. Y entre una cosa y otra me quedo en casa tomando mate, escuchando a Irma que espera para diciembre, y me pregunto sin demasiado entusiasmo si cuando lleguen las elecciones votaré por Perón o por Tamborini, si votaré en blanco o sencillamente me quedaré en casa tomando mate y mirando a Irma y a las plantas del patio.

ÚLTIMO ROUND

Silvia

Vaya a saber cómo hubiera podido acabar algo que ni siquiera tenía principio, que se dio en mitad y cesó sin contorno preciso, esfumándose al borde de otra niebla, en todo caso hay que empezar diciendo que muchos argentinos pasan parte del verano en los valles del Luberon, los veteranos de la zona escuchamos con frecuencia sus voces sonoras que parecen acarrear un espacio más abierto, y junto con los padres vienen los chicos y eso es también Silvia, los canteros pisoteados, almuerzos con bifes en tenedores y mejillas, llantos terribles seguidos de reconciliaciones de marcado corte italiano, lo que llaman vacaciones en familia. A mí me hostigan poco porque me protege una justa fama de mal educado; el filtro se abre apenas para dejar paso a Raúl y a Nora Mayer, y desde luego a sus amigos Javier y Magda, lo que incluye a los chicos y a Silvia, el asado en casa de Raúl hace unos quince días, algo que ni siquiera tuvo principio y sin embargo es sobre todo Silvia, esta ausencia que ahora puebla mi casa de hombre solo, roza mi almohada con su medusa de oro, me obliga a escribir lo que escribo con una absurda esperanza de conjuro, de dulce golem de palabras. De todas maneras hay que incluir también a Jean Borel que enseña la literatura de nuestras tierras en una universidad occitana, a su mujer Liliane y al minúsculo Renaud en quien dos años de vida se amontonan tumultuosos. Cuánta gente para un asadito en el jardín de la casa de Raúl y Nora, bajo un vasto tilo que no parecía servir de sedante a la hora de las pugnas infantiles y las discusiones literarias. Llegué con botellas de vino y un sol que se acostaba en las colinas, Raúl y Nora me habían invitado porque Jean Borel andaba queriendo conocerme y no se animaba solo; en esos días Javier y Magda se alojaban también en la casa, el jardín era un campo de batalla mitad sioux mitad galorromano, guerreros emplumados se batían sin cuartel con voces de soprano y bolas de barro, Graciela y Lolita aliadas contra Álvaro, y en medio del fragor el pobre Renaud tambaleándose con sus bombachas llenas de algodón maternal y una tendencia a pasarse todo el tiempo de un bando a otro, traidor inocente y execrado del que sólo habría de ocuparse Silvia. Sé que amontonó nombres, pero el orden y las genealogías también tardaron en llegar a mí, me acuerdo que bajé del auto con las botellas bajo el brazo y a los pocos metros vi asomar entre los arbustos la vincha de Bisonte Invencible, su mueca desconfiada frente al nuevo Cara Pálida; la batalla por el fuerte y los rehenes se libraba en torno a una pequeña tienda de campaña verde que parecía el cuartel general de Bisonte Invencible. Descuidando culpablemente una ofensiva acaso capital, Graciela dejó caer sus municiones pegajosas y terminó de limpiarse las manos en mi pescuezo; después se sentó imborrablemente en mis piernas y me explicó que Raúl y Nora estaban arriba con los otros grandes y que ya vendrían, detalles sin importancia al lado de la ruda batalla del jardín.

Graciela se ha sentido siempre en la obligación de explicarme cualquier cosa, partiendo del principio de que me considera tonto. Por ejemplo esa tarde el chiquito de los Borel no contaba para nada, no te das cuenta de que Renaud tiene dos años, todavía se hace caca en la bombacha, hace un rato le pasó y yo le iba a avisar a la mamá porque Renaud estaba llorando, pero Silvia se lo llevó al lado de la pileta, le lavó el culito y le cambió la ropa, Liliane no se enteró de nada porque sabés, se enoja mucho y por ahí le da un chirlo, entonces Renaud se pone a llorar de nuevo, nos fastidia todo el tiempo y no nos deja jugar.

—¿Y los otros dos, los más grandes?

—Son los chicos de Javier y de Magda, no te das cuenta, sonso. Álvaro es Bisonte Invencible, tiene siete años, dos meses más que yo y es el más grande. Lolita tiene seis pero ya juega, ella es la prisionera de Bisonte Invencible. Yo soy la Reina del Bosque y Lolita es mi amiga, de manera que la tengo que salvar, pero seguimos mañana porque ahora ya nos llamaron para bañarnos. Álvaro se hizo un tajo en el pie, Silvia le puso una venda. Soltame que me tengo que ir.

Nadie la sujetaba, pero Graciela tiende siempre a afirmar su libertad. Me levanté para saludar a los Borel que bajaban de la casa con Raúl y Nora. Alguien, creo que Javier, servía el primer *pastis;* la conversación empezó con la caída de la noche, la batalla cambió de naturaleza y edad, se volvió un estudio sonriente de hombres que acaban de conocerse; los chicos se bañaban, no había galos ni sioux en el jardín, Borel quería saber por qué yo no volvía a mi país, Raúl y Javier sonreían con sonrisas compatriotas. Las tres mujeres se ocupaban de la mesa; curiosamente se parecían, Nora y Magda unidas por el acento porteño mientras el español de Liliane caía del otro lado de los Pirineos. Las llamamos para que bebieran el *pastis,* descubrí que Liliane era más morena que Nora y Magda pero el parecido subsistía, una especie de ritmo común. Ahora se hablaba de poesía concreta, del grupo de la revista *Invenção*; entre Borel y yo surgía un terreno común, Eric Dolphy, la segunda copa iluminaba las sonrisas entre Javier y Magda, las otras dos parejas vivían ya ese tiempo en que la charla en grupo libera antagonismos, ventila diferencias que la intimidad acalla. Era casi de noche cuando los chicos empezaron a aparecer, limpios y aburridos, primero los de Javier discutiendo sobre unas monedas, Álvaro obstinado y Lolita petulante, después Graciela llevando de la mano a Renaud que ya tenía otra vez la cara sucia. Se juntaron cerca de la pequeña tienda de campaña verde; nosotros discutíamos a Jean-Pierre Faye y a Philippe Sollers, la noche inventó el fuego del asado hasta entonces poco visible entre los árboles, se embadurnó con reflejos dorados y cambiantes que teñían el tronco de los árboles y alejaban los límites del jardín; creo que en ese momento vi por primera vez a Silvia, yo estaba sentado entre Borel y Raúl, y en torno a la mesa redonda bajo el tilo se sucedían Javier, Magda y Liliane; Nora iba y venía con cubiertos y platos. Que no me hubieran presentado a Silvia parecía extraño, pero era tan joven y quizá deseosa de mantenerse al margen, comprendí el silencio de Raúl o de Nora, evidentemente Silvia estaba en la edad difícil, se negaba a entrar en el juego de los grandes, prefería imponer autoridad o prestigio entre los chicos agrupados junto a la tienda verde. De Silvia había alcanzado a ver poco, el fuego iluminaba violentamente uno de los lados de la tienda y ella estaba agachada allí junto a Renaud, limpiándole la cara con un pañuelo o un trapo; vi sus muslos bruñidos, unos muslos livianos y definidos al mismo tiempo como el estilo de Francis Ponge del que estaba hablándome Borel, las pantorrillas quedaban en la sombra al igual que el torso y la cara, pero el pelo largo brillaba de pronto con los aletazos de las llamas, un pelo también de oro viejo, toda Silvia parecía entonada en fuego, en bronce espeso; la minifalda descubría los muslos hasta lo más alto, y Francis Ponge había sido culpablemente ignorado por los jóvenes poetas franceses hasta que ahora, con las experiencias del grupo de *Tel Quel*, se reconocía a un maestro; imposible preguntar quién era Silvia, por qué no estaba entre nosotros, y además el fuego engaña, quizá su cuerpo se adelantaba a su edad y los sioux eran todavía su territorio natural. A Raúl le interesaba la poesía de Jean Tardieu, y tuvimos que explicarle a Javier quién era y qué escribía; cuando Nora me trajo el tercer *pastis* no pude preguntarle por Silvia, la discusión era demasiado viva y Borel bebía mis palabras como si valieran tanto. Vi llevar una mesita baja cerca de la tienda, los preparativos para que los chicos cenaran aparte; Silvia ya no estaba allí, pero la sombra borroneaba la tienda y quizá se había sentado más lejos o se paseaba entre los árboles. Obligado a ventilar opiniones sobre el alcance de las experiencias de Jacques Roubaud, apenas si alcanzaba a sorprenderme de mi interés por Silvia, de que la brusca desaparición de Silvia me desasosegara ambiguamente; cuando terminaba de decirle a Raúl lo que pensaba de Roubaud, el fuego fue otra vez fugazmente Silvia, la vi pasar junto a la tienda llevando de la mano a Lolita y a Álvaro; detrás venían Graciela y Renaud saltando y bailando en un último avatar sioux; por supuesto Renaud se cayó de boca y su primer chillido sobresaltó a Liliane y a Borel. Desde el grupo se alzó la voz de Graciela: «¡No es nada, ya pasó!», y los padres volvieron al diálogo con esa soltura que da la monotonía cotidiana de los porrazos de los sioux; ahora se trataba de encontrarle un sentido a las experiencias aleatorias de Xenakis por las que Javier mostraba un interés que a Borel le parecía desmesurado. Entre los hombros de Magda y de Nora yo veía a lo lejos la silueta de Silvia, una vez más agachada junto a Renaud, mostrándole algún juguete para consolarlo; el fuego le desnudaba las piernas y el perfil, adiviné una nariz fina y ansiosa, unos labios de estatua arcaica (¿pero no acababa Borel de preguntarme algo sobre una estatuilla de las Cícladas de la que me hacía responsable, y la referencia de Javier a Xenakis no había desviado el tema hacia algo más valioso?). Sentí que si alguna cosa deseaba saber en ese momento era Silvia, saberla de cerca y sin los prestigios del fuego, devolverla a una probable mediocridad de muchachita tímida o confirmar esa silueta demasiado hermosa y viva como para quedarse en mero espectáculo; hubiera querido decírselo a Nora con quien tenía una vieja confianza, pero Nora organizaba la mesa y ponía servilletas de papel, no sin exigir de Raúl la compra inmediata de algún disco de Xenakis. Del territorio de Silvia, otra vez invisible, vino Graciela la gacelita, la sabelotodo; le tendí la vieja percha de la sonrisa, las manos que la ayudaron a instalarse en mis rodillas; me valí de sus apasionantes noticias sobre un escarabajo peludo para desligarme de la conversación sin que Borel me creyera descortés, apenas pude le pregunté en voz baja si Renaud se había hecho daño.

—Pero no, tonto, no es nada. Siempre se cae, tiene solamente dos años, vos te das cuenta. Silvia le puso agua en el chichón.

—¿Quién es Silvia, Graciela?

Me miró como sorprendida.

—Una amiga nuestra.

—¿Pero es hija de alguno de estos señores?

—Estás loco —dijo razonablemente Graciela—. Silvia es nuestra amiga. ¿Verdad, mamá, que Silvia es nuestra amiga?

Nora suspiró, colocando la última servilleta junto a mi plato.

—¿Por qué no te volvés con los chicos y dejás en paz a Fernando? Si se pone a hablarte de Silvia vas a tener para rato.

—¿Por qué, Nora?

—Porque desde que la inventaron nos tienen aturdidos con su Silvia —dijo Javier.

—Nosotros no la inventamos —dijo Graciela, agarrándome la cara con las dos manos para arrancarme a los grandes—. Preguntales a Lolita y a Álvaro, vas a ver.

—¿Pero quién es Silvia? —repetí.

Nora ya estaba lejos para escuchar, y Borel discutía otra vez con Javier y Raúl. Los ojos de Graciela estaban fijos en los míos, su boca sacaba como una trompita entre burlona y sabihonda.

—Ya te dije, bobo, es nuestra amiga. Ella juega con nosotros cuando quiere, pero no a los indios porque no le gusta. Ella es muy grande, comprendés, por eso lo cuida tanto a Renaud que solamente tiene dos años y se hace caca en la bombacha.

—¿Vino con el señor Borel? —pregunté en voz baja—. ¿O con Javier y Magda?

—No vino con nadie —dijo Graciela—. Preguntales a Lolita y a Álvaro, vas a ver. A Renaud no le preguntés porque es un chiquito y no comprende. Dejame que me tengo que ir.

Raúl, que siempre parece asistido por un radar, se arrancó a una reflexión sobre el letrismo para hacerme un gesto compasivo.

—Nora te previno, si les seguís el tren te van a volver loco con su Silvia.

—Fue Álvaro —dijo Magda—. Mi hijo es un mitómano y contagia a todo el mundo.

Raúl y Magda me seguían mirando, hubo una fracción de segundo en que yo pude haber dicho: «No entiendo», para forzar las explicaciones, o directamente: «Pero Silvia está ahí, acabo de verla». No creo, ahora que tengo demasiado tiempo para pensarlo, que la intervención distraída de Borel me impidiera decirlo. Borel acababa de preguntarme algo sobre *La casa verde;* empecé a hablar sin saber lo que decía, pero en todo caso no me dirigía ya a Raúl y a Magda. Vi a Liliane que se acercaba a la mesa de los chicos y los hacía sentarse en taburetes y cajones viejos; el fuego los iluminaba como en los grabados de las novelas de Héctor Malot o de Dickens, las ramas del tilo se cruzaban por momentos entre una cara o un brazo alzado, se oían risas y protestas. Yo hablaba de Fushía con Borel, me dejaba llevar corriente abajo en esa balsa de la memoria donde Fushía estaba tan terriblemente vivo. Cuando Nora me trajo un plato de carne le murmuré al oído: «No entendí demasiado eso de los chicos».

—Ya está, vos también caíste —dijo Nora, echando una mirada compasiva a los demás—. Menos mal que después se irán a dormir porque sos una víctima nata, Fernando.

—No les hagas caso —se cruzó Raúl—. Se ve que no tenés práctica, tomás demasiado en serio a los pibes. Hay que oírlos como quien oye llover, viejo, o es la locura.

Tal vez en ese momento perdí el posible acceso al mundo de Silvia, jamás sabré por qué acepté la fácil hipótesis de una broma, de que los amigos me estaban tomando el pelo (Borel no, Borel seguía por su camino que ya llegaba a Macondo); veía otra vez a Silvia que acababa de asomar de la sombra y se inclinaba entre Graciela y Álvaro como para ayudarlos a cortar la carne o quizá comer un bocado; la sombra de Liliane que venía a sentarse con nosotros se interpuso, alguien me ofreció vino; cuando miré de nuevo, el perfil de Silvia estaba como encendido por las brasas, el pelo le caía sobre un hombro, se deslizaba fundiéndose con la sombra de la cintura. Era tan hermosa que me ofendió la broma, el mal gusto, me puse a comer de cara al plato, escuchando de reojo a Borel que me invitaba a unos coloquios universitarios; si le dije que no iría fue por culpa de Silvia, por su involuntaria complicidad en la diversión socarrona de mis amigos. Esa noche no vi más a Silvia; cuando Nora se acercó a la mesa de los chicos con queso y frutas, entre ella y Lolita se ocuparon de hacer comer a Renaud que se iba quedando dormido. Nos pusimos a hablar de Onetti y de Felisberto, bebimos tanto vino en su honor que un segundo viento belicoso de sioux y de charrúas envolvió el tilo; trajeron a los chicos para que dijeran buenas noches, Renaud en los brazos de Liliane.

—Me tocó una manzana con gusano —me dijo Graciela con una enorme satisfacción—. Buenas noches, Fernando, sos muy malo.

—¿Por qué, mi amor?

—Porque no viniste ni una sola vez a nuestra mesa.

—Es cierto, perdoname. Pero ustedes tenían a Silvia, ¿verdad?

—Claro, pero lo mismo.

—Éste se la sigue —dijo Raúl mirándome con algo que debía ser piedad—. Te va a costar caro, esperá a que te agarren bien despiertos con su famosa Silvia, te vas a arrepentir, hermano.

Graciela me humedeció el mentón con un beso que olía fuertemente a yogurt y a manzana. Mucho más tarde, al final de una charla en la que el sueño empezaba a sustituir las opiniones, los invité a cenar en mi casa. Vinieron el sábado pasado hacia las siete, en dos autos, Álvaro y Lolita traían un barrilete de género y so pretexto de remontarlo acabaron inmediatamente con mis crisantemos. Yo dejé a las mujeres que se ocuparan de las bebidas, comprendí que nadie le impediría a Raúl tomar el timón del asado; les hice visitar la casa a los Borel y a Magda, los instalé en el living frente a mi óleo de Julio Silva y bebí un rato con ellos, fingiendo estar allí y escuchar lo que decían; por el ventanal se veía el barrilete en el viento, se escuchaban los gritos de Lolita y Álvaro. Cuando Graciela apareció con un ramo de pensamientos fabricado presumiblemente a costa de mi mejor cantero, salí al jardín anochecido y ayudé a remontar más alto el barrilete. La sombra bañaba las colinas en el fondo del valle y se adelantaba entre los cerezos y los álamos pero sin Silvia, Álvaro no había necesitado de Silvia para remontar el barrilete.

—Colea lindo —le dije, probándolo, haciéndolo ir y venir.

—Sí pero tené cuidado, a veces pica de cabeza y esos álamos son muy altos —me previno Álvaro.

—A mí no se me cae nunca —dijo Lolita, quizá celosa de mi presencia—. Vos le tirás demasiado del hilo, no sabés.

—Sabe más que vos —dijo Álvaro en rápida alianza masculina—. ¿Por qué no te vas a jugar con Graciela, no ves que molestás?

Nos quedamos solos, dándole hilo al barrilete. Esperé el momento en que Álvaro me aceptara, supiera que era tan capaz como él de dirigir el vuelo verde y rojo que se desdibujaba cada vez más en la penumbra.

—¿Por qué no trajeron a Silvia? —pregunté, tirando un poco del hilo.

Me miró de reojo entre sorprendido y socarrón, y me sacó el hilo de las manos, degradándome sutilmente.

—Silvia viene cuando quiere —dijo recogiendo el hilo.

—Bueno, hoy no vino, entonces.

—¿Qué sabés vos? Ella viene cuando quiere, te digo.

—Ah. ¿Y por qué tu mamá dice que vos la inventaste a Silvia? —Mirá como colea —dijo Álvaro—. Che, es un barrilete fenómeno, el mejor de todos.

—¿Por qué no me contestás, Álvaro?

—Mamá se cree que yo la inventé —dijo Álvaro—. ¿Y vos por qué no lo creés, eh?

Bruscamente vi a Graciela y a Lolita a mi lado. Habían escuchado las últimas frases, estaban ahí mirándome fijamente; Graciela removía lentamente un pensamiento violeta entre los dedos.

—Porque yo no soy como ellos —dije—. Yo la vi, saben.

Lolita y Álvaro cruzaron una larga mirada, y Graciela se me acercó y me puso el pensamiento en la mano. El hilo del barrilete se tendió de golpe. Álvaro le dio juego, lo vimos perderse en la sombra.

—Ellos no creen porque son tontos —dijo Graciela—. Mostrame dónde tenés el baño y acompañame a hacer pis.

La llevé hasta la escalera exterior, le mostré el baño y le pregunté si no se perdería para bajar. En la puerta del baño, con una expresión en la que había como un reconocimiento, Graciela me sonrió.

—No, andate nomás, Silvia me va a acompañar.

—Ah, bueno —dije luchando contra vaya a saber qué, el absurdo o la pesadilla o el retardo mental—. Entonces vino, al final.

—Pero claro, sonso —dijo Graciela—. ¿No la ves ahí?

La puerta de mi dormitorio estaba abierta, las piernas desnudas de Silvia se dibujaban sobre la colcha roja de la cama. Graciela entró en el baño y oí que corría el pestillo. Me acerqué al dormitorio, vi a Silvia durmiendo en mi cama, el pelo como una medusa de oro sobre la almohada. Entorné la puerta a mi espalda, me acerqué no sé cómo, aquí hay huecos y látigos, un agua que corre por la cara cegando y mordiendo, un sonido como de profundidades fragosas, un instante sin tiempo, insoportablemente bello. No sé si Silvia estaba desnuda, para mí era como un álamo de bronce y de sueño, creo que la vi desnuda aunque luego no, debí imaginarla por debajo de lo que llevaba puesto, la línea de las pantorrillas y los muslos la dibujaba de lado contra la colcha roja, seguí la suave curva de la grupa abandonada en el avance de una pierna, la sombra de la cintura hundida, los pequeños senos imperiosos y rubios. «Silvia», pensé, incapaz de toda palabra, «Silvia, Silvia, pero entonces...». La voz de Graciela restalló a través de dos puertas como si me gritara al oído: «¡Silvia, vení a buscarme!». Silvia abrió los ojos, se sentó en el borde de la cama; tenía la misma minifalda de la primera noche, una blusa escotada, sandalias negras. Pasó a mi lado sin mirarme y abrió la puerta. Cuando salí, Graciela bajaba corriendo la escalera y Liliane, llevando a Renaud en los brazos, se cruzaba con ella camino del baño y del mercurocromo para el porrazo de las siete y media. Ayudé a consolar y a curar, Borel subía inquieto por los berridos de su hijo, me hizo un sonriente reproche por mi ausencia, bajamos al living para beber otra copa, todo el mundo andaba por la pintura de Graham Sutherland, fantasmas de ese tipo, teorías y entusiasmos que se perdían en el aire con el humo del tabaco. Magda y Nora concentraban a los chicos para que comieran estratégicamente aparte; Borel me dio su dirección, insistiendo en que le enviara la colaboración prometida a una revista de Poitiers, me dijo que partían a la mañana siguiente y que se llevaban a Javier y a Magda para hacerles visitar la región. «Silvia se irá con ellos», pensé oscuramente, y busqué una caja de fruta abrillantada, el pretexto para acercarme a la mesa de los chicos, quedarme allí un momento. No era fácil preguntarles, comían como lobos y me arrebataron los dulces en la mejor tradición de los sioux y los tehuelches. No sé por qué le hice la pregunta a Lolita, limpiándole de paso la boca con la servilleta.

—¿Qué sé yo? —dijo Lolita—. Preguntale a Álvaro.

—Y yo qué sé —dijo Álvaro, vacilando entre una pera y un higo—. Ella hace lo que quiere, a lo mejor se va por ahí.

—¿Pero con quién de ustedes vino?

—Con ninguno —dijo Graciela, pegándome una de sus mejores patadas por debajo de la mesa—. Ella estuvo aquí y ahora quién sabe, Álvaro y Lolita se vuelven a la Argentina y con Renaud te imaginás que no se va a quedar porque es muy chico, esta tarde se tragó una avispa muerta, qué asco.

—Ella hace lo que quiere, igual que nosotros —dijo Lolita.

Volví a mi mesa, vi terminarse la velada en una niebla de coñac y de humo. Javier y Magda se volvían a Buenos Aires (Álvaro y Lolita se volvían a Buenos Aires) y los Borel irían el año próximo a Italia (Renaud iría el año próximo a Italia).

—Aquí nos quedamos los más viejos —dijo Raúl. (Entonces Graciela se quedaba pero Silvia era los cuatro, Silvia era cuando estaban los cuatro y yo sabía que jamás volverían a encontrarse).

Raúl y Nora siguen todavía aquí, en nuestro valle del Luberon, anoche fui a visitarlos y charlamos de nuevo bajo el tilo; Graciela me regaló un mantelito que acababa de bordar con punto cruz, supe de los saludos que me habían dejado Javier, Magda y los Borel. Comimos en el jardín, Graciela se negó a irse temprano a la cama, jugó conmigo a las adivinanzas. Hubo un momento en que nos quedamos solos, Graciela buscaba la respuesta a la adivinanza sobre la luna, no acertaba y su orgullo sufría.

—¿Y Silvia? —le pregunté, acariciándole el pelo.

—Mirá que sos tonto —dijo Graciela—. ¿Vos te creías que esta noche iba a venir por mí solita?

—Menos mal —dijo Nora, saliendo de la sombra—. Menos mal que no va a venir por vos solita, porque ya nos tenían hartos con ese cuento.

—Es la luna —dijo Graciela—. Qué adivinanza tan sonsa, che.

El viaje

Puede pasar en La Rioja, en una provincia que se llame La Rioja, en todo caso pasa de tarde, casi al comienzo de la noche aunque ha empezado antes en el patio de una estancia cuando el hombre ha dicho que el viaje es complicado pero que al final descansará, que finalmente va para eso porque se lo han aconsejado, que se va para pasar quince días tranquilos en Mercedes. Su mujer lo acompaña hasta el pueblo donde tiene que comprar los boletos, también le han dicho que le conviene comprar los boletos en la estación del pueblo y asegurarse de paso de que los horarios no han cambiado. Desde la estancia, con esa vida que llevan, se tiene la impresión de que los horarios y tantas otras cosas deben cambiar frecuentemente en el pueblo, y muchas veces es cierto. Más vale sacar el auto y bajar al pueblo aunque el tiempo sea ya un poco justo para alcanzar el primer tren en Chaves.

Son más de las cinco cuando llegan a la estación y dejan el auto en la plaza polvorienta, entre sulkys y carretas cargadas de fardos o de bidones; no han hablado mucho en el auto, aunque el hombre ha preguntado por unas camisas y su mujer le ha dicho que la valija está preparada y que no hay más que meter los papeles y algún libro en el portafolios.

—Juárez sabía los horarios —ha dicho el hombre—. Me explicó cómo tengo que viajar a Mercedes, dijo que es mejor sacar los boletos en el pueblo y comprobar la combinación de los trenes.

—Sí, ya me contaste —ha dicho la mujer.

—De la estancia a Chaves debe haber por lo menos sesenta kilómetros en auto. Parece que el tren que va a Peúlco pasa por Chaves a las nueve y minutos.

—El auto se lo dejás al jefe de la estación —ha dicho su mujer, entre preguntando y decidiendo.

—Sí. El tren de Chaves llega pasada medianoche a Peúlco, pero parece que en el hotel hay siempre piezas con baño. Lo malo es que no da mucho tiempo para descansar porque el otro tren sale a eso de las cinco de la mañana, habrá que preguntar ahora. Después hay un buen tirón hasta llegar a Mercedes.

—Queda lejos, sí.

No hay mucha gente en la estación, algunos paisanos que compran cigarrillos en el quiosco o esperan en el andén. La boletería está al final del andén, casi al borde de las playas de desvío. Es un salón con un mostrador sucio, paredes llenas de carteles y de mapas, y hacia el fondo dos escritorios y la caja de hierro. Un hombre en mangas de camisa atiende el mostrador, una muchacha manipula un aparato telegráfico en uno de los escritorios. Ya es casi de noche pero no han encendido la luz, aprovechan hasta lo último la claridad marrón que pasa lentamente por la ventana del fondo.

—Habrá que volver enseguida a la estancia —dice el hombre—. Falta cargar el equipaje y no sé si tengo bastante nafta.

—Sacá los boletos y nos vamos —dice la mujer, que se ha quedado un poco atrás.

—Sí. Esperá que piense. Entonces yo voy primero hasta Peúlco. No, quiero decir que hay que sacar boleto desde donde dijo Juárez, no me acuerdo bien.

—No te acordás —dice la mujer, con esa manera de hacer una pregunta que no es nunca del todo una pregunta.

—Siempre es igual con los nombres —dice él con una sonrisa de fastidio—. Se te vuelan justo en el momento de decirlos. Y después otro boleto desde Peúlco hasta Mercedes.

—Pero por qué dos boletos diferentes —dice la mujer.

—Me explicó Juárez que son dos compañías y por eso hacen falta dos boletos, pero en cambio en cualquier estación te venden los dos y da lo mismo. Una de esas cosas de los ingleses.

—Ya no son más ingleses —dice la mujer.

Un muchacho moreno ha entrado en la boletería y está averiguando algo. La mujer se acerca y se apoya con un codo en el mostrador, y es rubia y tiene una cara cansada y hermosa como perdida en un estuche de pelo dorado que alumbra vagamente su contorno. El boletero la mira un momento, pero ella no dice nada como esperando que su marido se acerque para comprar los boletos. Nadie se saluda en la boletería, está tan oscuro que no parece necesario.

—Aquí en este mapa se ha de ver —dice el hombre yendo hacia la pared de la izquierda—. Mirá, tiene que ser así. Nosotros estamos...

Su mujer se acerca y mira el dedo que vacila sobre el mapa vertical, buscando donde posarse.

—Ésta es la provincia —dice el hombre— y nosotros estamos por aquí. Esperá, es aquí. No, debe ser más al sur. Yo tengo que ir para allá, ésa es la dirección, ves. Y ahora estamos aquí, me parece.

Da un paso atrás y mira todo el mapa, lo mira largamente.

—Es la provincia, ¿no?

—Parece —dice la mujer—. Y vos decís que estamos aquí.

—Aquí, claro. Éste tiene que ser el camino. Sesenta kilómetros hasta esa estación, como dijo Juárez, el tren tiene que salir de ahí. No veo otra cosa.

—Bueno, entonces sacá los boletos —dice la mujer.

El hombre mira un momento más el mapa y se acerca al boletero. Su mujer lo sigue, vuelve a apoyarse con un codo en el mostrador como si se preparara a esperar mucho tiempo. El muchacho termina de hablar con el boletero y va a consultar los horarios en la pared. Se enciende una luz azul en el escritorio de la telegrafista. El hombre ha sacado la cartera y busca dinero, elige algunos billetes.

—Tengo que ir a...

Se vuelve a su mujer que está mirando un dibujo en el mostrador, algo como un antebrazo mal dibujado con tinta roja.

—¿Cómo era la ciudad adonde tengo que ir? Se me escapa el nombre. No la otra, quiero decir la primera. Yo voy con el auto hasta la primera.

La mujer levanta los ojos y mira en dirección del mapa. El hombre hace un gesto de impaciencia porque el mapa está demasiado lejos para que sirva de algo. El boletero se ha acodado en el mostrador y espera sin hablar. Usa anteojos verdes y por el cuello abierto de la camisa le brota un chorro de pelos cobrizos.

—Vos habías dicho Allende, creo —dice la mujer.

—No, qué va a ser Allende.

—Yo no estaba cuando Juárez te explicó el viaje.

—Juárez me explicó los horarios y las combinaciones, pero yo te repetí los nombres en el auto.

—No hay ninguna estación que se llame Allende —dice el boletero.

—Por supuesto que no hay —dice el hombre—. Adonde yo voy es a...

La mujer está mirando otra vez el dibujo del antebrazo rojo, que no es un antebrazo, ahora está segura.

—Mire, quiero boleto de primera para... Yo sé que tengo que ir en auto, es hacia el norte de la estancia. ¿Entonces vos no te acordás?

—Tienen tiempo —dice el boletero—. Piensen tranquilos.

—No tengo tanto tiempo —dice el hombre—. Ya mismo tengo que ir en el auto hasta... Justamente necesito un boleto desde ahí hasta la otra estación donde se combina para seguir a Allende. Ahora usted dice que no es Allende. ¿Cómo no te acordás, vos?

Se acerca a su mujer, le hace la pregunta mirándola con una sorpresa casi escandalizada. Por un momento está a punto de volver al mapa y buscar, pero renuncia y espera, un poco inclinado sobre su mujer que pasa y repasa un dedo sobre el mostrador.

—Tienen tiempo —repite el boletero.

—Entonces... —dice el hombre—. Entonces, vos...

—Era algo como Moragua —dice la mujer como si preguntara.

El hombre mira hacia el mapa, pero ve que el boletero mueve negativamente la cabeza.

—No es eso —dice el hombre—. No puede ser que no nos acordemos, si justamente mientras veníamos...

—Siempre pasa —dice el boletero—. Lo mejor es distraerse hablando de cualquier cosa, y zas el nombre que cae como un pajarito, hoy mismo se lo decía a un señor que viajaba a Ramallo.

—A Ramallo —repite el hombre—. No, no es a Ramallo. Pero a lo mejor mirando una lista de las estaciones...

—Están ahí —dice el boletero mostrando el horario pegado en la pared—. Ahora que eso sí, son como trescientas. Hay muchos apeaderos y estaciones de carga, pero lo mismo tienen su nombre, no le parece.

El hombre se acerca al horario y apoya el dedo al comienzo de la primera columna. El boletero espera, se quita un cigarrillo de la oreja y lame la punta antes de encenderlo, mirando hacia la mujer que sigue apoyada en el mostrador. En la penumbra tiene la impresión de que la mujer sonríe, pero se ve mal.

—Hacé un poco de luz, Juana —dice el boletero, y la telegrafista estira el brazo hasta la llave de la pared y una lámpara se enciende en el cielo raso amarillento. El hombre ha llegado a la mitad de la segunda columna, su dedo se detiene, vuelve hacia arriba, baja otra vez, se aparta. Ahora sí la mujer sonríe francamente, el boletero la ha visto a la luz de la lámpara y está seguro, también él sonríe sin saber por qué, hasta que el hombre gira bruscamente y vuelve al mostrador. El muchacho moreno se ha sentado en un banco al lado de la puerta y es alguien más ahí, otro par de ojos paseándose de una cara a otra.

—Se me va a hacer tarde —dice el hombre—. Si por lo menos vos te acordaras, a mí se me van los nombres, ya sabés cómo estoy.

—Juárez te había explicado todo —dice la mujer.

—Dejalo tranquilo a Juárez, yo te estoy preguntando a vos.

—Había que tomar dos trenes —dice la mujer—. Primero ibas con el auto hasta una estación, me acuerdo que dijiste que le dejarías el auto al jefe.

—Eso no tiene nada que ver.

—Todas las estaciones tienen jefe —dice el boletero.

El hombre lo mira pero tal vez ni siquiera ha oído. Está esperando que su mujer se acuerde, de pronto parecería que todo depende de ella, de que se acuerde. Ya no le queda mucho tiempo, hay que volver a la estancia, cargar el equipaje y salir hacia el norte. De golpe el cansancio es como ese nombre que no recuerda, un vacío que pesa cada vez más. No ha visto sonreír a la mujer, solamente el boletero la ha visto. Todavía espera que ella se acuerde, la ayuda con su propia inmovilidad, apoya las manos en el mostrador, muy cerca del dedo de la mujer que sigue jugando con el dibujo del antebrazo rojo y lo recorre suavemente ahora que sabe que no es un antebrazo.

—Tiene razón —dice mirando al boletero—. Cuando uno piensa demasiado se le van las cosas. Pero vos, a lo mejor...

La mujer redondea los labios como si quisiera sorber algo.

—A lo mejor me acuerdo —dice—. En el auto hablamos de que primero ibas a... ¿No era a Allende, verdad? Entonces era algo como Allende. Fijate de nuevo en la *a* o en la *b*. Si querés me fijo yo.

—No, no era eso. Juárez me explicó la mejor combinación... Porque hay otra manera de ir, pero entonces hay que cambiar tres veces de tren.

—Es demasiado —dice el boletero—. Ya con dos cambios basta, y toda la tierra que se junta en el vagón, para no hablar del calor.

El hombre hace un gesto de impaciencia y da la espalda al boletero, se interpone entre él y la mujer. Alcanza a ver de costado al muchacho que los mira desde el banco, y gira un poco más para no ver ni al boletero ni al muchacho, para quedarse completamente solo contra la mujer que ha levantado el dedo del dibujo y se mira la uña barnizada.

—Yo no me acuerdo —dice el hombre en voz muy baja—. Yo no me acuerdo de nada, lo sabés. Pero vos sí, pensá un momento. Vas a ver que te acordás, estoy seguro.

La mujer vuelve a redondear los labios. Parpadea dos, tres veces. La mano del hombre le ciñe la muñeca y aprieta. Ella lo mira, ahora sin parpadear.

—Las Lomas —dice—. A lo mejor era Las Lomas.

—No —dice el hombre—. No puede ser que no te acuerdes.

—Ramallo, entonces. No, ya lo dije antes. Si no es Allende tiene que ser Las Lomas. Si querés me fijo en el mapa.

La mano suelta la muñeca, y la mujer se frota la marca en la piel y sopla levemente encima. El hombre ha agachado la cabeza y respira con trabajo.

—Tampoco hay una estación Las Lomas —dice el boletero.

La mujer lo mira por sobre la cabeza del hombre que se ha doblado todavía más contra el mostrador. Sin apurarse, como tanteando, el boletero le sonríe apenas.

—Peúlco —dice bruscamente el hombre—. Ahora me acuerdo. Era Peúlco, ¿verdad?

—Puede ser —dice la mujer—. A lo mejor es Peúlco, pero no me suena mucho.

—Si va a ir en auto hasta Peúlco tiene para un rato —dice el boletero.

—¿Vos no creés que era Peúlco? —insiste el hombre.

—No sé —dice la mujer—. Vos te acordabas hace un rato, yo no presté mucha atención. A lo mejor era Peúlco.

—Juárez dijo Peúlco, estoy seguro. De la estancia a la estación hay como sesenta kilómetros.

—Hay mucho más —dice el boletero—. No le conviene ir en auto hasta Peúlco. Y cuando esté allá, ¿para dónde sigue?

—¿Cómo para dónde sigo?

—Se lo digo porque Peúlco es un empalme y nada más. Tres casas locas y el hotel de la estación. La gente va a Peúlco para cambiar de tren. Ahora, si usted tiene algún negocio que hacer allá, eso es otra cosa.

—No puede quedar tan lejos —dice la mujer—. Juárez te habló de sesenta kilómetros, de manera que no puede ser Peúlco.

El hombre tarda en contestar, una mano apoyada contra la oreja como si estuviera escuchándose por dentro. El boletero no ha desviado los ojos de la mujer y espera. No está seguro de que ella le haya sonreído al hablar.

—Sí, tiene que ser Peúlco —dice el hombre—. Si está tan lejos es que es la segunda estación. Tengo que sacar boleto hasta Peúlco, y esperar el otro tren. Usted dijo que era un empalme y que había un hotel. Entonces es Peúlco.

—Pero no queda a sesenta kilómetros —dice el boletero.

—Claro que no —dice la mujer, enderezándose y alzando un poco la voz—. Peúlco sería la segunda estación, pero lo que mi marido no recuerda es la primera, y ésa sí queda a sesenta kilómetros. Juárez te lo dijo, creo.

—Ah —dice el boletero—. Bueno, en ese caso usted tendría que ir primero a Chaves y tomar el tren para Peúlco.

—Chaves —dice el hombre—. Podría ser Chaves, claro.

—Entonces de Chaves se va a Peúlco —dice la mujer, casi preguntando.

—Es la única manera de ir desde esta zona —dice el boletero.

—Ya ves —dice la mujer—. Si estás seguro de que la segunda estación es Peúlco...

—¿Vos no te acordás? —dice el hombre—. Ahora estoy casi seguro, pero cuando dijiste Las Lomas también pensé que podría ser ésa.

—Yo no dije Las Lomas, dije Allende.

—Allende no es —dice el hombre—. ¿No dijiste Las Lomas, vos?

—Puede ser, me parecía que en el auto habías hablado de Las Lomas.

—No hay ninguna estación Las Lomas —dice el boletero.

—Entonces habré dicho Allende, pero no estoy segura. Será Chaves y Peúlco como le parece a usted. Sacá boleto de Chaves a Peúlco, entonces.

—Claro —dice el boletero, abriendo un cajón—. Pero desde Peúlco... Porque ya le dije que no es más que un empalme.

El hombre ha buscado en la cartera con un movimiento rápido, pero las últimas palabras le detienen la mano en el aire. El boletero se apoya en el borde del cajón abierto y vuelve a esperar.

—Desde Peúlco quiero boleto para Moragua —dice el hombre, con una voz que se va quedando atrás, que se parece a su mano tendida en el aire con el dinero.

—No hay ninguna estación que se llame Moragua —dice el boletero.

—Era algo así —dice el hombre—. ¿Vos no te acordás?

—Sí, era algo así como Moragua —dice la mujer.

—Con eme hay unas cuantas estaciones —dice el boletero—. Quiero decir, desde Peúlco. ¿Se acuerda cuánto duraba el viaje más o menos?

—Toda la mañana —dice el hombre—. Unas seis horas, o quizá menos.

El boletero mira un mapa sujeto por un vidrio en el extremo del mostrador.

—Podría ser Malumbá, o a lo mejor Mercedes —dice—. A esa distancia no veo más que esas dos, tal vez Amorimba. Amorimba tiene dos emes, a lo mejor es ésa.

—No —dice el hombre—. No es ninguna de ésas.

—Amorimba es un pueblo chico, pero Mercedes y Malumbá son ciudades. Con eme no veo ninguna otra en la zona. Tiene que ser una de ésas si usted toma el tren en Peúlco.

El hombre mira a la mujer, arrugando lentamente los billetes en la mano todavía tendida, y la mujer redondea los labios y se encoge de hombros.

—Yo no sé, querido —dice—. A lo mejor era Malumbá, no te parece.

—Malumbá —repite el hombre—. Vos creés entonces que es Malumbá.

—No es que yo crea. El señor te dice que desde Peúlco no hay más que ésa y Mercedes. A lo mejor es Mercedes, pero...

—Yendo desde Peúlco tiene que ser Mercedes o Malumbá —dice el boletero.

—Ya ves —dice la mujer.

—Es Mercedes —dice el hombre—. Malumbá no me suena, pero en cambio Mercedes... Yo voy al hotel Mundial, a lo mejor usted me puede decir si está en Mercedes.

—Sí que está —dice el muchacho sentado en el banco—. El Mundial está a dos cuadras de la estación.

La mujer lo mira, y el boletero espera un momento antes de acercar los dedos al cajón donde se alinean los boletos. El hombre se ha doblado sobre el mostrador como para alcanzarle mejor el dinero, y a la vez vuelve la cabeza y mira hacia el muchacho.

—Gracias —dice—. Muchas gracias, don.

—Es una cadena de hoteles —dice el boletero—. Perdóneme, pero en Malumbá también hay un Mundial, si vamos a eso, y seguro que en Amorimba, aunque ahí no estoy seguro.

—Entonces... —dice el hombre.

—Haga la prueba, total si no es Mercedes siempre puede tomar otro tren hasta Malumbá.

—A mí me suena más Mercedes —dice el hombre—. No sé por qué pero me suena más. ¿Y a vos?

—A mí también, sobre todo al principio.

—¿Cómo al principio?

—Cuando el joven te dijo lo del hotel. Pero si en Malumbá también hay un hotel Mundial...

—Es Mercedes —dice el hombre—. Estoy seguro de que es Mercedes.

—Sacá los boletos, entonces —dice la mujer como desentendiéndose.

—De Chaves a Peúlco, y de Peúlco a Mercedes —dice el boletero.

El pelo oculta el perfil de la mujer, que está mirando otra vez el dibujo rojo en el mostrador, y el boletero no puede verle la boca. Con la mano de uñas pintadas se frota lentamente la muñeca.

—Sí —dice el hombre después de una vacilación que dura apenas—. De Chaves a Peúlco, y de ahí a Mercedes.

—Va a tener que apurarse —dice el boletero, eligiendo un cartoncito azul y otro verde—. Son más de sesenta kilómetros hasta Chaves y el tren pasa a las nueve y cinco.

El hombre pone el dinero sobre el mostrador y el boletero empieza a darle el vuelto, mirando cómo la mujer se frota lentamente la muñeca. No puede saber si sonríe y poco le importa, pero lo mismo le hubiera gustado saber si sonríe detrás de todo ese pelo dorado que le cae sobre la boca.

—Anoche llovió tupido del lado de Chaves —dice el muchacho—. Mejor se apura, señor, los caminos estarán barrosos.

El hombre guarda el vuelto y se pone los boletos en el bolsillo del saco. La mujer se echa el pelo hacia atrás con dos dedos y mira al boletero. Tiene los labios juntos como si sorbiera alguna cosa. El boletero le sonríe.

—Vamos —dice el hombre—. Tengo el tiempo justo.

—Si sale enseguida va a llegar bien —dice el muchacho—. Por las dudas llévese las cadenas, debe estar pesado antes de Chaves.

El hombre asiente, y saluda vagamente con la mano en dirección del boletero. Cuando ya ha salido, la mujer empieza a caminar hacia la puerta que se ha cerrado sola.

—Sería una lástima que al final se hubiera equivocado, ¿no? —dice el boletero como hablándole al muchacho.

Casi en la puerta la mujer vuelve la cabeza y lo mira, pero la luz llega apenas hasta ella y ya es difícil saber si todavía se sonríe, si el golpe de la puerta al cerrarse lo ha dado ella o es el viento que se levanta casi siempre con la caída de la noche.

Siestas

Alguna vez, en un tiempo sin horizonte, se acordaría de cómo casi todas las tardes tía Adela escuchaba ese disco con las voces y los coros, de la tristeza cuando las voces empezaban a salir, una mujer, un hombre y después muchos juntos cantando una cosa que no se entendía, la etiqueta verde con explicaciones para los grandes, Te lucis ante terminum, Nunc dimittis, tía Lorenza decía que era latín y que hablaba de Dios y cosas así, entonces Wanda se cansaba de no comprender, de estar triste como cuando Teresita en su casa ponía el disco de Billie Holiday y lo escuchaban fumando porque la madre de Teresita estaba en el trabajo y el padre andaba por ahí en los negocios o dormía la siesta y entonces podían fumar tranquilas, pero escuchar a Billie Holiday era una tristeza hermosa que daba ganas de acostarse y llorar de felicidad, se estaba tan bien en el cuarto de Teresita con la ventana cerrada, con el humo, escuchando a Billie Holiday. En su casa le tenían prohibido cantar esas canciones porque Billie Holiday era negra y había muerto de tanto tomar drogas, tía María la obligaba a pasar una hora más en el piano estudiando arpegios, tía Ernestina la empezaba con el discurso sobre la juventud de ahora, Te lucis ante terminum resonaba en la sala donde tía Adela cosía alumbrándose con una esfera de cristal llena de agua que recogía (era hermoso) toda la luz de la lámpara para la costura. Menos mal que de noche Wanda dormía en la misma cama que tía Lorenza y allí no había latín ni conferencias sobre el tabaco y los degenerados de la calle, tía Lorenza apagaba la luz después de rezar y por un momento hablaban de cualquier cosa, casi siempre del perro Grock, y cuando Wanda iba a dormirse la ganaba un sentimiento de reconciliación, de estar un poco más protegida de la tristeza de la casa con el calor de tía Lorenza que resoplaba suavemente, casi como Grock, caliente y un poco ovillada y resoplando satisfecha como Grock en la alfombra del comedor.

—Tía Lorenza, no me dejes soñar más con el hombre de la mano artificial —había suplicado Wanda la noche de la pesadilla—. Por favor, tía Lorenza, por favor.

Después le había hablado de eso a Teresita y Teresita se había reído, pero no era para reírse y tampoco tía Lorenza se había reído mientras le secaba las lágrimas, le daba a beber un vaso de agua y la iba calmando poco a poco, ayudándola a alejar las imágenes, la mezcla de recuerdos del otro verano y la pesadilla, el hombre que se parecía tanto a los del álbum del padre de Teresita, o el callejón sin salida donde al anochecer el hombre de negro la había acorralado, acercándose lentamente hasta detenerse y mirarla con toda la luna llena en la cara, los anteojos de aro metálico, la sombra del sombrero melón ocultándole la frente, y entonces el movimiento del brazo derecho alzándose hacia ella, la boca de labios filosos, el alarido o la carrera que la había salvado del final, el vaso de agua y las caricias de tía Lorenza antes de un lento retorno amedrentado a un sueño que duraría hasta tarde, el purgante de tía Ernestina, la sopa liviana y los consejos, otra vez la casa y Nunc dimittis, pero al final permiso para ir a jugar con Teresita aunque esa muchacha no era de fiar con la educación que le daba la madre, capaz que hasta le enseñaba cosas pero en fin, peor era verle esa cara demacrada y un rato de diversión no le haría daño, antes las niñas bordaban a la hora de la siesta o estudiaban solfeo pero la juventud de ahora.

—No solamente son locas sino idiotas —había dicho Teresita, pasándole un cigarrillo de los que le robaba a su padre—. Qué tías que te mandaste, nena. ¿Así que te dieron un purgante? ¿Ya fuiste o qué? Tomá, mirá lo que me prestó la Chola, están todas las modas de otoño pero fijate primero en las fotos de Ringo, decime si no es un amor, miralo ahí con esa camisa abierta. Tiene pelitos, fijate.

Después había querido saber más, pero a Wanda le costaba seguir hablando de eso ahora que de golpe le volvía una visión de fuga, de enloquecida carrera por el callejón, y eso no era la pesadilla aunque casi tenía que ser el final de la pesadilla que había olvidado al despertarse gritando. A lo mejor antes, a fines del otro verano, habría podido hablarle a Teresita pero se había callado por miedo de que fuera con chismes a tía Ernestina, en esa época Teresita iba todavía a su casa y las tías le sonsacaban cosas con tostadas y dulce de leche hasta que se pelearon con la madre y ya no querían recibir más a Teresita, aunque a ella la dejaban ir a su casa algunas tardes cuando tenían visitas y querían estar tranquilas. Ahora hubiera podido contarle todo a Teresita pero ya no valía la pena porque la pesadilla era también como lo otro, o a lo mejor lo otro había sido parte de la pesadilla, todo se parecía tanto al álbum del padre de Teresita y nada acababa de veras, era como esas calles en el álbum que se perdían a la distancia igual que en las pesadillas.

—Teresita, abrí un poco la ventana, hace tanto calor con este encierro.

—No seas pava, después mi vieja se aviva que estuvimos fumando. Tiene un olfato de tigre la Pecosa, en esta casa hay que andarse con cuidado.

—Avisá, ni que fueran a matarte a palos.

—Claro, vos te volvés a tu casa y qué te importa. Siempre la misma chiquilina, vos.

Pero Wanda ya no era una chiquilina aunque Teresita se lo refregaba todavía por la cara pero cada vez menos desde la tarde en que también hacía calor y habían hablado de cosas y después Teresita le había enseñado eso y todo se había vuelto diferente aunque todavía Teresita la trataba de chiquilina cuando se enojaba.

—No soy ninguna chiquilina —dijo Wanda, sacando el humo por la nariz.

—Bueno, bueno, no te pongás así. Tenés razón, hace un calor de tormenta. Mejor nos sacamos la ropa y nos preparamos un vino con hielo. Te voy a decir una cosa, vos eso lo soñaste por el álbum de papá, y eso que ahí no hay ninguna mano artificial pero los sueños ya se sabe. Mirá cómo se me están desarrollando.

Bajo la blusa no se notaba gran cosa, pero desnudos tomaban importancia, la volvían mujer, le cambiaban la cara. A Wanda le dio vergüenza quitarse el vestido y mostrar el pecho donde apenas si asomaban. Uno de los zapatos de Teresita voló hasta la cama, el otro se perdió bajo el sofá. Pero claro que era como los hombres del álbum del papá de Teresita, los hombres de negro que se repetían en casi todas las láminas, Teresita le había mostrado el álbum una tarde de siesta en que su papá acababa de irse y la casa estaba tan sola y callada como las salas y las casas del álbum. Riendo y empujándose de puro nerviosas habían subido al piso alto donde a veces los padres de Teresita las llamaban para tomar el té en la biblioteca como señoritas, y en esos días no era cosa de fumar ni de beber vino en la pieza de Teresita porque la Pecosa se daba cuenta en seguida, por eso aprovechaban que la casa era para ellas solas y subían gritando y empujándose como ahora que Teresita empujaba a Wanda hasta hacerla caer sentada en el canapé azul y casi con el mismo gesto se agachaba para bajarse el slip y quedar desnuda delante de Wanda, las dos mirándose con una risa un poco corta y rara hasta que Teresita soltó una carcajada y le preguntó si era sonsa o no sabía que ahí crecían pelitos como en el pecho de Ringo. «Pero yo también tengo», había dicho Wanda, «me empezaron el otro verano». Lo mismo que en el álbum donde todas las mujeres tenían y muchos, en casi todas las láminas iban y venían o estaban sentadas o acostadas en el pasto y en las salas de espera de las estaciones («son locas», opinaba Teresita), y también como ahora mirándose entre ellas con unos ojos muy grandes y siempre la luna llena aunque no se la viera en la lámina, todo pasaba en lugares donde había luna llena y las mujeres andaban desnudas por las calles y las estaciones, cruzándose como si no se vieran y estuvieran terriblemente solas, y a veces los señores de traje negro o guardapolvo gris que las miraban ir y venir o estudiaban piedras raras con un microscopio y sin sacarse el sombrero.

—Tenés razón —dijo Wanda—, se parecía mucho a los hombres del álbum, y también tenía un sombrero melón y anteojos, era como ellos pero con una mano artificial, y eso que la otra vez cuando...

—Acabala con la mano artificial —dijo Teresita—. ¿Te vas a quedar así toda la tarde? Primero te quejás del calor y después la que me desnudo soy yo.

—Tendría que ir al baño.

—¡El purgante! No, si tus tías son un caso. Andá rápido, y de vuelta traé más hielo, miralo a Ringo cómo me espía, ángel querido. ¿A usted le gusta esta barriguita, amoroso? Mírela bien, frótese así y así, la Chola me mata cuando le devuelva la foto arrugada.

En el baño Wanda había esperado lo más posible para no tener que volver de nuevo, estaba dolorida y le daba rabia el purgante y también después Teresita en el canapé azul mirándola como si fuera una nena, burlándose como la otra vez cuando le había enseñado eso y Wanda no había podido impedir que la cara se le pusiera como fuego, esas tardes en que todo era diferente, primero tía Adela dándole permiso para quedarse hasta más tarde en lo de Teresita, total está ahí al lado y yo tengo que recibir a la directora y a la secretaria de la escuela de María, con esta casa tan chica mejor te vas a jugar con tu amiga pero cuidado a la vuelta, venís directamente y nada de quedarte machoneando en la calle con Teresita, a ésa le gusta irse por ahí, la conozco, después fumando unos cigarrillos nuevos que el padre de Teresita se había olvidado en un cajón del escritorio, con filtro dorado y un olor raro, y al final Teresita le había enseñado eso, era difícil acordarse cómo había ocurrido, estaban hablando del álbum, o a lo mejor lo del álbum era al principio del verano, aquella tarde estaban más abrigadas y Wanda tenía el pull-over amarillo, entonces no era todavía el verano, al final no sabían qué decir, se miraban y se reían, casi sin hablar habían salido a la calle para dar una vuelta por el lado de la estación, evitando la esquina de la casa de Wanda porque tía Ernestina no les perdía pisada aunque estuviera con la directora y la secretaria. En el andén de la estación se habían quedado un rato paseando como si esperaran el tren, mirando pasar las máquinas que hacían temblar los andenes y llenaban el cielo de humo negro. Entonces, o a lo mejor cuando ya estaban de vuelta y era hora de separarse, Teresita le había dicho como al descuido que tuviera cuidado con eso, no fuera cosa, y Wanda que había estado tratando de olvidarse se puso colorada y Teresita se rió y le dijo que lo de esa tarde no podía saberlo nadie pero que sus tías eran como la Pecosa y que si se descuidaba cualquier día la pescaban y entonces iba a ver. Se habían reído otra vez pero era cierto, tenía que ser tía Ernestina la que la sorprendiera al final de la siesta aunque Wanda había estado segura de que nadie entraría a esa hora en su cuarto, todo el mundo se había ido a dormir y en el patio se oía la cadena de Grock y el zumbido de las avispas furiosas de sol y de calor, apenas si había tenido tiempo de levantarse la sábana hasta el cuello y hacerse la dormida pero ya era tarde porque tía Ernestina estaba a los pies de la cama, le había arrancado la sábana de un tirón sin decir una palabra, solamente mirándole el pantalón del piyama enredado en las pantorrillas. En lo de Teresita cerraban con llave la puerta y eso que la Pecosa se los tenía prohibido, pero tía María y tía Ernestina hablaban de los incendios y de que los niños encerrados morían en las llamas, aunque ahora no era de eso que hablaban tía Ernestina y tía Adela, primero se le habían acercado sin decir nada y Wanda había tratado de fingir que no comprendía hasta que tía Adela le agarró la mano y se la retorció, y tía Ernestina le dio la primera bofetada, después otra y otra, Wanda se defendía llorando, de cara contra la almohada, gritando que no había hecho nada malo, que solamente le picaba y que entonces, pero tía Adela se sacó la zapatilla y empezó a pegarle en las nalgas mientras le sujetaba las piernas, y hablaban de degenerada y de seguramente Teresita y de la juventud y la ingratitud y las enfermedades y el piano y el encierro pero sobre todo de la degeneración y las enfermedades hasta que tía Lorenza se levantó asustada por los gritos y los llantos y de golpe hubo calma, quedó solamente tía Lorenza mirándola afligida, sin calmarla ni acariciarla pero siempre tía Lorenza como ahora que le daba un vaso de agua y la protegía del hombre de negro, repitiéndole al oído que iba a dormir bien, que no iba a tener de nuevo la pesadilla.

—Comiste demasiado puchero, me fijé. El puchero es pesado de noche, igual que las naranjas. Vamos, ya pasó, dormite, estoy aquí, no vas a soñar más.

—¿Qué estás esperando para sacarte la ropa? ¿Tenés que ir de nuevo al baño? Te vas a dar vuelta como un guante, tus tías son locas.

—No hace tanto calor como para estar desnudas —había dicho Wanda aquella tarde, quitándose el vestido.

—Vos fuiste la que empezó con lo del calor. Dame el hielo y traé los vasos, todavía queda vino dulce pero ayer la Pecosa estuvo mirando la botella y puso la cara. Si se la conoceré, la cara. No dice nada pero pone la cara y sabe que yo sé. Menos mal que el viejo no piensa más que en los negocios y se las pica todo el tiempo. Es cierto, ya tenés pelos pero pocos, todavía parecés una nena. Te voy a mostrar una cosa en la biblioteca si me jurás.

Teresita había descubierto el álbum por casualidad, la estantería cerrada con llave, tu papá guarda los libros científicos que no son cosas para tu edad, qué idiotas, se les había quedado entornada y había diccionarios y un libro con el lomo escondido, justamente como para no darse cuenta y además otros con las láminas anatómicas que no eran como las del liceo, ésas estaban completamente terminadas pero apenas sacó el álbum las planchas de anatomía dejaron de interesarle porque el álbum era como una fotonovela pero tan rara, los letreros una lástima en francés y apenas se entendían algunas palabras sueltas, la sérénité est sur le point de basculer, sérénité quería decir serenidad pero basculer quién sabe, era una palabra rara, bas quería decir media, les bas Dior de la Pecosa, pero culer, las medias del culer no quería decir nada, y las mujeres de las láminas estaban siempre desnudas o con polleras y túnicas pero no llevaban medias, a lo mejor culer era otra cosa y Wanda también había pensado lo mismo cuando Teresita le mostró el álbum y se habían reído como locas, eso era lo bueno con Wanda en las tardes de siesta cuando las dejaban solas en casa.

—No hace tanto calor como para sacarse la ropa —dijo Wanda—. ¿Por qué sos tan exagerada? Yo dije, cierto, pero no quería decir eso.

—¿Entonces no te gusta estar como las mujeres de las láminas? —se burló Teresita estirándose en el canapé—. Mirame bien y decí si no estoy idéntica a ésa donde todo es como de cristal y a lo lejos se ve a un hombre chiquitito que viene por la calle. Sacate el slip, idiota, no ves que estropeás el efecto.

—No me acuerdo de esa lámina —dijo Wanda, apoyando indecisamente los dedos en el elástico del slip—. Ah, sí, creo que me acuerdo, había una lámpara en el cielo raso y en el fondo un cuadro azul con la luna llena. Todo era azul, verdad.

Vaya a saber por qué la tarde del álbum se habían detenido mucho tiempo en esa lámina aunque había otras más excitantes y extrañas, por ejemplo la de Orphée que en el diccionario quería decir Orfeo, el padre de la música que bajó a los infiernos, y eso que en la lámina no había ningún infierno y apenas una calle con casas de ladrillos rojos, un poco como al comienzo de la pesadilla aunque después todo había cambiado y era otra vez el callejón con el hombre de la mano artificial, y por esa calle con casas de ladrillos rojos venía Orfeo desnudo, Teresita le había mostrado enseguida aunque a primera vista Wanda había pensado que era otra de las mujeres desnudas hasta que Teresita soltó la risa y puso el dedo ahí mismo y Wanda vio que era un hombre muy joven pero un hombre y se quedaron mirando y estudiando a Orfeo y preguntándose quién sería la mujer de espaldas en el jardín y por qué estaría de espaldas con el cierre relámpago de la pollera desabrochado a medias como si eso fuera una manera de pasearse por el jardín.

—Es un adorno, no un cierre relámpago —descubrió Wanda—. Da la impresión pero si te fijás es una especie de dobladillo que parece un cierre. Lo que no se entiende es por qué Orfeo viene por la calle y está desnudo y la mujer se queda de espaldas en el jardín detrás de la pared, es rarísimo. Orfeo parece una mujer con esa piel tan blanca y esas caderas. Si no fuera por eso, claro.

—Vamos a buscar otra donde se lo vea de más cerca —dijo Teresita—. ¿Vos ya viste hombres?

—No, cómo querés —dijo Wanda—. Yo sé cómo es pero cómo querés que vea. Es como los nenes pero más grande, ¿no? Como Grock, pero es un perro, no es lo mismo.

—La Chola dice que cuando están enamorados les crece el triple y entonces es cuando se produce la fecundación.

—¿Para tener hijos? ¿La fecundación es eso o qué?

—Sos pava, nenita. Mirá esta otra, casi parece la misma calle pero hay dos mujeres desnudas. ¿Por qué pinta tantas mujeres ese desgraciado? Fijate, parecería que se cruzan sin conocerse y cada una sigue para su lado, están completamente locas, desnudas en plena calle y ningún vigilante que proteste, eso no puede suceder en ninguna parte. Fijate esta otra, hay un hombre pero está vestido y se esconde en una casa, se le ve nomás que la cara y una mano. Y esa mujer vestida de ramas y hojas, si te digo que están locas.

—No vas a soñar más —prometió tía Lorenza, acariciándola—. Dormite ahora, vas a ver que no vas a soñar más.

—Es cierto, ya tenés pelos pero pocos —había dicho Teresita—. Es raro, todavía parecés una nena. Encendeme el cigarrillo. Vení.

—No, no —había dicho Wanda, queriendo soltarse—. ¿Qué hacés? No quiero, dejame.

—Qué sonsa sos. Mirá, vas a ver, yo te enseño. Pero si no te hago nada, quedate quieta y vas a ver.

Por la noche la habían mandado a la cama sin permitirle que las besara, la cena había sido como en las láminas donde todo era silencio, solamente tía Lorenza la miraba de cuando en cuando y le servía la cena, por la tarde había escuchado de lejos el disco de tía Adela y las voces le llegaban como si la estuvieran acusando, Te lucis ante terminum, ya había decidido suicidarse y le hacía bien llorar pensando en tía Lorenza cuando la encontrara muerta y todas se arrepintieran, se suicidaría tirándose al jardín desde la azotea o abriéndose las venas con la gillette de tía Ernestina pero todavía no porque antes tenía que escribirle una carta de adiós a Teresita diciéndole que la perdonaba, y otra a la profesora de geografía que le había regalado el atlas encuadernado, y menos mal que tía Ernestina y tía Adela no estaban enteradas de que Teresita y ella habían ido a la estación para ver pasar los trenes y que por la tarde fumaban y tomaban vino, y sobre todo de aquella vez al caer la tarde cuando había vuelto de casa de Teresita y en vez de cruzar como le mandaban había dado una vuelta manzana y el hombre de negro se le había acercado para preguntarle la hora como en la pesadilla, y a lo mejor era solamente la pesadilla, oh sí Dios querido, justo en la entrada del callejón que terminaba en la tapia con enredaderas, y tampoco entonces se había dado cuenta (pero a lo mejor era solamente la pesadilla) de que el hombre escondía una mano en el bolsillo del traje negro hasta que empezó a sacarla muy despacio mientras le preguntaba la hora y era una mano como de cera rosa con los dedos duros y entrecerrados, que se atascaba en el bolsillo del saco y salía poco a poco a tirones, y entonces Wanda había corrido alejándose de la entrada del callejón pero ya casi no se acordaba de haber corrido y de haber escapado del hombre que quería acorralarla en el fondo del callejón, había como un hueco porque el terror de la mano artificial y de la boca de labios filosos fijaba ese momento y no había ni antes ni después como cuando tía Lorenza le había dado a beber un vaso de agua, en la pesadilla no había ni antes ni después y para peor ella no podía contarle a tía Lorenza que no era solamente un sueño porque ya no estaba segura y tenía tanto miedo de que supieran y todo se mezclaba y Teresita y lo único seguro era que tía Lorenza estaba allí contra ella en la cama, abrigándola en sus brazos y prometiéndole un sueño tranquilo, acariciándole el pelo y prometiéndole.

—¿Verdad que te gusta? —dijo Teresita—. También se puede hacer así, mirá.

—No, no, por favor —dijo Wanda.

—Pero sí, todavía es mejor, se siente doble, la Chola lo hace así y yo también, ves cómo te gusta, no mientas, si querés acostate aquí y lo hacés vos misma ahora que sabés.

—Dormite, querida —había dicho tía Lorenza—, vas a ver que no vas a soñar más.

Pero era Teresita la que se reclinaba con los ojos entornados, como si de golpe estuviera tan cansada después de haberle enseñado a Wanda, y se parecía a la mujer rubia del canapé azul solamente que más joven y morocha, y Wanda pensaba en la otra mujer de la lámina que miraba una vela encendida aunque en la habitación de cristales había una lámpara en el cielo raso, y la calle con los faroles y el hombre a la distancia parecían entrar en la habitación, formar parte de la habitación como casi siempre en esas láminas aunque ninguna les había parecido tan rara como la que se llamaba las damiselas de Tongres, porque demoiselles en francés quería decir damiselas y mientras Wanda miraba a Teresita que respiraba fatigosamente como si estuviera muy cansada era lo mismo que estar viendo de nuevo la lámina con las damiselas de Tongres, que debía ser un lugar porque estaba con mayúscula, abrazándose envueltas en túnicas azules y rojas pero desnudas debajo de las túnicas, y una tenía los pechos al aire y acariciaba a la otra y las dos tenían boinas negras y pelo largo rubio, la acariciaba pasándole los dedos por abajo de la espalda como había hecho Teresita, y el hombre calvo con guardapolvo gris era como el doctor Fontana cuando tía Ernestina la había llevado y el doctor después de hablar en secreto con tía Ernestina le había dicho que se desvistiera y ella tenía trece años y ya le empezaba el desarrollo y por eso tía Ernestina la llevaba aunque a lo mejor no era solamente por eso porque el doctor Fontana se puso a reír y Wanda escuchó cuando le decía a tía Ernestina que esas cosas no tenían tanta importancia y que no había que exagerar, y después la auscultó y le miró los ojos y tenía un guardapolvo que parecía el de la lámina solamente que era blanco, y le dijo que se acostara en la camilla y la palpó por abajo y tía Ernestina estaba ahí pero se había ido a mirar por la ventana aunque no se podía ver la calle porque la ventana tenía visillos blancos, hasta que el doctor Fontana la llamó y le dijo que no se preocupara y Wanda se vistió mientras el doctor escribía una receta con un tónico y un jarabe para los bronquios, y la noche de la pesadilla había sido un poco así porque al principio el hombre de negro era amable y sonriente como el doctor Fontana y solamente quería saber la hora, pero después venía el callejón como la tarde en que ella había dado la vuelta manzana, y al final no le quedaba más remedio que suicidarse con la gillette o tirándose de la azotea después de escribirle a la profesora y a Teresita.

—Sos idiota —había dicho Teresita—. Primero dejás la puerta abierta como una pava, y después ni siquiera sos capaz de disimular. Te prevengo, si tus tías le vienen con el cuento a la Pecosa, porque seguro que me lo van a achacar a mí, voy de cabeza a un colegio interno, ya papá me previno.

—Bebé un poco más —dijo tía Lorenza—. Ahora vas a dormir hasta mañana sin soñar nada.

Eso era lo peor, no poder contarle a tía Lorenza, explicarle por qué se había escapado de la casa la tarde de tía Ernestina y tía Adela y había andado por calles y calles sin saber qué hacer, pensando que tenía que suicidarse enseguida, tirarse debajo de un tren, y mirando para todos lados porque a lo mejor el hombre estaba de nuevo ahí y cuando llegara a un lugar solitario se le acercaría para preguntarle la hora, a lo mejor las mujeres de las láminas andaban desnudas por esas calles porque también se habían escapado de sus casas y tenían miedo de esos hombres de guardapolvo gris o de traje negro como el hombre del callejón, pero en las láminas había muchas mujeres y en cambio ahora ella andaba sola por las calles, aunque menos mal que no estaba desnuda como las otras y que ninguna venía a abrazarla con una túnica roja o a decirle que se acostara como le habían dicho Teresita y el doctor Fontana.

—Billie Holiday era negra y murió de tanto tomar drogas —dijo Teresita—. Tenía alucinaciones y esas cosas.

—¿Qué es alucinaciones?

—No sé, algo terrible, gritan y se retuercen. ¿Sabés que tenés razón? Hace un calor de tormenta. Mejor nos sacamos la ropa.

—No hace tanto calor como para estar desnudas —había dicho Wanda.

—Comiste demasiado puchero —dijo tía Lorenza—. El puchero es pesado de noche, igual que las naranjas.

—También se puede hacer así, mirá —había dicho Teresita.

Quién sabe por qué la lámina que más recordaba era la de esa calle angosta con árboles de un lado y una puerta en primer plano en la otra acera, para colmo en mitad de la calle una mesita con una lámpara encendida y eso que era pleno día. «Acabala con la mano artificial», había dicho Teresita. «¿Te vas a quedar así toda la tarde? Primero te quejás del calor y después la que me desnudo soy yo». En la lámina ella se alejaba arrastrando por el suelo una túnica oscura, y en la puerta en primer plano estaba Teresita mirando la mesa con la lámpara, sin darse cuenta de que en el fondo el hombre de negro esperaba a Wanda, inmóvil a un lado de la calle. «Pero no somos nosotras», había pensado Wanda, «son mujeres grandes que andan desnudas por la calle, no somos nosotras, es como la pesadilla, una cree que está pero no está, y tía Lorenza no me dejará seguir soñando». Si hubiera podido pedirle a tía Lorenza que la salvara de las calles, que no la dejara tirarse debajo de un tren, que no volviera a aparecer el hombre de negro que en la lámina esperaba en el fondo de la calle, ahora que estaba dando la vuelta manzana («vení directamente y nada de quedarte machoneando en la calle», había dicho tía Adela) y el hombre de negro se le acercaba para preguntarle la hora y la acorralaba lentamente en el callejón sin ventanas, cada vez más pegada a la tapia con enredaderas, incapaz de gritar o suplicar o defenderse como en la pesadilla, pero en la pesadilla había un hueco final porque tía Lorenza estaba ahí calmándola y todo se borraba con el sabor del agua fresca y las caricias, y también la tarde del callejón terminaba en un hueco cuando Wanda había salido corriendo sin mirar atrás hasta meterse en su casa y trancar la puerta y llamar a Grock para que cuidara la entrada ya que no podía contarle la verdad a tía Adela. Ahora de nuevo todo era como antes pero en el callejón ya no había ese hueco, ya no se podía escapar ni despertar, el hombre de negro la acorralaba contra la tapia y tía Lorenza no iba a calmarla, estaba sola en ese anochecer con el hombre de negro que le había preguntado la hora, que se acercaba a la tapia y empezaba a sacar la mano del bolsillo, cada vez más cerca de Wanda pegada contra las enredaderas, y el hombre de negro ya no preguntaba la hora, la mano de cera buscaba algo contra ella, debajo de la pollera, y la voz del hombre le decía al oído quedate quieta y no llores, que vamos a hacer lo que te enseñó Teresita.

OCTAEDRO

Liliana llorando

Menos mal que es Ramos y no otro médico, con él siempre hubo un pacto, yo sabía que llegado el momento me lo iba a decir o por lo menos me dejaría comprender sin decírmelo del todo. Le ha costado al pobre, quince años de amistad y noches de póquer y fines de semana en el campo, el problema de siempre; pero es así, a la hora de la verdad y entre hombres esto vale más que las mentiras de consultorio coloreadas como las pastillas o el líquido rosa que gota a gota me va entrando en las venas.

Tres o cuatro días, sin que me lo diga sé que él se va a ocupar que no haya eso que llaman agonía, dejar morir despacio al perro, para qué; puedo confiar en él, las últimas pastillas serán siempre verdes o rojas pero adentro habrá otra cosa, el gran sueño que desde ya le agradezco mientras Ramos se me queda mirando a los pies de la cama, un poco perdido porque la verdad lo ha vaciado, pobre viejo. No le digas nada a Liliana, por qué la vamos a hacer llorar antes de lo necesario, no te parece. A Alfredo sí, a Alfredo podés decírselo para que se vaya haciendo un hueco en el trabajo y se ocupe de

Liliana y de mamá. Che, y decile a la enfermera que no me joda cuando escribo, es lo único que me hace olvidar el dolor aparte de tu eminente farmacopea, claro. Ah, y que me traigan un café cuando lo pido, esta clínica se toma las cosas tan en serio.

Es cierto que escribir me calma de a ratos, será por eso que hay tanta correspondencia de condenados a muerte, vaya a saber. Incluso me divierte imaginar por escrito cosas que solamente pensadas en una de esas se te atoran en la garganta, sin hablar de los lagrimales; me veo desde las palabras como si fuera otro, puedo pensar cualquier cosa siempre que enseguida lo escriba, deformación profesional o algo que se empieza a ablandar en las meninges. Solamente me interrumpo cuando viene Liliana, con los demás soy menos amable, como no quieren que hable mucho los dejo a ellos que cuenten si hace frío o si Nixon le va a ganar a McGovern, con el lápiz en la mano los dejo hablar y hasta Alfredo se da cuenta y me dice que siga nomás, que haga como si él no estuviera, tiene el diario y se va a quedar todavía un rato. Pero mi mujer no merece eso, a ella la escucho y le sonrío y me duele menos, le acepto ese beso un poquito húmedo que vuelve una y otra vez aunque cada día me canse más que me afeiten y debo lastimarle la boca, pobre querida. Hay que decir que el coraje de Liliana es mi mejor consuelo, verme ya muerto en sus ojos me quitaría este resto de fuerza con que puedo hablarle y devolverle alguno de sus besos, con que sigo escribiendo apenas se ha ido y empieza la rutina de las inyecciones y las palabritas simpáticas. Nadie se atreve a meterse con mi cuaderno, sé que puedo guardarlo bajo la almohada o en la mesa de noche, es mi capricho, hay que dejarlo puesto que el doctor Ramos, claro que hay que dejarlo, pobrecito, así se distrae.

O sea que el lunes o el martes, y el lugarcito en la bóveda el miércoles o el jueves. En pleno verano la

Chacarita va a ser un horno y los muchachos la van a pasar mal, lo veo al Pincho con esos sacos cruzados y con hombreras que tanto lo divierten a Acosta, que por su parte se tendrá que trajear aunque le cueste, el rey de la campera poniéndose corbata y saco para acompañarme, eso va a ser grande. Y Fernandito, el trío completo, y también Ramos, claro, hasta el final, y Alfredo llevando del brazo a Liliana y a mamá, llorando con ellas. Y será de veras, sé cómo me quieren, cómo les voy a faltar; no irán como fuimos al entierro del gordo Tresa, la obligación partidaria y algunas vacaciones compartidas, cumplir rápido con la familia y mandarse mudar de vuelta a la vida y al olvido. Claro que tendrán un hambre bárbara, sobre todo Acosta que a tragón no le gana nadie; aunque les duela y maldigan este absurdo de morirse joven y en plena carrera, hay la reacción que todos hemos conocido, el gusto de volver a entrar en el subte o en el auto, de pegarse una ducha y comer con hambre y vergüenza a la vez, cómo negar el hambre que sigue a las trasnochadas, al olor de las flores del velorio y los interminables cigarrillos y los paseos por la vereda, una especie de desquite que siempre se siente en esos momentos y que yo nunca me negué porque hubiera sido hipócrita. Me gusta pensar que Fernandito, el Pincho y Acosta se van a ir juntos a una parrilla, seguro que van a ir juntos porque también lo hicimos cuando el gordo Tresa, los amigos tienen que seguir un rato, beberse un litro de vino y acabar con unas achuras; carajo, como si los estuviera viendo, Fernandito va a ser el primero en hacer un chiste y tragárselo de costado con medio chorizo, arrepentido pero ya tarde, y Acosta lo mirará de reojo pero el Pincho ya habrá soltado la risa, es una cosa que no sabe aguantar, y entonces Acosta que es un pan de dios se dirá que no tiene por qué pasar por un ejemplo delante de los muchachos y se reirá también antes de prender un cigarrillo. Y hablarán largo de mí, cada uno se acordará de tantas cosas, la vida que nos fue juntando a los cuatro aunque como siempre llena de huecos, de momentos que no todos compartimos y que asomarán en el recuerdo de Acosta o del Pincho, tantos años y broncas y amoríos, la barra. Les va a costar separarse después del almuerzo porque es entonces que volverá lo otro, la hora de irse a sus casas, el último, definitivo entierro. Para Alfredo va a ser distinto y no porque no sea de la barra, al contrario, pero Alfredo va a ocuparse de Liliana y de mamá y eso ni Acosta ni los demás pueden hacerlo, la vida va creando contactos especiales entre los amigos, todos han venido siempre a casa pero Alfredo es otra cosa, esa cercanía que siempre me hizo bien, su placer de quedarse largo charlando con mamá de plantas y remedios, su gusto por llevarlo al Pocho al zoológico o al circo, el solterón disponible, paquete de masitas y siete y medio cuando mamá no estaba bien, su confianza tímida y clara con Liliana, el amigo de los amigos que ahora tendrá que pasar esos dos días tragándose las lágrimas, a lo mejor llevándolo al Pocho a su quinta y volviendo enseguida para estar con mamá y Liliana hasta lo último. Al fin y al cabo le va a tocar ser el hombre de la casa y aguantarse todas las complicaciones empezando por la funeraria, esto tenía que pasar justo cuando el viejo anda por México o Panamá, vaya a saber si llega a tiempo para aguantarse el sol de las once en Chacarita, pobre viejo, de manera que será Alfredo el que lleve a Liliana porque no creo que la dejen ir a mamá, a Liliana del brazo, sintiéndola temblar contra su propio temblor, murmurándole todo lo que yo le habré murmurado a la mujer del gordo Tresa, la inútil necesaria retórica que no es consuelo ni mentira ni siquiera frases coherentes, un simple estar ahí, que es tanto.

También para ellos lo peor va a ser la vuelta, antes hay la ceremonia y las flores, hay todavía contacto con esa cosa inconcebible llena de manijas y dorados, el alto frente a la bóveda, la operación limpiamente ejecutada por los del oficio, pero después es el auto de remise y sobre todo la casa, volver a entrar en casa sabiendo que el día va a estancarse sin teléfono ni clínica, sin la voz de Ramos alargando la esperanza para Liliana, Alfredo hará café y le dirá que el Pocho está contento en la quinta, que le gustan los petisos y juega con los peoncitos, habrá que ocuparse de mamá y de Liliana pero Alfredo conoce cada rincón de la casa y seguro que se quedará velando en el sofá de mi escritorio, ahí mismo donde una vez lo tendimos a Fernandito víctima de un póquer en el que no había visto una, sin hablar de los cinco coñacs compensatorios. Hace tantas semanas que Liliana duerme sola que tal vez el cansancio pueda más que ella, Alfredo no se olvidará de darles sedantes a Liliana y a mamá, estará la tía Zulema repartiendo manzanilla y tilo, Liliana se dejará ir poco a poco al sueño en ese silencio de la casa que Alfredo habrá cerrado concienzudamente antes de ir a tirarse en el sofá y prender otro de los cigarros que no se atreve a fumar delante de mamá por el humo que la hace toser.

En fin, hay eso de bueno, Liliana y mamá no estarán tan solas o en esa soledad todavía peor que es la parentela lejana invadiendo la casa del duelo; habrá la tía Zulema que siempre ha vivido en el piso de arriba, y Alfredo que también ha estado entre nosotros como si no estuviera, el amigo con llave propia; en las primeras horas tal vez será menos duro sentir irrevocablemente la ausencia que soportar un tropel de abrazos y de guirnaldas verbales, Alfredo se ocupará de poner distancias, Ramos vendrá un rato para ver a mamá y a Liliana, las ayudará a dormir y le dejará pastillas a la tía Zulema. En algún momento será el silencio de la casa a oscuras, apenas el reloj de la iglesia, una bocina a lo lejos porque el barrio es tranquilo. Es bueno pensar que va a ser así, que abandonándose de a poco a un sopor sin imágenes, Liliana va a estirarse con sus lentos gestos de gata, una mano perdida en la almohada húmeda de lágrimas y agua colonia, la otra junto a la boca en una recurrencia pueril antes del sueño. Imaginarla así hace tanto bien, Liliana durmiendo, Liliana al término del túnel negro, sintiendo confusamente que el hoy está cesando para volverse ayer, que esa luz en los visillos no será ya la misma que golpeaba en pleno pecho mientras la tía Zulema abría las cajas de donde iba saliendo lo negro en forma de ropa y de velos mezclándose sobre la cama con un llanto rabioso, una última, inútil protesta contra lo que aún tenía que venir. Ahora la luz de la ventana llegaría antes que nadie, antes que los recuerdos disueltos en el sueño y que sólo confusamente se abrirían paso en la última modorra. A solas, sabiéndose realmente a solas en esa cama y en esa pieza, en ese día que empezaba en otra dirección, Liliana podría llorar abrazada a la almohada sin que vinieran a calmarla, dejándola agotar el llanto hasta el final, y sólo mucho después, con un semisueño de engaño reteniéndola en el ovillo de las sábanas, el hueco del día empezaría a llenarse de café, de cortinas corridas, de la tía Zulema, de la voz del Pocho telefoneando desde la quinta con noticias sobre los girasoles y los caballos, un bagre pescado después de ruda lucha, una astilla en la mano pero no era grave, le habían puesto el remedio de don Contreras que era lo mejor para esas cosas. Y Alfredo esperando en el living con el diario en la mano diciéndole que mamá había dormido bien y que Ramos vendría a las doce, proponiéndole ir por la tarde a verlo al Pocho, con ese sol valía la pena correrse hasta la quinta y en una de esas hasta podían llevarla a mamá, le haría bien el aire del campo, a lo mejor quedarse el fin de semana en la quinta, y por qué no todos, con el Pocho que estaría tan contento teniéndolos allí. Aceptar o no daba lo mismo, todos lo sabían y esperaban las respuestas que las cosas y el paso de la mañana iban dando, entrar pasivamente en el almuerzo o en un comentario sobre las huelgas de los textiles, pedir más café y contestar el teléfono que en algún momento habían tenido que conectar, el telegrama del suegro en el extranjero, un choque estrepitoso en la esquina, gritos y pitadas, la ciudad ahí afuera, las dos y media, irse con mamá y Alfredo a la quinta porque en una de esas la astilla en la mano, nunca se sabe con los chicos, Alfredo tranquilizándolas en el volante, don Contreras era más seguro que un médico para esas cosas, las calles de Ramos Mejía y el sol como un jarabe hirviendo hasta el refugio en las grandes piezas encaladas, el mate de las cinco y el Pocho con su bagre que empezaba a oler pero tan lindo, tan grande, qué pelea sacarlo del arroyo, mamá, casi me corta el hilo, te juro, mirá qué dientes. Como estar hojeando un álbum o viendo una película, las imágenes y las palabras una tras otra rellenando el vacío, ahora va a ver lo que es el asado de tira de la Carmen, señora, livianito y tan sabroso, una, ensalada de lechuga y ya está, no hace falta más, con este calor más vale comer poco, traé el insecticida porque a esta hora los mosquitos. Y Alfredo ahí callado pero el Pocho, su mano palmeándolo al Pocho, vos viejo sos el campeón de la pesca, mañana vamos juntos tempranito y en una de esas quién te dice, me contaron de un paisano que pescó uno de dos kilos. Aquí bajo el alero se está bien, mamá puede dormir un rato en la mecedora si quiere, don Contreras tenía razón, ya no tenés nada en la mano, mostranos cómo lo montás al petiso tobiano, mirá mamá, mirame cuando galopo, por qué no venís con nosotros a pescar mañana, yo te enseño, vas a ver, el viernes con un sol rojo y los bagrecitos, la carrera entre el Pocho y el chico de don Contreras, el puchero a mediodía y mamá ayudando despacito a pelar los chocles, aconsejando sobre la hija de la Carmen que estaba con esa tos rebelde, la siesta en las piezas desnudas que olían a verano, la oscuridad contra las sábanas un poco ásperas, el atardecer bajo el alero y la fogata contra los mosquitos, la cercanía nunca manifiesta de Alfredo, esa manera de estar ahí y ocuparse del Pocho, de que todo fuera cómodo, hasta el silencio que su voz rompía siempre a tiempo, su mano ofreciendo un vaso de refresco, un pañuelo, encendiendo la radio para escuchar el noticioso, las huelgas y Nixon, era previsible, qué país.

El fin de semana y en la mano del Pocho apenas una marca de la astilla, volvieron a Buenos Aires el lunes muy temprano para evitar el calor, Alfredo los dejó en la casa para irse a recibir al suegro, Ramos también estaba en Ezeiza y Fernandito, que ayudó en esas horas del encuentro porque era bueno que hubiera otros amigos en la casa, Acosta a las nueve con su hija que podía jugar con el Pocho en el piso de la tía Zulema, todo se iba dando más amortiguado, volver atrás pero de otra manera, con Liliana obligándose a pensar en los viejos más que en ella, controlándose, y Alfredo entre ellos con Acosta y Fernandito desviando los tiros directos, cruzándose para ayudar a Liliana, para convencerlo al viejo de que descansara después de tamaño viaje, yéndose de a uno hasta que solamente Alfredo y la tía Zulema, la casa callada, Liliana aceptando una pastilla, dejándose llevar a la cama sin haber aflojado una sola vez, durmiéndose casi de golpe como después de algo cumplido hasta lo último. Por la mañana eran las carreras del Pocho en el living, arrastrar de las zapatillas del viejo, la primera llamada telefónica, casi siempre Clotilde o Ramos, mamá quejándose del calor o la humedad, hablando del almuerzo con la tía Zulema, a las seis Alfredo, a veces el Pincho con su hermana o Acosta para que el Pocho jugara con su hija, los colegas del laboratorio que reclamaban a Liliana, había que volver a trabajar y no seguir encerrada en la casa, que lo hiciera por ellos, estaban faltos de químicos y Liliana era necesaria, que viniera medio día en todo caso hasta que se sintiera con más ánimo; Alfredo la llevó la primera vez, Liliana no tenía ganas de manejar, después no quiso ser molesta y sacó el auto, a veces salía con el Pocho por la tarde, lo llevaba al zoológico o al cine, en el laboratorio le agradecían que les diera una mano con las nuevas vacunas, un brote epidémico en el litoral, quedarse hasta tarde trabajando, tomándole gusto, una carrera en equipo contra el reloj, veinte cajones de ampollas a Rosario, lo hicimos, tarea, el Pocho en el colegio y Alfredo protestando, a estos chicos les enseñan de otra manera la aritmética, me hace cada pregunta que me deja tieso, y los viejos con el dominó, en nuestros tiempos todo era diferente, Alfredo, nos enseñaban caligrafía y mire la letra que tiene este chico, adónde vamos a parar. La recompensa silenciosa de mirarla a Liliana perdida en un sofá, una simple ojeada por encima del diario y verla sonreír, cómplice sin palabras, dándole la razón a los viejos, sonriéndole desde lejos casi como una chiquilina. Pero por primera vez una sonrisa de verdad, desde adentro como cuando fueron al circo con el Pocho que había mejorado en el colegio y lo llevaron a tomar helados, a pasear por el puerto. Empezaban los grandes fríos, Alfredo iba menos seguido a la casa porque había problemas sindicales y tenía que viajar a las provincias, a veces venía Acosta con su hija y los domingos el Pincho o Fernandito, ya no importaba, todo el mundo tenía tanto que hacer y los días eran cortos, Liliana volvía tarde del laboratorio y le daba una mano al Pocho perdido en los decimales y la cuenca del Amazonas, al final y siempre Alfredo, los regalitos para los viejos, esa tranquilidad nunca dicha de sentarse con él cerca del fuego ya tarde y hablar en voz baja de los problemas del país, de la salud de mamá, la mano de Alfredo apoyándose en el brazo de Liliana, te cansás demasiado, no tenés buena cara, la sonrisa agradecida negando, un día iremos a la quinta, este frío no puede durar toda la vida, nada podía durar toda la vida aunque Liliana lentamente retirara el brazo y buscara los cigarrillos en la mesita, las palabras casi sin sentido, los ojos encontrándose de otra manera hasta que de nuevo la mano resbalando por el brazo, las cabezas juntándose y el largo silencio, el beso en la mejilla.

No había nada que decir, había ocurrido así y no había nada que decir. Inclinándose para encenderle el cigarrillo que le temblaba entre los dedos, simplemente esperando sin hablar, acaso sabiendo que no habría palabras, que Liliana haría un esfuerzo para tragar el humo y lo dejaría salir con un quejido, que empezaría a llorar ahogadamente, desde otro tiempo, sin separar la cara de la cara de Alfredo, sin negarse y llorando callada, ahora solamente para él, desde todo lo otro que él comprendería. Inútil murmurar cosas tan sabidas, Liliana llorando era el término, el borde desde donde iba a empezar otra manera de vivir. Si calmarla, si devolverla a la tranquilidad hubiera sido tan simple como escribirlo con las palabras alineándose en un cuaderno como segundos congelados, pequeños dibujos del tiempo para ayudar el paso interminable de la tarde, si solamente fuera eso pero la noche llega y también Ramos, increíblemente la cara de Ramos mirando los análisis apenas terminados, buscándome el pulso, de golpe otro, incapaz de disimular, arrancándome las sábanas para mirarme desnudo, palpándome el costado, con una orden incomprensible a la enfermera, un lento, incrédulo reconocimiento al que asisto como desde lejos, casi divertido, sabiendo que no puede ser, que Ramos se equivoca y que no es verdad, que sólo era verdad lo otro, el plazo que no me había ocultado, y la risa de Ramos, su manera de palparme como si no pudiera admitirlo, su absurda esperanza, esto no me lo va a creer nadie, viejo, y yo forzándome a reconocer que a lo mejor es así, que en una de esas vaya a saber, mirándolo a Ramos que se endereza y se vuelve a reír y suelta órdenes con una voz que nunca le había oído en esa penumbra y esa modorra, teniendo que convencerme poco a poco de que sí, de que entonces voy a tener que pedírselo, apenas se vaya la enfermera voy a tener que pedirle que espere un poco, que espere por lo menos a que sea de día antes de decírselo a Liliana, antes de arrancarla a ese sueño en el que por primera vez no está más sola, a esos brazos que la aprietan mientras duerme.

Los pasos en las huellas

Crónica algo tediosa, estilo de ejercicio más que ejercicio de estilo de un, digamos, Henry James que hubiera tomado mate en cualquier patio porteño o platense de los años veinte.

Jorge Fraga acababa de cumplir cuarenta años cuando decidió estudiar la vida y la obra del poeta Claudio Romero.

La cosa nació de una charla de café en la que Fraga y sus amigos tuvieron que admitir una vez más la incertidumbre que envolvía la persona de Romero. Autor de tres libros apasionadamente leídos y envidiados, que le habían traído una celebridad efímera en los años posteriores al Centenario, la imagen de Romero se confundía con sus invenciones, padecía de la falta de una crítica sistemática y hasta de una iconografía satisfactoria. Aparte de artículos parsimoniosamente laudatorios en las revistas de la época, y de un libro cometido por un entusiasta profesor santafesino para quien el lirismo suplía las ideas, no se había intentado la menor indagación de la vida o la obra del poeta. Algunas anécdotas, fotos borrosas; el resto era leyenda para tertulias y panegíricos en antologías de vagos editores. Pero a Fraga le había llamado la atención que mucha gente siguiera leyendo los versos de Romero con el mismo fervor que los de Carriego o Alfonsina Storni. Él mismo los había descubierto en los años del bachillerato, y a pesar del tono adocenado y las imágenes desgastadas por los epígonos, los poemas del *vate platense* habían sido una de las experiencias decisivas de su juventud, como Almafuerte o Carlos de la Púa. Sólo más tarde, cuando ya era conocido como crítico y ensayista, se le ocurrió pensar seriamente en la obra de Romero y no tardó en darse cuenta de que casi nada se sabía de su sentido más personal y quizá más profundo. Frente a los versos de otros buenos poetas de comienzos de siglo, los de Claudio Romero se distinguían por una calidad especial, una resonancia menos enfática que le ganaba enseguida la confianza de los jóvenes, hartos de tropos altisonantes y evocaciones ripiosas. Cuando hablaba de sus poemas con alumnos o amigos, Fraga llegaba a preguntarse si el misterio no sería en el fondo lo que prestigiaba esa poesía de claves oscuras, de intenciones evasivas. Acabó por irritarlo la facilidad con que la ignorancia favorece la admiración; después de todo la poesía de Claudio Romero era demasiado alta como para que un mejor conocimiento de su génesis la menoscabara. Al salir de una de esas reuniones de café donde se había hablado de Romero con la habitual vaguedad admirativa, sintió como una obligación de ponerse a trabajar en serio sobre el poeta. También sintió que no debería quedarse en un mero ensayo con propósitos filológicos o estilísticos como casi todos los que llevaba escritos. La noción de una biografía en el sentido más alto se le impuso desde el principio: el hombre, la tierra y la obra debían surgir de una sola vivencia, aunque la empresa pareciera imposible en tanta niebla de tiempo. Terminada la etapa del fichero, sería necesario alcanzar la síntesis, provocar impensablemente el encuentro del poeta y su perseguidor; sólo ese contacto devolvería a la obra de Romero su razón más profunda.

Cuando decidió emprender el estudio, Fraga entraba en un momento crítico de su vida. Cierto prestigio académico le había valido un cargo de profesor adjunto en la universidad y el respeto de un pequeño grupo de lectores y alumnos. Al mismo tiempo una reciente tentativa para lograr el apoyo oficial que le permitiera trabajar en algunas bibliotecas de Europa había fracasado por razones de política burocrática. Sus publicaciones no eran de las que abren sin golpear las puertas de los ministerios. El novelista de moda, el crítico de la columna literaria podían permitirse más que él. A Fraga no se le ocultó que si su libro sobre Romero tenía éxito, los problemas más mezquinos se resolverían por sí solos. No era ambicioso pero lo irritaba verse postergado por los escribas del momento. También Claudio Romero, en su día, se había quejado altivamente de que el rimador de salones elegantes mereciera el cargo diplomático que a él se le negaba.

Durante dos años y medio reunió materiales para el libro. La tarea no era difícil, pero sí prolija y en algunos casos aburrida. Incluyó viajes a Pergamino, a Santa Cruz y a Mendoza, correspondencia con bibliotecarios y archivistas, examen de colecciones de periódicos y revistas, compulsa de textos, estudios paralelos de las corrientes literarias de la época. Hacia fines de 1954 los elementos centrales del libro estaban recogidos y valorados, aunque Fraga no había escrito todavía una sola palabra del texto.

Mientras insertaba una nueva ficha en la caja de cartón negro, una noche de septiembre, se preguntó si estaría en condiciones de emprender la tarea. No lo preocupaban los obstáculos; más bien era lo contrario, la facilidad de echar a correr sobre un campo suficientemente conocido. Los datos estaban ahí, y nada importante saldría ya de las gavetas o las memorias de los argentinos de su tiempo. Había recogido noticias y hechos aparentemente desconocidos, que perfeccionarían la imagen de Claudio Romero y su poesía. El único problema era el de no equivocar el enfoque central, las líneas de fuga y la composición del conjunto.

«Pero esa imagen, ¿es lo bastante clara para mí?», se preguntó Fraga mirando la brasa de su cigarrillo. «Las afinidades entre Romero y yo, nuestra común preferencia por ciertos valores estéticos y poéticos, eso que vuelve fatal la elección del tema por parte del biógrafo, ¿no me hará incurrir más de una vez en una autobiografía disimulada?».

A eso podía contestar que no le había sido dada ninguna capacidad creadora, que no era un poeta sino un gustador de poesía, y que sus facultades se afirmaban en la crítica, en la delectación que acompaña el conocimiento. Bastaría una actitud alerta, una vigilia afrontada a la sumersión en la obra del poeta, para evitar toda transfusión indebida. No tenía por qué desconfiar de su simpatía por Claudio Romero y de la fascinación de sus poemas. Como en los buenos aparatos fotográficos, habría que establecer la corrección necesaria para que el sujeto quedara exactamente encuadrado, sin que la sombra del fotógrafo le pisara los pies.

Ahora que lo esperaba la primera cuartilla en blanco como una puerta que de un momento a otro sería necesario empezar a abrir, volvió a preguntarse si sería capaz de escribir el libro tal como lo había imaginado. La biografía y la crítica podían derivar peligrosamente a la facilidad, apenas se las orientaba hacia ese tipo de lector que espera de un libro el equivalente del cine o de André Maurois. El problema consistía en no sacrificar ese anónimo y multitudinario consumidor que sus amigos socialistas llamaban «el pueblo», a la satisfacción erudita de un puñado de colegas. Hallar el ángulo que permitiera escribir un libro de lectura apasionante sin caer en recetas de best-seller; ganar simultáneamente el respeto del mundo académico y el entusiasmo del hombre de la calle que quiere entretenerse en un sillón el sábado por la noche.

Era un poco la hora de Fausto, el momento del pacto. Casi al alba, el cigarrillo consumido, la copa de vino en la mano indecisa. *El vino, como un guante de tiempo*, había escrito Claudio Romero en alguna parte.

«Por qué no», se dijo Fraga, encendiendo otro cigarrillo. «Con todo lo que sé de él ahora, sería estúpido que me quedara en un mero ensayo, en una edición de trescientos ejemplares. Juárez o Ricardi pueden hacerlo tan bien como yo. Pero nadie sabe nada de Susana Márquez».

Una alusión del juez de paz de Bragado, hermano menor de un difunto amigo de Claudio Romero, lo había puesto sobre la pista. Alguien que trabajaba en el registro civil de La Plata le facilitó, después de no pocas búsquedas, una dirección en Pilar. La hija de Susana Márquez era una mujer de unos treinta años, pequeña y dulce. Al principio se negó a hablar, pretextando que tenía que cuidar el negocio (una verdulería); después aceptó que Fraga pasara a la sala, se sentara en una silla polvorienta y le hiciera preguntas. Al principio lo miraba sin contestarle; después lloró un poco, se pasó el pañuelo por los ojos y habló de su pobre madre. A Fraga le resultaba difícil darle a entender que ya sabía algo de la relación entre Claudio Romero y Susana, pero acabó por decirse que el amor de un poeta bien vale una libreta de casamiento, y lo insinuó con la debida delicadeza. A los pocos minutos de echar flores en el camino la vio venir hacia él, totalmente convencida y hasta emocionada. Un momento después tenía entre las manos una extraordinaria foto de Romero, jamás publicada, y otra más pequeña y amarillenta, donde al lado del poeta se veía a una mujer tan menuda y de aire tan dulce como su hija.

—También guardo unas cartas —dijo Raquel Márquez—. Si a usted le pueden servir, ya que dice que va a escribir sobre él...

Buscó largo rato, eligiendo entre un montón de papeles que había sacado de un musiquero, y acabó alcanzándole tres cartas que Fraga se guardó sin leer después de asegurarse que eran de puño y letra de Romero. Ya a esa altura de la conversación estaba seguro de que Raquel no era hija del poeta, porque a la primera insinuación la vio bajar la cabeza y quedarse un rato callada, como pensando. Después explicó que su madre se había casado más tarde con un militar de Balcarce («el pueblo de Fangio», dijo, casi como si fuera una prueba), y que ambos habían muerto cuando ella tenía solamente ocho años. Se acordaba muy bien de su madre, pero no mucho del padre. Era un hombre severo, eso sí.

Cuando Fraga volvió a Buenos Aires y leyó las tres cartas de Claudio Romero a Susana, los fragmentos finales del mosaico parecieron insertarse bruscamente en su lugar, revelando una composición total inesperada, el drama que la ignorancia y la mojigatería de la generación del poeta no habían sospechado siquiera. En 1917 Romero había publicado la serie de poemas dedicados a Irene Paz, entre los que figuraba la célebre *Oda a tu nombre doble* que la crítica había proclamado el más hermoso poema de amor jamás escrito en la Argentina. Y sin embargo, un año antes de la aparición del libro, otra mujer había recibido esas tres cartas donde imperaba el tono que definía la mejor poesía de Romero, mezcla de exaltación y desasimiento, como de alguien que fuese a la vez motor y sujeto de la acción, protagonista y coro. Antes de leer las cartas Fraga había sospechado la usual correspondencia amorosa, los espejos cara a cara aislando y petrificando su reflejo sólo para ellos importante. En cambio descubría en cada párrafo la reiteración del mundo de Romero, la riqueza de una visión totalizante del amor. No sólo su pasión por Susana Márquez no lo recortaba del mundo sino que a cada línea se sentía latir una realidad que agigantaba a la amada, justificación y exigencia de una poesía batallando en plena vida.

La historia en sí era simple. Romero había conocido a Susana en un desvaído salón literario de La Plata, y el principio de su relación coincidió con un eclipse casi total del poeta, que sus parvos biógrafos no se explicaban o atribuían a los primeros amagos de la tisis que había de matarlo dos años después. Las noticias sobre Susana habían escapado a todo el mundo, como convenía a su borrosa imagen, a los grandes ojos asustados que miraban fijamente desde la vieja fotografía. Maestra normal sin puesto, hija única de padres viejos y pobres, carente de amigos que pudieran interesarse por ella, su simultáneo eclipse de las tertulias platenses había coincidido con el periodo más dramático de la guerra europea, otros intereses públicos, nuevas voces literarias. Fraga podía considerarse afortunado por haber oído la indiferente alusión de un juez de paz de campaña; con ese hilo entre los dedos llegó a ubicar la lúgubre casa de Burzaco donde Romero y Susana habían vivido casi dos años; las cartas que le había confiado Raquel Márquez correspondían al final de ese periodo. La primera, fechada en La Plata, se refería a una correspondencia anterior en la que se había tratado de su matrimonio con Susana. El poeta confesaba su angustia por sentirse enfermo, y su resistencia a casarse con quien tendría que ser una enfermera antes que una esposa. La segunda carta era admirable, la pasión cedía terreno a una conciencia de una pureza casi insoportable, como si Romero luchara por despertar en su amante una lucidez análoga que hiciera menos penosa la ruptura necesaria. Una frase lo resumía todo: «Nadie tiene por qué saber de nuestra vida, y yo te ofrezco la libertad con el silencio. Libre, serás aún más mía para la eternidad. Si nos casáramos, me sentiría tu verdugo cada vez que entraras en mi cuarto con una flor en la mano». Y agregaba duramente: «No quiero toserte en la cara, no quiero que seques mi sudor. Otro cuerpo has conocido, otras rosas te he dado. Necesito la noche para mí solo, no te dejaré verme llorar». La tercera carta era más serena, como si Susana hubiera empezado a aceptar el sacrificio del poeta. En alguna parte se decía: «Insistes en que te magnetizo, en que te obligo a hacer mi voluntad... Pero mi voluntad es tu futuro, déjame sembrar estas semillas que me consolarán de una muerte estúpida».

En la cronología establecida por Fraga, la vida de Claudio Romero entraba a partir de ese momento en una etapa monótona, de reclusión casi continua en casa de sus padres. Ningún otro testimonio permitía suponer que el poeta y Susana Márquez habían vuelto a encontrarse, aunque tampoco pudiera afirmarse lo contrario; sin embargo, la mejor prueba de que el renunciamiento de Romero se había consumado, y que Susana había debido preferir finalmente la libertad antes que condenarse junto al enfermo, la constituía el ascenso del nuevo y resplandeciente planeta en el cielo de la poesía de Romero. Un año después de esa correspondencia y esa renuncia, una revista de Buenos Aires publicaba la *Oda a tu nombre doble*, dedicada a Irene Paz. La salud de Romero parecía haberse afirmado y el poema, que él mismo había leído en algunos salones, le trajo de golpe la gloria que su obra anterior preparaba casi secretamente. Como Byron, pudo decir que una mañana se había despertado para descubrir que era célebre, y no dejó de decirlo. Pero contra lo que hubiera podido esperarse, la pasión del poeta por Irene Paz no fue correspondida, y a juzgar por una serie de episodios mundanos contradictoriamente narrados por los ingenios de la época, el prestigio personal del poeta descendió bruscamente, obligándolo a retraerse otra vez en casa de sus padres, alejado de amigos y admiradores. De esa época databa su último libro de poemas. Una hemoptisis brutal lo había sorprendido en plena calle pocos meses después, y Romero había muerto tres semanas más tarde. Su entierro había reunido a un grupo de escritores, pero por el tono de las oraciones fúnebres y las crónicas era evidente que el mundo al que pertenecía Irene Paz no había estado presente ni había rendido el homenaje que hubiera cabido esperar en esa circunstancia.

A Fraga no le resultaba difícil comprender que la pasión de Romero por Irene Paz había debido halagar y escandalizar en igual medida al mundo aristocrático platense y porteño. Sobre Irene no había podido hacerse una idea clara; de su hermosura informaban las fotos de sus veinte años, pero el resto eran meras noticias de las columnas de sociales. Fiel heredera de las tradiciones de los Paz, cabía imaginar su actitud frente a Romero; debió encontrarlo en alguna tertulia que los suyos ofrecían de tiempo en tiempo para escuchar a los que llamaban, marcando las comillas con la voz, los «artistas» y los «poetas» del momento. Si la *Oda* la halagó, si la admirable invocación inicial le mostró como un relámpago la verdad de una pasión que la reclamaba contra todos los obstáculos, sólo quizá Romero pudo saberlo, y aun eso no era seguro. Pero en este punto Fraga entendía que el problema dejaba de ser tal y que perdía toda importancia. Claudio Romero había sido demasiado lúcido para imaginar un solo instante que su pasión sería correspondida. La distancia, las barreras de todo orden, la inaccesibilidad total de Irene secuestrada en la doble prisión de su familia y de sí misma, espejo fiel de la casta, la hacían desde un comienzo inalcanzable. El tono de la *Oda* era inequívoco e iba mucho más allá de las imágenes corrientes de la poesía amorosa. Romero se llamaba a sí mismo «el Ícaro de tus pies de miel» —imagen que le había valido las burlas de un aristarco de *Caras y Caretas*—, y el poema no era más que un salto supremo en pos del ideal imposible y por eso más bello, el ascenso a través de los versos en un vuelo desesperado hacia el sol que iba a quemarlo y a precipitarlo en la muerte. Incluso el retiro y el silencio final del poeta se asemejaban punzantemente a las fases de una caída, de un retorno lamentable a la tierra que había osado abandonar por un sueño superior a sus fuerzas.

«Sí», pensó Fraga, sirviéndose otra copa de vino «todo coincide, todo se ajusta; ahora no hay más que escribirlo».

El éxito de la *Vida de un poeta argentino* sobrepasó todo lo que habían podido imaginar el autor y los editores. Apenas comentado en las primeras semanas, un inesperado artículo en *La Razón* despertó a los porteños de su pachorra cautelosa y los incitó a una toma de posición que pocos se negaron a asumir. *Sur*, *La Nación*, los mejores diarios de las provincias, se apoderaron del tema del momento que invadió enseguida las charlas de café y las sobremesas. Dos violentas polémicas (acerca de la influencia de Darío en Romero, y una cuestión cronológica) se sumaron para interesar al público. La primera edición de la *Vida* se agotó en dos meses: la segunda, en un mes y medio. Obligado por las circunstancias y las ventajas que se le ofrecían, Fraga consintió en una adaptación teatral y otra radiofónica. Se llegó a ese momento en que el interés y la novedad en torno a una obra alcanzan el ápice temible tras el cual se agazapa ya el desconocido sucesor; certeramente, y como si se propusiera reparar una injusticia, el Premio Nacional se abrió paso hasta Fraga por la vía de dos amigos que se adelantaron a las llamadas telefónicas y al coro chillón de las primeras felicitaciones. Riendo Fraga recordó que la atribución del Premio Nobel no le había impedido a Gide irse esa misma noche a ver una película de Fernandel; quizá por eso le divirtió aislarse en casa de un amigo y evitar la primera avalancha del entusiasmo colectivo con una tranquilidad que su mismo cómplice en el amistoso secuestro encontró excesiva y casi hipócrita. Pero en esos días Fraga andaba caviloso, sin explicarse por qué nacía en él como un deseo de soledad, de estar al margen de su figura pública que por vía fotográfica y radiofónica ganaba los extramuros, ascendía a los círculos provincianos y se hacía presente en los medios extranjeros. El Premio Nacional no era una sorpresa, apenas una reparación. Ahora vendría el resto, lo que en el fondo lo había animado a escribir la *Vida*. No se equivocaba: una semana más tarde el ministro de Relaciones Exteriores lo recibía en su casa («los diplomáticos sabemos que a los buenos escritores no les interesa el aparato oficial») y le proponía un cargo de agregado cultural en Europa. Todo tenía un aire casi onírico, iba de tal modo contra la corriente que Fraga tenía que esforzarse por aceptar de lleno el ascenso en la escalinata de los honores; peldaño tras peldaño, partiendo de las primeras reseñas, de la sonrisa y los abrazos del editor, de las invitaciones de los ateneos y círculos, llegaba ya al rellano desde donde, apenas inclinándose, podía alcanzar la totalidad del salón mundano, alegóricamente dominarlo y escudriñarlo hasta su último rincón, hasta la última corbata blanca y la ultima chinchilla de los protectores de la literatura entre bocado y bocado de foie-gras y Dylan Thomas. Más allá —o más acá, dependía del ángulo de visión, del estado de ánimo momentáneo— veía también la multitud humilde y aborregada de los devoradores de revistas, de los telespectadores y radioescuchas, del montón que un día sin saber cómo ni por qué se somete al imperativo de comprar un lavarropas o una novela, un objeto de ochenta pies cúbicos o trescientas dieciocho páginas, y lo compra, lo compra inmediatamente haciendo cualquier sacrificio, lo lleva a su casa donde la señora y los hijos esperan ansiosos porque ya la vecina lo tiene, porque el comentarista de moda en Radio El Mundo ha vuelto a encomiarlo en su audición de las once y cincuenta y cinco. Lo asombroso había sido que su libro ingresara en el catálogo de las cosas que hay que comprar y leer, después de tantos años en que la vida y la obra de Claudio Romero habían sido una mera manía de intelectuales, es decir de casi nadie. Pero cuando una y otra vez volvía a sentir la necesidad de quedarse a solas y pensar en lo que estaba ocurriendo (ahora era la semana de los contactos con productores cinematográficos), el asombro inicial cedía a una expectativa desasosegada de no sabía qué. Nada podía ocurrir que no fuera otro peldaño de la escalera de honor, salvo el día inevitable en que, como en los puentes de jardín, al último peldaño ascendente siguiera el primero del descenso, el camino respetable hacia la saciedad del público y su viraje en busca de emociones nuevas. Cuando tuvo que aislarse para preparar su discurso de recepción del Premio Nacional, la síntesis de las vertiginosas experiencias de esas semanas se resumía en una satisfacción irónica por lo que su triunfo tenía de desquite, mitigada por ese desasosiego inexplicable que por momentos subía a la superficie y buscaba proyectarlo hacia un territorio al que su sentido del equilibrio y del humor se negaban resueltamente. Creyó que la preparación de la conferencia le devolvería el placer del trabajo, y se fue a escribirla a la quinta de Ofelia Fernández, donde estaría tranquilo. Era el final del verano, el parque tenía ya los colores del otoño que le gustaba mirar desde el porche mientras charlaba con Ofelia y acariciaba a los perros. En una habitación del primer piso lo esperaban sus materiales de trabajo;

cuando levantó la tapa del fichero principal, recorriéndolo distraídamente como un pianista que preludia, Fraga se dijo que todo estaba bien, que a pesar de la vulgaridad inevitable de todo triunfo literario en gran escala, la *Vida* era un acto de justicia, un homenaje a la raza y a la patria. Podía sentarse a escribir su conferencia, recibir el premio, preparar el viaje a Europa. Fechas y cifras se mezclaban en su memoria con cláusulas de contratos e invitaciones a comer. Pronto entraría Ofelia con un frasco de jerez, se acercaría silenciosa y atenta, lo miraría trabajar. Sí, todo estaba bien. No había más que tomar una cuartilla, orientar la luz, encender un habano oyendo a la distancia el grito de un tero.

Nunca supo exactamente si la revelación se había producido en ese momento o más tarde, después de hacer el amor con Ofelia, mientras fumaban de espaldas en la cama mirando una pequeña estrella verde en lo alto del ventanal. La invasión, si había que llamarla así (pero su verdadero nombre o naturaleza no importaban) pudo coincidir con la primera frase de la conferencia, redactada velozmente hasta un punto en que se había interrumpido de golpe, reemplazada, barrida por algo como un viento que le quitaba de golpe todo sentido. El resto había sido un largo silencio, pero tal vez ya todo estaba sabido cuando bajó de la sala, sabido e informulado, pesando como un dolor de cabeza o un comienzo de gripe. Inapresablemente, en un momento indefinible, el peso confuso, el viento negro se habían resuelto en certidumbre: la *Vida* era falsa, la historia de Claudio Romero nada tenía que ver con lo que había escrito. Sin razones, sin pruebas: todo falso. Después de años de trabajo, de compulsar datos, de seguir pistas, de evitar excesos personales: todo falso. Claudio Romero no se había sacrificado por Susana Márquez; no le había devuelto la libertad a costa de su renuncia, no había sido el Ícaro de los pies de miel de Irene Paz. Como si nadara bajo el agua, incapaz de volver a la superficie, azotado por el fragor de la corriente en sus oídos, sabía la verdad. Y no era suficiente como tortura; detrás, más abajo todavía, en un agua que ya era barro y basura, se arrastraba la certidumbre de que la había sabido desde el primer momento. Inútil encender otro cigarrillo, pensar en la neurastenia, besar los finos labios que Ofelia le ofrecía en la sombra. Inútil argüir que la excesiva consagración a su héroe podía provocar esa alucinación momentánea, ese rechazo por exceso de entrega. Sentía la mano de Ofelia acariciando su pecho, el calor entrecortado de su respiración. Inexplicablemente se durmió.

Por la mañana miró el fichero abierto, los papeles, y le fueron más ajenos que las sensaciones de la noche. Abajo, Ofelia se ocupaba de telefonear a la estación para averiguar la combinación de trenes. Llegó a Pilar a eso de las once y media, y fue directamente a la verdulería. La hija de Susana lo recibió con un curioso aire de resentimiento y adulación simultáneos, como de perro después de un puntapié. Fraga le pidió que le concediera cinco minutos, y volvió a entrar en la sala polvorienta y a sentarse en la misma silla con funda blanca. No tuvo que hablar mucho porque la hija de Susana, después de secarse unas lágrimas, empezó a aprobar con la cabeza gacha, inclinándose cada vez más hacia adelante.

—Sí señor, es así. Sí señor.

—¿Por qué no me lo dijo la primera vez?

Era difícil explicar por qué no se lo había dicho la primera vez. Su madre le había hecho jurar que nunca se referiría a ciertas cosas, y como después se había casado con el suboficial de Balcarce, entonces... Casi había pensado en escribirle cuando empezaron a hablar tanto del libro sobre Romero, porque...

Lo miraba perpleja, y de cuando en cuando le caía una lágrima hasta la boca.

—¿Y cómo supo? —dijo después.

—No se preocupe por eso —dijo Fraga—. Todo se sabe alguna vez.

—Pero usted escribió tan distinto en el libro. Yo lo leí, sabe. Lo tengo y todo.

—La culpa de que sea tan distinto es suya. Hay otras cartas de Romero a su madre. Usted me dio las que le convenían, las que hacían quedar mejor a Romero y de paso a su madre. Necesito las otras, ahora mismo. Démelas.

—Es solamente una —dijo Raquel Márquez—. Pero mamá me hizo jurar, señor.

—Si la guardó sin quemarla es porque no le importaba tanto. Démela. Se la compro.

—Señor Fraga, no es por eso que no se la doy...

—Tome —dijo brutalmente Fraga—. No será vendiendo zapallos que va a sacar esta suma.

Mientras la miraba inclinarse sobre el musiquero, revolviendo papeles, pensó que lo que sabía ahora ya lo había sabido (de otra manera, quizá, pero lo había sabido) el día de su primera visita a Raquel Márquez. La verdad no lo tomaba completamente de sorpresa, y ahora podía juzgarse retrospectivamente y preguntarse, por ejemplo, por qué había abreviado de tal modo su primera entrevista con la hija de Susana, por qué había aceptado las tres cartas de Romero como si fuesen las únicas, sin insistir, sin ofrecer algo en cambio, sin ir hasta el fondo de lo que Raquel sabía y callaba. «Es absurdo», pensó. «En ese momento yo no podía saber que Susana había llegado a ser una prostituta por culpa de Romero». Pero por qué, entonces, había abreviado deliberadamente su conversación con Raquel, dándose por satisfecho con las fotos y las tres cartas. «Oh sí, lo sabía, vaya a saber cómo pero lo sabía, y escribí el libro sabiéndolo, y quizá también los lectores lo saben, y la crítica lo sabe, y todo es una inmensa mentira en la que estamos metidos hasta el último...». Pero era fácil salirse por la vía de las generalizaciones, no aceptar más que una pequeña parte de la culpa. También mentira: no había más que un culpable, él.

La lectura de la carta fue una mera sobreimpresión de palabras en algo que Fraga ya conocía desde otro ángulo y que la prueba epistolar sólo podía reforzar en caso de polémica. Caída la máscara, un Claudio Romero casi feroz asomaba en esas frases terminantes, de una lógica irreplicable. Condenando de hecho a Susana al sucio menester que habría de arrastrar en sus últimos años, y al que se aludía explícitamente en dos pasajes, le imponía para siempre el silencio, la distancia y el odio, la empujaba con sarcasmos y amenazas hacia una pendiente que él mismo había debido preparar en dos años de lenta, minuciosa corrupción. El hombre que se había complacido en escribir unas semanas antes: «Necesito la noche para mí solo, no te dejaré verme llorar», remataba ahora un párrafo con una alusión soez cuyo efecto debía prever malignamente, y agregaba recomendaciones y consejos irónicos, livianas despedidas interrumpidas por amenazas explícitas en caso de que Susana pretendiera verlo otra vez. Nada de eso sorprendía ya a Fraga, pero se quedó largo rato con el hombro apoyado en la ventanilla del tren, la carta en la mano, como si algo en él luchara por despertar de una pesadilla insoportablemente lenta. «Y eso explica el resto», se oyó pensar. El resto era Irene Paz, la *Oda a tu nombre doble*, el fracaso final de Claudio Romero. Sin pruebas ni razones pero con una certidumbre mucho más honda de la que podía emanar de una carta o de un testimonio cualquiera, los dos últimos años de la vida de Romero se ordenaban día a día en la memoria —si algún nombre había que darle— de quien a ojos de los pasajeros del tren de Pilar debía ser un señor que ha bebido un vermut de más. Cuando bajó en la estación eran las cuatro de la tarde y empezaba a llover. La volanta que lo traía a la quinta estaba fría y olía a cuero rancio. Cuánta sensatez había habitado bajo la altanera frente de Irene Paz de qué larga experiencia aristocrática había nacido la negativa de su mundo. Romero había sido capaz de magnetizar a una pobre mujer, pero no tenía las alas de Ícaro que su poema pretendía. Irene, o ni siquiera ella, su madre o sus hermanos habían adivinado instantáneamente la tentativa del arribista, el salto grotesco del rastacueros que empieza por negar su origen, matándolo si es necesario (y ese crimen se llamaba Susana Márquez, una maestra normal). Les había bastado una sonrisa, rehusar una invitación, irse a la estancia, las afiladas armas del dinero y los lacayos con consignas. No se habían molestado siquiera en asistir al entierro del poeta.

Ofelia esperaba en el porche. Fraga le dijo que tenía que ponerse a trabajar enseguida. Cuando estuvo frente a la página empezada la noche anterior, con un cigarrillo entre los labios y un enorme cansancio que le hundía los hombros, se dijo que nadie sabía nada. Era como antes de escribir la *Vida*, y él seguía siendo dueño de las claves. Sonrió apenas, y empezó a escribir su conferencia. Mucho más tarde se dio cuenta de que en algún momento del viaje había perdido la carta de Romero.

Cualquiera puede leer en los archivos de los diarios porteños los comentarios suscitados por la ceremonia de recepción del Premio Nacional, en la que Jorge Fraga provocó deliberadamente el desconcierto y la ira de las cabezas bien pensantes al presentar desde la tribuna una versión absolutamente descabellada de la vida del poeta Claudio Romero. Un cronista señaló que Fraga había dado la impresión de estar indispuesto (pero el eufemismo era claro), entre otras cosas porque varias veces había hablado como si fuera el mismo Romero, corrigiéndose inmediatamente pero recayendo en la absurda aberración un momento después. Otro cronista hizo notar que Fraga tenía unas pocas cuartillas borroneadas que apenas había mirado en el curso de la conferencia, dando la sensación de ser su propio oyente, aprobando o desaprobando ciertas frases apenas pronunciadas, hasta provocar una creciente y por fin insoportable irritación en el vasto auditorio que se había congregado con la expresa intención de aplaudirlo. Otro redactor daba cuenta del violento altercado entre Fraga y el doctor Jovellanos al final de la conferencia, mientras gran parte del público hacía abandono de la sala entre exclamaciones de reprobación, y señalaba con pesadumbre que a la intimación del doctor Jovellanos en el sentido de que presentara pruebas convincentes de las temerarias afirmaciones que calumniaban la sagrada memoria de Claudio Romero, el conferenciante se había encogido de hombros, terminando por llevarse una mano a la frente como si las pruebas requeridas no pasaran de su imaginación, y por último se había quedado inmóvil, mirando el aire, tan ajeno a la tumultuosa retirada del público como a los provocativos aplausos y felicitaciones de un grupo de jovencitos y humoristas que parecían encontrar admirable esa especial manera de recibir un Premio Nacional.

Cuando Fraga llegó a la quinta dos horas después, Ofelia le tendió en silencio una larga lista de llamadas telefónicas, desde una de la Cancillería hasta otra de un hermano con el que no se trataba. Miró distraídamente la serie de nombres, algunos subrayados, otros mal escritos. La hoja se desprendió de su mano y cayó sobre la alfombra. Sin recogerla empezó a subir la escalera que llevaba a su sala de trabajo.

Mucho más tarde Ofelia lo oyó caminar por la sala. Se acostó y trató de no pensar. Los pasos de Fraga iban y venían, interrumpiéndose a veces como si por un momento se quedara parado al pie del escritorio, consultando alguna cosa. Una hora después lo oyó bajar la escalera, acercarse al dormitorio. Sin abrir los ojos, sintió el peso de su cuerpo que se dejaba resbalar de espaldas junto a ella. Una mano fría apretó su mano. En la oscuridad, Ofelia lo besó en la mejilla.

—Lo único que no entiendo —dijo Fraga como si no le hablara a ella—, es por qué he tardado tanto en saber que todo eso lo había sabido siempre. Es idiota suponer que soy un médium, no tengo absolutamente nada que ver con él. Hasta hace una semana no tenía nada que ver con él.

—Si pudieras dormir un rato —dijo Ofelia.

—No, es que tengo que encontrarlo. Hay dos cosas: eso que no entiendo, y lo que va a empezar mañana, lo que ya empezó esta tarde. Estoy liquidado, comprendés, no me perdonarán jamás que les haya puesto el ídolo en los brazos y ahora se los haga volar en pedazos. Fijate que todo es absolutamente imbécil, Romero sigue siendo el autor de los mejores poemas del año veinte. Pero los ídolos no pueden tener pies de barro, y con la misma cursilería me lo van a decir mañana mis queridos colegas.

—Pero si vos creíste que tu deber era proclamar la verdad...

—Yo no lo creí, Ofelia. Lo hice, nomás. O alguien lo hizo por mí. De golpe no había otro camino después de esa noche. Era lo único que se podía hacer.

—A lo mejor hubiera sido preferible esperar un poco —dijo temerosamente Ofelia—. Así de golpe, en la cara de...

Iba a decir: «del ministro», y Fraga oyó las palabras tan claramente como si las hubiera pronunciado. Sonrió, le acarició la mano. Poco a poco las aguas empezaban a bajar, algo todavía oscuro buscaba proponerse, definirse. El largo, angustiado silencio de Ofelia lo ayudó a sentir mejor, mirando la oscuridad con los ojos bien abiertos. Jamás comprendería por qué no había sabido antes que todo estaba sabido, si seguía negándose que también él era un canalla, tan canalla como el mismo Romero. La idea de escribir el libro había encerrado ya el propósito de una revancha social, de un triunfo fácil, de la reivindicación de todo lo que él merecía y que otros más oportunistas le quitaban. Aparentemente rigurosa, la *Vida* había nacido armada de todos los recursos necesarios para abrirse paso en las vitrinas de los libreros. Cada etapa del triunfo esperaba, minuciosamente preparada en cada capítulo, en cada frase. Su irónica, casi desencantada aceptación progresiva de esas etapas, no pasaba de una de las muchas máscaras de la infamia. Tras de la cubierta anodina de la *Vida* habían estado ya agazapándose la radio, la TV, las películas, el Premio Nacional, el cargo diplomático en Europa, el dinero y los agasajos. Sólo que algo no previsto había esperado hasta el final para descargarse sobre la máquina prolijamente montada y hacerla saltar. Era inútil querer pensar en ese algo, inútil tener miedo, sentirse poseído por el súcubo.

—No tengo nada que ver con él —repitió Fraga, cerrando los ojos—. No sé cómo ha ocurrido, Ofelia, pero no tengo nada que ver con él.

La sintió que lloraba en silencio.

—Pero entonces es todavía peor. Como una infección bajo la piel, disimulada tanto tiempo y que de golpe revienta y te salpica de sangre podrida. Cada vez que me tocaba elegir, decidir en la conducta de ese hombre, elegía el reverso, lo que él pretendía hacer creer mientras estaba vivo. Mis elecciones eran las suyas, cuando cualquiera hubiese podido descifrar otra verdad en su vida, en sus cartas, en ese último año en que la muerte lo iba acorralando y desnudando. No quise darme cuenta, no quise mostrar la verdad porque entonces,

Ofelia, entonces Romero no hubiera sido el personaje que me hacía falta como le había hecho falta a él para armar la leyenda, para...

Calló, pero todo seguía ordenándose y cumpliéndose. Ahora alcanzaba desde lo más hondo su identidad con Claudio Romero, que nada tenía que ver con lo sobrenatural. Hermanos en la farsa, en la mentira esperanzada de una ascensión fulgurante, hermanos en la brutal caída que los fulminaba y destruía. Clara y sencillamente sintió Fraga que cualquiera como él sería siempre Claudio Romero, que los Romero de ayer y de mañana serían siempre Jorge Fraga. Tal como lo había temido una lejana noche de septiembre, había escrito su autobiografía disimulada. Le dieron ganas de reírse, y al mismo tiempo pensó en la pistola que guardaba en el escritorio.

Nunca supo si había sido en ese momento o más tarde que Ofelia había dicho: «Lo único que cuenta es que hoy les mostraste la verdad». No se le había ocurrido pensar en eso, evocar otra vez la hora casi increíble en que había hablado frente a caras que pasaban progresivamente de la sonrisa admirativa o cortés al entrecejo adusto, a la mueca desdeñosa, al brazo que se levanta en señal de protesta. Pero eso era lo único que contaba, lo único cierto y sólido de toda la historia; nadie podía quitarle esa hora en que había triunfado de verdad, más allá de los simulacros y sus ávidos mantenedores. Cuando se inclinó sobre Ofelia para acariciarle el pelo, le pareció como si ella fuera un poco Susana Márquez, y que su caricia la salvaba y la retenía junto a él. Y al mismo tiempo el Premio Nacional, el cargo en Europa y los honores eran Irene Paz, algo que había que rechazar y abolir si no quería hundirse del todo en Romero, miserablemente identificado hasta lo último con un falso héroe de imprenta y radioteatro.

Más tarde —la noche giraba despaciosa con su cielo hirviente de estrellas—, otras barajas se mezclaron en el interminable solitario del insomnio. La mañana traería las llamadas telefónicas, los diarios, el escándalo bien armado a dos columnas. Le pareció insensato haber pensado por un momento que todo estaba perdido, cuando bastaba un mínimo de soltura y habilidad para ganar de punta a punta la partida. Todo dependía de unas pocas horas, de algunas entrevistas. Si le daba la gana, la cancelación del premio, la negativa de la cancillería a confirmar su propuesta, podían convertirse en noticias que lo lanzarían al mundo internacional de las grandes tiradas y las traducciones. Pero también podía seguir de espaldas en la cama, negarse a ver a nadie, recluirse meses en la quinta, rehacer y continuar sus antiguos estudios filológicos, sus mejores y ya borrosas amistades. En seis meses estaría olvidado, suplido admirablemente por el más estólido periodista de turno en la cartelera del éxito. Los dos caminos eran igualmente simples, igualmente seguros. Todo estaba en decidir. Y aunque ya estaba decidido, siguió pensando por pensar, eligiendo y dándose razones para su elección, hasta que el amanecer empezó a frotarse en la ventana, en el pelo de Ofelia dormida, y el ceibo del jardín se recortó impreciso, como un futuro que cuaja en presente, se endurece poco a poco, entra en su forma diurna, la acepta y la defiende y la condena a la luz de la mañana.

Manuscrito hallado en un bolsillo

Ahora que lo escribo, para otros esto podría haber sido la ruleta o el hipódromo, pero no era dinero lo que buscaba, en algún momento había empezado a sentir, a decidir que un vidrio de ventanilla en el metro podía traerme la respuesta, el encuentro con una felicidad, precisamente aquí donde todo ocurre bajo el signo de la más implacable ruptura, dentro de un tiempo bajo tierra que un trayecto entre estaciones dibuja y limita así, inapelablemente abajo. Digo ruptura para comprender mejor (tendría que comprender tantas cosas desde que empecé a jugar el juego) esa esperanza de una convergencia que tal vez me fuera dada desde el reflejo en un vidrio de ventanilla. Rebasar la ruptura que la gente no parece advertir aunque vaya a saber lo que piensa esa gente agobiada que sube y baja de los vagones del metro, lo que busca además del transporte esa gente que sube antes o después para bajar después o antes, que sólo coincide en una zona de vagón donde todo está decidido por adelantado sin que nadie pueda saber si saldremos juntos, si yo bajaré primero o ese hombre flaco con un rollo de papeles, si la vieja de verde seguirá hasta el final, si esos niños bajarán ahora, está claro que bajarán porque recogen sus cuadernos y sus reglas, se acercan riendo y jugando a la puerta mientras allá en el ángulo hay una muchacha que se instala para durar, para quedarse todavía muchas estaciones en el asiento por fin libre, y esa otra muchacha es imprevisible, Ana era imprevisible, se mantenía muy derecha contra el respaldo en el asiento de la ventanilla, ya estaba ahí cuando subí en la estación Etienne Marcel y un negro abandonó el asiento de enfrente y a nadie pareció interesarle y yo pude resbalar con una vaga excusa entre las rodillas de los dos pasajeros sentados en los asientos exteriores y quedé frente a Ana y casi enseguida, porque había bajado al metro para jugar una vez más el juego, busqué el perfil de Margrit en el reflejo del vidrio de la ventanilla y pensé que era bonita, que me gustaba su pelo negro con una especie de ala breve que le peinaba en diagonal la frente.

No es verdad que el nombre de Margrit o de Ana viniera después o que sea ahora una manera de diferenciarlas en la escritura, cosas así se daban decididas instantáneamente por el juego, quiero decir que de ninguna manera el reflejo en el vidrio de la ventanilla podía llamarse Ana, así como tampoco podía llamarse Margrit la muchacha sentada frente a mí sin mirarme, con los ojos perdidos en el hastío de ese interregno en el que todo el mundo parece consultar una zona de visión que no es la circundante, salvo los niños que miran fijo y de lleno en las cosas hasta el día en que les enseñan a situarse también en los intersticios, a mirar sin ver con esa ignorancia civil de toda apariencia vecina, de todo contacto sensible, cada uno instalado en su burbuja, alineado entre paréntesis, cuidando la vigencia del mínimo aire libre entre rodillas y codos ajenos, refugiándose en *France-Soir* o en libros de bolsillo aunque casi siempre como Ana, unos ojos situándose en el hueco entre lo verdaderamente mirable, en esa distancia neutra y estúpida que iba de mi cara a la del hombre concentrado en el *Figaro*. Pero entonces Margrit, si algo podía yo prever era que en algún momento Ana se volvería distraída hacia la ventanilla y entonces Margrit vería mi reflejo, el cruce de miradas en las imágenes de ese vidrio donde la oscuridad del túnel pone su azogue atenuado, su felpa morada y moviente que da a las caras una vida en otros planos, les quita esa horrible máscara de tiza de las luces municipales del vagón y sobre todo, oh sí, no hubieras podido negarlo, Margrit, las hace mirar de verdad esa otra cara del cristal porque durante el tiempo instantáneo de la doble mirada no hay censura, mi reflejo en el vidrio no era el hombre sentado frente a Ana y que Ana no debía mirar de lleno en un vagón de metro, y además la que estaba mirando mi reflejo ya no era Ana sino Margrit en el momento en que Ana había desviado rápidamente los ojos del hombre sentado frente a ella porque no estaba bien que lo mirara, al volverse hacia el cristal de la ventanilla había visto mi reflejo que esperaba ese instante para levemente sonreír sin insolencia ni esperanza cuando la mirada de Margrit cayera como un pájaro en su mirada. Debió durar un segundo, acaso algo más porque sentí que Margrit había advertido esa sonrisa que Ana reprobaba aunque no fuera más que por el gesto de bajar la cara, de examinar vagamente el cierre de su bolso de cuero rojo; y era casi justo seguir sonriendo aunque ya Margrit no me mirara porque de alguna manera el gesto de Ana acusaba mi sonrisa, la seguía sabiendo y ya no era necesario que ella o Margrit me miraran, concentradas aplicadamente en la nimia tarea de comprobar el cierre del bolso rojo.

Como ya con Paula (con Ofelia) y con tantas otras que se habían concentrado en la tarea de verificar un cierre, un botón, el pliegue de una revista, una vez más fue el pozo donde la esperanza se enredaba con el temor en un calambre de arañas a muerte, donde el tiempo empezaba a latir como un segundo corazón en el pulso del juego; desde ese momento cada estación del metro era una trama diferente del futuro porque así lo había decidido el juego; la mirada de Margrit y mi sonrisa, el retroceso instantáneo de Ana a la contemplación del cierre de su bolso eran la apertura de una ceremonia que alguna vez había empezado a celebrar contra todo lo razonable, prefiriendo los peores desencuentros a las cadenas estúpidas de una causalidad cotidiana. Explicarlo no es difícil pero jugarlo tenía mucho de combate a ciegas, de temblorosa suspensión coloidal en la que todo derrotero alzaba un árbol de imprevisible recorrido. Un plano del metro de París define en su esqueleto mondrianesco, en sus ramas rojas, amarillas, azules y negras una vasta pero limitada superficie de subtendidos seudópodos: y ese árbol está vivo veinte horas de cada veinticuatro, una savia atormentada lo recorre con finalidades precisas, la que baja en Chatelet o sube en Vaugirard, la que en Odeón cambia para seguir a La Motte-Picquet, las doscientas, trescientas, vaya a saber cuántas posibilidades de combinación para que cada célula codificada y programada ingrese en un sector del árbol y aflore en otro, salga de las Galeries Lafayette para depositar un paquete de toallas o una lámpara en un tercer piso de la rue Gay-Lussac.

Mi regla del juego era maniáticamente simple, era bella, estúpida y tiránica, si me gustaba una mujer, si me gustaba una mujer sentada frente a mí, si me gustaba una mujer sentada frente a mí junto a la ventanilla, si su reflejo en la ventanilla cruzaba la mirada con mi reflejo en la ventanilla, si mi sonrisa en el reflejo de la ventanilla turbaba o complacía o repelía al reflejo de la mujer en la ventanilla, si Margrit me veía sonreír y entonces Ana bajaba la cabeza y empezaba a examinar aplicadamente el cierre de su bolso rojo, entonces había juego, daba exactamente lo mismo que la sonrisa fuera acatada o respondida o ignorada, el primer tiempo de la ceremonia no iba más allá de eso, una sonrisa registrada por quien la había merecido. Entonces empezaba el combate en el pozo, las arañas en el estómago, la espera con su péndulo de estación en estación. Me acuerdo de cómo me acordé ese día: ahora eran Margrit y Ana, pero una semana atrás habían sido Paula y Ofelia, la chica rubia había bajado en una de las peores estaciones, Montparnasse-Bienvenue que abre su hidra maloliente a las máximas posibilidades de fracaso. Mi combinación era con la línea de la Porte de Vanves y casi enseguida, en el primer pasillo, comprendí que Paula (que Ofelia) tomaría el corredor que llevaba a la combinación con la Mairie d'Issy. Imposible hacer nada, sólo mirarla por última vez en el cruce de los pasillos, verla alejarse, descender una escalera. La regla del juego era ésa, una sonrisa en el cristal de la ventanilla y el derecho de seguir a una mujer y esperar desesperadamente que su combinación coincidiera con la decidida por mí antes de cada viaje; y entonces —siempre, hasta ahora— verla tomar otro pasillo y no poder seguirla, obligado a volver al mundo de arriba y entrar en un café y seguir viviendo hasta que poco a poco, horas o días o semanas, la sed de nuevo reclamando la posibilidad de que todo coincidiera alguna vez, mujer y cristal de ventanilla, sonrisa aceptada o repelida, combinación de trenes y entonces por fin sí, entonces el derecho de acercarme y decir la primera palabra, espesa de estancado tiempo, de inacabable merodeo en el fondo del pozo entre las arañas del calambre.

Ahora entrábamos en la estación Saint-Sulpice, alguien a mi lado se enderezaba y se iba, también Ana se quedaba sola frente a mí, había dejado de mirar el bolso y una o dos veces sus ojos me barrieron distraídamente antes de perderse en el anuncio del balneario termal que se repetía en los cuatro ángulos del vagón. Margrit no había vuelto a mirarme en la ventanilla pero eso probaba el contacto, su latido sigiloso; Ana era acaso tímida o simplemente le parecía absurdo aceptar el reflejo de esa cara que volvería a sonreír para Margrit; y además llegar a Saint-Sulpice era importante porque si todavía faltaban ocho estaciones hasta el fin del recorrido en la Porte d'Orléans, sólo tres tenían combinaciones con otras líneas, y sólo si Ana bajaba en una de esas tres me quedaría la posibilidad de coincidir; cuando el tren empezaba a frenar en Saint-Placide miré y miré a Margrit buscándole los ojos que Ana seguía apoyando blandamente en las cosas del vagón como admitiendo que Margrit no me miraría más, que era inútil esperar que volviera a mirar el reflejo que la esperaba para sonreírle.

No bajó en Saint-Placide, lo supe antes de que el tren empezara a frenar, hay ese apresto del viajero, sobre todo de las mujeres que nerviosamente verifican paquetes, se ciñen el abrigo o miran de lado al levantarse, evitando rodillas en ese instante en que la pérdida de velocidad traba y atonta los cuerpos. Ana repasaba vagamente los anuncios de la estación, la cara de Margrit se fue borrando bajo las luces del andén y no pude saber si había vuelto a mirarme; tampoco mi reflejo hubiera sido visible en esa marea de neón y anuncios fotográficos, de cuerpos entrando y saliendo. Si Ana bajaba en Montparnasse-Bienvenue mis posibilidades era mínimas; cómo no acordarme de Paula (de Ofelia) allí donde una cuádruple combinación posible adelgazaba toda previsión; y sin embargo el día de Paula (de Ofelia) había estado absurdamente seguro de que coincidiríamos, hasta último momento había marchado a tres metros de esa mujer lenta y rubia, vestida como con hojas secas, y su bifurcación a la derecha me había envuelto la cara como un latigazo. Por eso ahora Margrit no, por eso el miedo, de nuevo podía ocurrir abominablemente en Montparnasse-Bienvenue; el recuerdo de Paula (de Ofelia), las arañas en el pozo contra la menuda confianza en que Ana (en que Margrit). Pero quién puede contra esa ingenuidad que nos va dejando vivir, casi inmediatamente me dije que tal vez Ana (que tal vez Margrit) no bajaría en Montparnasse-Bienvenue sino en una de las otras estaciones posibles, que acaso no bajaría en las intermedias donde no me estaba dado seguirla; que Ana (que Margrit) no bajaría en Montparnasse-Bienvenue (no bajó), que no bajaría en Vavin, y no bajó, que acaso bajaría en Raspail que era la primera de las dos últimas posibles; y cuando no bajó y supe que sólo quedaba una estación en la que podría seguirla contra las tres finales en que ya todo daba lo mismo, busqué de nuevo los ojos de Margrit en el vidrio de la ventanilla, la llamé desde un silencio y una inmovilidad que hubieran debido llegarle como un reclamo, como un oleaje, le sonreí con la sonrisa que Ana ya no podía ignorar, que Margrit tenía que admitir aunque no mirara mi reflejo azotado por las semiluces del túnel desembocando en Denfert-Rochereau. Tal vez el primer golpe de frenos había hecho temblar el bolso rojo en los muslos de Ana, tal vez sólo el hastío le movía la mano hasta el mechón negro cruzándole la frente; en esos tres, cuatro segundos en que el tren se inmovilizaba en el andén, las arañas clavaron sus uñas en la piel del pozo para una vez más vencerme desde adentro; cuando Ana se enderezó con una sola y limpia flexión de su cuerpo, cuando la vi de espaldas entre dos pasajeros, creo que busqué todavía absurdamente el rostro de Margrit en el vidrio enceguecido de luces y movimientos. Salí como sin saberlo, sombra pasiva de ese cuerpo que bajaba al andén, hasta despertar a lo que iba a venir, a la doble elección final cumpliéndose irrevocable.

Pienso que está claro, Ana (Margrit) tomaría un camino cotidiano o circunstancial, mientras antes de subir a ese tren yo había decidido que si alguien entraba en el juego y bajaba en Denfert-Rochereau, mi combinación sería la línea Nation-Étoile, de la misma manera que si Ana (que si Margrit) hubiera bajado en Châtelet sólo hubiera podido seguirla en caso de que tomara la combinación Vincennes-Neuilly. En el último tiempo de la ceremonia el juego estaba perdido si Ana (si Margrit) tomaba la combinación de la Ligne de Sceaux o salía directamente a la calle; inmediatamente, ya mismo porque en esa estación no había los interminables pasillos de otras veces y las escaleras llevaban rápidamente a destino, a eso que en los medios de transporte también se llamaba destino. La estaba viendo moverse entre la gente, su bolso rojo como un péndulo de juguete, alzando la cabeza en busca de los carteles indicadores, vacilando un instante hasta orientarse hacia la izquierda; pero la izquierda era la salida que llevaba a la calle.

No sé cómo decirlo, las arañas mordían demasiado, no fui deshonesto en el primer minuto, simplemente la seguí para después quizá aceptar, dejarla irse por cualquiera de sus rumbos allá arriba; a mitad de la escalera comprendí que no, que acaso la única manera de matarlas era negar por una vez la ley, el código. El calambre que me había crispado en ese segundo en que Ana (en que Margrit) empezaba a subir la escalera vedada, cedía de golpe a una lasitud soñolienta, a un gólem de lentos peldaños; me negué a pensar, bastaba saber que la seguía viendo, que el bolso rojo subía hacia la calle, que a cada paso el pelo negro le temblaba en los hombros. Ya era de noche y el aire estaba helado, con algunos copos de nieve entre ráfagas y llovizna; sé que Ana (que Margrit) no tuvo miedo cuando me puse a su lado y le dije: «No puede ser que nos separemos así, antes de habernos encontrado».

En el café, más tarde, ya solamente Ana mientras el reflejo de Margrit cedía a una realidad de cinzano y de palabras, me dijo que no comprendía nada, que se llamaba Marie-Claude, que mi sonrisa en el reflejo le había hecho daño, que por un momento había pensado en levantarse y cambiar de asiento, que no me había visto seguirla y que en la calle no había tenido miedo, contradictoriamente, mirándome en los ojos, bebiendo su cinzano, sonriendo sin avergonzarse de sonreír, de haber aceptado casi enseguida mi acoso en plena calle. En ese momento de una felicidad como de oleaje boca arriba, de abandono a un deslizarse lleno de álamos, no podía decirle lo que ella hubiera entendido como locura o manía y que lo era pero de otro modo, desde otras orillas de la vida; le hablé de su mechón de pelo, de su bolso rojo, de su manera de mirar el anuncio de las termas, de que no le había sonreído por donjuanismo ni aburrimiento sino para darle una flor que no tenía, el signo de que me gustaba, de que me hacía bien, de que viajar frente a ella, de que otro cigarrillo y otro cinzano. En ningún momento fuimos enfáticos, hablamos como desde un ya conocido y aceptado, mirándonos sin lastimarnos, yo creo que Marie-Claude me dejaba venir y estar en su presente como quizá Margrit hubiera respondido a mi sonrisa en el vidrio de no mediar tanto molde previo, tanto no tienes que contestar si te hablan en la calle o te ofrecen caramelos y quieren llevarte al cine, hasta que Marie-Claude, ya liberada de mi sonrisa a Margrit, Marie-Claude en la calle y el café había pensado que era una buena sonrisa, que el desconocido de ahí abajo no le había sonreído a Margrit para tantear otro terreno, y mi absurda manera de abordarla había sido la sola comprensible, la sola razón para decir que sí, que podíamos beber una copa y charlar en un café.

No me acuerdo de lo que pude contarle de mí, tal vez todo salvo el juego pero entonces tan poco, en algún momento nos reímos, alguien hizo la primera broma, descubrimos que nos gustaban los mismos cigarrillos y Catherine Deneuve, me dejó acompañarla hasta el portal de su casa, me tendió la mano con llaneza y consintió en el mismo café a la misma hora del martes. Tomé un taxi para volver a mi barrio, por primera vez en mí mismo como en un increíble país extranjero, repitiéndome que sí, que Marie-Claude, que Denfert-Rochereau, apretando los párpados para guardar mejor su pelo negro, esa manera de ladear la cabeza antes de hablar, de sonreír. Fuimos puntuales y nos contamos películas, trabajo, verificamos diferencias ideológicas parciales, ella seguía aceptándome como si maravillosamente le bastara ese presente sin razones, sin interrogación; ni siquiera parecía darse cuenta de que cualquier imbécil la hubiese creído fácil o tonta; acatando incluso que yo no buscara compartir la misma banqueta en el café, que en el tramo de la rue Froidevaux no le pasara el brazo por el hombro en el primer gesto de una intimidad, que sabiéndola casi sola —una hermana menor, muchas veces ausente del departamento en el cuarto piso— no le pidiera subir. Si algo no podía sospechar eran las arañas, nos habíamos encontrado tres o cuatro veces sin que mordieran, inmóviles en el pozo y esperando hasta el día en que lo supe como si no lo hubiera estado sabiendo todo el tiempo, pero los martes, llegar al café, imaginar que Marie-Claude ya estaría allí o verla entrar con sus pasos ágiles, su morena recurrencia que había luchado inocentemente contra las arañas otra vez despiertas, contra la transgresión del juego que sólo ella había podido defender sin más que darme una breve, tibia mano, sin más que ese mechón de pelo que se paseaba por su frente. En algún momento debió darse cuenta, se quedó mirándome callada, esperando; imposible ya que no me delatara el esfuerzo para hacer durar la tregua, para no admitir que volvían poco a poco a pesar de Marie-Claude, contra Marie-Claude que no podía comprender, que se quedaba mirándome callada, esperando; beber y fumar y hablarle, defendiendo hasta lo último el dulce interregno sin arañas, saber de su vida sencilla y a horario y hermana estudiante y alergias, desear tanto ese mechón negro que le peinaba la frente, desearla como un término, como de veras la última estación del último metro de la vida, y entonces el pozo, la distancia de mi silla a esa banqueta en la que nos hubiéramos besado, en la que mi boca hubiera bebido el primer perfume de Marie-Claude antes de llevármela abrazada hasta su casa, subir esa escalera, desnudarnos por fin de tanta ropa y tanta espera.

Entonces se lo dije, me acuerdo del paredón del cementerio y de que Marie-Claude se apoyó en él y me dejó hablar con la cara perdida en el musgo caliente de su abrigo, vaya a saber si mi voz le llegó con todas sus palabras, si fue posible que comprendiera; se lo dije todo, cada detalle del juego, las improbabilidades confirmadas desde tantas Paulas (desde tantas Ofelias) perdidas al término de un corredor, las arañas en cada final. Lloraba, la sentía temblar contra mí aunque siguiera abrigándome, sosteniéndome con todo su cuerpo apoyado en la pared de los muertos; no me preguntó nada, no quiso saber por qué ni desde cuándo, no se le ocurrió luchar contra una máquina montada por toda una vida a contrapelo de sí misma, de la ciudad y sus consignas, tan sólo ese llanto ahí como un animalito lastimado, resistiendo sin fuerza al triunfo del juego, a la danza exasperada de las arañas en el pozo.

En el portal de su casa le dije que no todo estaba perdido, que de los dos dependía intentar un encuentro legítimo; ahora ella conocía las reglas del juego, quizá nos fueran favorables puesto que no haríamos otra cosa que buscarnos. Me dijo que podría pedir quince días de licencia, viajar llevando un libro para que el tiempo fuera menos húmedo y hostil en el mundo de abajo, pasar de una combinación a otra, esperarme leyendo, mirando los anuncios. No quisimos pensar en la improbabilidad, en que acaso nos encontraríamos en un tren pero que no bastaba, que esta vez no se podría faltar a lo preestablecido; le pedí que no pensara, que dejara correr el metro, que no llorara nunca en esas dos semanas mientras yo la buscaba; sin palabras quedó entendido que si el plazo se cerraba sin volver a vernos o sólo viéndonos hasta que dos pasillos diferentes nos apartaran, ya no tendría sentido retornar al café, al portal de su casa. Al pie de esa escalera de barrio que una luz naranja tendía dulcemente hacia lo alto, hacia la imagen de Marie-Claude en su departamento, entre sus muebles, desnuda y dormida, la besé en el pelo, le acaricié las manos; ella no buscó mi boca, se fue apartando y la vi de espaldas, subiendo otra de las tantas escaleras que se las llevaban sin que pudiera seguirlas; volví a pie a mi casa, sin arañas, vacío y lavado para la nueva espera; ahora no podían hacerme nada, el juego iba a recomenzar como tantas otras veces pero con solamente Marie-Claude, el lunes bajando a la estación Couronnes por la mañana, saliendo en Max Dormoy en plena noche, el martes entrando en Crimée, el miércoles en Philippe Auguste, la precisa regla del juego, quince estaciones en las que cuatro tenían combinaciones, y entonces en la primera de las cuatro sabiendo que me tocaría seguir a la línea Sèvres-Montreuil como en la segunda tendría que tomar la combinación Clichy-Porte Dauphine, cada itinerario elegido sin razón especial porque no podía haber ninguna razón, Marie-Claude habría subido quizá cerca de su casa, en Denfert-Rochereau o en Corvisart, estaría cambiando en Pasteur para seguir hacia Falguière, el árbol mondrianesco con todas sus ramas secas, el azar de las tentaciones rojas, azules, blancas, punteadas; el jueves, el viernes, el sábado. Desde cualquier andén ver entrar los trenes, los siete u ocho vagones, consintiéndome mirar mientras pasaban cada vez más lentos, correrme hasta el final y subir a un vagón sin Marie-Claude, bajar en la estación siguiente y esperar otro tren, seguir hasta la primera estación para buscar otra línea, ver llegar los vagones sin Marie-Claude, dejar pasar un tren o dos, subir en el tercero, seguir hasta la terminal, regresar a una estación desde donde podía pasar a otra línea, decidir que sólo tomaría el cuarto tren, abandonar la búsqueda y subir a comer, regresar casi enseguida con un cigarrillo amargo y sentarme en un banco hasta el segundo, hasta el quinto tren. El lunes, el martes, el miércoles, el jueves, sin arañas porque todavía esperaba, porque todavía espero en este banco de la estación Chemin Vert, con esta libreta en la que una mano escribe para inventarse un tiempo que no sea solamente esa interminable ráfaga que me lanza hacia el sábado en que acaso todo habrá concluido, en que volveré solo y las sentiré despertarse y morder, sus pinzas rabiosas exigiéndome el nuevo juego, otras Marie-Claudes, otras Paulas, la reiteración después de cada fracaso, el recomienzo canceroso. Pero es jueves, es la estación Chemin Vert, afuera cae la noche, todavía cabe imaginar cualquier cosa, incluso puede no parecer demasiado increíble que en el segundo tren, que en el cuarto vagón, que Marie-Claude en un asiento contra la ventanilla, que haya visto y se enderece con un grito que nadie salvo yo puede escuchar así en plena cara, en plena carrera para saltar al vagón repleto, empujando a pasajeros indignados, murmurando excusas que nadie espera ni acepta, quedándome de pie contra el doble asiento ocupado por piernas y paraguas y paquetes, por Marie-Claude con su abrigo gris contra la ventanilla, el mechón negro que el brusco arranque del tren agita apenas como sus manos tiemblan sobre los muslos en una llamada que no tiene nombre, que es solamente eso que ahora va a suceder. No hay necesidad de hablarse, nada se podría decir sobre ese muro impasible y desconfiado de caras y paraguas entre Marie-Claude y yo; quedan tres estaciones que combinan con otras líneas, Marie-Claude deberá elegir una de ellas, recorrer el andén, seguir uno de los pasillos o buscar la escalera de salida, ajena a mi elección que esta vez no transgrediré. El tren entra en la estación Bastille y Marie-Claude sigue ahí, la gente baja y sube, alguien deja libre el asiento a su lado pero no me acerco, no puedo sentarme ahí, no puedo temblar junto a ella como ella estará temblando. Ahora vienen Ledru-Rollin y Froidherbe-Chaligny, en esas estaciones sin combinación. Marie-Claude sabe que no puedo seguirla y no se mueve, el juego tiene que jugarse en Reuilly-Diderot o en Daumesnil; mientras el tren entra en Reuilly-Diderot aparto los ojos, no quiero que sepa, no quiero que pueda comprender que no es allí. Cuando el tren arranca veo que no se ha movido, que nos queda una última esperanza, en Daumesnil hay tan sólo una combinación y la salida a la calle, rojo o negro, sí o no. Entonces nos miramos, Marie-Claude ha alzado la cara para mirarme de lleno, aferrado al barrote del asiento soy eso que ella mira, algo tan pálido como lo que estoy mirando, la cara sin sangre de Marie-Claude que aprieta el bolso rojo, que va a hacer el primer gesto para levantarse mientras el tren entra en la estación Daumesnil.

Verano

Al atardecer Florencio bajó con la nena hasta la cabaña, siguiendo el sendero lleno de baches y piedras sueltas que sólo Mariano y Zulma se animaban a franquear con el yip. Zulma les abrió la puerta, y a Florencio le pareció que tenía los ojos como si hubiera estado pelando cebollas. Mariano vino desde la otra pieza, les dijo que entraran, pero Florencio solamente quería pedirles que guardaran a la nena hasta la mañana siguiente porque tenía que ir a la costa por un asunto urgente y en el pueblo no había nadie a quien pedirle el favor. Por supuesto, dijo Zulma, déjela nomás, le pondremos una cama aquí abajo. Pase a tomar una copa, insistió Mariano, total cinco minutos, pero Florencio había dejado el auto en la plaza del pueblo y tenía que seguir viaje enseguida; les agradeció, le dio un beso a su hijita que ya había descubierto la pila de revistas en la banqueta; cuando se cerró la puerta Zulma y Mariano se miraron casi interrogativamente, como si todo hubiera sucedido demasiado pronto. Mariano se encogió de hombros y volvió a su taller donde estaba encolando un viejo sillón; Zulma le preguntó a la nena si tenía hambre, le propuso que jugara con las revistas, en la despensa había una pelota y una red para cazar mariposas; la nena dio las gracias y se puso a mirar las revistas; Zulma la observó un momento mientras preparaba los alcauciles para la noche, y pensó que podía dejarla jugar sola.

Ya atardecía temprano en el sur, apenas les quedaba un mes antes de volver a la capital, entrar en la otra vida del invierno que al fin y al cabo era una misma sobrevivencia, estar distantemente juntos, amablemente amigos, respetando y ejecutando las múltiples nimias delicadas ceremonias convencionales de la pareja, como ahora que Mariano necesitaba una de las hornallas para calentar el tarro de cola y Zulma sacaba del fuego la cacerola de papas diciendo que después terminaría de cocinarlas, y Mariano agradecía porque el sillón ya estaba casi terminado y era mejor aplicar la cola de una sola vez, pero claro, calentala nomás. La nena hojeaba las revistas en el fondo de la gran pieza que servía de cocina y comedor, Mariano le buscó unos caramelos en la despensa; era la hora de salir al jardín para tomar una copa mirando anochecer en las colinas; nunca había nadie en el sendero, la primera casa del pueblo se perfilaba apenas en lo más alto; delante de ellos la falda seguía bajando hasta el fondo del valle ya en penumbras. Serví nomás, vengo en seguida, dijo Zulma. Todo se cumplía cíclicamente, cada cosa en su hora y una hora para cada cosa, con la excepción de la nena que de golpe desajustaba levemente el esquema; un banquito y un vaso de leche para ella, una caricia en el pelo y elogios por lo bien que se portaba. Los cigarrillos, las golondrinas arracimándose sobre la cabaña; todo se iba repitiendo, encajando, el sillón ya estaría casi seco, encolado como ese nuevo día que nada tenía de nuevo. Las insignificantes diferencias eran la nena esa tarde, como a veces a mediodía el cartero los sacaba un momento de la soledad con una carta para Mariano o para Zulma que el destinatario recibía y guardaba sin decir una palabra. Un mes más de repeticiones previsibles, como ensayadas, y el yip cargado hasta el tope los devolvería al departamento de la capital, a la vida que sólo era otra en las formas, el grupo de Zulma o los amigos pintores de Mariano, las tardes de tiendas para ella y las noches en los cafés para Mariano, un ir y venir separadamente aunque siempre se encontraran para el cumplimiento de las ceremonias bisagra, el beso matinal y los programas neutrales en común, como ahora que Mariano ofrecía otra copa y Zulma aceptaba con los ojos perdidos en las colinas más lejanas, teñidas ya de un violeta profundo.

Qué te gustaría cenar, nena. A mí como usted quiera, señora. A lo mejor no le gustan los alcauciles, dijo Mariano. Sí me gustan, dijo la nena, con aceite y vinagre pero poca sal porque pica. Se rieron, le harían una vinagreta especial. Y huevos pasados por agua, qué tal. Con cucharita, dijo la nena. Y poca sal porque pica, bromeó Mariano. La sal pica muchísimo, dijo la nena, a mi muñeca le doy el puré sin sal, hoy no la traje porque mi papá estaba apurado y no me dejó. Va a hacer una linda noche, pensó Zulma en voz alta, mirá qué transparente está el aire hacia el norte. Sí, no hará demasiado calor, dijo Mariano entrando los sillones al salón de abajo, encendiendo las lámparas junto al ventanal que daba al valle. Mecánicamente encendió también la radio. Nixon viajará a Pekín, qué me contás, dijo Mariano. Ya no hay religión, dijo Zulma, y soltaron la carcajada al mismo tiempo. La nena se había dedicado a las revistas y marcaba las páginas de las tiras cómicas como si pensara leerlas dos veces.

La noche llegó entre el insecticida que Mariano pulverizaba en el dormitorio de arriba y el perfume de una cebolla que Zulma cortaba canturreando un ritmo pop de la radio. A mitad de la cena la nena empezó a adormilarse sobre su huevo pasado por agua; le hicieron bromas, la alentaron a terminar; ya Mariano le había preparado el catre con un colchón neumático en el ángulo más alejado de la cocina, de manera de no molestarla si todavía se quedaban un rato en el salón de abajo, escuchando discos o leyendo. La nena comió su durazno y admitió que tenía sueño. Acuéstese, mi amor, dijo Zulma, ya sabe que si quiere hacer pipí no tiene más que subir, le dejaremos prendida la luz de la escalera. La nena los besó en la mejilla, ya perdida de sueño, pero antes de acostarse eligió una revista y la puso debajo de la almohada. Son increíbles, dijo Mariano, qué mundo inalcanzable, y pensar que fue el nuestro, el de todos. A lo mejor no es tan diferente, dijo Zulma que destendía la mesa, vos también tenés tus manías, el frasco de agua colonia a la izquierda y la gillette a la derecha, y yo no hablemos. Pero no eran manías, pensó Mariano, más bien una respuesta a la muerte y a la nada, fijar las cosas y los tiempos, establecer ritos y pasajes contra el desorden lleno de agujeros y de manchas. Solamente que ya no lo decía en voz alta, cada vez parecía haber menos necesidad de hablar con Zulma, y Zulma tampoco decía nada que reclamara un cambio de ideas. Llevá la cafetera, ya puse las tazas en la banqueta de la chimenea. Fijate si queda azúcar en la azucarera, hay un paquete nuevo en la despensa. No encuentro el tirabuzón, esta botella de aguardiente pinta bien, no te parece. Sí, lindo color. Ya que vas a subir traéte los cigarrillos que dejé en la cómoda. De veras que es bueno este aguardiente. Hace calor, no encontrás. Sí, está pesado, mejor no abrir las ventanas, se va a llenar de mariposas y mosquitos.

Cuando Zulma oyó el primer ruido, Mariano estaba buscando en las pilas de discos una sonata de Beethoven que no había escuchado ese verano. Se quedó con la mano en el aire, miró a Zulma. Un ruido como en la escalera de piedra del jardín, pero a esa hora nadie venía a la cabaña, nadie venía nunca de noche. Desde la cocina encendió la lámpara que alumbraba la parte más cercana del jardín, no vio nada y la apagó. Un perro que anda buscando qué comer, dijo Zulma. Sonaba raro, casi como un bufido, dijo Mariano. En el ventanal chicoteó una enorme mancha blanca, Zulma gritó ahogadamente, Mariano de espaldas se volvió demasiado tarde, el vidrio reflejaba solamente los cuadros y los muebles del salón. No tuvo tiempo de preguntar, el bufido resonó cerca de la pared que daba al norte, un relincho sofocado como el grito de Zulma que tenía las manos contra la boca y se pegaba a la pared del fondo, mirando fijamente el ventanal. Es un caballo, dijo Mariano sin creerlo, suena como un caballo, oí los cascos, está galopando en el jardín. Las crines, los belfos como sangrantes, una enorme cabeza blanca rozaba el ventanal, el caballo los miró apenas, la mancha blanca se borró hacia la derecha, oyeron otra vez los cascos, un brusco silencio del lado de la escalera de piedra, el relincho, la carrera. Pero no hay caballos por aquí, dijo Mariano que había agarrado la botella de aguardiente por el gollete antes de darse cuenta y volver a ponerla sobre la banqueta. Quiere entrar, dijo Zulma pegada a la pared del fondo. Pero no, qué tontería, se habrá escapado de alguna chacra del valle y vino a la luz. Te digo que quiere entrar, está rabioso y quiere entrar. Los caballos no rabian que yo sepa, dijo Mariano, me parece que se ha ido, voy a mirar por la ventana de arriba. No, no, quedate aquí, lo oigo todavía, está en la escalera de la terraza, está pisoteando las plantas, va a volver, y si rompe el vidrio y entra. No seas sonsa, qué va a romper, dijo débilmente Mariano, a lo mejor si apagamos las luces se manda mudar. No sé, no sé, dijo Zulma resbalando hasta quedar sentada en la banqueta, oí cómo relincha, está ahí arriba. Oyeron los cascos bajando la escalera, el resoplar irritado contra la puerta, a Mariano le pareció sentir como una presión en la puerta, un roce repetido, y Zulma corrió hacia él gritando histéricamente. La rechazó sin violencia, tendió la mano hacia el interruptor; en la penumbra (quedaba la luz de la cocina donde dormía la nena) el relincho y los cascos se hicieron más fuertes, pero el caballo ya no estaba delante de la puerta, se lo oía ir y venir en el jardín. Mariano corrió a apagar la luz de la cocina, sin siquiera mirar hacia el rincón donde habían acostado a la nena; volvió para abrazar a Zulma que sollozaba, le acarició el pelo y la cara, pidiéndole que se callara para poder escuchar mejor. En el ventanal, la cabeza del caballo se frotó contra el gran vidrio, sin demasiada fuerza, la mancha blanca parecía transparente en la oscuridad; sintieron que el caballo miraba al interior como buscando algo, pero ya no podía verlos y sin embargo seguía ahí, relinchando y resoplando, con bruscas sacudidas a un lado y otro. El cuerpo de Zulma resbaló entre los brazos de Mariano, que la ayudó a sentarse otra vez en la banqueta, apoyándola contra la pared. No te muevas, no digas nada, ahora se va a ir, verás. Quiere entrar, dijo débilmente Zulma, sé que quiere entrar y si rompe la ventana, qué va a pasar si la rompe a patadas. Sh, dijo Mariano, callate por favor. Va a entrar, murmuró Zulma. Yo no tengo ni una escopeta, dijo Mariano, le metería cinco balas en la cabeza, hijo de puta. Ya no está ahí, dijo Zulma levantándose bruscamente, lo oigo arriba, si ve la puerta de la terraza es capaz de entrar. Está bien cerrada, no tengas miedo, pensá que en la oscuridad no va a entrar en una casa donde ni siquiera podría moverse, no es tan idiota. Oh sí, dijo Zulma, quiere entrar, va a aplastarnos contra las paredes, sé que quiere entrar. Sh, repitió Mariano que también lo pensaba, que no podía hacer otra cosa que esperar con la espalda empapada de sudor frío. Una vez más los cascos resonaron en las lajas de la escalera, y de golpe el silencio, los grillos lejanos, un pájaro en el nogal de lo alto.

Sin encender la luz, ahora que el ventanal dejaba entrar la vaga claridad de la noche, Mariano llenó una copa de aguardiente y la sostuvo contra los labios de Zulma, obligándola a beber aunque los dientes chocaban contra la copa y el alcohol se derramaba en la blusa; después, del gollete, bebió un largo trago y fue hasta la cocina para mirar a la nena. Con las manos bajo la almohada como si sujetara la preciosa revista, dormía increíblemente y no había escuchado nada, apenas parecía estar ahí mientras en el salón el llanto de Zulma se cortaba cada tanto en un hipo ahogado, casi un grito. Ya pasó, ya pasó, dijo Mariano sentándose contra ella y sacudiéndola suavemente, no fue más que un susto. Va a volver, dijo Zulma con los ojos clavados en el ventanal. No, ya andará lejos, seguro que se escapó de alguna tropilla de allá abajo. Ningún caballo hace eso, dijo Zulma, ningún caballo quiere entrar así en una casa. Admito que es raro, dijo Mariano, mejor echemos un vistazo afuera, aquí tengo la linterna. Pero Zulma se había apretado contra la pared, la idea de abrir la puerta, de salir hacia la sombra blanca que podía estar cerca, esperando bajo los árboles, pronta a cargar. Mirá, si no nos aseguramos que se ha ido nadie va a dormir esta noche, dijo Mariano. Démosle un poco más de tiempo, entre tanto vos te acostás y te doy tu calmante; dosis extra, pobrecita, te la has ganado de sobra.

Zulma acabó por aceptar, pasivamente; sin encender las luces fueron hasta la escalera y Mariano mostró con la mano a la nena dormida, pero Zulma apenas la miró, subía la escalera trastabillando, Mariano tuvo que sujetarla al entrar en el dormitorio porque estaba a punto de golpearse en el marco de la puerta. Desde la ventana que daba sobre el alero miraron la escalera de piedra, la terraza más alta del jardín. Se ha ido, ves, dijo Mariano arreglando la almohada de Zulma, viéndola desvestirse con gestos mecánicos, la mirada fija en la ventana. Le hizo beber las gotas, le pasó agua colonia por el cuello y las manos, alzó suavemente la sábana hasta los hombros de Zulma que había cerrado los ojos y temblaba. Le secó las mejillas, esperó un momento y bajó a buscar la linterna; llevándola apagada en una mano y con un hacha en la otra, entornó poco a poco la puerta del salón y salió a la terraza inferior desde donde podía abarcar todo el lado de la casa que daba hacia el este; la noche era idéntica a tantas otras del verano, los grillos chirriaban lejos, una rana dejaba caer dos gotas alternadas de sonido. Sin necesidad de la linterna Mariano vio la mata de lilas pisoteada, las enormes huellas en el cantero de pensamientos, la maceta tumbada al pie de la escalera; no era una alucinación, entonces, y desde luego valía más que no lo fuera; por la mañana iría con Florencio a averiguar en las chacras del valle, no se la iban a llevar de arriba tan fácilmente. Antes de entrar enderezó la maceta, fue hasta los primeros árboles y escuchó largamente los grillos y la rana; cuando miró hacia la casa, Zulma estaba en la ventana del dormitorio, desnuda, inmóvil.

La nena no se había movido, Mariano subió sin hacer ruido y se puso a fumar al lado de Zulma. Ya ves, se ha ido, podemos dormir tranquilos, mañana veremos. Poco a poco la fue llevando hasta la cama, se desvistió, se tendió boca arriba, siempre fumando. Dormí, todo va bien, no fue más que un susto absurdo. Le pasó la mano por el pelo, los dedos resbalaron hasta el hombro, rozaron los senos. Zulma se volvió de lado, dándole la espalda, sin hablar; también eso era como tantas otras noches del verano.

Dormir tenía que ser difícil, pero Mariano se durmió bruscamente apenas había apagado el cigarrillo; la ventana seguía abierta y seguramente entrarían mosquitos, pero el sueño vino antes, sin imágenes, la nada total de la que salió en algún momento despedido por un pánico indecible, la presión de los dedos de Zulma en un hombro, el jadeo. Casi antes de comprender ya estaba escuchando la noche, el perfecto silencio puntuado por los grillos. Dormí, Zulma, no hay nada, habrás soñado. Obstinándose en que asintiera, que volviera a tenderse dándole la espalda ahora que de golpe había retirado la mano y estaba sentada, rígida, mirando hacia la puerta cerrada. Se levantó al mismo tiempo que Zulma, incapaz de impedirle que abriera la puerta y fuera hasta el nacimiento de la escalera, pegado a ella y preguntándose vagamente si no haría mejor en cachetearla, traerla a la fuerza hasta la cama, dominar por fin tanta lejanía petrificada. En la mitad de la escalera Zulma se detuvo, tomándose de la barandilla. ¿Vos sabés por qué está ahí la nena? Con una voz que debía pertenecer todavía a la pesadilla. ¿La nena? Otros dos peldaños, ya casi en el codo que se abría sobre la cocina. Zulma, por favor. Y la voz quebrada, casi en falsete, está ahí para dejarlo entrar, te digo que lo va a dejar entrar. Zulma, no me obligues a hacer una idiotez. Y la voz como triunfante, subiendo todavía más de tono, mirá, pero mirá si no me creés, la cama vacía, la revista en el suelo. De un empellón Mariano se adelantó a Zulma, saltó hasta el interruptor. La nena los miró, su piyama rosa contra la puerta que daba al salón, la cara adormilada. Qué hacés levantada a esta hora, dijo Mariano envolviéndose la cintura con un repasador. La nena miraba a Zulma desnuda, entre dormida y avergonzada la miraba como queriendo volverse a la cama, al borde del llanto. Me levanté para hacer pipí, dijo. Y saliste al jardín cuando te habíamos dicho que subieras al baño. La nena empezó a hacer pucheros, las manos cómicamente perdidas en los bolsillos del piyama. No es nada, volvete a la cama, dijo Mariano acariciándole el pelo. La arropó, le puso la revista debajo de la almohada; la nena se volvió contra la pared, un dedo en la boca como para consolarse. Subí, dijo Mariano, ya ves que no pasa nada, no te quedés ahí como una sonámbula. La vio dar dos pasos hacia la puerta del salón, se le cruzó en el camino, ya estaba bien así, qué diablos. Pero no te das cuenta de que le ha abierto la puerta, dijo Zulma con esa voz que no era la suya. Dejate de tonterías, Zulma. Andá a ver si no es cierto, o dejame ir a mí. La mano de Mariano se cerró en el antebrazo que temblaba. Subí ahora mismo, empujándola hasta llevarla al pie de la escalera, mirando al pasar a la nena que no se había movido, que ya debía dormir. En el primer peldaño Zulma gritó y quiso escapar, pero la escalera era estrecha y Mariano la empujaba con todo el cuerpo, el repasador se desciñó y cayó al pie de la escalera, sujetándola por los hombros y tironeándola hacia arriba la llevó hasta el rellano, la lanzó hacia el dormitorio, cerrando la puerta tras él. Lo va a dejar entrar, repetía Zulma, la puerta está abierta y va a entrar. Acostate, dijo Mariano. Te digo que la puerta está abierta. No importa, dijo Mariano, que entre si quiere, ahora me importa un carajo que entre o no entre. Atrapó las manos de Zulma que buscaban rechazarlo, la empujó de espaldas contra la cama, cayeron juntos, Zulma sollozando y suplicando, imposibilitada de moverse bajo el peso de un cuerpo que la ceñía cada vez más, que la plegaba a una voluntad murmurada boca a boca, rabiosamente, entre lágrimas y obscenidades. No quiero, no quiero, no quiero nunca más, no quiero, pero ya demasiado tarde, su fuerza y su orgullo cediendo a ese peso arrasador que la devolvía al pasado imposible, a los veranos sin cartas y sin caballos. En algún momento —empezaba a clarear— Mariano se vistió en silencio, bajó a la cocina; la nena dormía con el dedo en la boca, la puerta del salón estaba abierta. Zulma había tenido razón, la nena había abierto la puerta pero el caballo no había entrado en la casa. A menos que sí, lo pensó encendiendo el primer cigarrillo y mirando el filo azul de las colinas, a menos que también en eso Zulma tuviera razón y que el caballo hubiera entrado en la casa, pero cómo saberlo si no lo habían escuchado, si todo estaba en orden, si el reloj seguiría midiendo la mañana y después que Florencio viniera a buscar a la nena a lo mejor hacia las doce llegaría el cartero silbando desde lejos, dejándoles sobre la mesa del jardín las cartas que él o Zulma tomarían sin decir nada, un rato antes de decidir de común acuerdo lo que convenía preparar para el almuerzo.

Ahí pero dónde, cómo

Un cuadro de René Magritte representa una pipa que ocupa el centro de la tela. Al pie de la pintura su título: Esto no es una pipa.

A Paco, que gustaba de mis relatos.
(Dedicatoria de Bestiario, 1951)

No depende de la voluntad

es él bruscamente: ahora (antes de empezar a escribir; la razón de que haya empezado a escribir) o ayer, mañana, no hay ninguna indicación previa, él está o no está; ni siquiera puedo decir que viene, no hay llegada ni partida; él es como un puro presente que se manifiesta o no en este presente sucio, lleno de ecos de pasado y obligaciones de futuro

A vos que me leés, ¿no te habrá pasado eso que empieza en un sueño y vuelve en muchos sueños pero no es eso, no es solamente un sueño? Algo que está ahí pero dónde, cómo; algo que pasa soñando, claro, puro sueño pero después también ahí, de otra manera porque blando y lleno de agujeros pero ahí mientras te cepillás los dientes, en el fondo de la taza del lavabo lo seguís viendo mientras escupís el dentífrico o metés la cara en el agua fría, y ya adelgazándose pero prendido todavía al piyama, a la raíz de la lengua mientras calentás el café, ahí pero dónde, cómo, pegado a la mañana, con su silencio en el que ya entran los ruidos del día, el noticioso radial que pusimos porque estamos despiertos y levantados y el mundo sigue andando. Carajo, carajo, ¿cómo puede ser, qué es eso que fue, que fuimos en un sueño pero es otra cosa, vuelve cada tanto y está ahí pero dónde, cómo está ahí y dónde es ahí? ¿Por qué otra vez Paco esta noche, ahora que lo escribo en esta misma pieza, al lado de esta misma cama donde las sábanas marcan el hueco de mi cuerpo? ¿A vos no te pasa como a mí con alguien que se murió hace treinta años, que enterramos un mediodía de sol en la Chacarita, llevando a hombros el cajón con los amigos de la barra, con los hermanos de Paco?

> su cara pequeña y pálida, su cuerpo apretado de jugador de pelota vasca, sus ojos de agua, su pelo rubio peinado con gomina, la raya al costado, su traje gris, sus mocasines negros, casi siempre una corbata azul pero a veces en mangas de camisa o con una bata de esponja blanca (cuando me espera en su pieza de la calle Rivadavia, levantándose con esfuerzo para que no me dé cuenta de que está tan enfermo sentándose al borde de la cama envuelto en la bata blanca pidiéndome el cigarrillo que le tienen prohibido)

Ya sé que no se puede escribir esto que estoy escribiendo, seguro que es otra de las maneras del día para terminar con las débiles operaciones del sueño; ahora me iré a trabajar, me encontraré con traductores y revisores en la conferencia de Ginebra donde estoy por cuatro semanas, leeré las noticias de Chile, esa otra pesadilla que ningún dentífrico despega de la boca; por qué entonces saltar de la cama a la máquina, de la casa de la calle Rivadavia en Buenos Aires donde acabo de estar con Paco, a esta máquina que no servirá de nada ahora que estoy despierto y sé que han pasado treinta y un años desde aquella mañana de octubre, ese nicho en un columbario, las pobres flores que casi nadie llevó porque maldito si nos importaban las flores mientras enterrábamos a Paco. Te digo, esos treinta y un años no son lo que importa, mucho peor es este paso del sueño a las palabras, el agujero entre lo que todavía sigue aquí pero se va entregando más y más a los nítidos filos de las cosas de este lado, al cuchillo de las palabras que sigo escribiendo y que ya no son eso que sigue ahí pero dónde, cómo. Y si insisto es porque no puedo más, tantas veces he sabido que Paco está vivo o que va a morirse, que está vivo de otra manera que nuestra manera de estar vivos o de ir a morirnos, que escribiéndolo por lo menos lucho contra lo inapresable, paso los dedos de las palabras por los agujeros de esa trama delgadísima que todavía me ataba en el cuarto de baño, en la tostadora, en el primer cigarrillo, que está todavía ahí pero dónde, cómo; repetir, reiterar, fórmulas de encantamiento, verdad, a lo mejor vos que me leés también tratás a veces de fijar con alguna salmodia lo que se te va yendo, repetís estúpidamente un verso infantil, arañita visita, arañita visita, cerrando los ojos para centrar la escena capital del sueño deshilachado, renunciando arañita, encogiéndote de hombros visita, el diariero llama a la puerta, tu mujer te mira sonriendo y te dice Pedrito, se te quedaron las telarañas en los ojos y tiene tanta razón pensás vos, arañita visita, claro que las telarañas.

> cuando sueño con Alfredo, con otros muertos, puede ser cualquiera de sus tantas imágenes, de las opciones del tiempo y de la vida, a Alfredo lo veo manejando su Ford negro, jugando al póker, casándose con Zulema, saliendo conmigo del normal Mariano Acosta para ir a tomar un vermut en La Perla del Once; después, al final, antes, cualquiera de los días a lo largo de cualquiera de los años,

pero Paco no, Paco es solamente la pieza desnuda y fría de su casa, la cama de hierro, la bata de esponja blanca, y si nos encontramos en el café y está con su traje gris y la corbata azul, la cara es la misma, la terrosa máscara final, los silencios de un cansancio irrestañable

No voy a perder más tiempo; si escribo es porque sé, aunque no pueda explicarme qué es eso que sé y apenas consiga separar lo más grueso, poner de un lado los sueños y del otro a Paco, pero hay que hacerlo si un día, si ahora mismo en cualquier momento alcanzo a manotear más lejos. Sé que sueño con Paco puesto que la lógica, puesto que los muertos no andan por la calle y hay un océano de agua y de tiempo entre este hotel de Ginebra y su casa de la calle Rivadavia, entre su casa de la calle Rivadavia y él muerto hace treinta y un años. Entonces es obvio que Paco está vivo (de qué inútil, horrible manera tendré que decirlo también para acercarme, para ganar algo de terreno) mientras yo duermo; eso que se llama soñar. Cada tanto, pueden pasar semanas e incluso años, vuelvo a saber mientras duermo que él está vivo y va a morirse; no hay nada de extraordinario en soñar con él y verlo vivo, ocurre con tantos otros en los sueños de todo el mundo, también yo a veces encuentro a mi abuela viva en mis sueños, o a Alfredo vivo en mis sueños, Alfredo que fue uno de los amigos de Paco y se murió antes que él. Cualquiera sueña con sus muertos y los ve vivos, no es por eso que escribo; si escribo es porque sé, aunque no pueda explicar qué es lo que sé. Mirá, cuando sueño con Alfredo el dentífrico cumple muy bien su tarea; queda la melancolía, la recurrencia de recuerdos añejos, después empieza la jornada sin Alfredo. Pero con Paco es como si se despertara también conmigo, puede permitirse el lujo de disolver casi enseguida las vívidas secuencias de la noche y seguir presente y fuera del sueño, desmintiéndolo con una fuerza que Alfredo, que nadie tiene en pleno día, después de la ducha y el diario. Qué le importa a él que yo me acuerde apenas de ese momento en que su hermano Claudio vino a buscarme, a decirme que Paco estaba muy enfermo, y que las escenas sucesivas, ya deshilachadas pero aún rigurosas y coherentes en el olvido, un poco como el hueco de mi cuerpo todavía marcado por las sábanas, se diluyan como todos los sueños. Lo que entonces sé es que haber soñado no es más que parte de algo diferente, una especie de superposición, una zona otra, aunque la expresión sea incorrecta pero también hay que superponer o violar las palabras si quiero acercarme, si espero alguna vez estar. Gruesamente, como lo estoy sintiendo ahora, Paco está vivo aunque se va a morir, y si algo sé es que no hay nada de sobrenatural en eso; tengo mi idea sobre los fantasmas pero Paco no es un fantasma, Paco es un hombre, el hombre que fue hasta hace treinta y un años, mi camarada de estudios, mi mejor amigo. No ha sido necesario que volviera de mi lado una y otra vez, bastó el primer sueño para que yo lo supiera vivo más allá o más acá del sueño y otra vez me ganara la tristeza, como en las noches de la calle Rivadavia cuando lo veía ceder terreno frente a una enfermedad que se lo iba comiendo desde las vísceras, consumiéndolo sin apuro en la tortura más perfecta. Cada noche que he vuelto a soñarlo ha sido lo mismo, las variaciones del tema; no es la recurrencia la que podría engañarme, lo que sé ahora ya estaba sabido la primera vez, creo que en París en los años cincuenta, a quince años de su muerte en Buenos Aires. Es verdad, en aquel entonces traté de ser sano, de lavarme mejor los dientes; te rechacé, Paco, aunque ya algo en mí supiera que no estabas ahí como Alfredo, como mis otros muertos; también frente a los sueños se puede ser un canalla y un cobarde, y acaso por eso volviste, no por venganza sino para probarme que era inútil, que estabas vivo y tan enfermo, que te ibas a morir, que una y otra noche Claudio vendría a buscarme en sueños para llorar en mi hombro, para decirme Paco está mal, qué podemos hacer, Paco está tan mal.

> su cara terrosa y sin sol, sin siquiera la luna de los cafés del Once, la vida noctámbula de los estudiantes, una cara triangular sin sangre, el agua celeste de los ojos, los labios despellejados por la fiebre, el olor dulzón de los nefríticos, su sonrisa delicada, la voz reducida al mínimo, teniendo que respirar entre cada frase, reemplazando las palabras por un gesto o una mueca irónica

Ves, eso es lo que sé, no es mucho pero lo cambia todo. Me aburren las hipótesis tempoespaciales, las *n* dimensiones, sin hablar de la jerga ocultista, la vida astral y Gustav Meyrinck. No voy a salir a buscar porque me sé incapaz de ilusión o quizá, en el mejor de los casos, de la capacidad para entrar en territorios diferentes. Simplemente estoy aquí y dispuesto, Paco, escribiendo lo que una vez más hemos vivido juntos mientras yo dormía; si en algo puedo ayudarte es en saber que no sos solamente mi sueño que ahí pero dónde, cómo, que ahí estás vivo y sufriendo. De ese ahí no puedo decir nada, sino que se me da soñando y despierto, que es un ahí sin asidero; porque cuando te veo estoy durmiendo y no sé pensar, y cuando pienso estoy despierto pero sólo puedo pensar; imagen o idea son siempre ese ahí pero dónde, ese ahí pero cómo.

> releer esto es bajar la cabeza, putear de cara contra un nuevo cigarrillo, preguntarse por el sentido de estar tecleando en esta máquina, para quién, decime un poco, para quién que no se encoja de hombros y encasille rápido, ponga la etiqueta y pase a otra cosa, a otro cuento

Y además, Paco, por qué. Lo dejo para el final pero es lo más duro, es esta rebelión y este asco contra lo que te pasa. Te imaginás que no te creo en el infierno, nos haría tanta gracia si pudiéramos hablar de eso. Pero tiene que haber un por qué, no es cierto, vos mismo has de preguntarte porqué estás vivo ahí donde estás si de nuevo te vas a morir, si otra vez Claudio tiene que venir a buscarme, si como hace un momento voy a subir la escalera de la calle Rivadavia para encontrarte en tu pieza de enfermo, con esa cara sin sangre y los ojos como de agua, sonriéndome con labios desteñidos y resecos, dándome una mano que parece un papelito. Y tu voz, Paco, esa voz que te conocí al final, articulando precariamente las pocas palabras de un saludo o de una broma. Por supuesto que no estás en la casa de la calle Rivadavia, y que yo en Ginebra no he subido la escalera de tu casa en Buenos Aires, eso es la utilería del sueño y como siempre al despertar las imágenes se deslíen y solamente quedás vos de este lado, vos que no sos un sueño, que me has estado esperando en tantos sueños pero como quien se cita en un lugar neutral, una estación o un café, la otra utilería que olvidamos apenas se echa a andar.

> cómo decirlo, cómo seguir, hacer trizas la razón repitiendo que no es solamente un sueño, que si lo veo en sueños como a cualquiera de mis muertos, él es otra cosa, está ahí, dentro y fuera, vivo aunque
>
> lo que veo de él, lo que oigo de él: la enfermedad lo ciñe, lo fija en esa última apariencia que es mi recuerdo de él hace treinta y un años; así está ahora, así es

¿Por qué vivís si te has enfermado otra vez, si vas a morirte otra vez? Y cuando te mueras, Paco, ¿qué va a pasar entre nosotros dos? ¿Voy a saber que te has muerto, voy a soñar, puesto que el sueño es la única zona donde puedo verte, que te enterramos de nuevo? Y después de eso, ¿voy a dejar de soñar, te sabré de veras muerto? Porque hace ya muchos años, Paco, que estás vivo ahí donde nos encontramos, pero con una vida inútil y marchita, esta vez tu enfermedad dura interminablemente más que la otra, pasan semanas o meses, pasa París o Quito o Ginebra y entonces viene Claudio y me abraza, Claudio tan joven y cachorro llorando silencioso contra mi hombro, avisándome que estás mal, que suba a verte, a veces es un café pero casi siempre hay que subir la estrecha escalera de esa casa que ya han echado abajo, desde un taxi miré hace un año esa cuadra de Rivadavia a la altura del Once y supe que la casa ya no estaba ahí o que la habían transformado, que falta la puerta y la angosta escalera que llevaba al primer piso, a las piezas de alto cielo raso y estucos amarillos, pasan semanas o meses y de nuevo sé que tengo que ir a verte, o simplemente te encuentro en cualquier lado o sé que estás en cualquier lado aunque no te vea, y nada termina, nada empieza ni termina mientras duermo o después en la oficina o aquí escribiendo, vos vivo para qué, vos vivo por qué, Paco, ahí pero dónde, viejo, dónde y hasta cuándo.

aducir pruebas de aire, montoncitos de ceniza como pruebas, seguridades de agujero; para peor con palabras, desde palabras incapaces de vértigo, etiquetas previas a la lectura, esa otra etiqueta final

noción de territorio contiguo, de pieza de al lado; tiempo de al lado, y a la vez nada de eso, demasiado fácil refugiarse en lo binario; como si todo dependiera de mí, de una simple clave que un gesto o un salto me darían, y saber que no, que mi vida me encierra en lo que soy, al borde mismo pero tratar de decirlo de otra manera, insistir: por esperanza buscando el laboratorio de medianoche, una alquimia impensable, una transmutación

No sirvo para ir más lejos, intentar cualquiera de los caminos que otros siguen en busca de sus muertos, la fe o los hongos o las metafísicas. Sé que no estás muerto, que las mesas de tres patas son inútiles; no iré a consultar videntes porque también ellos tienen sus códigos, me mirarían como a un demente. Sólo puedo creer en lo que sé, seguir por mi vereda como vos por la tuya empequeñecido y enfermo ahí donde estás, sin molestarme, sin pedirme nada pero apoyándote de alguna manera en mí que te sé vivo, en ese eslabón que te enlaza con esta zona a la que no pertenecés pero que te sostiene vaya a saber por qué, vaya a saber para qué. Y por eso, pienso, hay momentos en que te hago falta y es entonces que llega Claudio o que de golpe te encuentro en el café donde jugábamos al billar o en la pieza de los altos donde poníamos discos de Ravel y leíamos a Federico y a Rilke, y la alegría deslumbrada que me da saberte vivo es más fuerte que la palidez de tu cara y la fría debilidad de tu mano; porque en pleno sueño no me engaño como me engaña a veces ver a Alfredo o a Juan Carlos, la alegría no es esa horrible decepción al despertar y comprender que se ha soñado, con vos me despierto y nada cambia salvo que he dejado de verte, sé que estás vivo ahí donde estás, en una tierra que es esta tierra y no una esfera astral o un limbo abominable; y la alegría dura y está aquí mientras escribo, y no contradice la tristeza de haberte visto una vez más tan mal, es todavía la esperanza, Paco, si escribo es porque espero aunque cada vez sea lo mismo, la escalera que lleva a tu pieza, el café donde entre dos carambolas me dirás que estuviste enfermo pero que ya va pasando, mintiéndome con una pobre sonrisa; la esperanza de que alguna vez sea de otra manera, que Claudio no tenga que venir a buscarme y a llorar abrazado a mí, pidiéndome que vaya a verte.

> aunque sea para estar otra vez cerca de él cuando se muera como en aquella noche de octubre, los cuatro amigos, la fría lámpara colgando del cielo raso, la última inyección de coramina, el pecho desnudo y helado, los ojos abiertos que uno de nosotros le cerró llorando

Y vos que me leés creerás que invento; poco importa, hace mucho que la gente pone en la cuenta de mi imaginación lo que de veras he vivido, o viceversa. Mirá, a Paco no lo encontré nunca en la ciudad de la que he hablado alguna vez, una ciudad con la que sueño cada tanto, y que es como el recinto de una muerte infinitamente postergada, de búsquedas turbias y de imposibles citas. Nada hubiera sido más natural que verlo ahí, pero ahí no lo he encontrado nunca ni creo que lo encontraré. Él tiene su territorio propio, gato en su mundo recortado y preciso, la casa de la calle Rivadavia, el café del billar, alguna esquina del Once. Quizá si lo hubiera encontrado en la ciudad de las arcadas y del canal del norte, lo habría sumado a la maquinaria de las búsquedas, a las interminables habitaciones del hotel, a los ascensores que se desplazan horizontalmente, a la pesadilla elástica que vuelve cada tanto; hubiera sido más fácil explicar la presencia, imaginarla parte de ese decorado que la hubiera empobrecido limándola, incorporándola a sus torpes juegos. Pero Paco está en lo suyo, gato solitario asomando desde su propia zona sin mezclas; quienes vienen a buscarme son solamente los suyos, es Claudio o su padre, alguna vez su hermano mayor. Cuando despierto después de haberlo encontrado en su casa o en el café, viéndole la muerte en los ojos como de agua, el resto se pierde en el fragor de la vigilia, sólo él queda conmigo mientras me lavo los dientes y escucho el noticioso antes de salir; ya no su imagen percibida con la cruel precisión lenticular del sueño (el traje gris, la corbata azul, los mocasines negros) sino la certidumbre de que impensablemente sigue ahí y que sufre.

ni siquiera esperanza en lo absurdo, saberlo otra vez feliz verlo en un torneo de pelota, enamorado de esas muchachas con las que bailaba en el club

pequeña larva gris, *animula vagula blandula*, monito temblando de frío bajo las frazadas, tendiéndome una mano de maniquí, para qué, por qué

No habré podido hacerte vivir esto, lo escribo igual para vos que me leés porque es una manera de quebrar el cerco, de pedirte que busques en vos mismo si no tenés también uno de esos gatos, de esos muertos que quisiste y que están en ese ahí que ya me exaspera nombrar con palabras de papel. Lo hago por Paco, por si esto o cualquier otra cosa sirviera de algo, lo ayudara a curarse o a morirse, a que Claudio no volviera a buscarme, o simplemente a sentir por fin que todo era un engaño, que sólo sueño con Paco y que él vaya a saber por qué se agarra un poco más a mis tobillos que Alfredo, que mis otros muertos. Es lo que vos estarás pensando, qué otra cosa podrías pensar a menos que también te haya pasado con alguien, pero nadie me ha hablado nunca de cosas así y tampoco lo espero de vos, simplemente tenía que decirlo y esperar, decirlo y otra vez acostarme y vivir como cualquiera, haciendo lo posible por olvidar que Paco sigue ahí, que nada termina porque mañana o el año que viene me despertaré sabiendo como ahora que Paco sigue vivo, que me llamó porque esperaba algo de mí, y que no puedo ayudarlo porque está enfermo, porque se está muriendo.

Lugar llamado Kindberg

Llamado Kindberg, a traducir ingenuamente por montaña de los niños o a verlo como la montaña gentil, la amable montaña, así o de otra manera un pueblo al que llegan de noche desde una lluvia que se lava rabiosamente la cara contra el parabrisas, un viejo hotel de galerías profundas donde todo está preparado para el olvido de lo que sigue allí afuera golpeando y arañando, el lugar por fin, poder cambiarse, saber que se está tan bien al abrigo; y la sopa en la gran sopera de plata, el vino blanco, partir el pan y darle el primer pedazo a Lina que lo recibe en la palma de la mano como si fuera un homenaje, y lo es, y entonces le sopla por encima vaya a saber por qué pero tan bonito ver que el flequillo de Lina se alza un poco y tiembla como si el soplido devuelto por la mano y por el pan fuera a levantar el telón de un diminuto teatro, casi como si desde ese momento Marcelo pudiera ver salir a escena los pensamientos de Lina, las imágenes y los recuerdos de Lina que sorbe su sopa sabrosa soplando siempre sonriendo.

Y no, la frente lisa y aniñada no se altera, al principio es sólo la voz que va dejando caer pedazos de persona, componiendo una primera aproximación a Lina: chilena, por ejemplo, y un tema canturreado de Archie Shepp, las uñas un poco comidas pero muy pulcras contra una ropa sucia de auto-stop y dormir en granjas o albergues de la juventud. La juventud, se ríe Lina sorbiendo la sopa como una osita, seguro que no te la imaginas: fósiles, fíjate, cadáveres vagando como en esa película de miedo de Romero.

Marcelo está por preguntarle qué Romero, primera noticia del tal Romero, pero mejor dejarla hablar, lo divierte asistir a esa felicidad de comida caliente, como antes su contento en la pieza con chimenea esperando crepitando, la burbuja burguesa protectora de una billetera de viajero sin problemas, la lluvia estrellándose ahí afuera contra la burbuja como esa tarde en la cara blanquísima de Lina al borde de la carretera a la salida del bosque en el crepúsculo, qué lugar para hacer auto-stop y sin embargo ya, otro poco de sopa osita, cómame que necesita salvarse de una angina, el pelo todavía húmedo pero ya chimenea crepitando esperando ahí en la pieza de gran cama Habsburgo, de espejos hasta el suelo con mesitas y caireles y cortinas y por qué estabas ahí bajo el agua decime un poco, tu mamá te hubiera dado una paliza.

Cadáveres, repite Lina, mejor andar sola, claro que si llueve pero no te creas el abrigo es impermeable de veras, no más que un poco el pelo y las piernas, ya está, una aspirina si acaso. Y entre la panera vacía y la nueva llenita que ya la osezna saquea y qué manteca más rica, ¿y tú qué haces, por qué viajas en ese tremendo auto, y tú por qué, ah y tú argentino? Doble aceptación de que el azar hace bien las cosas, el previsible recuerdo de que si ocho kilómetros antes Marcelo no se hubiera detenido a beber un trago, la osita ahora metida en otro auto o todavía en el bosque, soy corredor de materiales prefabricados, es algo que obliga a viajar mucho pero esta vez ando vagando entre dos obligaciones. Osezna atenta y casi grave, qué es eso de prefabricados, pero desde luego tema aburrido, qué le va a hacer, no puede decirle que es domador de fieras o director de cine o Paul McCartney: la sal. Esa manera brusca de insecto o pájaro aunque osita flequillo bailoteándole, el refrán recurrente de Archie Shepp, tienes los discos, pero cómo, ah bueno. Dándose cuenta, piensa irónico Marcelo, de que lo normal sería que él no tuviera los discos de Archie Shepp y es idiota porque en realidad claro que los tiene y a veces los escucha con Marlene en Bruselas y solamente no sabe vivirlos como Lina que de golpe canturrea un trozo entre dos mordiscos, su sonrisa suma de free-jazz y bocado gulasch y osita húmeda de auto-stop, nunca tuve tanta suerte, fuiste bueno. Bueno y consecuente, entona Marcelo revancha bandoneón, pero la pelota sale de la cancha, es otra generación, es una osita Shepp, ya no tango, che.

Por supuesto queda todavía la cosquilla, casi un calambre agridulce de eso a la llegada a Kindberg, el parking del hotel en el enorme hangar vetusto, la vieja alumbrándoles el camino con una linterna de época, Marcelo valija y portafolios, Lina mochila y chapoteo, la invitación a cenar aceptada antes de Kindberg, así charlamos un poco, la noche y la metralla de la lluvia, mala cosa seguir, mejor paramos en Kindberg y te invito a cenar, oh sí gracias qué rico, así se te seca la ropa, lo mejor es quedarse aquí hasta mañana, que llueva que llueva la vieja está en la cueva, oh sí dijo Lina, y entonces el parking, las galerías resonantes góticas hasta la recepción, qué calentito este hotel, qué suerte una gota de agua la última en el borde del flequillo, la mochila colgando osezna girl-scout con tío bueno, voy a pedir las piezas así te secás un poco antes de cenar. Y la cosquilla, casi un calambre ahí abajo, Lina mirándolo toda flequillo, las piezas qué tontería, pide una sola. Y él no mirándola pero la cosquilla agradesagradable, entonces es un yiro, entonces es una delicia, entonces osita sopa chimenea, entonces una más y qué suerte viejo porque está bien linda. Pero después viéndola sacar de la mochila el otro par de blue-jeans y el pull-over negro, dándole la espalda charlando qué chimenea, huele, fuego perfumado, buscándole aspirinas en el fondo de la valija entre vitaminas y desodorantes y after-shave y hasta dónde pensás llegar, no sé, tengo una carta para unos hippies de Copenhague, unos dibujos que me dio Cecilia en Santiago, me dijo que son tipos estupendos, el biombo de raso y Lina colgando la ropa mojada, volcando indescriptible la mochila sobre la mesa franciscojosé dorada y arabescos James Baldwin kleenex botones anteojos negros cajas de cartón Pablo Neruda paquetitos higiénicos plano de Alemania, tengo hambre, Marcelo me gusta tu nombre suena bien y tengo hambre, entonces vamos a comer, total para ducha ya tuviste bastante, después acabás de arreglar esa mochila, Lina levantando la cabeza bruscamente, mirándolo: Yo no arreglo nunca nada, para qué, la mochila es como yo y este viaje y la política, todo mezclado y qué importa. Mocosa, pensó Marcelo calambre, casi cosquilla (darle las aspirinas a la altura del café, efecto más rápido) pero a ella le molestaban esas distancias verbales, esos vos tan joven y cómo puede ser que viajés así sola, en mitad de la sopa se había reído: la juventud, fósiles, fijate, cadáveres vagando como en esa película de Romero. Y el gulasch y poco a poco desde el calor y la osezna de nuevo contenta y el vino, la cosquilla en el estómago cediendo a una especie de alegría, a una paz, que dijera tonterías, que siguiera explicándole su visión de un mundo que a lo mejor había sido también su visión alguna vez aunque ya no estaba para acordarse, que lo mirara desde el teatro de su flequillo, de golpe seria y como preocupada y después bruscamente Shepp, diciendo tan bueno estar así, sentirse seca y dentro de la burbuja y una vez en Avignon cinco horas esperando un stop con un viento que arrancaba las tejas, vi estrellarse un pájaro contra un árbol, cayó como un pañuelo fíjate: la pimienta por favor.

Entonces (se llevaban la fuente vacía) pensás seguir hasta Dinamarca siempre así, ¿pero tenés un poco de plata o qué? Claro que voy a seguir, ¿no comes la lechuga?, pásamela entonces, todavía tengo hambre, una manera de plegar las hojas con el tenedor y masticarlas despacio canturreándoles Shepp con de cuando en cuando una burbujita plateada plop en los labios húmedos, boca bonita recortada terminando justo donde debía, esos dibujos del renacimiento, Florencia en otoño con Marlene, esas bocas que pederastas geniales habían amado tanto, sinuosamente sensuales sutiles etcétera, se te está yendo a la cabeza este Riesling sesenta y cuatro, escuchándola entre mordiscos y canturreos no sé cómo acabé filosofía en Santiago, quisiera leer muchas cosas, es ahora que tengo que empezar a leer. Previsible, pobre osita tan contenta con su lechuga y su plan de tragarse Spinoza en seis meses mezclado con Allen Ginsberg y otra vez Shepp: cuánto lugar común desfilaría hasta el café (no olvidarse de darle la aspirina, si me empieza a estornudar es un problema, mocosa con el pelo mojado la cara toda flequillo pegado la lluvia manoteándola al borde del camino) pero paralelamente entre Shepp y el fin del gúlash todo iba como girando de a poco, cambiando, eran las mismas frases y Spinoza o Copenhague y a la vez diferente, Lina ahí frente a él partiendo el pan bebiendo el vino mirándolo contenta, lejos y cerca al mismo tiempo, cambiando con el giro de la noche, aunque lejos y cerca no era una explicación, otra cosa, algo como una mostración, Lina mostrándole algo que no era ella misma pero entonces qué, decime un poco. Y dos tajadas al hilo de gruyère, por qué no comes, Marcelo, es riquísimo, no comiste nada, tonto, todo un señor como tú, porque tú eres un señor, ¿no?, y ahí fumando mando mando mando sin comer nada, oye, y un poquito más de vino, tú querrías, ¿no?, porque con este queso te imaginas, hay que darle una bajadita de nada, anda, come un poco: más pan, es increíble lo que como de pan, siempre me vaticinaron gordura, lo que oyes, es cierto que ya tengo barriguita, no parece pero sí, te juro, Shepp.

Inútil esperar que hablara de cualquier cosa sensata y por qué esperar (porque tú eres un señor, ¿no?), osezna entre las flores del postre mirando deslumbrada y a la vez con ojos calculadores el carrito de ruedas lleno de tortas compotas merengues, barriguita, sí, le habían vaticinado gordura, *sic*, ésta con más crema, y por qué no te gusta Copenhague, Marcelo. Pero Marcelo no había dicho que no le gustara Copenhague, solamente un poco absurdo eso de viajar en plena lluvia y semanas y mochila para lo más probablemente descubrir que los hippies ya andaban por California, pero no te das cuenta que no importa, te dije que no los conozco, les llevo unos dibujos que me dieron Cecilia y Marcos en Santiago y un disquito de *Mothers of Invention*, ¿aquí no tendrán un tocadiscos para que te lo ponga?, probablemente demasiado tarde y Kindberg, date cuenta, todavía si fueran violines gitanos pero esas madres, che, la sola idea, y Lina riéndose con mucha crema y barriguita bajo pull-over negro, los dos riéndose al pensar en las madres aullando en Kindberg, la cara del hotelero y ese calor que hacía rato reemplazaba la cosquilla en el estómago, preguntándose si no se haría la difícil, si al final la espada legendaria en la cama, en todo caso el rollo de la almohada y uno de cada lado barrera moral espada moderna, Shepp, ya está, empezás a estornudar, tomá la aspirina que ya traen el café, voy a pedir coñac que activa el salicílico, lo aprendí de buena fuente. Y en realidad él no había dicho que no le gustara Copenhague pero la osita parecía entender el tono de su voz más que las palabras, como él cuando aquella maestra de la que se había enamorado a los doce años, que importaban las palabras frente a ese arrullo, eso que nacía de la voz como un deseo de calor, de que lo arroparan y caricias en el pelo, tantos años después el psicoanálisis: angustia, bah, nostalgia del útero primordial, todo al fin y al cabo desde el vamos flotaba sobre las aguas, lea la Biblia, cincuenta mil pesos para curarse de los vértigos y ahora esa mocosa que le estaba como sacando pedazos de sí mismo, Shepp, pero claro, si te la tragás en seco cómo no se te va a pegar en la garganta, bobeta. Y ella revolviendo el café, de golpe levantando unos ojos aplicados y mirándolo con un respeto nuevo, claro que si le empezaba a tomar el pelo se lo iba a pagar doble pero no, de veras Marcelo, me gustas cuando te pones tan doctor y papá, no te enojes, siempre digo lo que no tendría que, no te enojes, pero si no me enojo, pavota, sí te enojaste un poquito porque te dije doctor y papá, no era en ese sentido pero justamente se te nota tan bueno cuando me hablas de la aspirina y fíjate que te acordaste de buscarla y traerla, yo ya me había olvidado, Shepp, ves cómo me hacía falta, y eres un poco cómico porque me miras tan doctor, no te enojes, Marcelo, qué rico este coñac con el café, qué bien para dormir, tú sabes que. Y sí, en la carretera desde las siete de la mañana, tres autos y un camión, bastante bien en conjunto salvo la tormenta al final pero entonces Marcelo y Kindberg y el coñac Shepp. Y dejar la mano muy quieta, palma hacia arriba sobre el mantel lleno de miguitas cuando él se la acarició levemente para decirle que no, que no estaba enojado porque ahora sabía que era cierto, que de veras la había conmovido ese cuidado nimio, el comprimido que él había sacado del bolsillo con instrucciones detalladas, mucha agua para que no se pegara en la garganta, café y coñac; de golpe amigos, pero de veras, y el fuego debía estar entibiando todavía más el cuarto, la camarera ya habría plegado las sábanas como sin duda siempre en Kindberg, una especie de ceremonia antigua, de bienvenida al viajero cansado, a las oseznas bobas que querían mojarse hasta Copenhague y después, pero qué importa después, Marcelo, ya te dije que no quiero atarme, noquiero-noquiero, Copenhague es como un hombre que encuentras y dejas (ah), un día que pasa, no creo en el futuro, en mi familia no hablan más que del futuro, me hinchan los huevos con el futuro, y a él también su tío Roberto convertido en el tirano cariñoso para cuidar de Marcelito huérfano de padre y tan chiquito todavía el pobre, hay que pensar en el mañana m'hijo, la jubilación ridícula del tío Roberto, lo que hace falta es un gobierno fuerte, la juventud de hoy no piensa más que en divertirse, carajo, en mis tiempos en cambio, y la osezna dejándole la mano sobre el mantel y por qué esa succión idiota, ese volver a un Buenos Aires del treinta o del cuarenta, mejor Copenhague, che, mejor Copenhague y los hippies y la lluvia al borde del camino, pero él nunca había hecho stop, prácticamente nunca, una o dos veces antes de entrar en la universidad, después ya tenía para ir tirando, para el sastre, y sin embargo hubiera podido aquella vez que los muchachos planeaban tomarse juntos un velero que tardaba tres meses en ir a Rotterdam, carga y escalas y total seiscientos pesos o algo así, ayudando un poco a la tripulación, divirtiéndose claro que vamos, en el café *Rubí* del Once, claro que vamos, Monito, hay que juntar los seiscientos gruyos, no era fácil, se te va el sueldo en cigarrillos y alguna mina, un día ya no se vieron más, ya no se hablaba del velero, hay que pensar en el mañana, m'hijo, Shepp. Ah, otra vez; vení, tenés que descansar, Lina. Sí doctor, pero un momentito apenas más, fijate que me queda este fondo de coñac tan tibio, pruébalo, sí, ves cómo está tibio. Y algo que él había debido decir sin saber qué mientras se acordaba del *Rubí* porque de nuevo Lina con esa manera de adivinarle la voz, lo que realmente decía su voz más que lo que le estaba diciendo que era siempre idiota y aspirina y tenés que descansar o para qué ir a Copenhague por ejemplo cuando ahora, con esa manita blanca y caliente bajo la suya, todo podía llamarse Copenhague, todo hubiera podido llamarse velero si seiscientos pesos, si huevos, si poesía. Y Lina mirándolo y después bajando rápido los ojos como si todo eso estuviera ahí sobre la mesa, entre las migas, ya basura del tiempo, como si él le hubiera hablado de todo eso en vez de repetirle vení, tenés que descansar sin animarse al plural más lógico, vení vamos a dormir, y Lina que se relamía y se acordaba de unos caballos (o eran vacas, le escuchaba apenas el final de la frase), unos caballos cruzando el campo como si algo los hubiera espantado de golpe: dos caballos blancos y uno alazán, en el fundo de mis tíos no sabes lo que era galopar por la tarde contra el viento, volver tarde y cansada y claro los reproches, machona, ya mismo, espera que termino este traguito y ya, ya mismo, mirándolo con todo el flequillo al viento como si a caballo en el fundo, soplándose en la nariz porque el coñac tan fuerte, tenía que ser idiota para plantearse problemas cuando había sido ella en el gran corredor negro, ella chapoteando y contenta y dos piezas qué tontería, pide una sola, asumiendo por supuesto todo el sentido de esa economía, sabiendo y a lo mejor acostumbrada y esperando eso al acabar cada etapa, pero y si al final no era así puesto que no parecía, así, si al final sorpresas, la espada en la mitad de la cama, si al final bruscamente en el canapé del rincón, claro que entonces él, un caballero, no te olvides de la chalina, nunca vi una escalera tan ancha, seguro que fue un palacio, hubo condes que daban fiestas con candelabros y cosas, y las puertas, fijate esa puerta, pero si es la nuestra, pintada con ciervos y pastores, no puede ser. Y el fuego, las rojas salamandras huyentes y la cama abierta blanquísima enorme y las cortinas ahogando las ventanas, ah qué rico, qué bueno, Marcelo, cómo vamos a dormir, espera que por lo menos te muestre el disco, tiene una tapa preciosa, les va a gustar, lo tengo aquí en el fondo con las cartas y los planos, no lo habré perdido, Shepp. Mañana me lo mostrás, te estás resfriando de veras, desvestite rápido, mejor apago así vemos el fuego, oh sí Marcelo, qué brasas, todos los gatos juntos, mira las chispas, se está bien en la oscuridad, da pena dormir, y él dejando el saco en el respaldo de un sillón, acercándose a la osezna acurrucada contra la chimenea, sacándose los zapatos junto a ella, agachándose para sentarse frente al fuego, viéndole correr la lumbre y las sombras por el pelo suelto, ayudándola a soltarse la blusa, buscándole el cierre del sostén, su boca ya contra el hombro desnudo, las manos yendo de caza entre las chispas, mocosa chiquita, osita boba, en algún momento ya desnudos de pie frente al fuego y besándose, fría la cama y blanca y de golpe ya nada, un fuego total corriendo por la piel, la boca de Lina en su pelo, en su pecho, las manos por la espalda, los cuerpos dejándose llevar y conocer y un quejido apenas, una respiración anhelosa y tener que decirle porque eso sí tenía que decírselo, antes del fuego y del sueño tenía que decírselo, Lina, no es por agradecimiento que lo hacés, ¿verdad?, y las manos perdidas en su espalda subiendo como látigos a su cara, a su garganta, apretándolo furiosas, inofensivas, dulcísimas y furiosas, chiquitas y rabiosamente hincadas, casi un sollozo, un quejido de protesta y negación, una rabia también en la voz, cómo puedes, cómo puedes Marcelo, y ya así, entonces sí, todo bien así, perdoname mi amor perdoname tenía que decírtelo perdoname dulce perdoname, las bocas, el otro fuego, las caricias de rosados bordes, la burbuja que tiembla entre los labios, fases del conocimiento, silencios en que todo es piel o lento correr de pelo, ráfaga de párpado, negación y demanda, botella de agua mineral que se bebe del gollete, que va pasando por una misma sed de una boca a otra, terminando en los dedos que tantean en la mesa de luz, que encienden, hay ese gesto de cubrir la pantalla con un slip, con cualquier cosa, de dorar el aire para empezar a mirar a Lina de espaldas, a la osezna de lado, a la osita boca abajo, la piel liviana de Lina que le pide un cigarrillo, que se sienta contra las almohadas, eres huesudo y peludísimo, Shepp, espera que te tape un poco si encuentro la frazada, mírala ahí a los pies, me parece que se le chamuscaron los bordes, Shepp.

Después el fuego lento y bajo en la chimenea, en ellos, decreciendo y dorándose, ya el agua bebida, los cigarrillos, los cursos universitarios eran un asco, me aburría tanto, lo mejor lo fui aprendiendo en los cafés, leyendo antes del cine, hablando con Cecilia y con Pirucho, y él oyéndola, el *Rubí*, tan parecidamente el *Rubí* veinte años antes, Arlt y Rilke y Eliot y Borges, sólo que Lina sí, ella sí en su velero de auto-stop, en sus singladuras de Renault o de Volkswagen, la osezna entre hojas secas y lluvia en el flequillo, pero por qué otra vez tanto velero y tanto *Rubí*, ella que no los conocía, que no había nacido siquiera, chilenita mocosa vagabunda Copenhague, por qué desde el comienzo, desde la sopa y el vino blanco ese irle tirando a la cara sin saberlo tanta cosa pasada y perdida, tanto perro enterrado, tanto velero por seiscientos pesos, Lina mirándolo desde el semisueño, resbalando en las almohadas con un suspiro de bicho satisfecho, buscándole la cara con las manos, tú me gustas huesudo, tú ya leíste todos los libros, Shepp, quiero decir que contigo se está bien, estás de vuelta, tienes esas manos grandes y fuertes, tienes vida detrás, tú no eres viejo. De manera que la osezna lo sentía vivo a pesar de, más vivo que los de su edad, los cadáveres de la película de Romero y quién sería ése debajo del flequillo donde el pequeño teatro resbalaba ahora húmedo hacia el sueño, los ojos entornados y mirándolo, tomarla dulcemente una vez más, sintiéndola y dejándola a la vez, escuchar su ronrón de protesta a medias, tengo sueño, Marcelo, así no, sí mi amor, sí, su cuerpo liviano y duro, los muslos tensos, el ataque devuelto duplicado sin tregua, no ya Marlene en Bruselas, las mujeres como él pausadas y seguras, con todos los libros leídos, ella la osezna, su manera de recibir su fuerza y contestarla pero después, todavía en el borde de ese viento lleno de lluvia y gritos resbalando a su vez al semisueño, darse cuenta de que también eso era velero y Copenhague, su cara hundida entre los senos de Lina era la cara del *Rubí*, las primeras noches adolescentes con Mabel o con Nélida en el departamento prestado del Monito, las ráfagas furiosas y elásticas y casi enseguida por qué no salimos a dar una vuelta por el centro, dame los bombones, si mamá se entera. Entonces ni siquiera así, ni siquiera en el amor se abolía ese espejo hacia atrás, el viejo retrato de sí mismo joven que Lina le ponía por delante acariciándolo y Shepp y durmámonos ya y otro poquito de agua por favor; como haber sido ella, desde ella en cada cosa, insoportablemente absurdo irreversible y al final el sueño entre las últimas caricias murmuradas y todo el pelo de la osezna barriéndole la cara como si algo en ella supiera, como si quisiera borrarlo para que se despertara otra vez Marcelo, como se despertó a las nueve y Lina en el sofá se peinaba canturreando, vestida ya para otra carretera y otra lluvia. No hablaron mucho, fue un desayuno breve y había sol, a muchos kilómetros de Kindberg se pararon a tomar otro café, Lina cuatro terrones y la cara como lavada, ausente, una especie de felicidad abstracta, y entonces tú sabes, no te enojes, dime que no te vas a enojar, pero claro que no, decime lo que sea, si necesitás algo, deteniéndose justo al borde del lugar común porque la palabra había estado ahí como los billetes en su cartera, esperando que los usaran y ya a punto de decirla cuando la mano de Lina tímida en la suya, el flequillo tapándole los ojos y por fin preguntarle si podía seguir otro poco con él aunque ya no fuera la misma ruta, qué importaba, seguir un poco más con él porque se sentía tan bien, que durara un poquito más con este sol, dormiremos en un bosque, te mostraré el disco y los dibujos, solamente hasta la noche si quieres, y sentir que sí, que quería, que no había ninguna razón para que no quisiera, y apartar lentamente la mano y decirle que no, mejor no, sabés, aquí vas a encontrar fácil, es un gran cruce, y la osezna acatando como bruscamente golpeada y lejana, comiéndose cara abajo los terrones de azúcar, viéndolo pagar y levantarse y traerle la mochila y besarla en el pelo y darle la espalda y perderse en un furioso cambio de velocidades, cincuenta, ochenta, ciento diez, la ruta abierta para los corredores de materiales prefabricados, la ruta sin Copenhague y solamente llena de veleros podridos en las cunetas, de empleos cada vez mejor pagados, del murmullo porteño del Rubí, de la sombra del plátano solitario en el viraje, del tronco donde se incrustó a ciento sesenta con la cara metida en el volante como Lina había bajado la cara porque así la bajan las ositas para comer el azúcar.

Las fases de Severo

In memoriam Remedios Varo

Todo estaba como quieto, como de alguna manera congelado en su propio movimiento, su olor y su forma que seguían y cambiaban con el humo y la conversación en voz baja entre cigarrillos y tragos. El Bebe Pessoa había dado ya tres fijas para San Isidro, la hermana de Severo cosía las cuatro monedas en las puntas del pañuelo para cuando a Severo le tocara el sueño. No éramos tantos pero de golpe una casa resulta chica, entre dos frases se arma el cubo transparente de dos o tres segundos de suspensión, y en momentos así algunos debían sentir como yo que todo eso, por más forzoso que fuera, nos lastimaba por Severo, por la mujer de Severo y los amigos de tantos años.

Como a las once de la noche habíamos llegado con Ignacio, el Bebe Pessoa y mi hermano Carlos. Éramos un poco de la familia, sobre todo Ignacio que trabajaba en la misma oficina de Severo, y entramos sin que se fijaran demasiado en nosotros. El hijo mayor de Severo nos pidió que pasáramos al dormitorio, pero Ignacio dijo que nos quedaríamos un rato en el comedor; en la casa había gente por todas partes, amigos o parientes que tampoco querían molestar y se iban sentando en los rincones o se juntaban al lado de una mesa o de un aparador para hablar o mirarse. Cada tanto los hijos o la hermana de Severo traían café y copas de caña, y casi siempre en esos momentos todo se aquietaba como si se congelara en su propio movimiento y en el recuerdo empezaba a aletear la frase idiota: «Pasa un ángel», pero aunque después yo comentara un doblete del negro Acosta en Palermo, o Ignacio acariciara el pelo crespo del hijo menor de Severo, todos sentíamos que en el fondo la inmovilidad seguía, que estábamos como esperando cosas ya sucedidas o que todo lo que podía suceder era quizá otra cosa o nada, como en los sueños, aunque estábamos despiertos y de a ratos, sin querer escuchar, oíamos el llanto de la mujer de Severo, casi tímido en un rincón de la sala donde debían estar acompañándola los parientes más cercanos.

Uno se va olvidando de la hora en esos casos, o como dijo riéndose el Bebe Pessoa, es al revés y la hora se olvida de uno, pero al rato vino el hermano de Severo para decir que iba a empezar el sudor, y aplastamos los puchos y fuimos entrando de a uno en el dormitorio donde cabíamos casi todos porque la familia había sacado los muebles y no quedaban más que la cama y una mesa de luz. Severo estaba sentado en la cama, sostenido por las almohadas, y a los pies se veía un cobertor de sarga azul y una toalla celeste. No había ninguna necesidad de estar callado, y los hermanos de Severo nos invitaban con gestos cordiales (son tan buenas gentes todos) a acercarnos a la cama, a rodear a Severo que tenía las manos cruzadas sobre las rodillas. Hasta el hijo menor, tan chico, estaba ahora al lado de la cama mirando a su padre con cara de sueño.

La fase del sudor era desagradable porque al final había que cambiar las sábanas y el piyama, hasta las almohadas se iban empapando y pesaban como enormes lágrimas. A diferencia de otros que según Ignacio tendían a impacientarse, Severo se quedaba inmóvil, sin siquiera mirarnos, y casi enseguida el sudor le había cubierto la cara y las manos. Sus rodillas se recortaban como dos manchas oscuras, y aunque su hermana le secaba a cada momento el sudor de las mejillas, la transpiración brotaba de nuevo y caía sobre la sábana.

—Y eso que en realidad está muy bien —insistió Ignacio que se había quedado cerca de la puerta—. Sería peor si se moviera, las sábanas se pegan que da miedo.

—Papá es hombre tranquilo —dijo el hijo mayor de Severo—. No es de los que dan trabajo.

—Ahora se acaba —dijo la mujer de Severo, que había entrado al final y traía un piyama limpio y un juego de sábanas. Pienso que todos sin excepción la admiramos como nunca en ese momento, porque sabíamos que había estado llorando poco antes y ahora era capaz de atender a su marido con una cara tranquila y sosegada, hasta enérgica. Supongo que algunos de los parientes le dijeron frases alentadoras a Severo, yo ya estaba otra vez en el zaguán y la hija menor me ofrecía una taza de café. Me hubiera gustado darle conversación para distraerla, pero entraban otros y Manuelita es un poco tímida, a lo mejor piensa que me intereso por ella y prefiero permanecer neutral. En cambio el Bebe Pessoa es de los que van y vienen por la casa y por la gente como si nada, y entre él, Ignacio y el hermano de Severo ya habían formado una barra con algunas primas y sus amigas, hablando de cebar un mate amargo que a esa hora le vendría bien a más de cuatro porque asienta el asado. Al final no se pudo, en uno de esos momentos en que de golpe nos quedábamos inmóviles (insisto en que nada cambiaba, seguíamos hablando o gesticulando pero era así y de alguna manera hay que decirlo y darle una razón o un nombre) el hermano de Severo vino con una lámpara de acetileno y desde la puerta nos previno que iba a empezar la fase de los saltos. Ignacio se bebió el café de un trago y dijo que esa noche todo parecía andar más rápido; fue de los que se ubicaron cerca de la cama, con la mujer de Severo y el chico menor que se reía porque la mano derecha de Severo oscilaba como un metrónomo. Su mujer le había puesto un piyama blanco y la cama estaba otra vez impecable; olimos el agua colonia y el Bebe le hizo un gesto admirativo a Manuelita, que debía haber pensado en eso. Severo dio el primer salto y quedó sentado al borde de la cama, mirando a su hermana que lo alentaba con una sonrisa un poco estúpida y de circunstancias. Qué necesidad había de eso, pensé yo que prefiero las cosas limpias; y qué podía importarle a Severo que su hermana lo alentara o no. Los saltos se sucedían rítmicamente: sentado al borde de la cama, sentado contra la cabecera, sentado en el borde opuesto, de pie en el medio de la cama, de pie sobre el piso entre Ignacio y el Bebe, en cuclillas sobre el piso entre su mujer y su hermano, sentado en el rincón de la puerta, de pie en el centro del cuarto, siempre entre dos amigos o parientes, cayendo justo en los huecos mientras nadie se movía y solamente los ojos lo iban siguiendo, sentado en el borde de la cama, de pie contra la cabecera, de cuclillas en el medio de la cama, arrodillado en el borde de la cama, parado entre Ignacio y Manuelita, de rodillas entre su hijo menor y yo, sentado al pie de la cama. Cuando la mujer de Severo anunció el fin de la fase, todos empezaron a hablar al mismo tiempo y a felicitar a Severo que estaba como ajeno; ya no me acuerdo quién lo acompañó de vuelta a la cama porque salíamos al mismo tiempo comentando la fase y buscando alguna cosa para calmar la sed, y yo me fui con el Bebe al patio a respirar el aire de la noche y a bebernos dos cervezas del gollete.

En la fase siguiente hubo un cambio, me acuerdo, porque según Ignacio tenía que ser la de los relojes y en cambio oímos llorar otra vez a la mujer de Severo en la sala y casi enseguida vino el hijo mayor a decirnos que ya empezaban a entrar las polillas. Nos miramos un poco extrañados con el Bebe y con Ignacio, pero no estaba excluido que pudiera haber cambios y el Bebe dijo lo acostumbrado sobre el orden de los factores y esas cosas; pienso que a nadie le gustaba el cambio pero disimulábamos al ir entrando otra vez y formando círculo alrededor de la cama de Severo, que la familia había colocado como correspondía en el centro del dormitorio.

El hermano de Severo llegó el último con la lámpara de acetileno, apagó la araña del cielo raso y corrió la mesa de luz hasta los pies de la cama; cuando puso la lámpara en la mesa de luz nos quedamos callados y quietos, mirando a Severo que se había incorporado a medias entre las almohadas y no parecía demasiado cansado por las fases anteriores. Las polillas empezaron a entrar por la puerta, y las que ya estaban en las paredes o el cielo raso se sumaron a las otras y empezaron a revolotear en torno de la lámpara de acetileno. Con los ojos muy abiertos Severo seguía el torbellino ceniciento que aumentaba cada vez más, y parecía concentrar todas sus fuerzas en esa contemplación sin parpadeos. Una de las polillas (era muy grande, yo creo que en realidad era una falena pero en esa fase se hablaba solamente de polillas y nadie hubiera discutido el nombre) se desprendió de las otras y voló a la cara de Severo; vimos que se pegaba a la mejilla derecha y que Severo cerraba por un instante los ojos. Una tras otra las polillas abandonaron la lámpara y volaron en torno de Severo, pegándose en el pelo, la boca y la frente hasta convertirlo en una enorme máscara temblorosa en la que sólo los ojos seguían siendo los suyos y miraban empecinados la lámpara de acetileno donde una polilla se obstinaba en girar buscando entrada. Sentí que los dedos de Ignacio se me clavaban en el antebrazo, y sólo entonces me di cuenta de que también yo temblaba y tenía una mano hundida en el hombro del Bebe. Alguien gimió, una mujer, probablemente Manuelita que no sabía dominarse como los demás, y en ese mismo instante la última polilla voló hacia la cara de Severo y se perdió en la masa gris. Todos gritamos a la vez, abrazándonos y palmeándonos mientras el hermano de Severo corría a encender la araña del cielo raso; una nube de polillas buscaba torpemente la salida y Severo, otra vez la cara de Severo, seguía mirando la lámpara ya inútil y movía cautelosamente la boca como si temiera envenenarse con el polvo de plata que le cubría los labios.

No me quedé ahí porque tenían que lavar a Severo y ya alguien estaba hablando de una botella de grapa en la cocina, aparte de que en esos casos siempre sorprende cómo las bruscas recaídas en la normalidad, por decirle así, distraen y hasta engañan. Seguí a Ignacio que conocía todos los rincones, y le pegamos a la grapa con el Bebe y el hijo mayor de Severo. Mi hermano Carlos se había tirado en un banco y fumaba con la cabeza gacha, respirando fuerte; le llevé una copa y se la bebió de un trago. El Bebe Pessoa se empecinaba en que Manuelita tomara un trago, y hasta le hablaba de cine y de carreras; yo me mandaba una grapa tras otra sin querer pensar en nada, hasta que no pude más y busqué a Ignacio que parecía esperarme cruzado de brazos.

—Si la última polilla hubiera elegido... —empecé.

Ignacio hizo una lenta señal negativa con la cabeza. Por supuesto, no había que preguntar; por lo menos en ese momento no había que preguntar; no sé si comprendí del todo pero tuve la sensación de un gran hueco, algo como una cripta vacía que en alguna parte de la memoria latía lentamente con un gotear de filtraciones. En la negación de Ignacio (y desde lejos me había parecido que el Bebe Pessoa también negaba con la cabeza, y que Manuelita nos miraba ansiosamente, demasiado tímida para negar a su vez) había como una suspensión del juicio, un no querer ir más adelante; las cosas eran así en su presente absoluto, como iban ocurriendo. Entonces podíamos seguir, y cuando la mujer de Severo entró en la cocina para avisar que Severo iba a decir los números, dejamos las copas medio llenas y nos apuramos, Manuelita entre el Bebe y yo, Ignacio atrás con mi hermano Carlos que llega siempre tarde a todos lados.

Los parientes ya estaban amontonados en el dormitorio y no quedaba mucho sitio donde ubicarse. Yo acababa de entrar (ahora la lámpara de acetileno ardía en el suelo, al lado de la cama, pero la araña seguía encendida) cuando Severo se levantó, se puso las manos en los bolsillos del piyama, y mirando a su hijo mayor dijo: «6», mirando a su mujer dijo: «20», mirando a Ignacio dijo: «23», con una voz tranquila y desde abajo, sin apurarse. A su hermana le dijo 16, a su hijo menor 28, a otros parientes les fue diciendo números casi siempre altos, hasta que a mí me dijo 2 y sentí que el Bebe me miraba de reojo y apretaba los labios, esperando su turno. Pero Severo se puso a decirles números a otros parientes y amigos, casi siempre por encima de 5 y sin repetirlos jamás. Casi al final al Bebe le dijo 14, y el Bebe abrió la boca y se estremeció como si le pasara un gran viento entre las cejas, se frotó las manos y después tuvo vergüenza y las escondió en los bolsillos del pantalón justo cuando Severo le decía 1 a una mujer de cara muy encendida, probablemente una parienta lejana que había venido sola y que casi no había hablado con nadie esa noche, y de golpe Ignacio y el Bebe se miraron y Manuelita se apoyó en el marco de la puerta y me pareció que temblaba, que se contenía para no gritar. Los demás ya no atendían a sus números, Severo los decía igual pero ellos empezaban a hablar, incluso Manuelita cuando se repuso y dio dos pasos hacia adelante y le tocó el 9, ya nadie se preocupaba y los números terminaron en un hueco 24 y un 12 que les tocaron a un pariente y a mi hermano Carlos; el mismo Severo parecía menos concentrado y con el último se echó hacia atrás y se dejó tapar por su mujer, cerrando los ojos como quien se desinteresa u olvida.

—Por supuesto es una cuestión de tiempo —me dijo Ignacio cuando salimos del dormitorio—. Los números por sí mismos no quieren decir nada, che.

—¿A vos te parece? —le pregunté bebiéndome de un trago la copa que me había traído el Bebe.

—Pero claro, che —dijo Ignacio—. Fijate que del 1 al 2 pueden pasar años, ponele diez o veinte, en una de esas más.

—Seguro —apoyó el Bebe—. Yo que vos no me afligía.

Pensé que me había traído la copa sin que nadie se la pidiera, molestándose en ir hasta la cocina con toda esa gente. Y a él le había tocado el 14 y a Ignacio el 23.

—Sin contar que está el asunto de los relojes —dijo mi hermano Carlos que se había puesto a mi lado y me apoyaba la mano en el hombro—. Eso no se entiende mucho, pero a lo mejor tiene su importancia. Si te toca atrasar...

—Ventaja adicional —dijo el Bebe, sacándome la copa vacía de la mano como si tuviera miedo de que se me cayese al suelo.

Estábamos en el zaguán al lado del dormitorio, y por eso entramos de los primeros cuando el hijo mayor de Severo vino precisamente a decirnos que empezaba la fase de los relojes. Me pareció que la cara de Severo había enflaquecido de golpe, pero su mujer acababa de peinarlo y olía de nuevo a agua colonia que siempre da confianza. A mí me rodeaban mi hermano, Ignacio y el Bebe como para cuidarme el ánimo, y en cambio no había nadie que se ocupara de la parienta que había sacado el 1 y que estaba a los pies de la cama con la cara más roja que nunca, temblándole la boca y los párpados. Sin siquiera mirarla Severo le dijo a su hijo menor que adelantara, y el pibe no entendió y se puso a reír hasta que su madre lo agarró de un brazo y le quitó el reloj pulsera. Sabíamos que era un gesto simbólico, bastaba simplemente adelantar o atrasar las agujas sin fijarse en el número de horas o minutos, puesto que al salir de la habitación volveríamos a poner los relojes en hora. Ya a varios les tocaba adelantar o atrasar, Severo distribuía las indicaciones casi mecánicamente, sin interesarse; cuando a mí me tocó atrasar, mi hermano volvió a clavarme los dedos en el hombro; esta vez se lo agradecí, pensando como el Bebe que podía ser una ventaja adicional aunque nadie pudiera estar seguro; y también a la parienta de la cara colorada le tocaba atrasar, y la pobre se secaba unas lágrimas de gratitud, quizá completamente inútiles al fin y al cabo, y se iba para el patio a tener un buen ataque de nervios entre las macetas; algo oímos después desde la cocina, entre nuevas copas de grapa y las felicitaciones de Ignacio y de mi hermano.

—Pronto será el sueño —nos dijo Manuelita—, mamá manda decir que se preparen.

No había mucho que preparar, volvimos despacio al dormitorio, arrastrando el cansancio de la noche; pronto amanecería y era día hábil, a casi todos nos esperaban los empleos a las nueve o a las nueve y media; de golpe empezaba a hacer más frío, la brisa helada en el patio metiéndose por el zaguán, pero en el dormitorio las luces y la gente calentaban el aire, casi no se hablaba y bastaba mirarse para ir haciendo sitio, ubicándose alrededor de la cama después de apagar los cigarrillos. La mujer de Severo estaba sentada en la cama, arreglando las almohadas, pero se levantó y se puso en la cabecera; Severo miraba hacia arriba, ignorándonos miraba la araña encendida, sin parpadear, con las manos apoyadas sobre el vientre, inmóvil e indiferente miraba sin parpadear la araña encendida y entonces Manuelita se acercó al borde de la cama y todos le vimos en la mano el pañuelo con las monedas atadas en las cuatro puntas. No quedaba más que esperar, sudando casi en ese aire encerrado y caliente, oliendo agradecidos el agua colonia y pensando en el momento en que por fin podríamos irnos de la casa y fumar hablando en la calle, discutiendo o no lo de esa noche, probablemente no pero fumando hasta perdernos por las esquinas. Cuando los párpados de Severo empezaron a bajar lentamente, borrándole de a poco la imagen de la araña encendida, sentí cerca de mi oreja la respiración ahogada del Bebe Pessoa. Bruscamente había un cambio, un aflojamiento, se lo sentía como si no fuéramos más que un solo cuerpo de incontables piernas y manos y cabezas aflojándose de golpe, comprendiendo que era el fin, el sueño de Severo que empezaba, y el gesto de Manuelita al inclinarse sobre su padre y cubrirle la cara con el pañuelo, disponiendo las cuatro puntas de manera que lo sostuvieran naturalmente, sin arrugas ni espacios descubiertos, era lo mismo que ese suspiro contenido que nos envolvía a todos, nos tapaba a todos con el mismo pañuelo.

—Y ahora va a dormir —dijo la mujer de Severo—. Ya está durmiendo, fíjense.

Los hermanos de Severo se habían puesto un dedo en los labios pero no hacía falta, nadie hubiera dicho nada, empezábamos a movernos en puntas de pie, apoyándonos unos en otros para salir sin ruido. Algunos miraban todavía hacia atrás, el pañuelo sobre la cara de Severo, como si quisieran asegurarse de que Severo estaba dormido. Sentí contra mi mano derecha un pelo crespo y duro, era el hijo menor de Severo que un pariente había tenido cerca de él para que no hablara ni se moviera, y que ahora había venido a pegarse a mí, jugando a caminar en puntas de pie y mirándome desde abajo con unos ojos interrogantes y cansados. Le acaricié el mentón, las mejillas, llevándolo contra mí fui saliendo al zaguán y al patio, entre Ignacio y el Bebe que ya sacaban los atados de cigarrillos; el gris del amanecer con un gallo allá en lo hondo nos iba devolviendo a nuestra vida de cada uno, al futuro ya instalado en ese gris y ese frío, horriblemente hermoso. Pensé que la mujer de Severo y Manuelita (tal vez los hermanos y el hijo mayor) se quedaban adentro velando el sueño de Severo, pero nosotros íbamos ya camino de la calle, dejábamos atrás la cocina y el patio.

—¿No juegan más? —me preguntó el hijo de Severo, cayéndose de sueño pero con la obstinación de todos los pibes.

—No, ahora hay que ir a dormir —le dije—. Tu mamá te va a acostar, andate adentro que hace frío.

—Era un juego, ¿verdad, Julio?

—Sí, viejo, era un juego. Andá a dormir, ahora.

Con Ignacio, el Bebe y mi hermano llegamos a la primera esquina, encendimos otro cigarrillo sin hablar mucho. Otros ya andaban lejos, algunos seguían parados en la puerta de la casa, consultándose sobre tranvías o taxis; nosotros conocíamos bien el barrio, podíamos seguir juntos las primeras cuadras, después el Bebe y mi hermano doblarían a la izquierda, Ignacio seguiría unas cuadras más, y yo subiría a mi pieza y pondría a calentar la pava del mate, total no valía la pena acostarse por tan poco tiempo, mejor ponerse las zapatillas y fumar y tomar mate, esas cosas que ayudan.

Cuello de gatito negro

Por lo demás no era la primera vez que le pasaba, pero de todos modos siempre había sido Lucho el que llevaba la iniciativa, apoyando la mano como al descuido para rozar la de una rubia o una pelirroja que le caía bien, aprovechando los vaivenes en los virajes del metro y entonces por ahí había respuesta, había gancho, un dedito se quedaba prendido un momento antes de la cara de fastidio o indignación, todo dependía de tantas cosas, a veces salía bien, corría, el resto entraba en el juego como iban entrando las estaciones en las ventanillas del vagón, pero esa tarde pasaba de otra manera, primero que Lucho estaba helado y con el pelo lleno de nieve que se había derretido en el andén y le resbalaban gotas frías por dentro de la bufanda, había subido al metro en la estación de la rue du Bac sin pensar en nada, un cuerpo pegado a tantos otros esperando que en algún momento fuese la estufa, el vaso de coñac, la lectura del diario antes de ponerse a estudiar alemán entre siete y media y nueve, lo de siempre salvo ese guantecito negro en la barra de apoyo, entre montones de manos y codos y abrigos un guantecito negro prendido en la barra metálica y él con su guante marrón mojado firme en la barra para no írsele encima a la señora de los paquetes y la nena llorona, de golpe la conciencia de que un dedo pequeñito se estaba como subiendo a caballo por su guante, que eso venía desde una manga de piel de conejo más bien usada, la mulata parecía muy joven y miraba hacia abajo como ajena, un balanceo más entre el balanceo de tantos cuerpos apelmazados; a Lucho le había parecido un desvío de la regla más bien divertido, dejó la mano suelta, sin responder, imaginando que la chica estaba distraída, que no se daba cuenta de esa leve jineteada en el caballo mojado y quieto. Le hubiera gustado tener sitio suficiente como para sacar el diario del bolsillo y leer los titulares donde se hablaba de Biafra, de Israel y de Estudiantes de la Plata, pero el diario estaba en el bolsillo de la derecha y para sacarlo hubiera tenido que soltar la mano de la barra, perdiendo el apoyo necesario en los virajes, de manera que lo mejor era mantenerse firme, abriéndole un pequeño hueco precario entre sobretodos y paquetes para que la nena estuviera menos triste y su madre no le siguiera hablando con ese tono de cobrador de impuestos.

Casi no había mirado a la chica mulata. Ahora le sospechó la mata de pelo encrespado bajo la capucha del abrigo y pensó críticamente que con el calor del vagón bien podía haberse echado atrás la capucha, justamente cuando el dedo le acariciaba de nuevo el guante, primero un dedo y luego dos trepándose al caballo húmedo. El viraje antes de Montparnasse-Bienvenue empujó a la chica contra Lucho, su mano resbaló del caballo para apretarse a la barra, tan pequeña y tonta al lado del gran caballo que naturalmente le buscaba ahora las cosquillas con un hocico de dos dedos, sin forzar, divertido y todavía lejano y húmedo. La muchacha pareció darse cuenta de golpe (pero su distracción, antes, también había tenido algo de repentino y de brusco), y apartó un poco más la mano, mirando a Lucho desde el oscuro hueco que le hacía la capucha para fijarse luego en su propia mano como si no estuviera de acuerdo o estudiara las distancias de la buena educación. Mucha gente había bajado en Montparnasse-Bienvenue y Lucho ya podía sacar el diario, solamente que en vez de sacarlo se quedó estudiando el comportamiento de la manita enguantada con una atención un poco burlona, sin mirar a la chica que otra vez tenía los ojos puestos en los zapatos ahora bien visibles en el piso sucio donde de golpe faltaban la nena llorona y tanta gente que se estaba bajando en la estación Falguière. El tirón del arranque obligó a los dos guantes a crisparse en la barra, separados y obrando por su cuenta, pero el tren estaba detenido en la estación Pasteur cuando los dedos de Lucho buscaron el guante negro que no se retiró como la primera vez sino que pareció aflojarse en la barra, volverse todavía más pequeño y blando bajo la presión de dos, de tres dedos, de toda la mano que se subía en una lenta posesión delicada, sin apoyar demasiado, tomando y dejando a la vez, y en el vagón casi vacío ahora que se abrían las puertas en la estación Volontaires, la muchacha girando poco a poco sobre un pie enfrentó a Lucho sin alzar la cara, como mirándolo desde el guantecito cubierto por toda la mano de Lucho, y cuando al fin lo miró, sacudidos los dos por un barquinazo entre Volontaires y Vaugirard, sus grandes ojos metidos en la sombra de la capucha estaban ahí como esperando, fijos y graves, sin la menor sonrisa ni reproche, sin nada más que una espera interminable que vagamente le hizo mal a Lucho.

—Es siempre así —dijo la muchacha—. No se puede con ellas.

—Ah —dijo Lucho, aceptando el juego pero preguntándose por qué no era divertido, por qué no lo sentía juego aunque no podía ser otra cosa, no había ninguna razón para imaginar que fuera otra cosa.

—No se puede hacer nada —repitió la chica—. No entienden o no quieren, vaya a saber, pero no se puede hacer nada contra.

Le estaba hablando al guante, mirando a Lucho sin verlo le estaba hablando al guantecito negro casi invisible bajo el gran guante marrón.

—A mí me pasa igual —dijo Lucho—. Son incorregibles, es cierto.

—No es lo mismo —dijo la chica.

—Oh, sí, usted vio.

—No vale la pena hablar —dijo ella, bajando la cabeza—. Discúlpeme, fue culpa mía.

Era el juego, claro, pero por qué no era divertido, por qué él no lo sentía juego aunque no podía ser otra cosa, no había ninguna razón para imaginar que fuera otra cosa.

—Digamos que fue culpa de ellas —dijo Lucho apartando su mano para marcar el plural, para denunciar a las culpables en la barra, las enguantadas silenciosas distantes quietas en la barra.

—Es diferente —dijo la chica—. A usted le parece lo mismo, pero es tan diferente.

—Bueno, siempre hay una que empieza.

—Sí, siempre hay una.

Era el juego, no había más que seguir las reglas sin imaginar que hubiera otra cosa, una especie de verdad o de desesperación. Por qué hacerse el tonto en vez de seguirle la corriente si le daba por ahí.

—Usted tiene razón —dijo Lucho—. Habría que hacer algo en contra, no dejarlas.

—No sirve de nada —dijo la chica.

—Es cierto, apenas uno se distrae, ya ve.

—Sí —dijo ella—. Aunque usted lo esté diciendo en broma.

—Oh no, hablo tan en serio como usted. Mírelas.

El guante marrón jugaba a rozar el guantecito negro inmóvil, le pasaba un dedo por la cintura, lo soltaba, iba hasta el extremo de la barra y se quedaba mirándolo, esperando. La chica agachó aún más la cabeza y Lucho volvió a preguntarse por qué todo eso no era divertido ahora que no quedaba más que seguir jugando.

—Si fuera en serio —dijo la chica, pero no le hablaba a él, no le hablaba a nadie en el vagón casi vacío—. Si fuera en serio, entonces a lo mejor.

—Es en serio —dijo Lucho— y realmente no se puede hacer nada en contra.

Ahora ella lo miró de frente, como despertándose; el metro entraba en la estación Convention.

—La gente no puede comprender —dijo la chica—. Cuando es un hombre, claro, enseguida se imagina que...

Vulgar, desde luego, y además habría que apurarse porque sólo quedaban tres estaciones.

—Y peor todavía si es una mujer —estaba diciendo la chica—. Ya me ha pasado y eso que las vigilo desde que subo, todo el tiempo, pero ya ve.

—Por supuesto —aceptó Lucho—. Llega ese minuto en que uno se distrae, es tan natural, y entonces se aprovechan.

—No hable por usted —dijo la chica—. No es lo mismo. Perdóneme, yo tuve la culpa, me bajo en Corentin Celton.

—Claro que tuvo la culpa —se burló Lucho—. Yo tendría que haber bajado en Vaugirard y ya ve, me ha hecho pasar dos estaciones.

El viraje los tiró contra la puerta, las manos resbalaron hasta juntarse en el extremo de la barra. La chica seguía diciendo algo, disculpándose tontamente; Lucho sintió otra vez los dedos del guante negro que se trepaban a su mano, la ceñían. Cuando ella lo soltó bruscamente murmurando una despedida confusa, no quedaba más que una cosa por hacer, seguirla por el andén de la estación, ponerse a su lado y buscarle la mano como perdida boca abajo al término de la manga, balanceándose sin objeto.

—No —dijo la chica—. Por favor, no. Déjeme seguir sola.

—Por supuesto —dijo Lucho sin soltarle la mano—. Pero no me gusta que se vaya así, ahora. Si hubiéramos tenido más tiempo en el metro...

—¿Para qué? ¿De qué sirve tener más tiempo?

—A lo mejor hubiéramos terminado por encontrar algo, juntos. Algo contra, quiero decir.

—Pero usted no comprende —dijo ella—. Usted piensa que...

—Vaya a saber lo que pienso —dijo honradamente Lucho—. Vaya a saber si en el café de la esquina tienen buen café, y si hay un café en la esquina, porque este barrio no lo conozco casi.

—Hay un café —dijo ella— pero es malo.

—No me niegue que se ha sonreído.

—No lo niego, pero el café es malo.

—De todas maneras hay un café en la esquina.

—Sí —dijo ella, y esta vez le sonrió mirándolo—. Hay un café pero el café es malo, y usted cree que yo...

—Yo no creo nada —dijo él, y era malditamente cierto.

—Gracias —dijo increíblemente la chica. Respiraba como si la escalera la fatigara, y a Lucho le pareció que estaba temblando, pero otra vez el guante negro pequeñito colgante tibio inofensivo ausente, otra vez lo sentía vivir entre sus dedos, retorcerse, apretarse enroscarse bullir estar bien estar tibio estar contento acariciante negro guante pequeñito dedos dos tres cuatro cinco uno, dedos buscando dedos y guante en guante, negro en marrón, dedo entre dedo, uno entre uno y tres, dos entre dos y cuatro. Eso sucedía, se balanceaba ahí cerca de sus rodillas, no se podía hacer nada, era agradable y no se podía hacer nada o era desagradable pero lo mismo no se podía hacer nada, eso ocurría ahí y no era Lucho quien estaba jugando con la mano que metía sus dedos entre los suyos y se enroscaba y bullía, y tampoco de alguna manera la chica que jadeaba al llegar a lo alto de la escalera y alzaba la cara contra la llovizna como si quisiera lavársela del aire estancado y caliente de las galerías del metro.

—Vivo ahí —dijo la chica, mostrando una ventana alta entre tantas ventanas de tantos altos inmuebles iguales en la acera opuesta—. Podríamos hacer un nescafé, es mejor que ir a un bar, yo creo.

—Oh sí —dijo Lucho, y ahora eran sus dedos los que se iban cerrando lentamente sobre el guante como quien aprieta el cuello de un gatito negro. La pieza era bastante grande y muy caliente, con una azalea y una lámpara de pie y discos de Nina Simone y una cama revuelta que la chica avergonzadamente y disculpándose rehízo a tirones. Lucho la ayudó a poner tazas y cucharas en la mesa cerca de la ventana, hicieron un nescafé fuerte y azucarado, ella se llamaba Dina y él Lucho. Contenta, como aliviada, Dina hablaba de la Martinica, de Nina Simone, por momentos daba una impresión de apenas núbil dentro de ese vestido liso color lacre, la minifalda le quedaba bien, trabajaba en una notaría, las fracturas de tobillo eran penosas pero esquiar en febrero en la Haute Savoie, ah. Dos veces se había quedado mirándolo, había empezado a decir algo con el tono de la barra en el metro, pero Lucho había bromeado, ya decidido a basta, a otra cosa, inútil insistir y al mismo tiempo admitiendo que Dina sufría, que a lo mejor le hacía daño renunciar tan pronto a la comedia como si eso tuviera ahora la menor importancia. Y a la tercera vez, cuando Dina se había inclinado para echar el agua caliente en su taza, murmurando de nuevo que no era culpa suya, que solamente de a ratos le pasaba, que ya veía él como todo era diferente ahora, el agua y la cucharita, la obediencia de cada gesto, entonces Lucho había comprendido pero vaya a saber qué, de golpe había comprendido y era diferente, era del otro lado, la barra valía, el juego no había sido un juego, las fracturas de tobillo y el esquí podían irse al diablo ahora que Dina hablaba de nuevo sin que él la interrumpiera o la desviara, dejándola, sintiéndola, casi esperándola, creyendo porque era absurdo, a menos que sólo fuera porque Dina con su carita triste, sus menudos senos que desmentían el trópico, sencillamente porque Dina. A lo mejor habría que encerrarme, había dicho Dina sin exageración, en cualquier momento ocurre, usted es usted, pero otras veces. Otras veces qué. Otras veces insultos, manotazos a las nalgas, acostarse enseguida, nena, para qué perder tiempo. Pero entonces. Entonces qué. Pero entonces, Dina.

—Yo pensé que había comprendido —dijo Dina, hosca—. Cuando le digo que a lo mejor habría que encerrarme.

—Tonterías. Pero yo, al principio...

—Ya sé. Cómo no le iba a ocurrir al principio. Justamente es eso, al principio cualquiera se equivoca, es tan lógico. Tan lógico, tan lógico. Y encerrarme también sería lógico.

—No, Dina.

—Pero sí, carajo. Perdóneme. Pero sí. Sería mejor que lo otro, que tantas veces. Ninfo no sé cuánto. Putita, tortillera. Sería bastante mejor al fin y al cabo. O cortármelas yo misma con el hacha de picar carne. Pero no tengo una hacha —dijo Dina sonriéndole como para que la perdonara una vez más, tan absurda reclinada en el sillón, resbalando cansada, perdida, con la minifalda cada vez más arriba, olvidada de sí misma, mirándolas solamente tomar una taza, echar el nescafé, obedientes hipócritas hacendosas tortilleras putitas ninfo no sé cuánto.

—No diga tonterías —repitió Lucho, perdido en algo que jugaba a cualquier cosa ahora, a deseo, a desconfianza, a protección—. Ya sé que no es normal, habría que encontrar las causas, habría que. De todas maneras para qué ir tan lejos. El encierro o el hacha, quiero decir.

—Quién sabe —dijo ella—. A lo mejor habría que ir muy lejos, hasta el final. A lo mejor sería la única manera de salir.

—¿Qué quiere decir lejos? —preguntó Lucho, cansado—. ¿Y cuál es el final?

—No sé, no sé nada. Tengo solamente miedo. Yo también me impacientaría si otro me hablara así, pero hay días en que. Sí, días. Y noches.

—Ah —dijo Lucho acercando el fósforo al cigarrillo—. Porque también de noche, claro.

—Sí.

—Pero no cuando está sola.

—También cuando estoy sola.

—También cuando está sola. Ah.

—Entiéndame, quiero decir que.

—Está bien —dijo Lucho, bebiendo el café—. Está muy bueno, muy caliente. Lo que necesitábamos con un día así.

—Gracias —dijo ella simplemente, y Lucho la miró porque no había querido agradecerle nada, simplemente sentía la recompensa de ese momento de reposo, de que la barra hubiera cesado por fin.

—Y eso que no era malo ni desagradable —dijo Dina como si adivinara—. No me importa que no me crea, pero para mí no era malo ni desagradable, por primera vez.

—¿Por primera vez qué?

—Eso, que no fuera malo ni desagradable.

—¿Que se pusieran a...?

—Sí, que de nuevo se pusieran a, y que no fuera ni malo ni desagradable.

—¿Alguna vez la llevaron presa por eso? —preguntó Lucho, bajando la taza hasta el platillo con un movimiento lento y deliberado, guiando su mano para que la taza aterrizara exactamente en el centro del platillo. Contagioso, che.

—No, nunca, pero en cambio... Hay otras cosas. Ya le dije, los que piensan que es a propósito y también ellos empiezan, igual que usted. O se enfurecen, como las mujeres, y hay que bajarse en la primera estación o salir corriendo de la tienda o del café.

—No llorés —dijo Lucho—. No vamos a ganar nada si te ponés a llorar.

—No quiero llorar —dijo Dina—. Pero nunca había podido hablar con alguien así, después de... Nadie me cree, nadie puede creerme, usted mismo no me cree, solamente es bueno y no quiere hacerme daño.

—Ahora te creo —dijo Lucho—. Hasta hace dos minutos yo era como los otros. A lo mejor deberías reírte en vez de llorar.

—Ya ve —dijo Dina, cerrando los ojos—. Ya ve que es inútil. Tampoco usted, aunque lo diga, aunque lo crea. Es demasiado idiota.

—¿Te has hecho ver?

—Sí. Ya sabés, calmantes y cambio de aire. Unos cuantos días te engañás, pensás que...

—Sí —dijo Lucho, alcanzándole los cigarrillos—. Esperá. Así. A ver qué hace.

La mano de Dina tomó el cigarrillo con el pulgar y el índice, y a la vez el anular y el meñique buscaron enroscarse en los dedos de Lucho que mantenía el brazo tendido, mirando fijamente. Libre del cigarrillo, sus cinco dedos bajaron hasta envolver la pequeña mano morena, la ciñeron apenas, empezando una lenta caricia que resbaló hasta dejarla libre, temblando en el aire; el cigarrillo cayó dentro de la taza. Bruscamente las manos subieron hasta la cara de Dina, doblada sobre la mesa, quebrándose en un hipo como de vómito.

—Por favor —dijo Lucho, levantando la taza—. Por favor, no. No llorés así, es tan absurdo.

—No quiero llorar —dijo Dina—. No tendría que llorar, al contrario, pero ya ves.

—Tomá, te va a hacer bien, está caliente; yo haré otro para mí, esperá que lave la taza.

—No, dejame a mí.

Se levantaron al mismo tiempo, se encontraron al borde de la mesa. Lucho volvió a dejar la taza sucia sobre el mantel; las manos les colgaban lacias contra los cuerpos; solamente los labios se rozaron, Lucho mirándola de lleno y Dina con los ojos cerrados, las lágrimas.

—Tal vez —murmuró Lucho—, tal vez sea esto lo que tenemos que hacer, lo único que podemos hacer, y entonces.

—No, no, por favor —dijo Dina, inmóvil y sin abrir los ojos—. Vos no sabés lo que... No, mejor no, mejor no.

Lucho le había ceñido los hombros, la apretaba despacio contra él, la sentía respirar contra su boca, un aliento caliente con olor de café y de piel morena. La besó en plena boca, ahondando en ella, buscándole los dientes y la lengua; el cuerpo de Dina se aflojaba en sus brazos, cuarenta minutos antes su mano había acariciado la suya en la barra de un asiento de metro, cuarenta minutos antes un guante negro pequeñito sobre un guante marrón. La sentía resistir apenas, repetir la negativa en la que había habido como el principio de una prevención, pero todo cedía en ella, en los dos, ahora los dedos de Dina subían lentamente por la espalda de Lucho, su pelo le entraba en los ojos, su olor era un olor sin palabras ni prevenciones, la colcha azul contra sus cuerpos, los dedos obedientes buscando los cierres, dispersando ropas, cumpliendo las órdenes, las suyas y las de Dina contra la piel, entre los muslos, las manos como las bocas y las rodillas y ahora los vientres y las cinturas, un ruego murmurado, una presión resistida, un echarse atrás, un instantáneo movimiento para trasladar de la boca a los dedos y de los dedos a los sexos esa caliente espuma que lo allanaba todo, que en un mismo movimiento unía sus cuerpos y los lanzaba al juego. Cuando encendieron cigarrillos en la oscuridad (Lucho había querido apagar la lámpara y la lámpara había caído al suelo con un ruido de vidrios rotos, Dina se había enderezado como aterrada, negándose a la oscuridad, había hablado de encender por lo menos una vela y de bajar a comprar otra bombilla, pero él había vuelto a abrazarla en la sombra y ahora fumaban y se entreveían a cada aspiración del humo, y se besaban de nuevo), afuera llovía obstinadamente, la habitación recalentada los contenía desnudos y laxos, rozándose con manos y cinturas y cabellos se dejaban estar, se acariciaban interminablemente, se veían con un tacto repetido y húmedo, se olían en la sombra murmurando una dicha de monosílabos y diástoles. En algún momento las preguntas volverían, las ahuyentadas que la oscuridad guardaba en los rincones o debajo de la cama, pero cuando Lucho quiso saber, ella se le echó encima con su piel empapada y le calló la boca a besos, a blandos mordiscos, sólo mucho más tarde, con otros cigarrillos entre los dedos, le dijo que vivía sola, que nadie le duraba, que era inútil, que había que encender una luz, que del trabajo a su casa, que nunca la habían querido, que había esa enfermedad, todo como si no importara en el fondo o fuese demasiado importante para que las palabras sirvieran de algo, o quizá como si todo aquello no fuera a durar más allá de la noche y pudiera prescindir de explicaciones, algo apenas empezado en una barra de metro, algo en que sobre todo había que encender una luz.

—Hay una vela en alguna parte —había insistido monótonamente, rechazando sus caricias—. Ya es tarde para bajar a comprar una bombilla. Dejame buscarla, debe estar en algún cajón. Dame los fósforos.

—No la enciendas todavía —dijo Lucho—. Se está tan bien así, sin vernos.

—No quiero. Se está bien pero ya sabés, ya sabés. A veces.

—Por favor —dijo Lucho, tanteando en el suelo para encontrar los cigarrillos—, por un rato que nos habíamos olvidado... ¿Por qué volvés a empezar? Estábamos bien, así.

—Dejame buscar la vela —repitió Dina.

—Buscala, da lo mismo —dijo Lucho alcanzándole los fósforos. La llama flotó en el aire estancado de la pieza dibujando el cuerpo apenas menos negro que la oscuridad, un brillo de ojos y de uñas, otra vez tiniebla, frotar de otro fósforo, oscuridad, frotar de otro fósforo, movimiento brusco de la llama que se apagaba en el fondo de la pieza, una breve carrera como sofocada, el peso del cuerpo desnudo cayendo de través sobre el suyo, haciéndole daño contra las costillas, su jadeo. La abrazó estrechamente, besándola sin saber de qué o por qué tenía que calmarla, le murmuró palabras de alivio, la tendió contra él, bajo él, la poseyó dulcemente y casi sin deseo desde una larga fatiga, la entró y la remontó sintiéndola crisparse y ceder y abrirse y ahora, ahora, ya, ahora, así, ya, y la resaca devolviéndolos a un descanso boca arriba mirando la nada, oyendo latir la noche con una sangre de lluvia allí fuera, interminable gran vientre de la noche guardándolos de los miedos, de barras de metro y lámparas rotas y fósforos que la mano de Dina no había querido sostener, que había doblado hacia abajo para quemarse y quemarla, casi como un accidente porque en la oscuridad el espacio y las posiciones cambian y se es torpe como un niño pero después el segundo fósforo aplastado entre dos dedos, cangrejo rabioso quemándose con tal de destruir la luz, entonces Dina había tratado de encender un último fósforo con la otra mano y había sido peor, no podía ni decirlo a Lucho que la oía desde un miedo vago, un cigarrillo sucio. No te das cuenta que no quieren, es otra vez. Otra vez qué. Eso. Otra vez qué. No, nada, hay que encontrar la vela. Yo la buscaré, dame los fósforos. Se cayeron allá, en el rincón. Quedate quieta, esperá. No, no vayas, por favor no vayas. Dejame, yo los encontraré. Vamos juntos, es mejor. No, dejame, yo los encontraré, decime dónde puede estar esa maldita vela. Por ahí, en la repisa, si encendieras un fósforo a lo mejor. No se verá nada, dejame ir. Rechazándola despacio, desanudándole las manos que le ceñían la cintura, levantándose poco a poco. El tirón en el sexo lo hizo gritar más de sorpresa que de dolor, buscó como un látigo el puño que lo ataba a Dina tendida de espaldas y gimiendo, le abrió los dedos y la rechazó violentamente. La oía llamarlo, pedirle que volviera, que no volvería a pasar, que era culpa de él por obstinarse. Orientándose hacia lo que creía el rincón se agachó junto a la cosa que podía ser la mesa y tanteó buscando los fósforos, le pareció encontrar uno pero era demasiado largo, quizá un escarbadientes, y la caja no estaba ahí, las palmas de las manos recorrían la vieja alfombra, de rodillas se arrastraba bajo la mesa; encontró un fósforo, después otro, pero no la caja; contra el piso parecía todavía más oscuro, olía a encierro y a tiempo. Sintió los garfios que le corrían por la espalda, subiendo hasta la nuca y el pelo, se enderezó de un salto rechazando a Dina que gritaba contra él y decía algo de la luz en el rellano de la escalera, abrir la puerta y la luz de la escalera, pero claro, cómo no habían pensado antes, dónde estaba la puerta, ahí al frente, no podía ser puesto que la mesa quedaba de lado, bajo la ventana, te digo que ahí, entonces andá vos que sabés, vamos los dos, no quiero quedarme sola ahora, soltame o te pego, no, no, te digo que me sueltes. El empellón lo dejó solo frente a un jadeo, algo que temblaba ahí al lado, muy cerca; estirando los brazos avanzó buscando una pared, imaginando la puerta; tocó algo caliente que lo evadió con un grito, su otra mano se cerró sobre la garganta de Dina como si apretara un guante o el cuello de un gatito negro, la quemazón le desgarró la mejilla y los labios, rozándole un ojo, se tiró hacia atrás para librarse de eso que seguía aferrando la garganta de Dina, cayó de espaldas en la alfombra, se arrastró de lado sabiendo lo que iba a ocurrir, un viento caliente sobre él, la maraña de uñas contra su vientre y sus costillas, te dije, te dije que no podía ser, que encendieras la vela, buscá la puerta en seguida, la puerta. Arrastrándose lejos de la voz suspendida en algún punto del aire negro, en un hipo de asfixia que se repetía y repetía, dio con la pared, la recorrió enderezándose hasta sentir un marco, una cortina, el otro marco, la falleba; un aire helado se mezcló con la sangre que le llenaba los labios, tanteó buscando el botón de la luz, oyó detrás la carrera y el alarido de Dina, su golpe contra la puerta entornada, debía haberse dado con la hoja en la frente, en la nariz, la puerta cerrándose a sus espaldas justo cuando apretaba el botón de la luz. El vecino que espiaba desde la puerta de enfrente lo miró y con una exclamación ahogada se metió dentro y trancó la puerta, Lucho desnudo en el rellano lo maldijo y se pasó los dedos por la cara que le quemaba mientras todo el resto era el frío del rellano, los pasos que subían corriendo desde el primer piso, abrime, abrí en seguida, por Dios abrí, ya hay luz, abrí que ya hay luz. Adentro el silencio y como una espera, la vieja envuelta en la bata violeta mirando desde abajo, un chillido, desvergonzado, a esta hora, vicioso, la policía, todos son iguales, madame Roger, madame Roger! «No me va a abrir», pensó Lucho sentándose en el primer peldaño, sacándose la sangre de la boca y los ojos, «se ha desmayado con el golpe y está ahí en el suelo, no me va a abrir, siempre lo mismo, hace frío, hace frío». Empezó a golpear la puerta mientras escuchaba las voces en el departamento de enfrente, la carrera de la vieja que bajaba llamando a madame Roger, el inmueble que se despertaba en los pisos de abajo, preguntas y rumores, un momento de espera, desnudo y lleno de sangre, un loco furioso, madame Roger, abríme Dina, abríme, no importa que siempre haya sido así pero abríme, éramos otra cosa, Dina, hubiéramos podido encontrar juntos, por qué estás ahí en el suelo, qué te hice yo, por qué te golpeaste contra la puerta, madame Roger, si me abrieras encontraríamos la salida, ya viste antes, ya viste cómo todo iba tan bien, simplemente encender la luz y seguir buscando los dos, pero no querés abrirme, estás llorando, maullando como un gato lastimado, te oigo, te oigo, oigo a madame Roger, a la policía, y usted hijo de mil putas por qué me espía desde esa puerta, abríme, Dina, todavía podemos encontrar la vela, nos lavaremos, tengo frío, Dina, ahí vienen con una frazada, es típico, a un hombre desnudo se lo envuelve en una frazada, tendré que decirles que estás ahí tirada, que traigan otra frazada, que echen la puerta abajo, que te limpien la cara, que te cuiden y te protejan porque yo ya no estaré ahí, nos separarán enseguida, verás, nos bajarán separados y nos llevarán lejos uno de otro, qué mano buscarás, Dina, qué cara arañarás ahora mientras te llevan entre todos y madame Roger.

ALGUIEN QUE ANDA POR AHÍ

Cambio de luces

Esos jueves al caer la noche cuando Lemos me llamaba después del ensayo en Radio Belgrano y entre dos cinzanos los proyectos de nuevas piezas, tener que escuchárselos con tantas ganas de irme a la calle y olvidarme del radioteatro por dos o tres siglos, pero Lemos era el autor de moda y me pagaba bien para lo poco que yo tenía que hacer en sus programas, papeles más bien secundarios y en general antipáticos. Tenés la voz que conviene, decía amablemente Lemos, el radioescucha te escucha y te odia, no hace falta que traiciones a nadie o que mates a tu mamá con estricnina, vos abrís la boca y ahí nomás media Argentina quisiera romperte el alma a fuego lento.

No Luciana, precisamente el día en que nuestro galán Jorge Fuentes al término de *Rosas de ignominia* recibía dos canastas de cartas de amor y un corderito blanco mandado por una estanciera romántica del lado de Tandil, el petiso Mazza me entregó el primer sobre lila de Luciana. Acostumbrado a la nada en tantas de sus formas, me lo guardé en el bolsillo antes de irme al café (teníamos una semana de descanso después del triunfo de *Rosas* y el comienzo de *Pájaro en la tormenta)* y solamente en el segundo martini con Juárez Celman y Olive me subió al recuerdo el color del sobre y me di cuenta de que no había leído la carta; no quise delante de ellos porque los aburridos buscan tema y un sobre lila es una mina de oro, esperé a llegar a mi departamento donde la gata por lo menos no se fijaba en esas cosas, le di su leche y su ración de arrumacos, conocí a Luciana.

No necesito ver una foto de usted, decía Luciana, no me importa que *Sintonía* y *Antena* publiquen fotos de Míguez y de Jorge Fuentes pero nunca de usted, no me importa porque tengo su voz, y tampoco me importa que digan que es antipático y villano, no me importa que sus papeles engañen a todo el mundo, al contrario, porque me hago la ilusión de ser la sola que sabe la verdad: usted sufre cuando interpreta esos papeles, usted pone su talento pero yo siento que no está ahí de veras como Míguez o Raquelita Bailey, usted es tan diferente del príncipe cruel de *Rosas de ignominia.* Creyendo que odian al príncipe lo odian a usted, la gente confunde y ya me di cuenta con mi tía Poli y otras personas el año pasado cuando usted era Vassilis, el contrabandista asesino. Esta tarde me he sentido un poco sola y he querido decirle esto, tal vez no soy la única que se lo ha dicho y de alguna manera lo deseo por usted, que se sepa acompañado a pesar de todo, pero al mismo tiempo me gustaría ser la única que sabe pasar al otro lado de sus papeles y de su voz, que está segura de conocerlo de veras y de admirarlo más que a los que tienen los papeles fáciles. Es como con Shakespeare, nunca se lo he dicho a nadie, pero cuando usted hizo el papel, Yago me gustó más que Otelo. No se crea obligado a contestarme, pongo mi dirección por si realmente quiere hacerlo, pero si no lo hace yo me sentiré lo mismo feliz de haberle escrito todo esto.

Caía la noche, la letra era liviana y fluida, la gata se había dormido después de jugar con el sobre lila en el almohadón del sofá. Desde la irreversible ausencia de Bruna ya no se cenaba en mi departamento, las latas nos bastaban a la gata y a mí, y a mí especialmente el coñac y la pipa. En los días de descanso (después tendría que trabajar el papel de *Pájaro en la tormenta)* releí la carta de Luciana sin intención de contestarla porque en ese terreno un actor, aunque solamente reciba una carta cada tres años, estimada Luciana, le contesté antes de irme al cine el viernes por la noche, me conmueven sus palabras y ésta no es una frase de cortesía. Claro que no lo era, escribí como si esa mujer que imaginaba más bien chiquita y triste y de pelo castaño con ojos claros estuviera sentada ahí y yo le dijera que me conmovían sus palabras. El resto salió más convencional porque no encontraba qué decirle después de la verdad, todo se quedaba en un relleno de papel, dos o tres frases de simpatía y gratitud, su amigo Tito Balcárcel. Pero había otra verdad en la posdata: Me alegro de que me haya dado su dirección, hubiera sido triste no poder decirle lo que siento.

A nadie le gusta confesarlo, cuando no se trabaja uno termina por aburrirse un poco, al menos alguien como yo. De muchacho tenía bastantes aventuras sentimentales, en las horas libres podía recorrer el espinel y casi siempre había pesca, pero después vino Bruna y eso duró cuatro años, a los treinta y cinco la vida en Buenos Aires empieza a desteñirse y parece que se achicara, al menos para alguien que vive solo con una gata y no es gran lector ni amigo de caminar mucho. No que me sienta viejo, al contrario; más bien parecería que son los demás, las cosas mismas que envejecen y se agrietan; por eso a lo mejor preferir las tardes en el departamento, ensayar *Pájaro en la tormenta* a solas con la gata mirándome, vengarme de esos papeles ingratos llevándolos a la perfección, haciéndolos míos y no de Lemos, transformando las frases más simples en un juego de espejos que multiplica lo peligroso y fascinante del personaje. Y así a la hora de leer el papel en la radio todo estaba previsto, cada coma y cada inflexión de la voz, graduando los caminos del odio (otra vez era uno de esos personajes con algunos aspectos perdonables pero cayendo poco a poco en la infamia hasta un epílogo de persecución al borde de un precipicio y salto final con gran contento de radioescuchas). Cuando entre dos mates encontré la carta de Luciana olvidada en el estante de las revistas y la releí de puro aburrido, pasó que de nuevo la vi, siempre he sido visual y fabrico fácil cualquier cosa, de entrada Luciana se me había dado más bien chiquita y de mi edad o por ahí, sobre todo con ojos claros y como transparentes, y de nuevo la imaginé así, volví a verla como pensativa antes de escribirme cada frase y después decidiéndose. De una cosa estaba seguro, Luciana no era mujer de borradores, seguro que había dudado antes de escribirme, pero después escuchándome en *Rosas de ignominia* le habían ido viniendo las frases, se sentía que la carta era espontánea y a la vez —acaso por el papel lila— dándome la sensación de un licor que ha dormido largamente en su frasco.

Hasta su casa imaginé con sólo entornar los ojos, su casa debía ser de esas con patio cubierto o por lo menos galería con plantas, cada vez que pensaba en Luciana la veía en el mismo lugar, la galería desplazando finalmente el patio, una galería cerrada con claraboyas de vidrios de colores y mamparas que dejaban pasar la luz agrisándola, Luciana sentada en un sillón de mimbre y escribiéndome usted es muy diferente del príncipe cruel de *Rosas de ignominia*, llevándose la lapicera a la boca antes de seguir, nadie lo sabe porque tiene tanto talento que la gente lo odia, el pelo castaño como envuelto por una luz de vieja fotografía, ese aire ceniciento y a la vez nítido de la galería cerrada, me gustaría ser la única que sabe pasar al otro lado de sus papeles y de su voz.

La víspera de la primera tanda de *Pájaro* hubo que comer con Lemos y los otros, se ensayaron algunas escenas de esas que Lemos llamaba clave y nosotros clavo, choque de temperamentos y andanadas dramáticas, Raquelita Bailey muy bien en el papel de Josefina, la altanera muchacha que lentamente yo envolvería en mi consabida telaraña de maldades para las que Lemos no tenía límites. Los otros calzaban justo en sus papeles, total maldita la diferencia entre ésa y las dieciocho radionovelas que ya llevábamos actuadas. Si me acuerdo del ensayo es porque el petiso Mazza me trajo la segunda carta de Luciana y esa vez sentí ganas de leerla enseguida y me fui un rato al baño mientras Angelita y Jorge Fuentes se juraban amor eterno en un baile de Gimnasia y Esgrima, esos escenarios de Lemos que desencadenaban el entusiasmo de los habitués y daban más fuerza a las identificaciones psicológicas con los personajes, por lo menos según Lemos y Freud.

Le acepté la simple, linda invitación a conocerla en una confitería de Almagro. Había el detalle monótono del reconocimiento, ella de rojo y yo llevando el diario doblado en cuatro, no podía ser de otro modo y el resto era Luciana escribiéndome de nuevo en la galería cubierta, sola con su madre o tal vez su padre, desde el principio yo había visto un viejo con ella en una casa para una familia más grande y ahora llena de huecos donde habitaba la melancolía de la madre por otra hija muerta o ausente, porque acaso la muerte había pasado por la casa no hacía mucho, y si usted no quiere o no puede yo sabré comprender, no me corresponde tomar la iniciativa pero también sé —lo había subrayado sin énfasis— que alguien como usted está por encima de muchas cosas. Y agregaba algo que yo no había pensado y que me encantó, usted no me conoce salvo esa otra carta, pero yo hace tres años que vivo su vida, lo siento como es de veras en cada personaje nuevo, lo arranco del teatro y usted es siempre el mismo para mí cuando ya no tiene el antifaz de su papel. (Esa segunda carta se me perdió, pero las frases eran así, decían eso; recuerdo en cambio que la primera carta la guardé en un libro de Moravia que estaba leyendo, seguro que sigue ahí en la biblioteca).

Si se lo hubiera contado a Lemos le habría dado una idea para otra pieza, clavado que el encuentro se cumplía después de algunas alternativas de suspenso y entonces el muchacho descubría que Luciana era idéntica a lo que había imaginado, prueba de cómo el amor se adelanta al amor y la vista a la vista, teorías que siempre funcionaban bien en Radio Belgrano. Pero Luciana era una mujer de más de treinta años, llevados eso sí con todas las de la ley, bastante menos menuda que la mujer de las cartas en la galería, y con un precioso pelo negro que vivía como por su cuenta cuando movía la cabeza. De la cara de Luciana yo no me había hecho una imagen precisa salvo los ojos claros y la tristeza; los que ahora me recibieron sonriéndome eran marrones y nada tristes bajo ese pelo movedizo. Que le gustara el whisky me pareció simpático, por el lado de Lemos casi todos los encuentros románticos empezaban con té (y con Bruna había sido café con leche en un vagón de ferrocarril). No se disculpó por la invitación, y yo que a veces sobreactúo porque en el fondo no creo demasiado en nada de lo que me sucede, me sentí muy natural y el whisky por una vez no era falsificado. De veras, lo pasamos muy bien y fue como si nos hubieran presentado por casualidad y sin sobreentendidos, como empiezan las buenas relaciones en que nadie tiene nada que exhibir o que disimular; era lógico que se hablara sobre todo de mí porque yo era el conocido y ella solamente dos cartas y Luciana, por eso sin parecer vanidoso la dejé que me recordara en tantas novelas radiales, aquella en que me mataban torturándome, la de los obreros sepultados en la mina, algunos otros papeles. Poco a poco yo le iba ajustando la cara y la voz, desprendiéndome con trabajo de las cartas, de la galería cerrada y el sillón de mimbre; antes de separarnos me enteré de que vivía en un departamento bastante chico en planta baja y con su tía Poli que allá por los años treinta había tocado el piano en Pergamino. También Luciana hacía sus ajustes como siempre en esas relaciones de gallo ciego, casi al final me dijo que me había imaginado más alto, con pelo crespo y ojos grises; lo del pelo crespo me sobresaltó porque en ninguno de mis papeles yo me había sentido a mí mismo con pelo crespo, pero acaso su idea era como una suma, un amontonamiento de todas las canalladas y las traiciones de las piezas de Lemos. Se lo comenté en broma y Luciana dijo que no, los personajes los había visto tal como Lemos los pintaba pero al mismo tiempo era capaz de ignorarlos, de hermosamente quedarse sólo conmigo, con mi voz y vaya a saber por qué con una imagen de alguien más alto, de alguien con el pelo crespo.

Si Bruna hubiera estado aún en mi vida no creo que me hubiera enamorado de Luciana; su ausencia era todavía demasiado presente, un hueco en el aire que Luciana empezó a llenar sin saberlo, probablemente sin esperarlo. En ella en cambio todo fue más rápido, fue pasar de mi voz a ese otro Tito Balcárcel de pelo lacio y menos personalidad que los monstruos de Lemos; todas esas operaciones duraron apenas un mes, se cumplieron en dos encuentros en cafés, un tercero en mi departamento, la gata aceptó el perfume y la piel de Luciana, se le durmió en la falda, no pareció de acuerdo con un anochecer en que de golpe estuvo de más, en que debió saltar maullando al suelo. La tía Poli se fue a vivir a Pergamino con una hermana, su misión estaba cumplida y Luciana se mudó a mi casa esa semana; cuando la ayudé a preparar sus cosas me dolió la falta de la galería cubierta, de la luz cenicienta, sabía que no las iba a encontrar y sin embargo había algo como una carencia, una imperfección. La tarde de la mudanza la tía Poli me contó dulcemente la módica saga de la familia, la infancia de Luciana, el novio aspirado para siempre por una oferta de frigoríficos de Chicago, el matrimonio con un hotelero de Primera Junta y la ruptura seis años atrás, cosas que yo había sabido por Luciana pero de otra manera, como si ella no hubiera hablado verdaderamente de sí misma ahora que parecía empezar a vivir por cuenta de otro presente, de mi cuerpo contra el suyo, los platitos de leche a la gata, el cine a cada rato, el amor.

Me acuerdo que fue más o menos en la época de *Sangre en las espigas* cuando le pedí a Luciana que se aclarara el pelo. Al principio le pareció un capricho de actor, si querés me compro una peluca, me dijo riéndose, y de paso a vos te quedaría tan bien una con el pelo crespo, ya que estamos. Pero cuando insistí unos días después, dijo que bueno, total lo mismo le daba el pelo negro o castaño, fue casi como si se diera cuenta de que en mí ese cambio no tenía nada que ver con mis manías de actor sino con otras cosas, una galería cubierta, un sillón de mimbre. No tuve que pedírselo otra vez, me gustó que lo hubiera hecho por mí y se lo dije tantas veces mientras nos amábamos, mientras me perdía en su pelo y sus senos y me dejaba resbalar con ella a otro largo sueño boca a boca. (Tal vez a la mañana siguiente, o fue antes de salir de compras, no lo tengo claro, le junté el pelo con las dos manos y se lo até en la nuca, le aseguré que le quedaba mejor así. Ella se miró en el espejo y no dijo nada, aunque sentí que no estaba de acuerdo y que tenía razón, no era mujer para recogerse el pelo, imposible negar que le quedaba mejor cuando lo llevaba suelto antes de aclarárselo, pero no se lo dije porque me gustaba verla así, verla mejor que aquella tarde cuando había entrado por primera vez en la confitería).

Nunca me había gustado escucharme actuando, hacía mi trabajo y basta, los colegas se extrañaban de esa falta de vanidad que en ellos era tan visible; debían pensar, acaso con razón, que la naturaleza de mis papeles no me inducía demasiado a recordarlos, y por eso Lemos me miró levantando las cejas cuando le pedí los discos de archivo de *Rosas de ignominia*, me preguntó para qué lo quería y le contesté cualquier cosa, problemas de dicción que me interesaba superar o algo así. Cuando llegué con el álbum de discos, Luciana se sorprendió también un poco porque yo no le hablaba nunca de mi trabajo, era ella que cada tanto me daba sus impresiones, me escuchaba por las tardes con la gata en la falda. Repetí lo que le había dicho a Lemos pero en vez de escuchar las grabaciones en otro cuarto traje el tocadiscos al salón y le pedí a Luciana que se quedara un rato conmigo, yo mismo preparé el té y arreglé las luces para que estuviera cómoda. Por qué cambiás de lugar esa lámpara, dijo Luciana, queda bien ahí. Quedaba bien como objeto pero echaba una luz cruda y caliente sobre el sofá donde se sentaba Luciana, era mejor que sólo le llegara la penumbra de la tarde desde la ventana, una luz un poco cenicienta que se envolvía en su pelo, en sus manos ocupándose del té. Me mimás demasiado, dijo Luciana, todo para mí y vos ahí en un rincón sin siquiera sentarte.

Desde luego puse solamente algunos pasajes de *Rosas*, el tiempo de dos tazas de té, de un cigarrillo. Me hacía bien mirar a Luciana atenta al drama, alzando a veces la cabeza cuando reconocía mi voz y sonriéndome como si no le importara saber que el miserable cuñado de la pobre Carmencita comenzaba sus intrigas para quedarse con la fortuna de los Pardo, y que la siniestra tarea continuaría a lo largo de tantos episodios hasta el inevitable triunfo del amor y la justicia según Lemos. En mi rincón (había aceptado una taza de té a su lado pero después había vuelto al fondo del salón como si desde ahí se escuchara mejor) me sentía bien, reencontraba por un momento algo que me había estado faltando; hubiera querido que todo eso se prolongara, que la luz del anochecer siguiera pareciéndose a la de la galería cubierta. No podía ser, claro, y corté el tocadiscos y salimos juntos al balcón después que Luciana hubo devuelto la lámpara a su sitio porque realmente quedaba mal allí donde yo la había corrido. ¿Te sirvió de algo escucharte?, me preguntó acariciándome una mano. Sí, de mucho, hablé de problemas de respiración, de vocales, cualquier cosa que ella aceptaba con respeto; lo único que no le dije fue que en ese momento perfecto sólo había faltado el sillón de mimbre y quizá también que ella hubiera estado triste, como alguien que mira el vacío antes de continuar el párrafo de una carta.

Estábamos llegando al final de *Sangre en las espigas*, tres semanas más y me darían vacaciones. Al volver de la radio encontraba a Luciana leyendo o jugando con la gata en el sillón que le había regalado para su cumpleaños junto con la mesa de mimbre que hacía juego. No tiene nada que ver con este ambiente, había dicho Luciana entre divertida y perpleja, pero si a vos te gustan a mí también, es un lindo juego y tan cómodo. Vas a estar mejor en él si tenés que escribir cartas, le dije. Sí, admitió Luciana, justamente estoy en deuda con tía Poli, pobrecita. Como por la tarde tenía poca luz en el sillón (no creo que se hubiera dado cuenta de que yo había cambiado la bombilla de la lámpara) acabó por poner la mesita y el sillón cerca de la ventana para tejer o mirar las revistas, y tal vez fue en esos días de otoño, o un poco después, que una tarde me quedé mucho tiempo a su lado, la besé largamente y le dije que nunca la había querido tanto como en ese momento, tal como la estaba viendo, como hubiera querido verla siempre. Ella no dijo nada, sus manos andaban por mi pelo despeinándome, su cabeza se volcó sobre mi hombro y se estuvo quieta, como ausente. ¿Por qué esperar otra cosa de Luciana, así al filo del atardecer? Ella era como los sobres lila, como las simples, casi tímidas frases de sus cartas. A partir de ahora me costaría imaginar que la había conocido en una confitería, que su pelo negro suelto había ondulado como un látigo en el momento de saludarme, de vencer la primera confusión del encuentro. En la memoria de mi amor estaba la galería cubierta, la silueta en un sillón de mimbre distanciándola de la imagen más alta y vital que de mañana andaba por la casa o jugaba con la gata, esa imagen que al atardecer entraría una y otra vez en lo que yo había querido, en lo que me hacía amarla tanto.

Decírselo, quizá. No tuve tiempo, pienso que vacilé porque prefería guardarla así, la plenitud era tan grande que no quería pensar en su vago silencio, en una distracción que no le había conocido antes, en una manera de mirarme por momentos como si buscara, algo, un aletazo de mirada devuelta enseguida a lo inmediato, a la gata o a un libro. También eso entraba en mi manera de preferirla, era el clima melancólico de la galería cubierta, de los sobres lila. Sé que en algún despertar en la alta noche, mirándola dormir contra mí, sentí que había llegado el tiempo de decírselo, de volverla definitivamente mía por una aceptación total de mi lenta telaraña enamorada. No lo hice porque Luciana dormía, porque Luciana estaba despierta, porque ese martes íbamos al cine, porque estábamos buscando un auto para las vacaciones, porque la vida venía a grandes pantallazos antes y después de los atardeceres en que la luz cenicienta parecía condensar su perfección en la pausa del sillón de mimbre. Que me hablara tan poco ahora, que a veces volviera a mirarme como buscando alguna cosa perdida, retardaban en mí la oscura necesidad de confiarle la verdad, de explicarle por fin el pelo castaño, la luz de la galería. No tuve tiempo, un azar de horarios cambiados me llevó al centro un fin de mañana, la vi salir de un hotel, no la reconocí al reconocerla, no comprendí al comprender que salía apretando el brazo de un hombre más alto que yo, un hombre que se inclinaba un poco para besarla en la oreja, para frotar su pelo crespo contra el pelo castaño de Luciana.

Vientos alisios

Vaya a saber a quién se le había ocurrido, tal vez a Vera la noche de su cumpleaños cuando Mauricio insistía en que empezaran otra botella de champaña y entre copa y copa bailaban en el salón pegajoso de humo de cigarro y medianoche, o quizá a Mauricio en ese momento en que *Blues in Thirds* les traía desde tan antes el recuerdo de los primeros tiempos, de los primeros discos cuando los cumpleaños eran más que una ceremonia cadenciosa y recurrente. Como un juego, hablar mientras bailaban, cómplices sonrientes en la modorra paulatina del alcohol y del humo, decirse que por qué no, puesto que al fin y al cabo, ya que podían hacerlo y allá sería el verano, habían mirado juntos e indiferentes el prospecto de la agencia de viajes, de golpe la idea, Mauricio o Vera, simplemente telefonear, irse al aeropuerto, probar si el juego valía la pena, esas cosas se hacen de una vez o no, al fin y al cabo qué, en el peor de los casos volverse con la misma amable ironía que los había devuelto de tantos viajes aburridos, pero probar ahora de otra manera, jugar el juego, hacer el balance, decidir.

Porque esta vez (y ahí estaba lo nuevo, la idea que se le había ocurrido a Mauricio pero que bien podía haber nacido de una reflexión casual de Vera, veinte años de vida en común, la simbiosis mental, las frases empezadas por uno y completadas desde el otro extremo de la mesa o el otro teléfono), esta vez podía ser diferente, no había más que codificarlo, divertirse desde el absurdo total de partir en diferentes aviones y llegar como desconocidos al hotel, dejar que el azar los presentara en el comedor o en la playa al cabo de uno o dos días, mezclarse con las nuevas relaciones del veraneo, tratarse cortésmente, aludir a profesiones y familias en la rueda de los cócteles, entre tantas otras profesiones y otras vidas que buscarían como ellos el leve contacto de las vacaciones. A nadie iba a llamarle la atención la coincidencia de apellido puesto que era un apellido vulgar, sería tan divertido graduar el lento conocimiento mutuo, ritmándolo con el de los otros huéspedes, distraerse con la gente cada uno por su lado, favorecer el azar de los encuentros y de cuando en cuando verse a solas y mirarse como ahora mientras bailaban *Blues in Thirds* y por momentos se detenían para alzar las copas de champaña y las chocaban suavemente con el ritmo exacto de la música, corteses y educados y cansados y ya la una y media entre tanto humo y el perfume que Mauricio había querido poner esa noche en el pelo de Vera, preguntándose si no se habría equivocado de perfume, si Vera alzaría un poco la nariz y aprobaría, la difícil y rara aprobación de Vera.

Siempre habían hecho el amor al final de sus cumpleaños, esperando con amable displicencia la partida de los últimos amigos, y esta vez en que no había nadie, en que no habían invitado a nadie porque estar con gente los aburría más que estar solos, bailaron hasta el final del disco y siguieron abrazados, mirándose en una bruma de semisueño, salieron del salón manteniendo todavía un ritmo imaginario, perdidos y casi felices y descalzos sobre la alfombra del dormitorio, se demoraron en un lento desnudarse al borde de la cama, ayudándose y complicándose y besos y botones y otra vez el encuentro con las inevitables preferencias, el ajuste de cada uno a la luz de la lámpara que los condenaba a la repetición de imágenes cansadas, de murmullos sabidos, el lento hundirse en la modorra insatisfecha después de la repetición de las fórmulas que volvían a las palabras y a los cuerpos como un necesario, casi tierno deber.

Por la mañana era domingo y lluvia, desayunaron en la cama y lo decidieron en serio; ahora había que legislar, establecer cada fase del viaje para que no se volviera un viaje más y sobre todo un regreso más. Lo fijaron contando con los dedos: irían separadamente, uno, vivirían en habitaciones diferentes sin que nada les impidiera aprovechar del verano, dos, no habría censuras ni miradas como las que tanto conocían, tres, un encuentro sin testigos permitiría cambiar impresiones y saber si valía la pena, cuatro, el resto era rutina, volverían en el mismo avión puesto que ya no importarían los demás (o sí, pero eso se vería con arreglo al artículo cuatro), cinco. Lo que iba a pasar después no estaba numerado, entraba en una zona a la vez decidida e incierta, suma aleatoria en la que todo podía darse y de la que no había que hablar. Los aviones para Nairobi salían los jueves y los sábados, Mauricio se fue en el primero después de un almuerzo en el que comieron salmón por si las moscas, recitándose brindis y regalándose talismanes, no te olvides de la quinina, acordate que siempre dejás en casa la crema de afeitar y las sandalias.

Divertido llegar a Mombasa, una hora de taxi y que la llevaran al Trade Winds, a un bungalow sobre la playa con monos cabriolando en los cocoteros y sonrientes caras africanas, ver de lejos a Mauricio ya dueño de casa, jugando en la arena con una pareja y un viejo de patillas rojas. La hora de los cócteles los acercó en la veranda abierta sobre el mar, se hablaba de caracoles y arrecifes, Mauricio entró con una mujer y dos hombres jóvenes, en algún momento quiso saber de dónde venía Vera y explicó que él llegaba de Francia y que era geólogo. A Vera le pareció bien que Mauricio fuera geólogo y contestó las preguntas de los otros turistas, la pediatría que cada tanto le reclamaba unos días de descanso para no caer en la depresión, el viejo de las patillas rojas era un diplomático jubilado, su esposa se vestía como si tuviera veinte años pero no le quedaba tan mal en un sitio donde casi todo parecía una película en colores, camareros y monos incluidos y hasta el nombre Trade Winds que recordaba a Conrad y a Somerset Maugham, los cócteles servidos en cocos, las camisas sueltas, la playa por la que se podía pasear después de la cena bajo una luna tan despiadada que las nubes proyectaban sus movientes sombras sobre la arena para asombro de gentes aplastadas por cielos sucios y brumosos.

Los últimos serán los primeros, pensó Vera cuando Mauricio dijo que le habían dado una habitación en la parte más moderna del hotel, cómoda pero sin la gracia de los bungalows sobre la playa. Se jugaba a las cartas por la noche, el día era un diálogo interminable de sol y sombra, mar y refugio bajo las palmeras, redescubrir el cuerpo pálido y cansado a cada chicotazo de las olas, ir a los arrecifes en piragua para sumergirse con máscaras y ver los corales azules y rojos, los peces inocentemente próximos. Sobre el encuentro con dos estrellas de mar, una con pintas rojas y la otra llena de triángulos violeta, se habló mucho el segundo día, a menos que ya fuera el tercero, el tiempo resbalaba como el tibio mar sobre la piel, Vera nadaba con Sandro que había surgido entre dos cócteles y se decía harto de Verona y de automóviles, el inglés de las patillas rojas estaba insolado y el médico vendría de Mombasa para verlo, las langostas eran increíblemente enormes en su última morada de mayonesa y rodajas de limón, las vacaciones. De Anna sólo se había visto una sonrisa lejana y como distanciadora, la cuarta noche vino a beber al bar y llevó su vaso a la veranda donde los veteranos de tres días la recibieron con informaciones y consejos, había erizos peligrosos en la zona norte, de ninguna manera debía pasear en piragua sin sombrero y algo para cubrirse los hombros, el pobre inglés lo estaba pagando caro y los negros se olvidaban de prevenir a los turistas porque para ellos, claro, y Anna agradeciendo sin énfasis, bebiendo despacio su martini, casi mostrando que había venido para estar sola desde algún Copenhague o Estocolmo necesitado de olvido. Sin siquiera pensarlo Vera decidió que Mauricio y Anna, seguramente Mauricio y Anna antes de veinticuatro horas, estaba jugando al ping-pong con Sandro cuando los vio irse al mar y tenderse en la arena, Sandro bromeaba sobre Anna que le parecía poco comunicativa, las nieblas nórdicas, ganaba fácilmente las partidas pero el caballero italiano cedía de cuando en cuando algunos puntos y Vera se daba cuenta y se lo agradecía en silencio, veintiuno a dieciocho, no había estado mal, hacía progresos, cuestión de aplicarse.

En algún momento antes del sueño Mauricio pensó que después de todo lo estaban pasando bien, casi cómico decirse que Vera dormía a cien metros de su habitación en el envidiable bungalow acariciado por las palmeras, qué suerte tuviste, nena. Habían coincidido en una excursión a las islas cercanas y se habían divertido mucho nadando y jugando con los demás; Anna tenía los hombros quemados y Vera le dio una crema infalible, usted sabe que un médico de niños termina por saber todo sobre las cremas, retorno vacilante del inglés protegido por una bata celeste, de noche la radio hablando de Yomo Kenyatta y de los problemas tribales, alguien sabía mucho sobre los Massai y los entretuvo a lo largo de muchos tragos con leyendas y leones, Karen Blixen y la autenticidad de los amuletos de pelo de elefante, nilón puro y así iba todo en esos países. Vera no sabía si era miércoles o jueves, cuando Sandro la acompañó al bungalow después de un largo paseo por la playa donde se habían besado como esa playa y esa luna lo requerían, ella lo dejó entrar apenas él le apoyó una mano en el hombro, se dejó amar toda la noche, oyó extrañas cosas, aprendió diferencias, durmió lentamente, saboreando cada minuto del largo silencio bajo un mosquitero casi inconcebible. Para Mauricio fue la siesta, después de un almuerzo en que sus rodillas habían encontrado los muslos de Anna, acompañarla a su piso, murmurar un hasta luego frente a la puerta, ver cómo Anna demoraba la mano en el pestillo, entrar con ella, perderse en un placer que sólo los liberó por la noche, cuando ya algunos se preguntaban si no estarían enfermos y Vera sonreía inciertamente entre dos tragos, quemándose la lengua con una mezcla de Campari y ron keniano que Sandro batía en el bar para asombro de Moto y de Nikuku, esos europeos acabarían todos locos.

El código fijaba el sábado a las siete de la tarde, Vera aprovechó un encuentro sin testigos en la playa y mostró a la distancia un palmeral propicio. Se abrazaron con un viejo cariño, riéndose como chicos, acatando el artículo cuatro, buena gente. Había una blanda soledad de arena y ramas secas, cigarrillos y ese bronceado del quinto o sexto día en que los ojos se ponen a brillar como nuevos, en que hablar es una fiesta. Nos está yendo muy bien, dijo Mauricio casi enseguida, y Vera sí, claro que nos está yendo muy bien, se te ve en la cara y en el pelo, por qué en el pelo, porque te brilla de otra manera, es la sal, burra, puede ser pero la sal más bien apelmaza la pilosidad, la risa no los dejaba hablar, era bueno no hablar mientras se reían y se miraban, un último sol acostándose velozmente, el trópico, mirá bien y verás el rayo verde legendario, ya hice la prueba desde mi balcón y no vi nada, ah, claro, el señor tiene un balcón, sí señora un balcón pero usted goza de un bungalow para ukeleles y orgías. Resbalando sin esfuerzo, con otro cigarrillo, de verdad, es maravilloso, tiene una manera que. Así será, si vos lo decís. Y la tuya, hablá. No me gusta que digas la tuya, parece una distribución de premios. Es. Bueno, pero no así, no Anna. Oh, qué voz tan llena de glucosa, decís Anna como si le chuparas cada letra. Cada letra no, pero. Cochino. Y vos, entonces. En general no soy yo la que chupa, aunque. Me lo imaginaba, esos italianos vienen todos del decamerón. Momento, no estamos en terapia de grupo, Mauricio. Perdón, no son celos, con qué derecho. Ah, *good boy.* ¿Entonces sí? Entonces sí, perfecto, lentamente, interminablemente perfecto. Te felicito, no me gustaría que te fuera menos bien que a mí. No sé cómo te va a vos pero el artículo cuatro manda que. De acuerdo, aunque no es fácil convertirlo en palabras, Anna es una ola, una estrella de mar. ¿La roja o la violeta? Todas juntas, un río dorado, los corales rosa. Este hombre es un poeta escandinavo. Y usted una libertina veneciana. No es de Venecia, de Verona. Da lo mismo, siempre se piensa en Shakespeare. Tenés razón, no se me había ocurrido. En fin, así vamos, verdad. Así vamos, Mauricio, y todavía nos quedan cinco días. Cinco noches, sobre todo, aprovechalas bien. Creo que sí, me ha prometido iniciaciones que él llama artificios para llegar a la realidad. Me los explicarás, espero. En detalle, imaginate, y vos me contarás de tu río de oro y los corales azules. Corales rosa, chiquita. En fin, ya ves que no estamos perdiendo el tiempo. Eso habrá que verlo, en todo caso no perdemos el presente y hablando de eso no es bueno que nos quedemos mucho en el artículo cuatro. ¿Otro remojón antes del whisky? Del whisky, qué grosería, a mí me dan Carpano combinado con ginebra y angostura. Oh, perdón. No es nada, los refinamientos llevan tiempo, vamos en busca del rayo verde, en una de ésas quién te dice.

Viernes, día de Robinson, alguien lo recordó entre dos tragos y se habló un rato de islas y naufragios, hubo un breve y violento chubasco caliente que plateó las palmeras y trajo más tarde un nuevo rumor de pájaros, las migraciones, el viejo marinero y su albatros, era gente que sabía vivir, cada whisky venía con su ración de folklore, de viejas canciones de las Hébridas o de Guadalupe, al término del día Vera y Mauricio pensaron lo mismo, el hotel merecía su nombre, era la hora de los vientos alisios para ellos, Anna la dadora de vértigos olvidados, Sandro el hacedor de máquinas sutiles, vientos alisios devolviéndolos a otros tiempos sin costumbres, cuando habían tenido también un tiempo así, invenciones y deslumbramientos en el mar de las sábanas, solamente que ahora, solamente que ya no ahora y por eso, por eso los alisios que soplarían aún hasta el martes, exactamente hasta el final del interregno que era otra vez el pasado remoto, un viaje instantáneo a las fuentes aflorando otra vez, bañándolos de una delicia presente pero ya sabida, alguna vez sabida antes de los códigos, de *Blues in Thirds*.

No hablaron de eso a la hora de encontrarse en el Boeing de Nairobi, mientras encendían juntos el primer cigarrillo del retorno. Mirarse como antes los llenaba de algo para lo que no había palabras y que los dos callaron entre tragos y anécdotas del Trade Winds, de alguna manera había que guardar el Trade Winds, los alisios tenían que seguir empujándolos, la buena vieja querida navegación a vela volviendo para destruir las hélices, para acabar con el sucio lento petróleo de cada día contaminando las copas de champaña del cumpleaños, la esperanza de cada noche. Vientos alisios de Anna y de Sandro, seguir bebiéndolos en plena cara mientras se miraban entre dos bocanadas de humo, por qué Mauricio ahora si Sandro seguía siempre ahí, su piel y su pelo y su voz afinando la cara de Mauricio como la ronca risa de Anna en pleno amor anegaba esa sonrisa que en Vera valía amablemente como una ausencia. No había artículo seis pero podían inventarlo sin palabras, era tan natural que en algún momento él invitara a Anna a beber otro whisky que ella, aceptándolo con una caricia en la mejilla, dijera que sí, dijera sí, Sandro, sería tan bueno tomarnos otro whisky para quitarnos el miedo de la altura, jugar así todo el viaje, ya no había necesidad de códigos para decidir que Sandro se ofrecería en el aeródromo para acompañar a Anna hasta su casa, que Anna aceptaría con el simple acatamiento de los deberes caballerescos, que una vez en la casa fuera ella quien buscara las llaves en el bolso e invitara a Sandro a tomar otro trago, le hiciera dejar la maleta en el zaguán y le mostrara el camino del salón, disculpándose por las huellas de polvo y el aire encerrado, corriendo las cortinas y trayendo hielo mientras Sandro examinaba con aire apreciativo las pilas de discos y el grabado de Friedlander. Eran más de las once de la noche, bebieron las copas de la amistad y Anna trajo una lata de paté y bizcochos, Sandro la ayudó a hacer canapés y no llegaron a probarlos, las manos y las bocas se buscaban, volcarse en la cama y desnudarse ya enlazados, buscarse entre cintas y trapos, arrancarse las últimas ropas y abrir la cama, bajar las luces y tomarse lentamente, buscando y murmurando, sobre todo esperando y murmurándose la esperanza.

Vaya a saber cuándo volvieron los tragos y los cigarrillos, las almohadas para sentarse en la cama y fumar bajo la luz de la lámpara en el suelo. Casi no se miraban, las palabras iban hasta la pared y volvían en un lento juego de pelota para ciegos, y ella la primera preguntándose como a sí misma qué sería de Vera y de Mauricio después del Trade Winds, qué sería de ellos después del regreso.

—Ya se habrán dado cuenta —dijo él—. Ya habrán comprendido y después de eso no podrán hacer más nada.

—Siempre se puede hacer algo —dijo ella—, Vera no se va a quedar así, bastaba con verla.

—Mauricio tampoco —dijo él—, lo conocí apenas pero era tan evidente. Ninguno de los dos se va a quedar así y casi es fácil imaginar lo que van a hacer.

—Sí, es fácil, es como verlo desde aquí.

—No habrán dormido, igual que nosotros, y ahora estarán hablándose despacio, sin mirarse. Ya no tendrán nada que decirse, creo que será Mauricio el que abra el cajón y saque el frasco azul. Así, ves, un frasco azul como éste.

—Vera las contará y las dividirá —dijo ella—. Le tocaban siempre las cosas prácticas, lo hará muy bien. Dieciséis para cada uno, ni siquiera el problema de un número impar.

—Las tragarán de a dos, con whisky y al mismo tiempo, sin adelantarse.

—Serán un poco amargas —dijo ella.

—Mauricio dirá que no, más bien ácidas.

—Sí, puede que sean ácidas. Y después apagarán la luz, no se sabe por qué.

—Nunca se sabe por qué, pero es verdad que apagarán la luz y se abrazarán. Eso es seguro, sé que se abrazarán.

—En la oscuridad —dijo ella buscando el interruptor—. Así, verdad.

—Así —dijo él.

Segunda vez

No más que los esperábamos, cada uno tenía su fecha y su hora, pero eso sí, sin apuro, fumando despacio, de cuando en cuando el negro López venía con café y entonces dejábamos de trabajar y comentábamos las novedades, casi siempre lo mismo, la visita del jefe, los cambios de arriba, las performances en San Isidro. Ellos, claro, no podían saber que los estábamos esperando, lo que se dice esperando, esas cosas tenían que pasar sin escombro, ustedes proceden tranquilos, palabra del jefe, cada tanto lo repetía por las dudas, ustedes la van piano piano, total era fácil, si algo patinaba no se la iban a tomar con nosotros, los responsables estaban arriba y el jefe era de ley, ustedes tranquilos, muchachos, si hay lío aquí la cara la doy yo, lo único que les pido es que no se me vayan a equivocar de sujeto, primero la averiguación para no meter la pata y después pueden proceder nomás.

Francamente no daban trabajo, el jefe había elegido oficinas funcionales para que no se amontonaran, y nosotros los recibíamos de a uno como corresponde, con todo el tiempo necesario. Para educados nosotros, che, el jefe lo decía vuelta a vuelta y era cierto, todo sincronizado que reíte de las IBM, aquí se trabajaba con vaselina, minga de apuro ni de córranse adelante. Teníamos tiempo para los cafecitos y los pronósticos del domingo, y el jefe era el primero en venir a buscar las fijas que para eso el flaco Bianchetti era propiamente un oráculo. Así que todos los días lo mismo, llegábamos con los diarios, el negro López traía el primer café y al rato empezaban a caer para el trámite. La convocatoria decía eso, trámite que le concierne, nosotros solamente ahí esperando. Ahora que eso sí, aunque venga en papel amarillo una convocatoria siempre tiene un aire serio; por eso María Elena la había mirado muchas veces en su casa, el sello verde rodeando la firma ilegible y las indicaciones de fecha y lugar. En el ómnibus volvió a sacarla de la cartera y le dio cuerda al reloj para más seguridad. La citaban a una oficina de la calle Maza, era raro que ahí hubiera un ministerio pero su hermana había dicho que estaban instalando oficinas en cualquier parte porque los ministerios ya resultaban chicos, y apenas se bajó del ómnibus vio que debía ser cierto, el barrio era cualquier cosa, con casas de tres o cuatro pisos y sobre todo mucho comercio al por menor, hasta algunos árboles de los pocos que iban quedando en la zona.

«Por lo menos tendrá una bandera», pensó María Elena al acercarse a la cuadra del setecientos, a lo mejor era como las embajadas que estaban en los barrios residenciales pero se distinguían desde lejos por el trapo de colores en algún balcón. Aunque el número figuraba clarito en la convocatoria, la sorprendió no ver la bandera patria y por un momento se quedó en la esquina (era demasiado temprano, podía hacer tiempo) y sin ninguna razón le preguntó al del quiosco de diarios si en esa cuadra estaba la Dirección.

—Claro que está —dijo el hombre—, ahí a la mitad de cuadra, pero antes por qué no se queda un poquito para hacerme compañía, mire lo solo que estoy.

—A la vuelta —le sonrió María Elena yéndose sin apuro y consultando una vez más el papel amarillo. Casi no había tráfico ni gente, un gato delante de un almacén y una gorda con una nena que salían de un zaguán. Los pocos autos estaban estacionados a la altura de la Dirección, casi todos con alguien en el volante leyendo el diario o fumando. La entrada era angosta como todas en la cuadra, con un zaguán de mayólicas y la escalera al fondo; la chapa en la puerta parecía apenas la de un médico o un dentista, sucia y con un papel pegado en la parte de abajo para tapar alguna de las inscripciones. Era raro que no hubiese ascensor, un tercer piso y tener que subir a pie después de ese papel tan serio con el sello verde y la firma y todo.

La puerta del tercero estaba cerrada y no se veía ni timbre ni chapa. María Elena tanteó el picaporte y la puerta se abrió sin ruido; el humo del tabaco le llegó antes que las mayólicas verdosas del pasillo y los bancos a los dos lados con la gente sentada. No eran muchos, pero con ese humo y el pasillo tan angosto parecía que se tocaban con las rodillas, las dos señoras ancianas, el señor calvo y el muchacho de la corbata verde. Seguro que habían estado hablando para matar el tiempo, justo al abrir la puerta María Elena alcanzó un final de frase de una de las señoras, pero como siempre se quedaron callados de golpe mirando a la que llegaba último, y también como siempre y sintiéndose tan sonsa María Elena se puso colorada y apenas si le salió la voz para decir buenos días y quedarse parada al lado de la puerta hasta que el muchacho le hizo una seña mostrándole el banco vacío a su lado. Justo cuando se sentaba, dándole las gracias, la puerta del otro extremo del pasillo se entornó para dejar salir a un hombre de pelo colorado que se abrió paso entre las rodillas de los otros sin molestarse en pedir permiso. El empleado mantuvo la puerta abierta con un pie, esperando hasta que una de las dos señoras se enderezó dificultosamente y disculpándose pasó entre María Elena y el señor calvo; la puerta de salida y la de la oficina se cerraron casi al mismo tiempo, y los que quedaban empezaron de nuevo a charlar, estirándose un poco en los bancos que crujían.

Cada uno tenía su tema, como siempre, el señor calvo la lentitud de los trámites, si esto es así la primera vez qué se puede esperar, dígame un poco, más de media hora para total qué, a lo mejor cuatro preguntas y chau, por lo menos supongo.

—No se crea —dijo el muchacho de la corbata verde—, yo es la segunda vez y le aseguro que no es tan corto, entre que copian todo a máquina y por ahí uno no se acuerda bien de una fecha, esas cosas, al final dura bastante.

El señor calvo y la señora anciana lo escuchaban interesados porque para ellos era evidentemente la primera vez, lo mismo que María Elena aunque no se sentía con derecho a entrar en la conversación. El señor calvo quería saber cuánto tiempo pasaba entre la primera y la segunda convocatoria, y el muchacho explicó que en su caso había sido cosa de tres días. ¿Pero por qué dos convocatorias?, quiso preguntar María Elena, y otra vez sintió que le subían los colores a la cara y esperó que alguien le hablara y le diera confianza, la dejara formar parte, no ser ya más la última. La señora anciana había sacado un frasquito como de sales y lo olía suspirando. Capaz que tanto humo la estaba descomponiendo, el muchacho se ofreció a apagar el cigarrillo y el señor calvo dijo que claro, que ese pasillo era una vergüenza, mejor apagaban los cigarrillos si se sentía mal, pero la señora dijo que no, un poco de fatiga solamente que se le pasaba enseguida, en su casa el marido y los hijos fumaban todo el tiempo, ya casi no me doy cuenta. María Elena que también había tenido ganas de sacar un cigarrillo vio que los hombres apagaban los suyos, que el muchacho lo aplastaba contra la suela del zapato, siempre se fuma demasiado cuando se tiene que esperar, la otra vez había sido peor porque había siete u ocho personas antes, y al final ya no se veía nada en el pasillo con tanto humo.

—La vida es una sala de espera —dijo el señor calvo, pisando el cigarrillo con mucho cuidado y mirándose las manos como si ya no supiera qué hacer con ellas, y la señora anciana suspiró un asentimiento de muchos años y guardó el frasquito justo cuando se abría la puerta del fondo y la otra señora salía con ese aire que todos le envidiaron, el buenos días casi compasivo al llegar a la puerta de salida. Pero entonces no se tardaba tanto, pensó María Elena, tres personas antes que ella, pongamos tres cuartos de hora, claro que en una de ésas el trámite se hacía más largo con algunos, el muchacho ya había estado una primera vez y lo había dicho. Pero cuando el señor calvo entró en la oficina, María Elena se animó a preguntar para estar más segura, y el muchacho se quedó pensando y después dijo que la primera vez algunos habían tardado mucho y otros menos, nunca se podía saber. La señora anciana hizo notar que la otra señora había salido casi enseguida, pero el señor de pelo colorado había tardado una eternidad.

—Menos mal que quedamos pocos —dijo María Elena—, estos lugares deprimen.

—Hay que tomarlo con filosofía —dijo el muchacho—, no se olvide que va a tener que volver, así que mejor quedarse tranquila. Cuando yo vine la primera vez no había nadie con quien hablar, éramos un montón pero no sé, no se congeniaba, y en cambio hoy desde que llegué el tiempo va pasando bien porque se cambian ideas.

A María Elena le gustaba seguir charlando con el muchacho y la señora, casi no sintió pasar el tiempo hasta que el señor calvo salió y la señora se levantó con una rapidez que no le habrían sospechado a sus años, la pobre quería acabar rápido con los trámites.

—Bueno, ahora nosotros —dijo el muchacho—. ¿No le molesta si fumo un pitillo? No aguanto más, pero la señora parecía tan descompuesta...

—Yo también tengo ganas de fumar.

Aceptó el cigarrillo que él le ofrecía y se dijeron sus nombres, dónde trabajaban, les hacía bien cambiar impresiones olvidándose del pasillo, del silencio que por momentos parecía demasiado, como si las calles y la gente hubieran quedado muy lejos. María Elena también había vivido en Floresta pero de chica, ahora vivía por Constitución. A Carlos no le gustaba ese barrio, prefería el oeste, mejor aire, los árboles. Su ideal hubiera sido vivir en Villa del Parque, cuando se casara a lo mejor alquilaba un departamento por ese lado, su futuro suegro le había prometido ayudarlo, era un señor con muchas relaciones y en una de ésas conseguía algo.

—Yo no sé por qué, pero algo me dice que voy a vivir toda mi vida por Constitución —dijo María Elena—. No está tan mal, después de todo. Y si alguna vez...

Vio abrirse la puerta del fondo y miró casi sorprendida al muchacho que le sonreía al levantarse, ya ve cómo pasó el tiempo charlando, la señora los saludaba amablemente, parecía tan contenta de irse, todo el mundo tenía un aire más joven y más ágil al salir, como un peso que les hubieran quitado de encima, el trámite acabado, una diligencia menos y afuera la calle, los cafés donde a lo mejor entrarían a tomarse una copita o un té para sentirse realmente del otro lado de la sala de espera y los formularios. Ahora el tiempo se le iba a hacer más largo a María Elena sola, aunque si todo seguía así Carlos saldría bastante pronto, pero en una de ésas tardaba más que los otros porque era la segunda vez y vaya a saber qué trámite tendría.

Casi no comprendió al principio cuando vio abrirse la puerta y el empleado la miró y le hizo un gesto con la cabeza para que pasara. Pensó que entonces era así, que Carlos tendría que quedarse todavía un rato llenando papeles y que entretanto se ocuparían de ella. Saludó al empleado y entró en la oficina; apenas había pasado la puerta cuando otro empleado le mostró una silla delante de un escritorio negro. Había varios empleados en la oficina, solamente hombres, pero no vio a Carlos. Del otro lado del escritorio un empleado de cara enfermiza miraba una planilla; sin levantar los ojos tendió la mano y María Elena tardó en comprender que le estaba pidiendo la convocatoria, de golpe se dio cuenta y la buscó un poco perdida, murmurando excusas, sacó dos o tres cosas de la cartera hasta encontrar el papel amarillo.

—Vaya llenando esto —dijo el empleado alcanzándole un formulario—. Con mayúsculas, bien clarito.

Eran las pavadas de siempre, nombre y apellido, edad, sexo, domicilio. Entre dos palabras María Elena sintió como que algo le molestaba, algo que no estaba del todo claro. No en la planilla, donde era fácil ir llenando los huecos; algo afuera, algo que faltaba o que no estaba en su sitio. Dejó de escribir y echó una mirada alrededor, las otras mesas con los empleados trabajando o hablando entre ellos, las paredes sucias con carteles y fotos, las dos ventanas, la puerta por donde había entrado, la única puerta de la oficina. *Profesión*, y al lado la línea punteada; automáticamente rellenó el hueco. La única puerta de la oficina, pero Carlos no estaba ahí. *Antigüedad en el empleo*. Con mayúsculas, bien clarito.

Cuando firmó al pie, el empleado la estaba mirando como si hubiera tardado demasiado en llenar la planilla. Estudió un momento el papel, no le encontró defectos y lo guardó en una carpeta. El resto fueron preguntas, algunas inútiles porque ella ya las había contestado en la planilla, pero también sobre la familia, los cambios de domicilio en los últimos años, los seguros, si viajaba con frecuencia y adónde, si había sacado pasaporte o pensaba sacarlo. Nadie parecía preocuparse mucho por las respuestas, y en todo caso el empleado no las anotaba. Bruscamente le dijo a María Elena que podía irse y que volviera tres días después a las once; no hacía falta convocatoria por escrito, pero que no se le fuera a olvidar.

—Sí, señor —dijo María Elena levantándose—, entonces el jueves a las once.

—Que le vaya bien —dijo el empleado sin mirarla.

En el pasillo no había nadie, y recorrerlo fue como para todos los otros, un apurarse, un respirar liviano, unas ganas de llegar a la calle y dejar lo otro atrás. María Elena abrió la puerta de salida y al empezar a bajar la escalera pensó de nuevo en Carlos, era raro que Carlos no hubiera salido como los otros. Era raro porque la oficina tenía solamente una puerta, claro que en una de ésas no había mirado bien porque eso no podía ser, el empleado había abierto la puerta para que ella entrara y Carlos no se había cruzado con ella, no había salido primero como todos los otros, el hombre del pelo colorado, las señoras, todos menos Carlos.

El sol se estrellaba contra la vereda, era el ruido y el aire de la calle; María Elena caminó unos pasos y se quedó parada al lado de un árbol, en un sitio donde no había autos estacionados. Miró hacia la puerta de la casa, se dijo que iba a esperar un momento para ver salir a Carlos. No podía ser que Carlos no saliera, todos habían salido al terminar el trámite. Pensó que acaso él tardaba porque era el único que había venido por segunda vez; vaya a saber, a lo mejor era eso. Parecía tan raro no haberlo visto en la oficina, aunque a lo mejor había una puerta disimulada por los carteles, algo que se le había escapado, pero lo mismo era raro porque todo el mundo había salido por el pasillo como ella, todos los que habían venido por primera vez habían salido por el pasillo.

Antes de irse (había esperado un rato, pero ya no podía seguir así) pensó que el jueves tendría que volver. Capaz que entonces las cosas cambiaban y que la hacían salir por otro lado aunque no supiera por dónde ni por qué. Ella no, claro, pero nosotros sí lo sabíamos, nosotros la estaríamos esperando a ella y a los otros, fumando despacito y charlando mientras el negro López preparaba otro de los tantos cafés de la mañana.

Usted se tendió a tu lado

A G. H., que me contó esto con una gracia
que no encontrará aquí.

¿Cuándo lo había visto desnudo por última vez?

Casi no era una pregunta, usted estaba saliendo de la cabina, ajustándose el sostén del bikini mientras buscaba la silueta de su hijo que la esperaba al borde del mar, y entonces eso en plena distracción, la pregunta pero una pregunta sin verdadera voluntad de respuesta, más bien una carencia bruscamente asumida: el cuerpo infantil de Roberto en la ducha, un masaje en la rodilla lastimada, imágenes que no habían vuelto desde vaya a saber cuándo, en todo caso meses y meses desde la última vez que lo había visto desnudo; más de un año, el tiempo para que Roberto luchara contra el rubor cada vez que al hablar le salía un gallo, el final de la confianza, del refugio fácil entre sus brazos cuando algo dolía o apenaba; otro cumpleaños, los quince, ya siete meses atrás, y entonces la llave en la puerta del baño, las buenas noches con el piyama puesto a solas en el dormitorio, apenas si cediendo de tanto en tanto a una costumbre de salto al pescuezo, de violento cariño y besos húmedos, mamá, mamá querida, Denise querida, mamá o Denise según el humor y la hora, vos el cachorro, vos

Roberto el cachorrito de Denise, tendido en la playa mirando las algas que dibujaban el límite de la marea, levantando un poco la cabeza para mirarla a usted que venía desde las cabinas, apretando el cigarrillo entre los labios como una afirmación mientras la mirabas.

Usted se tendió a tu lado y vos te enderezaste para buscar el paquete de cigarrillos y el encendedor.

—No, gracias, todavía no —dijo usted sacando los anteojos de sol del bolso que le habías cuidado mientras Denise se cambiaba.

—¿Querés que te vaya a buscar un whisky? —le preguntaste.

—Mejor después de nadar. ¿Vamos ya?

—Sí, claro —dijiste.

—Te da igual, ¿verdad? A vos todo te da igual en estos días, Roberto.

—No seas pajarona, Denise.

—No es un reproche, comprendo que estés distraído.

—Ufa —dijiste, desviando la cara.

—¿Por qué no vino a la playa?

—¿Quién, Lilian? Qué sé yo, anoche no se sentía bien, me lo dijo.

—Tampoco veo a los padres —dijo usted barriendo el horizonte con una lenta mirada un poco miope—. Habrá que averiguar en el hotel si hay alguien enfermo.

—Yo voy después —dijiste hosco, cortando el tema.

Usted se levantó y la seguiste a unos pasos, esperaste que se tirara al agua para entrar lentamente, nadar lejos de ella que levantó los brazos y te hizo un saludo, entonces soltaste el estilo mariposa y cuando fingiste chocar contra ella usted lo abrazó riendo, manoteándolo, siempre el mismo mocoso bruto, hasta en el mar me pisás los pies. Jugando, escabulléndose, terminaron por nadar con lentas brazadas mar afuera; en la playa empequeñecida la silueta repentina de Lilian era una pulguita roja un poco perdida.

—Que se embrome —dijiste antes de que usted alzara un brazo llamándola—, si llega tarde peor para ella, nosotros seguimos aquí, el agua está rebuena.

—Anoche la llevaste a caminar hasta el farallón y volviste tarde. ¿No se enojó Úrsula con Lilian?

—¿Por qué se va a enojar? No era tan tarde, che, Lilian no es una nena.

—Para vos, no para Úrsula que todavía la ve con un babero, y no hablemos de José Luis porque ése no se convencerá nunca de que la nenita tiene sus reglas en la fecha justa.

—Oh, vos con tus groserías —dijiste halagado y confuso—. Te corro hasta el espigón, Denise, te doy cinco metros.

—Quedémonos aquí, ya le correrás a Lilian que seguro te gana. ¿Te acostaste con ella anoche?

—¿Qué? ¿Pero vos...?

—Tragaste agua, tontolín —dijo usted agarrándolo por la barbilla y jugando a echarlo de espaldas—. Hubiera sido lógico, ¿no? Te la llevaste de noche por la playa, volvieron tarde, ahora Lilian aparece a última hora, cuidado, burro, otra vez me diste en un tobillo, ni mar afuera se está seguro con vos.

Volcándose en una plancha que usted imitó sin apuro, te quedaste callado, como esperando, pero usted esperaba también y el sol les ardía en los ojos.

—Yo quise, mamá —dijiste—, pero ella no, ella...

—¿Quisiste de veras, o solamente de palabra?

—Ella me parece que también quería, estábamos cerca del farallón y ahí era fácil porque yo conozco una gruta que... Pero después no quiso, se asustó... ¿Qué vas a hacer?

Usted pensó que quince años y medio eran muy pocos años, le atrapó la cabeza y lo besó en el pelo, mientras vos protestabas riendo y ahora sí, ahora realmente esperabas que Denise te siguiera hablando de eso, que increíblemente fuera ella la que te estaba hablando de eso.

—Si te pareció que Lilian quería, lo que no hicieron anoche lo harán hoy o mañana. Ustedes dos son un par de chiquilines y no se quieren de veras, pero eso no tiene nada que ver, por supuesto.

—Yo la quiero, mamá, y ella también, estoy seguro.

—Un par de chiquilines —repitió usted—, y precisamente por eso te estoy hablando, porque si te acostás con Lilian esta noche o mañana es seguro que van a hacer las cosas como chambones que son.

La miraste entre dos olas blanditas, usted casi se le rió en la cara porque era evidente que Roberto no entendía, que ahora estabas como escandalizado, casi temiendo que Denise pretendiera explicarte el abecé, madre mía, nada menos que eso.

—Quiero decir que ni vos ni ella van a tener el menor cuidado, bobeta, y que el resultado de este final de veraneo es que en una de ésas Úrsula y José Luis se van a encontrar con la nena embarazada. ¿Entendés ahora?

No dijiste nada pero claro que entendiste, lo habías estado entendiendo desde los primeros besos con Lilian, te habías hecho la pregunta y después habías pensado en la farmacia y punto, de eso no pasabas.

—A lo mejor me equivoco, pero por la cara de Lilian se me hace que no sabe nada de nada, salvo en teoría que viene a ser lo mismo. Me alegro por vos, si querés, pero ya que sos un poco más grande tendrías que ocuparte de eso.

Te vio meter la cara en el agua, frotártela fuerte, quedarte mirándola como quien acata con bronca. Nadando despacio de espaldas, usted esperó que te acercaras de nuevo para hablarte de eso mismo que vos habías estado pensando todo el tiempo como si estuvieras en el mostrador de la farmacia.

—No es lo ideal, ya sé, pero si ella no lo hizo nunca me parece difícil hablarle de la píldora, sin contar que aquí...

—Yo también había pensado en eso —dijiste con tu voz más gruesa.

—¿Y entonces qué estás esperando? Los comprás y los tenés en el bolsillo, y sobre todo no perdés del todo la cabeza y los usás.

Vos te sumergiste de golpe, la empujaste de abajo hasta hacerla gritar y reír, la envolviste en un colchón de espuma y de manotazos de donde las palabras te salían a jirones, rotas por estornudos y golpes de agua, no te animabas, nunca habías comprado eso y no te animabas, no ibas a saber hacerlo, en la farmacia estaba la vieja Delcasse, no había vendedores hombres, vos te das cuenta, Denise, cómo le voy a pedir eso, no voy a poder, me da calor.

A los siete años habías llegado una tarde de la escuela con un aire avergonzado, y usted que nunca lo apuraba en esos casos había esperado hasta que a la hora de dormir te enroscaste en sus brazos, la anaconda mortal como le llamaban al juego de abrazarse antes del sueño, y había bastado una simple pregunta para saber que en uno de los recreos te había empezado a picar la entrepierna y el culito, que te habías rascado hasta sacarte sangre y que tenías miedo y vergüenza porque pensabas que a lo mejor era sarna, que te habías contagiado con los caballos de don Melchor. Y usted, besándolo entre las lágrimas de miedo y confusión que te llenaban la cara, lo había tendido boca abajo, le había separado las piernas y después de mirarlo mucho había visto las picaduras de chinche o de pulga, gajes de la escuela, pero si no es sarna, pavote, solamente que te has rascado hasta hacerte sangre. Todo tan sencillo, alcohol y pomada con esos dedos que acariciaban y calmaban, sentirte del otro lado de la confesión, feliz y confiado, claro que no es nada, tonto, dormite y mañana por la mañana vamos a mirar de nuevo. Tiempos en que las cosas eran así, imágenes volviendo desde un pasado tan próximo, entre dos olas y dos risas y la brusca distancia decidida por el cambio de la voz, la nuez de Adán, el bozo, los ridículos ángeles expulsores del paraíso. Era para burlarse y usted sonrió debajo del agua, tapada por una ola como una sábana, era para burlarse porque en el fondo no había ninguna diferencia entre la vergüenza de confesar una picazón sospechosa y la de no sentirse lo bastante crecido como para hacerle frente a la vieja Delcasse. Cuando de nuevo te acercaste sin mirarla, nadando como un perrito alrededor de su cuerpo flotando boca arriba, usted ya sabía lo que estabas esperando entre ansioso y humillado, como antes cuando tenías que entregarte a sus ojos y a sus manos que te harían las cosas necesarias y era vergonzoso y dulce, era Denise sacándote una vez más de un dolor de barriga o de un calambre en la pantorrilla.

—Si es así iré yo misma —dijo usted—. Parece mentira que puedas ser tan tilingo, m'hijito.

—¿Vos? ¿Vos vas a ir?

—Claro, yo, la mamá del nene. No la vas a mandar a Lilian, supongo.

—Denise, carajo...

—Tengo frío —dijo usted casi duramente—, ahora sí te acepto el whisky y antes te corro hasta el espigón. Sin ventaja, lo mismo te voy a ganar.

Era como levantar despacio un papel carbónico y ver debajo la copia exacta del día siguiente, el almuerzo con los padres de Lilian y el señor Guzzi experto en caracoles, la siesta larga y caliente, el té con vos que no te hacías ver demasiado pero a esa hora era el ritual, las tostadas en la terraza, la noche poco a poco, a usted le daba casi lástima verte tanto con la cola entre las piernas, pero tampoco quería quebrar el ritual, ese encuentro vespertino en cualquier lugar donde estuvieran, el té antes de irse a sus cosas. Era obvio y patético que no supieras defenderte, pobre Roberto, que estuvieras perrito pasando la manteca y la miel, buscándote la cola perrito torbellino tragando tostadas entre frases también tragadas a medias, de nuevo té, de nuevo cigarrillo.

Raqueta de tenis, mejillas tomate, bronce por todos lados, Lilian buscándote para ir a ver esa película antes de la cena. Usted se alegró cuando se fueron, vos estabas realmente perdido y no encontrabas tu rincón, había que dejarte salir a flote del lado de Lilian, lanzados a ese para usted casi incomprensible intercambio de monosílabos, risotadas y empujones de la nueva ola que ninguna gramática pondría en claro y que era la vida misma riéndose una vez más de la gramática. Usted se sentía bien así sola, pero de golpe algo como tristeza, ese silencio civilizado, esa película que solamente ellos iban a ver. Se puso unos pantalones y una blusa que siempre le hacía bien ponerse, y bajó por el malecón parándose en las tiendas y en el kiosko, comprando una revista y cigarrillos. La farmacia del pueblo tenía un anuncio de neón que recordaba a una pagoda tartamuda, y debajo de esa increíble cofia verde y roja el saloncito con olor a hierbas medicinales, la vieja Delcasse y la empleada jovencita, la que de verdad te daba miedo aunque solamente hubieras hablado de la vieja Delcasse. Había dos clientes arrugados y charlatanes que necesitaban aspirinas y pastillas para el estómago, que pagaban sin irse del todo, mirando las vitrinas y haciendo durar un minuto un poco menos aburrido que los otros en sus casas. Usted les dio la espalda sabiendo que el local era tan chico que nadie perdería palabra, y después de coincidir con la vieja Delcasse en que el tiempo era una maravilla, le pidió un frasco de alcohol como quien concede un último plazo a los dos clientes que ya no tenían nada que hacer ahí, y cuando llegó el frasco y los viejos seguían contemplando las vitrinas con alimentos para niños, usted bajó lo más posible la voz, necesito algo para mi hijo que él no se anima a comprar, sí, exactamente, no sé si vienen en cajas pero en todo caso déme unos cuantos, ya después él se arreglará por su cuenta. Cómico, ¿verdad?

Ahora que lo había dicho, usted misma podía contestar que sí, que era cómico y casi soltar la risa en la cara de la vieja Delcasse, su voz de loro seco explicando desde el diploma amarillo entre las vitrinas, vienen en sobrecitos individuales y también en cajas de doce y veinticuatro. Uno de los clientes se había quedado mirando como si no creyera y el otro, una vieja metida en una miopía y una pollera hasta el suelo, retrocedía paso a paso diciendo buenas noches, buenas noches, y la dependienta más joven divertidísima, buenas noches señora de Pardo, la vieja Delcasse tragando por fin saliva y antes de darse vuelta murmurando en fin, es violento para usted, por qué no me dijo de pasar a la trastienda, y usted imaginándote a vos en la misma situación y teniéndote lástima porque seguro no te habrías animado a pedirle a la vieja Delcasse que te llevara a la trastienda, un hombre y esas cosas. No, dijo o pensó (nunca lo supo bien y daba igual), no veo por qué tenía que hacer un secreto o un drama por una caja de preservativos, si se la hubiera pedido en la trastienda me hubiera traicionado, hubiera sido tu cómplice, acaso dentro de unas semanas hubiera tenido que repetirlo y eso no, Roberto, una vez está bien, ahora cada uno por su lado, realmente no volveré a verte nunca más desnudo, m'hijito, esta vez ha sido la última, sí, la caja de doce, señora.

—Usted los dejó completamente helados —dijo la empleada joven que se moría de risa pensando en los clientes.

—Me di cuenta —dijo usted sacando dinero—, no son cosas de hacer, realmente.

Antes de vestirse para la cena puso el paquete sobre tu cama, y cuando volviste del cine corriendo porque se hacía tarde viste el bulto blanco contra la almohada y te pusiste de todos colores y lo abriste, entonces Denise, mamá, dejame entrar, mamá, encontré lo que vos. Escotada, muy joven en su traje blanco, te recibió mirándote desde el espejo, desde algo lejano y diferente.

—Sí, y ahora arreglate solo, nene, más no puedo hacer por ustedes.

Estaba convenido desde hacía mucho que no te llamaría nunca más nene, comprendiste que se cobraba, que te hacía devolver la plata. No supiste en qué pie pararte, fuiste hasta la ventana, después te acercaste a Denise y la sujetaste por los hombros, te pegaste a su espalda besándola en el cuello, muchas veces y húmedo y nene, mientras usted terminaba de arreglarse el pelo y buscaba el perfume. Cuando sintió el calor de la lágrima en la piel, giró en redondo y te empujó blandamente hacia atrás, riendo sin que se oyera su voz, una lenta risa de cine mudo.

—Se va a hacer tarde, bobo, ya sabés que a Úrsula no le gusta esperar en la mesa. ¿Era buena la película?

Rechazar la idea aunque cada vez más difícil en la duermevela, medianoche y un mosquito aliado al súcubo para no dejarla resbalar al sueño. Encendiendo el velador, bebió un largo trago de agua, volvió a tenderse de espaldas; el calor era insoportable pero en la gruta haría fresco, casi al borde del sueño usted la imaginaba con su arena blanca, ahora de veras súcubo inclinado sobre Lilian boca arriba con los ojos muy abiertos y húmedos mientras vos le besabas los senos y balbuceabas palabras sin sentido, pero naturalmente no habías sido capaz de hacer bien las cosas y cuando te dieras cuenta sería tarde, el súcubo hubiera querido intervenir sin molestarlos, simplemente ayudar a que no hicieran la bobada, una vez más la vieja costumbre, conocer tan bien tu cuerpo boca abajo que buscaba acceso entre quejas y besos, volver a mirarte de cerca los muslos y la espalda, repetir las fórmulas frente a los porrazos o la gripe, aflojá el cuerpo, no te va a hacer daño, un chico grande no llora por una inyección de nada, vamos. Y otra vez el velador, el agua, seguir leyendo la revista estúpida, ya se dormiría más tarde, después que vos volvieras en puntas de pie y usted te oyera en el baño, el elástico crujiendo apenas, el murmullo de alguien que habla en sueños o que se habla buscando dormirse.

El agua estaba más fría pero a usted le gustó su chicotazo amargo, nadó hasta el espigón sin detenerse, desde allá vio a los que chapoteaban en la orilla, a vos que fumabas al sol sin muchas ganas de tirarte. Descansó en la planchada, y ya de vuelta se cruzó con Lilian que nadaba despacio, concentrada en el estilo, y que le dijo el «hola» que parecía su máxima concesión a los grandes. Vos en cambio te levantaste de un salto y envolviste a Denise en la toalla, le hiciste un lugar del buen lado del viento.

—No te va a gustar, está helada.

—Me lo imaginé, tenés la piel de gallina. Esperá, este encendedor no anda, tengo otro aquí. ¿Te traigo un nescafé calentito?

Boca abajo, las abejas del sol empezando a zumbar sobre la piel, el guante sedoso de la arena, una especie de interregno. Vos trajiste el café y le preguntaste si siempre volvían el domingo o si prefería quedarse más. No, para qué, ya empezaba a refrescar.

—Mejor —dijiste, mirando lejos—. Volvemos y se acabó, la playa está bien quince días, después te secás.

Esperaste, claro, pero no fue así, solamente su mano vino a acariciarte el pelo, apenas.

—Decime algo, Denise, no te quedés así, me...

—Sh, si alguien tiene algo que decir sos vos, no me conviertas en la madre araña.

—No, mamá, es que...

—No tenemos más nada que decirnos, sabés que lo hice por Lilian y no por vos. Ya que te sentís un hombre, aprendé a manejarte solo ahora. Si al nene le duele la garganta, ya sabe dónde están las pastillas.

La mano que te había acariciado el pelo resbaló por tu hombro y cayó en la arena. Usted había marcado duramente cada palabra pero la mano había sido la invariable mano de Denise, la paloma que ahuyentaba los dolores, dispensadora de cosquillas y caricias entre algodones y agua oxigenada. También eso tenía que cesar antes o después, lo supiste como un golpe sordo, el filo del límite tenía que caer en una noche o una mañana cualquiera. Vos habías hecho los primeros gestos de la distancia, encerrarte en el baño, cambiarte a solas, perderte largas horas en la calle, pero era usted quien haría caer el filo del límite en un momento que acaso era ahora, esa última caricia en tu espalda. Si al nene le dolía la garganta, ya sabía donde estaban las pastillas.

—No te preocupes, Denise —dijiste oscuramente, la boca tapada a medias por la arena—, no te preocupes por Lilian. No quiso, sabés, al final no quiso. Es sonsa esa chica, qué querés.

Usted se enderezó, llenándose los ojos de arena con su brusca sacudida. Viste entre lágrimas que le temblaba la boca.

—Te he dicho que basta, ¿me oís? ¡Basta, basta!

—Mamá...

Pero te volvió la espalda y se tapó la cara con el sombrero de paja. El íncubo, el insomnio, la vieja Delcasse, era para reírse. El filo del límite, ¿qué filo, qué límite? Todavía era posible que uno de esos días la puerta del baño no estuviera cerrada con llave y que usted entrara y te sorprendiera desnudo y enjabonado y de golpe confuso. O al revés, que vos te quedaras mirándola desde la puerta cuando usted saliera de la ducha, como tantos años se habían mirado y jugado mientras se secaban y se vestían. ¿Cuál era el límite, cuál era realmente el límite?

—Hola —dijo Lilian, sentándose entre los dos.

En nombre de Boby

Ayer cumplió los ocho años, le hicimos una linda fiesta y Boby estuvo contento con el tren a cuerda, la pelota de fútbol y la torta con velitas. Mi hermana había tenido miedo de que justamente en esos días viniera con malas notas de la escuela pero fue al revés, mejoró en aritmética y en lectura y no había motivo para suprimirle los juguetes, al contrario. Le dijimos que invitara a sus amigos y trajo al Beto y a Juanita; también vino Mario Panzani pero se quedó poco porque el padre estaba enfermo. Mi hermana los dejó jugar en el patio hasta la noche y Boby estrenó la pelota, aunque las dos teníamos miedo de que nos rompieran las plantas con el entusiasmo. Cuando fue la hora de la naranjada y la torta con velitas le cantamos a coro el «apio verde» y nos reímos mucho porque todo el mundo estaba contento, sobre todo Boby y mi hermana; yo, claro, no dejé de vigilar a Boby y eso que me parecía estar perdiendo el tiempo, vigilando qué si no había nada que vigilar; pero lo mismo vigilándolo a Boby cuando él estaba distraído, buscándole esa mirada que mi hermana no parece advertir y que me hace tanto daño.

Ese día solamente la miró así una vez, justo cuando mi hermana encendía las velitas, apenas un segundo antes de bajar los ojos y decir como el niño bien educado que es: «Muy linda la torta, mamá», y Juanita aprobó también, y Mario Panzani. Yo había puesto el cuchillo largo para que Boby cortara la torta y en ese momento sobre todo lo vigilé desde la otra punta de la mesa, pero Boby estaba tan contento con la torta que apenas la miró así a mi hermana y se concentró en la tarea de cortar las tajadas bien igualitas y repartirlas. «Vos la primera, mamá», dijo Boby dándole su tajada, y después a Juanita y a mí porque primero las damas. Enseguida se fueron al patio para seguir jugando salvo Mario Panzani que tenía al padre enfermo, pero antes Boby le dijo de nuevo a mi hermana que la torta estaba muy rica, y a mí vino corriendo y me saltó al pescuezo para darme uno de sus besos húmedos. «Qué lindo el trencito, tía», y por la noche se me trepó a las rodillas para confiarme el gran secreto: «Ahora tengo ocho años, sabés, tía».

Nos acostamos bastante tarde, pero era sábado y Boby podía remolonear como nosotras hasta entrada la mañana. Yo fui la última en irme a la cama y antes me ocupé de arreglar el comedor y poner las sillas en su sitio, los chicos habían jugado al barco hundido y a otros juegos que siempre dejan la casa patas arriba. Guardé el cuchillo largo y antes de acostarme vi que mi hermana ya dormía como una bendita; fui hasta la piecita de Boby y lo miré, estaba boca abajo como le gustaba ponerse desde chiquito, ya había tirado las sábanas al suelo y tenía una pierna fuera de la cama, pero dormía tan bien con la cara enterrada en la almohada. Si yo hubiera tenido un hijo también lo habría dejado dormir así, pero para qué pensar en esas cosas. Me acosté y no quise leer, capaz que hice mal porque no me venía el sueño y me pasaba lo de siempre a esa hora en que se pierde la voluntad y las ideas saltan de todos lados y parecen ciertas, todo lo que se piensa de golpe es cierto y casi siempre horrible y no hay manera de quitárselo de encima ni rezando. Bebí agua con azúcar y esperé contando desde trescientos, de atrás para adelante que es más difícil y hace venir el sueño; justo cuando ya estaba por dormirme me entró la duda si había guardado el cuchillo o si estaba todavía en la mesa. Era sonso porque había ordenado cada cosa y me acordaba que había puesto el cuchillo en el cajón de abajo de la alacena, pero lo mismo. Me levanté y claro, estaba ahí en el cajón mezclado con los otros cubiertos de trinchar. No sé por qué tuve como ganas de guardarlo en mi dormitorio, hasta lo saqué un momento pero ya era demasiado, me miré en el espejo y me hice una morisqueta. Tampoco eso me gustó mucho a esa hora, y entonces me serví un vasito de anís aunque era una imprudencia con mi hígado, y lo tomé de a sorbitos en la cama para ir buscando el sueño; de a ratos se oía roncar a mi hermana, y Boby como siempre hablaba o se quejaba.

Justo cuando ya me dormía todo volvió de golpe, la primera vez que Boby le había preguntado a mi hermana por qué era mala con él y mi hermana que es una santa, eso dicen todos, se había quedado mirándolo como si fuera una broma y hasta se había reído, pero yo que estaba ahí preparando el mate me acuerdo que Boby no se rió, al contrario estaba como afligido y quería saber, en esa época debía tener ya siete años y siempre hacía preguntas raras como todos los chicos, me acuerdo del día en que me preguntó a mí por qué los árboles eran diferentes de nosotros y yo a mi vez le pregunté por qué y Boby dijo: «Pero tía, ellos se abrigan en verano y se desabrigan en invierno», y yo me quedé con la boca abierta porque realmente, ese chico; todos son así, pero en fin. Y ahora mi hermana lo miraba extrañada, ella no había sido nunca mala con él, se lo dijo, solamente severa a veces cuando se portaba mal o estaba enfermo y había que hacerle cosas que no le gustaban, también las mamás de Juanita o de Mario Panzani eran severas con sus hijos cuando hacía falta, pero Boby la seguía mirando triste y al final explicó que no era de día, que ella era mala de noche cuando él estaba durmiendo, y las dos nos quedamos de una pieza y creo que fui yo la que empezó a explicarle que nadie tiene la culpa de lo que pasa en los sueños, que habría sido una pesadilla y ya está, no tenía que preocuparse. Ese día Boby no insistió, él siempre aceptaba nuestras explicaciones y no era un chico difícil, pero unos días después amaneció llorando a gritos y cuando yo llegué a su cama me abrazó y no quiso hablar, solamente lloraba y lloraba, otra pesadilla seguro, hasta que al mediodía se acordó de golpe en la mesa y volvió a preguntarle a mi hermana por qué cuando él estaba durmiendo ella era tan mala con él. Esta vez mi hermana lo tomó a pecho, le dijo que ya era demasiado grande para no distinguir y que si seguía insistiendo con eso le iba a avisar al doctor Kaplan porque a lo mejor tenía lombrices o apendicitis y había que hacerle algo. Yo sentí que Boby se iba a poner a llorar y me apuré a explicarle de nuevo lo de las pesadillas, tenía que darse cuenta de que nadie lo quería tanto como su mamá, ni siquiera yo que lo quería tanto, y Boby escuchaba muy serio, secándose una lágrima, y dijo que claro, que él sabía, se bajó de la silla para ir a besar a mi hermana que no sabía qué hacer, y después se quedó pensativo mirando al aire, y por la tarde lo fui a buscar al patio y le pedí que me contara a mí que era su tía, a mí podía confiarme todo como a su mamá, y si no quería decírselo a ella que me lo dijera a mí. Se sentía que no quería hablar, le costaba demasiado pero al final dijo algo como que de noche todo era distinto, habló de unos trapos negros, de que no podía soltar las manos ni los pies, cualquiera tiene pesadillas así pero era una lástima que Boby las tuviera justamente con mi hermana que tantos sacrificios había hecho por él, se lo dije y se lo repetí y él claro, estaba de acuerdo, claro que sí.

Justo después de eso mi hermana tuvo la pleuresía y a mí me tocó ocuparme de todo, Boby no me daba trabajo porque con lo chiquito que era se las arreglaba casi solo, me acuerdo que entraba a ver a mi hermana y se quedaba al lado de la cama sin hablar, esperando que ella le sonriera o le acariciara el pelo, y después se iba a jugar calladito al patio o a leer a la sala; ni siquiera tuve necesidad de decirle que no tocara el piano en esos días, con lo mucho que le gustaba. La primera vez que lo vi triste le expliqué que su mamá ya estaba mejor y que al otro día se levantaría un rato a tomar sol. Boby hizo un gesto raro y me miró de reojo; no sé, la idea me vino de golpe y le pregunté si de nuevo estaba con las pesadillas. Se puso a llorar muy callado, escondiendo la cara, después dijo que sí, que por qué su mamá era así con él; esa vez me di cuenta de que tenía miedo, cuando le bajé las manos para secarle la cara le vi el miedo y me costó hacerme la indiferente y explicarle de nuevo que no eran más que sueños. «A ella no le digas nada», le pedí, «fijate que todavía está débil y se va a impresionar». Boby asintió callado, tenía tanta confianza en mí, pero más tarde llegué a pensar que lo había tomado al pie de la letra porque ni siquiera cuando mi hermana estaba convaleciente le habló otra vez de eso, yo se lo adivinaba algunas mañanas cuando lo veía salir de su cuarto con esa expresión perdida, y también porque se quedaba todo el tiempo conmigo, rondándome en la cocina. Una o dos veces no pude más y le hablé en el patio o cuando lo bañaba, y era siempre lo mismo, haciendo un esfuerzo para no llorar, tragándose las palabras, por qué su mamá era así con él de noche, pero más allá no podía ir, lloraba demasiado. Yo no quería que mi hermana se enterara porque había quedado mal de la pleuresía y capaz que la afectaba demasiado, se lo expliqué de nuevo a Boby que comprendía muy bien, a mí en cambio podía contarme cualquier cosa, ya iba a ver que cuando creciera un poco más iba a dejar de tener esas pesadillas; mejor que no comiera tanto pan por la noche, yo le iba a preguntar al doctor Kaplan si no le convendría algún laxante para dormir sin malos sueños. No le pregunté nada, claro, era difícil hablarle de una cosa así al doctor Kaplan que tenía tanta clientela y no estaba para perder el tiempo. No sé si hice bien pero Boby poco a poco dejó de preocuparme tanto, a veces lo veía con ese aire un poco perdido por las mañanas y me decía que a lo mejor de nuevo y entonces esperaba que él viniera a confiarse, pero Boby se ponía a dibujar o se iba a la escuela sin decirme nada y volvía contento y cada día más fuerte y sano y con las mejores notas.

La última vez fue cuando la ola de calor de febrero, mi hermana ya estaba curada y hacíamos la vida de siempre. No sé si se daba cuenta, pero yo no quería decirle nada porque la conozco y sé que es demasiado sensible, sobre todo cuando se trata de Boby, bien que me acuerdo de cuando Boby era chiquito y mi hermana todavía estaba bajo el golpe del divorcio y esas cosas, lo que le costaba aguantar cuando Boby lloraba o hacía alguna travesura y yo tenía que llevármelo al patio y esperar que todo se calmara, para eso estamos las tías. Más bien pienso que mi hermana no se daba cuenta de que a veces Boby se levantaba como si volviera de un largo viaje, con una cara perdida que le duraba hasta el café con leche, y cuando nos quedábamos solas yo siempre esperaba que ella dijera alguna cosa, pero no; y a mí me parecía mal recordarle algo que tenía que hacerla sufrir, más bien me imaginaba que en una de ésas Boby volvería a preguntarle por qué era mala con él, pero Boby también debía pensar que no tenía derecho a algo así, capaz que se acordaba de mi pedido y creía que nunca más tendría que hablarle de eso a mi hermana. Por momentos me venía la idea de que era yo la que estaba inventando, seguro que Boby ya no soñaba nada malo con su madre, a mí me lo hubiera dicho enseguida para consolarse; pero después le veía esa carita de algunas mañanas y volvía a preocuparme. Menos mal que mi hermana no se daba cuenta de nada, ni siquiera la primera vez que Boby la miró así, yo estaba planchando y él desde la puerta de la antecocina la miró a mi hermana y no sé, cómo se puede explicar una cosa así, solamente que la plancha casi me agujerea el camisón azul, la saqué justo a tiempo y Boby todavía estaba mirando así a mi hermana que amasaba para hacer empanadas. Cuando le pregunté qué buscaba, por decirle algo, él se sobresaltó y contestó que nada, que hacía demasiado calor afuera para jugar a la pelota. No sé con qué tono le había hecho la pregunta pero él repitió la explicación como para convencerme y se fue a dibujar a la sala. Mi hermana dijo que Boby estaba muy sucio y que lo iba a bañar esa misma tarde, con lo grande que era se olvidaba siempre de lavarse las orejas y los pies. Al final fui yo quien lo bañé porque mi hermana todavía se cansaba por la tarde, y mientras lo enjabonaba en la bañadera y él jugaba con el pato de plástico que nunca había querido abandonar, me animé a preguntarle si dormía mejor esa temporada.

—Más o menos —me dijo, después de un momento dedicado a hacer nadar el pato.

—¿Cómo más o menos? ¿Soñás o no soñás cosas feas?

—La otra noche sí —dijo Boby, sumergiendo el pato y manteniéndolo bajo el agua.

—¿Le contaste a tu mamá?

—No, a ella no. A ella...

No me dio tiempo a nada, enjabonado y todo se me tiró encima y me abrazó llorando, temblando, poniéndome a la miseria mientras yo trataba de rechazarlo y su cuerpo se me resbalaba entre los dedos hasta que él mismo se dejó caer sentado en la bañadera y se tapó la cara con las manos, llorando a gritos. Mi hermana vino corriendo y creyó que Boby se había resbalado y que le dolía algo, pero él dijo que no con la cabeza, dejó de llorar con un esfuerzo que le arrugaba la cara, y se levantó en la bañadera para que viéramos que no le había pasado nada, negándose a hablar, desnudo y enjabonado y tan solo en su llanto contenido que ni mi hermana ni yo podíamos calmarlo aunque viniéramos con toallas y caricias y promesas.

Después de eso yo buscaba siempre la oportunidad de darle confianza a Boby sin que se diera cuenta de que lo quería hacer hablar, pero las semanas fueron pasando y nunca quiso decirme nada, ahora cuando me adivinaba algo en la cara se iba enseguida o me abrazaba para pedirme caramelos o permiso para ir a la esquina con Juanita y Mario Panzani. A mi hermana no le pedía nada, era muy atento con ella que en el fondo seguía bastante delicada de salud y no se preocupaba demasiado de atenderlo porque yo llegaba siempre primero y Boby me aceptaba cualquier cosa, hasta lo más desagradable cuando era necesario, de manera que mi hermana no alcanzaba a darse cuenta de eso que yo había visto enseguida, esa manera de mirarla así por momentos, de quedarse en la puerta antes de entrar mirándola hasta que yo me daba cuenta y él bajaba rápido la vista o se ponía a correr o a hacer una cabriola. Lo del cuchillo fue casualidad, yo estaba cambiando el papel en la alacena de la antecocina y había sacado todos los cubiertos; no me di cuenta de que Boby había entrado hasta que me di vuelta para cortar otra tira de papel y lo vi mirando el cuchillo más largo. Se distrajo enseguida o quiso que no me diera cuenta, pero yo esa manera de mirar ya se la conocía y no sé, es estúpido pensar cosas pero me vino como un frío, casi un viento helado en esa antecocina tan recalentada. No fui capaz de decirle nada pero por la noche pensé que Boby había dejado de preguntarle a mi hermana por qué era mala con él, solamente a veces la miraba como había mirado el cuchillo largo, esa mirada diferente. Sería casualidad, claro, pero no me gustó cuando a la semana le volví a ver la misma cara mientras yo estaba justamente cortando pan con el cuchillo largo y mi hermana le explicaba a Boby que ya era tiempo que aprendiera a lustrarse solo los zapatos. «Sí, mamá», dijo Boby, solamente atento a lo que yo le estaba haciendo al pan, acompañando con los ojos cada movimiento del cuchillo y balanceándose un poco en la silla casi como si él mismo estuviera cortando el pan; a lo mejor pensaba en los zapatos y se movía como si los lustrara, seguro que mi hermana se imaginó eso porque Boby era tan obediente y tan bueno.

Por la noche se me ocurrió si no tendría que hablarle a mi hermana, pero qué le iba a decir si no pasaba nada y Boby sacaba las mejores notas del grado y esas cosas, solamente que no me podía dormir porque de golpe todo se juntaba de nuevo, era como una masa que se iba espesando y entonces el miedo, imposible saber de qué porque Boby y mi hermana ya estaban durmiendo y de a ratos se los oía moverse o suspirar, dormían tan bien, mucho mejor que yo ahí pensando toda la noche. Y claro, al final busqué a Boby en el jardín después que lo vi mirar otra vez así a mi hermana, le pedí que me ayudara a trasplantar un almácigo y hablamos de un montón de cosas y él me confió que Juanita tenía una hermana que estaba de novia.

—Naturalmente, ya es grande —le dije—. Mirá, andá traeme el cuchillo largo de la cocina para cortar estas rafias.

Salió corriendo como siempre, porque nadie le ganaba en servicial conmigo, y me quedé mirando hacia la casa para verlo volver, pensando que en realidad tendría que haberle preguntado por los sueños antes de pedirle el cuchillo, para estar segura. Cuando volvió caminando muy despacio, como frotándose en el aire de la siesta para tardar más, vi que había elegido uno de los cuchillos cortos aunque yo había dejado el más largo bien a la vista porque quería estar segura de que lo iba a ver apenas abriera el cajón de la alacena.

—Éste no sirve —le dije. Me costaba hablar, era estúpido con alguien tan chiquito e inocente como Boby, pero ni siquiera alcanzaba a mirarlo en los ojos. Solamente sentí el envión cuando se me tiró en los brazos soltando el cuchillo y se apretó contra mí, se apretó tanto contra mí sollozando. Creo que en ese momento vi algo que debía ser su última pesadilla, no podría preguntárselo pero pienso que vi lo que él había soñado la última vez antes de dejar de tener las pesadillas y en cambio mirar así a mi hermana, mirar así el cuchillo largo.

Apocalipsis de Solentiname

Los ticos son siempre así, más bien calladitos pero llenos de sorpresas, uno baja en San José de Costa Rica y ahí están esperándote Carmen Naranjo y Samuel Rovinski y Sergio Ramírez (que es de Nicaragua y no tico pero qué diferencia en el fondo si es lo mismo, qué diferencia en que yo sea argentino aunque por gentileza debería decir tino, y los otros nicas o ticos). Hacía uno de esos calores y para peor todo empezaba enseguida, conferencia de prensa con lo de siempre, ¿por qué no vivís en tu patria, qué pasó que *Blow-Up* era tan distinto de tu cuento, te parece que el escritor tiene que estar comprometido? A esta altura de las cosas ya sé que la última entrevista me la harán en las puertas del infierno y seguro que serán las mismas preguntas, y si por caso es chez San Pedro la cosa no va a cambiar, ¿a usted no le parece que allá abajo escribía demasiado hermético para el pueblo?

Después el hotel Europa y esa ducha que corona los viajes con un largo monólogo de jabón y de silencio. Solamente que a las siete cuando ya era hora de caminar por San José y ver si era sencillo y parejito como me habían dicho, una mano se me prendió del saco y detrás estaba Ernesto Cardenal y qué abrazo, poeta, qué bueno que estuvieras ahí después del encuentro en Roma, de tantos encuentros sobre el papel a lo largo de años. Siempre me sorprende, siempre me conmueve que alguien como Ernesto venga a verme y a buscarme, vos dirás que hiervo de falsa modestia pero decilo nomás viejo, el chacal aúlla pero el ómnibus pasa, siempre seré un aficionado, alguien que desde abajo quiere tanto a algunos que un día resulta que también lo quieren, son cosas que me superan, mejor pasamos a la otra línea.

La otra línea era que Ernesto sabía que yo llegaba a Costa Rica y dale, de su isla se había venido en avión porque el pajarito que le lleva las noticias lo tenía informado de que los ticas me planeaban un viaje a Solentiname y a él le parecía irresistible la idea de venir a buscarme, con lo cual dos días después Sergio y Óscar y Ernesto y yo colmábamos la demasiado colmable capacidad de una avioneta Piper Aztec, cuyo nombre será siempre un enigma para mí pero que volaba entre hipos y borborigmos ominosos mientras el rubio piloto sintonizaba unos calipsos contrarrestantes y parecía por completo indiferente a mi noción de que el azteca nos llevaba derecho a la pirámide del sacrificio. No fue así, como puede verse, bajamos en Los Chiles y de ahí un yip igualmente tambaleante nos puso en la finca del poeta José Coronel Urteche, a quién más gente haría bien en leer y en cuya casa descansamos hablando de tantos otros amigos poetas, de Roque Dalton y de Gertrude Stein y de Carlos Martínez Rivas hasta que llegó Luis Coronel y nos fuimos para Nicaragua en su yip y en su panga de sobresaltadas velocidades. Pero antes hubo fotos de recuerdo con una cámara de esas que dejan salir ahí nomás un papelito celeste que poco a poco y maravillosamente y polaroid se va llenando de imágenes paulatinas, primero ectoplasmas inquietantes y poco a poco una nariz, un pelo crespo, la sonrisa de Ernesto con su vincha nazarena, doña María y don José recortándose contra la veranda. A todos les parecía muy normal eso porque desde luego estaban habituados a servirse de esa cámara pero yo no, a mí ver salir de la nada, del cuadradito celeste de la nada esas caras y esas sonrisas de despedida me llenaba de asombro y se los dije, me acuerdo de haberle preguntado a Óscar qué pasaría si alguna vez después de una foto de familia el papelito celeste de la nada empezara a llenarse con Napoleón a caballo, y la carcajada de don José Coronel que todo lo escuchaba como siempre, el yip, vámonos ya para el lago.

A Solentiname llegamos entrada la noche, allí esperaban Teresa y William y un poeta gringo y los otros muchachos de la comunidad; nos fuimos a dormir casi enseguida pero antes vi las pinturas en un rincón, Ernesto hablaba con su gente y sacaba de una bolsa las provisiones y regalos que traía de San José, alguien dormía en una hamaca y yo vi las pinturas en un rincón, empecé a mirarlas. No me acuerdo quién me explicó que eran trabajos de los campesinos de la zona, ésta la pintó el Vicente, ésta es de la Ramona, algunas firmadas y otras no pero todas tan hermosas, una vez más la visión primera del mundo, la mirada limpia del que describe su entorno como un canto de alabanza: vaquitas enanas en prados de amapola, la choza de azúcar de donde va saliendo la gente como hormigas, el caballo de ojos verdes contra un fondo de cañaverales, el bautismo en una iglesia que no cree en la perspectiva y se trepa o se cae sobre sí misma, el lago con botecitos como zapatos y en último plano un pez enorme que ríe con labios de color turquesa. Entonces vino Ernesto a explicarme que la venta de las pinturas ayudaba a tirar adelante, por la mañana me mostraría trabajos en madera y piedra de los campesinos y también sus propias esculturas; nos íbamos quedando dormidos pero yo seguí todavía ojeando los cuadritos amontonados en un rincón, sacando las grandes barajas de tela con las vaquitas y las flores y esa madre con dos niños en las rodillas, uno de blanco y el otro de rojo, bajo un cielo tan lleno de estrellas que la única nube quedaba como humillada en un ángulo, apretándose contra la varilla del cuadro, saliéndose ya de la tela de puro miedo.

Al otro día era domingo y misa de once, la misa de Solentiname en la que los campesinos y Ernesto y los amigos de visita comentan juntos un capítulo del evangelio que ese día era el arresto de Jesús en el huerto, un tema que la gente de Solentiname trataba como si hablaran de ellos mismos, de la amenaza de que les cayeran en la noche o en pleno día, esa vida en permanente incertidumbre de las islas y de la tierra firme y de toda Nicaragua y no solamente de toda Nicaragua sino de casi toda América Latina, vida rodeada de miedo y de muerte, vida de Guatemala y vida de El Salvador, vida de la Argentina y de Bolivia, vida de Chile y de Santo Domingo, vida del Paraguay, vida de Brasil y de Colombia.

Ya después hubo que pensar en volverse y fue entonces que pensé de nuevo en los cuadros, fui a la sala de la comunidad y empecé a mirarlos a la luz delirante de mediodía, los colores más altos, los acrílicos o los óleos enfrentándose desde caballitos y girasoles y fiestas en los prados y palmares simétricos. Me acordé que tenía un rollo de color en la cámara y salí a la veranda con una brazada de cuadros; Sergio que llegaba me ayudó a tenerlos parados en la buena luz, y de uno en uno los fui fotografiando con cuidado, centrando de manera que cada cuadro ocupara enteramente el visor. Las casualidades son así: me quedaban tantas tomas como cuadros, ninguno se quedó afuera y cuando vino Ernesto a decirnos que la panga estaba lista le conté lo que había hecho y él se rió, ladrón de cuadros, contrabandista de imágenes. Sí, le dije, me los llevo todos, allá los proyectaré en mi pantalla y serán más grandes y más brillantes que éstos, jodete.

Volví a San José, estuve en La Habana y anduve por ahí haciendo cosas, de vuelta a París con un cansancio lleno de nostalgia, Claudine calladita esperándome en Orly, otra vez la vida de reloj pulsera y *merci monsieur, bonjour madame*, los comités, los cines, el vino tinto y Claudine, los cuartetos de Mozart y Claudine. Entre tanta cosa que los sapos maletas habían escupido sobre la cama y la alfombra, revistas, recortes, pañuelos y libros de poetas centroamericanos, los tubos de plástico gris con los rollos de películas, tanta cosa a lo largo de dos meses, la secuencia de la Escuela Lenin de La Habana, las calles de Trinidad, los perfiles del volcán Irazú y su cubeta de agua hirviente verde donde Samuel y yo y Sarita habíamos imaginado patos ya asados flotando entre gasas de humo azufrado. Claudine llevó los rollos a revelar, una tarde andando por el barrio latino me acordé y como tenía la boleta en el bolsillo los recogí y eran ocho, pensé enseguida en los cuadritos de Solentiname y cuando estuve en mi casa busqué en las cajas y fui mirando el primer diapositivo de cada serie, me acordaba que antes de fotografiar los cuadritos había estado sacando la misa de Ernesto, unos niños jugando entre las palmeras igualitos a las pinturas, niños y palmeras y vacas contra un fondo violentamente azul de cielo y de lago apenas un poco más verde, o a lo mejor al revés, ya no lo tenía claro. Puse en el cargador la caja de los niños y la misa, sabía que después empezaban las pinturas hasta el final del rollo.

Anochecía y yo estaba solo, Claudine vendría al salir del trabajo para escuchar música y quedarse conmigo; armé la pantalla y un ron con mucho hielo, el proyector con su cargador listo y su botón de telecomando; no hacía falta correr las cortinas, la noche servicial ya estaba ahí encendiendo las lámparas y el perfume del ron; era grato pensar que todo volvería a darse poco a poco, después de los cuadritos de Solentiname empezaría a pasar las cajas con las fotos cubanas, pero por qué los cuadritos primero, por qué la deformación profesional, el arte antes que la vida, y por qué no, le dijo el otro a éste en su eterno indesarmable diálogo fraterno y rencoroso, por qué no mirar primero las pinturas de Solentiname si también son la vida, si todo es lo mismo.

Pasaron las fotos de la misa, más bien malas por errores de exposición, los niños en cambio jugaban a plena luz y dientes tan blancos. Apretaba sin ganas el botón de cambio, me hubiera quedado tanto rato mirando cada foto pegajosa de recuerdo, pequeño mundo frágil de Solentiname rodeado de agua y de esbirros como estaba rodeado el muchacho que miré sin comprender, yo había apretado el botón y el muchacho estaba ahí en un segundo plano clarísimo, una cara ancha y lisa como llena de incrédula sorpresa mientras su cuerpo se vencía hacia adelante, el agujero nítido en mitad de la frente, la pistola del oficial marcando todavía la trayectoria de la bala, los otros a los lados con las metralletas, un fondo confuso de casas y de árboles.

Se piensa lo que se piensa, eso llega siempre antes que uno mismo y lo deja tan atrás; estúpidamente me dije que se habrían equivocado en la óptica, que me habían dado las fotos de otro cliente, pero entonces la misa, los niños jugando en el prado, entonces cómo. Tampoco mi mano obedecía cuando apretó el botón y fue un salitral interminable a mediodía con dos o tres cobertizos de chapas herrumbradas, gente amontonada a la izquierda mirando los cuerpos tendidos boca arriba, sus brazos abiertos contra un cielo desnudo y gris; había que fijarse mucho para distinguir en el fondo al grupo uniformado de espaldas y yéndose, el yip que esperaba en lo alto de una loma.

Sé que seguí; frente a eso que se resistía a toda cordura lo único posible era seguir apretando el botón, mirando la esquina de Corrientes y San Martín y el auto negro con los cuatro tipos apuntando a la vereda donde alguien corría con una camisa blanca y zapatillas, dos mujeres queriendo refugiarse detrás de un camión estacionado, alguien mirando de frente, una cara de incredulidad horrorizada, llevándose una mano al mentón como para tocarse y sentirse todavía vivo, y de golpe la pieza casi a oscuras, una sucia luz cayendo de la alta ventanilla enrejada, la mesa con la muchacha desnuda boca arriba y el pelo colgándole hasta el suelo, la sombra de espaldas metiéndole un cable entre las piernas abiertas, los dos tipos de frente hablando entre ellos, una corbata azul y un pull-over verde. Nunca supe si seguía apretando o no el botón, vi un claro de selva, una cabaña con techo de paja y árboles en primer plano, contra el tronco del más próximo un muchacho flaco mirando hacia la izquierda donde un grupo confuso, cinco o seis muy juntos le apuntaban con fusiles y pistolas; el muchacho de cara larga y un mechón cayéndole en la frente morena los miraba, una mano alzada a medias, la otra a lo mejor en el bolsillo del pantalón, era como si les estuviera diciendo algo sin apuro, casi displicentemente, y aunque la foto era borrosa yo sentí y supe y vi que el muchacho era Roque Dalton, y entonces sí apreté el botón como si con eso pudiera salvarlo de la infamia de esa muerte y alcancé a ver un auto que volaba en pedazos en pleno centro de una ciudad que podía ser Buenos Aires o São Paulo, seguí apretando y apretando entre ráfagas de caras ensangrentadas y pedazos de cuerpos y carreras de mujeres y de niños por una ladera boliviana o guatemalteca, de golpe la pantalla se llenó de mercurio y de nada y también de Claudine que entraba silenciosa volcando su sombra en la pantalla antes de inclinarse y besarme en el pelo y preguntar si eran lindas, si estaba contento de las fotos, si se las quería mostrar.

Corrí el cargador y volví a ponerlo en cero, uno no sabe cómo ni por qué hace las cosas cuando ha cruzado un límite que tampoco sabe. Sin mirarla, porque hubiera comprendido o simplemente tenido miedo de eso que debía ser mi cara, sin explicarle nada porque todo era un solo nudo desde la garganta hasta las uñas de los pies, me levanté y despacio la senté en mi sillón y algo debí decir de que iba a buscarle un trago y que mirara, que mirara ella mientras yo iba a buscarle un trago. En el baño creo que vomité, o solamente lloré y después vomité o no hice nada y solamente estuve sentado en el borde de la bañera dejando pasar el tiempo hasta que pude ir a la cocina y prepararle a Claudine su bebida preferida, llenársela de hielo y entonces sentir el silencio, darme cuenta de que Claudine no gritaba ni venía corriendo a preguntarme, el silencio nada más y por momentos el bolero azucarado que se filtraba desde el departamento de al lado. No sé cuánto tardé en recorrer lo que iba de la cocina al salón, ver la parte de atrás de la pantalla justo cuando ella llegaba al final y la pieza se llenaba con el reflejo del mercurio instantáneo y después la penumbra, Claudine apagando el proyector y echándose atrás en el sillón para tomar el vaso y sonreírme despacito, feliz y gata y tan contenta.

—Qué bonitas te salieron, esa del pescado que se ríe y la madre con los dos niños y las vaquitas en el campo; espera, y esa otra del bautismo en la iglesia, decime quién los pintó, no se ven las firmas.

Sentado en el suelo, sin mirarla, busqué mi vaso y lo bebí de un trago. No le iba a decir nada, qué le podía decir ahora, pero me acuerdo que pensé vagamente en preguntarle una idiotez, preguntarle si en algún momento no había visto una foto de Napoleón a caballo. Pero no se lo pregunté, claro.

San José, La Habana, abril de 1976

La barca o Nueva visita a Venecia

Desde joven me tentó la idea de reescribir textos literarios que me habían conmovido pero cuya factura me parecía inferior a sus posibilidades internas; creo que algunos relatos de Horacio Quiroga llevaron esa tentación a un límite que se resolvió, como era preferible, en silencio y abandono. Lo que hubiera tratado de hacer por amor sólo podía recibirse como insolente pedantería; acepté lamentar a solas que ciertos textos me parecieran por debajo de lo que algo en ellos y en mí había reclamado inútilmente.

El azar y un paquete de viejos papeles me dan hoy una apertura análoga sobre ese deseo no realizado, pero en este caso la tentación es legítima puesto que se trata de un texto mío, un largo relato titulado La barca. *En la última página del borrador encuentro esta nota: «¡Qué malo! Lo escribí en Venecia en 1954; lo releo diez años después, y me gusta, y es tan malo».*

El texto y la acotación estaban olvidados; doce años más se sumaron a los diez primeros, y al releer ahora estas páginas coincido con mi nota, sólo que quisiera saber mejor por qué el relato me parecía y me parece malo, y por qué me gustaba y me gusta.

Lo que sigue es una tentativa de mostrarme a mí mismo que el texto de La barca *está mal escrito porque es falso, porque pasa al lado de una verdad que entonces no fui capaz de aprehender y que ahora me resulta evidente. Reescribirlo sería fatigoso y, de alguna manera poco clara, desleal, casi como si fuese el relato de otro autor y yo cayera en la pedantería que señalé al comienzo. Puedo en cambio dejarlo tal como nació, y mostrar al mismo tiempo lo que ahora alcanzo a ver en él. Es entonces que Dora entra en escena.*

Si Dora hubiera pensado en Pirandello, desde un principio hubiera venido a buscar al autor para reprocharle su ignorancia o su persistente hipocresía. Pero soy yo quien va ahora hacia ella para que finalmente ponga las cartas boca arriba. Dora no puede saber quién es el autor del relato, y sus críticas se dirigen solamente a lo que en éste sucede visto desde adentro, allí donde ella existe; pero que ese suceder sea un texto y ella un personaje de su escritura no cambian en nada su derecho igualmente textual a rebelarse frente a una crónica que juzga insuficiente o insidiosa.

Así, la voz de Dora interrumpe hoy de tanto en tanto el texto original que, aparte de correcciones de puro detalle y la eliminación de breves pasajes repetitivos, es el mismo que escribí a mano en la Pensione dei Dogi en 1954. El lector encontrará en él todo lo que me parece malo como escritura y a Dora malo como contenido, y que quizá, una vez más, sea el efecto recíproco de una misma causa.

El turismo juega con sus adeptos, los inserta en una temporalidad engañosa, hace que en Francia salgan de un bolsillo las monedas inglesas sobrantes, que en Holanda se busque vanamente un sabor que sólo da Poitiers. Para Valentina el pequeño bar romano de la via Quattro Fontane se reducía a Adriano, al sabor de una copa de martini pegajoso y la cara de Adriano que le había pedido disculpas por empujarla contra el mostrador. Casi no se acordaba si Dora estaba con ella esa mañana, seguramente sí porque Roma la estaban «haciendo» juntas, organizando una camaradería empezada tontamente como tantas en Cook y American Express.

Claro que yo estaba. Desde el comienzo se finge no verme, reducirme a comparsa a veces cómoda y a veces afligente.

De todos modos aquel bar cerca de piazza Barberini era Adriano, otro viajero, otro desocupado circulando como circula todo turista en las ciudades, fantasma entre hombres que van y vienen del trabajo, tienen familias, hablan un mismo idioma y saben lo que está ocurriendo en ese momento y no en la arqueología de la Guía Azul.

De Adriano se borraban en seguida los ojos, el pelo, la ropa; sólo quedaba la boca grande y sensible, los labios que temblaban un poco después de haber hablado, mientras escuchaba. «Escucha con la boca», había pensado Valentina cuando del primer diálogo nació una invitación a beber el famoso cóctel del bar, que Adriano recomendaba y que Beppo, agitándolo en un cabrilleo de cromos, proclamaba la joya de Roma, el Tirreno metido en una copa con todos sus tritones y sus hipocampos. Ese día Dora y Valentina encontraron simpático a Adriano;

Hm.

no parecía turista (él se consideraba un viajero y acentuaba sonriendo el distingo) y el diálogo de mediodía fue un encanto más de Roma en abril. Dora lo olvidó enseguida

> *Falso. Distinguir entre* savoir faire *y tilinguería. Nadie como yo (o Valentina, claro) podía olvidar así nomás a alguien como Adriano; pero me sucede que soy inteligente y desde el vamos sentí que mi largo de onda no era el suyo. Hablo de amistad, no de otra cosa porque en eso ni siquiera se podía hablar de ondas. Y puesto que no quedaba nada posible, ¿para qué perder el tiempo?*

ocupadísima en visitar el Laterano, San Clemente, todo en una tarde porque se iban dos días después, Cook acababa de venderles un complicado itinerario; por su lado Valentina encontró el pretexto de unas compras para volver a la mañana siguiente al bar de Beppo. Cuando vio a Adriano, que vivía en un hotel vecino, ninguno de los dos fingió sorpresa. Adriano se iba a Florencia una semana después y discutieron itinerarios, cambio, hoteles, guías. Valentina creía en los *pullmans* pero Adriano era pro-tren; fueron a debatir el problema a una trattoria de la Suburra donde se comía pescado en un ambiente pintoresco para los que sólo iban una vez.

De las guías pasaron a los informes personales, Adriano supo del divorcio de Valentina en Montevideo y ella de su vida familiar en un fundo cercano a Osorno. Compararon impresiones de Londres, París, Nápoles. Valentina miró una y otra vez la boca de Adriano, la miraba al desnudo en ese momento en que el tenedor lleva la comida a los labios que se apartan para recibirla, cuando no se debe mirar. Y él lo sabía y apretaba en la boca el trozo de pulpo frito como si fuera una lengua de mujer, como si ya estuviera besando a Valentina.

> *Falso por omisión: Valentina no miraba así a Adriano, sino a toda persona que la atraía; conmigo lo había hecho apenas nos conocimos en el mostrador de American Express, y sé que me pregunté si no sería como yo; esa manera de clavarme los ojos siempre un poco dilatados... Casi enseguida supe que no, personalmente no me hubiera molestado intimar con ella como parte de la* no man's land *del viaje, pero cuando decidimos compartir el hotel yo sabía que había otra cosa, que esa mirada venía de algo que podía ser miedo o necesidad de olvido. Palabras exageradas a esa altura de simples risas,* shampoo *y felicidad turística; pero después... En todo caso Adriano debió tomar como un cumplido lo que también hubiera recibido un barman amable o una vendedora de carteras. Dicho de paso, también hay ahí un plagio* avant la lettre *de una famosa escena de Tom Jones en el cine.*

La besó esa tarde, en su hotel de la via Nazionale, después que Valentina telefoneó a Dora para decirle que no iría con ella a las termas de Caracalla.

¡Malgastar así una llamada!

Adriano había hecho subir vino helado, y en su habitación había revistas inglesas y un ventanal contra el cielo del oeste. Sólo la cama les resultó incómoda por demasiado angosta, pero los hombres como Adriano hacen casi siempre el amor en camas estrechas, y Valentina tenía demasiados malos recuerdos del lecho matrimonial para no alegrarse del cambio.

Si Dora sospechaba algo, lo calló.

Falso: ya lo sabía. Exacto: que me callé.

Valentina le dijo aquella noche que se había encontrado casualmente con Adriano, y que tal vez dieran de nuevo con él en Florencia; cuando tres días después lo vieron salir de Orsanmichele, Dora pareció la más contenta de los tres.

En casos así hay que hacerse la estúpida para que no la tomen a una por estúpida.

Adriano había encontrado inesperadamente exasperante la separación. De pronto comprendía que le faltaba Valentina, que no le había bastado la promesa del reencuentro, de las horas que pasarían juntos. Sentía celos de Dora, los disimulaba apenas mientras ella —más fea, más vulgar— le repetía cosas aplicadamente leídas en la guía del Touring Club Italiano.

Nunca he usado las guías del Touring Club Italiano porque me resultaban incomprensibles; la Michelin en francés me basta de sobra. Passons sur le reste.

Cuando se encontraron en el hotel de Adriano, al atardecer, Valentina midió la diferencia entre esa cita y la primera en Roma; ahora las precauciones estaban tomadas, la cama era perfecta y, sobre una mesa curiosamente incrustada, la esperaba una cajita envuelta en papel azul y dentro un admirable camafeo florentino que ella —mucho más tarde, cuando bebían sentados junto a la ventana— prendió en su pecho con el gesto fácil, casi familiar del que gira una llave en la cerradura cotidiana.

No puedo saber cuáles eran los gestos de Valentina en ese momento, pero en todo caso nunca pudieron ser fáciles; todo en ella era nudo, eslabón y látigo. De noche, desde mi cama la miraba dar vueltas antes de acostarse, tomando y dejando una y otra vez un frasco de perfume, un tubo de pastillas, yendo a la ventana como si escuchara ruidos insólitos; o más tarde, mientras dormía, esa manera de sollozar en mitad de un sueño, despertándome bruscamente, llevándome a pasarme a su cama, ofrecerle un vaso de agua, acariciarle la frente hasta que volvía a dormirse más calmada. Y sus desafíos esa primera noche en Roma cuando vino a sentarse a mi lado, vos no me conocés, Dora, no tenés idea de lo que me anda por dentro, este vacío lleno de espejos mostrándome una calle de Punta del Este, un niño que llora porque no estoy ahí. ¿Fáciles, sus gestos? A mí, por lo menos, me habían mostrado desde el principio que nada tenía que esperar de ella en un plano afectivo, aparte de la camaradería. Me cuesta imaginar que Adriano, por masculinamente ciego que estuviera, no alcanzara a sospechar que Valentina estaba besando la nada en su boca, que antes y después del amor Valentina seguiría llorando en sueños.

Hasta entonces no se había enamorado de sus amantes; algo en él lo llevaba a tomarlas demasiado pronto como para crear el aura, la necesaria zona de misterio y de deseo, para organizar la cacería mental que alguna vez podría llamarse amor. Con Valentina había sido igual, pero en los días de separación, en esos últimos atardeceres de Roma y el viaje a Florencia, algo diferente había estallado en Adriano. Sin sorpresa, sin humildad, casi sin maravilla, la vio surgir en la penumbra dorada de Orsanmichele, brotando del tabernáculo de Orcagna como si una de las innumerables figurillas de piedra se desgajara del monumento para venir a su encuentro. Quizá sólo entonces comprendió que estaba enamorándose de ella. O quizá después, en el hotel, cuando Valentina había llorado abrazada a él, sin darle razones, dejándose ir como una niña que se abandona a una necesidad largamente contenida y encuentra un alivio mezclado con vergüenza, con reprobación.

En lo inmediato y exterior Valentina lloraba por lo precario del encuentro. Adriano seguiría su camino unos días más tarde; no volverían a encontrarse porque el episodio entraba en un vulgar calendario de vacaciones, un marco de hoteles y cócteles y frases rituales. Sólo los cuerpos saldrían saciados, como siempre, por un rato tendrían la plenitud del perro que termina de mascar y se tira al sol con un gruñido de contento. En sí el encuentro era perfecto, cuerpos hechos para apretarse, enlazarse, retardar o provocar la delicia. Pero cuando miraba a Adriano sentado al borde de la cama (y él la miraba con su boca de labios gruesos) Valentina sentía que el rito acababa de cumplirse sin un contenido real, que los instrumentos de la pasión estaban huecos, que el espíritu no los habitaba. Todo eso le había sido llevadero e incluso favorable en otros lances de la hora, y sin embargo esta vez hubiera querido retener a Adriano, demorar el momento de vestirse y salir, esos gestos que de alguna manera anunciaban ya una despedida.

Aquí se ha querido decir algo sin decirlo, sin entender más que un rumor incierto. También a mí Valentina me había mirado así mientras nos bañábamos y vestíamos en Roma, antes de Adriano; también yo había sentido que esas rupturas en lo continuo le hacían daño, la tiraban hacia el futuro. La primera vez cometí el error de insinuarlo, de acercarme y acariciarle el pelo y proponerle que hiciéramos subir bebidas y nos quedáramos mirando el atardecer desde la ventana. Su respuesta fue seca, no había venido desde el Uruguay para vivir en un hotel. Pensé simplemente que seguía desconfiando de mí, que atribuía un sentido preciso a ese esbozo de caricia, así como yo había entendido mal su primera mirada en la agencia de viajes. Valentina miraba, *sin saber exactamente por qué; éramos los otros quienes cedíamos a ese interrogar oscuro que tenía algo de acoso, pero un acoso que no nos concernía.*

Dora los esperaba en uno de los cafés de la Signoria, acababa de descubrir a Donatello y lo explicó con demasiado énfasis, como si su entusiasmo le sirviera de manta de viaje y la ayudara a disimular alguna irritación.

—Claro que iremos a ver las estatuas —dijo Valentina—, pero esta tarde no podíamos entrar en los museos, demasiado sol para ir a los museos.

—No van a estar tanto tiempo aquí como para sacrificar todo eso al sol.

Adriano hizo un gesto vago, esperó las palabras de Valentina. Le era difícil saber lo que representaba Dora para Valentina, si el viaje de las dos estaba ya definido y no admitiría cambios. Dora volvía a Donatello, multiplicaba las inútiles referencias que se hacen en ausencia de las obras; Valentina miraba la torre de la Signoria, buscaba mecánicamente los cigarrillos.

Creo que sucedió exactamente así, y que por primera vez Adriano sufrió de veras, temió que yo representara el viaje sagrado, la cultura como deber, las reservas de trenes y de hoteles. Pero si alguien le hubiera preguntado por la otra solución posible, sólo hubiera podido pensar en algo parecido junto a Valentina, sin un término preciso.

Al otro día fueron a los Uffizi. Como hurtándose a la necesidad de una decisión, Valentina se aferraba obstinadamente a la presencia de Dora para no dejar resquicios a Adriano. Sólo en un momento fugaz, cuando Dora se había retrasado mirando un retrato, él pudo hablarle de cerca.

—¿Vendrás esta tarde?

—Sí —dijo Valentina sin mirarlo—, a las cuatro.

—Te quiero tanto —murmuró Adriano, rozándole el hombro con dedos casi tímidos—. Valentina, te quiero tanto.

Entraba un grupo de turistas norteamericanos precedidos por la voz nasal del guía. Los separaron sus caras vacuamente ávidas, falsamente interesadas en la pintura que olvidarían una hora después entre *spaghetti* y vino de los Castelli Romani. También venía Dora hojeando su guía, perdida porque no le coincidían los números del catálogo con los cuadros colgados.

A propósito, por supuesto. Dejarlos hablar, citarse, hartarse. No él, eso ya lo sabía, pero ella. Tampoco hartarse, más bien volver al perpetuo impulso de la fuga que quizá la devolvería a mi manera de acompañarla sin hostigamiento, a esperar simplemente a su lado aunque no sirviera de nada.

—Te quiero tanto —repetía esa tarde Adriano inclinándose sobre Valentina que descansaba boca arriba—. Tú lo sientes, ¿verdad? No está en las palabras, no tiene nada que ver con decirlo, con buscarle nombres. Dime que lo sientes, que no te lo explicas pero que lo sientes ahora que...

Hundió la cara entre sus senos, besándola largamente como si bebiera la fiebre que latía en la piel de Valentina, que le acariciaba el pelo con un gesto lejano, distraído.

¿D'Annunzio vivió en Venecia, no? A menos que fueran los dialoguistas de Hollywood...

—Sí, me quieres —dijo ella—. Pero es como si tú también tuvieras miedo de algo, no de quererme pero... No miedo, quizá, más bien ansiedad. Te preocupa lo que va a venir ahora.

—No sé lo que va a venir, no tengo la menor idea. ¿Cómo tenerle miedo a tanto vacío? Mi miedo eres tú, es un miedo concreto, aquí y ahora. No me quieres como yo a ti, Valentina, o me quieres de otra manera, limitada o contenida vaya a saber por qué razones.

Valentina lo escuchaba cerrando los ojos. Despacio, coincidiendo con lo que él acababa de decir, entreveía algo detrás, algo que al principio no era sino un hueco, una inquietud. Se sentía demasiado dichosa en ese momento para tolerar que la menor falla se inmiscuyera en esa hora perfecta y pura en la que ambos se habían amado sin otro pensamiento que el de no querer pensar. Pero tampoco podía impedirse entender las palabras de Adriano. Medía de pronto la fragilidad de esa situación turística bajo un techo prestado, entre sábanas ajenas, amenazados por guías ferroviarias, itinerarios que llevaban a vidas diferentes, a razones desconocidas y probablemente antagónicas como siempre.

—No me quieres como yo a ti —repitió Adriano, rencoroso—. Te sirvo, te sirvo como un cuchillo o un camarero, nada más.

—Por favor—dijo Valentina—. *Je t'en prie.*

Tan difícil darse cuenta de por qué ya no eran felices a tan pocos momentos de algo que había sido como la felicidad.

—Sé muy bien que tendré que volver —dijo Valentina sin retirar los dedos de la cara ansiosa de Adriano—. Mi hijo, mi trabajo, tantas obligaciones. Mi hijo es muy pequeño, muy indefenso.

—También yo tengo que volver —dijo Adriano desviando los ojos—. También yo tengo mi trabajo, mil cosas.

—Ya ves.

—No, no veo. ¿Cómo quieres que vea? Si me obligas a considerar esto como un episodio de viaje, le quitas todo, lo aplastas como a un insecto. Te quiero, Valentina. Querer es más que recordar o prepararse a recordar.

—No es a mí a quien tienes que decírselo. No, no es a mí. Tengo miedo del tiempo, el tiempo es la muerte, su horrible disfraz. ¿No te das cuenta de que nos amamos contra el tiempo, que al tiempo hay que negarlo?

—Sí —dijo Adriano, dejándose caer de espaldas junto a ella—, y ocurre que tú te vas pasado mañana a Bologna, y yo un día después a Lucca.

—Cállate.

—¿Por qué? Tu tiempo es el de Cook, aunque pretendas llenarlo de metafísica. El mío en cambio lo decide mi capricho, mi placer, los horarios de trenes que prefiero o rechazo.

—Ya lo ves —murmuró Valentina—. Ya ves que tenemos que rendirnos a las evidencias. ¿Qué más queda?

—Venir conmigo. Deja tu famosa excursión, deja a Dora que habla de lo que no sabe. Vámonos juntos.

> *Alude a mis entusiasmos pictóricos, no vamos a discutir si tiene razón. En todo caso los dos se hablan con sendos espejos por delante, un perfecto diálogo de* best-seller *para llenar dos páginas con nada en particular. Que sí, que no, que el tiempo... Todo era tan claro para mí, Valentina* piuma al vento, *la neura y la depre y doble dosis de valium por la noche, el viejo, viejo cuadro de nuestra joven época. Una apuesta conmigo mismo (en este momento, me acuerdo bien): de dos males, Valentina elegiría el menor, yo. Conmigo ningún problema (si me elegía); al final del viaje adiós querida, fue tan dulce y tan bello, adiós,*

adiós. En cambio Adriano... Las dos habíamos sentido lo mismo: con la boca de Adriano no se jugaba. Esos labios... (Pensar que ella les permitía que conocieran cada rincón de su piel; hay cosas que me rebasan, claro que es cuestión de libido, we know we know we know).

Y sin embargo era más fácil besarlo, ceder a su fuerza, resbalar blandamente bajo la ola del cuerpo que la ceñía; era más fácil entregarse que negarle ese asentimiento que él, perdido otra vez en el placer, olvidaba ya.

Valentina fue la primera en levantarse. El agua de la ducha la azotó largamente. Poniéndose una bata de baño, volvió a la habitación donde Adriano seguía en la cama, a medias incorporado y sonriéndole como desde un sarcófago etrusco, fumando despacio.

—Quiero ver cómo anochece desde el balcón.

A orillas del Arno, el hotel recibía las últimas luces. Aún no se habían encendido las lámparas en el Ponte Vecchio, y el río era una cinta de color violeta con franjas más claras, sobrevolado por pequeños murciélagos que cazaban insectos invisibles; más arriba chirriaban las tijeras de las golondrinas. Valentina se tendió en la mecedora, respiró un aire ya fresco. La ganaba una fatiga dulce, hubiera podido dormirse; quizá durmió unos instantes. Pero en ese interregno de abandono seguía pensando en Adriano y el tiempo, las palabras monótonas volvían como estribillos de una canción tonta, el tiempo es la muerte, un disfraz de la muerte, el tiempo es la muerte. Miraba el cielo, las golondrinas que jugaban sus límpidos juegos, chirriando brevemente como si trizaran la loza azul profundo del crepúsculo. Y también Adriano era la muerte.

Curioso. De golpe se toca fondo a partir de tanta falsa premisa. Tal vez sea siempre así (pensarlo otro día, en otros contextos). Asombra que seres tan alejados de su propia verdad (Va-

lentina más que Adriano, es cierto) acierten por momentos; claro que no se dan cuenta y es mejor así, lo que sigue lo prueba. (Quiero decir que es mejor para mí, bien mirado).

Se enderezó, rígida. También Adriano era la muerte. ¿Ella había pensado eso? También Adriano era la muerte. No tenía el menor sentido, había mezclado palabras como en un refrán infantil, y resultaba ese absurdo. Volvió a tenderse, relajándose, y miró otra vez las golondrinas. Quizá no fuera tan absurdo; de todos modos haber pensado eso valía tan sólo como una metáfora puesto que renunciar a Adriano mataría algo en ella, la arrancaría de una parte momentánea de sí misma, la dejaría a solas con una Valentina diferente, Valentina sin Adriano, sin el amor de Adriano, si era amor ese balbuceo de tan pocos días, si en ella misma era amor esa entrega furiosa a un cuerpo que la anegaba y la devolvía como exhausta al abandono del atardecer. Entonces sí, entonces visto así Adriano era la muerte. Todo lo que se posee es la muerte porque anuncia la desposesión, organiza el vacío a venir. Refranes infantiles, mantantiru liru lá, pero ella no podía renunciar a su itinerario, quedarse con Adriano. Cómplice de la muerte, entonces, lo dejaría irse a Lucca nada más que porque era inevitable a corto o largo plazo, allá a lo lejos Buenos Aires y su hijo eran como las golondrinas sobre el Arno, chirriando débilmente, reclamando en el anochecer que crecía como un vino negro.

—Me quedaré —murmuró Valentina—. Lo quiero, lo quiero. Me quedaré y me lo llevaré un día conmigo.

Sabía bien que no iba a ser así, que Adriano no cambiaría su vida por ella, Osorno por Buenos Aires.

¿Cómo podía saberlo? Todo apunta en la dirección contraria; es Valentina la que jamás cambiará Buenos Aires por Osorno, su instalada vida, sus rutinas rioplatenses. En el fondo no creo que

ella pensara eso que le hacen pensar; también es cierto que la cobardía tiende a proyectar en otros la propia responsabilidad, etcétera.

Se sintió como suspendida en el aire, casi ajena a su cuerpo, tan sólo miedo y algo como congoja. Veía una bandada de golondrinas que se había arracimado sobre el centro del río, volando en grandes círculos. Una de las golondrinas se apartó de las otras, perdiendo altura, acercándose. Cuando parecía que iba a remontarse otra vez, algo falló en la máquina maravillosa. Como un turbio pedazo de plomo, girando sobre sí misma, se precipitó diagonalmente y golpeó con un golpe opaco a los pies de Valentina en el balcón.

Adriano oyó el grito y vino corriendo. Valentina se tapaba la cara y temblaba horriblemente, refugiada en el otro extremo del balcón. Adriano vio la golondrina muerta y la empujó con el pie. La golondrina cayó a la calle.

—Ven, entra —dijo él, tomando por los hombros a Valentina—. No es nada, ya pasó. Te asustaste, pobre querida.

Valentina callaba, pero cuando él le apartó las manos y le vio la cara, tuvo miedo. No hacía más que copiar el miedo de ella, quizá el miedo final de la golondrina desplomándose fulminada en un aire que de pronto, esquivo y cruel, había dejado de sostenerla.

A Dora le gustaba charlar antes de dormir, y pasó media hora con noticias sobre Fiésole y el piazzale Michelangelo. Valentina la escuchaba como de lejos, perdida en un rumor interno que no podía confundir con una meditación. La golondrina estaba muerta, había muerto en pleno vuelo. Un anuncio, una intimación. Como si en un semisueño extrañamente lúcido, Adriano y la golondrina empezaran a confundirse en ella, resolviéndose en un deseo casi feroz de fuga, de arrancamiento. No se sentía culpable de nada pero sentía la culpa en sí, la golondrina como una culpa golpeando sordamente a sus pies.

En pocas palabras le dijo a Dora que iba a cambiar de planes, que seguiría directamente a Venecia.

—Me encontrarás allá de todos modos. No hago más que adelantarme unos días, de verdad prefiero estar sola unos días.

Dora no pareció demasiado sorprendida. Lástima que Valentina se perdiera Ravenna, Ferrara. De todos modos comprendía que prefiriera irse directamente y sola a Venecia; mejor ver bien una ciudad que mal dos o tres... Valentina ya no la escuchaba, perdida en su fuga mental, en la carrera que debía alejarla del presente, de un balcón sobre el Arno.

Aquí casi siempre se acierta partiendo del error, es irónico y divertido. Acepto eso de que no estaba demasiado sorprendida y que cumplí con el lip service *necesario para tranquilizar a Valentina. Lo que no se sabe es que mi falta de sorpresa tenía otras fuentes, la voz y la cara de Valentina contándome el episodio del balcón, tan desproporcionado a menos de sentirlo como ella lo sentía, un anuncio fuera de toda lógica y por eso irresistible. Y también una deliciosa, cruel sospecha de que Valentina estaba confundiendo las razones de su miedo, confundiéndome con Adriano. Su cortés distancia esa noche, su veloz manera de asearse y acostarse sin darme la menor oportunidad de compartir el espejo del baño, los ritos de la ducha,* le temps d'un sein nu entre deux chemises. *Adriano, sí, digamos que sí, que Adriano. ¿Pero por qué esa manera de acostarse dándome la espalda, tapándose la cara con un brazo para sugerirme que apagara la luz lo antes posible, que la dejara dormir sin más palabras, sin siquiera un leve beso de buenas noches entre amigas de viaje?*

En el tren lo pensó mejor, pero el miedo seguía. ¿De qué estaba escapando? No era fácil aceptar las soluciones de la prudencia, elogiarse por haber roto el lazo a tiempo. Quedaba el enigma del miedo como si Adriano, el pobre Adriano, fuera el diablo, como si la tentación de enamorarse de veras de él fuese el balcón abierto sobre el vacío, la invitación al salto irrestañable.

Vagamente pensó Valentina que estaba huyendo de sí misma más que de Adriano. Hasta la prontitud con que se le había entregado en Roma probaba su resistencia a toda seriedad, a todo recomienzo fundamental. Lo fundamental había quedado al otro lado del mar, hecho trizas para siempre, y ahora era el tiempo de la aventura sin amarras, como ya otras antes y durante el viaje, la aceptación de circunstancias sin análisis moral ni lógico, la compañía episódica de Dora como resultado de un mostrador en una agencia de viajes, Adriano en otro mostrador, el tiempo de un cóctel o una ciudad, momentos y placeres tan borrosos como el moblaje de las piezas de los hoteles que se van dejando atrás.

Compañía episódica, sí. Pero quiero creer que hay más que eso en una referencia que por lo menos me equipara a Adriano como dos lados de un triángulo en el que el tercero es un mostrador.

Y sin embargo, Adriano en Florencia había avanzado hacia ella con el reclamo del poseedor, ya no el amante fugitivo de Roma; peor, exigiendo reciprocidad, esperándola y urgiéndola. Quizá el miedo nacía de eso, no era más que un sucio y mezquino miedo a las complicaciones mundanas, Buenos Aires/Osorno, la gente, los hijos, la realidad instalándose tan diferente en el calendario de la vida compartida. Y quizá no: detrás, siempre, otra cosa, inapresable como una golondrina al vuelo. Algo que de pronto hubiera podido precipitarse sobre ella, un cuerpo muerto golpeándola.

Hum. ¿Por qué le iba mal con los hombres? Mientras piensa como se la hace pensar, hay como la imagen de algo acorralado, sitiado: la verdad profunda, cercada por las mentiras de un conformismo irrenunciable. Pobrecita, pobrecita.

Los primeros días en Venecia fueron grises y casi fríos, pero al tercero estalló el sol desde temprano y el calor vino enseguida, derramándose con los turistas que salían entusiastas de los hoteles y llenaban la piazza San Marco y la Merceria en un alegre desorden de colores y de lenguas.

A Valentina le agradó dejarse llevar por la cadenciosa serpiente que remontaba la Merceria rumbo al Rialto. Cada recodo, el puente dei Baretieri, San Salvatore, el oscuro recinto postal de la Fondamenta dei Tedeschi, la recibían con esa calma impersonal de Venecia para con sus turistas, tan diferente de la convulsa expectativa de Nápoles o el ancho darse de los panoramas de Roma. Recogida, siempre secreta, Venecia jugaba una vez más a hurtar su verdadero rostro, sonriendo impersonalmente a la espera de que en el día y la hora propicios su voluntad de mostrarse de verdad al buen viajero lo recompensaran de su fidelidad. Desde el Rialto miró Valentina los fastos del Canal Grande, y se asombró de la distancia inesperada entre ella y ese lujo de aguas y de góndolas. Penetró en las callejuelas que de *campo* en *campo* la llevaban a iglesias y museos, salió a los muelles desde donde podían enfrentarse las fachadas de los grandes palacios corroídos por un tiempo plomizo y verde. Todo lo veía, todo lo admiraba, sabiendo sin embargo que sus reacciones eran convencionales y casi forzadas, como el elogio repetido a las fotos que nos van mostrando en los álbumes de familia. Algo —sangre, ansiedad, o tan sólo ganas de vivir— parecía haber quedado atrás. Valentina odió de pronto el recuerdo de Adriano, le repugnó la petulancia de Adriano que había cometido la falta de enamorarse de ella. Su ausencia lo hacía aún más odioso porque su falta era de las que sólo se castigan o se perdonan en persona. Venecia

La opción ya tomada, se hace pensar como se quiere a Valentina, pero otras opciones son posibles si se tiene en cuenta que ella optó por irse sola *a Venecia. Términos exagerados como odio y repugnancia, ¿se aplican en verdad a Adriano? Un mero cambio de prisma, y no es en Adriano que piensa Valentina mientras vaga por Venecia. Por eso mi amable infidencia florentina era necesaria, había que seguir proyectando a Adriano en el centro de una acción que acaso así, acaso hacia el final del viaje, me devolviera a ese comienzo en el que yo había esperado como todavía era capaz de esperar.*

se le daba como un admirable escenario sin los actores, sin la savia de la participación. Mejor así, pero también mucho peor; andar por las callejuelas, demorarse en los pequeños puentes que cubren como un párpado el sueño de los canales, empezaba a parecer una pesadilla. Despertar, despertarse por cualquier medio, pero Valentina sentía que sólo algo que se pareciera a un látigo podría despertarla. Aceptó la oferta de un gondolero que le proponía llevarla hasta San Marco a través de los canales interiores; sentada en el viejo sillón de cojines rojos sintió cómo Venecia empezaba a moverse delicadamente, a pasar por ella que la miraba como un ojo fijo, clavado obstinadamente en sí mismo.

—Ca d'Oro —dijo el gondolero rompiendo un largo silencio, y con la mano le mostró la fachada del palacio. Después, entrando por el rio di San Felice, la góndola se sumió en un laberinto oscuro y silencioso, oliente a moho. Valentina admiraba como todo turista la impecable destreza del remero, su manera de calcular las curvas y sortear los obstáculos. Lo sentía a sus espaldas, invisible pero vivo, hundiendo el remo casi sin ruido, cambiando a veces una breve frase en dialecto con alguien de la orilla. Casi no lo había mirado al subir, le pareció como la mayoría de los gondoleros, alto y esbelto, ceñido el cuerpo por los angostos pantalones negros, la chaqueta vagamente española, el sombrero de paja amarilla con una cinta roja. Más bien recordaba su voz, dulce pero sin bajeza, ofreciendo: *Gondola, signorina, gondola, gondola.* Ella había aceptado el precio y el itinerario, distraídamente, pero ahora cuando el hombre le llamó la atención sobre el Ca d'Oro y tuvo que volverse para verlo, notó la fuerza de sus rasgos, la nariz casi imperiosa y los ojos pequeños y astutos; mezcla de soberbia y de cálculo, también presente en el vigor sin exageración del torso y la relativa pequeñez de la cabeza, con algo de víbora en el entronque del cuello, quizá en los movimientos impuestos por el remar cadencioso.

Mirando otra vez hacia proa, Valentina vio venir un pequeño puente. Ya antes se había dicho que sería delicioso el instante de pasar por debajo de los puentes, perdiéndose un momento en su concavidad rezumante de moho, imaginando a los viandantes en lo alto, pero ahora vio venir el puente con una vaga angustia como si fuera la tapa gigantesca de un arcón que iba a cerrarse sobre ella. Se obligó a guardar los ojos abiertos en el breve tránsito, pero sufrió, y cuando la angosta raja de cielo brillante surgió nuevamente sobre ella, hizo un confuso gesto de agradecimiento. El gondolero le estaba señalando otro palacio, de esos que sólo aceptan dejarse ver desde los canales interiores y que los transeúntes no sospechan puesto que sólo ven las puertas de servicio, iguales a tantas otras. A Valentina le hubiera gustado comentar, interesarse por la simple información que le iba dando el gondolero; de pronto necesitaba estar cerca de alguien vivo y ajeno a la vez, mezclarse en un diálogo que la alejara de esa ausencia, de esa nada que le viciaba el día y las cosas. Enderezándose, fue a sentarse en un ligero travesaño situado más a proa. La góndola osciló por un momento

Si la «ausencia» era Adriano, no encuentro proporción entre la conducta precedente de Valentina y esta angst *que le arruina un paseo en góndola, por lo demás nada barato. Nunca sabré cómo habían sido sus noches venecianas en el hotel, la habitación sin palabras ni recuentos de jornada; tal vez la ausencia de Adriano ganaba peso en Valentina, pero una vez más como la máscara de otra distancia, de otra carencia que ella no quería o no podía mirar cara a cara.* (Wishful thinking, *acaso; pero, ¿y la celebérrima intuición femenina? La noche en que tomamos al mismo tiempo un pote de crema y mi mano se apoyó en la suya, y nos miramos... ¿Por qué no completé la caricia que el azar empezaba? De alguna manera todo quedó como suspendido en el aire, entre nosotras, y los paseos en góndola son, es sabido, exhumadores de semisueños, de nostalgias y de recuentos arrepentidos).*

pero el remero no pareció asombrarse de la conducta de su pasajera. Y cuando ella le preguntó sonriendo qué había dicho, él repitió sus informes con más detalle, satisfecho del interés que despertaba.

—¿Qué hay del otro lado de la isla? —quiso saber Valentina en su italiano elemental.

—¿Del otro lado, *signorina*? ¿En la Fondamenta Nuove?

—Si se llama así... Quiero decir al otro lado, donde no van los turistas.

—Sí, la Fondamenta Nuove —dijo el gondolero, que remaba ahora muy lentamente—. Bueno, de ahí salen los barcos para Burano y para Torcello.

—Todavía no he ido a esas islas.

—Es muy interesante, *signorina*. Las fábricas de puntillas. Pero este lado no es tan interesante, porque la Fondamenta Nuove...

—Me gusta conocer lugares que no sean turísticos —dijo Valentina repitiendo aplicadamente el deseo de todos los turistas—. ¿Qué más hay en la Fondamenta Nuove?

—En frente está el cementerio —dijo el gondolero—. No es interesante.

—¿En una isla?

—Sí, frente a la Fondamenta Nuove. Mire, *signorina, ecco Santi Giovanni e Paolo. Bella chiesa, bellissima... Ecco il Colleone, capolavoro dal Verrocchio...*

«Turista», pensó Valentina. «Ellos y nosotros, unos para explicar y otros para creer que entendemos. En fin, miremos tu iglesia, miremos tu monumento, *molto interessante, vero...*».

> *Cuánto artificio barato, después de todo. Se hace hablar y pensar a Valentina cuando se trata de tonterías; lo otro, silencio o atribuciones casi siempre dirigidas en la mala dirección. ¿Por qué no escuchamos lo que Valentina pudo murmurar antes de dormirse, por qué no sabemos más de su cuerpo en la soledad, de su mirada al abrir la ventana del hotel cada mañana?*

La góndola atracó en la Riva degli Schiavoni, a la altura de la *piazzetta* colmada de paseantes. Valentina tenía hambre y se aburría por adelantado pensando que iba a comer sola. El gondolero la ayudó a desembarcar, recibió con una sonrisa brillante el pago y la propina.

—Si la *signorina* quisiera pasear de nuevo, yo estoy siempre allí —señalaba un atracadero distante, marcado por cuatro pértigas con farolillos—. Me llamo Dino —agregó, tocándose la cinta del sombrero.

—Gracias —dijo Valentina. Iba a alejarse, a hundirse en la marea humana entre gritos y fotografías. Ahí quedaría a sus espaldas el único ser viviente con el que había cambiado unas palabras.

—Dino.

—*¿Signorina?*

—Dino... ¿dónde se puede comer bien?

El gondolero rió francamente, pero miraba a Valentina como si comprendiera al mismo tiempo que la pregunta no era una estupidez de turista.

—¿La *signorina* conoce los *ristoranti* sobre el Canal? —preguntó un poco al azar, tanteando.

—Sí —dijo Valentina que no los conocía—. Quiero decir un lugar tranquilo, sin mucha gente.

—¿Sin mucha gente... como la signorina? —dijo brutalmente el hombre.

Valentina le sonrió, divertida. Dino no era tonto, por lo menos.

—Sin turistas, sí. Un lugar como...

«Allí donde comen tú y tus amigos», pensaba, pero no lo dijo. Sintió que el hombre apoyaba los dedos en su codo, sonriendo, y la invitaba a subir a la góndola. Se dejó llevar, casi intimidada, pero la sombra del aburrimiento se borró de golpe como arrastrada por el gesto de Dino al clavar la pala del remo en el fondo de la laguna e impulsar la góndola con un limpio gesto en el que apenas se advertía el esfuerzo.

Imposible recordar la ruta. Habían pasado bajo el Ponte dei Sospiri, pero después todo era confuso. Valentina cerraba a ratos los ojos y se dejaba llevar por otras vagas imágenes que desfilaban paralelamente a lo que renunciaba a ver. El sol de mediodía alzaba en los canales un vapor maloliente, y todo se repetía, los gritos a la distancia, las señales convenidas en los recodos. Había poca gente en las calles y los puentes de esa zona, Venecia ya estaba almorzando. Dino remaba con fuerza y acabó metiendo la góndola en un canal angosto y recto, al fondo del cual se entreveía el gris verdoso de la laguna. Valentina se dijo que allá debía estar la Fondamenta Nuove, la orilla opuesta, el lugar que no era interesante. Iba a volverse y preguntar cuando sintió que la barca se detenía junto a unos peldaños musgosos. Dino silbó largamente, y una ventana en el segundo piso se abrió sin ruido.

—Es mi hermana —dijo—. Vivimos aquí. ¿Quiere comer con nosotros, *signorina*?

La aceptación de Valentina se adelantó a su sorpresa, a su casi irritación. El desparpajo del hombre era de los que no admitían términos medios; Valentina podía haberse negado con la misma fuerza con que acababa de aceptar. Dino la ayudó a subir los peldaños y la dejó esperando mientras amarraba la góndola. Ella lo oía canturrear en dialecto, con una voz un poco sorda. Sintió una presencia a su espalda y se volvió; una mujer de edad indefinible, mal vestida de rosa viejo, se asomaba a la puerta. Dino le dijo unas rápidas frases ininteligibles.

—La *signorina* es muy gentil —agregó en toscano—. Hazla pasar, Rosa.

Y ella va a entrar, claro. Cualquier cosa con tal de seguir escapando, de seguir mintiéndose. Life, lie, *¿no era un personaje de O'Neill que mostraba cómo la vida y la mentira están apenas separadas por una sola, inocente letra?*

Comieron en una habitación de techo bajo, lo que sorprendió a Valentina ya habituada a los grandes espacios italianos. En la mesa de madera negra había lugar para seis personas. Dino, que se había cambiado de camisa sin borrar con eso el olor a transpiración, se sentaba frente a Valentina. Rosa estaba a su izquierda. A la derecha el gato favorito, que los ayudó con su digna belleza a romper el hielo del primer momento. Había pasta *asciutta*, un gran frasco de vino, y pescado. Valentina lo encontró todo excelente, y estaba casi contenta de lo que su amortiguada reflexión seguía considerando una locura.

—La *signorina* tiene buen apetito —dijo Rosa, que casi no hablaba—. Coma un poco de queso.

—Sí, gracias.

Dino comía ávidamente, mirando más al plato que a Valentina, pero ella tuvo la impresión de que la observaba de alguna manera, sin hacerle preguntas; ni siquiera había preguntado por su nacionalidad, al revés de casi todos los italianos. A la larga, pensó Valentina, una situación tan absurda tiene que estallar. ¿Qué se dirían cuando el último bocado fuera consumido? Ese momento terrible de una sobremesa entre desconocidos. Acarició al gato, le dio a probar un trocito de queso. Dino reía ahora, su gato no comía más que pescado.

—¿Hace mucho que es gondolero? —preguntó Valentina, buscando una salida.

—Cinco años, *signorina*.

—¿Le gusta?

—*Non si sta male*.

—De todos modos no parece un trabajo tan duro.

—No... ése no.

«Entonces se ocupa de otras cosas», pensó ella. Rosa le servía vino otra vez, y aunque se negaba a beber más, los hermanos insistieron sonriendo y llenaron las copas. «El gato no bebe», dijo Dino mirándola en los ojos por primera vez en mucho rato. Los tres rieron.

Rosa salió y volvió con un plato de frutillas. Después Dino aceptó un Camel y dijo que el tabaco italiano era malo. Fumaba echado hacia atrás, entornando los ojos; el sudor le corría por el cuello tenso, bronceado.

—¿Queda muy lejos de aquí mi hotel? —preguntó Valentina—. No quiero seguir molestándolos.

«En realidad yo debería pagar este almuerzo», pensaba, debatiendo el problema y sin saber cómo resolverlo. Nombró su hotel, y Dino dijo que la llevaría. Hacía un momento que Rosa no estaba en el comedor. El gato, tendido en un rincón, se adormecía en el calor de la siesta. Olía a canal, a casa vieja.

—Bueno, ustedes han sido tan amables... —dijo Valentina, corriendo la tosca silla y levantándose—. Lástima que no sé decirlo en buen italiano... De todos modos usted me comprende.

—Oh, claro —dijo Dino sin moverse.

Me gustaría saludar a su hermana, y...

—Oh, Rosa. Ya se habrá ido. Siempre se va a esta hora.

Valentina recordó el breve diálogo incomprensible, a mitad del almuerzo. Era la única vez que habían hablado en dialecto, y Dino le había pedido disculpas. Sin saber por qué pensó que la partida de Rosa nacía de ese diálogo, y sintió un poco de miedo y también de vergüenza por tener miedo.

Dino se levantó a su vez. Recién entonces vio ella lo alto que era. Los ojillos miraban hacia la puerta, la única puerta. La puerta daba a un dormitorio (los hermanos se habían disculpado al hacerla pasar por ahí camino del comedor). Valentina levantó su sombrero de paja y el bolso. «Tiene un hermoso pelo», pensó sin palabras. Se sentía intranquila y a la vez segura, ocupada. Era mejor que el amargo hueco de toda aquella mañana; ahora había algo, enfrentaba confiadamente a alguien.

—Lo siento mucho —dijo—, me hubiera gustado saludar a su hermana. Gracias por todo.

Tendió la mano, y él la estrechó sin apretar, soltándola enseguida. Valentina sintió que la vaga inquietud se disipaba ante el gesto rústico, lleno de timidez. Avanzó hacia la puerta, seguida por Dino. Entró en la otra habitación, distinguiendo apenas los muebles en la penumbra. ¿No estaba a la derecha la puerta de salida al pasillo? Oyó a su espalda que Dino acababa de cerrar la puerta del comedor. Ahora la habitación parecía mucho más oscura. Con un gesto involuntario se volvió para esperar que él se adelantara. Una vaharada de sudor la envolvió un segundo antes de que los brazos de Dino la apretaran brutalmente. Cerró los ojos, resistiéndose apenas. De haber podido lo hubiera matado en el acto, golpeándolo hasta hundirle la cara, deshacerle la boca que la besaba en la garganta mientras una mano corría por su cuerpo contraído. Trató de soltarse, y cayó bruscamente hacia atrás, en la sombra de una cama. Dino se dejó resbalar sobre ella, trabándole las piernas, besándola en plena boca con labios húmedos de vino. Valentina volvió a cerrar los ojos. «Si por lo menos se hubiera bañado», pensó, dejando de resistir. Dino la mantuvo todavía un momento prisionera, como asombrado de ese abandono. Después, murmurando y besándola, se incorporó sobre ella y buscó con dedos torpes el cierre de la blusa.

Perfecto, Valentina. Como lo enseña la sagesse *anglosajona que ha evitado así muchas muertes por estrangulación, lo único que cabía en esa circunstancia era el inteligente* relax and enjoy it.

A las cuatro, con el sol todavía alto, la góndola atracó frente a San Marco. Como la primera vez, Dino ofreció el antebrazo para que Valentina se apoyara, y se mantuvo como a la espera, mirándola en los ojos.

—*Arrivederci* —dijo Valentina, y echó a andar.

—Esta noche estaré ahí —dijo Dino señalando el atracadero—. A las diez.

Valentina fue directamente al hotel y reclamó un baño caliente. Nada podía ser más importante que eso, quitarse el olor de Dino, la contaminación de ese sudor, de esa saliva que la manchaban. Con un quejido de placer resbaló en la bañera humeante, y por largo rato fue incapaz de tender la mano hacia la pastilla de jabón verde. Después, aplicadamente, al ritmo de su pensamiento que volvía poco a poco, empezó a lavarse.

El recuerdo no era penoso. Todo lo que había tenido de sórdido como preparación parecía borrarse frente a la cosa misma. La habían engañado, atraído a una trampa estúpida, pero era demasiado inteligente para no comprender que ella misma había tejido la red. En esa confusa maraña de recuerdos le repugnaba sobre todo Rosa, la figura evasiva de la cómplice que ahora, a la luz de lo ocurrido, resultaba difícil creerla hermana de Dino. Su esclava, mejor, su amante complaciente por necesidad, para conservarlo todavía un poco.

Se estiró en el baño, dolorida. Dino se había conducido como lo que era, reclamando rabiosamente su placer sin consideraciones de ninguna especie. La había poseído como un animal, una y otra vez, exigiéndole torpezas que no hubieran sido tales si él hubiera tenido el mínimo de gentileza. Y Valentina no lo lamentaba, ni lamentaba el olor a viejo de la cama revuelta, el jadeo de perro de Dino, la vaga tentativa de reconciliación posterior (porque Dino tenía miedo, medía ya las posibles consecuencias de su atropello a una extranjera). En realidad no lamentaba nada que no fuera la falta de gracia de la aventura. Y quizá ni eso lamentaba, la brutalidad había estado ahí como el ajo en los guisos populares, el requisito indispensable y sabroso.

La divertía, un poco histéricamente

Pero no, ninguna histeria. Sólo yo podía ver aquí la expresión de Valentina la noche en que le conté la historia de mi condiscípula Nancy en Marruecos, una situación equivalente pero mucho más torpe, con su violador islámicamente defraudado al enterarse de que Nancy estaba en pleno periodo menstrual, y obligándola a bofetadas y latigazos a cederle la otra vía. (No encontré lo que buscaba al contárselo, pero le vi unos ojos como de loba, apenas un instante antes de rechazar el tema y buscar como siempre el pretexto del cansancio y el sueño). Acaso si Adriano hubiera procedido como Dino, sin el ajo y el sudor, hábil y bello. Acaso si yo, en vez de dejarla irse al sueño...

pensar que Dino, mientras con manos absurdamente torpes trataba de ayudarla a vestirse, había pretendido ternuras de amante, demasiado grotescas para que él mismo creyera en ellas. La cita, por ejemplo, al despedirla en San Marco, era ridícula. Imaginarse que ella podía volver a su casa, entregársele a sangre fría... No le causaba la menor inquietud, estaba segura de que Dino era un individuo excelente a su manera, que no había sumado el robo a la violación, lo cual hubiera sido fácil, y hasta admitía en lo sucedido un tono más normal, más lógico que en su encuentro con Adriano.

¿Ves, Dora, ves, estúpida?

Lo terrible era darse cuenta hasta qué punto Dino estaba lejos de ella, sin la menor posibilidad de comunicación. Con el último gesto del placer empezaba el silencio, la turbación, la comedia ridícula. Era una ventaja, al fin y al cabo, de Dino no necesitaba huir como de Adriano. Ningún peligro de enamorarse; ni siquiera él se enamoraría, por supuesto. ¡Qué libertad! Con toda su mugre, la aventura no la disgustaba, sobre todo después de haberse jabonado.

A la hora de cenar llegó Dora de Padua, bullente de noticias sobre Giotto y Altichiero. Encontró que Valentina estaba muy bien, y dijo que Adriano había hablado vagamente de renunciar a su viaje a Lucca, pero que después lo había perdido de vista. «Yo diría que se ha enamorado de ti», soltó al pasar, con su risa de soslayo. Le encantaba Venecia, de la que aún no había visto nada, y se jactaba de deducir las maravillas de la ciudad por la sola conducta de los camareros y los *fachini*. «Tan fino todo, tan fino», repetía saboreando sus camarones.

Con perdón de la palabra, en mi puta vida he dicho una frase semejante. ¿Qué clase de ignorada venganza habita esto? O bien (sí, empiezo a adivinarlo, a creerlo) todo nace de un subconsciente que también ha hecho nacer a Valentina, que desconociéndola en la superficie y equivocándose todo el tiempo sobre sus conductas y sus razones, acierta sin saberlo en las aguas profundas, allí donde Valentina no ha olvidado Roma, el mostrador de la agencia, la aceptación de compartir un cuarto y un viaje. En esos relámpagos que nacen como peces abisales para asomar un segundo sobre las aguas, yo soy deliberadamente deformada y ofendida, me vuelvo lo que me hacen decir.

Se habló de *Venice by night*, pero Dora estaba rendida por las bellas artes y se fue al hotel después de dos vueltas a la plaza. Valentina cumplió el ritual de beber un oporto en el Florian, y esperó a que fueran las diez. Mezclada con la gente que comía helados y sacaba fotos con flash, atisbó el embarcadero. Había sólo dos góndolas de ese lado, con los faroles encendidos. Dino estaba en el muelle, junto a una pértiga. Esperaba.

«Realmente cree que voy a ir», pensó casi sorprendida. Un matrimonio con aire inglés se acercaba al gondolero. Valentina vio que se quitaba el sombrero y ofrecía la góndola. Los otros se embarcaron casi enseguida; el farolillo temblaba en la noche de la laguna.

Vagamente inquieta, Valentina se volvió al hotel.

La luz de la mañana la lavó de los malos sueños pero sin quitarle la sensación como de náusea, la opresión en la boca del estómago. Dora la esperaba en el salón para desayunar, y Valentina se servía té cuando un camarero vino a la mesa.

—Afuera está el gondolero de la signorina.

—¿Gondolero? No he pedido ninguna góndola.

—El hombre dio las señas de la *signorina*.

Dora la miraba curiosa, y Valentina se sintió bruscamente desnuda. Hizo un esfuerzo para beber un trago de té, y se levantó después de dudar un momento. Divertida, Dora encontró que sería gracioso mirar la escena desde la ventana. Vio al gondolero, a Valentina que le iba al encuentro, el saludo cortado pero decidido del hombre. Valentina le hablaba casi sin gestos, pero le vio alzar una mano como rogando —claro que no podía ser— algo que el otro se negaba a otorgar. Después fue él quien habló moviendo los brazos a la italiana. Valentina parecía esperar que se fuera, pero el otro insistía, y Dora se quedó el tiempo suficiente para ver cómo Valentina miraba por fin su reloj pulsera y hacía un gesto de asentimiento.

—Me había olvidado completamente —explicó al volver—, pero un gondolero no olvida a sus clientes. ¿No vas a salir, tú?

—Sí, claro —dijo Dora—. ¿Todos son tan buenos mozos como los que se ven en el cine?

—Todos, naturalmente —dijo Valentina sin sonreír. La osadía de Dino la había dejado tan estupefacta que le costaba sobreponerse. Por un momento la inquietó la idea de que Dora le propondría sumarse al paseo; tan lógico y tan Dora. «Pero ésa sería precisamente la solución», se dijo. «Por bruto que sea no va a animarse a hacer un escándalo. Es un histérico, se ve, pero no tonto».

Dora no dijo nada, aunque le sonreía con una amabilidad que a Valentina le pareció vagamente repugnante. Sin saber bien por qué, no le propuso tomar juntas la góndola. Era extraordinario cómo en esas semanas las cosas importantes las hacía todas sin saber por qué.

Tu parles, ma fille. *Lo que parecía increíble se coaguló en simple evidencia apenas me dejaron fuera del paseíto. Claro que eso no podía tener importancia, apenas un paréntesis de consuelo barato y enérgico sin el menor riesgo futuro. Pero era la recurrencia a bajo nivel de la misma comprobación: Adriano o un gondolero, y yo una vez más la* outsider. *Todo eso valía otra taza de té y preguntarse si no quedaba todavía algo por hacer para perfeccionar la pequeña relojería que ya había puesto en marcha —oh, con toda inocencia— antes de irme de Florencia.*

Dino la condujo por el Canal Grande hasta más allá del Rialto, eligiendo amablemente el recorrido más extenso. A la altura del palacio Valmarana entraron por el rio dei Santi Apostoli y Valentina, mirando obstinada hacia adelante, vio venir otra vez, uno tras otro, los pequeños puentes negros hormigueantes. Le costaba convencerse de que estaba de nuevo en esa góndola, apoyando la espalda en el vetusto almohadón rojo. Un hilo de agua corría por el fondo; agua del canal, agua de Venecia. Los famosos carnavales. El Dogo se casaba con el mar. Los famosos palacios y carnavales de Venecia. *Vine a buscarla porque usted no fue a buscarme anoche. Quiero llevarla en la góndola.* El Dogo se casaba con el mar. Con una frescura perfecta. Frescura. Y ahora la estaba llevando en la góndola, lanzando de vez en cuando un grito entre melancólico y huraño antes de enfilar un canal interior. A lo lejos, todavía muy lejos, Valentina atisbó la franja abierta y verde. Otra vez la Fondamenta Nuove. Era previsible, los cuatro peldaños mohosos, reconocía el sitio. Ahora él iba a silbar y Rosa se asomaría a la ventana.

Lírico y obvio. Faltan los papeles de Aspern, el barón Corvo y Tadzio, el bello Tadzio y la peste. Falta también una cierta llamada telefónica a un hotel cerca del teatro La Fenice, aunque no es culpa de nadie (quiero decir la ausencia del detalle, no la llamada telefónica).

Pero Dino arrimaba la góndola en silencio y esperaba. Valentina se volvió por primera vez desde que embarcara y lo miró. Dino sonreía hermosamente. Tenía unos estupendos dientes, que con un poco de dentífrico hubieran quedado perfectos.

«Estoy perdida», pensó Valentina, y saltó al primer escalón sin apoyarse en el antebrazo que él le tendía.

¿Lo pensó de verdad? Habría que tener cuidado con las metáforas, las figuras elocutivas o como se llamen. También eso viene de abajo; si yo lo hubiera sabido en ese momento, tal vez no hubiera... Pero tampoco a mí me estaba dado entrar en el más allá del tiempo.

Cuando bajó a cenar, Dora la esperaba con la noticia de que (aunque no estaba del todo segura) había visto a Adriano entre los turistas de la Piazza.

—Muy de lejos, en una de las recovas, sabes. Pienso que era él por ese traje claro un poco ajustado. A lo mejor llegó esta tarde... Persiguiéndote, supongo.

—Oh, vamos.

—¿Por qué no? Éste no era su itinerario.

—Tampoco estás segura de que sea él —dijo hostilmente Valentina. La noticia no le había chocado demasiado, pero echaba a andar la maquinaria lamentable de las ideas. «Otra vez eso», pensó. «Otra vez». Se lo encontraría, era seguro, en Venecia se vive como dentro de una botella, todo el mundo termina por reconocerse en la piazza o en el Rialto. Huir de nuevo, pero por qué. Estaba harta de huir de la nada, de no saber de qué huía y si realmente estaba huyendo o hacía lo que las palomas ahí al alcance de sus ojos, las palomas fingían hurtarse al asalto envanecido de los machos y al fin consentían blandamente, en un plomizo rebullir de plumas.

—Tomemos el café en el Florian —propuso Dora—. A lo mejor lo encontramos, es tan buen muchacho.

Lo vieron casi enseguida, estaba de espaldas a la plaza bajo los arcos de la recova, abstraído en la contemplación de unos horrendos cristales de Murano. Cuando el saludo de Dora lo hizo volverse, su sorpresa era tan mínima, tan civil, que Valentina se sintió aliviada. Nada de teatro, por lo menos. Adriano saludó a Dora con su cortesía distante, y estrechó la mano de Valentina.

—Vaya, entonces es cierto que el mundo es pequeño. Nadie escapa a la Guía Azul, un día u otro.

—Nosotras no, por lo menos.

—Ni a los helados de Venecia. ¿Puedo invitarlas?

Casi enseguida Dora hizo el gasto de la conversación. Tenía en su haber dos o tres ciudades más que ellos, y naturalmente buscaba arrollarlos con el catálogo de todo lo que se habían perdido. Valentina hubiera querido que sus temas no se acabaran nunca o que Adriano se decidiera por fin a mirarla de lleno, a hacerle el peor de los reproches, los ojos que se clavan en la cara con algo que siempre es más que una acusación o un reproche. Pero él comía aplicadamente su helado o fumaba con la cabeza un poco inclinada —su bella cabeza sudamericana—, atento a cada palabra de Dora. Sólo Valentina podía medir el ligero temblor de los dedos que apretaban el cigarrillo.

Yo también, mi querida, yo también. Y no me gustaba nada porque esa calma escondía algo que hasta ahora no me había parecido tan violento, ese resorte tenso como a la espera del gatillo que lo liberaría. Tan diferente de su tono casi glacial y matter of fact *en el teléfono. Por el momento yo quedaba fuera del juego, nada podía hacer para que las cosas ocurrieran como las había esperado. Prevenir a Valentina... Pero era mostrarle todo, volver a la Roma de esas noches en que ella había resbalado, alejándose, dejándome libre la ducha y el jabón, acostándose de espaldas a mí, murmurando que tenía tanto sueño, que ya estaba medio dormida.*

La charla se hizo circular, vino el cotejo de museos y de pequeños infortunios turísticos, más helados y tabaco. Se habló de recorrer juntos la ciudad a la mañana siguiente.

—Quizá —dijo Adriano— molestaremos a Valentina que prefiere andar sola.

—¿Por qué me incluye a mí? —rió Dora—. Valentina y yo nos entendemos a fuerza de no entendernos. Ella no comparte su góndola con nadie, y yo tengo unos canalitos que son solamente míos. Haga la prueba de entenderse así con ella.

—Siempre se puede hacer una prueba —dijo Adriano—. En fin, de todas maneras pasaré por el hotel a las diez y media, y ustedes ya habrán decidido o decidirán.

Cuando subían (tenían habitaciones en el mismo piso), Valentina apoyó una mano en el brazo de Dora.

Fue la última vez que me tocaste. Así, como siempre, apenas.

—Quiero pedirte un favor.

—Claro.

—Déjame salir sola con Adriano mañana por la mañana. Será la única vez.

Dora buscaba la llave que había dejado caer en el fondo del bolso. Le llevó tiempo encontrarla.

—Sería largo de explicar ahora —agregó Valentina—, pero me harás un favor.

—Sí, por supuesto —dijo Dora abriendo su puerta—. Tampoco a él quieres compartirlo.

—¿Tampoco a él? Si piensas...

—Oh, no es más que una broma. Que duermas bien.

Ahora ya no importa, pero cuando cerré la puerta me hubiera clavado las uñas en plena cara. No, ahora ya no importa; pero si Valentina hubiera atado cabos... Ese «tampoco a él» era la punta del ovillo; ella no se dio cuenta del todo, lo dejó escapar en la confusión en que estaba viviendo. Mejor para mí, desde luego, pero quizá... En fin, realmente ahora ya no importa; a veces basta con el valium.

Valentina lo esperó en el *lobby* y a Adriano no se le ocurrió siquiera preguntar por la ausencia de Dora; como en Florencia o Roma, no parecía demasiado sensible a su presencia. Caminaron por la calle Orsolo, mirando apenas el pequeño lago interior donde dormían las góndolas por la noche, y tomaron en dirección del Rialto. Valentina iba un poco adelante, vestida de claro. No habían cambiado más que dos o tres frases rituales pero al entrar en una calleja (ya estaban perdidos, ninguno de los dos miraba su mapa), Adriano se adelantó y la tomó del brazo.

—Es demasiado cruel, sabes. Hay algo de canalla en lo que has hecho.

—Sí, ya lo sé. Yo empleo palabras peores.

—Irte así, mezquinamente. Sólo porque una golondrina se muere en el balcón. Histéricamente.

—Reconoce —dijo Valentina— que la razón, si es ésa, era poética.

—Valentina...

—Ah, basta —dijo ella—. Vayamos a un sitio tranquilo y hablemos de una vez.

—Vamos a mi hotel.

—No, a tu hotel no.

—A un café, entonces.

—Están llenos de turistas, lo sabes. Un sitio tranquilo, que no sea interesante... —vaciló porque la frase le traía un nombre—. Vamos a la Fondamenta Nuove.

—¿Qué es eso?

—La otra orilla, al norte. ¿Tienes un plano? Por aquí, eso es. Vamos.

Más allá del teatro Malibrán, callejas sin comercios, con hileras de puertas siempre cerradas, algún niño mal vestido jugando en los umbrales, llegaron a la calle del Fumo y vieron ya muy cerca el brillo de la laguna. Se desembocaba bruscamente, saliendo de la penumbra gris, a una costanera deslumbrante de sol, poblada de obreros y vendedores ambulantes. Algunos cafés de mal aspecto se adherían como lapas a las casillas flotantes de donde salían los *vaporettos* a Burano y al cementerio. Valentina había visto en seguida el cementerio, se acordaba de la explicación de Dino. La pequeña isla, su paralelogramo rodeado hasta donde alcanzaba a verse por una muralla rojiza. Las copas de los árboles funerarios sobresalían como un festón oscuro. Se veía con toda claridad el muelle de desembarco, pero en ese momento la isla parecía no contener más que a los muertos; ni una barca, nadie en los peldaños de mármol del muelle. Y todo ardía secamente bajo el sol de las once.

Indecisa, Valentina echó a andar hacia la derecha. Adriano la seguía hoscamente, casi sin mirar a su alrededor. Cruzaron un puente bajo el cual uno de los canales interiores comunicaba con la laguna. El calor se hacía sentir, sus moscas invisibles en la cara. Venía otro puente de piedra blanca, y Valentina se detuvo en lo alto del arco, apoyándose en el pretil, mirando hacia el interior de la ciudad. Si en algún lugar había que hablar, que fuera ese tan neutro, tan poco interesante, con el cementerio a la espalda y el canal que penetraba profundamente en Venecia, separando orillas sin gracia, casi desiertas.

—Me fui —dijo Valentina— porque eso no tenía sentido. Déjame hablar. Me fui porque de todas maneras uno de los dos tenía que irse, y tú estás dificultando las cosas, sabiendo de sobra que uno de los dos tenía que irse. ¿Qué diferencia hay, que no sea de tiempo? Una semana antes o después...

—Para ti no hay diferencia —dijo Adriano—. Para ti es exactamente lo mismo.

—Si te pudiera explicar... Pero nos vamos a quedar en las palabras. ¿Por qué me seguiste? ¿Qué sentido tiene esto?

Si hizo esas preguntas, me queda por lo menos el saber que no me imaginó mezclada con la presencia de Adriano en Venecia. Detrás, claro, la amargura de siempre: esa tendencia a ignorarme, a ni siquiera sospechar que había una tercera mano mezclando las cartas.

—Ya sé que no tiene ningún sentido —dijo Adriano—. Es así, nada más.

—No debiste venir.

—Y tú no debiste irte así, abandonándome como...

—No uses las grandes palabras, por favor. ¿Cómo puedes llamar abandono a algo que no era más que lo normal al fin y al cabo? La vuelta a lo normal, si prefieres.

—Todo es tan normal para ti —dijo él rabiosamente. Le temblaban los labios, y apretó las manos en el pretil como para calmarse con el contacto blanco e indiferente de la piedra.

Valentina miraba el fondo del canal, viendo avanzar una góndola más grande que las comunes, todavía imprecisa a la distancia. Temía encontrar los ojos de Adriano y su único deseo era que él se marchara, que la cubriera de insultos si era necesario y después se marchara. Pero Adriano seguía ahí en la perfecta voluptuosidad de su sufrimiento, prolongando lo que habían creído una explicación y no pasaba de dos monólogos.

—Es absurdo —murmuró al fin Valentina, sin dejar de mirar la góndola que se acercaba poco a poco—. ¿Por qué tengo que ser como tú? ¿No estaba bien claro que no quería verte más?

—En el fondo me quieres —dijo grotescamente Adriano—. No puede ser que no me quieras.

—¿Por qué no puede ser?

—Porque eres distinta a tantas otras. No te entregaste como una cualquiera, como una histérica que no sabe qué hacer en un viaje.

—Tú supones que yo me entregué, pero yo podría decir que fuiste tú quien se entregó. Las viejas ideas sobre las mujeres, cuando...

Etcétera.

Pero no ganamos nada con esto, Adriano, todo es tan inútil. O me dejas sola hoy mismo, ahora mismo, o yo me voy de Venecia.

—Te seguiré —dijo él, casi con petulancia.

—Nos pondremos en ridículo los dos. ¿No sería mejor que...?

Cada palabra de ese hablar sin sentido se le volvía penosa hasta la náusea. Fachada de diálogo, mano de pintura bajo la cual se estancaba algo inútil y corrompido como las aguas del canal. A mitad de la pregunta Valentina empezaba a darse cuenta de que la góndola era distinta de las otras. Más ancha, como una barcaza, con cuatro remeros de pie sobre los travesaños donde algo parecía alzarse como un catafalco negro y dorado. Pero *era* un catafalco, y los remeros estaban de negro, sin los alegres sombreros de paja. La barca había llegado hasta el muelle junto al cual corría un edificio pesado y mortecino. Había un embarcadero frente a algo que parecía una capilla. «El hospital», pensó. «La capilla del hospital». Salía gente, un hombre llevando coronas de flores que arrojó distraídamente a la barca de la muerte. Otros aparecían ya con el ataúd, y empezó la maniobra del embarque. El mismo Adriano parecía absorbido por el claro horror de eso que estaba ocurriendo bajo el sol de la mañana, en la Venecia que no era interesante, adonde no debían ir los turistas. Valentina lo oyó murmurar algo, o quizá era como un sollozo contenido. Pero no podía apartar los ojos de la barca, de los cuatro remeros que esperaban con los remos clavados para que los otros pudieran meter el féretro en el nicho de cortinas negras. En la proa se veía un bulto brillante en vez del adorno dentado y familiar de las góndolas. Parecía un enorme búho de plata, un mascarón con algo de vivo, pero cuando la góndola avanzó por el canal (la familia del muerto estaba en el muelle, y dos muchachos sostenían a una anciana) se vio que el búho era una esfera y una cruz plateadas, lo único claro y brillante en toda la barca. Avanzaba hacia ellos, iba a pasar bajo el puente, exactamente bajo sus pies. Hubiera bastado un salto para caer sobre la proa, sobre el ataúd. El puente parecía moverse ligeramente hacia la barca («¿Entonces no vendrás conmigo?») tan fijamente miraba Valentina la góndola que los remeros movían lentamente.

—No, no iré. Déjame sola, déjame en paz.

No podía decir otra cosa entre tantas que hubiera podido decir o callar, ahora que sentía el temblor del brazo de Adriano contra el suyo, lo escuchaba repetir la pregunta y respirar con esfuerzo, como si jadeara. Pero tampoco podía mirar otra cosa que la barca cada vez más cerca del puente. Iba a pasar bajo el puente, casi contra ellos, saldría por el otro lado a la laguna abierta y cruzaría como un lento pez negro hasta la isla de los muertos, llevando otro ataúd, amontonando otro muerto en el pueblo silencioso detrás de las murallas rojas.

Casi no la sorprendió ver que uno de los remeros era Dino,

¿Habrá sido cierto, no se está abusando de un azar demasiado gratuito? Imposible saberlo ya, como también imposible saber por qué Adriano no le reprochaba su aventura barata. Pienso

que lo hizo, que ese diálogo de puras nadas que subtiende la escena no fue el real, el que nacía de otros hechos y llevaba a algo que sin él parece inconcebible por extremo, por horrible. Vaya a saber, quizá él calló lo que sabía para no delatarme; sí, ¿pero qué importancia iba a tener su delación si casi enseguida...? Valentina, Valentina, Valentina, la delicia de que me lo reprocharas, de que me insultaras, de que estuvieras aquí injuriándome, de que fueras tú gritándome, el consuelo de volver a verte, Valentina de sentir tus bofetadas, tu saliva en mi cara... (Un comprimido entero, esta vez. Ahora mismo, m'hijita).

el

más alto, en la popa, y que Dino la había visto y había visto a Adriano a su lado, y que había dejado de remar para mirarla, alzando hacia ella los ojillos astutos llenos de interrogación y probablemente («No insistas, por favor») de rabia celosa. La góndola estaba a pocos metros, se veía cada clavo de cabeza plateada, cada flor, y los modestos herrajes del ataúd («Me haces daño, déjame»). Sintió en el codo la presión insoportable de los dedos de Adriano, y cerró por un segundo los ojos pensando que iba a golpearla. La barca pareció huir bajo sus pies, y la cara de Dino (asombrada, sobre todo, era cómico pensar que el pobre imbécil también se había hecho ilusiones) resbaló vertiginosamente, se perdió bajo el puente. «Ahí voy yo», alcanzó a decirse Valentina, ahí iba ella en ese ataúd, más allá de Dino, más allá de esa mano que le apretaba brutalmente el brazo. Sintió que Adriano hacía un movimiento como para sacar algo, quizá los cigarrillos con el gesto del que busca ganar tiempo, prolongarlo a toda costa. Los cigarrillos o lo que fuera, qué importaba ya si ella iba embarcada en la góndola negra, camino de su isla sin miedo, aceptando por fin la golondrina.

Reunión con un círculo rojo

*A Borges**

A mí me parece, Jacobo, que esa noche usted debía tener mucho frío, y que la lluvia empecinada de Wiesbaden se fue sumando para decidirlo a entrar en el Zagreb. Quizá el apetito fue la razón dominante, usted había trabajado todo el día y ya era tiempo de cenar en algún lugar tranquilo y callado; si al Zagreb le faltaban otras cualidades, reunía en todo caso esas dos y usted, pienso que encogiéndose de hombros como si se tomara un poco el pelo, decidió cenar ahí. En todo caso las mesas sobraban en la penumbra del salón vagamente balcánico, y fue una buena cosa poder colgar el impermeable empapado en el viejo perchero y buscar ese rincón donde la vela verde de la mesa removía blandamente las sombras y dejaba entrever antiguos cubiertos y una copa muy alta donde la luz se refugiaba como un pájaro.

Primero fue esa sensación de siempre en un restaurante vacío, algo entre molestia y alivio; por su aspecto

* Este relato se incluyó en el catálogo de una exposición del pintor venezolano Jacobo Borges.

no debía ser malo, pero la ausencia de clientes a esa hora daba que pensar. En una ciudad extranjera esas meditaciones no duran mucho, qué sabe uno de costumbres y horarios, lo que cuenta es el calor, el menú donde se proponen sorpresas o reencuentros, la diminuta mujer de grandes ojos y pelo negro que llegó como desde la nada, dibujándose de golpe junto al mantel blanco, una leve sonrisa fija a la espera. Pensó que acaso ya era demasiado tarde dentro de la rutina de la ciudad pero casi no tuvo tiempo de alzar una mirada de interrogación turística; una mano pequeña y pálida depositaba una servilleta y ponía en orden el salero fuera de ritmo. Como era lógico usted eligió pinchitos de carne con cebolla y pimientos rojos, y un vino espeso y fragante que nada tenía de occidental; como a mí en otros tiempos, le gustaba escapar a las comidas del hotel donde el temor a lo demasiado típico o exótico se resuelve en insipidez, e incluso pidió el pan negro que acaso no convenía a los pinchitos pero que la mujer le trajo inmediatamente. Sólo entonces, fumando un primer cigarrillo, miró con algún detalle el enclave transilvánico que lo protegía de la lluvia y de una ciudad alemana no excesivamente interesante. El silencio, las ausencias y la vaga luz de las bujías eran ya casi sus amigos, en todo caso lo distanciaban del resto y lo dejaban hermosamente solo con su cigarrillo y su cansancio.

La mano que vertía el vino en la alta copa estaba cubierta de pelos, y a usted le llevó un sobresaltado segundo romper la absurda cadena lógica y comprender que la mujer pálida ya no estaba a su lado y que en su lugar un camarero atezado y silencioso lo invitaba a probar el vino con un gesto en el que sólo parecía haber una espera automática. Es raro que alguien encuentre malo el vino, y el camarero terminó de llenar la copa como si la interrupción no fuera más que una mínima parte de la ceremonia. Casi al mismo tiempo otro camarero curiosamente parecido al primero (pero los trajes típicos, las patillas negras, los uniformaban) puso en la mesa la bandeja humeante y retiró con un rápido gesto la carne de los pinchitos. Las escasas palabras necesarias habían sido cambiadas en el mal alemán previsible en el comensal y en quienes lo servían; nuevamente lo rodeaba la calma en la penumbra de la sala y del cansancio, pero ahora se oía con más fuerza el golpear de la lluvia en la calle. También eso cesó casi enseguida y usted, volviéndose apenas, comprendió que la puerta de entrada se había abierto para dejar paso a otro comensal, una mujer que debía ser miope no solamente por el grosor de los anteojos sino por la seguridad insensata con que avanzó entre las mesas hasta sentarse en el rincón opuesto de la sala, apenas iluminado por una o dos velas que temblaron a su paso y mezclaron su figura incierta con los muebles y las paredes y el espeso cortinado rojo del fondo, allí donde el restaurante parecía adosarse al resto de una casa imprevisible.

Mientras comía, le divirtió vagamente que la turista inglesa (no se podía ser otra cosa con ese impermeable y un asomo de blusa entre solferino y tomate) se concentrara con toda su miopía en un menú que debía escapársele totalmente, y que la mujer de los grandes ojos negros se quedara en el tercer ángulo de la sala, donde había un mostrador con espejos y guirnaldas de flores secas, esperando que la turista terminara de no entender para acercarse. Los camareros se habían situado detrás del mostrador, a los lados de la mujer, y esperaban también con los brazos cruzados, tan parecidos entre ellos que el reflejo de sus espaldas en el azogue envejecido tenía algo de falso, como una cuadruplicación difícil o engañosa. Todos ellos miraban a la turista inglesa que no parecía darse cuenta del paso del tiempo y seguía con la cara pegada al menú. Hubo todavía una espera mientras usted sacaba otro cigarrillo, y la mujer terminó por acercarse a su mesa y preguntarle si deseaba alguna sopa, tal vez queso de oveja a la griega, avanzaba en las preguntas a cada cortés negativa, los quesos eran muy buenos, pero entonces tal vez algunos dulces regionales. Usted solamente quería un café a la turca porque el plato había sido abundante y empezaba a tener sueño. La mujer pareció indecisa, como dándole la oportunidad de que cambiara de opinión y se decidiera a pedir la bandeja de quesos, y cuando no lo hizo repitió mecánicamente café a la turca y usted dijo que sí, café a la turca, y la mujer tuvo como una respiración corta y rápida, alzó la mano hacia los camareros y siguió a la mesa de la turista inglesa.

El café tardó en llegar, contrariamente al rápido principio de la cena, y usted tuvo tiempo de fumar otro cigarrillo y terminar lentamente la botella de vino, mientras se divertía viendo a la turista inglesa pasear una mirada de gruesos vidrios por toda la sala, sin detenerse especialmente en nada. Había en ella algo de torpe o de tímido, le llevó un buen rato de vagos movimientos hasta que se decidió a quitarse el impermeable brillante de lluvia y colgarlo en el perchero más próximo; desde luego que al volver a sentarse debió mojarse el trasero, pero eso no parecía preocuparla mientras terminaba su incierta observación de la sala y se quedaba muy quieta mirando el mantel. Los camareros habían vuelto a ocupar sus puestos detrás del mostrador, y la mujer aguardaba junto a la ventanilla de la cocina; los tres miraban a la turista inglesa, la miraban como esperando algo, que llamara para completar un pedido o acaso cambiarlo o irse, la miraban de una manera que a usted le pareció demasiado intensa, en todo caso injustificada. De usted habían dejado de ocuparse, los dos camareros estaban otra vez cruzados de brazos, y la mujer tenía la cabeza un poco gacha y el largo pelo lacio le tapaba los ojos, pero acaso era la que miraba más fijamente a la turista y a usted eso le pareció desagradable y descortés aunque el pobre topo miope no pudiera enterarse de nada ahora que revolvía en su bolso y sacaba algo que no se podía ver en la penumbra pero que se identificó con el ruido que hizo el topo al sonarse. Uno de los camareros le llevó el plato (parecía gulasch) y volvió inmediatamente a su puesto de centinela; la doble manía de cruzarse de brazos apenas terminaban su trabajo hubiera sido divertida pero de alguna manera no lo era, ni tampoco que la mujer se pusiera en el ángulo más alejado del mostrador y desde ahí siguiera con una atención concentrada la operación de beber el café que usted llevaba a cabo con toda la lentitud que exigía su buena calidad y su perfume. Bruscamente el centro de atención parecía haber cambiado, porque también los dos camareros lo miraban beber el café, y antes de que lo terminara la mujer se acercó a preguntarle si quería otro, y usted aceptó casi perplejo porque en todo eso, que no era nada, había algo que se le escapaba y que hubiera querido entender mejor. La turista inglesa, por ejemplo, por qué de golpe los camareros parecían tener tanta prisa en que la turista terminara de comer y se fuera, y para eso le quitaban el plato con el último bocado y le ponían el menú abierto contra la cara y uno de ellos se iba con el plato vacío mientras el otro esperaba como urgiéndola a que se decidiera.

Usted, como pasa tantas veces, no hubiera podido precisar el momento en que creyó entender; también en el ajedrez y en el amor hay esos instantes en que la niebla se triza y es entonces que se cumplen las jugadas o los actos que un segundo antes hubieran sido inconcebibles. Sin siquiera una idea articulable olió el peligro, se dijo que por más atrasada que estuviera la turista inglesa en su cena era necesario quedarse ahí fumando y bebiendo hasta que el topo indefenso se decidiera a enfundarse en su burbuja de plástico y se largara otra vez a la calle. Como siempre le habían gustado el deporte y el absurdo, encontró divertido tomar así algo que a la altura del estómago estaba lejos de serlo; hizo un gesto de llamada y pidió otro café y una copa de barack, que era lo aconsejable en el enclave. Le quedaban tres cigarrillos y pensó que alcanzarían hasta que la turista inglesa se decidiera por algún postre balcánico; desde luego no tomaría café, era algo que se le veía en los anteojos y la blusa; tampoco pediría té porque hay cosas que no se hacen fuera de la patria. Con un poco de suerte pagaría la cuenta y se iría en unos quince minutos más.

Le sirvieron el café pero no el barack, la mujer extrajo los ojos de la mata de pelo para adoptar la expresión que convenía al retardo; estaban buscando una nueva botella en la bodega, el señor tendría la bondad de esperar unos pocos minutos. La voz articulaba claramente las palabras aunque estuvieran mal pronunciadas, pero usted advirtió que la mujer se mantenía atenta a la otra mesa donde uno de los camareros presentaba la cuenta con un gesto de autómata, alargando el brazo y quedándose inmóvil dentro de una perfecta descortesía respetuosa. Como si finalmente comprendiera, la turista se había puesto a revolver en su bolso, todo era torpeza en ella, probablemente encontraba un peine o un espejo en vez del dinero que finalmente debió asomar a la superficie porque el camarero se apartó bruscamente de la mesa en el momento en que la mujer llegaba a la suya con la copa de barack. Usted tampoco supo muy bien por qué le pidió simultáneamente la cuenta, ahora que estaba seguro de que la turista se iría antes y que bien podía dedicarse a saborear el barack y fumar el último cigarrillo. Tal vez la idea de quedarse nuevamente solo en la sala, eso que había sido tan agradable al llegar y ahora era diferente, cosas como la doble imagen de los camareros detrás del mostrador y la mujer que parecía vacilar ante el pedido, como si fuera una insolencia apresurarse de ese modo, y luego le daba la espalda y volvía al mostrador hasta cerrar una vez más el trío y la espera. Después de todo debía ser deprimente trabajar en un restaurante tan vacío, tan como lejos de la luz y el aire puro; esa gente empezaba a agostarse, su palidez y sus gestos mecánicos eran la única respuesta posible a la repetición de tantas noches interminables. Y la turista manoteaba en torno a su impermeable, volvía hasta la mesa como si creyera haberse olvidado de algo, miraba debajo de la silla, y entonces usted se levantó lentamente, incapaz de quedarse un segundo más, y se encontró a mitad de camino con uno de los camareros que le tendió la bandejita de plata en la que usted puso un billete sin mirar la cuenta. El golpe de viento coincidió con el gesto del camarero buscando el vuelto en los bolsillos del chaleco rojo, pero usted sabía que la turista acababa de abrir la puerta y no esperó más, alzó la mano en una despedida que abarcaba al mozo y a los que seguían mirándolo desde el mostrador, y calculando exactamente la distancia recogió al pasar su impermeable y salió a la calle donde ya no llovía. Sólo ahí respiró de verdad, como si hasta entonces y sin darse cuenta hubiera estado conteniendo la respiración; sólo ahí tuvo verdaderamente miedo y alivio al mismo tiempo.

La turista estaba a pocos pasos, marchando lentamente en la dirección de su hotel, y usted la siguió con el vago recelo de que bruscamente se acordara de haber olvidado alguna otra cosa y se le ocurriera volver al restaurante. No se trataba ya de comprender nada, todo era un simple bloque, una evidencia sin razones: la había salvado y tenía que asegurarse de que no volvería, de que el torpe topo metido en su húmeda burbuja llegaría con una total inconsciencia feliz al abrigo de su hotel, a un cuarto donde nadie la miraría como la habían estado mirando.

Cuando dobló en la esquina, y aunque ya no había razones para apresurarse, se preguntó si no sería mejor seguirla de cerca para estar seguro de que no iba a dar la vuelta a la manzana con su errática torpeza de miope; se apuró a llegar a la esquina y vio la callejuela mal iluminada y vacía. Las dos largas tapias de piedra sólo mostraban un portón a la distancia, donde la turista no había podido llegar; sólo un sapo exaltado por la lluvia cruzaba a saltos de una acera a otra.

Por un momento fue la cólera, cómo podía esa estúpida... Después se apoyó en una de las tapias y esperó, pero era casi como si se esperara a sí mismo, a algo que tenía que abrirse y funcionar en lo más hondo para que todo eso alcanzara un sentido. El sapo había encontrado un agujero al pie de la tapia y esperaba también, quizá algún insecto que anidaba en el agujero o un pasaje para entrar en un jardín. Nunca supo cuánto tiempo se había quedado ahí ni por qué volvió a la calle del restaurante. Las vitrinas estaban a oscuras pero la estrecha puerta seguía entornada; casi no le extrañó que la mujer estuviera ahí como esperándolo sin sorpresa.

—Pensamos que volvería —dijo—. Ya ve que no había por qué irse tan pronto.

Abrió un poco más la puerta y se hizo a un lado; ahora hubiera sido tan fácil darle la espalda e irse sin siquiera contestar, pero la calle con las tapias y el sapo era como un desmentido a todo lo que había imaginado, a todo lo que había creído una obligación inexplicable. De alguna manera le daba lo mismo entrar que irse, aunque sintiera la crispación que lo echaba hacia atrás; entró antes de alcanzar a decidirlo en ese nivel donde nada había sido decidido esa noche, y oyó el frote de la puerta y del cerrojo a sus espaldas. Los dos camareros estaban muy cerca, y sólo quedaban unas pocas bujías alumbradas en la sala.

—Venga —dijo la voz de la mujer desde algún rincón—, todo está preparado.

Su propia voz le sonó como distante, algo que viniera desde el otro lado del espejo del mostrador.

—No comprendo —alcanzó a decir—, ella estaba ahí y de pronto...

Uno de los camareros rió, apenas un comienzo de risa seca.

—Oh, ella es así —dijo la mujer, acercándose de frente—. Hizo lo que pudo por evitarlo, siempre lo intenta, la pobre. Pero no tienen fuerza, solamente pueden hacer algunas cosas y siempre las hacen mal, es tan distinto de como la gente los imagina.

Sintió a los dos camareros a su lado, el roce de sus chalecos contra el impermeable.

—Casi nos da lástima —dijo la mujer—, ya van dos veces que viene y tiene que irse porque nada le sale bien. Nunca le salió bien nada, no hay más que verla.

—Pero ella...

—Jenny —dijo la mujer—. Es lo único que pudimos saber de ella cuando la conocimos, alcanzó a decir que se llamaba Jenny, a menos que estuviera llamando a otra, después no fueron más que los gritos, es absurdo que griten tanto.

Usted los miró sin hablar, sabiendo que hasta mirarlos era inútil, y yo le tuve tanta lástima, Jacobo, cómo podía yo saber que usted iba a pensar lo que pensó de mí y que iba a tratar de protegerme, yo que estaba ahí para eso, para conseguir que lo dejaran irse. Había demasiada distancia, demasiadas imposibilidades entre usted y yo; habíamos jugado el mismo juego pero usted estaba todavía vivo y no había manera de hacerle comprender. A partir de ahora iba a ser diferente si usted lo quería, a partir de ahora seríamos dos para venir en las noches de lluvia, tal vez así saliera mejor, o por lo menos sería eso, seríamos dos en las noches de lluvia.

Las caras de la medalla

A la que un día lo leerá, ya tarde
como siempre.

Las oficinas del CERN daban a un pasillo sombrío, y a Javier le gustaba salir de su despacho y fumar un cigarrillo yendo y viniendo, imaginando a Mireille detrás de la puerta de la izquierda. Era la cuarta vez en tres años que iba a trabajar como temporero a Ginebra, y a cada regreso Mireille lo saludaba cordialmente, lo invitaba a tomar té a las cinco con otros dos ingenieros, una secretaria y un mecanógrafo poeta y yugoslavo. Nos gustaba el pequeño ritual porque no era diario y por tanto mecánico; cada tres o cuatro días, cuando nos encontrábamos en un ascensor o en el pasillo, Mireille lo invitaba a reunirse con sus colegas a la hora del té que improvisaban sobre su escritorio. Tal vez Javier le caía simpático porque no disimulaba su aburrimiento y sus ganas de terminar el contrato y volverse a Londres. Era difícil saber por qué lo contrataban, en todo caso los colegas de Mireille se sorprendían ante su desprecio por el trabajo y la leve música del transistor japonés con que acompañaba sus cálculos y sus diseños. Nada parecía acercarnos en ese entonces, Mireille se quedaba horas y horas en su escritorio y era inútil que

Javier intentara cábalas absurdas para verla salir después de treinta y tres idas y venidas por el pasillo; pero si hubiera salido, sólo habrían cambiado un par de frases cualquiera sin que Mireille imaginara que él se paseaba con la esperanza de verla salir, así como él se paseaba por juego, por ver si antes de treinta y tres Mireille o una vez más fracaso. Casi no nos conocíamos, en el CERN casi nadie se conoce de veras, la obligación de coexistir tantas horas por semana fabrica telarañas de amistad o enemistad que cualquier viento de vacaciones o de cesantía manda al diablo. A eso jugamos durante esas dos semanas que volvían cada año, pero para Javier el retorno a Londres era también Eileen y una lenta, irrestañable degradación de algo que alguna vez había tenido la gracia del deseo y el goce, Eileen gata trepada a un barrilete, saltarina de garrocha sobre el hastío y la costumbre. Con ella había vivido un safari en plena ciudad, Eileen lo había acompañado a cazar antílopes en Piccadilly Circus, a encender hogueras de vivac en Hampstead Heath, todo se había acelerado como en las películas mudas hasta una última carrera de amor en Dinamarca, o había sido en Rumania, de pronto las diferencias siempre conocidas y negadas, las cartas que cambian de posición en la baraja y modifican las suertes, Eileen prefiriendo el cine a los conciertos o viceversa, Javier yéndose solo a buscar discos porque Eileen tenía que lavarse el pelo, ella que sólo se lo había lavado cuando realmente no había otra cosa que hacer, protestando contra la higiene y por favor enjuagame la cara que tengo champú en los ojos. El primer contrato del CERN había llegado cuando ya nada quedaba por decirse salvo que el departamento de Earl's Court seguía allí con las rutinas matinales, el amor como la sopa o el *Times*, como tía Rosa y su cumpleaños en la finca de Bath, las facturas del gas. Todo eso que era ya un turbio vacío, un presente pasado de contradictorias recurrencias, llenaba el ir y venir de Javier por el pasillo de las oficinas, veinticinco, veintiséis, veintisiete, tal vez antes de treinta la puerta y Mireille y hola, Mireille que iría a hacer pipí o a consultar un dato con el estadígrafo inglés de patillas blancas, Mireille morena y callada, blusa hasta el cuello donde algo debía latir despacio, un pajarito de vida sin demasiados altibajos, una madre lejana, algún amor desdichado y sin secuelas, Mireille ya un poco solterona, un poco oficinista pero a veces silbando un tema de Mahler en el ascensor, vestida sin capricho, casi siempre de pardo o de traje sastre, una edad demasiado puesta, una discreción demasiado hosca.

Sólo uno de los dos escribe esto pero es lo mismo, es como si lo escribiéramos juntos aunque ya nunca más estaremos juntos, Mireille seguirá en su casita de las afueras ginebrinas, Javier viajará por el mundo y volverá a su departamento de Londres con la obstinación de la mosca que se posa cien veces en un brazo, en Eileen. Lo escribimos como una medalla es al mismo tiempo su anverso y su reverso que no se encontrarán jamás, que sólo se vieron alguna vez en el doble juego de espejos de la vida. Nunca podremos saber de verdad cuál de los dos es más sensible a esta manera de no estar que para él y para ella tiene el otro. Cada uno de su lado, Mireille llora a veces mientras escucha un determinado quinteto de Brahms, sola al atardecer en su salón de vigas oscuras y muebles rústicos, al que por momentos llega el perfume de las rosas del jardín. Javier no sabe llorar, sus lágrimas eligen condensarse en pesadillas que lo despiertan brutalmente junto a Eileen, de las que se despoja bebiendo coñac y escribiendo textos que no contienen forzosamente las pesadillas aunque a veces sí, a veces las vuelca en inútiles palabras y por un rato es el amo, el que decide lo que será dicho o lo que resbalará poco a poco al falso olvido de un nuevo día.

A nuestra manera los dos sabemos que hubo un error, una equivocación restañable pero que ninguno fue capaz de restañar. Estamos seguros de no habernos juzgado nunca, de simplemente haber aceptado que las cosas se daban así y que no se podía hacer más que lo que hicimos. No sé si pensamos entonces en cosas como el orgullo, la renuncia, la decepción, si solamente Mireille o solamente Javier las pensaron mientras el otro las aceptaba como algo fatal, sometiéndose a un sistema que los abarcaba y los sometía, es demasiado fácil ahora decirse que todo pudo depender de una rebeldía instantánea, de encender el velador al lado de la cama cuando Mireille se negaba, de guardar a Javier a su lado toda la noche cuando él buscaba ya sus ropas para volver a vestirse; es demasiado fácil echarle la culpa a la delicadeza, a la imposibilidad de ser brutal u obstinado o generoso. Entre seres más simples o más ignorantes eso no hubiera sucedido así, acaso una bofetada o un insulto hubieran contenido la caridad y el justo camino que el decoro nos vedó cortésmente. Nuestro respeto venía de una manera de vivir que nos acercó como las caras de la medalla; lo aceptamos cada cual de su lado, Mireille en un silencio de distancia y renuncia, Javier murmurándole su esperanza ya ridícula, callándose por fin en mitad de una frase, en mitad de una última carta. Y después de todo sólo nos quedaba, nos queda la lúgubre tarea de seguir siendo dignos, de seguir viviendo con la vana esperanza de que el olvido no nos olvide demasiado.

Un mediodía nos encontramos en casa de Mireille, casi como por obligación ella lo había invitado a almorzar con otros colegas, no podía dejarlo de lado cuando Gabriela y Tom habían aludido al almuerzo mientras tomaban el té en su oficina, y Javier había pensado que era triste que Mireille lo invitara por una simple presión social pero había comprado una botella de Jack Daniels y conocido la cabaña de las afueras de Ginebra, el pequeño rosedal y el barbecue donde Tom oficiaba entre cócteles y un disco de los Beatles que no era de Mireille, que ciertamente no estaba en la severa discoteca de Mireille pero que Gabriela había echado a girar porque para ella y Tom y medio CERN el aire era irrespirable sin esa música. No hablamos mucho, en algún momento Mireille lo llevó por el rosedal y él le preguntó si le gustaba Ginebra y ella le contestó con sólo mirarlo y encogerse de hombros, la vio afanarse con platos y vasos, le oyó decir una palabrota porque una chispa en la mano, los fragmentos se iban reuniendo y tal vez fue entonces que la deseó por primera vez, el mechón de pelo cruzándole la frente morena, los bluejeans marcándole la cintura, la voz un poco grave que debía saber cantar lieder, decir las cosas importantes como un simple murmullo musgoso. Volvió a Londres al fin de la semana y Eileen estaba en Helsinki, un papel sobre la mesa informaba de un trabajo bien pagado, tres semanas, quedaba un pollo en la heladera, besos.

La vez siguiente el CERN ardía en una conferencia de alto nivel, Javier tuvo que trabajar de veras y Mireille pareció tenerle lástima cuando él se lo dijo lúgubremente entre el quinto piso y la calle; le propuso ir a un concierto de piano, fueron, coincidieron en Schubert pero no en Bartok, bebieron en un cafecito casi desierto, ella tenía un viejo auto inglés y lo dejó en su hotel, él le había traído un disco de madrigales y fue bueno saber que no lo conocía, que no sería necesario cambiarlo. Domingo y campo, la transparencia de una tarde casi demasiado suiza, dejamos el auto en una aldea y anduvimos por los trigales, en algún momento Javier le contó de Eileen, así por contarlo, sin necesidad precisa, y Mireille lo escuchó callada, le ahorró la compasión y los comentarios que sin embargo él hubiera querido de alguna manera porque esperaba de ella algo que empezara a parecerse a lo que sentía, su deseo de besarla dulcemente, de apoyarla contra el tronco de un árbol y conocer sus labios, toda su boca. Casi no hablamos de nosotros a la vuelta, nos dejábamos ir por los senderos que proponían sus temas a cada recodo, los setos, las vacas, un cielo con nubes plateadas, la tarjeta postal del buen domingo. Pero cuando bajamos corriendo una cuesta entre empalizadas, Javier sintió la mano de Mireille cerca de la suya y la apretó y siguieron corriendo como si se impulsaran mutuamente, y ya en el auto Mireille lo invitó a tomar el té en su cabaña, le gustaba llamarla cabaña porque no era una cabaña pero tenía tanto de cabaña, y escuchar discos. Fue un alto en el tiempo, una línea que cesa de pronto en el ritmo del dibujo antes de recomenzar en otra parte del papel, buscando una nueva dirección.

Hicimos un balance muy claro esa tarde: Mahler sí, Brahms sí, la edad media en conjunto sí, jazz no (Mireille), jazz sí (Javier). Del resto no hablamos, quedaban por explorar el renacimiento, el barroco, Pierre Boulez, John Cage (pero Mireille no Cage, eso era seguro aunque no hubieran hablado de él, y probablemente Boulez músico no, aunque director sí, esos matices importantes). Tres días después fuimos a un concierto, cenamos en la ciudad vieja, había una postal de Eileen y una carta de la madre de Mireille pero no hablamos de ellas, todo era todavía Brahms y un vino blanco que a Brahms le hubiera gustado porque estábamos seguros de que el vino blanco tenía que haberle gustado a Brahms. Mireille lo dejó en el hotel y se besaron en las mejillas, quizá no demasiado rápido como cuando en las mejillas, pero en las mejillas. Esa noche Javier contestó la postal de Eileen, y Mireille regó sus rosas bajo la luna, no por romanticismo porque nada tenía de romántica, sino porque el sueño tardaba en venir.

Faltaba la política, salvo comentarios aislados que mostraban poco a poco nuestras diferencias parciales. Tal vez no habíamos querido afrontarla, tal vez cobardemente; el té en la oficina desató la cosa, el mecanógrafo poeta golpeó duro contra los israelíes, Gabriela los encontró maravillosos, Mireille dijo solamente que estaban en su derecho y qué demonios, Javier le sonrió sin ironía y observó que exactamente lo mismo podía decirse de los palestinos. Tom estaba por un arreglo internacional con cascos azules y el resto de la farándula, lo demás fue té y previsiones sobre la semana de trabajo. Alguna vez hablaríamos en serio de todo eso, ahora solamente nos gustaba mirarnos y sentirnos bien, decirnos que dentro de poco tendríamos una velada Beethoven en el Victoria Hall; de ella hablamos en la cabaña, Javier había traído coñac y un juguete absurdo que según él tenía que gustarle muchísimo a Mireille pero que ella encontró sumamente tonto aunque lo mismo lo puso en un estante después de darle cuerda y contemplar amablemente sus contorsiones. Esa tarde fue Bach, fue el violonchelo de Rostropovich y una luz que descendía poco a poco como el coñac en las burbujas de las copas. Nada podía ser más nuestro que ese acuerdo de silencio, jamás habíamos necesitado alzar un dedo o callar un comentario; sólo después, con el gesto de cambiar el disco, entraban las primeras palabras. Javier las dijo mirando al suelo, preguntó simplemente si alguna vez le sería dado saber lo que ella ya sabía de él, su Londres y su Eileen de ella.

Sí, claro que podía saber pero no, en todo caso no ahora. Alguna vez, de joven, nada que contar salvo que bueno, había días en que todo pesaba tanto. En la penumbra Javier sintió que las palabras le llegaban como mojadas, un instantáneo ceder pero secándose ya los ojos con el revés de la manga sin darle tiempo a preguntar más o a pedirle perdón. Confusamente la rodeó con un brazo, buscó su cara que no lo rechazaba pero que estaba como en otra parte, en otro tiempo. Quiso besarla y ella resbaló de lado murmurando una excusa blanda, otro poco de coñac, no había que hacerle caso, no había que insistir.

Todo se mezcla poco a poco, no nos acordaríamos en detalle del antes o el después de esas semanas, el orden de los paseos o los conciertos, las citas en los museos. Acaso Mireille hubiera podido ordenar mejor las secuencias, Javier no hacía más que poner sus pocas cartas boca arriba, la vuelta a Londres que se acercaba, Eileen, los conciertos, descubrir por una simple frase la religión de Mireille, su fe y sus valores precisos, eso que en él no era más que esperanza de un presente casi siempre derogado. En un café, después de pelearnos riendo por una cuestión de quién pagaría, nos miramos como viejos amigos, bruscamente camaradas, nos dijimos palabrotas privadas de sentido, zarpas de osos jugando. Cuando volvimos a escuchar música en la cabaña había entre nosotros otra manera de hablar, otra familiaridad de la mano que empujaba una cintura para franquear la puerta, el derecho de Javier de buscar por su cuenta un vaso o pedir que Telemann no, que primero Lotte Lehman y mucho, mucho hielo en el whisky. Todo estaba como sutilmente trastrocado, Javier lo sentía y algo lo perturbó sin saber qué, un haber llegado antes de llegar, un derecho de ciudad que nadie le había dado. Nunca nos mirábamos a la hora de la música, bastaba con estar ahí en el viejo sofá de cuero y que anocheciera y Lotte Lehman. Cuando él le buscó la boca y sus dedos rozaron la comba de sus senos, Mireille se mantuvo inmóvil y se dejó besar y respondió a su beso y le cedió durante un segundo su lengua y su saliva, pero siempre sin moverse, sin responder a su gesto de levantarla del sillón, callando mientras él le balbuceaba el pedido, la llamaba a todo lo que estaba esperando en el primer peldaño de la escalera, en la noche entera para ellos.

También él esperó, creyendo comprender, le pidió perdón pero antes, todavía con la boca muy cerca de su cara, le preguntó por qué, le preguntó si era virgen, y Mireille negó agachando la cabeza, sonriéndole un poco como si preguntar eso fuera tonto, fuera inútil. Escucharon otro disco comiendo bizcochos y bebiendo, la noche había cerrado y él tendría que irse. Nos levantamos al mismo tiempo, Mireille se dejó abrazar como si hubiera perdido las fuerzas, no dijo nada cuando él volvió a murmurarle su deseo; subieron la estrecha escalera y en el rellano se separaron, hubo esa pausa en que se abren puertas y se encienden luces, un pedido de espera y una desaparición que se prolongó mientras en el dormitorio Javier se sentía como fuera de sí mismo, incapaz de pensar que no hubiera debido permitir eso, que eso no podía ser así, la espera intermedia, las probables precauciones, la rutina casi envilecedora. La vio regresar envuelta en una bata de baño de esponja blanca, acercarse a la cama y tender la mano hacia el velador. «No apagues la luz», le pidió, pero Mireille negó con la cabeza y apagó, lo dejó desnudarse en la oscuridad total, buscar a tientas el borde de la cama, resbalar en la sombra contra su cuerpo inmóvil.

No hicimos el amor. Estuvimos a un paso después que Javier conoció con las manos y los labios el cuerpo silencioso que lo esperaba en la tiniebla. Su deseo era otro, verla a la luz de la lámpara, sus senos y su vientre, acariciar una espalda definida, mirar las manos de Mireille en su propio cuerpo, detallar en mil fragmentos ese goce que precede al goce. En el silencio y la oscuridad totales, en la distancia y la timidez que caían sobre él desde Mireille invisible y muda, todo cedía a una irrealidad de entresueño y a la vez él era incapaz de hacerle frente, de saltar de la cama y encender la luz y volver a imponer una voluntad necesaria y hermosa. Pensó confusamente que después, cuando ella ya lo hubiera conocido, cuando la verdadera intimidad comenzara, pero el silencio y la sombra y el tictac de ese reloj en la cómoda podían más. Balbuceó una excusa que ella acalló con un beso de amiga, se apretó contra su cuerpo, se sintió insoportablemente cansado, tal vez durmió un momento.

Tal vez dormimos, sí, tal vez en esa hora quedamos abandonados a nosotros mismos y nos perdimos. Mireille se levantó la primera y encendió la luz, envuelta en su bata volvió al cuarto de baño mientras Javier se vestía mecánicamente, incapaz de pensar, la boca como sucia y la resaca del coñac mordiéndole el estómago. Apenas hablaron, apenas se miraban, Mireille dijo que no era nada, que en la esquina había siempre taxis, lo acompañó hasta abajo. Él no fue capaz de romper la rígida cadena de causas y consecuencias, la rutina obligada que desde mucho más atrás de ellos mismos le exigía agachar la cabeza y marcharse de la cabaña en plena noche; sólo pensó que al otro día hablarían más tranquilos, que trataría de hacerle comprender, pero comprender qué. Y es verdad que hablaron en el café de siempre y que Mireille volvió a decir que no era nada, no tenía importancia, otra vez acaso sería mejor, no había que pensar. Él se volvía a Londres tres días más tarde, cuando le pidió que lo dejara acompañarla a la cabaña ella le dijo que no, mejor no. No supimos hacer ni decir otra cosa, ni siquiera supimos callarnos, abrazarnos en cualquier esquina, encontrarnos en cualquier mirada. Era como si Mireille esperara de Javier algo que él esperaba de Mireille, una cuestión de iniciativas o de prelaciones, de gestos de hombre y acatamientos de mujer, la inmutabilidad de las secuencias decididas por otros, recibidas desde fuera; habíamos avanzado por un camino en el que ninguno había querido forzar la marcha, quebrar la armoniosa paridad; ni siquiera ahora, después de saber que habíamos errado ese camino, éramos capaces de un grito, de un manotón hacia la lámpara, del impulso por encima de las ceremonias inútiles, de las batas de baño y no es nada, no te preocupes por eso, otra vez será mejor. Hubiera sido preferible aceptarlo entonces, enseguida. Hubiera sido preferible repetir juntos: por delicadeza perdemos nuestra vida; el poeta nos hubiera perdonado que habláramos también por nosotros.

Dejamos de vernos durante meses. Javier escribió, por supuesto, y puntualmente le llegaron unas pocas frases de Mireille, cordiales y distantes. Entonces él empezó a telefonearle por las noches, casi siempre los sábados cuando la imaginaba sola en la cabaña, disculpándose si interrumpía un cuarteto o una sonata, pero Mireille respondía siempre que había estado leyendo o cuidando el jardín, que estaba muy bien que llamara a esa hora. Cuando viajó a Londres seis meses más tarde para visitar a una tía enferma, Javier le reservó un hotel, se encontraron en la estación y fueron a visitar los museos, King's Road, se divirtieron con una película de Milos Forman. Hubo esa hora como de antaño, en un pequeño restaurante de Whitechapel las manos se encontraron con una confianza que abolía el recuerdo, y Javier se sintió mejor y se lo dijo, le dijo que la deseaba más que nunca pero que no volvería a hablarle de eso, que todo dependía de ella, del día en que decidiera volver al primer peldaño de la primera noche y simplemente le tendiera los brazos. Ella asintió sin mirarlo, sin aquiescencia ni negativa, solamente encontró absurdo que él siguiera rechazando los contratos que le proponían en Ginebra. Javier la acompañó hasta el hotel y Mireille se despidió en el lobby, no le pidió que subiera pero le sonrió al besarlo livianamente en la mejilla, murmurando un hasta pronto.

Sabemos tantas cosas, que la aritmética es falsa, que uno más uno no siempre son uno sino dos o ninguno, nos sobra tiempo para hojear el álbum de agujeros, de ventanas cerradas, de cartas sin voz y sin perfume. La oficina cotidiana, Eileen convencida de prodigar felicidad, las semanas y los meses. Otra vez Ginebra en el verano, el primer paseo al borde del lago, un concierto de Isaac Stern. En Londres quedaba ahora la sombra menuda de María Elena que Javier había encontrado en un cóctel y que le había dado tres semanas de livianos juegos, el placer por sí mismo allí donde el resto era un amable vacío diurno con María Elena volviéndose infatigable al tenis y a los Rolling Stones, un adiós sin melancolía después de un último week-end gozado como eso, como un adiós sin melancolía. Se lo dijo a Mireille, y sin necesidad de preguntárselo supo que ella no, que ella la oficina y las amigas, que ella siempre la cabaña y los discos. Le agradeció sin palabras que Mireille lo escuchara con su grave, atento silencio comprensivo, dejándole la mano en la mano mientras miraban anochecer sobre el lago y decidían el lugar de la cena.

Después fue el trabajo, una semana de encuentros aislados, la noche en el restaurante rumano, la ternura. Nunca habían hablado de eso que nuevamente estaba ahí en el gesto de verter el vino o mirarse lentamente al término de un diálogo. Fiel a su palabra, Javier esperaba una hora que no se creía con derecho a esperar. Pero la ternura, entonces, algo allí presente entre tanta otra cosa, un gesto de Mireille al bajar la cabeza y pasarse la mano por los ojos, su simple frase para decirle que lo acompañaría a su hotel. En el auto volvieron a besarse como la noche de la cabaña, él ciñó su cuerpo y sintió abrirse sus muslos bajo la mano que subía y acariciaba. Cuando entraron en la habitación Javier no pudo esperar y la abrazó de pie, perdiéndose en su boca y su pelo, llevándola paso a paso hacia la cama. La escuchó murmurar un no ahogado, pedirle que esperara un momento, la sintió separarse de él y buscar la puerta del baño, cerrarla y tiempo, silencio y agua y tiempo mientras él arrancaba el cobertor y dejaba solamente una luz en un ángulo, se sacaba los zapatos y la camisa, dudando entre desnudarse del todo o esperar porque su bata estaba en el baño y si la luz encendida, si Mireille al volver lo encontraba desnudo y de pie, grotescamente erecto o dándole la espalda todavía más grotescamente para que ella no lo viera así como realmente hubiera tenido que verlo ahora que entraba con una toalla de baño envolviéndola, se acercaba a la cama con la mirada gacha y él estaba con los pantalones puestos, había que quitárselos y quitarse el slip y entonces sí abrazarla, arrancarle la toalla y tenderla en la cama y verla dorada y morena y otra vez besarla hasta lo más hondo y acariciarla con dedos que acaso la lastimaban porque gimió, se echó hacia atrás tendiéndose en lo más alejado de la cama y parpadeando contra la luz, una vez más pidiéndole una oscuridad que él no le daría porque nada le daría, su sexo repentinamente inútil buscando un paso que ella le ofrecía y que no iba a ser franqueado, las manos exasperadas buscando excitarla y excitarse, la mecánica de gestos y palabras que Mireille rechazaría poco a poco, rígida y distante, comprendiendo que tampoco ahora, que para ella nunca, que la ternura y eso se habían vuelto inconciliables, que su aceptación y su deseo no habían servido más que para dejarla de nuevo junto a un cuerpo que cesaba de luchar, que se pegaba a ella sin moverse, que ni siquiera intentaba recomenzar.

Puede ser que hayamos dormido, estábamos demasiado distantes y solos y sucios, la repetición se había cumplido como en un espejo, sólo que ahora era Mireille la que se vestía para irse y él la acompañaba hasta el auto, la sentía despedirse sin mirarlo y el leve beso en la mejilla, el auto que arrancaba en el silencio de la alta noche, el regreso al hotel y ni siquiera saber llorar, ni siquiera saber matarse, solamente el sofá y el alcohol y el tictac de la noche y del alba, la oficina a las nueve, la tarjeta de Eileen y el teléfono esperando, ese número interno que en algún momento habría que marcar porque en algún momento habría que decir alguna cosa. Pero sí, no te preocupes, bueno, en el café a las siete. Pero decirle eso, decirle no te preocupes, en el café a las siete, venía después de ese viaje interminable hasta la cabaña, acostarse en una cama helada y tomar un somnífero inútil, volver a ver cada escena de esa progresión hacia la nada, repetir entre náuseas el instante en que se habían levantado en el restaurante y ella le había dicho que lo acompañaría al hotel, las rápidas operaciones en el baño, la toalla para ceñirse la cintura, la fuerza caliente de los brazos que la llevaban y la acostaban, la sombra murmurante tendiéndose sobre ella, las caricias y esa sensación fulgurante de una dureza contra su vientre, entre los muslos, la inútil protesta por la luz encendida y de pronto la ausencia, las manos resbalando perdidas, la voz murmurando dilaciones, la espera inútil, el sopor, todo de nuevo, todo por qué, la ternura por qué, la aquiescencia por qué, el hotel por qué, y el somnífero inocuo, la oficina a las nueve, sesión extraordinaria del consejo, imposible faltar, imposible todo salvo lo imposible.

Nunca habremos hablado de esto, la imaginación nos reúne hoy tan vagamente como entonces la realidad. Nunca buscaremos juntos la culpa o la responsabilidad o el acaso no inimaginable recomienzo. En Javier hay solamente un sentimiento de castigo, pero qué quiere decir castigo cuando se ama y se desea, qué grotesco atavismo se desencadena ahí donde estaba esperando la felicidad, por qué antes y después este presente Eileen o María Elena o Doris en el que un pasado Mireille le clavará hasta el fin su cuchillo de silencio y de desprecio. De silencio solamente aunque él piense en desprecio a cada náusea de recuerdo, porque no hay desprecio en Mireille, silencio sí y tristeza, decirse que ella o él pero también ella y él, decirse que no todo hombre se cumple en la hora del amor y no toda mujer sabe encontrar en él a un hombre. Quedan las mediaciones, los últimos recursos, la invitación de Javier a irse juntos de viaje, pasar dos semanas en cualquier rincón lejano para romper el maleficio, variar la fórmula, encontrarse por fin de otra manera sin toallas ni esperas ni emplazamientos. Mireille dijo que sí, que más adelante, que le telefoneara desde Londres, tal vez podría pedir dos semanas de licencia. Se estaban despidiendo en la estación ferroviaria, ella se volvía en tren a la cabaña porque el auto tenía un desperfecto. Javier ya no podía besarla en la boca pero la apretó contra él, le pidió otra vez que aceptara el viaje, la miró hasta hacerle daño, hasta que ella bajó los ojos y repitió que sí, que todo saldría bien, que se fuera tranquilo a Londres, que todo terminaría por salir bien. También a los niños les hablamos así antes de llevarlos al médico o hacerles cosas que les duelen, Mireille de su lado de la medalla ya no esperaría nada, no volvería a creer en nada, simplemente retornaría a la cabaña y a los discos, sin siquiera imaginar otra manera de correr hacia lo que no habían alcanzado. Cuando él le telefoneó desde Londres proponiéndole la costa dálmata, dándole fechas e indicaciones con una minucia que apenas escondía el temor de una negativa, Mireille contestó que le escribiría. Desde su lado de la medalla Javier sólo pudo decir que sí, que se quedaría esperando, como si de alguna manera supiera ya que la carta sería breve y gentil y no, inútil recomenzar algo perdido, mejor ser solamente amigos; en apenas ocho líneas un abrazo de Mireille. Cada cual de su lado, incapaces de derribar la medalla de un empujón, Javier escribió una carta que hubiera querido mostrar el único camino que les quedaba por inventar juntos, el único que no estuviera ya trazado por otros, por el uso y los acatamientos, que no pasara forzosamente por una escalera o un ascensor para llegar a un dormitorio o a un hotel, que no le exigiera quitarse la ropa en el mismo momento en que ella se quitaba la ropa; pero su carta no era más que un pañuelo mojado, ni siquiera pudo terminarla y la firmó en mitad de una frase, la enterró en el sobre sin releerla. De Mireille no hubo respuesta, las ofertas de trabajo de Ginebra fueron cortésmente rechazadas, la medalla está ahí entre nosotros, vivimos distantes y nunca más nos escribiremos, Mireille en su casita de las afueras, Javier viajando por el mundo y volviendo a su departamento con la obstinación de la mosca que se posa cien veces en un brazo. En algún atardecer Mireille ha llorado mientras escuchaba un determinado quinteto de Brahms, pero Javier no sabe llorar, sólo tiene pesadillas de las que se despoja escribiendo textos que tratan de ser como las pesadillas, allí donde nadie tiene su verdadero nombre pero acaso su verdad, allí donde no hay medallas de canto con anverso y reverso ni peldaños consagrados que hay que subir; pero, claro, son solamente textos.

Alguien que anda por ahí

A Esperanza Machado, pianista cubana.

A Jiménez lo habían desembarcado apenas caída la noche y aceptando todos los riesgos de que la caleta estuviera tan cerca del puerto. Se valieron de la lancha eléctrica, claro, capaz de resbalar silenciosa como una raya y perderse de nuevo en la distancia mientras Jiménez se quedaba un momento entre los matorrales esperando que se le habituaran los ojos, que cada sentido volviera a ajustarse al aire caliente y a los rumores de tierra adentro. Dos días atrás había sido la peste del asfalto caliente y las frituras ciudadanas, el desinfectante apenas disimulado en el lobby del *Atlantic*, los parches casi patéticos del *bourbon* con que todos ellos buscaban tapar el recuerdo del ron; ahora, aunque crispado y en guardia y apenas permitiéndose pensar, lo invadía el olor de Oriente, la sola inconfundible llamada del ave nocturna que quizás le daba la bienvenida, mejor pensarlo así como un conjuro.

Al principio a York le había parecido insensato que Jiménez desembarcara tan cerca de Santiago, era contra todos los principios; por eso mismo, y porque Jiménez conocía el terreno como nadie, York aceptó el riesgo y arregló lo de la lancha eléctrica. El problema estaba en no mancharse los zapatos, llegar al motel con la apariencia del turista provinciano que recorre su país; una vez ahí Alfonso se encargaría de instalarlo, el resto era cosa de pocas horas, la carga de plástico en el lugar convenido y el regreso a la costa donde esperarían la lancha y Alfonso; el telecomando estaba a bordo y una vez mar afuera el reverberar de la explosión y las primeras llamaradas en la fábrica los despediría con todos los honores. Por el momento había que subir hasta el motel valiéndose del viejo sendero abandonado desde que habían construido la nueva carretera más al norte, descansando un rato antes del último tramo para que nadie se diera cuenta del peso de la maleta cuando Jiménez se encontrara con Alfonso y éste la tomara con el gesto del amigo, evitando al maletero solícito y llevándose a Jiménez hasta una de las piezas bien situadas del motel. Era la parte más peligrosa del asunto, pero el único acceso posible se daba desde los jardines del motel; con suerte, con Alfonso, todo podía salir bien.

Por supuesto no había nadie en el sendero invadido por las matas y el desuso, solamente el olor de Oriente y la queja del pájaro que irritó por un momento a Jiménez como si sus nervios necesitaran un pretexto para soltarse un poco, para que él aceptara contra su voluntad que estaba ahí indefenso, sin una pistola en el bolsillo porque en eso York había sido terminante, la misión se cumplía o fracasaba pero una pistola era inútil en los dos casos y en cambio podía estropearlo todo. York tenía su idea sobre el carácter de los cubanos y Jiménez la conocía y lo puteaba desde tan adentro mientras subía por el sendero y las luces de las pocas casas y del motel se iban abriendo como ojos amarillos entre las últimas matas. Pero no valía la pena putear, todo iba according to schedule como hubiera dicho el maricón de York, y Alfonso en el jardín del motel pegando un grito y qué carajo donde dejaste el carro, chico, los dos empleados mirando y escuchando, hace un cuarto de hora que te espero, sí pero llegamos con atraso y el carro siguió con una compañera que va a la casa de la familia, me dejó ahí en la curva, vaya, tú siempre tan caballero, no me jodas, Alfonso, si es sabroso caminar por aquí, la maleta pasando de mano con una liviandad perfecta, los músculos tensos pero el gesto como de plumas, nada, vamos por tu llave y después nos echamos un trago, cómo dejaste a la Choli y a los niños, medio tristes, viejo, querían venir pero ya sabes la escuela y el trabajo, esta vez no coincidimos, mala suerte.

La ducha rápida, verificar que la puerta cerraba bien, la valija abierta sobre la otra cama y el envoltorio verde en el cajón de la cómoda entre camisas y diarios. En la barra Alfonso ya había pedido extrasecos con mucho hielo, fumaron hablando de Camagüey y de la última pelea de Stevenson, el piano llegaba como de lejos aunque la pianista estaba ahí nomás al término de la barra, tocando muy suave una habanera y después algo de Chopin, pasando a un danzón y a una vieja balada de película, algo que en los buenos tiempos había cantado Irene Dunne. Se tomaron otro ron y Alfonso dijo que por la mañana volvería para llevarlo de recorrida y mostrarle los nuevos barrios, había tanto que ver en Santiago, se trabajaba duro para cumplir los planes y sobrepasarlos, las microbrigadas eran del carajo, Almeida vendría a inaugurar dos fábricas, por ahí en una de ésas hasta caía Fidel, los compañeros estaban arrimando el hombro que daba gusto.

—Los santiagueros no se duermen —dijo el barman, y ellos se rieron aprobando, quedaba poca gente en el comedor y a Jiménez ya le habían destinado una mesa cerca de una ventana. Alfonso se despidió después de repetir lo del encuentro por la mañana; estirando largo las piernas, Jiménez empezó a estudiar la carta. Un cansancio que no era solamente del cuerpo lo obligaba a vigilarse en cada movimiento. Todo ahí era plácido y cordial y calmo y Chopin, que ahora volvía desde ese preludio que la pianista tocaba muy lento, pero Jiménez sentía la amenaza como un agazapamiento, la menor falla y esas caras sonrientes se volverían máscaras de odio. Conocía esas sensaciones y sabía cómo controlarlas; pidió un mojito para ir haciendo tiempo y se dejó aconsejar en la comida, esa noche pescado mejor que carne. El comedor estaba casi vacío, en la barra una pareja joven y más allá un hombre que parecía extranjero y que bebía sin mirar su vaso, los ojos perdidos en la pianista que repetía el tema de Irene Dunne, ahora Jiménez reconocía *Hay humo en tus ojos*, aquella Habana de entonces, el piano volvía a Chopin, uno de los estudios que también Jiménez había tocado cuando estudiaba piano de muchacho antes del gran pánico, un estudio lento y melancólico que le recordó la sala de la casa, la abuela muerta, y casi a contrapelo la imagen de su hermano que se había quedado a pesar de la maldición paterna, Robertico muerto como un imbécil en Girón en vez de ayudar a la reconquista de la verdadera libertad.

Casi sorprendido comió con ganas, saboreando lo que su memoria no había olvidado, admitiendo irónicamente que era lo único bueno al lado de la comida esponjosa que tragaban del otro lado. No tenía sueño y le gustaba la música, la pianista era una mujer todavía joven y hermosa, tocaba como para ella sin mirar jamás hacia la barra donde el hombre con aire de extranjero seguía el juego de sus manos y entraba en otro ron y otro cigarro. Después del café Jiménez pensó que se le iba a hacer largo esperar la hora en la pieza, y se acercó a la barra para beber otro trago. El barman tenía ganas de charlar pero lo hacía con respeto hacia la pianista, casi un murmullo como si comprendiera que el extranjero y Jiménez gustaban de esa música, ahora era uno de los valses, la simple melodía donde Chopin había puesto algo como una lluvia lenta, como talco o flores secas en un álbum. El barman no hacía caso del extranjero, tal vez hablaba mal el español o era hombre de silencio, ya el comedor se iba apagando y habría que irse a dormir pero la pianista seguía tocando una melodía cubana que Jiménez fue dejando atrás mientras encendía otro cigarro y con un buenas noches circular se iba hacia la puerta y entraba en lo que esperaba más allá, a las cuatro en punto sincronizadas en su reloj y el de la lancha.

Antes de entrar en su cuarto acostumbró sus ojos a la penumbra del jardín para estar seguro de lo que le había explicado Alfonso, la picada a unos cien metros, la bifurcación hacia la carretera nueva, cruzarla con cuidado y seguir hacia el oeste. Desde el motel sólo veía la zona sombría donde empezaba la picada, pero era útil detectar las luces en el fondo y dos o tres hacia la izquierda para tener una noción de las distancias. La zona de la fábrica empezaba a setecientos metros al oeste, al lado del tercer poste de cemento encontraría el agujero por donde franquear la alambrada. En principio era raro que los centinelas estuvieran de ese lado, hacían una recorrida cada cuarto de hora pero después preferían charlar entre ellos del otro lado donde había luz y café; de todos modos ya no importaba mancharse la ropa, habría que arrastrarse entre las matas hasta el lugar que Alfonso le había descrito en detalle. La vuelta iba a ser fácil sin el envoltorio verde, sin todas esas caras que lo habían rodeado hasta ahora.

Se tendió en la cama casi enseguida y apagó la luz para fumar tranquilo; hasta dormiría un rato para aflojar el cuerpo, tenía el hábito de despertarse a tiempo. Pero antes se aseguró de que la puerta cerraba bien por dentro y que sus cosas estaban como las había dejado. Tarareó el valsecito que se le había hincado en la memoria, mezclándole el pasado y el presente, hizo un esfuerzo para dejarlo irse, cambiarlo por *Hay humo en tus ojos*, pero el valsecito volvía o el preludio, se fue adormeciendo sin poder quitárselos de encima, viendo todavía las manos tan blancas de la pianista, su cabeza inclinada como la atenta oyente de sí misma. El ave nocturna cantaba otra vez en alguna mata o en el palmar del norte.

Lo despertó algo que era más oscuro que la oscuridad del cuarto, más oscuro y pesado, vagamente a los pies de la cama. Había estado soñando con Phyllis y el festival de música pop, con luces y sonidos tan intensos que abrir los ojos fue como caer en un puro espacio sin barreras, un pozo lleno de nada, y a la vez su estómago le dijo que no era así, que una parte de eso era diferente, tenía otra consistencia y otra negrura. Buscó el interruptor de un manotazo; el extranjero de la barra estaba sentado al pie de la cama y lo miraba sin apuro, como si hasta ese momento hubiera estado velando su sueño.

Hacer algo, pensar algo era igualmente inconcebible. Vísceras, el puro horror, un silencio interminable y acaso instantáneo, el doble puente de los ojos. La pistola, el primer pensamiento inútil; si por lo menos la pistola. Un jadeo volviendo a hacer entrar el tiempo, rechazo de la última posibilidad de que eso fuera todavía el sueño en que Phyllis, en que la música y las luces y los tragos.

—Sí, es así —dijo el extranjero, y Jiménez sintió como en la piel el acento cargado, la prueba de que no era de allí como ya algo en la cabeza y en los hombros cuando lo había visto por primera vez en la barra.

Enderezándose de a centímetros, buscando por lo menos una igualdad de altura, desventaja total de posición, lo único posible era la sorpresa pero también en eso iba a pura pérdida, roto por adelantado; no le iban a responder los músculos, le faltaría la palanca de las piernas para el envión desesperado, y el otro lo sabía, se estaba quieto y como laxo al pie de la cama. Cuando Jiménez lo vio sacar un cigarro y malgastar la otra mano hundiéndola en el bolsillo del pantalón para buscar los fósforos, supo que perdería el tiempo si se lanzaba sobre él; había demasiado desprecio en su manera de no hacerle caso, de no estar a la defensiva. Y algo todavía peor, sus propias precauciones, la puerta cerrada con llave, el cerrojo corrido.

—¿Quién eres? —se oyó preguntar absurdamente desde eso que no podía ser el sueño ni la vigilia.

—Qué importa —dijo el extranjero.

—Pero Alfonso...

Se vio mirado por algo que tenía como un tiempo aparte, una distancia hueca. La llama del fósforo se reflejó en unas pupilas dilatadas, de color avellana. El extranjero apagó el fósforo y se miró un momento las manos.

—Pobre Alfonso —dijo—. Pobre, pobre Alfonso.

No había lástima en sus palabras, solamente como una comprobación desapegada.

—¿Pero quién coño eres? —gritó Jiménez sabiendo que eso era la histeria, la pérdida del último control.

—Oh, alguien que anda por ahí —dijo el extranjero—. Siempre me acerco cuando tocan mi música, sobre todo aquí, sabes. Me gusta escucharla cuando la tocan aquí, en esos pianitos pobres. En mi tiempo era diferente, siempre tuve que escucharla lejos de mi tierra. Por eso me gusta acercarme, es como una reconciliación, una justicia.

Apretando los dientes para desde ahí dominar el temblor que lo ganaba de arriba abajo, Jiménez alcanzó a pensar que la única cordura era decidir que el hombre estaba loco. Ya no importaba cómo había entrado, cómo sabía, porque desde luego sabía pero estaba loco y ésa era la sola ventaja posible. Ganar tiempo, entonces, seguirle la corriente, preguntarle por el piano, por la música.

—Toca bien —dijo el extranjero—, pero claro, solamente lo que escuchaste, las cosas fáciles. Esta noche me hubiera gustado que tocara ese estudio que llaman revolucionario, de veras que me hubiera gustado mucho. Pero ella no puede, pobrecita, no tiene dedos para eso. Para eso hacen falta dedos así.

Las manos alzadas a la altura de los hombros, le mostró a Jiménez los dedos separados, largos y tensos. Jiménez alcanzó a verlos un segundo antes de que solamente los sintiera en la garganta.

Cuba, 1976

La noche de Mantequilla

Eran esas ideas que se le ocurrían a Peralta, él no daba mayores explicaciones a nadie pero esa vez se abrió un poco más y dijo que era como el cuento de la carta robada, Estévez no entendió al principio y se quedó mirándolo a la espera de más; Peralta se encogió de hombros como quien renuncia a algo y le alcanzó la entrada para la pelea, Estévez vio bien grande un número 3 en rojo sobre fondo amarillo, y abajo 235; pero ya antes, cómo no verlo con esas letras que saltaban a los ojos, MONZÓN V. NÁPOLES. La otra entrada se la harán llegar a Walter, dijo Peralta. Vos estarás ahí antes de que empiecen las peleas (nunca repetía instrucciones, y Estévez escuchó reteniendo cada frase) y Walter llegará en la mitad de la primera preliminar, tiene el asiento a tu derecha. Cuidado con los que se avivan a último momento y buscan mejor sitio, decile algo en español para estar seguro. Él vendrá con una de esas carteras que usan los hippies, la pondrá entre los dos si es un tablón o en el suelo si son sillas. No le hablés más que de las peleas y fijate bien alrededor, seguro habrá mexicanos o argentinos, tenelos bien marcados para el momento en que pongas el paquete en la cartera. ¿Walter sabe que la cartera tiene que estar abierta?, preguntó Estévez. Sí, dijo Peralta como sacándose una mosca de la solapa, solamente esperá hasta el final cuando ya nadie se distrae. Con Monzón es difícil distraerse, dijo Estévez. Con Mantequilla tampoco, dijo Peralta. Nada de charla, acordate. Walter se irá primero, vos dejá que la gente vaya saliendo y andate por otra puerta.

Volvió a pensar en todo eso como un repaso final mientras el metro lo llevaba a la Défense entre pasajeros que por la pinta iban también a ver la pelea, hombres de a tres o cuatro, franceses marcados por la doble paliza de Monzón a Bouttier, buscando una revancha vicaria o acaso ya conquistados secretamente. Qué idea genial la de Peralta, darle esa misión que por venir de él tenía que ser crítica, y a la vez dejarlo ver de arriba una pelea que parecía para millonarios. Ya había comprendido la alusión a la carta robada, a quién se le iba a ocurrir que Walter y él podrían encontrarse en el box, en realidad no era una cuestión de encuentro porque eso podía haber ocurrido en mil rincones de París, sino de responsabilidad de Peralta que medía despacio cada cosa. Para los que pudieran seguir a Walter o seguirlo a él, un cine o un café o una casa eran posibles lugares de encuentro, pero esa pelea valía como una obligación para cualquiera que tuviese la plata suficiente, y si por ahí los seguían se iban a dar un chasco del carajo delante de la carpa de circo montada por Alain Delon; allí no entraría nadie sin el papelito amarillo, y las entradas estaban agotadas desde una semana antes, lo decían todos los diarios. Más todavía a favor de Peralta, si por ahí lo venían siguiendo o lo seguían a Walter, imposible verlos juntos ni a la entrada ni a la salida, dos aficionados entre miles y miles que asomaban como bocanadas de humo del metro y de los ómnibus, apretándose a medida que el camino se hacía uno solo y la hora se acercaba.

Vivo, Alain Delon: una carpa de circo montada en un terreno baldío al que se llegaba después de cruzar una pasarela y seguir unos caminos improvisados con tablones. Había llovido la noche anterior y la gente no se apartaba de los tablones, ya desde la salida del metro orientándose por las enormes flechas que indicaban el buen rumbo y MONZÓN-NÁPOLES. a todo color. Vivo, Alain Delon, capaz de meter sus propias flechas en el territorio sagrado del metro aunque le costara plata. A Estévez no le gustaba el tipo, esa manera prepotente de organizar el campeonato mundial por su cuenta, armar una carpa y dale que va previo pago de qué sé yo cuánta guita, pero había que reconocer, algo daba en cambio, no hablemos de Monzón y Mantequilla pero también las flechas de colores en el metro, esa manera de recibir como un señor, indicándole el camino a la hinchada que se hubiera armado un lío en las salidas y los terrenos baldíos llenos de charcos.

Estévez llegó como debía, con la carpa a medio llenar, y antes de mostrar la entrada se quedó mirando un momento los camiones de la policía y los enormes tráilers iluminados por fuera pero con cortinas oscuras en las ventanillas, que comunicaban con la carpa por galerías cubiertas como para llegar a un jet. Ahí están los boxeadores, pensó Estévez, el tráiler blanco y más nuevo seguro que es el de Carlitos, a ése no me lo mezclan con los otros. Nápoles tendría su tráiler del otro lado de la carpa, la cosa era científica y de paso pura improvisación, mucha lona y tráilers encima de un terreno baldío. Así se hace la guita, pensó Estévez, hay que tener la idea y los huevos, che.

Su fila, la quinta a partir de la zona del ringside, era un tablón con los números marcados en grande, ahí parecía haberse acabado la cortesía de Alain Delon porque fuera de las sillas del ringside el resto era de circo y de circo malo, puros tablones aunque eso sí unas acomodadoras con minifaldas que te apagaban de entrada toda protesta. Estévez verificó por su cuenta el 235, aunque la chica le sonreía mostrándole el número como si él no supiera leer, y se sentó a hojear el diario que después le serviría de almohadilla. Walter iba a estar a su derecha, y por eso Estévez tenía el paquete con la plata y los papeles en el bolsillo izquierdo del saco; cuando fuera el momento podría sacarlo con la mano derecha, llevándolo inmediatamente hacia las rodillas lo deslizaría en la cartera abierta a su lado.

La espera se le hacía larga, había tiempo para pensar en Marisa y en el pibe que estarían acabando de cenar, el pibe ya medio dormido y Marisa mirando la televisión. A lo mejor pasaban la pelea y ella la veía, pero él no iba a decirle que había estado, por lo menos ahora no se podía, a lo mejor alguna vez cuando las cosas estuvieran más tranquilas. Abrió el diario sin ganas (Marisa mirando la pelea, era cómico pensar que no le podría decir nada con las ganas que tendría de contarle, sobre todo si ella le comentaba de Monzón y de Nápoles), entre las noticias del Vietnam y las noticias de policía la carpa se iba llenando, detrás de él un grupo de franceses discutía las chances de Nápoles, a su izquierda acababa de instalarse un tipo cajetilla que primero observó largamente y con una especie de horror el tablón donde iban a envilecerse sus perfectos pantalones azules. Más abajo había parejas y grupos de amigos, y entre ellos tres que hablaban con un acento que podía ser mexicano; aunque Estévez no era muy ducho en acentos, los hinchas de Mantequilla debían abundar esa noche en que el retador aspiraba nada menos que a la corona de Monzón. Aparte del asiento de Walter quedaban todavía algunos claros, pero la gente se agolpaba en las entradas de la carpa y las chicas tenían que emplearse a fondo para instalar a todo el mundo. Estévez encontraba que la iluminación del ring era demasiado fuerte y la música demasiado pop, pero ahora que empezaba la primera preliminar el público no perdía tiempo en críticas y seguía con ganas una mala pelea a puro zapallazo y clinches; en el momento en que Walter se sentó a su lado Estévez llegaba a la conclusión de que ése no era un auténtico público de box, por lo menos alrededor de él; se tragaban cualquier cosa por esnobismo, por puro ver a Monzón o a Nápoles.

—Disculpe —dijo Walter acomodándose entre Estévez y una gorda que seguía la pelea semiabrazada a su marido también gordo y con aire de entendido.

—Póngase cómodo —dijo Estévez—. No es fácil, estos franceses calculan siempre para flacos.

Walter se rió mientras Estévez empujaba suave hacia la izquierda para no ofender al de los pantalones azules; al final quedó espacio para que Walter pasara la cartera de tela azul desde las rodillas al tablón. Ya estaban en la segunda preliminar que también era mala, la gente se divertía sobre todo con lo que pasaba fuera del ring, la llegada de un espeso grupo de mexicanos con sombreros de charro pero vestidos como lo que debían ser, bacanes capaces de fletar un avión para venirse a hinchar por Mantequilla desde México, tipos petisos y anchos, de culos salientes y caras a lo Pancho Villa, casi demasiado típicos mientras tiraban los sombreros al aire como si Nápoles ya estuviera en el ring, gritando y discutiendo antes de incrustarse en los asientos del ringside. Alain Delon debía tenerlo todo previsto porque los altoparlantes escupieron ahí nomás una especie de corrido que los mexicanos no dieron la impresión de reconocer demasiado. Estévez y Walter se miraron irónicos, y en ese mismo momento por la entrada más distante desembocó un montón de gente encabezado por cinco o seis mujeres más anchas que altas, con pull-overs blancos y gritos de «¡Argentina, Argentina!», mientras los de atrás enarbolaban una enorme bandera patria y el grupo se abría paso contra acomodadoras y butacas, decidido a progresar hasta el borde del ring donde seguramente no estaban sus entradas. Entre gritos delirantes terminaron por armar una fila que las acomodadoras llevaron con ayuda de algunos gorilas sonrientes y muchas explicaciones hacia dos tablones semivacíos, y Estévez vio que las mujeres lucían un MONZÓN negro en la espalda del pull-over. Todo eso regocijaba considerablemente a un público a quien poco le daba la nacionalidad de los púgiles puesto que no eran franceses, y ya la tercera pelea iba duro y parejo aunque Alain Delon no parecía haber gastado mucha plata en mojarritas cuando los dos tiburones estarían ya listos en sus tráilers y eran lo único que le importaba a la gente.

Hubo como un cambio instantáneo en el aire, algo se trepó a la garganta de Estévez; de los altoparlantes venía un tango tocado por una orquesta que bien podía ser la de Pugliese. Sólo entonces Walter lo miró de lleno y con simpatía, y Estévez se preguntó si sería un compatriota. Casi no habían cambiado palabra aparte de algún comentario pegado a una acción en el ring, a lo mejor uruguayo o chileno pero nada de preguntas, Peralta había sido bien claro, gente que se encuentra en el box y da la casualidad que los dos hablan español, pare de contar.

—Bueno, ahora sí —dijo Estévez. Todo el mundo se levantaba a pesar de las protestas y los silbidos, por la izquierda un revuelo clamoroso y los sombreros de charro volando entre ovaciones, Mantequilla trepaba al ring que de golpe parecía iluminarse todavía más, la gente miraba ahora hacia la derecha donde no pasaba nada, los aplausos cedían a un murmullo de expectativa y desde sus asientos Walter y Estévez no podían ver el acceso al otro lado del ring, el casi silencio y de pronto el clamor como única señal, bruscamente la bata blanca recortándose contra las cuerdas, Monzón de espaldas hablando con los suyos, Nápoles yendo hacia él, un apenas saludo entre flashes y el árbitro esperando que bajaran el micrófono, la gente que volvía a sentarse poco a poco, un último sombrero de charro yendo a parar muy lejos, devuelto en otra dirección por pura joda, bumerang tardío en la indiferencia porque ahora las presentaciones y los saludos, Georges Carpentier, Nino Benvenuti, un campeón francés, Jean-Claude Bouttier, fotos y aplausos y el ring vaciándose de a poco, el himno mexicano con más sombreros y al final la bandera argentina desplegándose para esperar el himno, Estévez y Walter sin pararse aunque a Estévez le dolía pero no era cosa de chambonear a esa altura, en todo caso le servía para saber que no tenía compatriotas demasiado cerca, el grupo de la bandera cantaba al final del himno y el trapo azul y blanco se sacudía de una manera que obligó a los gorilas a correr para ese lado por las dudas, la voz anunciando los nombres y los pesos, segundos fuera.

—¿Qué pálpito tenés? —preguntó Estévez. Estaba nervioso, infantilmente emocionado ahora que los guantes se rozaban en el saludo inicial y Monzón, de frente, armaba esa guardia que no parecía una defensa, los brazos largos y delgados, la silueta casi frágil frente a Mantequilla más bajo y morrudo, soltando ya dos golpes de anuncio.

—Siempre me gustaron los desafiantes —dijo Walter, y atrás un francés explicando que a Monzón lo iba a ayudar la diferencia de estatura, golpes de estudio, Monzón entrando y saliendo sin esfuerzo, round casi obligadamente parejo. Así que le gustaban los desafiantes, desde luego no era argentino porque entonces; pero el acento, clavado un uruguayo, le preguntaría a Peralta que seguro no le contestaría. En todo caso no debía llevar mucho tiempo en Francia porque el gordo abrazado a su mujer le había hecho algún comentario y Walter contestaba en forma tan incomprensible que el gordo hacía un gesto desalentado y se ponía a hablar con uno de más abajo. Nápoles pega duro, pensó Estévez inquieto, dos veces había visto a Monzón tirarse atrás y la réplica llegaba un poco tarde, a lo mejor había sentido los golpes. Era como si Mantequilla comprendiera que su única chance estaba en la pegada, boxearlo a Monzón no le serviría como siempre le había servido, su maravillosa velocidad encontraba como un hueco, un torso que viraba y se le iba mientras el campeón llegaba una, dos veces a la cara y el francés de atrás repetía ansioso ya ve, ya ve cómo lo ayudan los brazos, quizá la segunda vuelta había sido de Nápoles, la gente estaba callada, cada grito nacía aislado y era como mal recibido, en la tercera vuelta Mantequilla salió con todo y entonces lo esperable, pensó Estévez, ahora van a ver la que se viene, Monzón contra las cuerdas, un sauce cimbreando, un uno-dos de látigo, el clinch fulminante para salir de las cuerdas, una agarrada mano a mano hasta el final del round, los mexicanos subidos en los asientos y los de atrás vociferando protestas o parándose a su vez para ver.

—Linda pelea, che —dijo Estévez—, así vale la pena.

—Ajá.

Sacaron cigarrillos al mismo tiempo, los intercambiaron sonriendo, el encendedor de Walter llegó antes, Estévez miró un instante su perfil, después lo vio de frente, no era cosa de mirarse mucho, Walter tenía el pelo canoso pero se lo veía muy joven, con los blue-jeans y el polo marrón. ¿Estudiante, ingeniero? Rajando de allá como tantos, entrando en la lucha, con amigos muertos en Montevideo o Buenos Aires, quién te dice en Santiago, tendría que preguntarle a Peralta aunque después de todo seguro que no volvería a verlo a Walter, cada uno por su lado se acordaría alguna vez que se habían encontrado la noche de Mantequilla que se estaba jugando a fondo en la quinta vuelta, ahora con un público de pie y delirante, los argentinos y los mexicanos barridos por una enorme ola francesa que veía la lucha más que los luchadores, que atisbaba las reacciones, el juego de piernas, al final Estévez se daba cuenta de que casi todos entendían la cosa a fondo, apenas uno que otro festejando idiotamente un golpe aparatoso y sin efectos mientras se perdía lo que de verás estaba sucediendo en ese ring donde Monzón entraba y salía aprovechando una velocidad que a partir de ese momento distanciaba más y más la de Mantequilla cansado, tocado, batiéndose con todo frente al sauce de largos brazos que otra vez se hamacaba en las sogas para volver a entrar arriba y abajo, seco y preciso. Cuando sonó el gong, Estévez miró a Walter que sacaba otra vez los cigarrillos.

—Y bueno, es así —dijo Walter tendiéndole el paquete—. Si no se puede no se puede.

Era difícil hablarse en el griterío, el público sabía que el round siguiente podía ser el decisivo, los hinchas de Nápoles lo alentaban casi como despidiéndolo, pensó Estévez con una simpatía que ya no iba en contra de su deseo ahora que Monzón buscaba la pelea y la encontraba y a lo largo de veinte interminables segundos entrando en la cara y el cuerpo mientras Mantequilla apuraba el clinch como quien se tira al agua, cerrando los ojos. No va a aguantar más, pensó Estévez, y con esfuerzo sacó la vista del ring para mirar la cartera de tela en el tablón, habría que hacerlo justo en el descanso cuando todos se sentaran, exactamente en ese momento porque después volverían a pararse y otra vez la cartera sola en el tablón, dos izquierdas seguidas en la cara de Nápoles que volvía a buscar el clinch, Monzón fuera de distancia, esperando apenas para volver con un gancho exactísimo en plena cara, ahora las piernas, había que mirar sobre todo las piernas, Estévez ducho en eso veía a Mantequilla pesado, tirándose adelante sin ese ajuste tan suyo mientras los pies de Monzón resbalaban de lado o hacia atrás, la cadencia perfecta para que esa última derecha calzara con todo en pleno estómago, muchos no oyeron el gong en el clamoreo histérico pero

Walter y Estévez sí, Walter se sentó primero enderezando la cartera sin mirarla y Estévez, siguiéndolo más despacio, hizo resbalar el paquete en una fracción de segundo y volvió a levantar la mano vacía para gesticular su entusiasmo en las narices del tipo de pantalón azul que no parecía muy al tanto de lo que estaba sucediendo.

—Eso es un campeón —le dijo Estévez sin forzar la voz porque de todos modos el otro no lo escucharía en ese clamoreo—. Carlitos, carajo.

Miró a Walter que fumaba tranquilo, el hombre empezaba a resignarse, qué se le va a hacer, si no se puede no se puede. Todo el mundo parado a la espera de la campana del séptimo round, un brusco silencio incrédulo y después el alarido unánime al ver la toalla en la lona, Nápoles siempre en su rincón y Monzón avanzando con los guantes en alto, más campeón que nunca, saludando antes de perderse en el torbellino de los abrazos y los flashes. Era un final sin belleza pero indiscutible, Mantequilla abandonaba para no ser el punching-ball de Monzón, toda esperanza perdida ahora que se levantaba para acercarse al vencedor y alzar los guantes hasta su cara, casi una caricia mientras Monzón le ponía los suyos en los hombros y otra vez se separaban, ahora sí para siempre, pensó Estévez, ahora para ya no encontrarse nunca más en un ring.

—Fue una linda pelea —le dijo a Walter que se colgaba la cartera del hombro y movía los pies como si se hubiera acalambrado.

—Podría haber durado más —dijo Walter—, seguro que los segundos de Nápoles no lo dejaron salir.

—¿Para qué? Ya viste como estaba sentido, che, demasiado boxeador para no darse cuenta.

—Sí, pero cuando se es como él hay que jugarse entero, total nunca se sabe.

—Con Monzón sí —dijo Estévez, y se acordó de las órdenes de Peralta, tendió la mano cordialmente—. Bueno, fue un placer.

—Lo mismo digo. Hasta pronto.

—Chau.

Lo vio salir por su lado, siguiendo al gordo que discutía a gritos con su mujer, y se quedó detrás del tipo de los pantalones azules que no se apuraba; poco a poco fueron derivando hacia la izquierda para salir de entre los tablones. Los franceses de atrás discutían sobre técnicas, pero a Estévez lo divirtió ver que una de las mujeres abrazaba a su amigo o su marido, gritándole vaya a saber qué al oído lo abrazaba y lo besaba en la boca y en el cuello. Salvo que el tipo sea un idiota, pensó Estévez, tiene que darse cuenta de que ella lo está besando a Monzón. El paquete no pesaba ya en el bolsillo del saco, era como si se pudiera respirar mejor, interesarse por lo que pasaba, la muchacha apretada al tipo, los mexicanos saliendo con los sombreros que de golpe parecían más chicos, la bandera argentina arrollada a medias pero agitándose todavía, los dos italianos gordos mirándose con aire de entendidos, y uno de ellos diciendo casi solemnemente, gliel'a messo in culo, y el otro asintiendo a tan perfecta síntesis, las puertas atestadas, una lenta salida cansada y los senderos de tablas hasta la pasarela en la noche fría y lloviznando, al final la pasarela crujiendo bajo una carga crítica, Peralta y Chaves fumando apoyados en la baranda, sin hacer un gesto porque sabían que Estévez iba a verlos y que disimularía su sorpresa, se acercaría como se acercó, sacando a su vez un cigarrillo.

—Lo hizo moco —informó Estévez.

—Ya sé —dijo Peralta—, yo estaba allí.

Estévez lo miró sorprendido, pero ellos se dieron vuelta al mismo tiempo y bajaron la pasarela entre la gente que ya empezaba a ralear. Supo que tenía que seguirlos y los vio salir de la avenida que llevaba al metro y entrar por una calle más oscura, Chaves se dio vuelta una sola vez para asegurarse de que no los había perdido de vista, después fueron directamente al auto de Chaves y entraron sin apuro pero sin perder tiempo. Estévez se metió atrás con Peralta, el auto arrancó en dirección al sur.

—Así que estuviste —dijo Estévez—. No sabía que te gustaba el boxeo.

—Me importa un carajo —dijo Peralta—, aunque Monzón vale la plata que cuesta. Fui para mirarte de lejos por las dudas, no era cosa de que estuvieras solo si en una de ésas.

—Bueno, ya viste. Sabés, el pobre Walter hinchaba por Nápoles.

—No era Walter —dijo Peralta.

El auto seguía hacia el sur, Estévez sintió confusamente que por esa ruta no llegarían a la zona de la Bastilla, lo sintió como muy atrás porque todo el resto era una explosión en plena cara, Monzón pegándole a él y no a Mantequilla. Ni siquiera pudo abrir la boca, se quedó mirando a Peralta y esperando.

—Era tarde para prevenirte —dijo Peralta—. Lástima que te fueras tan temprano de tu casa, cuando telefoneamos Marisa nos dijo que ya habías salido y que no ibas a volver.

—Tenía ganas de caminar un rato antes de tomar el metro —dijo Estévez—. Pero entonces, decime.

—Todo se fue al diablo —dijo Peralta—. Walter telefoneó al llegar a Orly esta mañana, le dijimos lo que tenía que hacer, nos confirmó que había recibido la entrada para la pelea, todo estaba al pelo. Quedamos en que él me llamaría desde el aguantadero de Lucho antes de salir, cosa de estar seguros. A las siete y media no había llamado, telefoneamos a Geneviève y ella llamó de vuelta para avisar que Walter no había llegado a lo de Lucho.

—Lo estaban esperando a la salida de Orly —dijo la voz de Chaves.

—¿Pero entonces quién era el que... ? —empezó Estévez, y dejó la frase colgada, de golpe comprendía y era sudor helado brotándole del cuello, resbalando por debajo de la camisa, la tuerca apretándole el estómago.

—Tuvieron siete horas para sacarle los datos —dijo Peralta—. La prueba, el tipo conocía cada detalle de lo que tenía que hacer con vos. Ya sabés cómo trabajan, ni Walter pudo aguantar.

—Mañana o pasado lo encontrarán en algún terreno baldío —dijo casi aburridamente la voz de Chaves.

—Qué te importa ahora —dijo Peralta—. Antes de venir a la pelea arreglé para que se las picaran de los aguantaderos. Sabés, todavía me quedaba alguna esperanza cuando entré en esa carpa de mierda, pero él ya había llegado y no había nada que hacer.

—Pero entonces —dijo Estévez—, cuando se fue con la plata...

—Lo seguí, claro.

—Pero antes, si ya sabías...

—Nada que hacer —repitió Peralta—. Perdido por perdido el tipo hubiera hecho la pata ancha ahí mismo y nos hubieran encanado a todos, ya sabés que ellos están palanqueados.

—¿Y qué pasó?

—Afuera lo esperaban otros tres, uno tenía un pase o algo así y en menos que te cuento estaban en un auto del parking para la barra de Delon y la gente de guita, con canas por todos lados. Entonces volví a la pasarela donde Chaves nos esperaba, y ahí tenés. Anoté el número del auto, claro, pero no va a servir para un carajo.

—Nos estamos saliendo de París —dijo Estévez.

—Sí, vamos a un sitio tranquilo. El problema ahora sos vos, te habrás dado cuenta.

—¿Por qué yo?

—Porque ahora el tipo te conoce y van a acabar por encontrarte. Ya no hay aguantaderos después de lo de Walter.

—Me tengo que ir, entonces —dijo Estévez. Pensó en Marisa y en el pibe, cómo llevárselos, cómo dejarlos solos, todo se le mezclaba con árboles de un comienzo de bosque, el zumbido en los oídos como si todavía la muchedumbre estuviera clamando el nombre de Monzón, ese instante en que había habido como una pausa de incredulidad y la toalla cayendo en medio del ring, la noche de Mantequilla, pobre viejo. Y el tipo había estado a favor de Mantequilla, ahora que lo pensaba era raro que hubiese estado del lado del perdedor, tendría que haber estado con Monzón, llevarse la plata como Monzón, como alguien que da la espalda y se va con todo, para peor burlándose del vencido, del pobre tipo con la cara rota o con la mano tendida diciéndole bueno, fue un placer. El auto frenaba entre los árboles y Chaves cortó el motor. En la oscuridad ardió el fósforo de otro cigarrillo, Peralta.

—Me tengo que ir, entonces —repitió Estévez—. A Bélgica, si te parece, allá está el que sabés.

—Estarías seguro si llegaras —dijo Peralta—, pero ya viste con Walter, tienen gente en todas partes y mucha manija.

—A mí no me agarrarán.

—Como Walter, quién iba a agarrarlo a Walter y hacerlo cantar. Vos sabés otras cosas que Walter, eso es lo malo.

—A mí no me agarran —repitió Estévez—. Mirá, solamente tengo que pensar en Marisa y el pibe, ahora que todo se fue a la mierda no los puedo dejar aquí, se van a vengar con ella. En un día arreglo todo y me los llevo a Bélgica, lo veo al que sabés y sigo solo a otro lado.

—Un día es demasiado tiempo —dijo Chaves volviéndose en el asiento. Los ojos se acostumbraban a la oscuridad, Estévez vio su silueta y la cara de Peralta cuando se llevaba el cigarrillo a la boca y pitaba.

—Está bien, me iré lo antes que pueda —dijo Estévez.

—Ahora mismo —dijo Peralta sacando la pistola.